JULIA KATHRIN KNOLL

DAS TOR UNTERM BERG

JULIA KATHRIN KNOLL

Elfenblüte

DAS TOR UNTERM BERG

SüdOst Verlag

Bibliografische Information der Deutschen Nationalbibliothek

Die Deutsche Nationalbibliothek verzeichnet diese Publikation in der Deutschen Nationalbibliografie; detaillierte bibliografische Daten sind im Internet über http://dnb.dnb.de abrufbar.
ISBN 978-3-95587-712-5

Hinweis:

Die Handlung von „Elfenblüte" wurde inspiriert von Landschaft und Sagenwelt des Viechtacher Landes. Einige örtliche Begebenheiten wurden jedoch an die fiktive Geschichte angepasst.

1. Auflage 2018
ISBN 978-3-95587-712-5
Alle Rechte vorbehalten!
© 2018 SüdOst Verlag in der Battenberg Gietl Verlag GmbH, Regenstauf
www.gietl-verlag.de

Abbildungsnachweis: fotolia.com: grape_vein
                            123RF:kaisorn, zybilo

Glossar

Alfar	Elfen/Elben in der nordischen Mythologie
Beltaine	keltisches Fest in der Nacht zum 1. Mai
Döckalfar	Dunkelelfen
Fenririm	fiktiver Begriff, angelehnt an den Fenriswolf der nordischen Mythologie
Hohle Hügel	Wohnstätten der Elfen, auch Sidhe genannt
Liosalfar	Lichtelfen
Pfahl/Großer Pfahl	sagenumwobene Quarzformation im Bayerischen Wald
Samhain	keltisches Fest in der Nacht zum 1. November (Halloween)

Tore zur Anderswelt

Da sie am Tag zuvor die Schule versäumt hatten, beeilten sie sich am nächsten Morgen, besonders pünktlich zum Unterricht zu kommen. Hand in Hand legten sie den kurzen Weg zurück, und Lilly beobachtete verstohlen Alahrians Miene, während sie sich die Kapuze ihrer Jacke über den Kopf zog, um sich vor dem feinen Sprühregen zu schützen.

„Geht's dir gut?", fragte sie schließlich offen. Er sah heiterer aus als gestern, ja, geradezu erleichtert, und trotzdem ... trotzdem regnete es.

Alahrian lächelte, seine Augen funkelten, klar wie Aquamarin. „Sieht man das nicht?"

„Nun ja ..." Lilly warf einen vielsagenden Blick in den Himmel.

Ein glockenhelles Lachen erklang, und es dauerte lange, bis es wieder verstummte, so lange, dass Lilly stirnrunzelnd bemerkte: „Was ist so komisch?"

„Entschuldige." Augenblicklich fand er die Contenance wieder, wenn auch unter sichtlicher Anstrengung. „Es ist nur ..." Er kämpfte gegen einen neuerlichen Ausbruch von Belustigung an. „Ich bin nicht verantwortlich für das Wetter, weißt du?" Ernsthaft wandte er den Blick der grauen Wolkendecke zu. „Wenn ich traurig bin, regnet es – manchmal, und auch nur in meiner unmittelbaren Umgebung. Aber das bedeutet nicht, dass automatisch immer die Sonne scheint, sobald ich glücklich bin." Er zwinkerte. „Das würde ja bedeuten, dass immer die Sonne scheint, wenn du in meiner Nähe bist!"

„Charmeur." Grinsend pufte Lilly ihn in die Seite.

Sie erreichten das Schulgebäude und schlüpften schnell ins Trockene. Lilly streifte die Kapuze ab, Alahrian schüttelte sich wie ein goldgelocktes Hündchen. „Brrr", machte er angewidert. „Ich kann Regen nicht ausstehen! Wasser, das vom Himmel fällt, das ist ... irgendwie merkwürdig, findest du nicht?"

Lilly starrte verblüfft. „Regnet es dort, wo du herkommst, denn nicht?", fragte sie verwundert.

„Aber doch, natürlich." Verständnislos riss Alahrian die Augen auf. „Ich komme aus Island, schon vergessen?"

„Schon, aber ..." Lilly suchte nach den richtigen Worten. „Ich meine, in *deiner* Welt."

„In der Anderswelt?" Ein träumerisches Lächeln glitt über Alahrians Gesicht. „Doch, auch dort regnet es ab und an, aber der Regen ist warm – und golden wie Honigtropfen und er füllt die Seen und Flüsse mit Süße ..." Er seufzte leise.

„Du vermisst sie, nicht wahr?" Betreten senkte Lilly den Blick. „Deine Heimat." Angst stieg in ihr hoch. Seit gestern wusste sie, dass er gar nicht mehr in seine Welt zurückkehren *konnte*, aber das machte es nur noch schlimmer. Er würde nicht einfach so in eine geheimnisvolle Märchenwelt entschwinden, doch er würde es immer wollen. Es gab eine Sehnsucht in ihm, die ihn von hier forttrieb, und diese Sehnsucht würde ihn vielleicht immer von ihr entfernen.

„Ja", entgegnete Alahrian mit dunklem, leerem Blick. „Ich war nie dort, und doch vermisse ich die Anderswelt. Die Erinnerung daran fließt durch meine Adern wie das Blut meiner Vorfahren, fremd, und doch vertraut."

Lilly biss sich auf die Lippen. Er aber drehte sich, mit einem Mal überschwänglich, zu ihr um, strich ihr zärtlich das feuchte Haar aus der Stirn und strahlte sie an. „Aber das alles sind nur Schatten, Schatten aus der Vergangenheit ... Mein Welt ist jetzt *hier*." Sanft küsste er sie auf die Stirn.

Die Berührung seiner Lippen war wie Balsam auf einer pochenden Wunde. Lilly vergaß ihre Befürchtungen. Ihre Stimmung war heiter, während sie durch die Aula schlenderten. Es war noch nicht allzu viel los dort, bis zum Unterrichtsbeginn blieb noch reichlich Zeit. Einige Fünftklässler tobten vor den Getränkeautomaten, auf der Treppe saß eine Gruppe von Schülern, die Hausaufgaben voneinander abschrieben.

„Hast du eine Entschuldigung für gestern?", erkundigte sich Lilly beiläufig, fast nahtlos zu erstaunlich profanen Themen übergehend.

Alahrian nickte. „Es hat seine Vorteile, wenn jemand wie Morgan der Erziehungsberechtigte ist", erklärte er grinsend. „Ich hab auch eine für dich." Triumphierend zog er ein zusammengefaltetes Blatt Papier aus der Tasche.

Lilly, die sich bisher noch nicht getraut hatte, ihrem Vater den geschwänzten Tag zu beichten, betrachtete es überrascht.

„Morgan kann so ziemlich alles fälschen", bemerkte Alahrian, in verändertem Tonfall. „Ich weiß, es ist nicht in Ordnung, aber ich möchte auch nicht, dass du meinetwegen Ärger bekommst. Wir machen es nicht nochmal, okay?"

Lilly schmunzelte leise. „Lass sie uns ins Sekretariat bringen, ja?" Sie wollte ihn zur Treppe führen, doch er blieb plötzlich stehen, mitten in der Bewegung. „Was hast du?"

Alahrian antwortete nicht. Angestrengt schien er zu lauschen, auf etwas, das nur sein feines *Alfar*-Gehör wahrnehmen konnte. „Entschuldige mich bitte", meinte er unvermittelt und verschwand mit schnellen Schritten in einem der zahlreichen Seitengänge.

Stirnrunzelnd verharrte Lilly zwei Sekunden lang, dann hörte sie es auch. Gelächter, Geschrei, ein dumpfer Schlag, wieder Gelächter, darunter erstickt ein leises Wimmern. Eine Schulhofprügelei?

Hastig folgte sie Alahrian, und tatsächlich: Ein großer, kräftiger Junge hatte gerade einen viel kleineren in den Schwitzkasten genommen, riss ihm seine Sachen weg und warf ihn brutal gegen die Wand. Der Kleine heulte verzweifelt.

Entrüstet sah Lilly sich um. Wo waren eigentlich die Lehrer, wenn man sie brauchte? Aber sie brauchten gar keine Lehrer.

„Stopp!" Alahrians Stimme war ruhig und nicht einmal besonders laut, und doch strahlte sie eine Autorität aus, die selbst Lilly erstarren ließ. „Lass ihn in Ruhe!" Ein eisblauer Blick bohrte sich in den des Schlägers. Alahrian hob die Hand, keine bedrohliche Geste, sondern eine seltsam würdevolle, fast majestätische, und trennte die beiden Streithähne mit dieser einzigen, harmlosen Bewegung.

„Geh", sagte er sanft zu dem jüngeren Schüler, der ihn aus großen, verheulten Augen ansah. „Geh in deine Klasse. Es ist alles in Ordnung."

Immer noch heulend nahm der Junge seine Sachen vom Boden auf, raffte sie hastig an sich und rannte davon, wobei er Lilly, die am anderen Ende des Korridors stand, beinahe über den Haufen lief.

Auch der Schläger wollte sich trollen, Alahrian aber hielt ihn scharf zurück. „Warte!" Seine Augen glühten ein wenig, der Junge konnte nicht anders, als zu ihm aufzusehen. „Du willst keine kleineren Schüler mehr verprügeln", befahl Alahrian ruhig, die Stimme weich und einschmeichelnd, sanft und doch seltsam zwingend. „Du willst dich überhaupt nicht mehr prügeln!"

„Ich ..." Der Junge riss die Augen auf, von Alahrians Blick gebannt wie das Kaninchen von der Schlange.

„Gewalt ist keine Lösung für einen Konflikt", erklärte Alahrian ernst, jedes Wort betonend. „Du – willst – dich – nicht – mehr – prügeln."

Mechanisch nickte der Junge.

„Gut." Alahrian lächelte. „Geh jetzt."

Der Junge blinzelte, erwachte endlich aus seiner Starre und verschwand blitzschnell in der entgegengesetzten Richtung seines Opfers.

Alahrian wandte sich zu Lilly um. „Entschuldige bitte", meinte er behutsam. „Aber der Typ tyrannisiert ständig die Fünftklässler, erpresst sie, zwingt ihnen ihr Pausengeld ab und so. Ich ... ich konnte das einfach nicht mehr mit ansehen."

Lilly musterte ihn verblüfft. „Wow." Stolz hakte sie sich bei ihm unter. „Und du willst ein gefallener Engel sein?" Sie lehnte ihren Kopf gegen seine Schulter. „Du bist einer von den Guten, eindeutig."

Alahrian verzog das Gesicht. „In anderer Leute Köpfe herumzustochern, gilt gemeinhin nicht als besonders freundlich."

„Wieso nicht?" Lilly blickte zu ihm auf. „Wenn du dadurch einen besseren Menschen aus ihm machen kannst?"

„Ich weiß nicht, ob es so einfach ist." Alahrian seufzte leise. „Und die Befehle halten auch meist nicht für ewig."

„Trotzdem." Lilly gab nicht so schnell auf. „Du hast den Kleinen da eben echt gerettet. Du bist ein guter ..." Sie stolperte einen Moment lang über ihre eigenen Worte. *Ein guter Mensch*, hatte sie sagen wollen. Nun, das war eindeutig nicht ganz richtig ... „Ein guter Elf", endete sie schließlich ziemlich lahm.

Alahrian lachte leise. „Komm, lass uns zum Unterricht gehen", entgegnete er aufgeräumt. „Wir können nicht schon wieder zu spät kommen."

***

„Was war denn los gestern?", erkundigte sich Anna-Maria neugierig, als Lilly sich im Klassenzimmer neben sie setzte. „Doch nicht etwa das Pfeiffersche Drüsenfieber, hm?" Sie zwinkerte ironisch.

Lilly verstand kein Wort.

„Auch die Kuss-Krankheit genannt", erklärte Anna-Maria betont.

Eine fiebrige Hitze kletterte Lillys Wangen empor. Verlegen in ihr Mathebuch starrend murmelte sie etwas Unverständliches und rutschte missmutig auf ihrem Stuhl herum, um Anna-Marias durchdringendem Blick auszuweichen.

„Ihr habt euch also noch immer nicht geküsst", stellte Anna-Maria sachlich fest.

Lilly schwieg beharrlich.

„Was hat er denn bloß, dein Freak?" Anna-Maria war nicht zu bremsen. „Angst vor Keimen, oder was?"

Unbehaglich schaute sich Lilly nach Alahrian um. Anna-Maria hatte nicht laut gesprochen, doch Lilly hatte ja gerade eben erst wieder beobachtet, wie fein Alahrians Gehör war. Viel feiner als das eines Menschen. Alahrian allerdings war gerade von seinen Kameraden aus dem Volleyballteam umringt, wo sie lebhaft das nächste Turnier diskutierten. Seine Aufmerksamkeit schien abgelenkt, dennoch war Lilly sehr froh, als es zum Unterricht klingelte und die Ankunft des Lehrers sie von der Notwendigkeit einer Antwort befreite.

In der Pause hatte sie Anna-Marias Bemerkung bereits wieder vergessen. Zusammen mit Alahrian suchte sie ein ruhiges Plätzchen am Fenster, und während Lilly, an einem Müsliriegel knabbernd, versuchte, noch ein bisschen für Erdkunde zu lernen, legte Alahrian die Hand gegen das Glas, um das wenige, was an grauem Tageslicht durch die Scheibe drang, in sein Innerstes aufzusaugen. Seine Handfläche glühte ein wenig dabei, doch die Wahrscheinlichkeit, dass dies in ihrer kleinen, abgeschiedenen Ecke jemand bemerkte, schien äußerst gering.

Lilly legte ihr Geographiebuch zur Seite, die amerikanischen Bundesstaaten, deren Hauptstädte sie eigentlich auswendig lernen sollte, aufgeschlagen. Alahrian sah ein wenig blass aus, stellte sie fest. Der Vormittag in einem geschlossenen Gebäude, noch dazu bei diesem düsteren Wetter, hatte ihn erschöpft.

„Warum ziehst du nicht in eine Gegend, wo es wärmer ist?", erkundigte sie sich besorgt. „Und sonniger? Kalifornien zum Beispiel."

Alahrian zuckte zusammen, das Gesicht mit einem Mal noch ein bisschen blasser. Der Ausdruck in seinen Augen ähnelte dem von gestern, als sie ihn nach den gefallenen Engeln gefragt hatte, und Lilly wollte die Bemerkung schon fallen lassen, als er sagte:

„Ich kann nicht. Ich kann hier auf Dauer nicht weg."

Das war eine Antwort, die Lilly bereits kannte. Nach Morgans Erzählung gestern jedoch konnte sie nun zumindest erahnen, was sie bedeutete.

„Du musst die Tore bewachen", meinte sie. „Die Tore zu den Hohlen Hügeln. Wo die Erloschenen leben."

„Das also hat Morgan dir auch erzählt." Seine Miene war undurchdringlich, Lilly konnte nicht sagen, ob er ärgerlich darüber war oder sogar erleichtert.

„Ja", entgegnete sie zögerlich. „Aber ... ich bin nicht sicher, ob ich es richtig verstanden habe."

Alahrian nahm die Hand vom Fenster und massierte die Innenfläche mit der anderen, als habe er sich wehgetan.

„Wo sind die Hohlen Hügel?", fragte Lilly, als er nichts sagte.

„Die Hohlen Hügel sind eine Zwischenwelt", erklärte er, in einem Tonfall, den Lilly ebenso wenig deuten konnte wie seinen Gesichtsausdruck. „Sie befinden sich nicht in der Welt der Sterblichen, aber auch nicht in der Anderswelt. Sie sind ... eine Art Übergang."

„Und die Tore?"

„Die Tore liegen unter der Erde, an vielen Stellen dieser Welt. In Höhlen, unterirdischen Verliesen, Grabhügeln ..." Er zuckte mit den Schultern. „Manchmal auch in Steinen. Hier in dieser Gegend spricht man nicht viel davon, in Island aber kennt jeder die Feenhügel."

„Und doch ist auch hier ein Tor, nicht wahr?", bohrte Lilly weiter, Morgans Worte von gestern tiefer ergründend.

Alahrians Blässe nahm zu. Er sah jetzt aus, als würde ihm gleich übel werden, doch er nickte. „Ja", entgegnete er abgehackt. „Auch hier ist ein Tor, direkt unter dem Pfahl. Aber es ist ... verschlossen."

„Aber nicht immer", fügte Lilly hinzu. „Manchmal öffnet es sich. Man könnte hindurchgehen und ..."

„NEIN!" Alahrian schrie es fast, blitzschnell beugte er sich zu ihr hin, seine Augen glühend, das Gesicht kreideweiß. „Nicht dieses Tor! Daran darfst du nicht einmal denken, niemals! Was hinter diesem Tor lauert, ist gefährlich, tödlich, dunkel ..." Seine Worte erstickten.

Lilly erschauderte heftig.

Alahrian fand seine Fassung wieder und schüttelte den Kopf. „Verzeih", murmelte er halblaut. „Ich wollte dir keine Angst machen. Es ist nur ... die Erloschenen sind gefährlich, verstehst du? Manche von ihnen wollten eure Welt von Anfang an unterwerfen, andere fielen in die Schatten, als sie von euch verfolgt und gejagt wurden, und nähren ihren Hass und ihren Rachedurst in der Tiefe." Sein Blick richtete sich ins Leere, die Augen waren dunkel und schwarz umrandet. „Es gibt Geschichten bei den Menschen, Geschichten, in denen unser Volk schrecklich erscheint und monströs. Legenden, die von Krankheiten erzählen, die euch die Elfen anhexen, von Flüchen, von Kindern, die aus ihren Wiegen gestohlen werden ..." Es schüttelte ihn vor Abscheu, seine Stimme wurde brüchig. „Erinnerst du dich an den *Erlkönig*? Das ist es, was die Erloschenen tun."

Schweigend senkte Lilly den Blick. Was er erzählte, das machte ihr Angst, andererseits: „All diese Geschichten sind sehr alt", meinte sie, etwas kläglich.

„Ja." Ein schwaches Lächeln huschte über Alahrians Gesicht, wie um sie zu beruhigen. „Die Erloschenen sind in ihrer Zwischenwelt gefangen, die Tore durch Zauber verschlossen. Sie können nicht hinaus."

„Und der *Fenririm*?" Lilly wurde immer noch eiskalt, wenn sie an das Monster im Wald dachte.

Alahrian senkte den Blick. „Es gibt gewisse Tage im Jahr, da sind die Grenzen zwischen den Welten besonders durchlässig", erklärte er leise. „An diesen Tagen kann es geschehen, dass sich die Tore öffnen und etwas ... entkommt."

„Wie der *Fenririm*."

„Ja." Alahrian nickte ernst. „Deshalb bewachen die *Döckalfar* die Tore, überall auf der Welt. Sie jagen die *Fenririm* und töten sie, bevor sie euch Schaden zufügen können. Meistens jedenfalls." Er verzog ein bisschen das Gesicht, auch ihm lag die Erinnerung an die Begegnung mit dem Monster noch in den Knochen.

„Was sind das für Tage?", fragte Lilly schnell, um die Schatten jenes Alptraums zu vertreiben.

„*Samhain*. Ihr nennt es Halloween. Und *Beltaine*. Das ist die Nacht vor dem ersten Mai."

„Mai?" Etwas in Lillys Innerem machte *klick*. „Oh mein Gott!" Bestürzt starrte sie ihn an. „Deshalb konntest du nicht mit mir zum *Tanz in den Mai* gehen! Du ... du hast gegen diese Ungeheuer gekämpft!"

„Nein." Heftig schüttelte Alahrian den Kopf. „Das ist Morgans Aufgabe, und er ist normalerweise extrem gut darin, auch wenn er dieses eine Mal einen übersehen hat. Ich habe das Tor unter dem Pfahl bewacht. Das ist es, was ich tue. Weshalb ich immer wieder an diesen Ort hier zurückkehren muss. Ich muss dafür sorgen, dass sich dieses Tor niemals öffnet, niemals. All meine Magie, all mein Zauber ..." Er brach ab, Lilly legte ihm die Hand auf die Schulter und fühlte sich plötzlich scheußlich, weil sie ihn damals so angefahren hatte.

„Es tut mir leid", flüsterte sie elend. „Ich war so wütend auf dich, an diesem Abend. Dabei wolltest du mich nur beschützen."

Ernst blickte er ihr in die Augen. „Ich wollte dich immer nur beschützen", erklärte er leidenschaftlich. „Und das werde ich immer tun." Plötzlich lachte er leise. „Aber ich war ein kompletter Idiot an diesem Tag! Ich wollte so sehr mit dir auf den Ball gehen, ich hatte das Datum völlig vergessen. Mangelndes Zeitgefühl, du weißt schon ..." Unglücklich zuckte er mit den Schultern.

Lilly nickte, auf absurde Art und Weise erleichtert. Dass er sie an jenem Abend versetzt hatte, hatte sie nie ganz verwunden. Bis jetzt. Dann drang die volle Bedeutung seiner Worte an ihr Bewusstsein, und sie schauderte wieder. „Was ist hinter diesem besonderen Tor?", fragte sie unbehaglich.

Nun wich Alahrian ihrem Blick aus, Schatten zuckten über sein bleiches Gesicht, und Lilly glaubte schon, er würde nicht antworten, als er sagte: „Liliths Palast. Ihre Königin. Die Königin der Erloschenen, sie ..." Er unterbrach sich mitten im Wort und blickte ruckartig auf.

Zwei Sekunden später bog Anna-Maria um die Ecke, er hatte sie kommen gehört, obwohl Lilly noch nicht einmal Schritte wahrgenommen hatte.

„Hey, da seid ihr ja!" Uneingeladen ließ sich Anna-Maria neben ihnen nieder. „Du schuldest mir noch einen Kinobesuch", wandte sie sich an Lilly, Alahrian weitestgehend ignorierend. „Heute Abend läuft ne ziemlich süße Komödie, was meinst du? Wir könnten auch ein paar von den anderen fragen, das wird bestimmt cool!"

Lilly tauschte einen Blick mit Alahrian, den Anna-Maria falsch deutete, denn sie fügte – ungewöhnlich großzügig – hinzu: „Du kannst natürlich auch mitkommen."

Alahrian lächelte gezwungen, wich ihrem Blick aus und schaute stattdessen Lilly an. Kaum wahrnehmbar schüttelte er den Kopf, zum Fenster deutend.

„Heute Abend geht's nicht, ein andermal, ja?", meinte Lilly schnell. Zwei Stunden in der Dunkelheit, nachdem der ganze Tag schon grau und bewölkt gewesen war, das würde Alahrian niemals durchhalten. Er war ohnehin schon ganz blass.

Anna-Maria machte ein beleidigtes Gesicht.

„Wir holen das nach, okay?", versprach Lilly so enthusiastisch wie möglich.

„Bestimmt?"

„Klar."

„Na schön." Seufzend schnappte sich Anna-Maria Lillys Erdkundebuch. „Hast du gelernt?", fragte sie, das Thema wechselnd. „Ich glaub, wir schreiben ne Ex."

Damit schien die Sache mit dem Kino umschifft, Alahrian jedoch hatte die kurze Konversation mit einem explizit unglücklichen Ausdruck verfolgt und sagte während der gesamten Pause kein einziges Wort mehr. Während Erdkunde war er sehr still, obwohl sie keine Ex schrieben, und selbst auf dem Weg zur Sporthalle hielt das ungewöhnliche Schweigen an.

„Alles okay?", erkundigte sich Lilly endlich. „Anna-Maria hat dich doch nicht irgendwie beleidigt, oder doch?" Zugegeben, Anna-Maria machte keinen Hehl aus ihrer Antipathie, doch sie schien sich heute zumindest bemühen zu wollen. Ein Kinobesuch wäre ein Anfang gewesen, oder nicht? Sie konnte ja nicht wissen, wie empfindlich Alahrian gegen dunkle Orte war.

„Nein, natürlich nicht." Alahrian beobachtete den Asphaltboden unter seinen Füßen, als gäbe es dort etwas ungeheuer Spannendes zu entdecken.

Lilly wartete zwei Sekunden.

„Willst du nicht mal etwas Normales unternehmen?", platzte es aus ihm heraus. „Etwas *Menschliches*? Mit deinen nicht-freakigen Freunden?"

„Was?!" Lilly blieb stehen, als wäre sie gegen eine Wand gelaufen. „Willst du mich loswerden?" Sie blinzelte, nur halb im Scherz.

„Natürlich nicht!" Er erbleichte so heftig, dass Lilly die dumme Bemerkung sofort wieder leidtat. „Ich ... ich meine nur ... du ... du sollst nicht ..."

„Ja?"

„Wenn du das gerne machen möchtest, heute Abend, dann sollst du meinetwegen nicht darauf verzichten."

„So wichtig ist das doch nicht!" Lilly winkte ab, das Problem nicht ganz einsehend.

„Doch Lilly, es ist wichtig." Er blickte ernst und sorgenvoll. „Wir beide, wir können vielleicht *nie* zusammen ins Kino gehen."

„Na und?" Lilly zuckte mit den Schultern. „Wir haben uns doch erst neulich einen Film zusammen angesehen, schon vergessen?" Sie berührte die Kette um ihren Hals, den Lichtfunken, den er ihr geschenkt hatte.

„Das meine ich nicht." Er sah immer noch unglücklich aus.

Zwischen Sporthalle und Schulgebäude klingelte es. „Wir müssen los!", bemerkte Lilly, ihr Sportzeug schulternd. Schnell küsste sie ihn auf die Wange. „Wir reden nachher darüber, ja?"

Menschlich

Erst als Alahrian in die Halle kam, erfuhr er, dass Sport für die Jungs heute ausfiel. Die meisten freuten sich über die unverhoffte Freistunde und marschierten als geschlossene Gruppe in die Eisdiele ab, Alahrian aber zog sich, da er ja doch keine sterbliche Nahrung zu sich nehmen konnte, heimlich zurück und schlenderte stattdessen mit hängendem Kopf und tief in den Jackentaschen vergrabenen Händen durchs Stadtzentrum.

Es nieselte immer noch. Der Himmel war bleigrau, es war nicht dunkel, aber düster genug, um nicht nur auf seine Kräfte, sondern auch auf seine Stimmung zu schlagen. Zumindest gelang es ihm für einige Minuten, sich einzureden, es läge nur am Wetter. Die Wahrheit war nicht ganz so simpel.

Missmutig starrte er über die Straße hinweg durch die blank polierten Scheiben der Eisdiele. Er konnte sie dort sitzen sehen, die anderen, wie sie lachten und scherzten und herumalberten, während sie Löffel aus Edelstahl in den Händen hielten, die sie in Nahrung steckten, die *er* nie kosten würde.

So viel Mühe er sich auch gab, niemals würde er so sein wie sie. Er gehörte nicht dazu. Wie ein Hund stand er hier draußen im Regen, starrte durchs Fenster und konnte, selbst wenn er hinein ging, doch niemals wirklich dort drinnen sein. Er war wie in einem Glasgefäß gefangen, immer fremd, immer fern, immer ... anders.

Dämon! Teufel! Missgeburt!

Die Stimme aus seiner Erinnerung hallte dumpf in seinem Kopf wider, er konnte sie nicht vertreiben. Gestern, als Lilly ihm das Buch gezeigt hatte, da war sie wieder erwacht, die alte Furcht, hatte sich wie Gift in sein Herz gekrallt. Lilly jedoch hatte ihn nicht verurteilt. Selbst jetzt, wo sie die Geschichte seines Volkes kannte, wo sie zu ahnen begann, was er wirklich war, blieb sie noch immer bei ihm.

Lilly war wunderbar. Wenn sie ihn ansah, dann zersplitterte das Glasgefäß unter ihrem Blick, dann konnte er seine Andersartigkeit vergessen. Es war, als gehöre er wirklich dazu, als wäre er ein echter Teil dieser Welt. Ja, fast schien es ihm dann, als wäre er tatsächlich ein *Mensch*.

Doch das war er nicht.

Lilly konnte mit einem einzigen Blick das Glasgefäß, das ihn gefangen hielt, zertrümmern. Aber was, so fragte er sich, während er düster in die Wolken starrte, wenn er sie selbst zu einer Gefangenen machte? Zu einer Ausgestoßenen? Sie sollte seinetwegen nicht auf einen Kinobesuch mit ihrer Freundin verzichten, sie sollte *in* der Eisdiele sitzen, und nicht draußen im Regen stehen.

Alahrian seufzte tief, schüttelte sich das von Nässe klebrige Haar aus dem Gesicht und betrachtete sein Spiegelbild in einer Schaufensterscheibe. Da er sich in der Öffentlichkeit bewegte, versteckte er sich natürlich unter einem Zauber, aber selbst durch dieses Trugbild hindurch zeigte die verschwommene Reflexion im Glas deutlich seine Merkwürdigkeit. Die viel zu hohen Wangenknochen, die ungewöhnlich blasse Haut, die Augen, zu groß und zu seltsam geformt, dazu die angeschrägten, kühn geschwungenen Brauen ... Unter dem Haar konnte man sie natürlich nicht sehen, das Spiegelbild jedoch schien sie ihm geradezu ins Auge zu spießen, die verhassten Spitzohren, Fuchsohren, Teufelsohren ...

Wie viel einfacher wäre alles gewesen, wenn er ein *Mensch* wäre!

Alahrian lehnte sich mit dem Rücken gegen die nasse Scheibe, blickte in die grauen Wolken und stellte sich, nicht zum ersten Mal, vor, wie er als Mensch wohl sein würde. Mit runden Ohren und Haaren, die man schneiden konnte, ohne dass es wehtat, mit Haut, die ganz unempfindlich war gegen Eisen und Stahl. Er hätte stundenlang im Dunkeln sitzen können und ...

Er riss die Augen auf. Ein paar Meter entfernt flüchtete sich ein Pärchen vor dem schlechten Wetter in die Bibliothek. Unter dem Eingangsportal küssten sie einander, ganz flüchtig nur, dann liefen sie weiter. Das war auch so eine Sache ... Küssen schien für die Sterblichen etwas völlig Normales, beinahe schon Belangloses zu sein. Für einen *Liosalfar* aber ...

Ein Kuss der wahren Liebe war ... er war ... etwas ganz Unglaubliches, etwas Magisches, ein Versprechen, für das es keine Worte gab ...

Alahrian hatte in letzter Zeit große Lust gehabt, Lilly zu küssen. Wäre der *Fenririm* nicht dazwischen gekommen, an jenem einen Abend, wer weiß, vielleicht hätte er es sogar einfach getan?

Aber er wusste nicht, ob es für sie dieselbe Bedeutung haben würde wie für ihn. Und wollte sie es überhaupt? Sie hatte nie davon gesprochen. Nie hatte sie den Wunsch geäußert, ihn zu küssen. Vielleicht fürchtete sie sich ja insgeheim davor ... Er war schließlich nicht normal.

Alahrian seufzte erneut. Er fühlte das Handy in der Tasche vibrieren, noch bevor es zu klingeln begann. Ulkiges kleines Ding. Es war eine Nachricht, von Lilly natürlich:

Wo steckst du? Ich vermisse dich!

Trotz seiner eben noch düsteren Stimmung glitt ein Lächeln über Alahrians Lippen. Plötzlich war ihm ganz warm, obwohl seine Muskeln in der feuchten Kälte zitterten.

Ich habe sie nicht verdient. Sie ist zu gut für mich ...

Mit einem Ruck löste er sich von der Scheibe, an der er lehnte und lief schnellen Schrittes zur Schule zurück.

***

Alahrian war klitschnass, als er Lilly vom Sport abholte. „Was hast du denn gemacht?", fragte sie besorgt. „Du zitterst ja richtig! Du wirst dich noch erkälten!"

Er lächelte schwach. „Wohl kaum." Und leiser, gemurmelt und mehr zu sich selbst als zu ihr, fügte er etwas hinzu, das klang wie „Ich wünschte, ich könnte es". Aber Lilly war sich nicht ganz sicher.

Auf dem Heimweg war er still und ernst genau wie vorhin. Eine Weile lauschte Lilly seinem Schweigen, dann hielt sie es nicht mehr aus und fragte offen: „Was hast du denn nur? Habe ich irgendwas falsch gemacht?"

Er blieb stehen, wie vom Blitz getroffen. „Nein! Ganz gewiss nicht!" Seine Reaktion war so heftig, dass ein paar Blätter über ihm aus den Bäumen fielen, obwohl es noch längst nicht Herbst war.

„Was ist es dann? Immer noch die Sache mit dem Kino?"

Alahrian zögerte, kämpfte mit sich, scharrte mit den Füßen im Waldboden und rief dann endlich: „Ich kann dir überhaupt nichts bieten! All diese Dinge, die Sterbliche normalerweise tun, Kino, Essen gehen ... Niemals wirst du das mit mir tun können! Oder verreisen ... Schiffe, Flugzeuge, Züge ... überall Stahl! Du kannst überhaupt nichts mit mir unternehmen, gar nichts!"

Das war leidenschaftlich und mit Inbrunst vorgetragen wie etwas, das ihn schon lange quälte, trotzdem hatte Lilly Mühe, nicht vor Lachen herauszuplatzen. Diese Rede war das Absurdeste, was sie jemals gehört hatte!

„Alahrian", sagte sie ernst, um einen ruhigen Tonfall ringend, „ich habe in den letzten paar Tagen mit dir mehr erlebt als jemals zuvor. Du hast mir eine ganz neue Welt gezeigt, eine ..."

„Das meine ich nicht", unterbrach er sie, nahezu rüde. „Ich ... ich meine etwas Sterbliches! Etwas *Menschliches*! Zusammen essen gehen oder so ..."

Lilly verzichtete darauf, ihm zu erklären, dass sie sehr wohl zusammen essen gehen konnten, wenn es unbedingt sein musste. Nur er würde dann eben nichts bestellen. Eigentlich nicht sehr schlimm, bloß ...

„Alahrian, diese Dinge bedeuten mir nichts", erklärte sie fest. „Ich will einfach nur mit dir zusammen sein, ist das so schwer zu verstehen?"

Aber das war vielleicht das Problem. *Ihm* bedeuteten diese Dinge sehr viel, so belanglos sie für Lilly auch sein mochten.

Und da fiel ihr plötzlich etwas ein. Hastig griff sie in ihre Jeanstasche und ertastete den zerknitterten Flyer, den sie nach dem Unterricht achtlos dort eingesteckt hatte.

„Heute Abend um acht", meinte sie triumphierend.

„Wie?" Er blinzelte verwirrt.

„Hol mich heute Abend um acht ab, ja?" Sie grinste breit. „Dann machen wir etwas Sterbliches. Etwas *Menschliches*."

***

Pünktlich wartete Alahrian am Abend auf Lilly, mit einem etwas angespannten Gefühl ließ er sich von ihr führen. Er vertraute ihr, als sie das Städtchen jedoch verließen und stattdessen die Landstraße entlang marschierten, ließ ihn die Neugierde fragen: „Wo gehen wir denn eigentlich hin?"

Lilly strahlte ihn an. „Das wird eine Überraschung!" Sie lächelte geheimnisvoll. „Komm, es ist nicht mehr weit! Wir hätten auch den Bus nehmen können, aber ..."

„Nein, schon gut." Hastig winkte er ab. Bloß keine Busse! Ohnehin hatte es zu regnen aufgehört, letzter, milder Abendsonnenschein blitze durch die Wolken, am Horizont hoben sich einige goldene Strahlen deutlich gegen den grau-blauen Himmel ab.

Es wurde ein hübscher Abendspaziergang, und als sie im Nachbarort ankamen, hatten sich die Strahlen am Horizont bereits rosa gefärbt. Alahrian trank ein wenig davon, fühlte die Helligkeit unter seiner Haut prickeln und wie sich seine Muskeln daraufhin angenehm entspannten. Die Musik hörte er schon von weitem, allerdings war es eher ein buntes Durcheinander verschiedener Stimmen und Melodien, nicht die Art von Musik, die Lilly üblicherweise bevorzugte. Hinter den Bäumen erhoben sich blinkende Lichter, und als sie um die Ecke bogen, erkannte Alahrian auch, woher sie stammten: Es war ein Volksfest. Der Wind trug den Geruch von gebrannten Mandeln, kandierten Äpfeln und geräuchertem Fisch zu ihnen herüber, ein leuchtendes Riesenrad erhob sich hoch über ihren Köpfen, Schausteller priesen laut ihre Fahrgeschäfte an, und ganze Trauben von Sterblichen schlenderten gemächlich über den Platz.

Alahrian starrte verblüfft. Er wusste nicht so recht, was er eigentlich erwartet hatte, aber das hier? Das war ... ungewöhnlich. Lilly drückte seine Hand. Vielleicht spürte sie seine Skepsis. Alahrian zwang ein Lächeln auf sein Gesicht, ließ sich weiter von ihr führen und beobachtete beiläufig ein paar Kinder, die, jauchzend in einem Kettenkarussell sitzend, ihren Eltern zuwinkten, wenn immer sie an ihnen vorbei geflogen kamen. Gegenüber schleppten zwei Typen ihre Freundinnen in die Geisterbahn, zweifellos, um die Dunkelheit und die gruselige Atmosphäre auszunutzen, so viel begriff selbst Alahrian, und einige Meter entfernt johlte und grölte eine Handvoll leicht angetrunkener Jugendlicher beim Autoscooter. Zweifellos, die Sterblichen schienen sich an diesem Ort ausgesprochen zu amüsieren, nur ...

Alahrian war ein miserabler Lügner. „Lillian", bemerkte er so behutsam wie möglich. „Das ist wirklich eine interessante Überraschung, aber ..." Wie um alles in der Welt sollte er es formulieren, ohne sie zu verletzen? „Hier ist *überall* Stahl", gestand er schließlich offen. „Bist du sicher, dass dies der richtige Ort ist für jemanden ... nun ja ... wie ... mich?" Er spürte selbst, wie kläglich er klang.

Lilly jedoch lächelte nur ermutigend. „Keine Sorge, wir bleiben nicht lange hier", erklärte sie sanft. „Und solange du den Stahl nicht anfasst, passiert dir doch nichts, oder?"

Alahrian schüttelte den Kopf. Nein, die bloße Anwesenheit von Eisen machte ihm nichts aus, von dem penetranten, viel zu scharfen Geruch abgesehen, aber das behielt er lieber für sich. Er wollte sie nicht kränken, unter gar keinen Umständen wollte er sie vor den Kopf stoßen. Also riss er sich zusammen, und sie drückte seine Hand fester, dirigierte ihn durch die Menge, als wäre er ein Kind, und passte auf, dass sie den metallenen Fahrgeschäften nicht zu nahe kamen. Offensichtlich war sie nicht hierhergekommen, um Achterbahn oder Schiffschaukel zu fahren, dennoch schien sie nach etwas Ausschau zu halten. Wollte sie jemanden treffen? Anna-Maria vielleicht?

Alahrian blickte sich unbehaglich um. Die bunten Lichter waren hübsch, das musste er zugeben, ein Stück weit darüber blinkten bereits die ersten Sterne, kühl und silbrig. Er sog ihr Strahlen auf, bis es ihn ganz erfüllte, und spürte die wilden Zuckungen der Jahrmarktsbeleuchtung in seinen Augen reflektieren.

„Ah!" Lilly blieb unvermittelt stehen. „Warte hier einen Moment, ja? Ich bin sofort zurück!"

Alahrian verharrte an Ort und Stelle und rührte sich nicht. Um ihn herum wogten Grüppchen von Sterblichen: Eltern mit ihren Kindern, eine ganze Menge Jugendlicher, ein knutschendes Pärchen, ein Mädchen mit einem Lebkuchenherz um den Hals und einem schüchternen, verstohlen lächelnden Jungen an ihrer Seite.

Alahrian schien in dieser Menge ganz zu versinken, er fiel nicht auf, niemand beachtete ihn. Ein angenehmes Gefühl. Er begann, sich weiter zu entspannen. War es das, was Lilly ihm hatte zeigen wollen? Dass er an einem *alfar*-unfreundlichen, von Eisen durchdrungenem Ort überleben konnte, in einer Masse von Menschen – als Mensch?

Sie kam zurück, zwei lange, von weißen Wolken umwickelte Stäbe in den Händen. Nun konnte er eine gewisse Neugierde nicht mehr bezähmen. „Was um alles in der Welt ist das?"

„Zuckerwatte." Mit einem bezaubernden Glitzern in den Augen reichte sie ihm einen der Stäbe. „Das ist der Grund, aus dem ich mit dir hierher kommen wollte."

„Eine Wolke?" Alahrian zog die Brauen hoch.

Lilly lachte leise. „Du wolltest etwas Sterbliches unternehmen, nicht wahr? Etwas Menschliches." Ihre freie Hand fuhr über die Menschentrauben hinweg. „Und du hast gesagt, wir könnten nie zusammen essen gehen. Also: Ich habe etwas besorgt, was wir beide essen können!"

Alahrian starrte auf die um einen Stab gefädelte Wolke in seiner Hand. „Das hier kann man essen?"

„Natürlich!" Lilly riss einen Bausch von der Wolke ab und demonstrierte es ihm. „Sogar du kannst es essen. Es ist reiner Zucker, sonst nichts."

„Menschen essen Zucker auf Jahrmärkten?" Er war verblüfft. Sie war genial! Sie war wundervoll! Neugierig kostete er von der Wolke, schmeckte die klebrige Süße auf der Zunge. Zucker, eindeutig. Er hatte nicht gewusst, dass auch Menschen reinen Zucker zu sich nahmen, nur Zucker, ohne irgendetwas anderes dazu.

„Siehst du." Lilly nahm wieder seine Hand. „Wir befinden uns auf einem Volksfest, an einem Freitagabend, und wir essen zusammen, wie ein ganz normales Paar." Triumphierend zwinkerte sie ihm zu.

Alahrian schwieg. Er war verblüfft und sprachlos. Lilly führte ihn an eine Stelle etwas abseits des Getümmels. Unter einer Baumgruppe setzten sie sich auf eine Bank, aßen Zuckerwatte und beobachteten das bunte Treiben, das wie ein wirbelnder Fluss an ihnen vorüberzog. Auf Lillys Gesicht spiegelten sich die Lichter der Fahrgeschäfte, wie winzige Blumen blühten sie in ihren Augen. Alahrian war ganz schwindelig vom vielen Sternenlicht, gebannt beobachtete er jede von Lillys Bewegungen ... wie sie sich das Haar zurückwarf durch ein kleines, anmutiges Schütteln des Kopfes ... ihre schlanken, weißen Finger, die hin und wieder von der Zuckerwatte zupften ... Mit der Zunge leckte sie sie von den Lippen, und diese waren gewiss süßer als Zucker, weicher als das Mondlicht, prickelnder als die Sterne über ihnen ...

Alahrian drückte die Hand gegen die Stirn, wandte hastig den Blick ab und schaute stattdessen wieder dem Jahrmarkt-Treiben zu. Dies hier war gewiss nicht der richtige Zeitpunkt, nicht wahr? Er konnte doch nicht ... Er sollte nicht ...

Schnell sprang er auf, nahm ihre Hand und wirbelte sie, plötzlich übermütig, ins Getümmel zurück. „Komm, sehen wir uns noch ein wenig um! Was ist das da vorne?"

Er deutete auf einen Stand, wo Leute kleine Pfeile auf Luftballons warfen und für jeden Treffer irgendeinen Preis errangen. Mit einem

Mal spielte ein Grinsen um seine Lippen. Die Pfeilspitzen waren aus Metall, der Rest aber aus Plastik. Wenn er aufpasste, konnte er sie anfassen.

„Soll ich eins von den riesigen Stofftieren für dich gewinnen?", fragte er unternehmungslustig.

Lilly blickte ihn skeptisch an. „Schaffst du das?", entgegnete sie, ihn halb neckend. „Ich meine, das ist nicht so einfach, wie es aussieht ..."

„Sicher." Er lachte vergnügt. „Das schaffe ich." Ungewohnt selbstbewusst stolzierte er auf den Stand zu, bezahlte eine Handvoll Pfeile und sonnte sich einen Moment lang in dem bewundernden Ausdruck auf Lillys Gesicht, als jeder Wurf mit spielerischer Sicherheit ins Schwarze traf.

„Cool", bemerkte sie lachend, einen rosafarbenen Teddybären im Arm haltend, der fast so groß war wie sie selbst. „Ist da irgendein Trick dabei?"

„Elfenpfeile treffen immer ihr Ziel." Er lächelte geheimnisvoll.

Hand in Hand verließen sie das Volksfest und spazierten gemeinsam nach Hause.

„Das war ein schöner Abend", meinte er, als sie bereits vor Lillys Haustür standen. „Danke."

„Und ganz menschlich!" Aus leuchtenden Augen blickte sie ihn an. „Na ja, fast ..."

Er erwiderte stumm ihren Blick, beinahe hatte er das Gefühl, von dem Licht in ihren Augen trinken zu können, und dann schien ihm, er würde darin *er*trinken, denn all seine Furcht, all seine Bedenken schwammen plötzlich fort, und da war nur noch sie, und sie war so nah, dass er ihre Wärme fühlen konnte, die Melodie ihres Atems auf der Haut, und er wollte den Kopf zu ihr herabneigen, wollte seine Finger unter ihr Kinn legen, ihre Lippen den seinen ganz nahe bringen, und dann ...

Blitzschnell zuckte er vor ihr zurück, als er drinnen im Haus ein halblautes Rumoren hörte. Wilbur kläffte hinter der Tür, und Alahrian glaubte, hinter dem Küchenfenster eine Gestalt zu bemerken, die hastig den Vorhang zurückschob und sich von der Scheibe entfernte, in eben jenem Moment, in dem Alahrian aufblickte. Lillys Vater, kein Zweifel. Offensichtlich standen sie unter Beobachtung.

Alahrian presste die Kiefer aufeinander. Ohne dass er es selbst bemerkt hatte, hatten seine Lippen zu zittern begonnen wie in einer süßen, überwältigenden Erwartung. „Gute Nacht, Lillian", sagte er schnell, und während sie ein geflüstertes „Gute Nacht, Alahrian" in die Dunkelheit hauchte, da war er schon im Wald verschwunden.

***

Alahrian konnte nicht schlafen in dieser Nacht. Sein Herz pochte immer noch heftig, als er längst unter seiner Glaskuppe im Bett lag. Ob sie es auch gewollt hätte? Das Küssen? Wäre es in Ordnung gewesen oder hätte ihr Vater ihn dann hochkant vom Grundstück getrieben? Noch vor wenigen Jahrzehnten, so schien es ihm, hätte er noch nicht einmal mit Lilly allein im selben Raum sein dürfen. Heute war dies offenbar anders. Er hatte auf dem Volksfest viele Sterbliche gesehen, die einander küssten, einfach so. Aber er war ein magisches Wesen! Allein der Gedanke, Lilly zu küssen, ließ winzige kleine Blüten neben seinem Kopfkissen sprießen, Blüten von einer Farbe, die er nie zuvor gesehen hatte.

Was mochte da erst geschehen, wenn sie einander wirklich körperlich nahe kamen? Wie magisch würde der Kuss sein? Alahrian dachte an all die Märchen, die er gelesen hatte. Küsse konnten Frösche in Prinzen verwandeln und Flüche brechen, aber auch Flüche auslösen. Wie konnte er wissen, was in seinem Fall passieren würde?

Seufzend drehte er sich auf die Seite. Seine Fingerspitzen leuchteten. Goldfunken regneten von seinem Haar auf den Seidenstoff der Decke herab. Er konnte sich gar nicht zusammennehmen, so aufgewühlt war er.

Morgan?, flüsterte er endlich, in Gedanken behutsam nach dem Bewusstsein seines Bruders tastend. *Bist du noch wach?*

Ein diffuses Gemurmel kam als Antwort, dann folgten ein paar verschwommene Fernsehbilder. Morgan war noch wach, aber er sah sich gerade einen Film an.

Morgan, du hast schon viele Mädchen geküsst, oder?

Schon möglich.

Ungewöhnliche Bescheidenheit. *Wann ist der richtige Zeitpunkt dafür?*, fragte Alahrian.

Für einen Kuss ist immer der richtige Zeitpunkt.

Alahrian konnte das anzügliche Grinsen seines Bruders regelrecht durch die Wände sehen. Er seufzte entnervt.

Soll das etwa heißen, du hast deine Lilly noch nicht mal geküsst?, erkundigte sich der Bruder neugierig. *Warum nicht?*

Was, wenn sie es nicht möchte?

Das wirst du dann schon merken! Und außerdem ist sie verliebt in dich! Warum sollte sie dich nicht küssen wollen?

Diesmal war Alahrian sicher, den anderen lachen zu hören. *Aber ich bin kein Mensch!* entgegnete er, Morgans Erheiterung ignorierend. *Was, wenn … etwas schiefgeht?*

Das ist der größte Blödsinn, den ich je gehört habe. Glaubst du etwa, du bist giftig für sie? Menschen und Alfar *können einander küssen, glaub mir. Sie können noch ganz andere Dinge miteinander tun!*

Alahrian fühlte eine jähe Hitze in seinen Wangen aufflammen. Morgan verstand das nicht! Morgan war ein *Döckalfar*. Für ihn schien alles so einfach …

Hör auf, dir dumme Gedanken zu machen, riet ihm der Bruder versöhnlich. *Sie liebt dich, offensichtlich. Selbst* du *kannst das nicht vermasseln!*

Alahrian seufzte lautlos.

Schlaf jetzt, meinte Morgan sanft. *Hast du nicht morgen früh dein Volleyballtraining für das große Spiel? Da musst du doch fit sein, oder?*

Okay … Alahrian kappte die Verbindung. Das Gespräch war leider nicht sehr hilfreich gewesen. Trotzdem schlich sich eine leise Müdigkeit in seine Gedanken, während er sich gähnend in die Bettdecke hüllte. Sein Bewusstsein begann sich zu trüben. Er dachte an Zuckerwatte und rosa Teddybären, und an bunte Lichter, die sich flimmernd in Lillys Augen spiegelten ...

Dann schlief er ein.

Das Spiel

Lilly hatte sich nie über die Maßen für Sportveranstaltungen begeistern können, aber natürlich ließ sie es sich nicht nehmen, zu Alahrians großem Volleyballturnier zu kommen. Dem Ereignis wurde in der Schule eine größere Bedeutung beigemessen, als sie geahnt hätte, jedenfalls war die gesamte Turnhalle mit bunten Ballons und riesigen Transparenten geschmückt. Fast der gesamte Lehrkörper war anwesend, und engagierte Eltern schenkten vor dem Schulgebäude Getränke aus. Unvermittelt fühlte sich Lilly in die Atmosphäre einer amerikanischen High School versetzt, wie sie sie eigentlich nur aus Filmen kannte. Jedenfalls vergaß sie beim Anblick des ganzen Trubels beinahe, dass es sich bloß um einen Wettstreit zweier Kleinstadtschulen handelte, und fühlte prompt eine gespannte Nervosität in sich aufsteigen.

„Komm, lass uns reingehen, sonst sind die besten Plätze weg", bemerkte Anna-Maria neben ihr und dirigierte Lilly zur Turnhalle.

Lilly blickte sich aufmerksam um.

„Keine Sorge, dein Schätzchen wirst du schon nicht verpassen", wisperte Anna-Maria spöttisch.

Lilly hüllte sich in würdevolles Schweigen. Anna-Maria war natürlich nicht hier, um Alahrian zu bewundern, sondern, wie Lilly heimlich vermutete, vielmehr, um sich selbst bewundern zu lassen. Vielleicht aber auch wegen Thommy Niedermeier. Jedenfalls war sie froh, das Turnier nicht allein besuchen zu müssen. Allzu neugierige Fragen, was ihre Beziehung zu Alahrian betraf, hatte sie bisher geschickt umschifft, und so war Lilly entspannt und heiter, als sie sich auf der bunt geschmückten Tribüne in der Turnhalle einen Platz aussuchten.

Allein blieben sie dort allerdings nicht lange.

„Ladies", bemerkte eine sanft überlegene, selbstbewusst melodiöse Stimme, und als Lilly aufblickte, schaute sie überrascht in Morgans pechschwarz glitzernde Augen.

„Was machst *du* denn hier?", fragte sie verblüfft, während Anna-Maria vor plötzlicher Aufregung errötete, was dem Gesamtbild ihrer Supermodel-Erscheinung jedoch keinerlei Abbruch tat.

„Meinen kleinen Bruder unterstützen natürlich!" Morgan feixte. „Was sonst? Soll ich uns was zu trinken besorgen?" Er schenkte Anna-Maria ein charmantes Lächeln und verschwand, bevor diese etwas erwidern konnte.

„Hast du gewusst, dass er kommt?", erkundigte sich Lilly argwöhnisch.

Anna-Maria antwortete nicht, schüttelte stattdessen ihr üppiges blondes Haar aus und nutzte die Gelegenheit, um schnell ihren Lipgloss aufzufrischen.

Sie hatte es nicht gewusst, vermutete Lilly. Aber gehofft. Daher also das plötzliche Interesse am Volleyball!

Morgan kam zurück, zwei Plastikbecher mit Limonade auf einem Tablett balancierend, die er galant überreichte. Nur zwei, wie Lilly sehr wohl bemerkte. Keinen für sich selbst, natürlich nicht.

„Danke", murmelte sie, ein wenig sarkastisch. Sie merkte selbst, dass sie ihn nur unnötig provozierte, fügte aber noch hinzu: „Du kannst ja richtig Manieren zeigen!"

„Sicher." Morgan grinste ungerührt. Seiner eigenen Behauptung zum Trotz quetschte er sich frech zwischen den beiden Mädchen auf die Bank, was Anna-Maria eindeutig mehr freute als Lilly. „Ich habe an den verschiedensten Fürstenhöfen Europas gelebt", flüsterte er Lilly zu. „Genau wie Alahrian."

„Wirklich?" Lilly zog in gespielter Überraschung die Brauen hoch. „Das merkt man gar nicht."

Morgan lachte leise.

„Wie geht's deiner Band?", fragte Anna-Maria ihn beiläufig, offensichtlich darum bemüht, ein Gespräch mit ihm anzuknüpfen.

Lilly konnte es recht sein, denn während die beiden noch über Morgans Auftritte im Club plauderten, begann das Spiel. Sie hatte Alahrian bereits kämpfen sehen. Einmal im Spaß, mit Morgan, einmal gegen das grässliche Monster im Wald, sie kannte also die nahezu unmögliche Gewandtheit seiner Bewegungen, dennoch war es ein Genuss, ihm zuzusehen.

„Ist das nicht eigentlich unfair?", fragte sie mit gesenkter Stimme Morgan, als Alahrian durch einen gewagten Sprung für seine Mannschaft einen Punkt erspielte. „Wegen seiner besonderen Fähigkeiten?"

„Wieso?" Morgans Augen glitzerten amüsiert. „Magie wendet er ja nicht an." Ernster fügte er hinzu: „Er ist schneller als ein Mensch, zäher und geschickter, aber *nicht* stärker. Außerdem braucht er einen Großteil seiner Konzentration, um zu verbergen, was er ist. Er hält sich zurück, verstehst du? Glaub mir, es ist fair!"

Halblauter Jubel ertönte. Wieder so ein Sprung, ein Schlag, ein Punkt. Morgan stieß Lilly in die Seite. „Also, normalerweise hält er sich mehr zurück", wisperte er grinsend. „Scheint fast so, als wollte er heute jemanden beeindrucken!"

Zärtlich, aber auch ein wenig belustigt, streifte Lillys Blick Alahrians Gestalt. Er schaute zu ihr herüber, während er sich das leicht zerzauste Haar aus der Stirn wischte, und Lilly lächelte ihm aufmunternd zu. Seine Augen begannen zu strahlen.

Jungs, dachte sie nachsichtig. Die waren doch alle gleich, menschlich oder nicht!

Das Spiel zu beobachten wurde auf diese Art und Weise erstaunlich fesselnd. Bald fieberte sie mit, jubelte, bangte. Und sie freute sich aufrichtig, als Alahrians Mannschaft das Turnier gewann. Alahrian selbst wurde auf dem Spielfeld umringt, gefeiert und beglückwünscht. Seine Augen glühten. Die Wangen waren erhitzt, die Lippen zu einem Lächeln geöffnet. Er sah glücklich aus.

„Ich hätte nicht gedacht, dass er es so wichtig nimmt", bemerkte Lilly zu Morgan.

„Er nimmt *alles* wichtig." Morgans Blick war auf seinen Bruder geheftet. „So sind die *Liosalfar*. Was immer sie tun, sie tun es mit ganzer Leidenschaft – oder gar nicht." Er zwinkerte Lilly verschmitzt zu. „Aber das müsste dir eigentlich gefallen, oder?"

Lilly wich verlegen seinem Blick aus. „Trotzdem", lenkte sie schnell ab. „Es ist nur ein Spiel. Und er … er ist …"

Er war ein Fabelwesen, das an magischen Orten gegen das Böse kämpfte, ein Engel aus einer anderen Welt, ein Unsterblicher. Es schien Lilly unbegreiflich, dass Alahrian etwas derart Profanes wie ein Volleyballspiel so ernst nehmen konnte.

„Er ist keiner von euch", sagte Morgan leise, flüsternd. „Kein Mensch. Aber er bewundert euch. Etwas in ihm wäre gerne wie ihr. Es ist die Anerkennung der Sterblichen, die er dort unten sucht – und findet." Er wies auf Alahrians Mannschaftskollegen, die ihm immer noch auf die Schulter schlugen, ihn umjubelten und umschmeichelten.

Lilly war nicht ganz sicher, ob sie verstand, was Morgan meinte. Sie kam auch nicht dazu, nachzuhaken, denn Anna-Maria war bereits aufgesprungen, und Morgan folgte ihr. Nachdenklich lief Lilly hinter den beiden nach draußen.

***

„Mann, Alter, das war voll krass!" Thommy schlug Alahrian auf die Schulter, während sie die Umkleidekabinen verließen und zum Fest zurückkehrten. „Du hast uns grade echt den Sieg erspielt!"

Alahrian fühlte, wie er errötete, gleichzeitig beschämt und ermutigt durch das viele Lob. „Unsinn", meinte er abwehrend. „Ich war schließlich nicht allein auf dem Feld, oder?" Verlegen strich er sich das vom Duschen noch nasse Haar aus dem Gesicht.

„Du bleibst doch noch zur Feier, oder?", fragte Thommy eifrig. „Dieser Sieg muss begossen werden!"

„Ich weiß nicht ..." Alahrian zögerte. „Lilly ist auch da, weißt du?"

„Schon kapiert!" Ein Grinsen huschte über Thommys Gesicht, halb anzüglich, halb verständnisvoll. „Dann bis demnächst, okay?"

„Klar."

Alahrian verließ die Halle und schaute sich nach den anderen um. Statt Morgan und Lilly jedoch entdeckte er eine ganz andere, höchst unwillkommene Gestalt, etwas abseits vom Getümmel, in einen teuren Anzug gehüllt, der nicht so recht zu der sportlichen Atmosphäre passen wollte, ein kühles Lächeln auf den Lippen.

Alahrian blieb wie vom Donner gerührt stehen.

„Gut gespielt", bemerkte der Bürgermeister mit einem spöttischen Glitzern in den Augen.

Alahrian biss sich auf die Lippen. „Was wollt Ihr?", fragte er, das Zittern in seiner Stimme mühsam unterdrückend. Mit einem Mal schien es ihm um mehrere Grade kälter auf dem Platz. Obwohl die Sonne schien, fröstelte ihn, als hätte sich eine schwarze Wolke um sämtliche Gestirne gelegt.

Der Bürgermeister trat näher. Die falsche Freundlichkeit war aus seinem Gesicht verschwunden, es wirkte jetzt nur noch abweisend und hasserfüllt. „Halt dich von den Mädchen in meiner Stadt fern!", zischte er, durch die Zähne hindurch, ein böses Glitzern in den Augen.

„Was?!" Alahrian schnappte nach Luft, hatte sich aber schnell wieder in der Gewalt. „Ich lebe hier", erklärte er kühl. „Und ich gehe an diese Schule. Ein Sicherheitsabstand wird da wohl kaum möglich sein." Er war selbst überrascht, doch die Bemerkung klang selbstbewusst und von oben herab – und sie verfehlte ihre Wirkung nicht.

Der Zorn auf dem Gesicht des Bürgermeisters explodierte. Doch noch beherrschte er sich. „Du weißt genau, was ich meine!", entgegnete er frostig.

Alahrian zwang sich, dem anderen direkt in die zu Augen zu blicken, obwohl sich dabei seine Eingeweide zusammenkrampften vor Furcht. „Meine Beziehung zu Lilly ist meine Sache und geht niemanden etwas an", versetzte er hart.

„Ach ja?" Nun tropfte die Stimme des Bürgermeisters vor Hohn. „Weiß sie, was du bist? Oder hast du sie mit deinen kleinen Zaubertricks verhext? Wir wissen doch beide, dass du das sehr gut kannst, nicht wahr?"

Vor Alahrians Augen flackerte es rot. Ein Flammenblitz reiner Wut durchzuckte ihn, einen Moment lang musste er jeden einzelnen Muskel im Körper anspannen, um sich nicht blindlings auf den Bürgermeister zu stürzen.

Dann glomm etwas Goldenes in seinem Inneren auf. *Ja, sie weiß, was ich bin ... Sie weiß es, und sie bleibt trotzdem bei mir ...*

Langsam ausatmend entspannte er sich. „Kümmert Euch um Eure eigenen Angelegenheiten", bemerkte er spitz. „Diese Sache mit dem Einkaufszentrum zum Beispiel. Ihr wisst, worauf Ihr stoßen werdet, wenn Ihr hier im Ort zu tief grabt, nicht wahr?"

Mit einer gewissen Befriedigung beobachtete er, wie der Bürgermeister blass wurde. Aber er sagte nichts mehr.

Schnaubend wandte Alahrian sich ab.

„Und halte deinen Bruder von meiner Tochter fern, verstanden?", rief ihm der Bürgermeister hinterher, als wäre das Einkaufszentrum nie zur Sprache gekommen.

„Sonst was?", fragte Alahrian kalt. „Die Zeiten haben sich geändert. Ich habe keine Angst mehr vor Euch!"

Das war nicht die Wahrheit. Die Angst drückte ihm gegen die Kehle wie ein stacheliger Kloß aus Eisenspänen. Aber er zeigte es nicht. Dieses eine Mal schaffte er es, all seine Gefühle in seinem Inneren einzusperren.

„Ich bin nicht mehr das Kind von damals", meinte er heftig, während hinter seiner Stirn die Erinnerungen emporzuwallen drohten.

Die Flammen ... die Dunkelheit ... das Eisen ... „Ihr könnt mir nichts mehr anhaben!"

Wie zum Beweis ließ er einen Strang weiß glühender Helligkeit in seine Fingerspitzen fließen, und wieder empfand er Genugtuung, als der Bürgermeister instinktiv davor zurückzuckte. Aber er kostete den Moment nicht aus. Ohne ein weiteres Wort drehte er sich um und stapfte davon, den Bürgermeister einfach stehenlassend.

Sein Herz raste und er fröstelte noch immer, als er Lilly und seinen Bruder auf dem geschmückten Schulhof entdeckte. Mit tiefen Atemzügen vertrieb er die Anspannung, zauberte ein Lächeln auf sein Gesicht.

„Hey, Champion!", rief Morgan ihm gutgelaunt zu. Von Anna-Maria war zum Glück nichts zu sehen.

Alahrian grinste seinen Bruder an und schlüpfte in Lillians ausgestreckte Arme. Der Schatten der Vergangenheit zog sich zurück. Sein Lächeln war echt, als er aufgeräumt fragte: „Kommst du noch mit in die Villa? Ich habe was für dich gekauft!"

Vergebung

Alahrian hatte einen Kühlschrank für sie angeschafft, damit sie etwas zu essen hatte, wenn sie bei ihm war, doch die Früchte aus seinem Garten waren ihr noch immer am liebsten. Es hatte etwas merkwürdig Paradiesisches an sich, und das im wahrsten Sinne des Wortes.

Gedankenverloren spielte Lilly mit dem Apfel in ihrer Hand, ließ ihn auf ihrer Handfläche kreisen, ohne noch davon zu kosten. „Was würde geschehen, wenn du so etwas essen würdest?", fragte sie nachdenklich Alahrian. „Würde es dich vergiften?"

Er zwinkerte. „Ich bin kein Schneewittchen, weißt du?" Übergangslos wurde er wieder ernst. „Aber nein, gewiss nicht. Vielleicht würde ich sogar meine Unsterblichkeit behalten. Aber ich könnte nie mehr in meine Welt zurück."

Lilly zuckte ein bisschen zusammen und legte den Apfel beiseite. Da war es wieder, jenes Thema, das immer wieder zwischen seinen Worten erschien, und das sie dennoch akribisch zu meiden versuchte, weil es ihr mehr Angst machte als alles andere. *Seine* Welt. „Willst du das denn?", fragte sie leise, und sie konnte nicht verhindern, dass ihre Stimme zitterte. Plötzlich war ihre Kehle wie zugeschnürt. „Zurück?"

Alahrian senkte den Blick. „Ich wollte es einst, ja", gestand er flüsternd.

Lilly biss sich auf die Lippen. Er sprach in der Vergangenheit, das hatte sie durchaus bemerkt, und dennoch jagten die Worte nun einen Schauder über ihren Rücken. „Dann wirst du mich verlassen", krächzte sie, an den Worten erstickend, als wären es Splitter von Glas. Und doch war es fast eine Erleichterung, es endlich auszusprechen. „Du wirst in deine Welt zurückkehren und mich verlassen, irgendwann." Hastig wandte sie das Gesicht ab, damit er die Tränen nicht sah, die ihr in die Augen stürzen wollten.

Aber natürlich sah er sie trotzdem. Eine fiebrig warme Hand strich zart wie ein Frühlingswind über ihre Wange, spielte mit einer ihrer Haarsträhnen und legte sie behutsam wieder zurück. „Ich werde dich niemals verlassen, Lillian", sagte er, sehr ernst, und seine Augen waren dunkel wie die See in der Dämmerung. „Niemals ..." Er hielt ihren Blick fest, dann senkte er ihn, das Gesicht war blass, als er sprach, die Stimme brüchig: „Aber du, *mon amour éternel*, du wirst eines Tages *mich* verlassen ..."

Erschrocken sah sie zu ihm auf, starrte ihn an, die zitternden Lippen bereits geöffnet, um ihm energisch zu widersprechen, ihm zu erklären, dass sie ihn nie ... niemals verlassen würde – und dann erst begriff sie, was er meinte. Er war unsterblich – sie nicht.

Angstvoll wich sie zurück, erzitternd nicht vor der Vorstellung des eigenen Todes, sondern vor der Qual in seinen Augen – und deren Ausmaß.

„Alahrian, ich ..." Ihre Worte verstummten, sie konnte ihm nichts sagen, gar nichts ... „Es tut mir leid", flüsterte sie endlich und fühlte sich auf unsinnige Art und Weise schuldig, weil sie ihm diesen Schmerz antat, antun musste, irgendwann ... „Ich wünschte, ich wäre wie du ... *Liosalfar* ... unsterblich ..."

„Nein!" Er zuckte so heftig zusammen, als hätte sie ihn geschlagen. „Nein, sag das nicht! Die meisten Menschen wünschen sich Unsterblichkeit, aber sie wissen nicht im Geringsten, wovon sie sprechen! Es ist kein Segen, Lillian, keine Gabe. Es ist ein Fluch!"

Er hatte mit ungewohnter Schärfe gesprochen. Irgendwo in weiter Ferne war das dumpfe Murmeln eines Donnergrollens zu hören, und vereinzelte Hagelkörner prasselten gegen die Scheibe der Halle.

„Dann ... dann willst du nicht unsterblich sein?", stammelte sie, zu erschrocken, um vernünftig zu denken.

Er verzog das Gesicht, das leichenblass geworden war. „Es ist nicht so, als ob ich eine Wahl hätte!", erklärte er heftig. „Ich habe mir nicht ausgesucht, was ich bin!"

Lilly starrte ihn an und fragte sich – nicht zum ersten Mal –, was wohl so schlimm sein mochte, an dem, was er war. Er war magisch, schön, vollkommen ... Doch in seinen Augen flackerte es, wild, verstört und schmerzvoll.

Lilly zwang sich zu einem Lächeln, nur damit er sie nicht mehr so ansah wie jetzt, so in Rage ... so verzweifelt ... Bloß um irgendetwas zu tun, die unheimliche, dunkle Stimmung zu vertreiben, die sich wie ein plötzliches Gewitter zwischen ihnen aufgebaut hatte, strich sie mit der Hand über den Apfel, schloss die Finger darum, als könnte sie sich daran festhalten. „Die Menschen verloren ihre Unsterblichkeit, als sie von einem Apfel aßen", meinte sie sanft, versuchte den Sturm zu glätten, der in ihm toben mochte, die Wolken beiseite zu schieben. „Vielleicht funktioniert es auch bei dir?" Es hatte ein Scherz sein sollen, doch er ging fehl, sie spürte es, noch ehe die Worte verklangen.

Die Wolken barsten. Es war kein Zorn, der auf sie herabregnete, als er ihr, sehr ruhig, doch mit einem Ausdruck dumpfer Mutlosigkeit, den Apfel aus der Hand nahm. „Glaubst du nicht, das hätte ich bereits versucht, wenn es so einfach wäre?", fragte er bitter. „Glaubst du nicht, ich hätte lieber ein einziges Leben mit dir als die Ewigkeit allein – ohne dich?" Heftig schüttelte er den Kopf, sein Blick brannte sich in Lillys, dann starrte er zu Boden und wandte sich brüsk ab. „Ich habe keine Wahl", flüsterte er tonlos. „Keiner von uns ..." Und damit lief er hinaus, ließ sie in kaltem Schweigen zurück, erstarrt und verletzt.

„Alahrian, warte!" Sie wollte ihm hinterher, doch eine milde Stimme hinter ihr hielt sie auf:

„Lass ihn. Wenn er in dieser Stimmung ist, macht es keinen Sinn, mit ihm zu reden. Lass ihm einen Moment Zeit, er wird sich schnell wieder beruhigen, versprochen."

Lilly drehte sich um. Morgan war, lautlos und wie aus dem Nichts wie stets, herangetreten, doch was ihr sonst als Ärgernis erschien, war diesmal sonderbar tröstlich. Wäre er nicht aufgetaucht, wäre sie einfach in Tränen ausgebrochen.

„Aber was ... was hat er denn nur?", stammelte sie hilflos. Nie zuvor hatte sie ihn so erlebt.

Morgan lächelte sanft. „Er hat Angst, dich zu verlieren, ist das so unvorstellbar?"

Lilly seufzte leise. „Und deshalb stößt er mich weg?", fragte sie gekränkt.

Morgan zuckte mit den Schultern. „Nun, dass er *logisch* reagiert, hat niemand behauptet, nicht wahr? Er ist ein *Liosalfar*." In seinem gewohnten Spott zwinkerte er ihr zu, wurde jedoch sofort wieder ernst. „Du hast an seinen wunden Punkt gerührt", erklärte er ihr unbestimmt.

Lilly blickte ihn an. „Aber ich ... ich wollte doch nur ..."

„Es ist nicht deine Schuld", unterbrach er sie hastig. „Es ist eine alte Wunde, doch darum nicht weniger schmerzhaft."

Lilly verstand kein Wort.

„Er hasst, was er ist", erklärte Morgan, sonderbar sachlich. „Hätte er die Wahl, dann wäre er lieber ein Mensch."

Das hatte Lilly schon einmal gehört. Aber sie verstand es deshalb nicht besser. Es war doch nicht etwa schon wieder diese Geschichte mit den gefallenen Engeln, oder? „Ein Mensch?", vergewisserte sie sich laut. „Was ist so toll daran, ein Mensch zu sein?" Es klang fast ärgerlich. Das war lächerlich! Er war ein Märchen, zu vollkommen, um real zu sein. Ein Mensch hingegen ...

„Menschen können Vergebung finden", sagte Alahrian leise. Er war zurückgekommen, schnell und lautlos, und nun stand er unter der Tür, blass wie ein Geist, die azurfarbenen Augen seltsam entrückt. „Wir nicht."

Lilly erschrak vor der Düsternis in seinem Tonfall, sie hatte ihn nie so sprechen gehört, nie hatte sie eine solche Qual auf seinem Gesicht gesehen.

„Vergebung?", wiederholte sie zaghaft, verwirrt. Vergebung war so ein großes Wort. Es war mehr als Entschuldigung, Verzeihung, hatte eine tiefere, endgültigere Dimension. Erlösung schwang darin mit, eine Art von spiritueller Komponente, die ihr unbegreiflich schien. „Menschen, die etwas Schlimmes getan haben, sehnen sich nach Vergebung", sagte sie leise und versuchte, seinen Blick aufzufangen, um ihm direkt in die Augen zu sehen. „Hast du etwas Schlimmes getan?"

Sie hatte Angst vor der Antwort. Wie alt mochte er sein? Was mochte er erlebt haben in all den Jahren, Jahrhunderten? Gleichzeitig kam ihr die Frage völlig absurd vor. Er war so unschuldig, so rein ... Was konnte sein Gewissen schon belasten, dass er sich selbst so hasste?

In seinen Augen aber brannte es. Er konnte nicht antworten, die Lippen zitterten, doch kein Laut kam hervor, und endlich wandte er sich ab und stürzte wieder hinaus.

Lilly sah beinahe flehentlich Morgan an. „Hat er ... etwas Schlimmes getan?", fragte sie bebend und schämte sich fast dafür, doch sie musste es wissen.

Morgans Antlitz war steinern. „Nein", sagte er, sonderbar kalt. „Man hat etwas sehr Schlimmes mit ihm getan."

Lilly zuckte zusammen, war sich nicht sicher, ob sie wirklich mehr wissen wollte, doch Morgan durchquerte mit zwei schnellen Schritten das Zimmer, nahm ein Buch aus dem Regal, klappte es an einer bestimmten Stelle auf und reichte es Lilly.

Verwundert starrte sie es an. Eigentlich war es mehr eine Broschüre als ein echtes Buch. Ein buntbedrucktes Faltblatt, das auf mehreren Seiten die Attraktionen der Gegend anpries, die Kurhotels, die Langlaufpisten, die Museen – und die alte Kapelle. Die Kapelle mit dem Engel aus Stein als Wächter und ihrer gruseligen Geschichte dazu. Lilly erinnerte sich jetzt. Sie hatte das Faltblatt selbst gelesen, als sie hierher gezogen war, und auch die Geschichte von dem Jungen, den man der Hexerei angeklagt und verbrannt hatte, an eben jener Stelle, an der sich heute die Kapelle befand.

Plötzlich war ihr ganz übel vor Entsetzen. „Das ... das war *er*?", fragte sie zittrig und ließ das Faltblatt sinken. „*Er* ... war der Junge, den man auf dem Scheiterhaufen verbrannt hat? Vor vierhundert Jahren?"

Sie wünschte, Morgan würde es leugnen, doch der *Döckalfar* nickte langsam und bedeutungsschwer, die Augen dunkel umwölkt.

„Wie?", fragte sie heiser, einen stacheligen Kloß in der Kehle. „Wie ist es ... passiert?"

Morgan zögerte kurz, dann seufzte er. „Er war noch sehr jung, als er in das Dorf kam", begann er zu erzählen. „Jung und naiv. Naiver noch als jetzt." Er lächelte flüchtig. „Er hatte nie gelernt zu verbergen, was er war. Bisher war man ihm stets mit Ehrfurcht, mit Freundlichkeit und Wohlwollen begegnet. Rosen wuchsen dort, wo seine Füße den Boden berührten, Schmetterlinge ruhten in seinem Haar, Bäume erblühten, nur um ihn zu erfreuen ... Wovor also sollte er Angst haben?" Er zuckte mit den Schultern. „Zuerst drohte ihm auch keine Gefahr im Dorf. Er zähmte die Tiere, Felder brachten unter seiner Behandlung den doppelten Ertrag, er heilte Kranke und Schwache. Man fand ihn wunderlich, ein wenig fürchtete man ihn auch, doch im Allgemeinen liebte man ihn. Dann aber –", nun verdüsterte sich seine Stirn, „dann kam die Pest ins Dorf – und man gab ihm die Schuld."

„Was?" Lilly blickte bestürzt. „Aber ... aber wieso denn?"

Morgan seufzte ein wenig. „Es ist ein altes Muster in euren Verhaltensweisen. Ihr fürchtet alles, was anders ist – und sobald ein Problem auftaucht, gebt ihr jemand anderem die Schuld. Mit den Ketzern habt ihr es so gemacht, den Juden, den Ausländern ..." Schwer ließ er den Satz in der Luft hängen – und auch den Vorwurf, der darin enthalten war.

Lilly senkte den Blick, beschämt, obwohl sie sich selbst keiner Schuld dieser Art bewusst war.

„Zuerst waren es nur vereinzelte Stimmen", fuhr Morgan in seiner Erzählung fort. „Dann aber erkrankte die Tochter des Bürgermeisters. Er heilte sie – und das war sein erster Fehler."

„Wie?" Lilly verstand nicht.

„Das Mädchen verliebte sich daraufhin unsterblich in ihn." Morgan verzog das Gesicht.

Lilly starrte ihn an. „Und ... und er?", fragte sie zögernd. Sie wusste, seine Geschichte würde ein schreckliches Ende nehmen und sie kam sich dumm vor, weil sie auf einem solchen Detail pochte, doch die Worte stürzten einfach heraus. Sie wollte es wissen, musste es wissen und sie konnte den Stachel von Eifersucht, der plötzlich an ihr fraß, nicht aufhalten. „Liebte er ... sie auch?" Sie musste es aussprechen, auch wenn sie damit den Stachel noch herumdrehte, albern wie sie war. Morgan sprach hier von Zeiten, wo sie selbst noch nicht einmal geboren war!

Und doch atmete sie auf, als er entschieden den Kopf schüttelte. „Nein, natürlich nicht." Das kam extrem überzeugend hervor und Lilly blinzelte fragend.

Er lächelte milde. „Wir sind nicht wie ihr", entgegnete er brüsk. „Wir können nur *einmal* lieben, nur einmal unser ganzes unsterbliches Leben lang. Und dieses eine Mal ..." Er ließ den Satz unvollendet, doch er sah ihr durchdringend in die Augen dabei.

Lilly blickte zu Boden, ihr Herz klopfte wild. Es dauerte einen Moment, bis sie sich wieder gefasst hatte. *Er* liebte sie ... Mein Gott, er liebte sie wirklich ...

„Was ... was geschah dann?", fragte sie stockend.

„Der Bürgermeister behauptete, Alahrian habe seine Tochter verhext. Er sei mit dem Teufel im Bunde, ein Zauberer, ein Dämon. Als der Inquisitor ins Dorf kam, wiederholte er seine Anschuldigungen. Und seine Tochter, von unerwiderter Liebe blind, rächte sich für ihren Kummer, indem sie alle Vorwürfe bestätigte."

Entsetzt und abgestoßen schüttelte Lilly den Kopf. „Und deshalb haben sie ihn verurteilt?", vergewisserte sie sich ungläubig.

„Ja", entgegnete Morgan schlicht. Das war noch nicht alles, längst nicht alles, doch Lilly fragte nicht weiter.

Ein Lichtschimmer von der Tür her ließ sie den Kopf drehen, und da stand erneut Alahrian und starrte sie an, aber er sagte nicht ein einziges Wort, kein Muskel zuckte in seinem schönen Gesicht. Lilly betrachtete ihn voll Zärtlichkeit. Wie in einem grässlichen Alptraum stellte sie sich seine Gestalt umhüllt von Flammen vor, die Angst und die Qual ... Tränen schossen ihr in die Augen, sie wollte auf ihn zutreten, ihn in die Arme schließen, doch er wich zurück, das Gesicht noch immer ausdruckslos.

Lilly ließ die Broschüre fallen, die sie noch immer in der Hand hielt, mit einem dumpfen Laut landete sie auf dem Teppich. Alahrian starrte eine Sekunde lang das Foto der Kapelle an, dann wandte er sich ruckartig ab und lief zum dritten Mal innerhalb kürzester Zeit hinaus.

Diesmal folgte Lilly ihm, aber natürlich war sie nicht schnell genug. Wie ein gold-weißer Blitz war er ihrer Sicht entschwunden, kaum dass sie auch nur aus dem Zimmer war.

„Wo ist er?", fragte sie mit aufkeimender Verzweiflung Morgan, der hinter sie getreten war.

Morgan schloss die Augen. Lilly spürte, wie er in Gedanken seinen Bruder rief, doch er schüttelte den Kopf. „Ich weiß es nicht. Er hält seinen Geist verschlossen. Ich kann ihn nicht hören."

„Habe ich ... irgendetwas falsch gemacht?", meinte Lilly angstvoll. Es war, als hätte er sie für immer verlassen, wäre ihr entglitten wie ein Nebelhauch bei Morgengrauen.

„Nein." Morgan legte ihr behutsam die Hand auf die Schulter. „Es ist schwer für ihn, das ist alles. Wir vergessen nicht, weißt du? Die Erinnerung an all die Schrecken ist frisch wie am ersten Tag. Das hat nichts mit dir zu tun. Er muss allein damit klarkommen."

„Nein", flüsterte Lilly hastig, beinahe erschrocken. „Nein, das muss er nicht." Entschlossen trat sie durch die Tür nach draußen.

„Warte!", rief Morgan unwillig. „Du weißt doch nicht einmal, wo er ist! Er ist schnell, vergiss das nicht! Er könnte überall sein."

Lilly schüttelte den Kopf und lief schweigend los, in den Wald hinein. Mit traumwandlerischer Sicherheit fand sie ihren Weg durch die Bäume hindurch und sie war nicht überrascht, als sie Alahrian vor der Kapelle sitzen sah, im Schatten des steinernen Engels. Wo sonst hätte er hingehen sollen? Er saß ganz ruhig, die Knie an den Körper gezogen, den Kopf gegen den rauen Stein gelehnt. Sein Gesicht war leer, doch als er ihre Schritte hörte, lächelte er, ein trauriges Lächeln, aber immerhin.

„Warum läufst du weg vor mir?", fragte Lilly leise und blieb zwei Meter von ihm entfernt stehen. „Vertraust du mir nicht?"

Bestürzt sah er sie an. „Ich vertraue dir", antwortete er schlicht. „Aber nicht mir selbst."

„Was meinst du damit?"

Wieder dieses seltsame, ein wenig gequälte Lächeln. „Alles in dieser Welt reagiert auf mich", meinte er leise. „Aber man kann nie wissen, was passiert. Ich versuche, meine Gefühle bei mir zu behalten, doch manchmal ... manchmal ist es schwerer als sonst ..."

„So wie jetzt?" Langsam kam sie einen Schritt näher.

„Ja." Schmerz zuckte in seinem Gesicht.

„Ich will nicht, dass du deine Gefühle versteckst." Sie trat noch ein wenig dichter an ihn heran.

Mit dunklen Augen blickte er sie an. „Wie hast du mich gefunden?"

„Ich weiß nicht ..." Lilly zuckte mit den Schultern. „Ich bin einfach einem Instinkt gefolgt."

Ein Ausdruck von Erstaunen erhellte sein marmornes Gesicht. „Du ... kannst *spüren*, wo ich bin?"

„Nein." Ein wenig verlegen blickte sie zu Boden. „Ich glaube, ich kann spüren, wo du *nicht* bist. Deine Abwesenheit lässt alles ein wenig dunkler erscheinen und kälter. Leerer ..." Sie wagte nicht, ihn anzusehen.

„Lillian?", fragte er leise.

Zaghaft blickte sie zu ihm auf.

„Ich könnte niemals vor dir weglaufen." Seine Augen waren unergründlich. „Alles, was ich will, ist bei dir zu sein. Nur vor mir selbst laufe ich weg, immer nur vor mir selbst ..."

Sie setzte sich neben ihn, die Schwingen des steinernen Engels umschlossen sie beide wie in einer kalten, leblosen Umarmung. Er berührte zart ihr Gesicht, strich eine einzelne, lose Haarsträhne aus ihrer Stirn und sah sie lange Zeit schweigend an.

„Willst du mir nicht erzählen, was damals passiert ist?", fragte sie endlich, fast flüsternd. Sie quälte ihn, diese Erinnerung, das war offensichtlich. Vielleicht würde es ihm besser gehen, wenn er darüber sprach.

Alahrian aber schüttelte den Kopf. „Ich kann es dir nicht erzählen", antwortete er heiser.

„Okay." Ruhig akzeptierte sie seine Entscheidung.

„Aber ich kann es dir zeigen", sagte er leise.

Überrascht blickte sie ihn an.

„Bist du sicher, dass du das wirklich willst?" Durchdringend erwiderte er ihren Blick.

„Willst *du* es?"
„Ja."
„Dann will ich es auch." Er nickte langsam, und ohne ein weiteres Wort berührte er mit den Fingerspitzen ihre Stirn, projizierte seine Gedanken direkt in ihren Kopf, und Lilly stürzte in einen Strudel aus Bildern, Gefühlen und Erinnerungsfetzen herab ...

Schwarze Schwingen

Sie kamen mitten in der Nacht, mit Fackeln, Knüppeln und spitzen Stangen bewaffnet. Sie stürmten sein Haus und zerrten ihn hinaus auf die Straße, warfen ihn zu Boden und drückten sein Gesicht in die kühle, feuchte Erde. Der Inquisitor hielt ihm ein Kreuz vor die Augen, und er zuckte instinktiv davor zurück. Die Menge grölte und schrie, als sie es sah.

„Dämon!", schrien sie. „Hexer! Er kann das heilige Zeichen nicht ertragen! Er ist vom Teufel besessen!"

Das Kreuz war aus Eisen. Die Gemeinde war arm, Gold oder Silber konnte sie sich nicht leisten.

Der Mob sperrte ihn in den Kerker unter dem Rathaus. Es war fast ganz dunkel hier unten, nur ein schwacher, silbriger Streifen Mondlicht fiel durch das vergitterte Fenster herein. Das Mondlicht tröstete ihn ein wenig. Fröstelnd von Kälte rollte er sich unter dem Fenster zusammen und schloss die Augen, aber er schlief nicht in dieser Nacht.

Am nächsten Morgen wurde er dem Inquisitor vorgeführt. Sie lasen ihm die Anklageschrift vor mit den Verbrechen, deren man ihn bezichtigte, doch er hörte ihre Worte kaum. Was hatte er getan, dass man ihn gefangen nahm und einsperrte wie ein Tier? Er hatte ihnen helfen wollen, die ganze Zeit über hatte er ihnen immer nur helfen wollen.

„Habt Ihr die Tochter des Bürgermeisters behext und sie durch Euren falschen Zauber geblendet, damit sie in unzüchtiger Liebe zu Euch entbrannte und sich darin verzehrte?", fragte der Inquisitor.

„Nein." Fest blickte Alahrian dem Mann in die Augen und schwieg.

„Habt Ihr den Satan angerufen bei Vollmond, damit er einen üblen Pesthauch über das Dorf verbreitete und Krankheit und Tod unter seine Bewohner brachte?"

„Nein."

„Aber er ist Euch erschienen, der Teufel, wenn Ihr nachts die Lichtung im Wald aufsuchtet, dort wo einst das heidnische Heiligtum sich befand?"

Alahrian schüttelte den Kopf. „Ich habe nichts zu schaffen mit dem Wesen, das Ihr den Teufel nennt."

„Aber die Lichtung, die habt Ihr doch besucht, nicht wahr?" Jetzt wurde die Stimme des Inquisitors lauernd.

„Ja." Alahrian sah keinen Grund, warum er das nicht hätte zugeben sollen.

Triumph blitzte in den kleinen, scharf blickenden Augen des Inquisitors auf. Ein Schreiber notierte etwas auf einem Pergament, das Alahrian nicht erkennen konnte, und der Inquisitor fragte, plötzlich und unvermittelt:

„Und Ihr habt die Tochter des Bürgermeisters von ihrer Krankheit geheilt?"

„Ja."

„Von einer Krankheit, die Eure Dämonen ihr eingeflößt haben?"

„Nein."

„Ihr habt sie also nicht geheilt?"

„Doch."

„Wie? Mit Schwarzer Magie?"

„Nein."

„Wie dann?"

Nun schwieg Alahrian.

„Antwortet, wenn Ihr gefragt werdet!", herrschte einer der Gerichtsdiener ihn an.

„Ich kann die Frage nicht beantworten." Alahrian blickte zu Boden. „Wie es funktioniert, weiß ich nicht."

Wieder dieses Aufblitzen von Triumph in den kalten, stechenden Augen des Inquisitors. „Schreiber!", bellte der Mann. „Notiert: Der Angeklagte gibt zu, über rätselhafte, dämonische Kräfte zu verfügen."

„Nein!" Verzweiflung schwang in diesem Schrei.

„Ihr leugnet also?"

„Ja."

Der Kopf des Inquisitors ruckte wie der eines bizarren Vogels in Richtung des Schreibers. „Notiert: Der Angeklagte zeigt sich dem Gericht gegenüber verstockt. Als Mittel der Wahrheitsfindung wird eine peinliche Befragung angeordnet. Die erste Stufe der Befragung wird für morgen früh angesetzt."

Damit war das Verhör beendet. Alahrian wurde wieder in seine Zelle gebracht und dort wartete er die ganze Nacht über, im Dunkeln, zusammengerollt unter dem Fenster, zitternd vor Kälte, Angst und Einsamkeit.

Am nächsten Morgen brachten sie ihn zur Fragstatt und zeigten ihm die Folterinstrumente. Eisen schimmerte purpurn im Licht der zuckenden Fackeln, Feuerschein brach sich in grob behauenem Stahl. Er konnte den beißenden Gestank des Metalls riechen, und auch das Blut, das die Instrumente getrunken hatten, und stand still und reglos in der Dunkelheit. Kein Muskel zuckte in seinem Gesicht, als man ihm die Anklagepunkte vorlas. Die Liste war länger geworden seit gestern, es waren neue Zeugen aufgetaucht, Zeugen, die ihn auf der Lichtung gesehen hatten, von einem leuchtenden Zauberschein umgeben, Zeugen, die ein dämonisches Glühen unter seiner Haut beobachtet hatten, die beschworen, dass er niemals aß, weder Speise noch Trank zu benötigen schien.

Alahrian stand still und schwieg, die Instrumente schimmerten im Fackellicht, er schloss die Augen und sagte kein Wort. Da brachten sie ihn in seine Zelle zurück, und in dieser Nacht schien kein Mond, kein

Stern, und er fühlte, dass er nun ganz und gar verlassen war und jede Hoffnung schwand aus seinem in Dunkelheit getauchten Herzen.
Am darauffolgenden Tag legte man ihm die Folterinstrumente an.

***

An dieser Stelle wurden die Bilder und Erinnerungen verschwommen. Lilly sah Flammen in ihrem Geist aufblitzen, glühende Zangen aus Eisen und spitze, metallene Stacheln. Sie roch verbranntes Fleisch, fühlte reißenden, erstickenden Schmerz und sah Blut in winzigen, schwach glitzernden Rinnsalen auf dem grob behauenen Pflaster versickern.

„Alahrian – nein!" Ihr eigener Schrei hallte durch die Bilder der Vergangenheit in die Gegenwart hinein.

Er nahm die Hand von ihrer Stirn und es war, als erwache sie aus einem grauenhaften Alptraum. Sie merkte erst, dass sie geweint hatte, als er ihr behutsam über die Wange strich und die Tränen fort wischte.

„Alahrian, mein Gott ..." Mit verschwommenem Blick sah sie ihn an, sie konnte nicht aufhören zu weinen, wollte es auch nicht. Schluchzend schloss sie ihn in die Arme, wusste nicht, ob sie ihn trösten oder sich an ihm festhalten wollte. Er umschlang sie stumm, wartete geduldig, bis sie sich wieder beruhigt hatte.

Lilly war nicht sicher, ob sie mehr ertragen konnte, als sie bereits gesehen hatte, doch sie spürte, er wollte es ihr zeigen, und so riss sie sich zusammen und versuchte, stark zu sein. „Was geschah dann?", fragte sie und wischte die Tränen fort.

Er senkte den Blick, starrte ins Leere, doch er berührte sie nicht noch einmal, schien zu spüren, wie schwer es für sie war, seinen schrecklichen Erinnerungen zu folgen.

„Es war damals üblich, Kläger und Angeklagten bei der peinlichen Befragung einander gegenüberzustellen", erklärte er sachlich. „Also holten sie am nächsten Tag die Tochter des Bürgermeisters hinzu und sie weinte, als sie sah, was die Folterknechte getan hatten, aber sie widerrief ihre Aussage nicht."

„Was?" Lilly konnte kaum glauben, was sie da eben gehört hatte. Wie konnte ein Mensch nur so kalt, so unsagbar grausam sein?

„Es war nicht wie heute", meinte er ruhig, als hätte er ihre Gedanken gelesen. „Sie hatte Angst. Wäre herausgekommen, dass sie gelogen hatte, dann wäre sie vermutlich selbst angeklagt worden."

Das machte es nicht besser, fand Lilly. „Was ist mit ihr passiert?", fragte sie, ihren Zorn nur mühsam beherrschend.

Alahrian blickte wieder ins Leere. „Sie sprang vom Kirchturm in den Tod", sagte er leise.

„Aber war das denn nicht wie ein Schuldeingeständnis?" Lilly versuchte, das Grauen in ihrem Inneren zurückzudrängen, und konzentrierte sich auf die Fakten, irgendetwas, an dem sie Halt finden konnte.

Alahrian schüttelte den Kopf. „Von nun an wurde alles nur noch schlimmer", erzählte er, den Blick noch immer in die Ferne gerichtet, die Augen leer, das Gesicht blass und ausdruckslos. „Der Bürgermeister gab mir die Schuld am Tod seiner Tochter. Ihr Selbstmord schien ihm der Beweis für meine Hexenmacht, denn wer sonst hätte sie zu solch einem Schritt treiben können, wenn nicht mein übler Zauber?" Er lachte hart. „Und der Inquisitor glaubte ihm."

Neuer Schrecken glomm in Lilly auf. Sie war nicht sicher, ob sie den Rest der Geschichte hören wollte, und dennoch fragte sie noch einmal: „Was geschah dann?"

Und so legte ihr Alahrian wieder die Hand auf die Stirn, und sie stürzte erneut in seine Erinnerungen hinein.

***

Er lag auf dem harten Steinboden der Folterkammer, mit zerschmetterten Gliedern und verzerrten Muskeln. Die Haut über seiner linken Braue war aufgerissen, Blut lief ihm über die Augen, doch er hatte nicht einmal mehr die Kraft, es fortzuwischen. Da beugte sich der Inquisitor plötzlich über ihn, ganz nah war sein Gesicht, sein Lächeln beinahe freundlich, die Stimme trügerisch sanft.

„Willst du deine Qualen nicht beenden und endlich gestehen?", flüsterte er Alahrian ins Ohr.

Mühsam drehte Alahrian den Kopf, um ihn anzusehen. „Wie könnte ich etwas gestehen, das ich nicht getan habe?" Seine Stimme war nicht mehr als ein Krächzen.

„Es ist das Böse, das aus dir spricht, begreifst du das denn nicht?" Der Inquisitor griff in sein blutverschmiertes Haar, das jetzt nicht mehr leuchtete, hob auf diese Weise seinen Kopf an und starrte ihm direkt in die Augen. „Du bist mit Teufeln und Dämonen im Bunde, gestehe und alle deine Schmerzen werden ein Ende haben."

Aber da irrte er sich. Die Schmerzen würden nicht enden. Niemals. Alahrian würde keine Gnade im Tod finden wie die anderen, unschuldigen Opfer, die auf den Scheiterhaufen brannten. Er würde leben. Aber er würde niemals vergessen, was sie getan hatten.

Eine einzelne Träne rann über seine Wange, während er versuchte, dem Blick des Inquisitors standzuhalten, doch er sagte nichts, hüllte sich in kühles, wohltuendes Schweigen, und endlich ließ der Inquisitor ihn los. Schwer sank er mit dem Gesicht nach unten auf den Stein herab, und die Gerichtsdiener zerrten ihn zurück in seine Zelle.

Und als er in dieser Nacht dort lag, sein Körper nichts als eine zerschundene, blutige Masse von brennendem Schmerz, seine Seele leer und ohne Hoffnung, da kam das Wesen zu ihm. Es erschien mitten in der Nacht und es trat weder durch Tür noch Fenster, von einem Augenblick auf den nächsten war es einfach da, wie der Schatten eines Traums. Und dunkel wie ein Schatten war es. Schwarze Schwingen hüllten seinen Körper ein wie ein Umhang aus samtener Finsternis, seine Haut schimmerte obsidiangleich in der Dunkelheit, die Augen waren zwei glühende Kohlestücke, die Finsternis auszustrahlen schienen statt Licht und doch heller funkelten und glitzerten als Diamant.

Es war beinahe atemberaubend schön, das Wesen, sein Gesicht unbeschreiblich, und dennoch schauderte Alahrian bei seinem Anblick, denn es war kalt und glatt wie aus Stein gemeißelt, die Augen gleichzeitig dunkel und feurig. Alter lag darin und Weisheit, aber auch noch etwas Anderes, etwas Wildes, Finsteres, etwas, das sein Herz zusammenkrampfen und seine Lungen erstarren ließ. Wäre er nicht bereits in sich selbst versunken auf dem Boden gelegen, dann hätte er das Bedürfnis gehabt, sich auf den Stein zu werfen und wie ein zitternder Wurm zusammenzukrümmen.

So blickte er nur müde auf und fragte mit heiserer Stimme: „Wer bist du?"

„Du weißt, wer ich bin." Die Worte des Wesens waren ein Zucken von Wellen in einem endlosen Ozean, ein Beben der Erde in der Wüste, und doch war seine Stimme fast sanft, weich, verlockend.

In Alahrians Kopf glühten Bilder auf, Bilder von geschmolzenem Glas, von dunklen, pechgetränkten Stränden, von Mond und Meer, von in sich zusammenstürzenden Bergen und erloschenen Sonnen. Ein Stern schien in den Augen des Wesens zu leuchten und langsam zu vergehen.

Das Wesen war alt, vielleicht eines der ältesten Wesen seiner Art, es war von unbeschreiblicher Schönheit und einer kalten, lichtschluckenden Macht.

„Ja", flüsterte Alahrian. „Ich weiß, wer du bist."

Das Wesen lächelte. „Dann weißt du auch, weshalb ich gekommen bin."

Alahrian versuchte, sich aufzurichten, doch sie hatten seine Handgelenke gebrochen, ein scharfer Schmerz schoss bis in seine Schultern hinauf, als er sich darauf aufstützte, und mit einem erstickten Schrei sank er wieder zurück. „Du bist gekommen, um mich zu dir zu holen", sagte er, während ihm vor Schmerzen die Tränen in die Augen schossen.

„Ich bin gekommen, um dich zu retten, Liosalfar", wisperte das Wesen mit seiner sanften, honigsüßen Stimme. „Ich kann all deine Schmerzen beenden. Ich kann dir Frieden schenken. Und Macht."

Alahrian wandte sich ab, obwohl er es kaum ertragen konnte, das Wesen nicht anzusehen. Es war so unglaublich schön. Es zu betrachten tat weh, es nicht zu betrachten war beinahe ein Frevel. „Ich will deine Macht nicht", sagte er fest, obwohl seine Stimme brüchig war von der flammenden, lodernden Qual in seinem Körper.

„Du könntest deine Feinde besiegen mit meiner Hilfe", entgegnete das Wesen schmeichelnd, verlockend. „Willst du sie nicht strafen für das, was sie dir angetan haben? Willst du keine Rache für deinen Schmerz?"

Das Wesen berührte ihn mit seinen Schwingen. Schwarze Federn, samtweich und rasiermesserscharf, streiften sein Gesicht. Das Antlitz des Inquisitors blitzte vor seinen weit geöffneten Augen auf; der Bürgermeister, der ihn vor Gericht anklagte; seine Tochter, die mit ausdruckslosem Gesicht zusah, wie sie ihn folterten; der Inquisitor, und immer wieder der Inquisitor ...

Zorn glomm in seinem Herzen auf, und Hass. Er sah das Gesicht des Inquisitors durch einen Schleier von Blut, zu einer Fratze verzerrt von Angst, Schmerz und Terror ... Es war wie ein Versprechen, das ihm das Wesen gab.

„Nein", flüsterte er und das Bild erlosch. „Ich will das nicht ..."

„Ich kann dir Frieden geben", wisperte das Wesen und neigte sich zu ihm herab. Sein Atem, kühl und süß, streifte seine Haut, seine langen, schlanken Finger, glatt wie Glas, streichelten sein Gesicht, die dunklen Schwingen umfassten ihn und deckten ihn zu.

Alahrian konnte fühlen, wie seine Wunden sich schlossen, wie die Schmerzen verebbten und eine unglaublich sanfte Taubheit wie kostbarer Balsam über seine von Stahl verbrannte Haut glitt. Innerhalb von Sekunden fühlte er neue Stärke in sich, neue Kraft, aber da war noch mehr: Etwas Prickelndes, Machtvolles strömte durch seinen Körper, er wollte es in sich aufnehmen, davon trinken, immer mehr und mehr, es war so süß, so wohltuend, so ...

„Nein!" Abrupt prallte er zurück, riss sich aus der düsteren Umarmung los, befreite sich aus den Schatten, die ihn einzuhüllen drohten. „Nein!"

Das Wesen zog sich zurück, ein seltsamer Ausdruck von Trauer auf seinem schönen, in der Dunkelheit glänzenden Gesicht.

Alahrian starrte auf seine Hände herab. Unter der weißen Haut waren die Adern deutlich zu erkennen. Schwärze pulsierte durch sein Blut, wo sonst nur mild glimmendes Leuchten war. Er konnte die Dunkelheit in sich fühlen und sie war prickelnd und berauschend, ihm war ganz schwindelig davon, doch es war kein unangenehmes Gefühl. Er wollte mehr davon, wollte mehr von den Schatten trinken, wollte darin ertrinken, sich fallen lassen und nie wieder daraus emportauchen.

„Nein", sagte er noch einmal, schloss die Augen und tastete nach dem Licht in seinem Herzen. Es war kaum mehr etwas davon übrig, nur noch ein schwaches Glimmen. Und doch genügte es, um die Schwärze aus seinen Adern zu vertreiben.

„Nein", wiederholte er, fester diesmal. „Ich weiß, was du bist und ich kenne die Macht, die du mir anbietest. Ich will sie nicht. Geh ... geh ... lass mich ... allein ..."

„Es ist deine eigene Entscheidung", erwiderte das Wesen und wich vor ihm zurück. Es lag kein Zorn in seinen Worten, keine Enttäuschung, nur ein lautloses Versprechen. Es würde wiederkommen, wenn er es rief, es war da, immer, wartete in den Schatten auf ihn ...

„Geh ...", flüsterte Alahrian, und das Wesen war verschwunden, noch ehe das Wort verklungen war.

Am nächsten Tag brach er unter der Folter zusammen und gestand alles, alles, was sie hören wollten.

„Dann gibst du also zu, dich mit dem Bösen vereint zu haben?"
Er nickte schwach.
„Mit dem Teufel im Bunde zu sein?"
„Ja."
„Dich mit Dämonen verschworen zu haben?"
Er dachte an das Wesen, an den Geschmack der Dunkelheit unter seiner Haut, an das berauschende, süße Gefühl von Macht. „Ja", flüsterte er und da ließen sie ihn los, nahmen das glühende, stechende, schmerzende Eisen von ihm, und er sank kraftlos zu Boden.

„Arme Seele", murmelte einer der Gerichtsdiener mit einem Blick, in dem fast so etwas wie Mitleid schwamm. „Das Feuer wird ihn reinigen. Er wird Vergebung finden."

Das waren freundliche Worte an einem Ort so grässlich wie diesem. Alahrian hätte dankbar gelächelt, wäre er noch fähig gewesen, so etwas wie Dankbarkeit zu empfinden. Oder zu lächeln. So war alles in ihm stumpf und leer.

„Nein", sagte da der Inquisitor, und eine seltsame Kälte lag in seiner weichen Stimme, wie Schnee, der auf Eis gefriert. Genau wie am Tag zuvor neigte er sich zu Alahrian herab, sein Gesicht war so nah, dass sie einander beinahe berührten. „Du wirst niemals Vergebung finden", flüsterte er ihm ins Ohr, und seine Hand strich ihm behutsam, nahezu zärtlich das blutverklebte Haar aus der Stirn. „Ich weiß, was du bist", raunte er. Sein Atem streifte warm Alahrians Gesicht, während seine Augen sich funkelnd in seinen Blick bohrten. Hass lag in diesen Augen, Verachtung und eine Art von Ekel, als betrachte er irgendein hässliches, krabbeliges Insekt.

Alahrian konnte kaum atmen unter diesem Blick. Er fühlte, wie er ihm direkt ins Herz stach und sich dort ausbreitete wie ein schleichendes, tödliches Gift. Ich weiß, was du bist ... Du wirst niemals Vergebung finden ...

Und einen winzigen Moment lang war Alahrian tatsächlich sicher, dass der Inquisitor alles wusste. Von den Erloschenen. Der Rebellion, der Verbannung. Dem Grauen ...

Dann aber sagte der Inquisitor leise, und noch immer in diesem merkwürdig sanften Tonfall: „Gott schickte seinen Sohn, um die Menschheit zu erlösen. Aber nicht zu euch ... niemals zu euch ..."

Die Worte hallten schwer und dumpf in den kalten, steinernen Kerkermauern wider. Alahrian dachte an den Grauen, an die Verbannung und fühlte, er war ganz allein, vollkommen allein und verlassen in dieser fremden Welt, die ihm nur Grausamkeit gezeigt hatte. Eine einzelne Träne löste sich aus seinen Augenwinkeln und fiel glitzernd zu Boden, um zwischen den Steinen zu versickern, vermengt mit dem Blut, das er unter Schmerzen hier vergossen hatte.

„Du irrst dich", flüsterte er erstickt. „Gott ist Liebe ... Vergebung ..."

„Ja." Und nun verzerrten sich die Lippen des Inquisitors zu einem kalten, fratzenhaften Lächeln. „Aber nicht für euch ..."

Da hob Alahrian den Kopf, und zum ersten Mal seit Beginn des Verhörs blickte er dem Inquisitor freiwillig direkt in die Augen. „Aber auch nicht für dich", sagte er fest. „Dein Gott starb aus Mitgefühl, aus Liebe. Du kennst weder Liebe noch Mitgefühl. Doch sag mir, wie willst du einst Vergebung finden, wenn du selbst nicht vergeben kannst?"

Das Gesicht des Inquisitors erstarrte. Zwei, drei Herzschläge lang rührte sich nicht ein Muskel darin, dann verzerrte es sich plötzlich vor Hass und Zorn. „Schweig!", brüllte er mit überschnappender Stimme. „Schweig, Dämon!" Und dann griff er mit der Hand nach einer der glühenden Eisenstangen, schlug sie Alahrian direkt ins Gesicht und löschte sein Bewusstsein minutenlang aus.

Am nächsten Morgen zerrten sie ihn auf den Scheiterhaufen und verbrannten ihn ...

***

Alahrian nahm die Hand von ihrer Stirn, Lilly wusste nicht, wollte er ihr die schrecklichen Bilder ersparen – oder sich selbst. Zum zweiten Mal tauchte sie aus seinen Erinnerungen auf wie aus wilden, flammendurchtränkten Fieberträumen und sah ihn an, die Augen nass von Tränen. Sein Blick war fern und leer, ein längst vergessener Schmerz zuckte über sein blasses Gesicht, schlug aus der Vergangenheit nach ihm. Seine Hand lag in der ihren, sein Zeigefinger strich sanft und warm über ihre Handfläche, und diese Bewegung war das Einzige, was ihr verriet, dass er noch bei ihr war.

„Die Schmerzen waren unbeschreiblich", erzählte er leise, mit brüchiger Stimme. „Ich dachte, ich könnte es ertragen, mir konnte ja nichts passieren, ich wusste, ich war unsterblich. Doch an diesem Tag wünschte ich mir zum ersten Mal den Tod ..." Seine Worte verloren sich, Lilly schloss die Finger um seine Hand, aber sie sagte nichts, lauschte stumm seiner Rede, auch wenn jedes Wort ihr das Herz in der Brust zusammen presste.

„Aber er kam nicht, der Tod. Der Inquisitor hatte Recht, ich konnte keine Erlösung in den Flammen finden …" Alahrian biss sich auf die Lippen, aber er sprach weiter, sein Tonfall flach und abwesend. Lilly fragte sich, ob er die Geschichte je jemandem erzählt hatte, so wie er sie jetzt ihr erzählte.

„Stattdessen fand ich nur Schmerzen. Ich hatte mir vorgenommen, nicht zu schreien, doch als die Flammen meinen Körper umhüllten, hörte ich einen Schrei die Luft zerschneiden wie ein Peitschenhieb, und erst da wurde mir bewusst, ich war es selbst, der da schrie …" Er schloss die Augen, sie glaubte schon, er würde nichts mehr sagen, als er tonlos hinzufügte: „Ich rief auf dem Scheiterhaufen nach dem Wesen – und es kam."

Jetzt schwieg er wieder und endlich legte er die Fingerspitzen auf ihre Stirn, und zum dritten Mal brachen die Bilder über sie herein, heftiger diesmal, wie ein Sturmwind oder ein Gewölbe, das direkt über ihrem Kopf in sich zusammen fiel.

***

Gewaltige, schwarze Schwingen peitschten die Luft, die Flammen teilten sich, wichen vor der gigantischen, tiefschwarzen Gestalt zurück und gaben Alahrian frei. Das Wesen barg ihn aus der Glut, fing ihn auf, als er zusammenbrach, hielt ihn fest, umhüllte ihn mit seinen Flügeln. Irgendwo, weit fern, wie es schien, ertönten grelle, von Entsetzen zitternde Schreie.

Alahrian wollte nicht die Augen öffnen, wollte nur in die weiche, wohltuende Dunkelheit versinken, doch seine Lider flogen wie von selbst auf , und er erblickte ein grässliches, infernalisches Chaos. Das Wesen peitschte noch immer die Luft, Sturm fegte über den Platz. Die Flammen des Scheiterhaufens waren auseinander gespritzt und sprangen über das Dorf hinweg, innerhalb von Sekunden stand jedes einzelne Haus in Brand. Schreiend rannten die Menschen davon, kreischend liefen sie in alle Richtungen zugleich, nur scherenschnittartig zu erkennen vor den grellen, hell lodernden Flammen.

Mit einem Laut, als brüllte die Erde selbst vor Zorn und Rachedurst, erhob sich das Wesen in die Luft, Alahrian noch immer in den Armen haltend wie ein Kind, sicher und geborgen in der Dunkelheit.

„Nein ...", flüsterte Alahrian schwach, doch das Wesen hörte ihn gar nicht. Wie ein Adler stieß es herab, die Menschen flohen in heller Panik. Das Dorf aber brannte, Häuser stürzten krachend in sich zusammen, und noch immer loderte der Zorn des Wesens. Mit einem Laut, der die Bäume erstarren und die Felsen erzittern ließ, schrie es seine Wut hinaus, und ein Sturmwind folgte seinem Schrei.

Der Platz war mittlerweile menschenleer, sie waren fortgelaufen, wer weiß wohin, doch Alahrian wusste, es gab keinen Ort, an dem sie sicher waren, nicht heute, nicht dieses Mal. Sanft ließ ihn das Wesen zu Boden gleiten, Regen ergoss sich aus den grauen Wolken über ihm, kühlte seine verbrannte Haut und linderte den Schmerz. Doch nur für ihn regnete es, überall sonst tobten weiter die Flammen und kein Wasser, keine Springflut konnte sie löschen.

„Hör auf", wimmerte Alahrian, während seine Hände sich in den aufgeweichten Erdboden gruben. Er wollte aufspringen, wollte das Wesen aufhalten, doch sein Körper war Schmerz und Qual, und er hatte nicht die Kraft dazu.

Er konnte nur den Kopf heben und hilflos zusehen, wie das Wesen das Dorf verwüstete. Dann jedoch kam es zurück, und erst da merkte Alahrian, dass er nicht allein auf der Lichtung war. Sämtliche Zuschauer des Spektakels waren geflohen, aber es gab zwei, die wie am Boden festgenagelt dastanden, die Augen weit aufgerissen vor Entsetzen, die Glieder starr vor Schreck. Es waren der Bürgermeister und der Inquisitor.

Alahrian schaffte es endlich, sich aufzurichten, doch vor seinen Augen flackerte es, Schmerzen brannten überall in seinem Körper. Dunkelheit wollte nach seinen Gedanken greifen, nur diesmal war es nicht die berauschende, überirdische Dunkelheit des Wesens. Schwer nach Atem ringend sank er wieder zurück.

„Schsch", machte da plötzlich eine samtweiche Stimme direkt neben ihm. Die schwarzen Schwingen streiften sein Gesicht, Finger, kühl wie Schnee und glatt wie Glas, streichelten seine verbrannte Haut, Lippen, hart wie Stein berührten seine Stirn. Er fühlte, wie seine Wunden verheilten, wie die Schmerzen erstarben, und nur eine wohltuende Mattigkeit blieb zurück.

„Alles wird gut, mein Sohn", flüsterte das Wesen und wiegte ihn wie ein Kind, bis er benommen in seinen Armen lag. „Gleich wird es dir besser gehen, gleich ..."

Die schwarzen Schwingen ließen ihn wieder zu Boden gleiten, immer noch prasselte Regen auf seine Haut herab, kühl und weich und balsamgleich auf seiner Haut. Das Wesen zog sich von ihm zurück, richtete sich zu seiner vollen Größe auf und schritt in majestätischer Würde auf die beiden vor Angst zitternden Menschen am Rande des Platzes zu. Mit einem Mal kamen sie Alahrian merkwürdig winzig vor, diese beiden, die vor Stunden noch solch grausame Macht über sein Schicksal gehabt hatten, und winzig waren sie auch im Angesicht des Wesens, das schön und grässlich wie eine Naturgewalt auf sie zutrat, jenseits von Zeit und Raum, dunkel wie das Universum, machtvoll wie die Schöpfung selbst.

Eine weiße, marmorne Hand legte sich beinahe zärtlich auf die Wange des Bürgermeisters. Der Mann keuchte vor Schreck, die Augen waren geweitet, als wollten sie aus den Höhlen quellen, doch er rührte nicht einen Muskel.

„Du wolltest einem meiner Kinder das Leben nehmen", sprach das Wesen, nicht sehr laut, doch präzise wie Dolchstiche, die sich mit jedem Wort in das Herz des Bürgermeisters bohrten. „Nun wirst du zusehen, wie deine Kinder sterben, alle, eines nach dem anderen. Du wirst noch viele Kinder haben, denn du wirst ein langes, ein allzu langes Leben vor dir haben. Aber du selbst wirst nicht sterben können, niemals, dein Schicksal wird an das deines Opfers gebunden sein, und du sollst keine Ruhe finden, bevor er keine gefunden hat." Seine Schwingen deuteten auf Alahrian, der schwach wie ein Kätzchen am Boden lag und sich nicht rühren konnte.

Der Fluch hallte hohl in seinen Ohren wider, dröhnte wie Glockenschläge in seinem Kopf. Aber das Wesen war noch nicht fertig. Langsam, elegant wie eine Katze, tödlich wie ein Wirbelsturm wandte es sich dem Inquisitor zu. „Du hattest keine Gnade übrig für eines meiner Kinder", *sagte es mit einer Stimme von rasiermesserscharf gefrorenem Eis.* „Auch dir soll keine Gnade erwiesen werden. Du wirst niemals das Antlitz deines Schöpfers schauen. Du wirst niemals Vergebung finden, niemals Erlösung. Du wirst an diese Erde gebunden sein, so lange er, den du in Blut und Schmerzen stürztest, auf ihr wandelt. Er wird leben, bis eure Sonne im Ozean ertrinkt, doch er wird in Licht und Freude tanzen, während du für immer nichts als Finsternis und Leere kennen wirst. Hört meine Worte, denn das ist mein Fluch, und keiner von euch wird ihn je brechen können."

Und wieder peitschten die schwarzen Schwingen die Luft. Alahrian konnte nicht sehen, was weiter mit seinen Peinigern geschah, denn das Wesen hob ihn empor, trug ihn in seinen sanften, starken Armen, und er hing kraft- und leblos in seinem Griff wie eine Puppe.

„Warum hast du das getan?", *stöhnte er verzweifelt.* „Das habe ich nicht gewollt, niemals habe ich so etwas gewollt ..."

Tränen rannen über seine Wangen und gefroren auf seiner Haut. Es war bitterkalt um ihn herum, über ihm glitzerte es von Schnee und Eis. Das Wesen hatte ihn in die Berge getragen, schneller, als er blinzeln konnte.

Behutsam legte es ihn in den Schnee, die Kälte tat ihm gut, sie löschte nicht das Bild der Flammen in seinem Kopf aus, doch das strahlende, glitzernde Weiß vertrieb ein wenig die Dunkelheit in seinen Gedanken.

„Bleib bei mir", *wisperte das Wesen und strich über seine Wange.* „Du bist stark, du trägst große Macht in dir. Ich kann dir noch mehr Macht geben, wenn du bei mir bleibst ..."

Das Angebot war verlockend, ein Teil seines Inneren sehnte sich danach, ebenso wie in der letzten Nacht, doch er schüttelte den Kopf und flüsterte nur: „Nein."

Noch immer strömten Tränen über sein Gesicht, noch immer schüttelten ihn Schmerzen, doch es waren nicht mehr die Verletzungen, die ihn jetzt quälten. Es war das Wissen, dass der Inquisitor Recht gehabt hatte, am Ende. Er war nicht stark genug, der Dunkelheit zu widerstehen.

„Geh", bat er heiser, die Stimme erstickt, das Gesicht in den kalten Schnee gepresst. „Geh! Bitte ..."

Das Böse ist nichts, wozu man geboren wird. Das Böse ist etwas, wofür man sich entscheidet.

Das Wesen verschwand lautlos wie der Schatten, der es war. Als Alahrian jedoch ins Dorf zurückkehrte, fand er es niedergebrannt, nur noch Ruinen standen dort. Einzig das Rathaus war unversehrt, ein dunkles Mahnmal, gegen den rauchgeschwängerten Himmel empor gestreckt wie ein drohender Finger.

Auf der Lichtung jedoch, wo der Scheiterhaufen gestanden hatte, erhob sich jetzt eine steinerne Figur: die Figur eines Engels mit gewaltigen Flügeln und schmerzverzerrtem, von Trauer gezeichnetem Antlitz ...

***

Alahrians Gesicht war starr wie der Marmor über ihm, als der Bilderstrom abriss. Lilly lag halb in seinen Armen, halb hielt sie sich an ihm fest, hielt *ihn* fest, denn sie fürchtete, er würde wieder fortlaufen, so gequält sah er aus.

Sie richtete sich auf, strich ihm durchs Haar, doch er reagierte kaum.

„Was wurde ... aus dem Wesen?", fragte sie stockend, nur um irgendetwas zu sagen, nur um das drückende, erstarrte Schweigen zu brechen.

Sie hatte nicht mit einer Antwort gerechnet, doch er sagte leise: „Es wurde in die Hohlen Hügel gesperrt. Mit den Erloschenen."

„Wer, glaubst du, war das Wesen?" Sie wollte nur seine Stimme hören, obwohl diese rau war und brüchig.

„*Lilith*." Es war ein Zischen mehr als ein Name. „Sie ist ... Wir wissen nicht genau, was sie ist ... Sogar bei euch Menschen gibt es Gerüchte über sie. Hier in der Gegend nennt man sie die *Pfahlhexe*. Man erzählt sich, sie sei eine alte germanische Göttin, die die Ruinen der Götterburg Walhall bewacht, die tief unter dem Pfahl liegen. Wir aber glauben, sie ist noch älter. Sie ist eine von uns. Manche sagen, sie sei die Erste gewesen, die in die Schatten fiel, die Erste, die die Rebellion entzündete. Aber manche sagen auch, sie sei schon vorher da gewesen, schon seit Anbeginn der Zeit, vor allen anderen ..."

Das war eine verwirrende Erklärung, doch Lilly fragte nicht weiter nach, wiederholte stattdessen mit hochgezogenen Augenbrauen: „*Sie*? Es war ... eine Frau?"

„Ja ... die Königin der Erloschenen ... ihre Mutter vielleicht ... *unsere* Mutter ..."

Er sagte *unsere*, als gehöre er zu ihnen, als wäre er selbst in die Schatten gestürzt. Lilly wusste, dass er das glaubte, dass er sich selbst für ein Geschöpf der Dunkelheit hielt, doch erst jetzt begriff sie wirklich, weshalb. „Es war nicht deine Schuld", sagte sie ruhig.

Jetzt blitzte es in seinem Gesicht auf, aber er sagte nichts.

„Was wurde aus den anderen ... dem Bürgermeister ... und dem Inquisitor?", fragte sie, um ihn wieder zu sich zu holen.

Um seine Lippen zuckte es, kein Lächeln, mehr eine Grimasse von Bitterkeit. „Das weißt du bereits."

Lilly starrte ihn an. Sie war der Geschichte aufmerksam gefolgt, sie war *dabei* gewesen, aber erst in diesem Moment verstand sie alles. „Mein Gott ..." Der Ausruf des Entsetzens entfuhr ihr, bevor sie es verhindern konnte. „Der Pfarrer ... Anna-Marias Vater ... die beiden sind ..."

„Dieselben wie damals, ja." Tonlos vollendete Alahrian ihren Satz. „Sie altern nicht, sie sterben nicht, genau wie ich. Ihr Schicksal ist an meines gebunden, und *ich* kann nicht sterben."

„Aber ... aber der Fluch!" Lillys Gedanken fühlten sich seltsam zersplittert an, etwas in ihr weigerte sich zu begreifen.

„Der Fluch gilt bis heute."

„Und Anna-Maria?"

„Sie ist die Tochter des Bürgermeisters und die Schwester der Frau, die mich an den Inquisitor verriet."

Jetzt wurde Lilly beinahe schwindelig vor Schreck. Anna-Maria sollte ...

„Sie weiß nichts von alldem", sagte Alahrian schnell. „Sie hat keine Ahnung, was ihr Vater ist. Niemand weiß es."

„Aber sie müssen doch merken, dass er unsterblich ist!"

Er lächelte bitter. „Bei *mir* hat es auch noch nie jemand bemerkt", erklärte er nüchtern. „Es gibt ... Methoden, alle Welt zu täuschen. Vierhundert Jahre machen erfinderisch, Lilly."

In Lillys Kopf drehte sich alles. Die Bilder aus Alahrians Erinnerung zuckten in ihr auf wie Fetzen aus einem Alptraum. „Dann wird Anna-Maria ... sterben?", fragte sie stockend, und das Wort kam ihr nur schwer über die Lippen. Sie dachte an den Fluch und er entsetzte sie mehr denn je. Anna-Maria war trotz allem so etwas wie eine Freundin geworden. Sie hatte nichts gemein mit ihrer Schwester, sie konnte nichts dafür.

„Ja", entgegnete Alahrian ruhig.

Lillys Augen wollten sich mit Tränen füllen, doch Alahrian lächelte plötzlich.

„Sie ist ein *Mensch*, Lilly. Natürlich wird sie sterben, irgendwann. Keiner von uns weiß, wann. Ihr Vater aber wird leben. Er wird alle Menschen überleben, die er liebt, jeden, der ihm etwas bedeutet, wird er verlieren."

Das war ein schreckliches Schicksal, doch schrecklich war auch, was er Alahrian angetan hatte. Lilly wusste nicht, ob sie Mitleid haben sollte oder nicht. Stumm hielt sie Alahrians Hand und strich mit den Fingerspitzen über seinen Arm, die glatte, schneeweiße Haut, als suche sie dort nach den Spuren der Verbrennungen, nach Narben. Aber da war nichts. Die Narben waren nur in seinem Inneren, unsichtbar.

Sie schloss ihn in die Arme, blickte an seinem goldenen Haar vorbei den steinernen Engel an. „Du bist der Engel", flüsterte sie, schaudernd ob der Traurigkeit, die in der Figur lag.

„Der Engel ist, was ich war, was ich bin und was ich vielleicht sein werde", erwiderte er rätselhaft.

„Du wirst nicht in die Schatten fallen", sagte sie und hielt ihn fest.

„Die Schatten sind ein Teil von mir. Ich höre ihre Stimme in meinen Träumen, wenn ich schlafe, aber auch, wenn ich wach bin."

„Du wirst nicht fallen", wiederholte sie fest.

Er vergrub das Gesicht in ihrer Schulter. Sie zitterte in seinen Armen, es war kalt geworden hier draußen, ein feiner Nieselregen fiel auf sie herab. Lilly hatte es bisher noch nicht einmal bemerkt.

„Hast du Angst?", fragte er besorgt, sein Atem kitzelte warm ihre Wange.

„Nein. Mir ist nur kalt."

„Warum hast du nichts gesagt?" Ein Hauch von einem Lächeln glitt über sein blasses Gesicht. Es tat gut, dieses Lächeln zu sehen, es war wie ein einzelner Sonnenstrahl an einem von schwarzen Wolken verdunkelten Tag. Er zog eine Hand zurück und hielt Lilly mit der anderen. Um seine Finger spielten blaue Fünkchen, Licht flutete unter seiner Haut, Wärme strahlte von seinem Körper aus wie von einem Stück glühender Kohle. Sie kuschelte sich an ihn, und er hüllte sie in sein Leuchten ein wie in einen warmen, samtenen Mantel.

„Wie praktisch du bist", bemerkte sie lachend, ein Glockenklang von Heiterkeit kehrte in ihre Stimme zurück. „Wie ein lebendiger Ofen."

Er lachte, es klang seltsam befreit. Mit blitzenden Augen, seine Hände immer noch leuchtend, zog er sie hoch, vom Waldboden empor. „Komm", meinte er munter. „Lass uns gehen."

Arm in Arm schlenderten sie den verborgenen Pfad im Wald entlang, und der steinerne Engel blieb rasch hinter ihnen zurück.

Mit Haut und Haar

„Es war schön, deine Eltern heute ein bisschen näher kennenzulernen", bemerkte Alahrian, während sie zwei Tage später Hand in Hand durch den Wald spazierten. Sie hatten das gefürchtete Treffen mit Lillys Familie endlich hinter sich gebracht, und es war viel besser gelaufen, als Lilly je zu hoffen gewagt hätte. Ihr Vater hatte das Verhör auf ein Minimum beschränkt, Alahrian war so charmant gewesen, dass die kleinen, äußerlichen Eigenheiten, inklusive der Nulldiät, niemandem aufgefallen waren, und wäre sie selbst nicht so nervös gewesen, hätte es sich vielleicht sogar entspannt anfühlen können.

„Ich glaube, dein Vater hält mich mittlerweile nicht einmal mehr für einen Schwerverbrecher", fuhr Alahrian augenzwinkernd fort. Er grinste gut gelaunt. „Zumindest hatte er Vertrauen genug, mir seine Uhrensammlung zu zeigen."

„Er hat dir seine Sammlung gezeigt?" Lilly blickte ihn überrascht an. „Das ist ein gutes Zeichen. Ein sehr gutes Zeichen!" Die Sammlung bekam üblicherweise kaum jemand zu Gesicht. „Ich hoffe, er hat dich nicht zu sehr gelangweilt damit", fügte sie mit etwas weniger Begeisterung hinzu.

„Nein, gar nicht!" Alahrian lachte noch immer. „So ein Chronometer ist eine äußerst praktische Erfindung, wenn man kein Zeitgefühl hat!" Er schüttelte sich. „Die Taschenuhr aus dem neunzehnten Jahrhundert durfte ich sogar anfassen", erklärte er stolz. „Zum Glück war sie vergoldet und nicht etwa aus Edelstahl ..." Angewidert verzog er das Gesicht.

Lilly drückte seine Hand und hoffte, er habe das alles nicht auch ihrem Vater aufgetischt. Für jemanden, der sein Leben lang ein Geheimnis mit sich herumschleppte, konnte er sich nämlich erstaunlich schlecht verstellen. Aber sie wollte ihn nicht kränken und ließ das Thema fallen.

In vertrautem Schweigen erreichten sie die Villa. Alahrian sprang anmutig wie ein Reh über den Gartenzaun und öffnete ihr galant die Tür von Innen. „Madame …" Er verneigte sich mit strahlenden Augen.

„Monsieur." Sie vollführte einen Hofknicks, bevor sie durch das Gartentürchen trat. Das Spiel schien ihn zu amüsieren, er lachte leise in sich hinein. Überhaupt schien er heute ganz außergewöhnlich guter Laune. Seit er ihr seine *ganze* Geschichte erzählt hatte, war er allgemein ruhiger, zutraulicher, viel weniger gehetzt. Seine Wunden waren vielleicht noch nicht verheilt, würden vielleicht niemals richtig heilen – aber sie hatten aufgehört zu bluten. Heute schien die Vergangenheit, weit, weit fort zu sein.

Übermütig wie ein Kind hüpfte er neben ihr durch den Garten, und je tiefer sie in die Parkanlagen eindrangen, desto mehr fiel die menschliche Maske von ihm ab. Unter seiner Haut begann es zu schimmern und zu glühen, die Haare knisterten, während er Sonnenlicht in sich aufsog, und endlich streifte er auch seine Schuhe ab, um barfuß durchs weiche Gras zu laufen.

Sie setzten sich unter einen Haselnussstrauch, dessen Zweige sofort eine gemütliche kleine Höhle über ihren Köpfen formten, bis sie in flimmerndem Halbschatten saßen. Perfekt. Flirrende Sonnenflecken für Alahrian, dunkle Kühle in der Nachmittagshitze für Lilly. Es hatte eindeutig seine Vorteile, mit einem Fabelwesen zusammen zu sein!

„Es war schön heute bei deinen Eltern", wiederholte Alahrian. „Aber es ist doch besser, wenn wir alleine sind." Seufzend streckte er sich im Gras aus und legte sich flach auf den Rasen. Ein Kopfkissen oder etwas in der Art brauchte er natürlich nicht. Zärtlich sah Lilly zu, wie er sich entspannte, und wusste genau, was er meinte. *Hier musste er nichts verbergen. Hier konnte er ganz er selbst sein.* Sie legte sich neben ihn und betrachtete sein Haar, das in goldenen Kaskaden ins Gras fiel und dort schimmerte und glänzte wie flüssiger Sternenstaub. Lilly konnte nicht widerstehen und strich mit den Fingerspitzen darüber, zerteilte spielerisch die weichen Strähnen und ließ sie wie einen Fächer zu Boden gleiten. Seine Haare faszinierten sie, sie waren vielleicht von allem das am wenigsten menschliche an ihm. Aus der Ferne betrachtet wirkten sie golden – blond, wenn er das sterbliche Auge zu täuschen versuchte –, doch in Wirklichkeit waren sie nahezu durchsichtig, golden nur, weil Licht durch sie hindurchfloss wie durch dünne, hauchfeine Glasfasern.

Er kicherte leise und unterbrach damit ihre beinahe wissenschaftliche Neugierde. „Was hast du?", fragte sie lächelnd.

„Du kitzelst mich."

„Tatsächlich?" Sie zog die Hand zurück. Eigentlich hatte sie geglaubt, er spüre es kaum.

Er richtete sich ein wenig auf, schüttelte die Haare aus dem Gesicht und schien nicht zu bemerken, dass winzige Blütenblätter dabei zu Boden fielen. „Ich habe ein Gefühl in den Haaren", erklärte er versonnen. „Es sind keine toten Zellen wie bei Menschen."

Verblüfft starrte Lilly ihn an. „Oh!" Das hatte sie nicht gewusst. „Ein Friseurbesuch muss sehr unangenehm für dich sein", neckte sie ihn.

„Ja, allerdings …" Er ließ sich wieder ins Gras gleiten, streckte die Hände nach ihr aus und zog sie an sich. Zufrieden kuschelte sich Lilly in seine Arme, spürte seinen warmen Atem in ihrem Nacken und sah belustigt zu, wie er mit den Fingerspitzen kleine, leuchtende Regenbogen auf ihr Handgelenk malte, seine Hände nur zwei Zentimeter über ihrer Haut schwebend und ohne sie direkt zu berühren. Dennoch konnte sie ihn spüren. Es war ein prickelndes, knisterndes Gefühl von Wärme auf der Haut, fast wie elektrische Spannung, die durch die Luft von einem Pol zum nächsten sprang und sie beide untrennbar miteinander verband.

„Hey!" Plötzlich zuckte er zusammen, seine Augen strahlten vor Vergnügen. „Mach das noch mal!"

Lilly blinzelte ihn verwirrt an. „Was denn?"

„Na das!" Die helle Aufregung stand ihm ins Gesicht geschrieben, während Lilly nicht im Geringsten begriff, was überhaupt los war.

Seine Augen glitzerten und funkelten. „Wow ...", flüsterte er beeindruckt. „Ich habe ja gar nicht gewusst, dass Menschen auch Licht trinken können!"

„Wie?!" Lilly richtete sich auf.

„Oh, du hast das gar nicht gemerkt?" Seine Augen weiteten sich. „Aber sieh doch!" Er nahm ihre Hand in seine und ließ mit der anderen schimmernde Regenbogenstücke über ihren Handrücken fließen. Verblüfft beobachtete Lilly, wie die bunten Prismen nacheinander unter ihrer Haut versickerten wie Wassertropfen in einem Schwamm.

Fassungslos starrte sie ihn an. Üblicherweise, wenn sie in der Sonne lag, absorbierte sie deren Strahlen nicht, andererseits: Das Licht, das aus Alahrians Innerem stammte, war vielleicht auch nicht mit normaler Sonneneinstrahlung zu vergleichen. Es war seine Magie, sein Leuchten.

Achselzuckend tat sie das Phänomen ab, er aber schien ganz begeistert und wollte sich gar nicht beruhigen. „Das ist phantastisch", flüsterte er und drückte sie an sich. „So verschieden sind wir gar nicht!"

Sie strich ihm das Haar zurück, betrachtete seine spitzen, perlmuttfarbenen Elfenohren, die blassen, fein geschnittenen Züge und die kristallklaren, aquamarinblauen Augen unter den geschwungenen Brauen. Manchmal, wenn sie ihn so ansah, dann konnte sie noch immer nicht glauben, dass es ihn wirklich gab, dass er kein Märchen war.

Plötzlich zog er sie wieder an sich, und dann war sein Gesicht mit einem Mal über ihr, seine Augen hielten ihren Blick fest, und es fühlte sich an, als stürze der Himmel über ihr zusammen. Seine Lippen waren leicht geöffnet, sie schwebten nur eine Handbreit über den ihren. Erwartungsvoll schloss sie die Augen und hielt den Atem an. Und dann spürte sie seinen Kuss auf ihrem Mund, zart und weich, fast nur ein Hauch. Seine Lippen berührten die ihren wie ein sanfter Sommerwind, ein Geschmack wie von zuckrigen Schneeflocken streifte ihre Zunge, und eine goldene Wärme erfüllte Lillys Inneres.

Dann aber zuckte er zusammen und zog sich zurück, erschrocken, wie es schien. Lilly, der die Abwesenheit seiner Berührung wie Eiswasser auf der Haut brannte, sah ihn bestürzt an. „Was hast du?"

„Nichts." Er nahm ihre Hand in seine, aber er küsste sie nicht noch einmal und er sah sie auch nicht an.

Enttäuscht starrte Lilly zu Boden. „Gefällt es dir nicht ... mich zu küssen?" Die Frage war schrecklich. Sie wollte auch gar keine Antwort hören, aber eine zitternde Furcht in ihr musste es wissen. Er war kein Mensch. Sie durfte nicht von ihm erwarten, dass er reagierte wie einer.

Sanft zog er sie in seine Arme. „Es ist wunderschön, dich zu küssen", flüsterte er in ihr Haar hinein. „Ich habe mir das schon die ganze Zeit über gewünscht."

„Warum hast du es nicht getan?", fragte sie angespannt. Sie hatte so lange darauf gewartet!

Er lächelte mit verdunkeltem Blick. „Ich fürchte mich ein wenig", gestand er leise.

„Was?" Lilly riss die Augen auf. Von allen möglichen Erklärungen, die ihr die ganze Zeit über im Kopf herumgeschwirrt waren, war dies gewiss die merkwürdigste.

„Ein Kuss ist etwas so ungeheuer Magisches", erklärte er behutsam. „Es gibt kaum etwas, in dem ein größerer Zauber verborgen liegt. Du kannst es in jedem Märchen nachlesen. Diese Welt reagiert ohnehin schon übersensibel auf jede meiner Emotionen. Was, wenn es mich *zu* glücklich macht, dich zu küssen? Was, wenn es Kräfte freisetzt, die niemand mehr zu kontrollieren vermag? Man kann nie wissen, was passiert, weißt du?"

Zu ihrer eigenen Überraschung brachten diese Worte Lilly zum Lachen. Er war also glücklich, wenn er sie küsste! Sie spürte, wie ihr Herz zu klopfen begann. Sanft berührte sie mit beiden Händen seine Wangen. „Ich glaube, du machst dir zu viele Sorgen", meinte sie leichthin. „Weißt du, in den Märchen, da ist es stets etwas Gutes, was durch einen Kuss passiert. Der Prinz weckt Dornröschen, die Prinzessin erlöst den Froschkönig ..."

Weiter kam sie nicht. Mit saphirfarben glühenden Augen neigte er sich über sie, und seine Lippen versiegelten die ihren. Diesmal schloss Lilly nicht die Augen. Die Lider weit geöffnet ließ sie sich in seinen Blick fallen, Indigo, Aquamarin und Azur umschlossen sie. Sie tauchte ein in einen Ozean aus Licht, und die Welt um sie herum versank wie eine Theaterkulisse, wenn sich der Vorhang schließt.

***

Dass sie das Bewusstsein verloren hatte, wurde Lilly erst klar, als sie wieder erwachte, und das im selben Moment, in dem auch Alahrian die Augen aufschlug. Benommen, trunken vor Glück, blinzelte sie ihn an und fühlte, wie ein wohliges Lächeln über ihr Gesicht glitt, während ihr Herz in der Brust tanzte.

Sekunden lang tat sie nichts weiter, als sich an seinem Anblick zu erfreuen, dann hörte sie das seltsame Rauschen im Hintergrund, roch die merkwürdig würzige Luft, schirmte ihre Augen ab gegen das sonderbar grelle, viel zu helle Licht.

„Wo sind wir?" Ruckartig setzte sie sich auf.

Das hier war nicht der Garten der Villa, so viel stand fest. Verblüfft, aber absurderweise ohne jeden Schrecken schaute sie sich um. Sie befanden sich an einem Strand, weit und breit war nichts zu sehen außer weichen, türkisgrünen Wellen und schneeweißem Sand. Über ihnen spannte sich ein makellos blauer Himmel, ohne den Hauch von einer Wolke. Die Sonne strahlte golden, es war sehr warm, aber nicht heiß. Ein milder Wind strich über sie hinweg, die Luft war vollkommen rein und von einer Süße, wie Lilly sie nie zuvor gekostet hatte.

„Mein Gott", flüsterte sie begeistert. „Es ist wunderschön hier!" Strahlend sah sie Alahrian an, der aber saß starr und kreidebleich neben ihr, das Gesicht zu einer Maske gefroren, die Augen von Schreck geweitet.

„Was hast du?", fragte sie bestürzt. Vielleicht hätte sie selbst auch erschrocken ein sollen, doch sie konnte einfach nichts anderes als Freude empfinden. Alles in ihrem Inneren jubilierte, das Blut sang in ihren Adern, ihr ganzer Körper vibrierte vor Glück. Nur Alahrians Reaktion trübte ein wenig diesen Rausch. Behutsam griff sie nach seiner Hand. Sie war eiskalt, obwohl seine Haut im Sonnenlicht schimmerte und glühte.

„Wir sind ... nicht mehr ... in deiner Welt ...", brachte er endlich mühsam hervor, die Worte abgehackt und tonlos, den Blick noch immer starr ins Leere gerichtet.

Lilly blickte sich erneut um, ihre Begeisterung nur schwer bezähmend. Erst jetzt erkannte sie, dass es gar kein Sand war, auf dem sie saßen. Der Strand bestand aus Tausenden und Abertausenden winziger, perlmuttfarbener Blütenblätter. Lächelnd ließ sie sie durch die Finger gleiten, sie waren so weich wie Samt und kühl wie Seide.

„Ist das ... *deine* Welt?", fragte sie, atemlos vor Staunen.

„Nein!" Sein Kopf zuckte mit einem Ruck zur Seite, aus dunklen Augen blickte er sie an. „Das hier ist eine Zwischenwelt."

„Eine Zwischenwelt?"

Alahrian zuckte mit den Schultern. „Wenn du von einem Zimmer ins nächste gehen willst, musst du zuerst unter einer Tür hindurch. Wenn du ein Haus betrittst, dann meist über den Flur. Wenn du ein fremdes Land bereist, dann passierst du zunächst eine Grenze ..." Seine Hand vollführte eine vage Bewegung, die ihre gesamte Umgebung einzuschließen schien. „Dies hier ist ein Türstock, ein Flur, eine Grenze ..." Es klang keineswegs begeistert.

Lilly beobachtete die kristallklaren Wellen, die in seltsam melodiösem Rauschen an dem marmorfarbenen Strand leckten. „Wie sind wir hierhergekommen?", fragte sie versonnen und konnte den Blick kaum abwenden von dem schlichten, aber seltsam fesselnden Schauspiel um sie herum.

„Ich weiß es nicht." Seine Stimme war tonlos. „Das ist wohl kaum die Frage. Die Frage ist vielmehr: Wie kommen wir wieder zurück?"

Lilly kuschelte sich an seine Schulter. „Ich will noch nicht zurück. Es ist phantastisch hier!" Ein Hauch von Wehmut schlich sich in ihre Brust. Wieso war er nicht glücklich wie sie? Es tat ihr weh, zu sehen, dass er nicht glücklich war.

Alahrian sprang auf und zog sie, da er sie offenbar nicht loslassen wollte, ebenfalls auf die Füße. „Wir können hier nicht bleiben", erklärte er fest. „Ich bin nicht einmal sicher, ob das alles hier real ist!"

Lilly atmete die süße Luft, spürte den Wind auf der Haut, lauschte dem Gesang der Wellen im Hintergrund. Auch ihr kam dieser Ort seltsam unwirklich vor. Doch wenn es ein Traum war, warum dann jetzt schon erwachen?

„Komm", meinte sie sanft, nahm seine Hand in ihre und küsste sie, bevor sie ihn am Strand entlang führte. „Wir wissen ohnehin nicht, wie wir wieder nach Hause kommen, also lass uns uns erst noch ein wenig umsehen, ja?"

Skeptisch zog er die Brauen hoch, dann nickte er. „Also gut. Gehen wir. Aber du darfst hier keine Nahrung und nichts zu trinken annehmen, egal, wer es dir auch anbietet, okay?" Seine Stimme war mahnend, sein Blick durchdringend. „Du darfst nichts annehmen, was *ich* dir anbiete, klar?"

„Klar." Lilly nickte gut gelaunt. Sie war ohnehin weder hungrig noch durstig. Lachend tanzte sie über den Blütenstrand und zog ihn einfach hinter sich her. Alahrian presste misstrauisch die Lippen aufeinander, sein Blick fixierte die Wasseroberfläche, als könnte dort jeden Moment ein siebenköpfiges Seeungeheuer empor tauchen. Doch das Meer war glatt und ruhig, das Wasser klar wie frisch geschliffene Diamanten. Lilly hätte gern davon gekostet, nur um zu wissen, ob es süß oder salzig war, aber sie hatte Alahrian versprochen, sich an die Regeln zu halten.

Sie waren erst wenige Schritte durch das gleißende Sonnenlicht gelaufen, als Alahrian plötzlich abrupt stehenblieb, von einer Sekunde auf die nächste zur Marmorstatue erstarrt.

„Nein", flüsterte er erstickt. „Oh nein ..." Seine Lippen bebten, alles Blut war aus seinem Gesicht gewichen.

Lilly starrte ihn an und versuchte, seinem flackernden Blick zu folgen, konnte aber nichts erkennen. „Was ist? Was hast du?"

Er streckte eine zitternde Hand aus und deutete auf einen winzigen Schemen, der urplötzlich, geradezu aus dem Nichts heraus, vor ihnen aufgetaucht war. Lilly konnte nur die vagen Umrisse einer Gestalt erkennen, Alahrian aber, dessen Augen ungleich schärfer waren als die ihren, starrte auf den Schatten, und in seinem Blick loderte ein vernichtendes, von kaltem Terror geschwärztes Erkennen auf.

Langsam kam die Gestalt näher. Lilly war nicht sicher, ob sie lief oder schwebte. Sie schien über den Strand zu gleiten wie ein Geist, doch Lilly konnte absolut nichts Unheimliches oder gar Bedrohliches an ihr erkennen. Im Gegenteil: Fast schien ihr der Schemen vertraut. Es war, als würde man mitten in einer anonymen Masse plötzlich einen Freund entdecken, als würde ein lange verloren geglaubter Verwandter mit einem Mal auf einem leeren, dunklen Bahnhofsgleis vor einem stehen.

„Wer ... wer ist das?", fragte sie und ihre Stimme zitterte nicht vor Furcht, sondern vor Erstaunen.

Alahrian wurde noch bleicher. „Der Graue", flüsterte er, atemlos vor Entsetzen, ein keuchender Schrei mehr denn ein Wort. Und im selben Moment, in dem er es ausgesprochen hatte, stand die Gestalt plötzlich direkt vor ihnen, Raum und Zeit überwindend, als hätten sie keine Bedeutung mehr an diesem sonderbaren Ort.

Alahrian gab einen erstickten Laut von sich, ließ Lillys Hand los und brach in die Knie wie eine Puppe, der man die Fäden abgeschnitten hatte. Er zitterte so sehr, dass er sich mit einer Hand auf dem Boden abstützen musste. Sein Kopf war gesenkt, die Lider beschatteten die schreckgeweiteten Augen, deren Blick starr nach unten gerichtet war.

Lilly wollte auf ihn zustürzen, ihn in die Arme schließen und trösten, doch ihr eigener Blick hing an dem fremden Wesen fest und blieb für Sekunden daran gefangen. Auf eine schwer in Worte zu kleidende Weise sah der Fremde Alahrian sogar ähnlich, doch Lilly begriff sofort, warum man ihn den Grauen nannte. Ein seltsam nebelhafter Schimmer umgab ihn, grau, nicht wie Fels oder Wolken, sondern eher wie Silber, aber ohne die metallische Kälte von jenem. Es schien vielmehr, als wäre er in einen Mantel aus Sternenlicht gekleidet, doch auch das traf es nicht ganz. Es war überhaupt kein Licht, das ihn umgab, es war eine vollkommene Symbiose aus Licht und Schatten, aus Hell und Dunkel. Große, fedrige Schwingen erhoben sich hinter seinem Rücken, die eine war schwarz, die andere weiß.

Der Graue lächelte, als Lilly ihn ansah, und trat unwillkürlich einen Schritt näher, damit sie ihn genauer betrachten konnte. Sein Gesicht war fein und edel geschnitten wie das Alahrians, doch während dessen Antlitz in beständiger, kindlicher Reinheit erstrahlte, als wäre er jeden Tag von neuem geboren, fühlte Lilly in den Zügen des Grauen das ungeheure Alter dieses Fremden, die Äonen, die an diesem Wesen vorbeigezogen waren wie Sekunden an einem Menschen. Dabei wirkte der Graue nicht alt, er schien vielmehr alterslos, unberührt von den Gesetzen der Sterblichen.

Sein Blick war weise und gütig. Lilly konnte nicht sagen, welche Farbe seine Augen hatten, alle Farben schienen sich gleichzeitig darin zu spiegeln wie in einem gigantischen, facettenreichen Kaleidoskop. Es war schön und verwirrend, den Grauen anzusehen, aber sie fühlte keine Angst und vage fragte sie sich, weshalb Alahrian zu Füßen dieses Wesens auf den Knien lag und zitterte wie von Fieberschauern geschüttelt. Hatte er nicht gesagt, der Graue sei so etwas wie König Artus in seiner Welt? War das nicht etwas Gutes? In der Tat hatte das fremde Wesen nichts Bedrohliches an sich, es war schön, anders und erhaben, von einer Macht erfüllt, deren Grenzen sie gewiss nicht erfassen konnte, die aber nichts Böses in sich barg.

Lilly hätte es Alahrian gerne gesagt, hätte seine Hand nehmen wollen und ihm mit einer absoluten Gewissheit, von der sie selbst nicht wusste, woher sie sie nahm, versprochen, dass dieses Wesen nicht gefährlich war, doch dann schaute der Graue sie direkt an und sprach zu ihr, und sie war unfähig, sich zu rühren.

„Es hat lange gedauert, bis du den Weg zu mir gefunden hast, meine Tochter", sagte er, sanft und ohne Tadel. Langsam streckte er die Hand aus und berührte ihre Wange, behutsam wie ein Nebelschleier, der leise die Haut streift.

Lilly hatte das Gefühl, als taste diese Berührung nicht allein über ihr Gesicht, sondern über ihre gesamte Seele, als dränge der weiche, regenbogenfarbene Blick des Grauen bis tief in ihr Innerstes vor, um dort in ihrem Wesen zu lesen. Es war kein unangenehmes Gefühl, es war vielmehr als vertraute man sich einem Freund an – oder einem Vater.

Der Graue lächelte wieder, dann ließ er die Hand sinken.

„Nein!"

Das war Alahrian, und seine Stimme klang schrill. „Nicht, lass sie in Ruhe!" Er zitterte noch immer vor Furcht, doch er war auf die Füße gesprungen, hoch aufgerichtet war er neben Lilly getreten, die Hände erhoben, als wollte er sie verteidigen.

Der Graue wandte den Kopf und sah ihn an, er lächelte noch immer, doch sein Blick wirkte jetzt ein wenig traurig. „Wovor fürchtest du dich, *Alahrian Lios Alfar*?", fragte er milde. „Du hast keinen Grund dazu." Vorsichtig, so wie man einem scheuenden Pferd die Finger entgegenstreckt, hielt er ihm seine Hand hin; und dann berührte er auch Alahrians Wange.

Alahrian begann, noch heftiger zu zittern, sein Gesicht war aschfahl, die Augen fast schwarz, so geweitet waren sie.

„Ruhig", flüsterte der Graue. „Ganz ruhig ..."

Alahrians Haar fing an, unter seiner Berührung zu leuchten, als hätte sich Sonnenlicht darin verfangen, in seinem Antlitz jedoch stand noch immer nichts als nackter Schrecken. „Warum ... bist du hier?", presste er zwischen blutleeren Lippen hervor und zwang sich, obwohl er am ganzen Körper bebte, dem Grauen direkt in die Augen zu sehen.

Der Graue lächelte milde. „Ihr kamt zu mir, nicht umgekehrt. *Sie* war es, die euch hierher geführt hat." Sein schillernder Blick suchte Lilly. „Etwas in ihr hat sich nach diesem Ort gesehnt. Du hast ihr nur den Weg gezeigt, Alahrian."

„Nein." Alahrian protestierte schwach, doch seine Worte erstarben, ehe er sie vollends aussprechen konnte. Er blickte zu Boden, versuchte, den Augen des Grauen auszuweichen, die doch wie eine Berührung auf ihm zu liegen schienen. Unwillkürlich wich er einen Schritt zurück.

Eine der gewaltigen Schwingen streifte ihn, trotz ihrer Größe sanft wie eine einzige Feder. Es war die weiße.

„Du trägst viel Licht in dir, Alahrian", bemerkte der Graue. „Mehr als ich je bei einem *Alfar* gesehen habe. Heller als die Sonne erstrahlst du, und doch ..." Nun wurde seine Stimme traurig. „Dein Herz ist in tiefe Dunkelheit getaucht – und sollte nichts als Freude kennen." Er lächelte schmerzlich. „Warum?", fragte er behutsam.

Alahrian starrte ihn nur an. Er zitterte jetzt nicht mehr, und sein Blick war auch nicht mehr flackernd, sondern flammend. Feuer schien darin zu lodern, Feuer und Eisen und Schmerz und Zorn.

„Es gibt etwas, das du mich fragen willst", sagte der Graue, und es war keine Vermutung. Er schien in Alahrians Seele zu lesen wie in der Lillys zuvor, es gab keine Geheimnisse vor ihm, und dennoch wollte er, dass Alahrian es aussprach.

Alahrian stand still und starr, sein Gesicht eine leblose Maske, in der sich nichts rührte. Die Flammen in seinen Augen wurden jetzt deutlicher, Bilder, Gedankensplitter und Funken von Erinnerungen wogten aus seinem Inneren dem Grauen entgegen wie Pfeile, aus einem brennenden Bogen abgeschossen.

„Warum?", fragte er endlich, und von einer Sekunde auf die nächste war nicht die geringste Spur von Furcht mehr in seiner Stimme, nur noch Zorn, ein vernichtender, flammender, quälender Zorn. „Die Schatten ... die Erloschenen ... Warum hast du es zugelassen? Warum bist du nicht zurückgekommen?" Er schrie jetzt, die Worte überschlugen sich beinahe. „Warum hast du mein Volk im Stich gelassen?"

Der Graue lächelte behutsam, sein Blick, voll Güte und Liebe, lag fest auf dem Alahrians. „Das ist nicht die Frage, die du mir stellen willst", meinte er sanft, und wieder streifte die weiße, schneeweiche Schwinge seine Wange.

Alahrian zitterte wieder. Tränen schimmerten in seinen Augen, aber sie flossen nicht. Stattdessen schleuderte er dem Grauen weitere Bilder entgegen. Lilly sah sie genau vor sich, so wie sie auch jedes Wort verstand, das die *Alfar* im Geiste sprachen. Sie kannte die Bilder, Bilder von Scheiterhaufen, von dunklen Verliesen und glühenden Instrumenten aus Eisen.

„Wo bist du gewesen?", flüsterte Alahrian anklagend. Seine Stimme war brüchig von Schmerz. „Wo bist du gewesen, damals? Ich habe dich gerufen, in der Dunkelheit, jede Nacht ... Du bist nicht gekommen! Sie alle haben dich gerufen, aber du ..." Seine Hände ballten sich zu Fäusten, Zorn verzerrte sein blasses Gesicht. „Wo bist du gewesen?", schrie er den Grauen an.

Der Graue blickte ihn nur an, die Augen dunkel von Trauer. Da verrauchte Alahrians Wut, die Tränen, die in den Augen gefroren zu sein schienen, lösten sich glitzernd aus seinen Lidern. Er wollte in die Knie brechen, doch die gewaltigen Schwingen fingen ihn auf. „Warum?", flüsterte er haltlos. „Warum hast du uns verlassen? Warum hast du *mich* verlassen?" Leise begann er zu schluchzen, die Schwingen hüllten ihn ein, wiegten ihn wie ein Kind.

„Wer sagt dir, dass ich dich verlassen habe?", entgegnete der Graue sanft. „Wie willst du wissen, dass ich nicht bei dir war?"

Alahrian blickte ihn an, aus Augen, die von Tränen verschleiert waren.

„Ich habe *sie* zu dir geschickt." Wieder sah der Graue Lilly an.

„Aber es waren fast vierhundert Jahre!"

Ein Lächeln glitt über das Gesicht des Grauen. „Zeit ist bedeutungslos für uns. Sie berührt uns nicht."

Eine der Schwingen strich über Alahrians Wangen, wischte die Spuren von Tränen fort. „Es gibt noch so viele Dinge, die du lernen musst, kleiner *Liosalfar*", seufzte der Graue. „Dinge, die *sie* in ihrem Innersten längst begriffen hat. Deine Aufgabe ist groß, Alahrian. Und schwer. Das Schwerste steht dir noch bevor."

Alahrian blinzelte. Er wirkte benommen, seltsam abwesend, als hätten die Schwingen, die ihn hielten, ihn in Schlaf gehüllt. „Was für eine ... Aufgabe?"

Da sprach der Graue zu ihm, sprach direkt in seine Gedanken, doch dieses eine Mal konnte Lilly die Worte nicht verstehen.

Alahrian wurde blass. „Nein!" Abrupt löste er sich aus der Umarmung der fedrigen Schwingen, sprang auf die Füße und starrte den Grauen an. „Nein, nein, das kannst du nicht verlangen!", schrie er. „Ich kann nicht ... ich meine, ich ... ich bin nicht ..." Er begann erneut zu zittern.

„Du bist stark, Alahrian", sagte der Graue. „Viel stärker, als du selbst ahnst. Lass zu, dass *sie* deine Wunden heilt, dann wirst du stark genug sein."

„Nein", flüsterte Alahrian mit flackerndem Blick. „Ich kann nicht."

Die weiße Schwinge strich über sein Haar, wieder leuchtete und glühte es. Der Blick des Grauen hielt den seinen fest. *Du musst deine Ängste überwinden*, wisperte der Graue, direkt in seinen Kopf. *Du musst Vertrauen haben ...*

Und damit wandte er sich ab und wieder Lilly zu. Sein Lächeln war warm und strahlend. „Es freut mich, dass du den Weg zu mir gefunden hast, meine Tochter", meinte er freundlich. „Aber jetzt musst du wieder nach Hause gehen. Leb wohl, Lillian Rhiannon."

Und dann war er plötzlich verschwunden, und auch der Strand war von einem Augenblick auf den nächsten einfach nicht mehr da. Stattdessen war da nur noch Licht, und dann ... Dunkelheit.

Suche nach Antworten

„Lillian? Wach auf, bitte!"

Die Stimme klang angstvoll, angstvoll genug, um Lilly blinzelnd die Augen öffnen zu lassen. Unwillkürlich glitt ein glückliches Lächeln über ihr Gesicht. Alahrians Gesicht schwebte über dem ihren, sein goldenes Haar kitzelte fast ihre Stirn. Aber warum war er so besorgt? Lilly selbst war fast trunken vor Glück, seine Lippen schienen noch auf den ihren zu brennen, ihr Herz pochte laut und schnell, das Blut tänzelte in ihren Adern.

Benommen richtete sie sich auf.

„Alles in Ordnung? Geht's dir gut?" Alahrians Augen waren schwarz vor Sorge.

„Ja ... ja, natürlich ..." Sie blinzelte wieder, und erst dann wurde ihr klar, warum er so in Aufruhr war. Sie war doch nicht etwa ohnmächtig geworden, als er sie geküsst hatte? Oder etwa doch?

Verlegen blickte sie ihn an. „Tut mir leid", flüsterte sie kleinlaut. „Ich weiß, ein Kuss sollte die Prinzessin eigentlich wecken, aber ich habe noch nicht so viel Übung, weißt du?"

Entgeistert starrte er zurück. Gut, okay, der Scherz war schwach gewesen, aber ...

„Du erinnerst dich an nichts?", fragte er entsetzt.

„Doch natürlich ..." Lilly lächelte wieder. „Der Kuss war wunderschön, wie könnte ich das je vergessen?" Zärtlich streckte sie die Hände nach ihm aus, aber er rührte sich nicht.

„Und sonst?", fragte er drängend. „Sonst weißt du nichts mehr?"

Langsam wurde sein Benehmen Lilly unheimlich. „Was war denn ... sonst noch?", meinte sie vorsichtig.

Zwei Sekunden lang erstarrte seine Miene, dann schüttelte er den Kopf und meinte in verändertem Tonfall: „Nichts. Nichts weiter. Es war nur ein Traum ... Nur ein Traum ..."

Lilly musterte ihn durchdringend, doch alles, woran sie sich erinnern konnte, waren seine Lippen auf den ihren, seine Augen, sein Gesicht über ihr ... Was hatte er bloß?

„Bedeuten Träume und andere magische Risiken jetzt ... keine Küsse mehr?", fragte sie zögerlich und spürte, wie ihr vor Scham das Blut in die Wangen schoss.

Er lächelte, und das Lächeln erhellte die dunklen Sorgenwolken in seinem Blick. „Nein." Mit beiden Händen strich er ihr sanft das Haar aus dem Gesicht. „Nein, ich glaube nicht." Und dann neigte er sich herab, und seine Lippen streiften wieder die ihren. Aber er war sehr nachdenklich danach und den Rest des Tages über blieb er still und in sich gekehrt.

***

Alahrian fand keinen Schlaf in dieser Nacht. Unruhig drehte er sich von einer Seite auf die andere, warf die seidene Decke ab, um mehr Licht auf seine Haut fallen zu lassen, begann nur Augenblicke darauf zu frieren, zog sie bis übers Kinn, fand plötzlich sein Kissen unnatürlich hart, dann zu weich, fühlte sich von den Rosen gestört, die aufgrund seiner ruhelosen Bewegungen ebenfalls hin und her raschelten – und konnte doch das Gefühl der Einsamkeit ohne die tröstliche Nähe seiner Blumen nicht ertragen. Kurzum: Er wusste selbst nicht so recht, was er eigentlich wollte.

Endlich gab er es auf, trippelte auf nackten Sohlen in die Halle hinunter, holte sich ein Glas Wasser aus der Küche, stürzte es hinunter und starrte düster in die Nacht hinaus. Wenn er ehrlich zu sich selbst war, dann musste er sich wohl oder übel eingestehen, in Wahrheit weder ein Problem mit seiner Bettdecke noch mit den Rosen zu haben. Und eigentlich war er auch überhaupt nicht durstig. Er konnte nicht schlafen, weil er Angst davor hatte, die Augen zu schließen. Angst davor, was er dann sehen würde.

Die Vision des Grauen ging ihm nicht mehr aus dem Kopf. War es ein Traum gewesen? Lilly konnte sich an nichts erinnern. Hatte er es sich also nur eingebildet? Er war ein *Liosalfar*, die Erinnerung seines gesamten Volkes rauschte durch sein Blut, tief verborgen in seinem Unterbewusstsein. Manchmal tauchte ein Bruchstück unvermittelt empor wie Treibholz aus einem tiefen Ozean. Manchmal, wenn er die Augen schloss, sah er Dinge, die er selbst nicht erlebt hatte, die aber einem Brandzeichen gleich in sein Gedächtnis eingeprägt waren, Dinge, die er sich nicht erklären konnte. War es das gewesen? Oder hatte er wirklich einen Blick in eine Welt zwischen den Welten geworfen, an einen Ort, an dem sich niemand außer der Graue frei bewegen konnte? Hatten die Tore zwischen den Welten sich geöffnet? Bedeutete das, er konnte auch wieder nach Hause, irgendwann?

Sein Kopf schmerzte von all den Fragen, wie getrieben lief er in der Halle auf und ab, die Hand gegen die Stirn gepresst, unfähig, auch nur einen Moment lang innezuhalten.

Er brauchte eine Antwort. Und es gab nur ein einziges Wesen, das sie ihm geben konnte.

Der Drang war so stark, dass er ihm kaum widerstehen konnte. Jede Faser seines Körpers zog ihn vorwärts, es kribbelte unter der Haut, als wären alle Moleküle seines Seins plötzlich in Bewegung. Lautlos, den Atem angehalten, stieg er die Treppe zum Keller des Hauses hinunter, huschte an Morgans Höhle vorbei und hoffte mit klopfendem Herzen, der *Döckalfar* würde tief und fest schlafen und ihn nicht hören.

Tiefer und tiefer führte die Treppe, es war dunkel hier unten und kalt, er fröstelte ein wenig, und instinktiv ließ er einen Hauch von bläulich schimmernder Helligkeit unter seinen Fingern empor gleiten, nur um sich selbst zu trösten, um die Schatten fernzuhalten. Ein eisiger Schauder lief ihm über den Rücken. Es war die Furcht des Kindes vor dem dunklen Keller, die ihn schüttelte, die Furcht vor dem Unbekannten, das sich zwischen den Schatten verstecken mochte. Mit dem Unterschied, dass er genau wusste, welches Monster sich dort unten verborgen hielt.

Trotzdem lief er weiter. Schnell und ohne das mindeste Geräusch zu verursachen, durchquerte er mit traumwandlerischer Sicherheit die labyrinthartigen Gänge unter der Villa. Sein Körper kannte den Weg fast ohne sein Bewusstsein. Zu oft war er durch diese Korridore gelaufen, zweimal jedes Jahr, an *Samhain* und an *Beltaine*. Zweimal im Jahr verschwammen die Grenzen zwischen den Welten, zweimal im Jahr öffneten sich die Tore. Er hatte sie stets verschlossen gehalten, Jahr um Jahr, Jahrhundert um Jahrhundert. Das Dunkel durfte nicht hervorbrechen aus den Hohlen Hügeln unter dem Pfahl, auf immer musste es verschlossen bleiben.

Außerhalb jener beiden Tage war er nie hierhergekommen.

Dennoch zog ihn das Tor jetzt magisch an, er konnte es singen hören, hörte die Nähe des Wesens in seinem Kopf schwingen, noch bevor ihm der scharfe, brennende Geruch des Eisens in die Lungen biss.

Ihm war ein wenig schwindelig, als er an dem kalten Metall emporblickte, das ohne seine Berührung vollkommen glatt wirkte, glatt und fugenlos – undurchdringlich.

Fast gegen seinen Willen, langsam, wie in Trance, hob er die Hand und legte sie auf das Tor. Der Schmerz durchzuckte ihn heftiger als erwartet, er musste die Zähne zusammenbeißen, um nicht aufzustöhnen, dennoch zog er die Hand nicht zurück. Fast zärtlich strichen seine Finger über das sengende, brennende Eisen.

Lilith …

Es war Jahrhunderte her, seit er das letzte Mal von sich aus nach dem Wesen gerufen hatte, und doch kam es schneller als ein Wimpernzucken, schneller als ein einziges Schlagen seines flatternden, zitternden Herzens. Er spürte ihre Anwesenheit so deutlich, als könnte er sie vor sich sehen, fühlte, wie auch *sie* die Hand gegen das Tor legte, genau an der Stelle, an der das Eisen sich in seine Haut brannte. Fast war die Berührung tröstend, kühl und lindernd, wie sie damals gewesen war, als ein anderes Feuer, tödlicher und giftiger als dieses, ihn verbrannt hatte.

Du kommst früh dieses Jahr ..., sagte ihre Stimme direkt in seinem Kopf.

Ich brauche ein paar Antworten. Es fiel Alahrian schwer, sich zu konzentrieren. Das Bedürfnis, seine gesamte Magie gegen das Tor zu schleudern und es damit ein für alle Mal einzureißen, schmerzte beinahe in seiner Brust, so stark war es.

Ich habe heute den Grauen gesehen, erzählte er dem Wesen und fast, als seien sie niemals Todfeinde gewesen, als hätten sie nicht alle sechs Monate einen bitteren Kampf ausgefochten, immer und immer wieder, vertraute er der Kreatur der Finsternis die Bilder an, die er heute gesehen hatte.

Es war leicht, in Liliths Kopf einzudringen, um ihr seine Erinnerungen zu zeigen. Jahrhunderte lang hatte sie in seinen Gedanken gesummt und gerufen, er kannte sie gut, allzu gut.

Ja, so ist er, der Graue ... Er konnte ihr Lächeln hinter dem Tor hören, klar und silbrig hell. *Rätsel, Andeutungen ... Wortspiele ... Du wirst keine klaren Antworten von ihm bekommen. Nur weitere Fragen ...*

Kannst du *mir Antworten geben?*

Ich kann dir alles geben, was du willst ... Alles ...

Das Wispern hinter dem Tor war eine süße Verheißung. Alahrian ließ die Finger über das beißende Eisen gleiten, spürte, wie ihre Hand der seinen folgte, und wollte sich mit der Stirn dagegen lehnen, wollte seine Wange gegen den glatten Stahl schmiegen, sich verbrennen lassen und den Schmerz ganz in sich aufsaugen.

Du bist müde, Alahrian, flüsterte die Stimme in seinen Gedanken. *Ruh dich aus ... Komm zu mir ... Du willst es, das weißt du ...*

Alahrian sah in seinem Kopf, wie das Wesen seine Schwingen ausbreitete. Sie waren weich und fedrig, so ungeheuer weich, er musste sich nur hineinfallen lassen und die Augen schließen, und dann würde er Frieden finden, und all die drängenden Fragen würden verlöschen, er würde schlafen, und ...

„Was zum Teufel machst du hier?"

Morgans Stimme drang wie ein Peitschenschlag durch den wattigen Nebel seines Bewusstseins. Erschrocken zuckte er zusammen, löste instinktiv die Hand vom Tor – und fühlte, wie die Stimme ihn freigab.

„Es gefällt mir nicht, wenn du dich hier unten herumschleichst", grollte Morgan, packte Alahrian grob an der Schulter und zerrte ihn vom Tor weg.

„Wie ... wie hast du mich gefunden?", stammelte Alahrian benommen.

„Ich habe deine Schritte gehört, als du an meinem Schlafzimmer vorbeigelaufen bist", erklärte Morgan, immer noch in barschem Tonfall. „Kam mir gleich verdächtig vor ... Komm jetzt! *Sie* ist gefährlich, das müsstest du doch eigentlich besser wissen!" Zornig – und nicht gerade sanft – schleifte er seinen Bruder die Treppe empor, ihn permanent festhaltend, als fürchte er, Alahrian könne ihm davonlaufen und schlichtweg durch das Tor entschwinden.

Erst als sie Morgans Höhle erreicht hatten, ließ er den Bruder los, stieß ihn aufs Bett und blickte ihn aus funkelnden Augen erwartungsvoll an, die Arme abweisend vor der Brust verschränkt.

Alahrian rappelte sich mühsam auf, zog die Knie an den Leib und legte das Kinn darauf, mit einem Mal so erschöpft, als habe er einen Marathonlauf hinter sich.

„Also", bemerkte Morgan fordernd, in deutlich ungeduldigem Ton. „Was hast du dort unten gemacht?"

Alahrian fühlte sich plötzlich wie ein Teenager, der beim Klauen erwischt worden war – oder bei Schlimmerem. Betreten starrte er auf das verschlungene Muster des Teppichs unter dem Bett, dann auf seine Hand, deren Innenfläche von hässlichen, roten Blasen übersät war. Es tat weh, aber nicht sehr.

„Warte, ich glaube, ich habe irgendwo noch eine Salbe", meinte Morgan, versöhnlicher jetzt, und warf ihm nur einen Augenblick später eine bunt bedruckte Plastiktube zu.

Alahrian fing sie mit der unverletzten Hand geschickt auf, öffnete den Verschluss mit den Zähnen und rieb die Wunde unbeholfen damit ein, eigentlich nur, um Zeit zu gewinnen, nicht weil er die Schmerzen nicht aushalten konnte. An Brandverletzungen war er schließlich gewöhnt.

„Ich habe heute Nachmittag Lilly geküsst", erzählte er endlich, den Blick noch immer gesenkt. „Und als ich es tat, da passierte etwas Merkwürdiges, etwas, das ..."

„Alahrian!" Sein Bruder verzog das Gesicht, als er nicht weitersprach. „Weißt du, normale Teenager wenden sich mit solchen Problemen an das Doktor-Sommer-Team oder so was. Es ist wirklich nicht nötig, deshalb gleich einen finsteren Höllendämon zu beschwören, der ..."

„Ich habe den Grauen gesehen!", unterbrach ihn Alahrian, dem im Moment der Sinn für Morgans Humor abging.

„Was?" Morgan wurde blass. Es war einer der seltenen Augenblicke, da er völlig außer Fassung schien. Erschüttert ließ er sich neben seinem Bruder aufs Bett sinken. „Was ... was hat er gesagt?"

Alahrian erzählte es ihm.

Morgans Gesicht verlor noch ein bisschen Farbe. „Aber das ... das ist unmöglich! Das ... das kann er nicht verlangen ... Du ..."

„Ich weiß!" Alahrian sprang auf, lief einige Schritte unruhig durch den Raum und blieb dann mitten im Zimmer stehen. „Vielleicht war es nur ein Traum", meinte er kopfschüttelnd, fast ärgerlich. „Lilly kann sich nicht daran erinnern. Mag sein ... dass ich mir das alles nur eingebildet habe ..."

Morgan schien nicht überzeugt, sagte aber nichts. „Du solltest nicht zum Tor gehen", mahnte er stattdessen, nach einigen Minuten unbehaglichen Schweigens. „Lilith ist ..."

„Ich weiß, was sie ist!" Es klang aggressiver als eigentlich beabsichtigt. Dabei war Alahrian eigentlich nicht zornig auf seinen Bruder – er war zornig auf sich selbst. Weil er unvorsichtig gewesen war, leichtsinnig, dumm.

Seufzend ließ er sich wieder aufs Bett fallen. „Ich brauche ein paar Antworten, Morgan", ächzte er, sich in einer fahrigen Geste das Haar aus der Stirn streichend.

„Die wirst du *von ihr* nicht bekommen." Morgan schaute ihn durchdringend an.

Und auch das wusste Alahrian. Hilflos ließ er den Kopf hängen.

„Vergiss es einfach", meinte Morgan, in dem schwachen Versuch, ihn aufzumuntern. Behutsam legte er ihm die Hand auf die Schulter. „Bestimmt war es nur ein Traum. Du bist verliebt, deine magischen Sinne sind durcheinander ... Gewiss hat es nichts zu bedeuten."

„Ja ... gewiss ..." Alahrian wollte nicht mehr darüber reden. Er war so müde. Am liebsten wollte er sich einfach in dieses satinbespannte Bett fallen lassen und schlafen. Einfach schlafen. Natürlich würde es ihn nahezu umbringen, in diesem unterirdischen, lichtlosen Kellergemach zu schlafen, so komfortabel es auch eingerichtet sein mochte.

Mühsam stand er auf. „Gute Nacht, Morgan", flüsterte er unvermittelt.

„Gute Nacht!"

Alahrian schlurfte die Treppen nach oben.

Und, Alahrian? Die Stimme erklang in seinem Kopf, als er schon fast im Bett lag. *Geh nicht mehr außerhalb der Zeiten zum Tor. Versprich es mir!*

Ich verspreche es.

Alahrian schloss die Augen und schlief fast augenblicklich ein. Aber er träumte die ganze Nacht, träumte von Stränden aus weißen Blüten, von fedrigen Schwingen, die eine schwarz, die andere weiß ... und dann nur noch von schwarzen Schwingen, schwarz, weich und sanft ...

Und erst der Morgen vertrieb die Schatten aus seinem Bewusstsein.

Morgans Geschichte

Morgaaaaan!!!

Lilly fielen vor Schreck fast die Schulbücher aus der Hand, als Alahrians zornentbrannter Ruf nicht nur durch den Kopf des *Döckalfar*, sondern auch durch ihren eigenen donnerte. Wie an den meisten Tagen hatte sie Alahrian nach dem Unterricht ganz selbstverständlich zur Villa begleitet. Sie hatten den Weg durch den Wald genommen, Alahrians magische Grenze passiert und waren ein Stück durch den Garten gelaufen, als Alahrian plötzlich wie vom Blitz getroffen mitten im Schritt stehenblieb. „Was um alles in der –", er zerbiss einen Fluch auf den Lippen, den Lilly nicht verstand. Vielleicht war es Isländisch. Es klang jedenfalls nicht sehr freundlich. Genau genommen klang es, als würde er gleich explodieren vor Zorn.

Neugierig spähte sie an ihm vorbei – und verstand seine Reaktion mit einem Mal sehr viel besser.

Der Garten war völlig verwüstet. Das Gras, üblicherweise smaragdfarben leuchtend, war niedergetrampelt und geknickt, eine der Vogeltränken war umgeworfen worden, ein Blumenbeet zerwühlt, in einem anderen lagen Glassplitter und zusammengeknüllte Chipstüten.

„Was ist denn hier passiert?", entfuhr es Lilly entsetzt.

„Ja, das wüsste ich auch gerne ..." Alahrian knurrte es zwischen die Zähne hindurch, seine Augen hatten einen kalten, vereisten Ton angenommen, und prompt donnerte es irgendwo in der Ferne.

Morgan!, brüllte er in Gedanken, und ein kleiner Wirbelsturm fegte durch den ohnehin schon mitgenommenen Garten. *Komm sofort her oder ich brenne das ganze Haus nieder!*

Lilly hätte es kaum für möglich gehalten, doch tatsächlich kam der *Döckalfar* schon nach kaum zwei Sekunden um die Ecke geschlichen, zerzaust, gähnend, das Hemd nur unzureichend zugeknöpft und so zerknittert, als hätte er mindestens drei Nächte lang darin geschlafen. „Was?", nuschelte er blinzelnd, während Alahrians Gesichtszüge zu einer marmornen Maske gefroren.

Ohne ein einziges Wort deutete er auf den Müll in den Blumenbeeten.

„Oh!" Morgan setzte eine Art verlegenes Lächeln auf. „Du weißt doch, ich hatte gestern Nacht einen Auftritt mit der Band. Wir sind ziemlich spät nach Hause gekommen – oder ziemlich früh, je nachdem ..."

Alahrian gab ein ungeduldiges Zischen von sich.

„Na ja, jedenfalls warst du schon in der Schule, und da haben wir noch ein bisschen gefeiert, und ..."

„Du – hast – Sterbliche – mit – ins – Haus –gebracht?!", würgte Alahrian hervor, mühsam seinen Zorn beherrschend.

„Nicht ins Haus", beeilte sich Morgan zu erklären. „Nur in den Garten. Ich weiß ja, dass du das nicht leiden kannst ..." Er grinste gefällig.

„Deine dämlichen Kumpane haben meine Pflanzen beschädigt!" Nun stand das Gewitter kurz vor dem Ausbruch. „Ganz davon abgesehen, was sonst noch hätte passieren können! Es ist gefährlich, Menschen hierher zu bringen, begreifst du das denn nicht? Du ... du kannst doch nicht ständig die magische Barriere umgehen, die ich extra errichtet habe, du ..."

„Lilly ist wohl kein Mensch, ja?", unterbrach Morgan ihn gelassen. Und, mit einem Blick zu Lilly hin, fügte er hinzu: „Entschuldige, nichts gegen dich, aber ..."

Alahrian atmete tief und vernehmlich ein und aus, um seine Fingerspitzen aber zuckte violettes Licht. „Bring dieses Chaos in Ordnung", knirschte er barsch. „Jetzt! Sofort!"

Damit drehte er sich auf dem Absatz herum und stapfte schnaubend davon. Das Licht um seine Finger beruhigte sich und verschwand schließlich ganz. Hastig folgte Lilly ihm.

„Warum wohnst du eigentlich überhaupt mit ihm zusammen?", erkundigte sie sich beiläufig, während sie in sein Zimmer hinauf liefen.

„Wo ihr euch dauernd streitet ... Ich meine, ihr seid doch nicht wirklich Brüder, oder?"

Alahrian, dessen Zorn so schnell verraucht war, wie er gekommen war, hielt ihr die Tür auf und schüttelte den Kopf. „Nein, aber ... wir sind zwei nicht-menschliche Wesen, die verzweifelt versuchen, unter Menschen zu leben, das verbindet, schätze ich. Und wir haben viel zusammen durchgemacht. Ich weiß, er ist unglaublich nervig, doch ..." Er senkte den Blick, ließ sich im Schneidersitz aufs Bett sinken und meinte dann, leiser: „Er ist mein Freund. Er war immer für mich da, besonders nach ... nach dem Feuer ..."

Lilly sah die schrecklichen Erinnerungen in seinen Augen aufblitzen, an die Folterkammer, das Verhör, den Scheiterhaufen. Instinktiv zuckte ihre Hand in seine Richtung, um ihn zu trösten, doch er sprach bereits weiter: „Nachdem ich dem Wesen – Lilith – entkommen war, irrte ich wochen- und monatelang ziellos umher, verletzt, verloren, halb wahnsinnig vor Angst. Ich fürchtete mich vor allem und jedem, vor den Menschen, den *Alfar*, dem Wesen mit den schwarzen Schwingen ..." Er blickte ins Leere, die Augen dunkel. Lilly wagte nicht, ihn zu unterbrechen, denn es war das erste Mal, dass er ihr ganz von sich aus etwas erzählte, und sie deutete das als ein gutes Zeichen. Er vertraute ihr, vertraute ihr genug, um das Grauen, das ihn quälte, endlich in Worte zu fassen.

„Ich streifte durch die verschiedensten Städte und Länder, ohne wirklich etwas davon wahrzunehmen", fuhr er fort. „Nichts berührte mich, außer meiner eigenen Furcht. Vielleicht wäre auch ich in die Schatten gestürzt, wie die Erloschenen, hätte ich nicht *sie* getroffen."

„*Sie*?" Lillys Herz machte einen schmerzhaften Hüpfer. Es war albern, lächerlich, doch die Eifersucht traf sie mit unvermuteter Heftigkeit.

„Ja." Alahrian nickte mit fernem Gesichtsausdruck. „Morgan und seine Frau, Sarah."

„Oh." Lilly kam sich plötzlich unglaublich dumm vor. Sie, dritte Person *Plural* ... nicht Singular. Erst eine Sekunde später durchzuckte sie die wahre Bedeutung seiner Worte. „Seine ... seine *Frau*?", wiederholte sie ungläubig. „Morgan ist verheiratet?!" Sie hätte Morgan vieles zugetraut, sehr vieles ... aber das?

„Er *war* es", erklärte Alahrian ernst. „Und die beiden waren ...", ein flüchtiges Lächeln huschte über sein Gesicht, „bevor ich dich traf, waren die beiden das Schönste, das ich je gesehen hatte. Sie schienen miteinander zu harmonieren wie Mond- und Sternenlicht. Wenn sie einen Raum verließ, so schien dieser für ihn plötzlich bedeutungslos, wenn sie jedoch in seiner Nähe war, dann zog sich sein gesamtes Universum mit einem Mal auf diesen einen einzigen Punkt zusammen: *sie*." Seine Augen glühten, als er Lilly anschaute. „Ich habe das damals nicht verstanden, diese Macht, dieses endlos drängende Bedürfnis, das die beiden verband ... Jetzt verstehe ich es." Seine Finger glitten flüchtig über Lillys Wange, nur der Hauch einer Berührung, in dem dennoch alles lag, was er für sie empfand.

Lilly musste die Augen niederschlagen, so intensiv war das Echo in ihrem Inneren auf seine Gefühle.

„Die beiden haben mir gezeigt, dass Menschen und *Alfar* mehr füreinander empfinden können als Hass, Verachtung und Furcht", fuhr Alahrian fort. „Dass es Liebe geben kann ... auch für uns."

Lilly blickte auf, seine Worte in ihrem Kopf schwingend. „Dann war sie also ein Mensch? Sarah?"

„Ja." Alahrian lachte plötzlich leise. „Sie hat mich zu Tode erschreckt, als wir uns das erste Mal trafen und – sie hat mir das Leben gerettet ..."

„Tatsächlich?" Verblüfft starrte Lilly ihn an.

Alahrian nickte. „Auf meiner sinnlosen Wanderung kam ich letztendlich nach Cornwall, Südengland. Ich war noch immer auf der Flucht vor Lilith, auf der Flucht vor den Menschen, vor jedem lebendigen Wesen. Ich dachte, vor allem Lilith würde mich gewiss an einem hellen, lichten Ort suchen, also begab ich mich an Plätze, die genau das Gegenteil bedeuteten. Ich reiste nur nachts, versteckte mich in Höhlen und so ..."

„Aber hat dich das nicht total geschwächt?"

„Doch, sicher ... Ich war mit meinen Kräften am Ende. Eines Nachts schlief ich in einer dunklen Höhle ein, mit nichts als einer Kerze an meiner Seite, und ..." Er zuckte mit den Schultern, wie um die Sache herunterzuspielen. „Nun ja, die Kerze ging aus, ich war zu schwach, um es zu bemerken, und schlief in der Dunkelheit." Er verzog das Gesicht. „Vermutlich wäre ich nie wieder aufgewacht, hätte Sarah mich nicht gefunden."

„Wow." Lilly fühlte eine jähe Zuneigung für diese Frau, die sie nie gekannt hatte. „Was ist passiert?"

„Willst du es sehen?" Alahrian beugte sich über die Bettkante zu ihr vor. „Morgan hat mich seine Erinnerungen lesen lassen. Willst du sie sehen?"

Lilly nickte zaghaft und ließ zu, dass er ihre Stirn berührte, wie er es vor kurzem schon einmal getan hatte. Diesmal waren die Bilder anders, nicht ganz so klar, denn es war nur die Erinnerung an eine Erinnerung, und noch dazu eine fremde. Es fühlte sich eigenartig an, durch Alahrians Kopf Morgans Erlebnisse zu beobachten, und doch: Nach einer Weile fand sie sich darin ein, und es war, als könnte sie in einem offenen Buch lesen:

„Morgan, komm schnell!"

Sarahs aufgeregte Stimme durchzuckte ihn wie ein Blitz. Morgan ließ die Waffe fallen, die er gerade polierte, schoss von seinem Stuhl empor und stürzte, alles andere um ihn herum vergessend, aus dem Haus. Sarah kam bereits auf ihn zu, ihr kupferfarbenes Haar war zerzaust, der lange, geflochtene Zopf hatte sich gelöst, doch sie schien unverletzt, nicht in Gefahr, in Ordnung ...

Eine instinktive Erleichterung durchströmte Morgan, die jedoch von prompter Verwunderung nahezu überlagert wurde, denn Sarah war nicht allein. Jedenfalls nicht direkt. Sie trug einen Jungen in den Armen, als wäre er eine Puppe, und schlaff und reglos war dieser Junge, bleich und ohne Bewusstsein. Im allerersten Moment dachte Morgan, es sei ei-

ner der Hirtenknaben, die oben auf den grünen Hügeln an der Küste ihre Schafe weideten, einer, der vielleicht von der Klippe gestürzt oder von einem Wolf angefallen worden war. Aber wirklich nur im aller ersten Moment.

Im zweiten blieb er mit aufgerissenen Augen stehen und starrte Sarahs merkwürdige Last in einer Mischung aus Staunen und Schrecken ungläubig an. Aber er irrte sich nicht, er war ganz sicher. Die Haut des Jungen war rein weiß, und obwohl er in einem erbärmlichen Zustand war, schimmerte sie ein wenig, wie frisch gefallener Schnee im Mondlicht. Sein Haar hatte einen leicht goldenen Glanz, matt und blass, doch eindeutig nicht menschlich. Sarah, die selbst klein und zierlich war, trug ihn, als hätte er überhaupt kein Gewicht, und vielleicht hatte er das auch nicht. Er war hochgewachsen, gewiss, und wirkte dabei doch so zart und zerbrechlich wie eine aus Nebel gewobene Geistererscheinung.

„Mein Gott!" Morgan tauschte einen Blick mit Sarah, nahm ihr, einem Reflex gehorchend, den Jungen ab und trug ihn zum Haus. „Wo hast du ihn gefunden?"

„In der Höhle, unten am Strand. Eigentlich war es Jack, der ihn aufgespürt hat ..." Sie deutete mit dem Kinn auf den Cockerspaniel, der ihr hechelnd und mit wedelndem Schwanz hinterherlief. „Ich dachte schon, er hätte irgendein Tier entdeckt, aber da lag dieser Junge ... Morgan, er ist eiskalt, er atmet kaum und sein Puls ist extrem schwach!" Unwillkürliche Besorgnis verdunkelte ihre meergrünen Augen.

Morgan lächelte voller Wärme. Mitgefühl für jedwede Art von Kreatur, ob menschlich oder nicht!. So war sie.

„Er braucht einen Arzt!", rief Sarah, während er noch ihre aufopfernde Fürsorge bewunderte, pragmatisch.

„Nein." Morgan schüttelte den Kopf. „Er kommt wieder in Ordnung."

„Aber ..."

„Du weißt ja nicht, was du da gefunden hast!" Weich blickte er sie an. „Das hier, das ist ... Er ist ein Liosalfar."

„Was?" Ihre Augen weiteten sich. „Sagtest du nicht, es wären keine mehr von ihnen übrig?"

„Bis vor zwei Minuten dachte ich das auch, ja." Voller Zweifel, Staunen und Unglauben blickte er auf den reglosen Jungen in seinen Armen herab. „Ich bin seit mindestens zweihundert Jahren keinem mehr begegnet."

Was mochte diesem hier widerfahren sein?, fragte er sich unwillkürlich. In einer Höhle … Das war üblicherweise nicht die Art von Ort, an dem sich die Lichten aufhielten. Dunkelheit war wie Gift für sie. Der Junge in seinen Armen schien eindeutig zu viel davon abbekommen zu haben, er leuchtete nur noch ganz schwach, es schien kaum mehr Leben in ihm zu sein.

„Komm, wir bringen ihn ins Haus." Mit einigen schnellen Schritten lief Morgan zum Cottage zurück und wollte den Jungen schon ins Schlafzimmer bringen, überlegte es sich dann aber doch anders und stieg mit ihm auf den Dachboden hinauf. Dort war es staubig und ungemütlich, doch es gab ein Fenster, durch das fast den ganzen Tag über die Sonne fiel. Der ideale Platz also.

Morgan legte den Jungen auf den Boden, unter die Scheibe. Sarah beobachtete mit gerunzelter Stirn sein Tun. Wortlos raffte sie einige Decken aus dem Stapel unter der Tür zusammen und ordnete daraus ein improvisiertes Lager an. Behutsamer als zuvor, um ihre Gefühle nicht zu verletzen, bettete Morgan den Jungen um. Der Liosalfar rührte noch immer keinen Muskel, die Augen unter den kühnen, wie mit dem Kohlestift gezogenen Brauen blieben geschlossen.

Rasch zündete Morgan eine Reihe von Kerzen an und stellte sie um den Jungen herum auf, bis es auf dem Dachboden aussah, als wollte er irgendein geheimnisvolles, unheiliges Ritual vollziehen.

„Vielleicht wäre es besser, wenn du nach unten gehst", wandte er sich an Sarah, die seine Bewegungen mit besorgter Miene verfolgte. „Sie sind nicht ganz ungefährlich, die Liosalfar."

Eine neue Art von Besorgnis blitzte in Sarahs Augen auf, als sie nun Morgan anblickte. Morgan lachte leise. „Mein Herz, du weißt doch, ich bin unverwüstlich!"

Sie lachte nicht, doch ihre Augen schimmerten voll Zärtlichkeit, während sie gehorsam die Treppe nach unten rauschte.

Morgan betrachtete stirnrunzelnd seinen Patienten, nahm schließlich eine der Kerzen in die Hand und führte das Licht direkt an die geschlossenen Augen des Lichtelfen. Nichts. Der Junge zeigte keine Reaktion. Allmählich kam Morgan sich albern vor, doch Sarah hatte den Kleinen betrachtet, als wäre er ein Hundewelpe, und er wusste, er konnte es ihr nicht zumuten, den Jungen einfach seinem Schicksal zu überlassen.

„Komm schon", raunte er, die Kerze hin und her schwenkend. Behutsam tastete er mit seinen übernatürlichen Sinnen nach dem Lebensfaden des Jungen. Blass-golden und schimmernd, fest und stark, obwohl seine Haut sich eiskalt anfühlte wie die einer Leiche. Natürlich. Er war ein Alfar, er konnte nicht sterben, selbst wenn sein Körper schon halb tot war.

Eine halbe Minute später war er heilfroh, Sarah nach unten geschickt zu haben.

Der Junge rührte sich. Mit einem Ruck riss er die Augen auf, Morgan erblickte einen Glanz von Blau in allen Schattierungen, und dann zuckte der Junge erschrocken zusammen, stieß ein ersticktes Keuchen aus, die Hände abwehrend erhoben – und ein grellweißer Blitz schoss dicht an Morgan vorbei und brannte ein schwelendes Loch in die gegenüberliegende Wand.

„Verdammt!" Morgan zerbiss einen Schwall von Flüchen auf den Lippen.

Der Junge zitterte am ganzen Leib. Kreideweiß war er auf den Decken zusammengesunken, kurz davor, wieder das Bewusstsein zu verlieren.

Morgan betrachtete eine purpurrote Brandblase auf seinem rechten Unterarm, bevor er sich wieder dem Fremden zuwandte. Beeindruckend, wirklich. Aber offensichtlich hatte der kleine Trick den Jungen auch seine ganze Kraft gekostet.

Feiner Schweiß perlte auf der marmornen Stirn. Wimmernd wich er zurück, als Morgan sich näherte, hob die Hände, wie um sich erneut zu verteidigen, und ließ sie wieder sinken, zu schwach selbst für diese winzige Bewegung. Panik flackerte in den saphirfarbenen Augen.

„Schon gut", wisperte Morgan, so behutsam wie möglich, und wünschte sich plötzlich, Sarah doch nicht weggeschickt zu haben. Sie mit ihrer sanften Art hätte den Kleinen gewiss leichter beruhigen können. „Ich will dir ja nichts tun ... Ist ja gut ..."

Der Atem des Jungen ging schnell und stoßweise. Die Augen waren dunkel und so weit aufgerissen, dass sie fast aus den Höhlen zu quellen schienen. Zwei Minuten lang starrten sie einander auf diese Art und Weise an, der eine ängstlich und misstrauisch, der andere mit wachsender Hilflosigkeit.

„Wer ... wer bist du?", fragte endlich der Junge.

„Mein Name ist Morgan", erklärte Morgan in gezwungen ruhigem Tonfall. „Ich bin ..." Er zeigte dem Jungen den Stern auf seinem Handgelenk. „Ich bin ein Döckalfar."

„Oh!" Die Augen des anderen hellten sich auf. „Das ist gut ... ich ... ich dachte schon, du seist ... ein ... ein Mensch."

Das letzte Wort sprach er mit einem Schaudern aus. Nicht mit der Verachtung, mit der die Erloschenen es gebrauchten, sondern mit einem Unterton von Angst und Entsetzen in der Stimme, der Morgan die scharfe Bemerkung hinunterschlucken ließ, die ihm schon auf der Zunge gelegen hatte. Was mochte mit dem Kleinen wohl passiert sein?

Bevor er eine entsprechende Frage formulieren konnte, weitete sich der Blick des anderen plötzlich wieder, und mit einem Ausdruck von Bestürzung betrachtete er die Brandwunde auf Morgans Arm, dicht über dem Elfenstern.

„Oh ... War ich das?"

Morgan konnte nicht umhin, ein wenig das Gesicht zu verziehen.

„Ich ... ich kann das wieder in Ordnung bringen", erklärte der Fremde eifrig, streckte rasch die Hand aus und verharrte mit einer weißen Fingerspitze direkt über der Wunde. Morgan fühlte ein leichtes Prickeln,

dann schloss sich die Verletzung, rasch, ohne Spuren zu hinterlassen, als hätte es sie nie gegeben.

Der Junge lächelte zufrieden. Unglücklicherweise hatte dieses Meisterstück ihn auch noch den letzten Rest von Kraft gekostet. Er lächelte nur eine halbe Sekunde lang – dann verdrehte er die Augen und sank besinnungslos auf sein Lager zurück.

Morgan stöhnte. Liosalfar! Er hatte ja schon gehört, dass sie seltsam sein sollten, aber dieser hier ... Dieses Exemplar besaß entweder überhaupt gar keinen Selbsterhaltungstrieb oder es war völlig verrückt ...

***

An dieser Stelle kicherte Alahrian leise, und das unterbrach den Fluss der Erinnerung, aber nur für einen Moment ...

***

Blinzelnd erwachte der Junge, nachdem Morgan weitere Kerzen vor seinen Augen geschwenkt hatte wie Riechsalz vor einer ohnmächtigen Dame. Und das wegen einer Verletzung, die innerhalb weniger Minuten ohnehin von selbst verheilt wäre!

„Wo bin ich?", erkundigte sich der Junge benommen, sog durch die Handflächen ein wenig von dem Kerzenlicht auf und schien sich langsam zu erholen.

„In meinem Haus", erklärte Morgan. „Meine Frau hat dich in der Höhle gefunden, bewusstlos."

„Hmm ... Die Kerze muss ausgegangen sein ..." Aus leeren Augen starrte der Junge ins Nichts. „Ich habe geschlafen ... ich war sehr ... erschöpft ..."

Merkwürdig für jemanden, der keine Dunkelheit vertrug, sich ausgerechnet eine Höhle als Schlafplatz zu suchen, dachte Morgan kopfschüttelnd. Aber er fragte nicht danach. Vielleicht war der kleine Liosalfar ja tatsächlich nicht ganz richtig im Kopf!

„Hast du eigentlich auch einen Namen?", erkundigte er sich unvermittelt.

Der andere nickte ernsthaft. „Alahrian."

„Alahrian?" Nun war es an Morgan, die Augen aufzureißen. „A-lahri-an?" Er zog die Silben auseinander, um ihre Bedeutung deutlicher auf der Zunge zu schmecken.

„Ja, genau." Der Junge sah ungeduldig aus, als hätte er es mit einer etwas schwachsinnigen Person zu tun.

„Alahrian, wie ..."

Das Nicken des anderen unterbrach ihn.

Morgan schwieg vor Verblüffung. Dies hier war nicht nur irgendein Liosalfar, nein, er war auch noch einer aus dem alten Königsgeschlecht, ein Prinz, ein ...

„Wie bist du hierhergekommen?", platzte es aus ihm heraus.

Alahrian schaute zu Boden. „Ich ... ich weiß nicht genau ..."

Morgan betrachtete ihn nachdenklich und fragte sich unwillkürlich, wie alt der Junge wohl sein mochte. Wäre er ein Mensch gewesen, hätte man ihn beinahe für ein Kind halten können, doch das täuschte bei seinesgleichen, wie Morgan sehr wohl wusste.

„Wie viele Jahre zählst du?", fragte er offen.

Völliges Unverständnis hinterließ eine merkwürdige Leere auf dem Gesicht des anderen. „Keine Ahnung!"

Natürlich, er war unsterblich, er zählte die Jahre nicht, hatte kein Gespür für das Verstreichen der Zeit. Morgan versuchte es anders. „Woran erinnerst du dich?", fragte er. „Bevor du hierher kamst?"

Alahrian wurde kreidebleich, die Augen flackerten. Er schwieg.

„An welchen Orten bist du schon gewesen?", bohrte Morgan weiter.

Der Junge blickte auf, blass und verstört, wie jemand, der aus einem Alptraum erwacht. „Ich war an einem Ort, den man Island nennt", erklärte er dumpf. „Und dann an einem Ort, den man Italien nennt ..." Seine Miene hellte sich auf. „Ich war dort, weil man mir sagte, die Sonne schiene dort oft, aber ... aber nachts ist es dunkel, hast du das gewusst?" Eifrig blickte er zu Morgan auf, mit einer naiven Entrüstung im Gesicht, die Morgans Einschätzung das Alter des Jungen betreffend um ein ganzes Stück herabsenkte. Er war ein Kind, eindeutig!

Er nickte, da Alahrian offensichtlich eine Antwort von ihm erwartete. Ja, er hatte gewusst, dass es in Italien nachts dunkel wurde! Lautlos seufzte er.

„Danach war ich an einem finsteren Ort ..." *Alahrians Augen begannen wieder zu flackern. Ein Muskel zuckte in seinem bleichen Gesicht, die Lippen zitterten, das schwache Glimmen unter der Haut erstarb.*

„Ich kann hier nicht bleiben!", *rief er plötzlich, von einer seltsamen Panik erfasst.* „Ich bringe dich nur in Gefahr!" *Hastig sprang er auf, doch er war so schwach, dass er nicht einmal einen einzigen Schritt weit kam, sondern sich stattdessen mit einem erstickten Keuchen gegen die Wand lehnte.*

„Ich schätze, du gehst nirgendwo hin", *kommentierte Morgan trocken.*

„Lass ihn bleiben und sich ausruhen", *meinte eine Stimme von der Tür her. Sarah war lautlos heraufgeschlichen, jetzt blickte sie behutsam von Morgan zu Alahrian und wieder zurück.*

Der Liosalfar wurde noch einige Grade bleicher als ohnehin schon, selbst wenn Morgan das vor zwei Sekunden noch für unmöglich gehalten hätte. „Ist sie ... ist sie ein Mensch?" *Seine Augen waren starr auf Sarah gerichtet, er zitterte am ganzen Körper, seine Lippen waren blutleer.*

„Sie ist meine Frau", *erklärte Morgan ruhig.*

„Aber ... aber du kannst doch nicht ... Die Menschen sind gefährlich, weißt du das nicht?" *Der Junge zitterte jetzt so sehr, dass er kaum mehr sprechen konnte.*

„Sie ist meine Frau und ich liebe sie", *sagte Morgan fest, beinahe ein wenig ärgerlich.*

Sarah trat neben ihn, und er legte ihr demonstrativ den Arm um die Schultern.

„Aber die Menschen lieben nicht wie wir!", *schrie der Junge, völlig aufgelöst.* „Ich kannte eine Menschenfrau, und sie behauptete, mich zu lieben, und dann ... dann ... ihr Vater ... das Feuer ..." *Seine Worte verwirrten sich. Kraftlos sank er zu Boden, zitternd und leichenblass, seine flackernden Augen jedoch suchten Morgans Blick.* „Sie werden dich einsperren und foltern und ..." *Er schluchzte lautlos.*

Morgan schüttelte den Kopf. Er hatte keine Ahnung, was der kleine Liosalfar durchgemacht haben mochte oder was hinter seiner bleichen Stirn vorging, doch er sah nur eine einzige Möglichkeit, ihn zu beruhigen. Behutsam streckte er die Hand nach Alahrian aus, berührte ihn an der Schulter und sog das winzige bisschen Energie, das noch in ihm steckte, hinaus.

Seufzend sank der Junge zusammen, und Morgan bettete ihn auf die Decken, sorgsam darauf achtend, einige Kerzen in seiner Nähe aufzustellen, damit es nicht zu dunkel um ihn wurde. „Schlaf jetzt", flüsterte er, von seiner eigenen Sanftmut überrascht. „Schlaf."

***

Lilly blinzelte benommen, als die Erinnerung abbrach. Das war also Alahrians erste Begegnung mit Morgan gewesen. Sie hätte es sich anders vorgestellt. „Und bist du bei ihnen geblieben?", fragte sie neugierig.

Alahrian nickte. „Sie konnten mich überzeugen, dass Sarah weder mir noch Morgan etwas zuleide tun würde", entgegnete er, überraschend lakonisch. Ein wenig schuldbewusst verzog er das Gesicht. „Ich hatte Morgans Frau natürlich zu Unrecht verdächtigt", meinte er entschuldigend. „Sie hat mich gerettet. Und sie bestand darauf, dass ich blieb, bis ich mich erholt hatte. Morgan hätte mich, glaube ich, nicht bei sich behalten." Jetzt wirkte er kleinlaut. „Ich war völlig außer mir, damals. Möglicherweise ..." Er senkte den Kopf wie ein Hund, der eben die teuersten Schuhe seines Herrchens zerbissen hat. „Möglicherweise hätte ich um Haar sein hübsches Landhaus niedergebrannt ..."

Er zeigte Lilly, wie es weitergegangen war.

***

Tagsüber erwies sich der kleine Liosalfar *als äußerst nützlich, das musste selbst Morgan, dessen Volk das des Jungen nie besonders hatte leiden können, zugeben. Hinter dem Haus wuchsen plötzlich üppige Erdbeerstauden mit scharlachroten, zuckrig süßen Früchten daran, seit Alah-*

rian dort einmal flüchtig vorbei gelaufen war. Die Fuchsstute, die Morgan während des letzten Krieges geritten hatte und die seitdem wild, unberechenbar und launisch war, zeigte sich mild wie ein Lämmchen, nachdem der Junge ihr eine Zeitlang die Ohren gekrault hatte. Ganz zu schweigen von den prächtig gedeihenden Obstgärten, der alten Kuh, die mit einem Mal deutlich mehr Milch gab als je zuvor, den Weinranken, die das Cottage umschlungen ...

Nachts jedoch wurde er allmählich zur ernsthaften Gefahr. Er schlief wenig, doch wenn, dann unruhig, von Alpträumen geschüttelt und zitternd wie in heftigen, erstickenden Fieberschauern. Immer und immer wieder wachte er schreiend auf, in Schweiß gebadet – und mit unkontrollierten Lichtfunken unter den Fingerspitzen, die bei der geringsten Bewegung als grelle Feuerblitze durch die Luft sausten. Ein Großteil der Vorhänge war auf diese Art und Weise bereits versengt, die Wände wiesen mehrere Brandflecken auf, und einmal konnte Morgan nur mit äußerster Mühe ein echtes Feuer verhindern, indem er dem Jungen schlichtweg die Energie entzog.

Erst nach und nach erfuhren sie, was geschehen war, aus vagen Andeutungen Alahrians, aus den abgerissenen Sätzen, die er im Schlaf stammelte, aus den Flammen, die sich von Zeit zu Zeit in seinen Augen spiegelten, selbst wenn weit und breit kein Feuer brannte ...

„Der arme Junge", flüsterte Sarah schaudernd, während sie an Alahrians Bett saß und aufmerksam über seinen Schlaf wachte. Vorsichtig wischte sie eine goldene Locke aus der blassen Stirn, zog die Decke um den reglosen Körper ein wenig fester, damit er in der kalten Nachtluft nicht fror.

Morgan beobachtete sie stirnrunzelnd. „Ich muss doch nicht etwa eifersüchtig sein, oder?", fragte er, sie zärtlich neckend.

Sarah erhob sich in einer fließenden Bewegung vom Bett, trat lächelnd auf ihn zu und schlang die Arme um seinen Hals. Sanft zog er sie an sich.

„Dummkopf", schimpfte sie ihn, den Kopf an seine Schulter gelehnt. „Er ist doch noch ein Kind."

Das „Kind" mochte durchaus dreimal so alt sein wie sie selbst, vielleicht älter, doch Morgan wies sie nicht darauf hin. „Du wünschst es dir sehr, nicht wahr?", fragte er stattdessen ernst. „Ein Kind?"

Sarah antwortete nicht. Aber er konnte es in ihren Augen sehen, an der Art, wie sie den Jungen umsorgte, an der Sehnsucht in ihrem Blick. Und auch er selbst fühlte etwas von dieser Sehnsucht. Ein Kind ... ein Kind, das halb Alfar war und halb Mensch ... Was für ein wundersames Wesen wäre solch ein Kind! Was hätte es alles bewirken können! Ein Mittler zwischen zwei Welten, das Ende allen Hasses, aller Missverständnisse ...

Und sie hätten eine richtige kleine Familie gehabt, Sarah und er. Ihre Tochter hätte vielleicht Sarahs Augen gehabt, grün wie die Hügel an der englischen Küste, ihr Sohn hätte ihm selbst vielleicht ähnlich gesehen ... Dann hätte er ihm beigebracht wie man mit dem Bogen schießt und ein Schwert führt, und er hätte die Stute reiten können, die jetzt ganz sanft war ...

Seufzend drängte Morgan die Tagträume zurück. Lange Zeit über hatte er als Mensch unter Menschen gelebt. Doch er war keiner. Er wusste noch nicht einmal, ob es überhaupt möglich war, ein Kind, halb Mensch, halb Alfar. Die Märchen erzählten davon, doch die Märchen erzählten auch von Drachen und Zauberringen, und Morgan hatte noch nie welche gesehen ...

Sarah, das wusste er jedoch, glaubte fest daran. Es war in ihren Augen zu lesen, als sie ihn jetzt anblickte, lächelnd und voller Zärtlichkeit. „Ich bin glücklich mit dir", flüsterte sie ihm ins Ohr. „Egal, was kommt. Ich liebe dich, ich werde dich immer lieben."

Er wollte antworten, wollte etwas erwidern, doch sie verschloss seine Lippen mit einem Kuss, und alle Worte erstarben, während er sie noch dichter an sich presste.

***

Die Bilder verblichen. Lilly sah wieder Alahrian an, und nur Alahrian.

„Die beiden zeigten mir, dass es auch in der Welt der Sterblichen mehr gibt als Furcht und Schmerz", meinte er abwesend. „Dass es, wenn wir auch keine Erlösung finden werden, dennoch Liebe geben kann – selbst für unseresgleichen."

„Dann hast du es also immer gewusst?", fragte Lilly leise. „Dass es möglich ist? Eine Liebe zwischen Mensch und *Alfar*?"

„Ich wusste, dass es für *Morgan* möglich war", erklärte Alahrian ernst. „Aber nie, niemals und in meinen kühnsten Träumen nicht, hätte ich zu hoffen gewagt, es könne auch für mich möglich sein."

Der neuerliche Selbsthass, der in diesen Worten mitschwang, gab Lilly einen Stich. Unwillkürlich legte sie die Hand auf seine, hielt sie fest. „Warum nicht? Morgan ist nicht anders als du."

Zu ihrer Überraschung lächelte er. „Ich bin nicht sicher, was ich von dieser Bemerkung halten soll", bemerkte er, gespielt beleidigt.

„Na schön." Sein plötzlicher Stimmungsumschwung verwirrte sie. „Du bist *sehr* anders als er!"

„Schon besser." So schnell, wie es gekommen war, verschwand das Lächeln von seinen Lippen. „Er ist euch viel ähnlicher als ich. Für ihn war es stets einfacher, unter euch zu leben."

„Weil er ein *Döckalfar* ist?"

„Weil er ein Wechselbalg ist."

„Ein was?" Lilly blinzelte.

„Hast du nicht die Märchen gelesen?", fragte er nachsichtig.

„Doch." Lilly überlegte einen Moment lang. „Ein Wechselbalg, das ist, wenn Elfen ein sterbliches Kind rauben und es gegen eines der ihren austauschen."

Alahrian nickte. „Nur dass die Döckalfar keine Kinder raubten", erklärte er ruhig. „Derartige Grausamkeiten erlauben sich nur die Erloschenen." Wie immer, wenn er dieses Wort aussprach, zuckte ein Schatten über sein Gesicht. „Die *Döckalfar* überließen den Menschen einige ihrer Kinder, damit diese Kinder unter euch aufwuchsen, als Teil eurer Welt. Sie hofften, sie könnten euch dadurch besser kennenlernen und sich leichter anpassen."

„Sie *überließen* ihnen ihre Kinder?" Lilly runzelte die Stirn. „Was soll das heißen?"

„Die meisten wurden ausgesetzt – aber so, dass sie von Menschen gefunden und aufgezogen wurden."

„Das ist grausam." Lilly schauderte unbehaglich.

„Nur auf den ersten Blick. Sie blieben stets in der Nähe des Wechselbalgs und achteten im Verborgenen auf sein Wohlergehen."

Lilly antwortete nicht. Sein eigenes Kind einfach wegzugeben, erschien ihr hart und unmenschlich, aber sie musste zugeben, dass derartige Dinge auch in ihrer Welt vorkamen.

„Morgan selbst wurde im zwölften Jahrhundert in England geboren", erzählte Alahrian weiter. „Sein Ziehvater war ein junger Graf, dessen Frau ihm zwar bereits zwei Söhne geboren hatte, die aber beide nur wenige Tage alt wurden. Als das dritte Kind bereits unmittelbar nach der Geburt starb, brachte er es nicht über sich, seiner Frau von dem Verlust zu berichten. Sie war noch schwach von der Geburt, und er fürchtete, der Schmerz würde sie umbringen. Heimlich ließ er das tote Kind begraben, und als er auf sein Landgut zurückkehrte, da hatte er eine Erscheinung. Am Waldrand stand eine Frau mit weißer Haut und nachtschwarzem Haar, ein Baby im Arm, keinen Tag älter als sein eigenes. Sie übergab ihm das Kind – und verschwand. Der Graf sah das Kind als eine Art Gottesgeschenk an und zog es wie sein eigenes auf."

„Dann hat Morgan ein sterbliches Leben geführt?", vergewisserte sich Lilly. „Er wusste nicht, was er war?"

„Nein. Er selbst wusste es nicht, und seine Eltern, seine Zieheltern, haben es nie erfahren."

„Aber dann hat er sich von menschlicher Nahrung ernährt, oder nicht?" Dieses nebensächliche Detail fiel Lilly einfach so ein.

„Als er ein Kind war, ja." Alahrian nickte. „Aber das war, bevor er den Stern empfing. Wir denken, es zählt nicht."

„Den Stern?" Lilly runzelte die Stirn.

Alahrian zeigte ihr den siebenzackigen Stern über seinen Pulsadern. Sie hatte ihn schon einmal gesehen. „Es ist eine Art Ritual, das uns zu vollwertigen Mitgliedern unseres Volkes macht", erklärte er.

Lilly nickte zerstreut. „Aber fiel es nicht irgendwann auf?", fragte sie verwirrt. „Dass er nicht älter wurde und so?"

„Wir entwickeln uns zunächst genau wie ihr", entgegnete Alahrian. „Erst wenn wir sechzehn oder siebzehn Jahre alt sind, hören wir auf zu altern – oder altern nur noch sehr langsam. Morgans Eltern starben, als er fünfzehn war. Damals galt er zu diesem Zeitpunkt schon als erwachsen. Er trat das Erbe seines Vaters an und übernahm die Grafschaft. Und als Richard Löwenherz zum Kreuzzug ins Heilige Land aufbrach, begleitete er ihn."

Alahrian schwieg einen Moment lang, und Lilly versuchte, ihre Gedanken zu sortieren. Es war nicht leicht, sich das alles vorzustellen. Morgan als Sohn eines englischen Grafen, als Adeliger, als Kreuzritter.

„Und dann?", erkundigte sie sich, als Alahrian nicht weitersprach.

Alahrian verzog das Gesicht. „Er wurde von einem sarazenischen Pfeil mitten ins Herz getroffen", erzählte er, in nüchternem Tonfall, doch mit einem leisen Lächeln. Irgendetwas an diesem Teil der Geschichte schien ihn zu amüsieren, eine Art von Humor, die wohl nur Unsterbliche teilten. „Einen Menschen hätte eine solche Verletzung auf der Stelle getötet, er aber – er wachte schon kurz darauf auf dem Schlachtfeld wieder auf. Und stellte fest, dass er nicht sterben konnte!"

„Wow." Lilly schluckte hart. „Das muss ... heftig gewesen sein."

Alahrians Augen funkelten. „Ich glaube, er fand es ziemlich cool." Er grinste ungeniert. „Und er war ja auch nicht allein. Sein alter Schildknappe war bei ihm. Der war in Wirklichkeit sein biologischer Vater und gab sich nun zu erkennen. Morgan wurde in die Welt der *Alfar* eingeführt und empfing den Stern."

Er erzählte es, als sei es nichts Besonderes, Lilly aber spürte einen jähen Stich von Mitgefühl. Wie furchtbar, mit einem Schlag seine ganze Identität zu verlieren, zu erfahren, dass das ganze, bisherige Leben nichts als eine Illusion gewesen war!

„Aber was tat er denn nun?"

„Nicht viel Anderes als vorher. Seine Familie, seine *menschliche* Familie, sah er nie wieder, das war natürlich bitter. Aber er war als Krieger erzogen worden, als Ritter, und das Wissen um das, was er war, bot ihm plötzlich ganz ungeahnte Möglichkeiten. So zog er von Armee zu Armee, kämpfte in den unterschiedlichsten Schlachten, durch die Jahrhunderte hindurch, diente den verschiedensten Herren, großen Königen und Feldherren."

Er bemerkte, wie Lilly skeptisch das Gesicht verzog bei dem Gedanken, Jahrhunderte lang nichts anderes zu tun als zu kämpfen, und lächelte nachsichtig. „Er ist ein *Döckalfar*, Lilly. Sie sind Krieger, auch in unserer Welt. Das Kämpfen liegt sozusagen in seiner Natur, er hatte eine besondere Gabe dafür und er nutzte sie. Die Unsterblichkeit war natürlich ein Vorteil. Er konnte viele seiner Kameraden retten dadurch, viele Unschuldige verteidigen, Leben erhalten, das ohne ihn verloren gewesen wäre."

Er hielt kurz inne, dann kehrte er an den Ausgangspunkt seiner Geschichte zurück und meinte: „Er hat auch Sarah gerettet, allerdings nicht vor dem Krieg, sondern vor ihrem gewalttätigen Ehemann."

Lilly schauderte,

„Er ging mit ihr nach Cornwall, und um ihretwillen gab er das Kriegshandwerk auf. Er kaufte ein kleines Landgut an der Küste, und dort lebten sie ziemlich abgeschieden."

„Bis du kamst." Lilly lächelte ein wenig.

„Ja, bis ich kam." Wieder blitze es in seinen Augen amüsiert.

Lilly schaute zu Boden und wurde unwillkürlich ganz ernst. „Was ist aus ihr geworden?", fragte sie leise. „Aus Sarah?"

Alahrians Augen wurden dunkel. „Sie starb."

„Sie starb?" Ein Stich durchfuhr Lilly.

„Natürlich, Lillian." Seine Stimme klang warm und weich, die Augen aber waren mit einem Mal ganz leer. „Sie war ein Mensch."

„Wie ich." Lilly wagte nicht, ihn anzusehen.

„Er ist nicht mehr derselbe seitdem." Auch Alahrian wich ihrem Blick aus.

„Aber all diese Frauen ..." Lilly zwang sich, das Gespräch in eine andere Richtung zu drehen und dachte an die wilden Partys, an Morgans Affären, seine lockere, ungezügelte Art.

„Er sucht *sie* in jeder von ihnen", entgegnete Alahrian tonlos. „Und auf einer gewissen Ebene funktioniert das vielleicht sogar. Eine hat vielleicht dieselbe Haarfarbe, das Lachen einer anderen klingt vielleicht ein bisschen so wie das ihre ... Aber er wird keine dieser Frauen jemals lieben können, niemals, nie mehr."

„Und du?" Lillys Stimme erstickte fast in der Brust. „Wirst du auch ..." Sie konnte nicht zu Ende sprechen.

„Nein!" Er reagierte mit unerwarteter Heftigkeit, ein Zittern lief durch seinen Körper.

„Und wenn ich ..." Auch dieses Wort wagte sie nicht über die Lippen zu bringen.

Alahrian nahm ihr Gesicht fest in beide Hände, die Augen brannten vor Qual, seine Stimme aber war ganz ruhig. „Dann werde ich dich lieben bis die Sonne in den Ozean stürzt, Lillian Rhiannon", sagte er ernst und eindringlich. „Bis der Mond im Meer ertrinkt und das Licht jedes einzelnen Sternes erlischt. Und mein Schmerz wird unendlich sein und ewig wie meine Trauer – aber auch meine Freude. Denn dir begegnet zu sein, auch nur einen Augenblick mit dir zu haben, das ist ein Geschenk, größer als ich je zu hoffen gewagt hätte. Und dieses Geschenk, das wird immer stärker und leuchtender sein als selbst der grausamste Verlust."

Er sah sie an und lächelte. Während sein Gesicht von Schmerz und Furcht zerrissen war, lächelte er, durch einen Schleier von ungeweinten Tränen hindurch wie ein Lichtstrahl durch tiefen Nebel.

Lilly wusste nicht, was sie sagen sollte. Das musste sie auch nicht, denn plötzlich war er über ihr und versiegelte ihre Lippen mit einem Kuss. Und dieses Mal raubte er ihr nicht das Bewusstsein. Nur die Angst. Sanft ließ sie sich in seine Umarmung sinken, und Vergangenheit und Zukunft schienen plötzlich bedeutungslos. Sie mochten nur einen Augenblick zusammen haben, doch was machte die Zeit schon aus? Wenn sie ganz unvermittelt, in seinen Armen still zu stehen schien?

Feenwunsch

Die Sterblichen, so überlegte Alahrian, während er auf der Wiese vor dem Schulgebäude lag, an seinem Füllfederhalter herumkaute und das Ehepaar beobachtete, das auf der anderen Straßenseite spazierte, schienen das Alter bisweilen mehr zu fürchten als den Tod selbst. Für ihn, der er selbst alterslos war, waren die Veränderungen, die der menschliche Körper mit dem Vergehen der Zeit durchmachte, nahezu ein Mysterium. Das Paar dort drüben war wunderschön in seinen Augen. Das Haar der Frau, zu einem ordentlichen Knoten zurückgebunden, war silbrig, fast weiß, die Stirn des Mannes vom Wetter gegerbt, von Jahren in Furchen gelegt. Beide gingen ein wenig gebeugt, beider Hände waren nicht mehr ganz glatt, und doch ineinander verschlungen, wie die Zweige zweier rauer, knorriger alter Bäume. Sie schienen einander schon lange zu lieben – und sie liebten sich noch.

Alahrian würde Lilly lieben, bis sie starb. Und darüber hinaus. Mit keinem Tag, keinem Jahr, keinem Jahrhundert würde seine Liebe schwächer werden. Dennoch hätte er sich gewünscht, sie nur ganz kurz lieben zu können, einige Jahrzehnte lang, so lange vielleicht wie bei diesem Paar – um dann an ihrer Seite alt zu werden und zu sterben. Das hätte er sich gewünscht. Unsterblichkeit war kein Segen, wie viele Menschen glaubten. Von allen Strafen, die der Graue seinem Volk hätte auferlegen können, war dies vielleicht die schlimmste.

Er wusste nicht, wie alt er war, aber er war gewiss Hunderte von Jahren älter als Lilly. Doch er würde niemals *alt* werden. Die *Alfar* entwickelten sich rasch, während sie noch Kinder waren, und danach überhaupt nicht mehr. Er würde sich nicht verändern, niemals. Auf ewig würde sein Haar golden bleiben, niemals silbern, die Haut immer glatt und weich, unveränderlich wie in Stein gemeißelt. Es gab kein Ende, keine Veränderung. Nur Stillstand.

Seufzend nahm er den Füller aus dem Mund, schlug eine Seite seines Englischbuches um und versuchte, sich auf die Übersetzung eines Teilstücks von *Macbeth* zu konzentrieren.

Vielleicht hätte er Lilly niemals von Sarah erzählen dürfen. Er hatte ihr damit nur Angst gemacht, und in seinem eigenen Inneren hatte er Geister geweckt, die er nun nicht mehr so recht loswerden konnte. Dabei hätte er glücklich sein müssen, uneingeschränkt glücklich. Er hatte den Augenblick. Ein Augenblick mit Lilly, das war mehr, so viel mehr als die Ewigkeit allein.

Er ließ den Füller sinken, drehte sich auf den Rücken und blickte verträumt in den Himmel. Er war stahlblau, nur von einigen wenigen Wolken getrübt. Ein Hauch von Ruhe erfüllte ihn, während er das strahlende Blau in sich einsog. Seine Finger lagen still im Gras, er konnte die Erde spüren, die Pflanzen, die winzigen Tiere, die sich dort unten verbargen. Wenn er nicht aufpasste, würden sie hervorkommen. Schnell nahm er die Hände vom Gras. Ein leises Lachen schüttelte ihn. Wie dumm er manchmal war!

Immer noch lachend richtete er sich auf – und blickte direkt in Thommy Niedermeiers verdutztes Gesicht. „Was ist so komisch?", erkundigte sich der andere verwirrt.

Was tust du hier?, hätte Alahrian erwidern können, stattdessen stammelte er hastig: „Nichts ... Ich bin nur ... vielleicht ein bisschen zu lange in der Sonne gelegen ..."

Ha! Was für eine Ausrede für jemanden, der gar nicht genug gleißende Helligkeit abbekommen konnte! Zum Glück redete Thommy schon weiter: „Schwänzt du gerade den Unterricht?"

„Nein." Alahrian grinste, fast gegen seinen Willen. „Freistunde." Die anderen hatten gerade Religion. Was *Thommy* jedoch außerhalb des Unterrichts zu dieser Zeit zu suchen hatte, stand auf einem anderen Blatt ... Amüsiert musterte Alahrian den Sterblichen. Der starrte währenddessen seufzend das Englischbuch an, das vor Alahrian im Gras lag.

„Ist das *Macbeth*? Die Übersetzung für nach den Ferien?"

Alahrian nickte.

„Mann, das ist echt unfair, so viele Hausaufgaben, und das über Pfingsten!", ächzte Thommy theatralisch.

„Ich bin fast fertig." Alahrian konnte sich eines Anflugs von Großzügigkeit nicht erwehren. „Willst du sie haben?"

„Echt?" Thommys Gesicht hellte sich auf. „Cool, danke!" Erleichtert schnappte er sich Alahrians Heft – und runzelte die Stirn.

„Stimmt was nicht?", erkundigte sich Alahrian freundlich. „Kannst du meine Schrift nicht lesen?" Er hatte die Schrift der Sterblichen gelernt, als man noch mit Gänsefeder und Tintenfass geschrieben hatte. Manchmal bekam er die geschwungen Schnörkel, die damals in Mode gewesen waren, auch bei größter Anstrengung nicht aus seiner Schrift heraus.

„Die Schrift schon, aber den Rest ..." Mit plötzlich äußerst skeptischer Miene schaute Thommy ihn an. „Alahrian, was *ist* das?" Betont hielt er Alahrian das Heft unter die Nase.

„Ooooops." Alahrian brauchte einen Moment, um zu bemerken, was den anderen so gestört hatte. Er hatte den Text nach bestem Wissen zu übersetzen versucht – aber nicht ins Deutsche, sondern ins Altisländische. Er war wohl wirklich ein klein wenig zerstreut heute! Verlegen rettete er sich in ein unschuldiges Lächeln. „Da ist wohl das Heimweh ein wenig mit mir durchgegangen ..." Unruhig zuckte er mit den Schultern.

„Isländisch also?", vergewisserte sich Thommy scharfsichtig.

„Isländisch."

„Mann, Alter ..." Thommy schüttelte entgeistert den Kopf. „Manchmal bist du echt schräg drauf!"

Ja, da war wohl etwas dran. Dieses eine Mal jedoch hatte die Feststellung nichts Bedrohliches. Alahrian lachte leise.

„Was machst du in den Ferien?", erkundigte sich Thommy beiläufig, Alahrians kleinen Patzer bereits beiseite schiebend. „Fahrt ihr hin, du und dein Bruder? Nach Island?"

„Was?" Alahrian blinzelte, nun seinerseits irritiert. Wieso sollte er in den Pfingstferien nach Island fahren? Er war seit Jahrhunderten nicht mehr dort gewesen!

„Na ja, ich dachte nur ..." Thommy blickte plötzlich zu Boden.

„Willst du mich loswerden?", platzte es aus Alahrian heraus, mit eben jener unaufhaltsamen Offenheit, die ihn stets überfiel, wenn er die seltsamen Höflichkeitsregeln der Sterblichen zu vergessen drohte. „Hab ich dir irgendwas getan?"

„Nein!", rief der andere erschrocken. „Nein, nein ... du nicht, aber ..."

„Aber?", wiederholte Alahrian gedehnt.

„Es ist nur ... dein Bruder ... Es ... es hätte mir gefallen, wenn er mal für zwei Wochen weg wäre."

„Hmm." Alahrian blickte auffordernd.

„Na ja, ich hab gesehen, wie er mit Anna-Maria rumgehangen ist!" Thommy rupfte ärgerlich ein paar Grashalme aus. „Und das ... er nervt einfach!"

Alahrian nickte sachlich. Morgan hing also mit Anna-Maria rum. Das war bedenklich genug, wie er fand. Laut sagte er: „Du magst sie also immer noch."

Thommy zuckte mit den Schultern und starrte den Rasen an.

„Tut mir leid." Alahrian seufzte lautlos. „Aber ich fürchte, da kann ich auch nichts machen." Außer Morgan gehörig die Leviten zu lesen, natürlich! Anna-Maria war die Tochter des *Bürgermeisters*! War er denn wahnsinnig?

Alahrian musste für einige Sekunden die Luft anhalten, um nicht die Beherrschung zu verlieren. Doch wer wusste schon, was Thommy genau gesehen hatte? Er war offensichtlich bis über beide Ohren in

Anna-Maria verliebt. Er war nicht objektiv. Eifersüchtig und all das. Alahrian vertraute Morgan. Sie waren Brüder.

„Schon gut, entschuldige." Thommy stand auf und warf Alahrian das Heft mit der isländischen Übersetzung zu. „Bis dann!"

„Ja, bis dann!" Nachdenklich blickte Alahrian dem anderen hinterher. Für die Sterblichen war auch nicht alles einfach, das hatte er nun schon mehrfach beobachtet. Morgan würde niemals Anna-Maria lieben, Anna-Maria würde nie von ihm das bekommen, was sie wollte. Und so wie es aussah, würde Thommy sich diese unglückliche Liebe ebenfalls aus dem Kopf schlagen müssen. Wenigstens hatte er die Chance, sich irgendwann erneut zu verlieben. Morgan hatte diese Chance nicht. Er würde Sarah niemals vergessen, ganz egal, ob er es zugeben konnte oder nicht.

Alahrian packte seine Sachen und stopfte sie achtlos in die Tasche. Nein, für die Sterblichen war es auch nicht einfacher. Trotzdem: Wenn er an Lillys Seite hätte alt werden können ... Wenn er sterben hätte können ... Es war einfach nicht natürlich, ewig zu leben. Nicht einmal für seinesgleichen. Er war eine widernatürliche Erscheinung, eine groteske Perversion. Würde der Graue seinem Volk denn niemals vergeben? Würden sie auf ewig unerlöst sein, verbannt, ausgestoßen?

Wenn er daran dachte, dann wallte fast so etwas wie Hass in Alahrians Innerem auf. Ein Traum, eine Illusion, einige flüchtige Worte, das war alles, was er vom Grauen bekommen hatte. Hunderte von Jahren, und noch immer ... nichts.

Plötzlich hielt er es in der Schule nicht mehr aus. Er musste weg, nicht weil etwas mit diesem Ort nicht stimmte, sondern weil etwas mit *ihm* nicht stimmte. Er war kein Mensch. Alles lief auf diesen einen, unverrückbaren Punkt hinaus, immer wieder. Und als könnte er vor dieser Tatsache davonlaufen, nahm er seine Tasche, sprang auf und rannte einfach los.

Er kam nur wenige Schritte weit. Schon auf dem Bürgersteig prallte er heftig gegen irgendetwas, taumelte zurück und tänzelte einen peinlichen Augenblick lang auf den Zehenspitzen, um sein Gleichgewicht wieder zu finden. Keine sehr menschliche Bewegung.

„Tut mir leid", piepste eine helle Stimme, ungefähr fünfzig Zentimeter unter ihm.

Alahrian senkte den Blick. Ein Kind. Er hätte um ein Haar ein Kind über den Haufen gerannt. „Nein, mir tut's leid", stammelte er hastig und wollte schon weitergehen, doch irgendetwas war seltsam an diesem Kind. „Hast du dir wehgetan?", fragte er erschrocken.

Das Kind schüttelte den Kopf. Es war ein kleines Mädchen, mit langen, kupferfarbenen Locken und großen, dunklen Augen. Die Locken hoben sich grell von dem pinkfarbenen, mit buntem Glitter bestäubten Kleid ab. Darüber trug die Kleine einen merkwürdigen spitzen Hut und in der Hand einen silbrigen Stab mit einem durchsichtigen Plastikstern darauf. Das war es, was ihn so irritiert hatte. Er hatte es auf den ersten Blick nicht einordnen können, da sich die Mode der Sterblichen ohnehin in nicht nachvollziehbarer Geschwindigkeit änderte, doch das hier ... Das war ein wirklich seltsames Outfit für ein Kind!

Die Kleine merkte, dass er sie anstarrte, reckte das Kinn und sagte stolz: „Ich bin eine Fee."

„Ach so." Einen winzigen Moment lang war er zu Tode erschrocken. Er hatte bereits von Feen gehört, allerdings nie eine getroffen, weshalb er sicher war, es gäbe sie gar nicht. Sie waren nur ein anderer Name für seinesgleichen, ausgeschmückt durch die Mythen und Legenden der Sterblichen. Andererseits: Man konnte nie wissen!

Zwei Sekunden später kam er sich unglaublich dämlich vor. Das Mädchen war nichts als ein Kind. Ein sterbliches Kind in einer bunten Verkleidung. Die Mutter kam schon angelaufen, mit wehenden Haaren und panischem Gesicht. „Leonie!", rief sie, halb entrüstet, halb ärgerlich. „Ich hab dir doch gesagt, du sollst nicht immer weglaufen!"

Hastig nahm sie die Kleine bei der Hand und schaute besorgt zu Alahrian auf. „Ich hoffe, sie hat Sie nicht belästigt."

„Nein, gar nicht!" Alahrian blickte auf das Mädchen herab. Es sah ihn unverwandt an, aus großen, seltsam verstehenden Augen. Kinder begriffen so viel mehr als Erwachsene. Sie sahen so viel tiefer, so viel mehr ... Unglücklicherweise – oder vielleicht war es für *ihn* auch ein Glück – glaubten ihnen die Erwachsenen viel zu selten.

„Ich bin eine Fee", wiederholte die Kleine.

„Natürlich bist du das." Alahrian lächelte.

„Du hast drei Wünsche frei."

Alahrian lächelte nicht mehr.

„Komm jetzt!", drängte die Mutter und zog das Mädchen fort. Alahrian blickte ihnen hinterher, bis sie hinter einem Haus mit bunten Luftballons am Gartenzaun verschwanden, ein Kindergeburtstag vielleicht oder eine Party. Eine Feenparty.

Drei Wünsche ... Ja, so etwas glaubten die Menschen. Dass eine Fee einem drei Wünsche erfüllen konnte. Er hatte es in den Märchen gelesen, den Märchen, in denen so viel Wahrheit steckte – und so viel unerfüllte Sehnsucht. Drei Wünsche ... Wäre er wirklich einer Fee begegnet, ihm hätte ein einziger Wunsch genügt.

Alahrian seufzte tief. Vielleicht hätte er den Grauen darum bitten sollen, ihn menschlich zu machen. Wenn es jemanden gab, der die Macht dazu hatte, dann er. Aber der Graue hatte seine Bitten bisher nicht erhört, warum sollte er es jetzt tun?

Auch das war etwas, worum Alahrian die Menschen beneidete. Die Menschen glaubten, ihre Götter würden ihnen ihre Wünsche erfüllen, ihre Gebete erhören. Die *Alfar* hatten den Glauben an die Gnade ihrer Götter längst verloren.

Der Gott der Sterblichen schenkte seinem Volk das, was es wirklich begehrte. Doch der Gott der Sterblichen hatte keine Gnade übrig für *seines*gleichen, das hatte Alahrian bereits zu spüren bekommen.

Drei Wünsche ... Stumm und reglos blickte er dem kleinen Mädchen nach. Ihm hätte ein einziger Wunsch genügt. Ja, nur ein einziger.

Elfengrippe

Eine Woche lang würde Lillian bei ihrer Mutter bleiben, eine Woche, das waren sieben Tage. Sieben Tage waren eine geringe Zeitspanne, wenn man unsterblich war, doch wenn man kein Gefühl für das Werden und Vergehen der Zeit hatte, wenn man stets nur für den Augenblick lebte, und wenn man in diesem Augenblick etwas schmerzhaft vermisste, das geradezu lebensnotwendig geworden war, dann war eine Woche eine *verdammt* lange Zeit.

So oder so ähnlich musste Alahrian sich jetzt fühlen, sinnierte Morgan nachdenklich, während er stirnrunzelnd die aschgrauen Wolken betrachtete, die sich bedrohlich nahe über dem Haus zusammenballten. Dabei hielt sich der Kleine während des ersten Tages eigentlich ganz gut. Er lamentierte kaum, flutete nur einen winzigen Teil des Wohnzimmers und hatte nur ein ganz kleines bisschen schlechte Laune. Am Morgen des zweiten Tages regnete es, allerdings überall im Umkreis, und es war ein Wetterumschwung, der bereits lange zuvor in den Nachrichten angekündigt worden war. Man konnte ihn Alahrian also nicht unbedingt zur Last legen. Den dritten Tag verbrachte er größtenteils im Freien, saß mit ozeanblau verdunkeltem Blick auf der Veranda und schien sich nicht an den eisig kalten Regentropfen zu stören, die ihn nach und nach bis auf die Haut durchnässten.

Das war gestern gewesen. Heute hing er im Seidenpyjama am Frühstückstisch, den Kopf auf die über der Tischplatte verschränkten Arme gebettet, und starrte aus hypnotisierenden Augen das anthrazitfarbene Handy an, das Lilly ihm geschenkt hatte.

„Die Dinger funktionieren auch, wenn man sie nicht permanent beobachtet", erklärte Morgan amüsiert. „Deshalb gibt es Klingeltöne, verstehst du?"

Alahrian blickte nicht auf. „Ich möchte keinen Anruf verpassen."

Morgan seufzte. „Sie hat erst vor drei Minuten angerufen."

Alahrian blinzelte. „Na und?"

Zu Lillians Ehrenrettung musste man zugeben, dass dieses Handy sich während der vergangenen Tage ausgesprochen oft gerührt hatte. Im Durchschnitt ungefähr alle dreißig Minuten. Aber es gab Zeiten für Sterbliche, wo sie sich nicht regelmäßig melden *konnten*. Weil sie schlafen mussten, zum Beispiel.

Alahrian hatte schon seit drei Tagen keine Sekunde mehr geschlafen.

Dabei hatte er die Lautstärke des Handys auf höchste Stufe gestellt. Er hätte das Klingeln selbst dann nicht überhört, wenn er hundert Meter entfernt direkt neben einer Kreissäge gestanden hätte.

Morgan übrigens ebenfalls nicht. Aus diesem Grund konnte er Lillys Anruffrate auch genauestens rekonstruieren – und auch den Rhythmus, dem ihre Kurznachrichten folgten. Ein Umstand, der nicht gerade zu seiner persönlichen Erbauung beitrug. Dieses verdammte Mobiltelefon schrillte durchs ganze Haus.

„Willst du nicht wenigstens zur Schule gehen?", erkundigte sich Morgan hoffnungsvoll. Vielleicht würde das Alahrian ein wenig ablenken.

„Wir haben Ferien." Die Antwort kam knapp und abgehackt. Er blickte noch immer nicht auf.

„Vielleicht könntest du dich ja irgendwie beschäftigen? Tu irgendwas!"

Ohne jedes Interesse hob Alahrian müde den Kopf. „Und was?"

„Irgendwas! Etwas, was dir Spaß macht!"

Der Bruder ließ den Kopf wieder sinken. „Es macht mir Spaß, auf ihren nächsten Anruf zu warten."

Danach sah es eigentlich nicht aus. Aber Morgan erkannte die Zwecklosigkeit seines Vorhabens und erhob sich rasch vom Tisch. Die unberührte Zuckerdose nahm er mit und ebenso die Karaffe mit Wildrosentau – Alahrians Lieblingssorte, natürlich ebenfalls unberührt.

„Ich muss jetzt zur Arbeit", verkündete er resigniert. „Du kommst allein zurecht?"

„Hmmm ..."

Kopfschüttelnd verließ Morgan das Haus.

Als er am Nachmittag zurückkam, hatte sich die Situation nur unwesentlich verändert. Alahrian hatte immerhin die Energie aufgebracht, sich anzuziehen, und er lag jetzt auf dem Sofa in der Halle, nicht mehr über dem Küchentisch. Ansonsten aber schien die Stimmung noch exakt dieselbe: niedergeschlagen, kraftlos, zu Tode deprimiert.

Mit einem Unterschied: Sämtliche Kamine brannten, die Heizung lief auf Hochtouren, und es herrschte eine brütende, erstickende Hitze im gesamten Haus.

Liosch!, rief Morgan direkt in Alahrians Gedanken hinein, streifte ächzend seine Jacke ab und war mit zwei Schritten in der Halle. *Was um alles in der Welt ...*

Mitten im Satz hielt er inne. Trotz der subtropischen Temperaturen im Raum war Alahrian in einen dicken Wollpullover gehüllt, und als wäre das noch nicht verrückt genug, hatte er sich auch noch unter einer Decke verkrochen.

„Alahrian", Morgans Stimme war scharf, „was *tust* du denn da?"

Ein Paar merkwürdig verschleierter, ungesund glänzender Augen blickte blinzelnd zu ihm auf. „Nichts." Seine Stimme war heiser. „Es ist nur so kalt ..."

„Kalt?!" Morgan stöhnte. Im Haus war es ungefähr so kalt wie in einem Hochofen!

Aber Alahrian zitterte unter der Decke tatsächlich wie Espenlaub. Beunruhigt ließ Morgan sich neben seinem Bruder auf dem Sofa nieder. „Hast du zu wenig Licht abbekommen?", erkundigte er sich stirnrunzelnd.

„Nein." Alahrian schniefte leise. „Vorhin hat ein bisschen die Sonne geschienen."

Durchdringend musterte Morgan ihn. Er sah blass und elend aus. Unter den Augen lagen tiefe Ringe, die Lippen waren nahezu blutleer, das Gesicht kreideweiß. Nur auf den Wangen zeigten sich hitzige, purpurne Schatten.

Morgan kam sich zwar reichlich albern vor dabei, doch er legte dem *Liosalfar* prüfend die Hand auf die Stirn. Heiß, wie stets. Schwer zu sagen, ob heißer als sonst. Es war auch gleichgültig. Er konnte kein Fieber haben, er war kein Mensch.

„Vielleicht *zu viel* Licht?", schlug Morgan zweifelnd vor.

„Zu viel?" Alahrians glasige Augen weiteten sich. „Das geht doch gar nicht!" Er sprach im Tonfall eines trotzigen Kindes, das einen Erwachsenen belehrt, seine Stimme aber klang immer noch rau. Wie bei einem Menschen, wenn er sich erkältet hatte. Aber auch das war selbstverständlich völlig lächerlich.

Alahrian verkroch sich noch tiefer unter der Decke. Es schüttelte ihn sichtlich, Morgan konnte sogar seine Zähne aufeinander schlagen hören. „Was ist denn nur los mit dir?", fragte er besorgt.

„Nichts." Alahrian ließ die Lider sinken. „Mir ist nur kalt. Und ich bin müde ... Es ist alles in Ordnung ..."

„Wenn ich es nicht besser wissen würde, würde ich sagen, du bist krank."

„Blödsinn!" Prompt bekam er einen Hustenanfall, der Morgan vor Schreck zusammenfahren ließ. Was um alles in der Welt hatte das zu bedeuten? Hastig suchte er nach dem anthrazitfarbenen Handy, fand es wie erwartet keine dreißig Zentimeter entfernt und griff danach.

„Was machst du?", keuchte Alahrian, immer noch atemlos.

„Ich rufe Lilly an! Mit dir stimmt irgendetwas nicht. Etwas Merkwürdiges ... etwas *Sterbliches*."

„Nein!" Seine heisere Stimme überschlug sich beinahe. „Nein, lass das! Ruf sie nicht an!"

Morgan zog die Stirn in Falten. „Wieso nicht?", fragte er verwundert.

„Weil ... weil ..." Er suchte nach Worten, wurde rot und starrte zu Boden, während er schnell und fast unverständlich sagte: „Sie würde denken, ich komme nicht einmal drei Tage lang ohne sie aus."

Morgan blinzelte verblüfft. „Ja, aber das ist ja auch so", bemerkte er trocken.

„Ja, aber ..." Wieder schüttelte ihn ein hässlicher Hustenanfall, ehe er weiterreden konnte. „Sie soll das nicht wissen. Dann würde sie sich total eingeschränkt fühlen. Als wolle ich sie einsperren. Frauen brauchen aber auch ... Freiraum ... Zeit für sich ... und so ..." Seine Hand vollführte eine unbestimmte Bewegung in der Luft, bevor sie wieder unter der Decke verschwand.

Morgan zog die Brauen hoch. „Aus welchem schlechten Beziehungsratgeber hast du das denn?"

Alahrian machte ein beleidigtes Gesicht, wühlte unter der Sofa-Polsterung und zog triumphierend ein zerlesenes, schreiend bunt bedrucktes Taschenbuch hervor. „Na, aus diesem hier!"

Morgan griff entgeistert nach dem Buch. „*Das große Einmaleins der Paar-Beziehung*", las er laut vor. „*Vom ersten Date zum Heiratsantrag. 101 Wege für ein glückliches Leben zu zweit.*" Er seufzte tief. „Liosch, ich glaube diese Dinge gelten nicht für euch beide", erklärte er behutsam.

Alahrian blinzelte gekränkt. „Wieso denn nicht?"

Morgan gab es auf. Alahrian sank tiefer in das Sofa hinein und zitterte noch immer erbärmlich. Morgan machte einen erneuten Versuch, nach dem Handy zu greifen.

„Nicht", murmelte sein Bruder schwach. „Es geht mir gut ... ehrlich ..." Zum Beweis wühlte er sich aus der Decke hervor und stand auf. „Siehst du?" Ohne es selbst zu merken, presste er die Hand gegen die Stirn, sein Gesicht verlor deutlich an Farbe. „Alles ... in ... Ordnung ..."

Morgan fing ihn auf, als er zusammenbrach. „Großer Gott! Was hast du nur?" Voller Angst hob er den *Liosalfar* auf und trug ihn in sein Schlafzimmer. Alahrian schlug die Augen auf, als er ihn aufs Bett legte, doch sein Blick war verschleiert, und ein heftiges, krampfhaftes Zittern durchlief seinen Körper.

„Kalt ...", flüsterte er, nur halb bei Bewusstsein. „Morgan ... ich glaube, ich erfriere ..."

Morgan berührte seine Stirn. „Nein, Kleiner", flüsterte er entsetzt. „Ganz im Gegenteil. Ich glaube, du glühst vor Fieber." Er schloss die Augen, tastete in Gedanken nach Alahrians Lebensfaden und betrachtete ihn, ohne ihn zu berühren. Er fand goldenes, mild pulsierendes Licht, hell und strahlend, aber da war auch Dunkelheit. Eine beunruhigende Dunkelheit. Morgan zog die Hand zurück. Vorsichtig breitete er eine Decke über den bebenden Körper seines Bruders und zog sämtliche Vorhänge im Zimmer zurück, selbst die, die nur aus feinstem, lichtdurchlässigem Seidengespinst bestanden. Ganz automatisch nahm er an, die Helligkeit würde dem anderen guttun, aber sicher war er nicht. In über dreihundert Jahren hatte er Alahrian nie so erlebt. Er hatte schlicht und ergreifend nicht die geringste Ahnung, was zu tun war. Mit schnellen Schritten, immer mehrere Stufen auf einmal nehmend, rannte er die Treppe hinunter, zurück in die Halle und schnappte sich das anthrazitfarbene Mobiltelefon.

„Alahrian?" Sie war schon beim zweiten Klingeln dran, und ihre Stimme schwang so voller freudiger Erregung, dass es ihm leidtat, sie zu enttäuschen.

„Nein, hier ist Morgan", sagte er schnell.

„Morgan? Was ist passiert?" Jetzt klang sie beunruhigt, doch der nächste Teil ihres Satzes ging in einem dumpfen Rauschen unter, das nicht von der Qualität der Verbindung her stammte.

„Wo bist du?", fragte Morgan, ohne eine Antwort zu geben.

„Im Zug", erklärte Lilly ungeduldig. „Ich ... ich habe es nicht mehr ausgehalten ... ohne ... *ihn*."

Er konnte direkt hören, wie sie errötete, und trotz seiner Sorge musste er beinahe lächeln. Sie war also keineswegs besser als er. Das war gut, sehr gut sogar. Sie war bereits auf dem Weg. In ein paar Stunden konnte sie da sein.

„Warum rufst du an?", fragte sie drängend und unterbrach damit seine Gedanken.

Morgan presste die Kiefer aufeinander. „Erkläre ich dir später", meinte er knapp. „Komm einfach her. Und, Lilly?"

„Ja?"
„Beeil dich. Bitte."

Fieberhaft

Niemals zuvor war ein Schnellzug derart langsam über die Gleise geschlichen, niemals zuvor hatte eine einzige Minute die Dauer von Stunden angenommen, niemals zuvor hatte sich ein Taxi vom Bahnhof in Zeitlupe seinen Weg durch die Stadt gebahnt. Lilly wusste nicht, wie sie das endlos lange Warten ausgehalten hatte. Ein Teil von ihr wollte einfach nach draußen springen, wollte rennen, rasen, fliegen, nur um schneller bei ihm zu sein. Ein anderer Teil war fast übernatürlich ruhig, eben jene absurde Ruhe, die einen überfiel, wenn man nicht fürchten musste, dass etwas Schlimmes passiert war, weil man bereits *wusste*, dass es so war.

Sie hatte keine Ahnung, was es war. Ihre angstvollen, panischen Anrufversuche waren unbeantwortet geblieben. Das konnte nur eines bedeuten: Morgan konnte oder wollte nicht ein zweites Mal ans Telefon gehen, Alahrian war offensichtlich nicht in der Lage dazu. Alahrian hätte niemals freiwillig einen ihrer Anrufe verpasst.

Etwas war geschehen. Etwas Schlimmes. Mit ihm.

Sie wollte weinen, während sie vor der Tür der Villa stand und darauf wartete, eingelassen zu werden, aber sie tat es nicht. Auch nicht, als sie in Morgans blasses, von tiefer Sorge umwölktes Gesicht blickte.

„Was ist passiert?", fragte sie und wandte all ihre Kraft auf, damit ihre Stimme nicht zitterte. „Wo ist er?"

Anstatt zu sprechen führte er sie ins Haus, nach oben, in Alahrians Schlafzimmer. Und da lag er. Sein Gesicht war aschfahl, nie zuvor hatte sie ihn so gesehen, selbst damals nicht, als der *Fenririm* ihn so grässlich verwundet hatte. Die Augen waren geschlossen, Schatten lagen darunter, die Lippen waren blutleer und aufgesprungen, Schweiß glänzte auf der bleichen Stirn.

Mit einem Satz war Lilly bei ihm, sank neben dem Bett auf die Knie und griff nach seiner weißen Hand. Sie war es gewöhnt, Hitze unter seiner Haut zu spüren, diesmal jedoch erschrak sie, als sie ihn berührte. Er glühte. Selbst für seine Verhältnisse.

„Mein Gott", flüsterte sie tonlos. „Seit wann ist er schon so?"

Leise war Morgan neben sie getreten. „Ich weiß nicht genau ... Seit ein paar Stunden, ungefähr ..."

„Was hat er?" Angstvoll hielt sie eine unmöglich heiße, kraftlose Hand.

„Ich weiß es nicht ... Ich hatte gehofft, du würdest ..."

Lilly hörte es kaum. „Ist er ... *krank*?", fragte sie fassungslos. „Ich dachte, ich ... ich dachte, ihr könnt nicht krank werden ... ich dachte ..." Sie redete nur, um zu reden, nur um diese schreckliche Furcht loszuwerden und nicht mehr in das erschreckend reglose Gesicht auf dem weißen Kissen blicken zu müssen.

„Ja, das dachte ich auch." Morgan zuckte mit den Schultern. „In Hunderten von Jahren ist es nie vorgekommen. Aber wir ... nun ja, wissen tun wir es nicht."

„Was soll das heißen?"

„Wir haben Pestepidemien überstanden, Cholera, Typhus. *Er* hat in Lazaretten gearbeitet unter den schlimmsten hygienischen Bedingungen, er hat Todkranke geheilt und Sterbende gerettet. Angesteckt hat er sich nie. Daher dachten wir, nun ja, wir dachten, es sei unmöglich."

Entsetzt starrte sie ihn an. „Du ... du denkst, er hat sich mit irgendetwas *infiziert*? Mit etwas, das schlimmer ist als die *Pest*?"

Morgan zog eine Grimasse. „Nun ja, zuerst glaubte ich, er sei einfach nur unglücklich, weil du weg warst und ..."

„Dann ist es meine Schuld?" Der Rest von Lillys Selbstbeherrschung brach in sich zusammen wie ein Kartenhaus. „Er ist so, weil

... weil ich ihn *allein* gelassen habe?" Ihre Stimme klang schrill, Tränen würgten ihre Kehle und brachen unter den Augenlidern hervor.

„Lilly." Das Wort kam geflüstert, schwach, in der Luft erzitternd, und er öffnete erst dann die Augen.

„Alahrian." Sie schluckte die Tränen hinunter.

„Was für ein schöner Traum ..." Sein Blick war dunkel, trüb, es lag kein Bewusstsein darin. „Aber du weinst ja ... Warum ... weinst du?"

„Ich hab mir Sorgen um dich gemacht." Hastig wischte sie sich über die Augen. „Wie fühlst du dich?"

Er antwortete nicht, aber ein Lächeln glitt über sein blasses Gesicht. Seine Lippen waren so ausgetrocknet, dass sie zu bluten begannen.

Zärtlich strich sie ihm über die Stirn. Seine Lider flatterten, er hatte nicht die Kraft, sie offen zu halten, aber er zwang sich dazu. „Es tut mir leid", flüsterte sie. „Ich wollte nicht, dass es dir so schlecht geht. Wenn ich das gewusst hätte, dann wäre ich nie weggefahren, dann ..."

„Es ist alles in Ordnung", unterbrach er sie, und für einen Moment riss der Schleier über seinen Augen. „Es geht mir gut."

„Du glühst vor Fieber!"

„Es ist vorüber ... Du bist ja da ..." Er seufzte leise, die schweren Lider fielen herab. „Was für ein schöner Traum", murmelte er erneut, halb im Schlaf. Ein Schauder schüttelte ihn, er warf den Kopf zur Seite, die Augen noch immer geschlossen. „Die Kälte ... das Feuer ... *nicht* ..." Seine Worte verloren sich, wurden unverständlich.

„Er redet Unsinn", konstatierte Morgan trocken. Angestrengt runzelte er die Stirn, als lausche er, während Lilly nur noch Laute verstand. „Und zwar in drei verschiedenen Sprachen."

Lilly biss sich auf die Lippen. „Er phantasiert. Er hat Fieber." Sie nahm wieder seine Hand, und er hörte auf zu reden, seine hektischen Atemzüge beruhigten sich, er schlief ein. „Wir müssen einen Arzt rufen", sagte Lilly leise.

„Nein." Morgan sprach nicht einmal besonders laut, doch sehr bestimmt. „Das kommt nicht in Frage."

„Aber er ist krank! Was sollen wir denn tun?"

Morgan schüttelte den Kopf, sein Blick war hart. „Was sollte ein Arzt tun? Ein *menschlicher* Arzt?"

„Keine Ahnung ..." Lilly klammerte sich an irgendeine Entscheidung, einfach nur, um nicht so hilflos zu sein. „Irgendetwas eben ..."

Morgan legte ihr die Hand auf die Schulter. „Lillian, er hat eine Körpertemperatur von 43 Grad, schon in einem normalen Zustand. Wenn du jetzt einen Arzt holst, dann wird dieser auf den ersten Blick begreifen, dass Alahrian kein Mensch sein *kann*."

„Wäre das so schlimm?" Lilly funkelte ihn an. „Ich könnte meinen Vater fragen. Der würde sicher nichts verraten."

„Nein." Morgans Stimme klang noch immer fest entschlossen. „Seine allergrößte Angst ist, einem Sterblichen sein Geheimnis zu offenbaren. Du kannst ihm das nicht antun. Er kann keinem Menschen vertrauen, niemals."

Lilly fing seinen dunklen Blick auf. „*Mir* hat er auch vertraut", entgegnete sie ruhig.

„Eben." Morgan seufzte leise. „Du darfst dieses Vertrauen auf keinen Fall erschüttern. Ein Arzt kann ohnehin nichts tun."

„Okay." Lilly wandte sich von ihm ab, sah wieder Alahrian an. Er schlief jetzt ganz still, doch das üblicherweise goldhell leuchtende Haar hing stumpf herab, feucht und schweißverklebt, das Gesicht leichenblass.

„Es wird gewiss vorüber gehen", meinte Morgan behutsam. „Er neigte schon immer zu melodramatischen Gefühlsäußerungen." Er verzog das Gesicht. „Du warst weg, ihm wurde klar, dass er ohne dich nicht leben kann, jetzt bist du wieder da – und es ist bestimmt alles wieder in Ordnung."

„Alles in Ordnung?" Lilly schrie fast. „Das nennst du *alles in Ordnung*?" Sie deutete auf die Rosen im Raum, Alahrians wunderschöne, schneeweiße Rosen. Fast alle ließen die Köpfe hängen, eine war bereits völlig verdorrt. Der Anblick ließ schon wieder Tränen in Lillys Augen schießen.

„Vielleicht ... müssen wir noch ein bisschen warten?", fragte Morgan zögerlich. Er hatte viel von seiner gewöhnlichen Coolness verloren. Auch er machte sich Sorgen, selbst wenn er es nicht zeigen wollte.

Lilly antwortete nicht, hielt sich stattdessen an der Hoffnung fest, Morgan könne Recht haben. Vielleicht würde es ja wirklich gleich wieder besser werden. Vielleicht musste Alahrian sich nur ein bisschen ausruhen. Als er verletzt gewesen war, da hatte er sich auch übernatürlich schnell wieder erholt. Bestimmt würde es besser werden, gleich, ganz bald ...

Aber es wurde nicht besser. Sein Atem ging schnell und unregelmäßig, der Puls pochte hektisch unter der blassen Haut, er regte sich unruhig unter der Decke, flüsterte unzusammenhängende Sätze und starrte manchmal minutenlang ins Leere, ohne dabei wirklich zu erwachen.

„Ihr habt nicht zufällig ein Fieberthermometer im Haus?", fragte Lilly, während sie fest seine Hand hielt und sich das Gehirn zermarterte, wie sie ihm helfen konnte. Es machte sie fast wahnsinnig, nicht zu wissen, was ihm fehlte. Seine Temperatur zu messen, mochte vollkommen sinnlos sein, aber es war eine Information, etwas, was man in Zahlen ausdrücken konnte, irgendetwas ... Alles war besser, als gar nichts zu wissen!

„Ich könnte eins besorgen", entgegnete Morgan und war zur Tür hinaus, ehe Lilly auch nur aufblicken konnte. Auch der *Döckalfar* war offenbar nervös. Und *das* war ein sehr schlechtes Zeichen.

„Wenn du wenigstens bei Bewusstsein wärst", flüsterte Lilly und strich Alahrian behutsam eine wirre Strähne nur noch milchig glänzenden Haares aus dem Gesicht. Aus reiner Hilflosigkeit stand sie auf, holte eine Schale kalten Wassers und ein paar saubere Tücher aus dem Bad und begann, seine glühend heiße Stirn zu kühlen. Das hatte kaum einen Effekt. Einmal schlug er die Augen auf, blinzelte sie an und flüsterte etwas in einer Sprache, die sie nicht verstand, doch sie war nicht sicher, ob er seine Umgebung überhaupt noch wahrnahm.

Das war der Moment, in dem Morgan zurückkam. Er hatte sich beeilt. Kaum ein paar Minuten war er weg gewesen. Ein Fieberthermometer hatte noch niemanden geheilt, trotzdem riss Lilly es in einer absurden Hoffnung aus der Verpackung, überflog die Gebrauchsanweisung und schob es sehr behutsam zwischen Alahrians rissige Lippen. Das Gerät gab ein protestierendes Piepsen von sich, als es die 43 erreichte. Morgan hatte mitgedacht und eines von diesen modernen, elektronischen Dingern gekauft, keines aus Quecksilber, das vermutlich einfach geplatzt wäre. Bei 48 stand die Anzeige still. Lilly wusste nicht, ob das Thermometer nun endgültig genug hatte oder ob das seine echte Körpertemperatur war, ein flüchtiges Rechenspiel jedoch machte das Ergebnis in jedem Fall besorgniserregend. Fünf Grad mehr als normal. Bei einem Menschen wären das 42 Grad Fieber gewesen.

„Und?", erkundigte sich Morgan mit hochgezogenen Brauen und schlich in einer ungewohnt ziellosen Bewegung näher ans Bett heran.

Lilly reichte ihm das Thermometer.

„Was bedeutet das?"

„Keine Ahnung. Für einen Menschen wäre das lebensbedrohlich."

„Er ist aber kein Mensch!" Beinahe wütend legte Morgan das Thermometer beiseite, als wäre nur das Gerät allein schuld an allem.

Lilly seufzte leise. Die Idee mit dem Thermometer war Blödsinn gewesen. Sie hatte es selbst gewusst, von Anfang an, aber zumindest hatte sie minutenlang *irgendetwas* tun können.

„Was macht man bei einem Menschen, wenn er so hohes Fieber hat?", erkundigte sich Morgan.

Lilly zuckte mit den Schultern. Seit wann hatte sie Medizin studiert? „Man gibt Medikamente", entgegnete sie fahrig.

„Das kommt nicht in Frage. Er kann keine sterbliche Nahrung zu sich nehmen, selbst wenn es nur Pillen sind."

„Weil er dann nicht mehr zurück in seine Welt kann", fügte Lilly hinzu und sah ratlos zu Morgan auf. „Aber wäre das denn nicht immer noch besser, als wenn er *stirbt*?" Angst durchflutete sie, das letzte Wort hatte einen grässlichen, erstickend bitteren Nachgeschmack.

„Er kann nicht sterben", entgegnete Morgan ruhig und mit tiefer Überzeugung. „Aber wir wissen ohnehin nicht, wie eure Medikamente auf *ihn* wirken. Es könnte auch alles noch schlimmer machen."

Es könnte ... vielleicht ... Sie wussten nichts, gar nichts. Lilly starrte auf Alahrians blasses Gesicht herab und hätte schreien können vor Verzweiflung, und es gab nur eines, was sie davon abhielt, vollends die Nerven zu verlieren: Die Erkenntnis, dass dies das letzte wäre, was Alahrian hätte helfen können. Sie musste ruhig bleiben. Sie musste sich irgendetwas einfallen lassen!

„Gibt es noch andere Methoden?", fragte Morgan prompt. „Außer Medikamenten?"

Lilly biss sich auf die Lippen. Woher sollte sie das wissen? Sie hatte keine Ahnung von menschlicher Medizin, geschweige denn von *elfischer* ... „Kälte", murmelte sie zaghaft. „Man kann den Körper von außen kühlen." Sie starrte die Tücher in der Wasserschüssel an, die sich auf Alahrians Stirn allesamt allzu schnell erwärmt hatten. „Aber das habe ich schon versucht."

Morgan begann, unruhig im Zimmer auf und ab zu laufen. Alahrian warf auf dem Kissen den Kopf hin und her, seine Lider zitterten, ohne sich zu öffnen, die Lippen bewegten sich, ohne einen Laut von sich zu geben.

„*Schsch*", machte Lilly beruhigend, hielt seine Hand und strich ihm über die Stirn.

„Die Flammen ... Der Graue ...", flüsterte er und riss plötzlich die Augen auf. Seine Pupillen waren geweitet, es lag kein Erkennen in seinem Blick. „Lilly ... ?" Jetzt wurde seine Stimme panisch. „Lillian ... nein ... *Lilly*!!!"

„Ruhig." Sie drückte seine Hand, und seine Finger schlossen sich so fest um die ihren, dass es wehtat. „Ich bin ja hier."

Er beruhigte sich aber nicht, in seinen Augen flackerte es, sie waren mit Dunkelheit gefüllt. Fast schwarz waren sie statt blau, und unter seiner Haut begann ein merkwürdig rötliches Licht zu glühen.

„Lillian?" Morgans Stimme klang beinahe so verängstigt wir Alahrians.

„Ja?" Sie sah nicht auf.

„Woran genau stirbt ein Mensch, wenn er einem Fieber erliegt?"

Lilly starrte voller Furcht die Flammen an, die unter Alahrians Haut zu brennen schienen. Er hatte die Augen wieder geschlossen, langsam zog sich das Leuchten zurück, doch sie war sicher, es sich nicht eingebildet zu haben.

„Ich weiß nicht", meinte sie angstvoll. „Ich nehme an, wenn die Zellen überhitzt werden, dann sterben sie ab, das Gehirn funktioniert nicht mehr richtig und ..."

„Das Gehirn?!" Morgan wurde blass. „Du ... du meinst, er ... er könnte *wahnsinnig* werden?"

„Ich habe keine Ahnung!" Lilly wollte ihn anschreien, aber es kam nur ein entgeistertes Keuchen hervor. Morgan jedoch blickte so entsetzt drein, dass sie sich bemüßigt fühlte, ihn irgendwie zu beruhigen. „Wir wissen nicht, was passiert", meinte sie schwach. „Wir ..."

„Du verstehst nicht", unterbrach er sie, nur noch mühsam beherrscht. „Er hat gewisse Kräfte, wie du weißt. Wenn er diese Kräfte nicht mehr kontrollieren kann, dann ... dann ..." Er suchte nach Worten, riss sich sichtlich zusammen und sagte dann: „Er ist wie eine außer Rand und Band geratene Atombombe. Er könnte die ganze Stadt in die Luft sprengen, ganz ohne es zu wollen."

„Was?!" Ungläubig starrte Lilly ihn an. Sie hatte gewusst, dass Alahrian Macht besaß. Sie hatte auch gewusst, wie gefährlich diese Macht war, immerhin hatte Morgan etwas in der Art bereits angedeutet, als Alahrian von dem *Fenririm* verletzt worden war. Doch sie hätte niemals geglaubt, dass seine Macht derartig gewaltig war!

Einen Moment lang erfasste sie eine ganz neue Angst. Sie dachte an ihren Vater, an Lena, an Anna-Maria. Aber sie ließ Alahrians Hand nicht los, keine Sekunde lang dachte sie daran, sich vor ihm zu fürchten, nur *um* ihn fürchtete sie, mehr denn je.

„Das wird nicht passieren", entgegnete sie überzeugt.

Das unheimliche Glühen kam auch nicht wieder. Alahrian lag jetzt ganz still, er atmete flach und schnell, aber er bewegte sich nicht.

Morgan berührte flüchtig seine Hand, schloss die Augen und zog die Finger dann hastig zurück, als habe er etwas gesehen, das ihn erschreckte. „Er wird schwächer", sagte er leise. „Ich kann es fühlen."

„Oh nein!" Zum wiederholten Mal an diesem Nachmittag spürte Lilly Tränen in sich aufsteigen. Aber er war doch unsterblich, nicht wahr? Ihm konnte gar nichts passieren! Es war unmöglich, ihm konnte nichts passieren, denn ihm *durfte* nichts passieren ...

„Alahrian." Sanft flüsterte sie seinen Namen, immer wieder, wie eine Zauberformel, rief ihn, als könnte sie ihn damit erwecken, zurückholen aus den flammenden Schatten, in denen er sich befand. Doch seine Augen blieben geschlossen und sie bekam keine Antwort.

Schattenlicht

Alahrian träumte. Das Holz des Scheiterhaufens war mit Öl getränkt, gierig leckten die Flammen es auf, dann züngelten sie zu ihm herauf, streckten ihre Hände nach ihm aus, erfassten ihn, umarmten ihn. Schmerz durchzuckte seinen ganzen Körper, die Hitze nahm ihm den Atem, Flammen durchströmten seine Lungen, versengten seine Haut, zuckten in seinen Adern.

„Alahrian!"

Eine Stimme rief seinen Namen, eine Stimme süß wie das Singen des Windes zwischen gläsernen Blütenblättern, *ihre* Stimme. Sie war auf der anderen Seite der Flammen, er musste nur hindurchgehen, um bei ihr zu sein, und so kämpfte er sich durch die Hitze, rannte durch die Glut, sah ihren Schatten im orangeroten Feuerschein tanzen und lief atemlos darauf zu.

„Lillian! Wo bist du?"

Die Flammen erstarben, aber er konnte *sie* hinter der Flammenwand nicht sehen, nur Dunkelheit war da, und schwarze Schwingen, die, trügerisch sanft, mit mild kühlendem Windhauch die Finsternis durchtrennten.

„Alahrian ...", wisperte eine andere Stimme direkt in seinem Kopf, zuerst freundlich und schmeichelnd, dann wild, kreischend, ein Chor drängender, wütender Kehlen. „Komm ... Komm zu uns ..." Es waren die Erloschenen, die da riefen, sie holten ihn zu sich, und er konnte fühlen, wie das Licht unter seiner brennenden Haut erstickte, wie sich die Dunkelheit in seinem Herzen ausbreitete.

„Hab keine Angst", wisperte das Wesen in der Finsternis. „Es wird bald vorbei sein ... Hab keine Angst ..." Die schwarzen Schwingen berührten seine Wange, überraschend zart waren sie, beinahe liebkosend. Er wollte sich in ihre Umarmung stürzen und nichts mehr fühlen als die kühle, sanfte Dunkelheit.

„Alahrian!" Lillys Stimme klang nur noch schwach und fern, er wollte auf sie zueilen, wollte sich von den Schatten lösen, doch sie hielten ihn fest, und so sehr er auch zerrte, er konnte ihre Fesseln nicht abstreifen, konnte sich nicht bewegen, kam nicht voran, so schnell er auch laufen mochte.

„Alahrian ... Komm zurück ... Bitte ..."

Aber er war so müde, viel zu müde, er wollte nur die Augen schließen und schlafen. Und dann fiel er, fiel immer tiefer in die Dunkelheit herab. Die schwarzen Schwingen streiften ihn, aber sie hielten ihn nicht, immer tiefer und tiefer sank er und plötzlich spürte er, wie helle, lichte Augen ihn in der Finsternis anstarrten, Augen in allen Farben des Regenbogens. Wieder peitschten gigantische Schwingen die Luft, einen Moment lang glaubte er, etwas Weißes, Leuchtendes im Strudel der Schatten aufblitzen zu sehen, doch dann war wieder nur

Dunkelheit, und auch diese Schwingen waren schwarz, schwarz und nur noch schwarz ...

***

„Kälte, hast du gesagt?", meinte Morgan leise in ein bereits länger andauerndes Schweigen hinein.

Lilly blickte aus tränenverschleierten Augen zu ihm auf. Die ganze Nacht lang saß sie nun schon nahezu bewegungslos an Alahrians Bett, und noch immer ging es ihm nicht besser, ja, sie hatte sogar den Eindruck, das Fieber sei noch gestiegen. Stunde um Stunde hatte sie seine heiße Stirn gekühlt, den Schweiß von seiner aschfahlen Haut getupft, seine Hand gehalten und beruhigend auf ihn eingeredet. Aber er wachte nicht auf. Er öffnete nicht einmal mehr die Augen, lag still und reglos, als wäre kein Leben mehr in ihm.

Als Morgan sie nun ansprach, wusste Lilly zunächst nicht einmal, was er meinte. Wie aus einem Alptraum erwachte sie und merkte erst jetzt, dass sie während der letzten Stunden beinahe erstarrt war. Im Zimmer war es schon fast wieder hell, bald würde der Morgen anbrechen.

„Kälte, um das Fieber zu vertreiben?", fügte Morgan hinzu und schaute sie ungeduldig an. Die ganze Zeit über war er keine Minute lang aus dem Zimmer gegangen, stumm und sorgenvoll bewachte er die andere Seite des Bettes.

„Ja, Kälte ..." Ihre eigene Stimme klang hohl und brüchig. „Woran denkst du?"

Er deutete auf das zusammengefaltete, in kaltes Wasser getränkte Tuch, das sie Alahrian auf die Stirn gelegt hatte. „Das hier ist vielleicht nicht genug Kälte."

Lilly überlegte einen Moment. „Die Römer haben Fiebernde manchmal in Eiswasser gelegt", meinte sie schaudernd. „Aber das hört sich für mich mehr nach Folter an."

Morgan runzelte die Stirn. „Kann es funktionieren?"

„Ich weiß es nicht." In Lillys Kopf drehte sich alles.

„Lass es uns versuchen!"

Wieder lief ein Schauder über Lillys Haut. Etwas in ihr rebellierte gegen die Vorstellung, Alahrian so etwas anzutun, doch Morgan war bereits aus dem Zimmer, und sie konnte ihn im Bad das Wasser aufdrehen hören. Zweifelnd sah sie zu, wie er seinen Bruder vom Bett aufhob, ungewöhnlich behutsam, als fürchte er, ihn zu zerbrechen. Leblos wie eine Puppe lag Alahrian in seinen Armen, und dieser Anblick schnitt tief in ihre Brust und krampfte etwas darin schmerzhaft zusammen.

Lautlos folgte sie Morgan ins Badezimmer. Die Wanne war bereits voll mit kaltem Wasser. Vorsichtig, aber ohne zu zögern, ließ Morgan den regungslosen Körper in seinen Armen hineingleiten. Ein Knistern erfüllte die Luft, als Alahrians goldfarbenes Haar ins Wasser eintauchte, dann zischte es, als lösche man eine Kerzenflamme aus.

„Was war das?", keuchte Lilly entsetzt. „Was bedeutet das?"

Aber Morgan lächelte nur, zum ersten Mal an diesem schrecklichen Tag. „Das ist normal", entgegnete er mit einem Hauch seiner alten Gelassenheit. „Seine Haare speichern Lichtenergie wie Solarzellen. Er steht immer ein bisschen unter Strom, wenn du so willst. Es ist nur sich entladende Spannung." Er runzelte die Stirn. „Hast du es nie zuvor bemerkt?"

„Keine Ahnung ..." Lilly war zu verängstigt, zu sehr in Sorge, um seine Worte überhaupt richtig wahrzunehmen. In einer Mischung aus Angst und absurder Hoffnung blickte sie Alahrian an, der reglos wie eine zerbrochene Seerose im Wasser lag.

Morgan lachte leise. „Hast du ihm denn nie beim Duschen zugesehen?"

Lilly blinzelte verwirrt. „Nein."

Morgan seufzte. „Was für eine langweilige Art von Beziehung führt ihr eigentlich?" Feixend schüttelte er den Kopf.

Der Witz war flach und unangebracht, und doch beruhigte er Lilly ein wenig. Morgans gewohnt respektlose Art mochte nervtötend und verletzend sein, doch sie war ein Teil der Normalität, an dem sie sich festhalten konnte. Hätte er scherzen können, während sein Bruder starb?

Zwei Sekunden später vergaß sie die dumme Bemerkung abrupt, denn eine matte, aber sehr klare Stimme flüsterte plötzlich: „Morgan ... warum ertränkst du mich?"

„Alahrian!" Zitternd vor Erleichterung fiel Lilly neben ihm auf die Knie.

Seine Augen waren geöffnet, sie glänzten vor Fieber, doch der Blick war ungetrübt, ein schwaches Lächeln glitt über sein erschöpftes Gesicht, als er sie ansah. „Lillian ..." Wassertropfen perlten über sein blasses Antlitz, er hatte nicht einmal die Kraft, den Kopf zu heben, aber er sah sie an, und Lilly strich ihm behutsam das nasse Haar aus der Stirn.

„Du bist zurück", wisperte er mit einem Ausdruck von Erleichterung, als hätte man ihm einen eisernen Stachel aus einer blutenden Wunde gezogen. Dann, vorwurfsvoll, wie es schien, fügte er hinzu: „Morgan hat dich angerufen."

„Ja", gab sie zu. „Aber ich wäre ohnehin gekommen. Ich hab dich so vermisst!"

Er lächelte wieder, sein Blick begann sich zu verschleiern, die Lider wollten sich senken. „Verzeih", murmelte er, fast lautlos. „Ich bin so müde ..."

Lilly wusste nicht, sollte sie aufatmen oder nicht, und Morgan nahm ihr die Entscheidung ab, indem er seinen Bruder kurzerhand wieder aus dem Wasser fischte. Alahrian verlor das Bewusstsein, als Morgan ihn wie eine Puppe ins Bett zurücklegte und dick in warme Decken einpackte, doch er atmete jetzt ruhiger, und sein Puls ging kräftig und regelmäßig. Als Lilly sich zu ihm auf die Bettkante setzte, da schlug er erneut die Augen auf. Diesmal jedoch waren sie umwölkt, er schien Dinge zu sehen, die sie nicht begreifen konnte, sein Blick ging ziellos ins Leere.

„Was hast du?", fragte sie alarmiert, versuchte verzweifelt sein Bewusstsein einzufangen.

Er zitterte ein wenig unter der Decke, der verdunkelte Blick flackerte. „Lilly?", ächzte er angstvoll.

Sie nahm seine Hand und drückte sie. „Ich bin ja hier ... Was ist passiert?"

„Die Erloschenen", flüsterte er und warf den Kopf zurück. „Sie rufen mich in meinen Träumen ... Die Schatten greifen nach mir ... Lilly ..." Seine Hand klammerte sich so fest um die ihre, dass es schmerzte. Dennoch rührte Lilly sich nicht. „Ich habe solche Angst zu fallen ... wie all die anderen ..."

Lilly schauderte verängstigt. Sprach er im Fieber oder waren sie wirklich da – die Schatten, die Erloschenen? Wie sollte sie Traum und Wirklichkeit auseinander halten, wenn sie selbst in ein Feenmärchen gestolpert war?

Unsicher sah sie Morgan an, der jedoch schüttelte nur den Kopf.

„Die Schatten", flüsterte Alahrian gequält. „Ich werde hinabstürzen ... in die Dunkelheit ..."

Lilly biss sich auf die Lippen. „Nein", sagte sie dann, sehr ruhig und sehr eindringlich. „Nein, das wirst du nicht. Ich halte dich fest, hörst du? Du wirst nicht fallen. Du wirst nicht erlöschen."

Vorsichtig kletterte sie zu ihm ins Bett und schloss ihn in die Arme, sein Kopf sank schwer auf ihre Schulter. Der Blick war dunkel, doch er lächelte, bevor sich seine Augen schlossen. An ihrer Seite, wie ein Kind in ihre Arme gekuschelt, schlief er ein, und sie wachte über ihn, während am Horizont langsam die Sonne aufging.

***

„Was werden deine Eltern denken, wenn du so lange wegbleibst?", fragte Morgan nachdenklich.

Lilly zuckte mit den Schultern. „Ich werde ihn auf keinen Fall allein lassen, nicht noch einmal", entgegnete sie fest. Ihre Eltern würden sich keine Sorgen machen. Ihrem Vater hatte sie nichts von ihrer Rückkehr erzählt, er glaubte, sie sei noch immer bei ihrer Mutter. Ihrer Mutter hatte sie schon vom Bahnhof eine SMS geschrieben, dass sie gut angekommen war. Das war nicht einmal gelogen. Um *sie* musste sich niemand Sorgen machen.

Alahrian hatte während der letzten Stunden tief geschlafen. Das Thermometer behauptete, sein Fieber sei gesunken, tatsächlich schien es ihm besser zu gehen, aber er war nicht aufgewacht, schon lange nicht mehr.

„Bist du nicht auch müde?", erkundigte sich Morgan und zeigte eine ungewohnt fürsorgliche Seite. „Vielleicht solltest du dich ein wenig ausruhen."

Lilly schüttelte den Kopf. „Ich kann mich ausruhen, wenn es ihm besser geht."

Morgan seufzte leise. „Er wird mich umbringen, wenn dir auf diese Weise irgendetwas geschieht. Und *ihm* nutzt es gar nichts, wenn du dich selbst verausgabst."

Lilly sparte sich eine Antwort und ignorierte ihn einfach. Da spürte sie plötzlich seine Hand auf ihrer Schulter, *irgendetwas*, sie konnte nicht sagen, was es war, griff nach ihren Gedanken und hüllte sie in Dunkelheit, schnell, doch sonderbar sanft. Eine tiefe, nicht einmal unangenehme Schwäche breitete sich in ihrem Körper aus. Ihr war schwindelig wie nach einem Glas süßen Weins, und plötzlich wollte sie nichts weiter mehr als schlafen.

„Was machst du?", protestierte sie schwach und wollte Morgans Hand beiseiteschieben, stattdessen hielt er sie fester, hob sie gegen ihren Willen empor und legte sie auf das Kanapee.

„Schlaf", flüsterte er, und seine Stimme war seltsam zwingend, Dunkelheit verströmend. „Ich wecke dich auf, wenn Alahrian dich braucht."

Aber das hörte sie schon kaum mehr.

Geschwisterliebe

Als Alahrian blinzelnd erwachte, sah er zunächst Lilly ausgestreckt auf dem Sofa liegen, friedlich schlafend, und dieser Anblick war so süß, dass er ganz darin versank und zunächst gar nicht bemerkte, dass auch Morgan im Zimmer war.

Der *Döckalfar* stand am Fenster vor dem Bett, er hatte ihm den Rücken zugewandt und sprach leise vor sich hin. „Du bist wirklich unmöglich, *Liosch*", wisperte er, in den Garten hinaus. „Fieber ... krank sein ... auf solche Ideen kann wirklich nur ein dämlicher, kleiner *Liosalfar* kommen!" Abrupt drehte er sich um, Alahrian schloss instinktiv die Augen, presste die Lider fest zusammen und hörte deutlich, wie Morgan unruhig im Zimmer auf und ab lief.

„Lass dir bloß nicht einfallen, auch noch zu *sterben*!", bemerkte er ruppig. Seine Stimme wurde lauter, wütender. „*Das* würde dir ähnlich sehen, solch ein melodramatischer Abgang! Aber glaube ja nicht, ich würde auf deine Beerdigung gehen! Niemals würde ich dir verzeihen, wenn du jetzt einfach so wegstirbst, hörst du?"

Alahrian hörte sehr wohl, wagte aber nicht, sich zu rühren, und stellte sich weiter schlafend. Irgendwie wurde er das vage Gefühl nicht los, diese Worte wären gar nicht *wirklich* an ihn gerichtet!

Seufzend ließ Morgan sich am Bettrand nieder, Alahrian hielt den Atem an vor Schreck.

„Ich weiß, ich war ein miserabler großer Bruder", fuhr er fort, in verändertem Tonfall und mit seltsam stockender Stimme. „Ich hätte nicht so oft mit dir schimpfen sollen wegen dieses Grünzeugs, das du so liebst. Und ich hätte deine Schmetterlinge, deine Vögel und was du nicht alles für Viecher anschleppst, nicht verscheuchen dürfen." Er schniefte, nahezu lautlos. „Ich habe dich viel zu oft geärgert, und ich hätte dir diesen südafrikanischen Kandiszucker, den du so magst, nicht immer wegessen dürfen. Und ich habe deinen Picasso verkauft, um mir diesen blöden Sportwagen leisten zu können, und ich habe dich nicht ein einziges Mal damit fahren lassen! Es tut mir leid, dass ich deine Swarovski-Kristall-Sammlung zerbrochen habe." Er seufzte wieder, tief und voller Selbstanklage. „Es war keine Absicht, ehrlich, aber ich hätte dich natürlich nicht anlügen dürfen, und ich hätte dir bestimmt nicht erzählen sollen, sie sei von asiatischen Ninja-Kriegern gestohlen worden. Ich hätte ..."

Alahrian ertrug diese absurde Litanei von Reue-Bekundungen nicht länger, ohne zu lachen, und unterbrach Morgans Beichte abrupt, indem er laut und deutlich sagte: „Nein, das hättest du wirklich nicht tun sollen."

Morgan sprang vom Bett auf, als hätte ihn die sprichwörtliche Tarantel gestochen, und starrte ihn aus weit aufgerissenen Augen an. „Du stirbst ja gar nicht!", rief er empört. Es klang mehr wie ein Vorwurf als eine Äußerung von Erleichterung.

„Nein", bemerkte Alahrian kleinlaut. „Heute nicht, glaube ich."

Morgan rang sichtlich um seine Fassung. „Du ... du ... du ..." Er holte tief Luft. „Du hast das alles gehört?!"

Alahrian verzog das Gesicht. „Einen ... Teil?", schlug er behutsam vor.

Morgan erbleichte vor Empörung. „Du bist wirklich der unmöglichste Leuchtkäfer, den ich kenne!", schimpfte er entrüstet.

Alahrian betrachtete ihn misstrauisch. Morgan sah blasser aus, als er selbst sich fühlte, er wirkte übernächtigt, und die Augen waren gerötet.

„Morgan!", entfuhr es Alahrian überrascht. „Hast du ... *geweint*?"

„Nein!", blaffte der *Döckalfar* ihn an und wandte sich ruckartig ab. „Höchstens vor Enttäuschung!", fügte er schroff hinzu. „Ich dachte, ich bin dich Nervensäge endlich los! Nebenbei bemerkt", er drehte sich wieder zu Alahrian um, „wie fühlst du dich?"

„Besser", entgegnete Alahrian automatisch und lauschte erst dann in seinen Körper hinein. Er fühlte sich ein wenig matt und ausgelaugt, hinter seiner Stirn war ein Schwindelgefühl, als hätte er zu viel Zeit im Dunkeln verbracht, ansonsten ging es ihm gut. Aber seine Erinnerungen waren verschwommen. Da war Hitze gewesen und Flammen, und die Erloschenen hatten ihn gerufen. Alpträume hatten ihn ersticken wollen, und dann war er im Ozean getrieben, und Lilly war da gewesen, Lilly, Lilly … Zärtlich blickte er zum Sofa hin und fragte, sie noch immer betrachtend: „Was ist denn eigentlich passiert?"

„Ich hatte gehofft, das könntest du selbst beantworten", grummelte Morgan, noch immer leicht verstimmt. „Plötzlich warst du todkrank! Du hättest dich mal sehen sollen … so … so zerbrechlich … so *menschlich* …" Er schauderte. „Eine Zeitlang habe ich geglaubt, du stirbst tatsächlich!"

„Aber ich kann nicht …", begann Alahrian und schluckte den Rest des Satzes angesichts Morgans tief umwölkter Miene hinunter. „Du hast dir *Sorgen* gemacht?", fragte er unvermittelt und konnte einen Anfall tiefer Rührung nicht ganz unterdrücken. „Du … du magst mich also doch?" Er musste sich selbst zum Schweigen bringen, sonst wäre er in Tränen ausgebrochen.

Morgan verzog das Gesicht. „Ich *mag* dich durchaus nicht", entgegnete er präzise.

Alahrian strahlte ihn an. „Und ich dachte immer, du kannst mich nicht leiden!"

„Ich *kann* dich nicht leiden …" Es war ein Knurren mehr als ein Satz.

Alahrian blinzelte die Feuchtigkeit aus seinen Augen weg. „Bisher habe ich geglaubt, es sei dir egal, wenn ich nicht mehr da wäre", erklärte er mit belegter Stimme.

Und daraufhin geschah etwas Seltsames: Morgan, ausgerechnet Morgan, der Alahrians Emotionalität für ein deutliches Anzeichen von Geisteskrankheit hielt, verlor für einen winzigen Moment völlig die Nerven. „Du dämliches kleines Glühwürmchen!", brüllte er seinen Bruder an. „Seit so vielen Jahren sind wir Gefährten und du denkst im Ernst, es würde mir nichts ausmachen, wenn du *tot* wärst?!" Er schnaubte verächtlich. „Du bist wirklich das dümmste Exemplar von einem *Liosalfar*, das man sich vorstellen kann!"

Das war das deutlichste Geständnis von Zuneigung, zu dem er im Stande war. Alahrian wusste das sehr wohl und lächelte warm. „Danke, Morgan", flüsterte er sanft.

Der *Döckalfar* verzog das Gesicht und wandte sich ab. Lilly rettete ihn, indem sie blinzelnd die Augen aufschlug, sofort hellwach war, als ihr Blick Alahrians kreuzte, und sich hastig auf dem Sofa aufrichtete. „Alahrian!" Ihr verschlafenes Antlitz hellte sich auf. „Wie geht's dir?"

Er fühlte ein Lächeln über sein Gesicht gleiten. „Besser", erklärte er und wünschte, seine Fähigkeiten im Lügen wären ausgeprägter gewesen, denn auf diese Art und Weise konnte er nicht so heldenhaft sein, wie er gern mochte. „Matt, aber ..." Er kam nicht dazu, zu Ende zu sprechen, denn schon war Lilly aufgesprungen, hüpfte zu ihm aufs Bett und fiel ihm um den Hals.

„Besser ...", nuschelte er in ihr Haar hinein. „Schon viel besser ..."

„Ich bin so froh!" Lilly schmiegte ihre Wange gegen seine Schulter. „Was war das nur? Was hat dich bloß so krank gemacht?"

Alahrian tauschte an ihr vorbei einen fragenden Blick mit Morgan. Der *Döckalfar* aber schüttelte nur ratlos den Kopf und trat schließlich aus dem Zimmer, um die beiden allein zu lassen.

Alahrian spielte unruhig mit einer Falte seiner Bettdecke. Er konnte sich kaum erinnern, was während des letzten Tages passiert war, alles war in nebelhafter Dunkelheit versunken. Aber es musste schlimmer gewesen sein, als er selbst ahnte, er konnte es an Lillys und auch an Morgans Gesicht ablesen. *Krank* ... Er konnte nicht krank sein. Er war unsterblich!

Er war doch wohl noch unsterblich? Eine merkwürdige Beunruhigung erfasste ihn. Doch er hielt Lilly in seinen Armen, sie war zurückgekommen, sie war bei ihm. Was war die Ewigkeit gegen solch einen Augenblick? Unsterblich oder nicht – sie lächelte ihn an, und für den Moment war ihm alles andere egal.

Veränderungen

Lilly hatte Alahrian genötigt, nach Abklingen des Fiebers noch nicht gleich wieder zur Schule zu gehen, der Vormittag ohne ihn jedoch zog sich qualvoll in die Länge. Kaum hatte es zum Ende des Unterrichts geklingelt, sprang sie von ihrem Platz auf, verabschiedete sich noch nicht einmal von Anna-Maria, sondern hastete direkt von der Schule aus zur Villa. Sie war etwas außer Atem, als Morgan ihr die Tür öffnete.

„Wie geht es ihm?", fragte sie keuchend, anstelle einer Begrüßung.

Morgan grinste über ihr schlechtes Benehmen. „Es geht ihm gut", versicherte er ihr jedoch beruhigend. Sein Verzicht auf gehässige Bemerkungen sagte mehr über seine eigene Besorgnis aus als alles andere. Stattdessen antwortete er überraschend ausführlich: „Er ist noch ein bisschen schwach und hat den halben Vormittag über geschlafen, aber jetzt ist er wach und –", das Grinsen vertiefte sich, „er ist sauer auf mich."

„Sauer auf dich? Warum?"

„Das wird er dir gewiss gleich selbst erzählen." Mit einer einladenden Handbewegung ließ er sie in den Flur.

Lilly hängte ihre Jacke an die Garderobe, die Tasche behielt sie und stieg schnell die Treppe hinauf zu Alahrians Wohnbereich. Das Bett im Schlafzimmer war zerwühlt, aber leer. Unschlüssig spähte Lilly den von kostbaren Gemälden gesäumten Korridor entlang. Die gegenüberliegende Tür war nur angelehnt, und leise Stimmen drangen dahinter hervor. Der Fernseher, so wie es sich anhörte. Vorsichtig und ohne anzuklopfen, um ihn nicht zu wecken, sollte er doch wieder schlafen, stupste Lilly die Tür einen Spalt breit auf und lugte ins Zimmer hinein. Alahrian, das wusste sie, würde sich über diesen Mangel an Respekt vor seiner Privatsphäre kaum ärgern. Die *Alfar* waren, was ihren persönlichen Bereich anbelangte, längst nicht so empfindlich wie Menschen, das hatte sie bereits herausgefunden. Andernfalls hätte Alahrian das Zusammenleben mit *Morgan* wohl auch kaum ausgehalten.

Auf diese Art und Weise wurde ihr ein ganz bemerkenswerter und bisher unbekannter Aspekt seiner Persönlichkeit offenbar, und das nur durch einen kurzen Blick durch die Zimmertür. Alahrian lag ausgestreckt auf dem Sofa, vollständig angezogen und trotzdem in eine flauschige Decke gewickelt, den Kopf gegen die Sofakissen gelehnt. Er sah ein bisschen blass aus, seine Augen aber waren klar und frei von Fieber – und sie waren in ungeahnter Konzentration auf den Fernseher gerichtet. Dort lief gerade eine von diesen sonderbaren Nachmittagstalkshows, die Lilly immer für eines der dämlichsten Programme überhaupt gehalten hatte, die Alahrians Aufmerksamkeit jedoch vollkommen zu absorbieren schien.

Der Anblick ließ sie lachen, er hörte es und richtete sich sofort gespannt auf, den Fernseher komplett vergessend. „Lillian!" Ein Strahlen glitt über sein Gesicht. Bevor er aufstehen konnte, war Lilly schon in seine Arme geschlüpft.

„Geht's dir besser?", fragte sie leise, während er ihr auf dem Sofa Platz machte, damit sie sich neben ihn setzen konnte.

„Es geht mir gut." Seine Augen leuchteten. Mit einem wohligen Seufzen bettete er den Kopf in ihren Schoss. Beiläufig strich sie ihm durchs Haar, während ihr Blick unwillkürlich zum Fernseher wanderte.

„Was schaust du dir da bloß an?", erkundigte sie sich kopfschüttelnd.

„Oh!" Schon war die gespannte Aufmerksamkeit wieder da. „Ich studiere menschliche Verhaltensweisen."

„Wie bitte?"

„Aber ja!" Ein sonderbarer Eifer flammte in seinem Gesicht auf. „Weißt du, früher musste ich Bücher und Kunstwerke bemühen, um etwas über euch zu erfahren, heute hingegen …" Er lächelte versonnen. „Diese Reality-Shows sind wirklich sehr aufschlussreich! Man kann dabei eine Menge über euch lernen."

„Hmm." Lilly widerstand mit Mühe der Versuchung, abschätzend das Gesicht zu verziehen. Kein Wunder, dass Alahrian manchmal so erstaunlich wenig Verständnis für die menschliche Natur aufbrachte. Er hatte sein Wissen aus dem *Fernsehen*. Irgendjemand hätte ihm sagen müssen, dass man nicht alles glauben durfte, was dort lief!

Tatsächlich griff er prompt nach der Fernbedienung und schaltete den Apparat ab. „Aber jetzt ist ja mein liebstes Studienobjekt wieder da", erklärte er grinsend und blickte keck zu ihr auf. Für jemanden, der gerade noch mit einem Fuß im Grab gestanden war, schien er erstaunlich guter Laune.

„Warum bist du sauer auf Morgan?", erkundigte sich Lilly bei der Gelegenheit.

Alahrian machte ein finsteres Gesicht. „Er wollte mich zwingen, im Bett zu bleiben", erzählte er im Tonfall eines trotzigen Kindes. „Aber ich habe mich davongeschlichen!" Er lachte in gespieltem Stolz.

Lilly schüttelte den Kopf. „Er hat Recht, weißt du?", bemerkte sie nachsichtig. „Du solltest dich wirklich ein bisschen ausruhen."

„Ich ruhe mich aus." Anschmiegsam wie ein Kätzchen rollte er sich in ihren Armen zusammen.

„Oh, ich habe dir was mitgebracht!", fiel Lilly plötzlich ein. Umständlich fischte sie nach ihrer Tasche und streckte sich bis in die Fingerspitzen, um Alahrian nicht von seinem Platz zu vertreiben. Endlich hielt sie ihm eine bunte Papprolle hin. „Sieh hinein!"

Alahrian tat es. „Oh!" Er strahlte sie an. „Ein Kaleidoskop!" Gebannt drehte er das Ding hin und her, und als er Lilly wieder anblickte, schienen seine Augen einen Moment lang in allen Farben des Regenbogens zu schimmern, fast so, als wären sie selbst winzige, mit Glassplittern gefüllte Kaleidoskope. „Es ist wunderschön. Danke!"

„Ich hab es selbst gebastelt", gestand Lilly, ein wenig verlegen. „Als Kind hatte ich eine ganze Sammlung davon."

„Wirklich?"

„Ich dachte, es würde dir vielleicht guttun ..." Unbestimmt strich sie ihm durchs Haar.

„Woher wusstest du das?" Er richtete sich ein wenig auf.

„Nun ja. Ein Spiel aus Licht und Farbe ... Es war nicht so schwer zu erraten." Alahrian lachte leise und schaute wieder durch das bunte Papprohr. „Was hab ich in der Schule verpasst?", erkundigte er sich beiläufig.

„Ach, nicht viel. Wir haben in Latein über Diogenes geredet. Aber davon weißt du sicher schon alles."

„Diogenes?" Alahrian ließ das Kaleidoskop sinken und wirkte plötzlich nachdenklich. „Diogenes könnte ein *Liosalfar* gewesen sein, glaube ich manchmal."

„Wie bitte?" Lilly starrte ihn an. „Sag bloß, du hast ihn gekannt!"

„Nein, aber ..." Alahrian schüttelte den Kopf. „*Geh mir aus der Sonne*", zitierte er abwesend. „Das soll er gesagt haben, als Alexander der Große ihm einen Wunsch anbot. So ein Spruch kann nur von meinesgleichen kommen, was meinst du?" Blinzelnd verzog er das Gesicht.

Lilly antwortete nicht, unsicher, ob er es ernst meinte oder sich nur über sie lustig machte. „Wenn er einer von euch war", bemerkte sie nach einer Weile, „dann könnte es sein, dass er noch lebt?"

„Wenn er nicht erloschen ist, sicher." Alahrian zuckte gleichmütig mit den Schultern, als sei das nichts Besonderes.

Lilly streichelte sein goldenes Haar und versuchte, nicht daran zu denken, wie er fiebernd und ohne Bewusstsein in ihren Armen gelegen hatte, dem Tod so viel näher als dem Leben.

„Wie könnt ihr euch eigentlich so sicher sein, dass ihr nicht sterben könnt?", fragte sie leise.

Alahrian grinste. „Jahrhunderte währende Erfahrung", feixte er.

„Nein, bitte, sei ernst!"

„Aber ich meine es ernst!" Er setzte sich auf und sah ihr direkt in die Augen. „Morgan hat einen Pfeil ins Herz bekommen, ganz zu schweigen von all seinen anderen Kriegsverletzungen – und er hat all das überlebt. Ich selbst bin schon von einem Dach gefallen, von Eisen durchbohrt, von Klauen zerfetzt worden, von ..."

„Ja, schon gut!" Hastig winkte Lilly ab. Sie wollte lieber nicht so genau wissen, welche Grässlichkeiten ihm im Laufe seines Lebens schon widerfahren waren.

„Und ich lebe immer noch", schloss er schlicht.

„Aber ... aber wie kann das sein?" Lilly lehnte sich benommen zurück. „Du wärst fast verglüht vor Fieber! Ich ... ich dachte wirklich, du ... und selbst Morgan ..." Sie war nicht in der Lage, es auszusprechen.

Obwohl er selbst die Sache verhältnismäßig gelassen zu sehen schien, blickte Alahrian sie durchdringend an. „Was passiert mit einem *Menschen*, wenn er stirbt?", fragte er ernst.

„Ich ... ich weiß nicht. Das Herz hört auf zu schlagen, das Gehirn wird nicht mehr durchblutet und ..."

„Ich meine nicht körperlich", unterbrach Alahrian sie sanft. „All diese körperlichen Dinge überleben wir. Was geschieht mit dem Menschen? Mit dem Menschen an sich?"

„Du meinst mit seiner Seele?"

„Wenn du es so nennen willst."

Lilly starrte an ihm vorbei ins Leere. „Wenn der Körper zerstört wird, alt oder krank, dann löst sich die Seele von ihm und geht ... an einen anderen Ort." Ihre Stimme klang leise und unsicher. Das hier war die reinste Essenz verschiedenster Religionen, die ihr spontan einfiel. Doch sie verstand noch immer nicht genau, worauf Alahrian eigentlich hinauswollte.

„Die Seele geht nach Hause", ergänzte Alahrian ruhig. „Sie kehrt an ihren Ursprung zurück. Das ist es, was viele Philosophen glauben – und auch wir *Alfar* glauben daran. Solange wir aber in dieser Welt gefangen sind, einer Welt, in die wir nicht gehören, findet unsere Seele den Weg nicht zurück. Und da wir nicht als geisterhafter Schatten durch diese fremde Welt gleiten können, hält sie an unserem Körper fest, egal wie zerstört dieser auch sein mag. Die meisten Wunden heilen auf diese Art und Weise. Andere jedoch nicht." Er schauderte heftig. „Wenn der Körper zu schlimm verletzt ist, dann bleibt die Seele darin gefangen wie in einem eingestürzten Haus, unter Trümmern begraben. *Das* ist der wahre Fluch unserer Unsterblichkeit."

Lilly fühlte ein eiskaltes Zittern über ihren Rücken gleiten. „Dann hätte das geschehen können?", fragte sie bestürzt. „Während du krank warst?"

„Ich weiß es nicht." Alahrian wich ihrem Blick aus. „Normalerweise werden wir nicht krank."

„Aber ihr könnt sterben? In eurer eigenen Welt?"

„Ja."

Lilly konnte nicht anders, sie war erschrocken.

Alahrian lächelte besänftigend. „Aber nur unter extremer Gewalteinwirkung", erklärte er nüchtern. „Wir werden nicht alt. Oder krank."

Während er es ein zweites Mal betonte, wirkte es selbst aus seinem eigenen Mund brüchig. Die *Alfar* wurden nicht krank. Er aber hatte zwei Tage lang ohne Bewusstsein im Bett gelegen, von Fieber geschüttelt, bleich wie der Tod.

Was also war mit ihm geschehen?

***

Lilly ließ Alahrian auch am nächsten Morgen nicht in die Schule. Sehr zu Morgans Leidwesen, der es gewohnt war, wenigstens die Hälfte des Tages seine Ruhe zu haben. Allerdings: Über einen Mangel an Ruhe konnte er sich ausnahmsweise nicht beschweren!

Alahrian war merkwürdig still, sein Blick abwesend. Wenn man ihn ansprach, dann bekam man nur einsilbige Antworten, und seit über einer Stunde saß er nun schon in der Küche auf der selten benutzen Arbeitsplatte, die Ellbogen auf die Knie gestützt, das Kinn in den verschränkten Händen ruhend. Und trotz dieser offenkundig nicht über die Maßen bequemen Haltung hatte er sich noch kein einziges Mal gerührt.

„Alles in Ordnung?", erkundigte sich Morgan endlich und beäugte seinen Bruder misstrauisch. „Du hast doch nicht etwa schon wieder Fieber?"

Alahrian schüttelte den Kopf. In seinem Haar saßen zwei Schmetterlinge, die durch das gekippte Fenster hereingeflattert waren, und sämtliche Topfpflanzen im weitesten Umkreis blühten nur so um die Wette. Allzu schlimm konnte es also nicht sein.

Morgan wollte sich eben schon abwenden, als Alahrian fragte: „Morgan?"

„Ja?" Ein bisschen ungeduldig blickte er seinen Bruder an.

„Bist *du* jemals krank gewesen?"

„Nein, das weißt du doch. Und bestimmt auch sonst niemand von uns." Er beobachtete Alahrians besorgte Miene und fügte, ein wenig scherzhaft hinzu: „So einen Blödsinn bekommst nur du hin!"

Alahrian ignorierte die Bemerkung. Sein Blick ging ins Leere, nachdenklich und abwesend. „Ich fühle mich so seltsam deshalb", murmelte er, mehr zu sich selbst als zu Morgan. „Was geschieht nur mit mir? Seit wann bin ich so ... *menschlich*?" Er hob die Hände vors Gesicht und betrachtete sie, als erwarte er, irgendeine Veränderung zu sehen.

Morgan schauderte, aber da war nichts. Alahrians Haut war glatt und makellos weiß, darunter lag ein matt schimmerndes Glühen, wie immer. *Menschlich* ... Konnte es das sein? Fieber, Krankheit ... Das war etwas explizit Sterbliches. Wieder schauderte Morgan. Er selbst hatte eine Nacht lang gefürchtet, sein Bruder würde sterben. Aber das war natürlich unmöglich. Er *konnte* einfach nicht sterben.

Alahrians Gedanken aber schienen in dieselbe Richtung zu gehen, denn er fragte plötzlich: „Denkst du, ich werde wie sie? Denkst du, einen Menschen zu lieben macht mich irgendwann auch zu einem ... Menschen?"

Beim zweiten Mal kam das Wort nur noch zögerlich über seine Lippen. Morgan starrte ihn an, schockierter als er zugeben würde. „Nein", sagte er jedoch überzeugt. „Auch ich habe einen Menschen geliebt, vergiss das nicht. Und ich bin, was ich bin. Noch immer." Ein Hauch von Wehmut drückte auf sein Herz, aber er gestattete der Erinnerung nicht, aus seinem Inneren empor zu drängen. Oder der Frage, was geschehen wäre, wenn ... Wenn er so hätte sein können wie *sie*.

Alahrian schaute zu ihm auf, sein Blick war umwölkt und dunkel. „Du bist nicht von meiner Art", flüsterte er. „Es ist etwas anderes."

„Trotzdem", widersprach Morgan energisch. „Du bist, was du bist. Nichts und niemand kann daran etwas ändern." Er beobachtete, wie Alahrian in sich zusammensank, und plötzlich fühlte er eine merkwürdige Weichheit in seinem Inneren. „*Liosch*, ich weiß, du wünschst dir nichts mehr, als *menschlich* zu sein. Aber es ist unmöglich! Und das weißt du auch."

„Oh nein!" Alahrians Augen wurden groß, sein Gesicht verlor schlagartig jeden Hauch von Farbe. „Das ist es!" Mit einem Satz sprang er von der Arbeitsplatte. Er war so durcheinander, dass Morgan unwillkürlich die Hände ausstreckte, um ihn aufzufangen, sollte er straucheln.

„Was?", fragte er ungeduldig. „Wovon redest du?"

„Ich habe es mir gewünscht!", rief Alahrian, ganz außer sich. „Ich habe mir gewünscht, ein Mensch zu sein, und ... und jetzt ... Morgan, vielleicht hat der Graue es mir gewährt! Als ich Lilly geküsst habe, da habe ich ihn gesehen, und vielleicht ... vielleicht ..." Atemlos hielt er inne. „Aber ich hätte nicht geglaubt, dass es sich *so* anfühlen würde!" Seine Miene versteifte sich.

Morgan schüttelte ungläubig den Kopf. „Tja, man sollte eben vorsichtig sein mit dem, was man sich wünscht", entgegnete er trocken, darum bemüht, halbwegs klar bei Verstand zu bleiben, während Alahrian offensichtlich gerade kurz davor stand, völlig durchzudrehen.

Der Bruder seufzte leise. „Bin ich jetzt nicht mehr unsterblich, Morgan?", fragte er tonlos. „Kann ich ... kann ich tatsächlich sterben?" Es war die besorgte Frage eines ängstlichen Kindes, und diese Furcht hätte Morgan vielleicht überraschen sollen. Aber er kannte Alahrian. Sein Bruder hatte die Unsterblichkeit immer als Fluch angesehen, als eine Art Strafe. Doch es war eine Sache, sich den Tod als theoretische Möglichkeit zu wünschen – und eine ganz andere, ihm plötzlich bedrohlich nahe zu begegnen.

Morgan schüttelte erneut den Kopf. „Du bist kein Mensch!", rief er, im Brustton der sicheren Überzeugung. „Sieh dich doch nur mal an!" Fast grob griff er nach Alahrians Hand und hielt sie ihm vor die Augen, damit er das schimmernde Leuchten unter seinen Fingerspitzen selbst sehen konnte. „Zugegeben, ich habe keine Ahnung, was mit dir los ist, aber du bist so wenig menschlich wie ich es bin! Weniger, um genau zu sein!" Die Worte prasselten hart auf Alahrian herab, beinahe zornig, doch die emotionale Überreaktion, auf die Morgan gewartet hatte, blieb aus.

„Aber kann ich sterben?", fragte der Bruder mit sanft zitternder Stimme. „Nun, da ich offensichtlich krank sein kann und Fieber haben kann – bin ich jetzt sterblich?"

Morgan starrte ihn an, schweigend, bestimmt eine halbe Minute lang.

„Es gibt nur eine einzige sichere Methode, das herauszufinden", erklärte er endlich grimmig. Plötzlich stahl sich ein Grinsen auf sein Gesicht. Blitzschnell zog er eines der Messer hervor, die er verborgen im Stiefel bei sich trug, warf die Klinge in die Luft und fing sie geschickt wieder auf. Sie glänzte im Licht der einfallenden Sonne, als er sie hin und her drehte.

Alahrians Augen weiteten sich. „Das ... das wagst du nicht!", keuchte er ungläubig und wich unwillkürlich vor ihm zurück.

„Wollen wir wetten?" Morgan lachte maliziös.

***

Alahrian stöhnte. Im ersten Moment hatte er tatsächlich geglaubt, Morgan werde ihm das Messer mitten ins Herz stoßen, aber der *Döckalfar* hatte einen anderen Plan. Einen Plan, der damit endete, dass Alahrian den Arm über die Spüle hängen ließ, während das Blut aus seinen Pulsadern floss, um schwach glitzernd im Abguss zu versickern.

Alahrian verzog angeekelt das Gesicht. „Das ist widerlich", bemerkte er matt. „Wirklich widerlich."

Morgan musterte ihn kritisch. „Dir wird doch nicht etwa schlecht, wenn du Blut siehst, oder?" Er runzelte missbilligend die Stirn.

Alahrian schluckte hart. „Nein." Trotzdem hielt er den Blick abgewandt. Ihm war ein wenig schwindelig.

„Du siehst blass aus."

„Was denkst du denn?", schnauzte Alahrian ihn an. „Ich verblute gerade, du Idiot!" Dennoch: Er fühlte Morgans übernatürliche Sinne deutlich auf seinem Lebensfaden ruhen wie einen warmen, goldenen Schutzschild. So verrückt der *Döckalfar* auch sein mochte, er wusste, was er tat. Er beobachtete genau, was der Blutverlust mit Alahrians Körper anrichtete.

„Wenn mich das hier an den Rande des Zusammenbruchs bringt, dann wirst du mich doch wiederbeleben, oder?", erkundigte er sich misstrauisch.

„Sicher." Morgans Augen blitzten amüsiert. „Ich habe eine ausgezeichnete Sanitäter-Ausbildung hinter mir, schon vergessen?"

Alahrian ächzte. „Das war noch vor dem Zweiten Weltkrieg!"

„Vor wenig mehr als ein paar Jährchen also." Der *Döckalfar* grinste ungeniert. Er schien ganz außerordentlichen Gefallen an diesem kleinen Spielchen zu finden. Plötzlich jedoch wurde er unerwartet ernst. „Deine Energie nimmt nicht im Geringsten ab", stellte er fest. „Du verlierst eine Menge Blut, doch dein Lebensfaden ist stark wie nie."

Es war also alles wie immer. Egal, was seinem Körper auch geschah, seine Lebensenergie versiegte nicht. Er konnte schwächer werden und verletzt sein und sogar krank, wie es aussah. Aber er konnte nicht sterben. Seine Seele würde seinen Körper nicht verlassen. Er war in dieser Welt gefangen.

„Schön. Dann können wir das Experiment ja jetzt beenden." Alahrian zog den Arm an den Körper, schnappte sich ein Küchentuch und wickelte es um sein Handgelenk. Wenigstens war Morgan rücksichtsvoll genug gewesen, ein Messer aus Silber zu benutzen. Die Schnittwunde würde schnell verheilen.

„Ja, du hast Recht, das bringt nichts." Morgan zuckte mit den Schultern.

Und dann berührte er blitzschnell seine Stirn und sog lautlos so viel von Alahrians Kraft auf, wie er fassen konnte. Alahrian hatte nicht einmal mehr die Zeit, sich zu beschweren, ehe er besinnungslos zusammenbrach.

***

Alahrian erwachte auf dem Sofa liegend mit einem schwindeligen Gefühl im Kopf und einer nicht einmal unangenehmen Mattigkeit in den Gliedern. Morgan saß neben ihm, die Augen glühend vor Energie. Ein *Döckalfar* konnte töten auf diese Art und Weise, schnell, lautlos und absolut schmerzfrei. Er raubte seinem Opfer einfach die Lebenskraft, ohne es dabei zu quälen. Die meisten merkten es nicht einmal.

Morgan nahm nie genug, um jemandem Schaden zuzufügen, außer wenn er kämpfte. Und in letzter Zeit kämpfte er nur gegen Dämonen.

Benommen, als erwache er aus tiefem Schlaf, richtete Alahrian sich auf. „Was ist passiert? Was hast du gemacht?"

Ärgerlich starrte er seinen Bruder an.

Morgan zuckte mit den Schultern. „Ich habe dir deine Antwort verschafft. Du bist immer noch unsterblich. Ein *Mensch* wäre nach *der* Aktion längst drauf gegangen."

„Na, vielen Dank auch ..." Alahrian war ein wenig verstimmt, wenngleich ihn die Worte des anderen eigentlich hätten beruhigen sollen.

„Ein Mensch würde sich auch nicht so schnell erholen."

„Kann sein." Alahrian strich sich das Haar aus der Stirn. Ein paar knisternde Funken flogen von seinen Händen auf und fielen verglühend zu Boden. Es war immer noch Licht in ihm. Sogar in diesem Zustand.

Morgan beobachtete ihn, seine Augen waren durchdringend.

„Warum starrst du mich so an?"

„Ich glaube, du bist sogar noch stärker geworden." Morgan war ganz ernst, sein üblicher, lässig-arroganter Spott war verflogen. „Du hast unglaublich viel Macht in dir. Mehr, als du dir vielleicht selbst vorstellen kannst."

Alahrian schauderte. Irrte er sich oder hatte er fast so etwas wie Furcht in der Stimme seines Bruders vernommen? Aber das war natürlich lächerlich!

„Ja, deshalb habe ich mich vor zwei Tagen auch zitternd und fiebrig in einer Badewanne wiedergefunden", bemerkte er ärgerlich. Alahrian schnaubte verächtlich. Er kam sich nicht sehr stark vor. Eigentlich fühlte er sich sogar beschämend schwach. Irgendetwas geschah mit ihm. Etwas, das er nicht begreifen konnte. Und Morgan mit seinen verrückten Versuchen konnte daran auch nichts ändern!

Sie schraken beide auf, als es an der Tür klingelte.

„Lillian!" Sofort vergaß Alahrian alles andere. „Lässt du sie rein, bitte?"

Zwei Sekunden später stürmte sie ihm entgegen und landete wie ein Vogel in seinen Armen. Und vier Sekunden später löste sie sich von ihm und blickte ihn besorgt an. „Was ist passiert?", fragte sie alarmiert. „Wieso trägst du einen Verband?"

Alahrian konnte ein Grinsen nicht ganz unterdrücken. „Morgan hat versucht, mich umzubringen", erklärte er trocken.

Der *Döckalfar* floh entsetzt in die Küche, als Lilly sich auf ihn stürzte.

***

Das Fieber hatte Alahrian verändert. Zunächst bemerkte Lilly es kaum, doch als sie erst einmal begann, es zu beobachten, fielen ihr immer mehr Kleinigkeiten an ihm auf, die ihr eindeutig neu schienen. Da war zum Beispiel die Art und Weise, wie er sich bewegte. Er hatte nichts von seiner Eleganz, seiner katzenhaften Geschmeidigkeit verloren, doch er hatte jetzt eine seltsame Behutsamkeit an sich, fast als bestünde sein ganzer Körper aus Glas, und er müsse befürchten, jeden Augenblick einfach auseinander zu brechen. Wenn er früher die Wälder durchquert hatte, dann war er von Wipfel zu Wipfel gesprungen, fast als schwebe er über den Bäumen. Nun nahm er meist den irdischen Weg, jenen Pfad, den auch Lilly benutzen würde.

Sie brauchte eine Weile, um zu begreifen, woran das lag. Er war *vorsichtiger* geworden. Bisher hatte er Angst vor Schmerzen gehabt und er war ihnen ausgewichen, wenn es ging, doch er hatte sie auch in Kauf genommen, wusste er doch, all seine Wunden würden heilen, irgendwann. Das Fieber hatte ihn zerbrechlich gemacht, verletzlich. Diese Veränderung war nicht greifbar, er verfügte über dieselben, rätselhaften Kräfte wie zuvor, doch er setzte sie nun seltener ein.

Er *fühlte* sich verletzlich, und das genügte offenbar.

Aber es war nicht das einzig Ungewöhnliche an seinem Verhalten. Er hatte auch begonnen, ein merkwürdiges Interesse an menschlicher Nahrung zu entwickeln. Wenn Lilly jetzt im Erdgeschoss der Villa etwas für sich zu essen kochte, dann schaute er stets aufmerksam zu. Manchmal, wenn er glaubte, sie merke es nicht, dann öffnete er den Kühlschrank und blickte hinein, offenbar einzig zu dem Zweck, sich die Lebensmittel darin anzusehen. Einmal ertappte Lilly ihn sogar dabei, wie er einen Schokoriegel auseinander nahm, um ihn genüsslich auf seine Bestandteile zu untersuchen.

Und während sie ein anderes Mal am Herd stand und einen Topf Milchreis für sich zubereitete, kam er plötzlich immer näher geschlichen und starrte neugierig auf den Inhalt ihrer Schüssel. Lilly rührte gedankenverloren darin herum und fragte dann: „Wenn du etwas

Sterbliches essen könntest, was glaubst du, würdest du dann mögen?"

„Hmm." Er zog die Stirn in Falten, als wäre das eine äußerst schwerwiegende Frage, über die er erst nachdenken müsste. „Keine Ahnung ... Ich habe noch nie etwas von eurem Essen probiert." Sein Blick wanderte zum Milchreis und wieder zurück. „Kein Fleisch, denke ich."

Lilly lächelte. Das war schon mal positiv. Er wäre Vegetarier – wie sie.

„Früchte bestimmt ..." Seine Stimme war abwesend, die dahingeworfene Frage schien ihn ernsthaft zu beschäftigen. „Und alles, was süß ist!" Er starrte weiter den Topf an, seine Augen waren glasig. „Was ist das?", erkundigte er sich endlich.

Sie hielt ihm den Topf hin, er schnupperte daran wie ein Tier, das versucht, Witterung aufzunehmen. „Riecht lecker." Er seufzte leise.

Lilly musterte ihn durchdringend. Hätte sie es nicht besser gewusst, sie hätte schwören können, er sei schlicht und ergreifend *hungrig*. Aber das war natürlich kaum möglich.

Black Lady

„Alahrian, kann ich dich kurz sprechen?" Feige wie sie war, hatte Lilly den Moment den ganzen Tag über hinausgezögert, sechs Schulstunden lang hatte sie sich überlegt, wie sie es ihm am besten beibringen sollte. Nun war der Unterricht vorbei und sie war noch immer zu keinem befriedigenden Ergebnis gekommen.

„Aber natürlich!" Ein Lächeln tanzte in seinen Augen, während er unbekümmert über den Schulhof schlenderte. „Wir reden doch die ganze Zeit!"

Lilly seufzte lautlos. Dass er die Bedeutung von einleitenden Floskeln nicht durchschaute, machte es nicht gerade einfacher! „Ich habe gestern Abend mit meiner Mutter telefoniert", erklärte sie endlich.

„Oh, gut!" Kein Hauch von Argwohn lag in seiner Stimme.

„Sie gibt am Wochenende ein Konzert, in München", fuhr Lilly fort, voll des schlechten Gewissens.

„Schön." Er begriff nicht im Geringsten, worauf sie hinauswollte.

Lilly biss sich auf die Lippe. „Ich würde die Gelegenheit gern nutzen, sie nochmal zu besuchen", sagte sie zögernd. So, jetzt war es endlich heraus!

Alahrian blieb stehen und sah sie aus großen, türkisblauen Augen an. „Du sagst das, als wäre es ein Verbrechen", bemerkte er stirnrunzelnd.

„Nun ja ..." Wie sollte sie es erklären? „Ich wäre ein ganzes Wochenende lang weg ..."

Er lächelte sanft, dann wurde er unwillkürlich ernst. „Lilly, du bist keine Gefangene", entgegnete er ruhig. „Wenn du deine Mutter besuchen möchtest, wer sollte etwas dagegen haben?"

„Nun ..." Unglücklich blickte Lilly zu ihm auf.

„Oh!" Alahrian wurde blass. „Du ... du denkst, *ich* hätte etwas dagegen!" Bestürzt starrte er sie an. „Aber ... aber wie kommst du denn nur darauf? Ich ... ich würde doch nie ..." Seine Worte erstarben.

Lilly biss sich auf die Lippen. Das hatte sie ja prima hingekriegt! Jetzt war er verletzt, und das war so ziemlich das Letzte, was sie hatte erreichen wollen. „Alahrian, als wir das letzte Mal länger als ein paar Stunden getrennt waren, da hast du achtundvierzig Grad Fieber bekommen und wärest fast gestorben!"

Nun verhärtete sich seine Miene. „Ich wäre *nicht* fast gestorben", entgegnete er in einer Mischung aus Sturheit und Trotz. „Ich *kann* nicht sterben!" Einen Moment lang starrte er blicklos geradeaus, dann sagte er: „Morgan hat dir das eingeredet, nicht wahr? Dass es deine Schuld war. Dass ich das Fieber bekommen habe, weil du mich allein gelassen hast." Er sprach mit einem Unterton von Kälte, sein Blick war jetzt nicht mehr türkis, sondern eisfarben.

Lilly antwortete nicht.

„Das werde ich ihm nie verzeihen!", explodierte Alahrian. Ein paar unbeherrschte Funken stoben zwischen seinen Fingerspitzen hervor. Gottlob waren sie inzwischen am Waldrand angelangt und niemand bemerkte es.

Alahrian riss sich zusammen, schaute Lilly direkt in die Augen und meinte dann, ruhiger als zuvor: „Lilly, ich bin kein Kleinkind. Was immer dieses Fieber ausgelöst hat, es ist *nicht* deine Schuld. Du sollst tun können, was immer du möchtest. Du sollst dich nicht eingeschränkt fühlen."

„Ich will nicht, dass du leidest."

Er antwortete nicht. Mit abweisender Miene trottete er neben ihr her, die Augen verschlossen und ausdruckslos. Er war beleidigt, in seinem Stolz gekränkt. Lilly fühlte, wie es sich wie eine Wand aus Schnee und Eis zwischen ihnen aufbaute. Es tat weh.

„Aber *ich* will auch nicht leiden", sagte sie schnell.

Alahrian hielt im Schritt inne, sein Blick taute unvermittelt auf.

„Die letzten Tage ohne dich waren schrecklich", fuhr Lilly fort, bevor er Gelegenheit bekam, sie zu unterbrechen. „Weißt du, ich möchte meine Mutter gerne sehen, aber ich möchte auch nicht ein ganzes Wochenende ohne dich sein. Und deshalb ...", sie hielt inne, während auf seinem Gesicht ein fragender Ausdruck aufkeimte, „deshalb wollte ich dich eigentlich bitten mitzukommen."

„Was?" Er wurde bleich vor Überraschung.

Lilly unterdrückte ein Grinsen. „Ich wollte dich fragen, ob du das Wochenende mit mir in München verbringen möchtest."

Sein Antlitz hellte sich auf. „Und deine Mutter?"

„Würde sich sicher freuen, dich kennenzulernen." Lilly strahlte ihn an.

„Oh!" Er wirkte ein bisschen beschämt. „Und ich dachte schon ..."

„Du dachtest, ich bliebe bei dir aus Pflichtgefühl?" Heftig schüttelte Lilly den Kopf. „Das darfst du niemals denken, hörst du?" Sie nahm seine Hand und drückte sie fest.

Er seufzte vernehmlich. „Verzeih, ich wollte nicht an dir zweifeln. Aber ihr Sterblichen, ihr seid so ... so flüchtig. Eure Liebe ist ..."

Blitzschnell wandte Lilly sich um und legte ihm zwei Finger über die Lippen. Sie wusste, was er ihr sagen wollte. Menschen verliebten sich oft, viele Male in ihrem Leben, ihre Liebe war so vergänglich wie sie selbst. Die Liebe eines *Alfar* brannte, einmal entzündet, sein ganzes, unsterbliches Leben lang.

„Meine Liebe ist ewig", flüsterte sie in sein dichtes, goldenes, von Sonnenlicht getränktes Haar. „Ich werde nie einen anderen wollen als dich. Niemals."

Er zog sie an sich und hielt sie fest, bis über ihnen ein Regenbogen durch die verwaschene Wolkendecke brach. Alahrian lächelte. Seine Augen schimmerten heller als der Himmel an einem Frühjahrsmorgen.

„Wie kommen wir nach München?", erkundigte er sich beiläufig.

„Hmm ... Mit dem Zug?" Sie schlug es vor, bevor sie darüber nachdenken konnte.

Alahrian wurde schon wieder um mehrere Grade blasser.

Mist!, dachte Lilly. Wie konnte sie nur so dumm sein? Züge bestanden aus mehreren Tonnen Stahl.

Alahrian schluckte hart. „Mit dem Zug ist gut", erklärte er, gezwungen leichtfertig. „Das wird bestimmt ... lustig."

Lilly nahm wieder seine Hand. Es war schrecklich, wenn er versuchte, tapfer zu sein. „Wir müssen das nicht machen", meinte sie behutsam.

„Natürlich. Ich halte das schon aus!" Trotzig straffte er die Schultern.

Lilly seufzte. „Wie bewegt ihr euch denn üblicherweise fort?", erkundigte sie sich nach einigen Sekunden zögerlichen Schweigens, aus reiner Neugierde heraus.

Alahrian schnaubte. „Früher gab es Pferdekutschen und Segelschiffe aus Holz", erklärte er wehmütig. „Na ja, oder wir gehen eben einfach zu Fuß!"

„Zu Fuß?" Lilly ächzte. „Von hier nach München?"

„Man hat viel Zeit, wenn man unsterblich ist", entgegnete Alahrian, nun fast ein wenig stolz. „Davon abgesehen: Ich bin ziemlich schnell, weißt du?" Jetzt grinste er.

„Ja, aber *ich* nicht ..." Zumindest an seinen Maßstäben gemessen, war sie sogar ziemlich langsam.

Alahrian lächelte nachsichtig. „Tja, dann müssen wir uns eben etwas einfallen ..." Mitten im Satz hielt er inne. Ein Leuchten glitt über seine Miene. „Ich hab eine Idee! Komm mit!" Und damit packte er ihre Hand, raste los und stellte augenblicklich unter Beweis, *wie* schnell er war, indem er sie einfach hinter sich her zerrte.

Lilly war völlig außer Atem und japste nach Luft, als sie vor der Villa ankamen. Alahrian hingegen schien noch nicht einmal aufgewärmt. Okay, sie glaubte ihm. Für ihn war es kein Problem, von hier nach München zu laufen. Vielleicht würde er sogar schneller sein als der Zug!

Ächzend wischte sie sich den Schweiß von der Stirn und folgte ihm torkelnd ins Innere des Hauses.

„Morgan!", brüllte er, kaum dass sie über die Schwelle getreten waren. „Bist du da?" Keine Antwort folgte.

Alahrian runzelte ungeduldig die Stirn. „Er *ist* da, ich fühle es. Komm mit!" Lilly immer noch an der Hand haltend sprang er die Kellertreppe hinunter, die von der Halle aus ins Untergeschoss des Hauses führte. Morgans Reich. Lilly schauderte ein bisschen. Sie war noch nie dort unten gewesen und es war ihr auch jetzt nicht ganz geheuer. Solange sie den *Döckalfar* nun schon kannte, so vertraut er ihr mittlerweile war, fast wie ein guter Freund, so war er ihr doch noch um eine Winzigkeit unheimlich. Aber sie hatten Glück. Sie mussten nicht bis nach unten gehen, Morgan kam ihnen bereits auf der Treppe entgegen, mit nichts als pechschwarzen Lederhosen bekleidet, ein Handtuch in der einen, ein schwarzes Hemd in der andern Hand. Letzteres streifte er im Gehen über, mit ersterem trocknete er das tropfnasse Haar und strich die nachtfarbenen Locken in einer gekonnt lässigen Geste aus der Stirn. Offensichtlich hatte Alahrians Geschrei ihn unter der Dusche hervorgelockt. Lilly konnte den schwachen Geruch nach Shampoo, Duschgel und Eau de Toilette wahrnehmen, und sie bemühte sich sehr, starr zu Boden zu blicken, so lange, bis Morgan das dunkle Hemd bis oben hin zugeknöpft hatte.

„Schönes Hemd", bemerkte Alahrian mit einem zuckrig süßen Lächeln, noch bevor der Bruder seinem Ärger über die unverhoffte Störung Ausdruck verleihen konnte. „Wirklich, sehr stylisch!"

Morgan verdrehte die Augen. „Was willst du?", fragte er nüchtern.

„Ich, äh ..." Aus dem Konzept gebracht, weil man ihn schneller durchschaut hatte, als ihm lieb war, geriet Alahrian ins Stammeln. „Wollen wir uns nicht setzen?", fragte er schließlich, voll der liebenswürdigsten Höflichkeit. „Oben vielleicht?"

Auch er mochte sich in Morgans *Höhle*, wie er es nannte, nicht gern aufhalten, erinnerte sich Lilly. Es war zu dunkel dort, jedenfalls für seine Begriffe.

Morgan brummte misstrauisch vor sich hin, folgte jedoch seinem Bruder die Treppe empor. In Alahrians Gesicht stand noch immer ein über die Maßen einschmeichelndes Lächeln, während er geduldig wartete, bis Morgan sich auf dem Sofa niedergelassen hatte. „Möchtest du vielleicht etwas Zuckerwasser?", erkundigte er sich fürsorglich.

Morgan verzog das Gesicht. „Was – willst – du?", knurrte er missmutig zwischen den Zähnen hindurch.

Alahrian zögerte, betrachtete aufmerksam das Muster auf dem Fußboden, trommelte mit den Fingern gegen die Wand, bis einige Gänseblümchen unter dem Putz hervorkrochen, und sagte dann, so schnell, dass Lilly es kaum verstehen konnte: „Leihst du mir dein Auto?"

Lilly blinzelte verblüfft. *Das* war seine glorreiche Idee, die Idee, wegen der er sie durch den halben Wald gejagt hatte? Es war beeindruckend simpel, das musste sie zugeben, aber ...

Morgan starrte ihn einen Moment lang vollkommen reglos an, dann begann er, schallend zu lachen.

„Und, machst du's?", fragte Alahrian würdevoll, als der erste Anfall von Heiterkeit vorüber und nur noch ein unterdrücktes Glucksen zu hören war.

„Lass mich überlegen ..." Morgan wischte sich die Tränen aus den Augen und tat, als müsste er scharf nachdenken. „Nein", sagte er dann schlicht und ergreifend.

„Ja, aber ..."

„Nein."

„Aber ..."

„Nein!"

Alahrian versteifte sich, funkelte seinen Bruder an und verzog schmollend das Gesicht.

„Wie kommst du überhaupt auf so eine schwachsinnige Idee?", wollte Morgan wissen.

Alahrian seufzte entnervt und erklärte seinem Bruder Lillys Wochenend-Pläne, schnell und in Gedanken, ohne sich die Mühe zu machen, laut zu sprechen.

„Ach so. Du willst mit ihr nach München fahren, verstehe." Morgan setzte eine etwas weniger spöttische Miene auf, und Alahrian entspannte sich.

„Aber du hast ja noch nicht einmal einen Führerschein!", warf sein Bruder ein.

Verwirrung trat in Alahrians Lapislazuli-Augen. „Seit wann braucht man dafür einen Führerschein?"

Wieder wollte ein Lachen aus Morgans Brust hervorquellen, aber diesmal beherrschte er sich. „Keine Ahnung", bemerkte er schulterzuckend. „Seit ungefähr hundert Jahren oder so?"

„Aber ich *kann* fahren!", verteidigte sich Alahrian stolz.

Lilly beobachtete die Diskussion mit wachsender Beunruhigung. Sie liebte Alahrian mehr, als sie es selbst erfassen konnte, sie vertraute ihm, aber das hier war ... es war geradezu grotesk. Vielleicht sollten sie doch lieber zu Fuß gehen? Wenn sie jetzt gleich aufbrachen, vielleicht konnten sie ja dann bis zum Wochenende dort sein? Sie schluckte hart.

„*Du*", meinte Morgan unterdessen betont, „kannst ein Auto noch nicht einmal *anfassen*, geschweige denn fahren."

Alahrian atmete tief durch, als wappne er sich gegen einen Angriff und sagte dann: „Die *Black Lady* schon."

Morgan erbleichte. „Die *Black Lady*?", ächzte er ungläubig. „Du … du willst, dass ich dir die *Black Lady* leihe?"

„*Black Lady*?", wiederholte Lilly verwirrt. „Was ist das?"

Morgan schoss einen missbilligenden Blick in ihre Richtung ab. „*Sie*", verbesserte er stirnrunzelnd.

„Wie bitte?"

„Sie", wiederholte Morgan geduldig. „*Es* ist eine *Sie*."

„Hä?" Lilly verstand kein Wort.

„Die *Black Lady* ist ein Sportwagen mit Aluminiumkarosserie und handgefertigter Echtleder-Innenverkleidung", wisperte Alahrian ihr ins Ohr. „Er ist ein bisschen eigen, was das Ding anbelangt." Vielsagend verdrehte er die Augen.

„Sie ist nicht *irgendein* Sportwagen", funkte Morgan dazwischen. „Sie ist ein Lamborghini. Eine Sonderanfertigung. Ein Einzelstück. Sie ist etwas Besonderes, verstehst du? Sie hat eine Seele."

Alahrian stöhnte, und Lilly konnte das gut nachvollziehen. Eine Seele? Ein bisschen *eigen* war wohl noch stark untertrieben gewesen!

„Bitte", ächzte Alahrian. „Es wäre doch nur für ein Wochenende. Und die *Black Lady* ist das einzige Auto, das …"

„Nein", unterbrach Morgan ihn freundlich.

„Du hast das Ding bezahlt mit dem Geld, das wir für den Picasso bekommen haben", fuhr Alahrian fort, anklagend jetzt. „*Meinen* Picasso."

„Mit einem Teil des Geldes", korrigierte Morgan lächelnd. „Und du wärst das Bild ohne meine Hilfe niemals losgeworden. Weil du nicht die geringste Ahnung hast von finanziellen Dingen. Oder von Autos." Seine Miene verhärtete sich.

Alahrian funkelte ihn an. „Als ich krank war, hast du gesagt, ich darf sie fahren!" Trotzig verschränkte er die Arme vor der Brust.

„*Das* habe ich nie gesagt." In Morgans Augen blitzte es auf. „Davon abgesehen: Ich dachte, ich spräche zu einem Sterbenden! Und da du *immer noch* lebst ..." Er zuckte mit den Schultern, aber etwas in seinem Gesichtsausdruck hatte sich verändert, ein Hauch von Weichheit hatte sich in seine Züge geschlichen. Lilly wusste, seinen Bruder fast zu verlieren, hatte ihn ärger mitgenommen, als er zugeben wollte.

„Also schön", erklärte er widerwillig. „Ich werde dir nicht mein Auto anvertrauen. Aber wenn es unbedingt sein muss, dann könnte ich mir überlegen, euch hinzufahren." Er grinste maliziös. „Aber nur, wenn du ganz besonders nett zu mir bist, *Liosch*."

Alahrian stöhnte. „Was willst du?", fragte er ergeben.

Morgan setzte eine undurchdringliche Miene auf. „Ich möchte ein Date mit Anna-Maria", sagte er dann, kühl und nüchtern, als verhandele er über den Preis eines Kilos Äpfel – oder eines Kamels.

Lilly fiel fast die Kinnlade herunter, als sie die Worte hörte. Alahrian schnappte vernehmlich nach Luft, wurde kreidebleich im Gesicht und krächzte dann fassungslos: „Du ... du willst meine Erlaubnis, mit der Tochter des *Bürgermeisters* auszugehen?"

„Ja." Lässig schlug Morgan die Beine übereinander.

„Du ... du bist ja vollkommen wahnsinnig!", eiferte sich Alahrian. „Bevor ich das tue, kaufe ich mir einen eigenen Aluminium-Wagen – und einen Chauffeur noch dazu!" Seine Augen sprühten Funken, aggressiv rote Helligkeit sammelte sich unter seinen Fingerspitzen. Wütend schüttelte er sie ab und brannte dabei ein paar Löcher in die schweren Brokatvorhänge.

Zwei Minuten lang rannte er wie irre in der Halle auf und ab, einen ungesunden, violetten Glanz in den flackernden Augen, dann blieb er stehen und fragte, plötzlich gefährlich ruhig und eiskalt: „Warum? Wie kommst du plötzlich auf diese Idee?"

Morgan schürzte unbeeindruckt die Lippen. „Ich langweile mich", erklärte er dann. „Und sie ist das einzige attraktive Mädchen in der Gegend, das ich noch nicht hatte." Er warf einen entschuldigenden Blick auf Lilly und fügte lächelnd hinzu: „Nun ja, mal abgesehen von *ihr*, aber ich nehme an, du möchtest nicht, dass ..."

Er kam nie dazu, die Worte zu Ende zu sprechen.

Ein gold-weißer Blitz schoss auf ihn zu, sprang ihm an die Kehle und drückte ihn tief in die Kissen des Sofas hinein. „Wage es nicht!", brüllte Alahrian, von einer Sekunde auf die andere eine rasende, weißglühende Flamme reinsten, brennenden Zorns. Zitternd packte er seinen Bruder am Kragen, und seine Hände sengten qualmende Brandlöcher in dessen Hemd.

„Alahrian!", kreischte Lilly entsetzt, die ihn nie zuvor so erlebt hatte, und augenblicklich hielt er inne, mitten in der Bewegung. Langsam wie in Zeitlupe zog er die Hände zurück und stand auf.

Morgan räusperte sich gekünstelt. „Nun, das war nicht gerade, was ich mit *ganz besonders nett* gemeint hatte", bemerkte er trocken, und Lilly wandte sich ärgerlich zu ihm um.

„Halt die Klappe!", fauchte sie wütend und musterte besorgt Alahrian. „Morgan hat es nicht so gemeint", murmelte sie sanft und legte ihm beruhigend die Hand auf die Schulter. „Ist schon gut."

Mit zusammengezogenen Brauen starrte sie Morgan an. „Du hast es doch nicht so gemeint, nicht wahr?"

Morgan seufzte. „Nein. Tut mir leid." Spott und Überlegenheit wichen aus seiner Miene, als er seinen Bruder anblickte. „Der war drüber, entschuldige."

Lilly spürte, wie sich unter ihrer Hand Alahrians verkrampfte Muskulatur entspannte, aber er brachte kein Wort über die Lippen.

„Ich fahre euch nach München, okay?", versuchte es Morgan nun, mit eindeutig schlechtem Gewissen in der Stimme. „Und ich hole euch auch wieder ab, versprochen."

Alahrian atmete tief durch, setzte sich dann mit untergeschlagenen Beinen direkt auf den Fußboden und fragte knapp: „Anna-Maria?"

Morgan machte plötzlich einen leicht unglücklichen Eindruck. „Ich mag sie ... irgendwie", erklärte er kleinlaut.

Lilly traute ihren Ohren kaum. Sie wusste, wie besessen Anna-Maria von Morgan war, aber umgekehrt hätte sie dies nie im Leben vermutet.

Alahrian verzog das Gesicht. „Du kannst sie nicht lieben", sagte er, mit einem Mal sanft und milde. „Und das weißt du auch."

„Von Liebe habe ich nichts gesagt", entgegnete Morgan kühl. „Aber ich *mag* sie. Und das ist mehr, als ich in den letzten vierhundert Jahren für irgendein Mädchen empfunden habe."

Alahrian senkte den Blick, strich sich über die Stirn und sah mit einem Mal nahezu verzweifelt aus. „Sie ist die Tochter des *Bürgermeisters*", beharrte er schlicht, und dieser eine Satz krachte wie eine Zentnerlast zu Boden.

Die Tochter des Bürgermeisters. Die Tochter des Mannes, der ihn auf den Scheiterhaufen gebracht hatte. Die Schwester der Frau, die ihn angeklagt hatte, aus unerwiderter Liebe, aus purer, egoistischer Enttäuschung heraus. Allein Anna-Maria jeden Tag in der Schule zu sehen, musste die Hölle für ihn sein. Lilly wusste das und sie verstand es. Doch etwas in ihr, das sie nicht vermutet hatte, verstand auch Morgan.

Er war einsam. Unter der coolen, lässigen, unwiderstehlichen Fassade des charmanten Verführers war er entsetzlich einsam. Lilly konnte es sehen, in diesem einen Moment, und auch Alahrian sah es, das spürte sie.

Und Anna-Maria war vielleicht ernsthaft verliebt in ihn.

Seufzend schloss sie die Augen. Sie hatte vorgehabt, ein Wochenende bei ihrer Mutter in München zu verbringen, mit Alahrian. Sie hatte ihrer Mutter ihren Freund vorstellen wollen, den Jungen, den sie liebte. Sie hatte sich das Konzert anhören wollen und plaudern und lachen und vielleicht auch ein bisschen mit Alahrian allein sein wollen. In einer fremden Stadt, an einem fremden Ort, wo das alles hier, die ganze düstere Vergangenheit, weit, weit entfernt war.

Hätte sie geahnt, wie kompliziert das alles plötzlich werden würde ...

Aber dann wäre alles genauso gekommen. Die Sache mit dem Auto – mit der *Black Lady* – die war nur ein Auslöser von vielen möglichen für diesen Streit gewesen.

„Ich kann das auch ohne deine Erlaubnis tun", sagte Morgan plötzlich, nachdem sich die Brüder geschlagene zwei Minuten lang einfach nur angestarrt hatten, ein stummes, grimmiges Blickduell.

Alahrian sprang auf. „Wenn du *das* tust", presste er zwischen fest zusammengebissenen Zähnen hervor, und seine Stimme klang gefährlich ruhig, eiskalt und ohne jegliches Gefühl. „Wenn du das hinter meinem Rücken tust, dann sind wir die längste Zeit Freunde gewesen, Morgan. Dann sind wir Feinde, so wie unsere Vorfahren es immer gewesen sind!" Seine Augen funkelten, sie waren klar und frostig blau wie polierter Stahl.

Morgan antwortete nicht. Still und bewegungslos saß er auf dem Sofa, seine Miene war undurchdringlich.

Alahrian seufzte plötzlich, das Eis in seinen Augen schmolz, und er sank ächzend auf den Boden zurück. „Bitte", flüsterte er und presste die Hand gegen die Stirn, als habe er Schmerzen. „Bitte tu mir das nicht an. Bitte gib dem Bürgermeister keinen Anlass, mich noch einmal zu verfolgen."

Morgan blickte auf. Sein Ausdruck war sanft. „Das hier hat nichts mit dir zu tun", bemerkte er milde.

In Alahrians Augen flackerte es. „Bitte", sagte er nur. Sonst nichts.

Und zu Lillys Überraschung, denn sie kannte Morgans Beharrlichkeit, entgegnete der *Döckalfar* ruhig: „Okay. Aber ich tue das nur, weil du mein Freund bist, aus keinem anderen Grund." Einen Moment lang sah er seinem Bruder ernst in die Augen, dann fügte er hinzu, mit mehr Leichtigkeit jetzt: „Bild dir also nicht ein, du könn-

test mir vorschreiben, was ich zu tun und zu lassen habe, hörst du?"
Und als Alahrian darauf nicht reagierte, zuckte er in seiner alten Lässigkeit die Schultern und bemerkte mit gespielter Gleichgültigkeit: „Na ja, ihr Vater hätte es ohnehin nie erlaubt."

Und damit stand er auf und verschwand im Keller.

Alahrian vergrub seufzend das Gesicht in den Händen. Lilly setzte sich neben ihn und legte ihm behutsam die Hand auf die Schulter. Ein müdes Lächeln antwortete ihr.

„Anna-Maria ist nicht das Mädchen von damals", bemerkte Lilly, vorsichtig, da sie wusste, dies war ein heikles Thema. „Und sie kann nichts für das, was ihr Vater dir angetan hat. Ich glaube, sie mag Morgan wirklich."

„Es ist nicht Anna-Maria, wegen der ich mir Sorgen mache", entgegnete Alahrian, ruhig und sachlich. „Obwohl Morgan sie gewiss nicht glücklich machen wird."

„Was ist es dann? Hast du Angst? Vor dem Bürgermeister?"

Alahrian verzog das Gesicht. „Natürlich", gab er offen zu. „Aber am meisten mache ich mir Gedanken über *Morgan*. Er ist so etwas wie mein Bruder, verdammt! Er ist allein, er langweilt sich an diesem Ort, aber er bleibt meinetwegen hier. Es ist nicht so, als wüsste ich das nicht." Sein Antlitz verdüsterte sich. „Er ist unglücklich", sagte er tonlos. Und mit einem schiefen Lächeln: „Und er wird gewiss irgendeine Dummheit machen." Er seufzte wieder.

Lilly beobachtete ihn, überlegte krampfhaft, wie sie ihn aufheitern konnte, doch die dunkle Stimmung verflog von selbst. „Es tut mir leid", murmelte er, ein wenig zerstreut, aber nicht mehr verzweifelt. „Eigentlich wollte ich bloß unser Wochenende planen!"

Lilly lachte leise. „Na ja, zumindest hast du eine Fahrgelegenheit erkämpft."

„Zu einem hohen Preis!" Alahrian schürzte die Lippen, dann lachte auch er. Lilly glitt in seine Arme und fühlte einen Kuss auf ihrem Scheitel. Morgan entschwand ihren Gedanken, während sie sich auf dem Boden ausstreckte, den Kopf auf Alahrians Knie gebettet. Lächelnd sah sie zu ihm auf, spürte seine Finger durch ihre Haare gleiten, zärtlich ihr Gesicht streicheln.

„Ich freue mich trotzdem auf dieses Wochenende", bemerkte Alahrian, ein wenig geistesabwesend.

„Ein ganzes Wochenende, nur für uns." Lilly seufzte verträumt. „Na ja, fast", schränkte sie ein, denn eigentlich ging es ja darum, ihre Mutter zu besuchen. Dennoch: Sie würden Zeit miteinander verbringen, und das war in jedem Fall eine paradiesische Aussicht.

Apropos Zeit! Fast widerwillig richtete Lilly sich auf. „Ich fürchte, ich muss langsam nach Hause", erklärte sie entschuldigend und hauchte einen Kuss auf Alahrians Lippen, damit er nicht enttäuscht war. „Das Schlimmste steht nämlich noch bevor."

Eine von Alahrians ohnehin schon äußerst kühn geschwungenen Elfenbrauen rutschte ein weiteres Stück nach oben. „Das Schlimmste?"

„Ja." Lilly stöhnte theatralisch. „Ich muss meinem Vater beibringen, dass ich übers Wochenende wegfahre. Und zwar mit meinem *Freund*."

„Oh", machte Alahrian bloß – und das schien das Einzige zu sein, was ihm dazu einfiel.

In Gedanken

Ihren Vater zu überzeugen, würde schwer werden, das wusste Lilly genau. Um die Diskussion nicht unnötig in die Länge zu ziehen, zögerte sie diese daher vorsichtshalber so lange hinaus wie möglich. Genau genommen: bis exakt zwei Stunden vor der Abreise. Wenn sie ihren Vater vor vollendete Tatsachen stellte, so dachte sie, dann würde es ihm doch gewiss leichter fallen, ihren Plan zu akzeptieren. Dachte sie.

Schon während der ersten Sekunde, nachdem sie ihr Anliegen zur Sprache gebracht hatte, begann sie, an diesem Vorgehen zu zweifeln.

Die Gesichtsfarbe ihres Vaters gefiel ihr gar nicht. *Grau-bleich* wäre vielleicht eine treffende Bezeichnung gewesen. Mit einer Spur von Grün ...

Lilly schluckte hart.

„Du willst ihn mit nach München nehmen?", vergewisserte sich ihr Vater, mit einer Stimme, die entgegen seiner Mimik von unerwarteter Gelassenheit zeugte. „Du willst ... ein ganzes Wochenende mit einem *Jungen* verbringen? Allein?" Das letzte Wort kam heiser, die zur Schau gestellte Gelassenheit bröckelte.

Lilly konnte regelrecht sehen, welche Assoziationen wie ein Rattenschwanz im Kopf ihres Vaters an diesem Wort hingen. *Allein* ... Mit einem Jungen. Aus seiner Sicht bedeutete das nichts weniger als wilde Partys, Drogenexzesse, wüste Ausschweifungen und unerwünschte Teenager-Schwangerschaften. „Nicht allein", widersprach sie hastig, um den Horrorfilm, der zweifellos in seinen Gedanken ablief, zu unterbrechen. „Er und ich – und Mama." Damit hatte sie ihren wichtigsten Trumpf bereits ganz zu Anfang ausgespielt, taktisch nicht sehr klug, wie ihr sehr wohl bewusst war. Aber welche Wahl hatte sie schon? Ihre Mutter war ein nahezu todsicheres Argument. Gewiss würde sie nicht die ganze Zeit über dabei sein, sie hatte ja zu arbeiten, und ein Luxushotel in der Innenstadt bot sicher nicht so viel Aufsichtsmöglichkeiten wie Lillys Zuhause auf dem Land, aber trotzdem: Niemand feierte eine Orgie, wenn die eigene Mutter in der Nähe war, selbst der verruchteste Teenager nicht. Und Lilly gehörte eindeutig nicht zu dieser Gruppe.

„Sie freut sich schon, endlich meinen Freund kennenzulernen", fuhr Lilly in ihren Überredungskünsten fort. „Und das kann man ihr ja wohl kaum abschlagen, oder? Und außerdem ist es viel sicherer, mit Alahrian zu fahren als allein. Er kann mich beschützen."

Na gut, der letzte Punkt war schwach. Sie wollte nach München fahren und nicht mit dem Orientexpress nach Belgrad, aber man wusste ja nie, nicht wahr?

Ihr Vater runzelte die Stirn. „Wo wollt ihr schlafen?", erkundigte er sich, ohne auf eines ihrer Argumente einzugehen.

„Im selben Hotel wie Mama", erklärte Lilly ruhig. „Sie hat die Zimmer schon gebucht."

„*Die* Zimmer?" Lilly konnte hören, wie ein Felsbrocken von der Größe der Zugspitze vom Herzen ihres Vaters abfiel.

„Ja, natürlich", bemerkte sie gelassen. „Zwei Einzelzimmer, was hast du denn gedacht?"

Ihr Vater schnappte nach Luft.

„Papa, du musst mir schon ein bisschen vertrauen", säuselte Lilly, zuckrig süß. „Ich bin sechzehn und kein kleines Kind mehr!"

Da trat plötzlich ein geradezu mitleiderregend unglücklicher Ausdruck auf das Gesicht ihres Vaters. „Ja", ächzte er und verzog missmutig die Lippen. „Das ist exakt das, was mir Sorgen macht."

„Alahrian würde nie etwas Unüberlegtes tun", meinte Lilly beruhigend. „Du kennst ihn doch."

Das war ein guter Schachzug. Ihr Vater würde es nicht zugeben wollen, doch er *mochte* Alahrian mittlerweile sehr. Er hatte es noch nicht ganz überwunden, dass Lilly jetzt nicht mehr sein kleines Schneewittchen war, und seine Vaterinstinkte liefen nach wie vor Amok, doch *wenn* er seine Tochter schon einem anderen männlichen Wesen anvertrauen musste, dann schien Alahrian nicht die schlechteste Wahl. Etwas in der Art musste in seinem Kopf vorgehen, Lilly konnte es nahezu lesen, während sie ihn weiterhin aufmerksam anschaute.

„Bitte, Papa", bettelte Lilly.

Ein Grummeln folgte ihr als Antwort, dann ein tiefes Seufzen. „Also schön ... Aber ..." Weiter kam er nicht.

„Du bist der Beste!", jubelte Lilly und fiel ihm stürmisch um den Hals. Bevor ihr Vater noch weitersprechen konnte, klingelte es an der Haustür. Alahrian! Er war früh dran. Und er kam direkt zum richtigen Zeitpunkt, als hätte er vor der Tür gelauscht. Wahrscheinlich hatte er das. Seine spitzen Elfenohren waren um einiges feiner als die eines Menschen.

Allerdings war er nicht alleine gekommen. Morgan, unfreiwilliger Chauffeur für dieses Wochenende, stand neben ihm. *Ooooops ...*, dachte Lilly schwitzend. *Sie hatte da noch eine Kleinigkeit vergessen zu erwähnen!*

„Wer sind Sie denn?", knurrte ihr Vater auch prompt, Alahrian ignorierend und einen äußerst misstrauischen Blick auf Morgan geheftet.

Lilly stöhnte, als ihr bewusst wurde, was er vor sich sah: einen hochgewachsenen, muskulösen Kerl in schwarzen Jeans, schwarzer, nietenbesetzter Lederjacke, mit pechschwarzen Augen, schwarzen Haaren und dunkler Sonnenbrille. Nicht gerade die Art von Typ, dem man seine Tochter gerne anvertraut ...

„Das ist Alahrians Bruder, Morgan", erklärte Lilly schnell. „Ich glaube, ihr kennt euch vom Sehen?" Natürlich, *jeder* kannte hier *jeden*, zumindest vom Sehen. „Morgan ist so nett, uns in seinem Wagen mitzunehmen. Dann ... dann sparen wir uns eine Zugfahrt."

Eine Zugfahrt, die zumindest für Alahrian äußerst unangenehm ausgefallen wäre!

Ihr Vater, außergewöhnlich tolerant für seine Verhältnisse, gab ein kurzes Grunzen von sich, dann wandte er sich an Alahrian: „Kann ich einen Moment unter vier Augen mit dir sprechen?"

Alahrian wurde blass und nickte dann stumm. Lillys Vater legte ihm in einer sonderbar einschüchternden Geste die Hand auf die Schulter und führte ihn ins Wohnzimmer. Lilly sah ihnen besorgt nach. Armer Alahrian! Ein heftiger Stich von Mitgefühl durchfuhr sie. Andererseits: Er hatte einen waschechten Inquisitor überstanden, dagegen war das hier ja wohl harmlos.

Oder?

Lilly biss sich auf die Lippen und winkte nun ihrerseits Morgan in die Küche. Angespannt lauschte sie, aber sie konnte die beiden im Wohnzimmer nicht verstehen. Morgan konnte es.

„Was reden sie?", fragte Lilly nervös.

Ein Grinsen umspielte Morgans Lippen. „Dein Vater fragt Alahrian gerade über mein Vorstrafenregister aus", erklärte er amüsiert.

„Und?", erkundigte sich Lilly nüchtern. „Hast du welche? Vorstrafen, meine ich?"

Morgans Grinsen wurde breiter. „Zumindest nicht wegen Verkehrsdelikten", entgegnete er achselzuckend.

„Also ja." Lilly verdrehte die Augen.

„Ich saß sogar schon mal im Gefängnis."

Diese offenherzige Antwort beruhigte Lilly nicht im Geringsten. Vielleicht sollten sie doch lieber den Zug …

„Wegen Urkundenfälschung", fuhr Morgan gelassen fort. „Dreizehnhundertfünfundsechzig … Könnte aber auch sechsundsechzig gewesen sein, so genau weiß ich das jetzt nicht mehr …"

Lilly seufzte entnervt. Sie hatte momentan eindeutig keinen Sinn für derlei Scherze!

Grimmig schweigend warteten sie, bis Morgan plötzlich in glucksendes Gelächter ausbrach.

„Was ist jetzt schon wieder?" Nervös blickte Lilly auf.

Morgan schüttelte den Kopf. „Das ist besser als jede *Soap*, ehrlich!"

„Nun sag schon! Was ist los?"

Das Glitzern in Morgans Augen wurde maliziös. „Dein Vater lässt ihn schwören, dich während des gesamten Wochenendes nicht anzurühren", berichtete er voll offenkundiger Schadenfreude. „Und zwar auf all seine Vorfahren! Wenn du also geglaubt hast, diese Nacht endlich mal deinen Spaß zu haben, vergiss es! Alahrian würde nie einen Eid brechen!" Er lachte ungeniert.

Lilly schenkte ihm einen wütenden Blick. „Ich habe *immer* Spaß, wenn wir zusammen sind", knurrte sie gegen sein Lachen an – und wurde prompt knallrot bis unter die Haarspitzen.

Nicht anrühren … Über dieses Thema hatten sie noch nicht gesprochen, jetzt war es plötzlich da, wie ein Raumschiff, das unvermittelt aus dem Orbit ins Wohnzimmer krachte. Natürlich hatte sie bereits darüber nachgedacht, wenn auch nur heimlich. Alahrian war ihr erster Freund, es gab keinen Grund, in dieser Hinsicht irgendetwas zu überstürzen. Selbst wenn er ein Mensch gewesen wäre, hätte sie das so gesehen. Alahrian aber war *kein* Mensch, da war es doch normal, sich ein bisschen Zeit zu lassen mit gewissen Dingen, oder? Lilly war sich ziemlich sicher, dass er das genauso sah. Andererseits: *Wissen* konnte sie es nicht. Er hatte nie davon geredet. Und das würde er vermutlich auch niemals tun, wurde Lilly plötzlich unangenehm bewusst. Er war immer so zurückhaltend, so schüchtern, so ... so anständig. Er war nicht wie die anderen Jungs in der Klasse, die den Mädchen hinterher gafften oder anzügliche Bemerkungen machten. Nie hatte er sie zu irgendetwas gedrängt oder auch nur etwas angedeutet. Natürlich nicht. Wenn sie darüber reden wollte, *wenn* ... Dann würde sie das Thema selbst anschneiden müssen.

Lilly spürte, wie ihre Wangen glühten. Wollte sie es? Er war der Richtige, da war sie sicher. *Wenn* es passierte, dann mit ihm.

Ihr Puls beruhigte sich, während sie diese Entscheidung traf, aber sie fühlte sich immer noch unbehaglich, vor allem, weil Morgan noch immer dieses freche, provozierende Grinsen im Gesicht hatte. Und weil es ihr nicht gelang, die Hitze aus ihrem Gesicht zu zaubern. Am liebsten hätte sie den Kopf unter eiskaltes Wasser gehalten, aber sie wollte sich nicht noch eine Blöße geben. Das Ganze war so schon peinlich genug.

Sie atmete auf, als Morgan mit einem Mal fröhlich verkündete: „Ich glaube, sie sind fertig! Na, endlich!"

Munter sprang er vom Küchentisch auf.

Tatsächlich kamen die beiden in diesem Moment aus dem Wohnzimmer. Lillys Vater sah zufrieden aus, als habe er eine besonders schwierige Operation hinter sich, Alahrian machte einen etwas zerknitterten, aber zumindest lebendigen Eindruck.

„So, jetzt müssen wir aber wirklich mal los!", verkündete Morgan, zum Aufbruch drängend.

Lillys Vater blickte ihn missbilligend an. „Haben Sie denn überhaupt einen Führerschein?", erkundigte er sich streng.

„Klar." Morgan zuckte gelassen mit den Schultern. „Wollen Sie ihn sehen?"

Oje, nicht das auch noch! Lilly biss sich auf die Lippen und fragte sich verzweifelt, welches Datum wohl auf Morgans Führerschein aufgedruckt war. Andererseits: Er hatte eben selbst zugegeben, wegen *Urkundenfälschung* schon einmal im Gefängnis gesessen zu haben. Sicherlich hatte er daran gedacht, seinen Führerschein entsprechend zu manipulieren!

Zum Glück verzichtete ihr Vater jedoch auf weitere Überprüfungen. Er schien sehr großzügig heute. Ja, wirklich, außergewöhnlich großzügig!

Hastig schnappte sich Lilly ihr Gepäck, die Jacke und die Handtasche und trippelte Richtung Ausgang, nun ebenfalls sehr in Eile, schnell, bevor die Laune ihres Vaters umkippen konnte. Alahrian nahm ihr wortlos den Koffer aus der Hand und öffnete ihr die Haustür, so angespannt, als könnte er es kaum erwarten zu fliehen.

„Lilly!", hielt sie jedoch eine Stimme aus dem Flur zurück. Das war nicht ihr Vater, sondern jemand Unerwartetes: Lena! Oh nein! Sie wollte ihr doch nicht etwa in den Rücken fallen, oder? Bisher hatte sie sich noch nie eingemischt, und das hier war eine äußerst schlechte Gelegenheit, damit anzufangen!

Widerwillig drehte Lilly sich um. Lena stand ein wenig entfernt unter der Treppe und winkte sie ungeduldig und mit seltsam verschwörerischer Miene zu sich heran. Lilly legte die Stirn in Falten. Was sollte das denn nun?

„Lilly, hör zu, ich wollte wirklich nicht lauschen, aber ich habe zufällig mitbekommen, dass ...", begann Lena umständlich. „Also, ich meine nur ..."

Lilly zog fragend eine Augenbraue hoch, als sie nicht weitersprach. „Ja?"

„Also ..." Lena errötete leicht. „Ich habe mir gedacht, wenn ... also falls das mit den zwei Einzelzimmern nicht klappt, dann ..." Sie streckte Lilly eine kleine, quietschig bunte Pappschachtel entgegen. „Dann solltest du vielleicht das hier mitnehmen."

Oh Schreck! Konnte es noch peinlicher werden? Entgeistert starrte Lilly auf die Schachtel. Jetzt schien es ihr ein Glück, dass sie ohnehin schon rot war, doch sie fühlte die Hitze in ihren Wangen nun geradezu pulsieren.

Hastig griff sie nach der Schachtel und stopfte sie in ihre Handtasche, nur um sie zu verbergen, schnell und verstohlen, als handele es sich um ein Päckchen Kokain. Aber es war kein Kokain. Es war viel schlimmer: Es war eine Schachtel Kondome.

„Danke", flüsterte sie atemlos, verabschiedete sich von Lena mit einer flüchtigen Umarmung und stürzte dann, über ihre eigenen Füße stolpernd, aus dem Haus.

Alahrian stand draußen im Hof und hatte natürlich jedes Wort mitbekommen. Starr hielt er den Blick gesenkt und sah aus, als wollte er am liebsten in einem Erdloch versinken. Lilly war überrascht, als sich keines für ihn auftat. Dann wäre sie gerne mit versunken. Sie selbst fühlte ihren Puls in den brennenden Wangen pochen und konnte ihn kaum ansehen. Mein Gott... Was würde er denn jetzt von ihr denken?

Aber da war noch eine Frage, eine Frage, die ihr das Blut ins Gesicht getrieben hätte, hätte es sich dort nicht sowieso schon angestaut, und diese Frage drängte nun empor, mächtig und unaufhaltsam. Sie musste sie einfach stellen, jetzt oder nie ...

„Alahrian?", flüsterte sie, fast lautlos.

„Ja", sagte er nüchtern, nicht wie *Ja, bitte?*, nicht wie eine Frage, sondern wie eine klare, eindeutige Feststellung.

„Ja?", Lilly blinzelte erstaunt.

Alahrian blickte angestrengt an ihr vorbei ins Leere. „Die Antwort auf die Frage, die du dir jetzt stellst", erklärte er, vor Verlegenheit zitternd, „sie lautet *Ja*."

„Menschen und Elfen können also miteinander, ich meine ..."

„Ja!", unterbrach er sie hastig. „Ja."

Es war ausgerechnet Morgan, der sie beide endlich erlöste, indem er seinen Autoschlüssel aus der Lederjacke kramte und den Türöffner lässig auf die Straße richtete.

Und erst dann, erst als er fiepend und aufleuchtend antwortete, bemerkte Lilly den Wagen, der dort geparkt stand. Sie war abgelenkt gewesen, und es sprach für den Grad ihrer Verwirrung, dass ihr das Ding – die *Black Lady* – nicht sofort ins Auge gesprungen war.

Hinter ihr ertönte ein vernehmliches Ächzen. „Das ist ...", stöhnte ihr Vater fassungslos. „Ist das ... ist das *Ihr* Wagen?" Aus geweiteten Augen starrte er Morgan an, und Lilly fürchtete zuerst, er sei entsetzt, doch der Ausdruck in seinem Gesicht war etwas anderes: Es war mühsam gedämpfte, heftig kochende Begeisterung.

„Ist das ... ist das ... ein Lamborghini?"

„*Sie*", erklärte Morgan, ohne mit der Wimper zu zucken, aber niemand achtete auf ihn.

Lillys Vater starrte immer noch auf das schwarz glänzende Monstrum, das hier, am schäbigen, dörflichen Straßenrand, sonderbar deplatziert wirkte wie ein seidenes Abendkleid unter zerrissenen Jeans. Er sagte kein Wort mehr. Er war buchstäblich sprachlos.

Lilly nutzte diese Gelegenheit, um ihn kurz zum Abschied zu umarmen, dann kletterte sie rasch hinter Alahrian auf den lederbezogenen Rücksitz des Luxusmobils. Sie verstand jetzt, warum Alahrian ausgerechnet dieses Auto hatte nehmen wollen, und das, obwohl er üblicherweise keinen Gefallen an solcher Protzerei fand. Aber hier innen war alles sorgsam und sehr geschmackvoll mit hellem, wohlriechendem Leder überzogen. Man sah keine Schrauben, keine Schweißnähte, nichts. Sogar die Fensterrahmen waren verkleidet. Kein Hauch von Stahl verpestete den Innenraum des Wagens.

„Bereit?", erkundigte sich Morgan vom Fahrersitz aus und steckte mit deutlichen Anzeichen von Stolz den Schlüssel ins Zündschloss.

Lilly warf einen hastigen Blick zurück. Ihr Vater stand immer noch in der Einfahrt, Lena wartete unter der Haustür und winkte.

Morgan ließ den Motor an und parkte dann, langsamer und sorgfältiger, als Lilly erwartet hätte, aus. Er setzte sogar ordentlich den Blinker, obwohl weit und breit kein einziges anderes Auto zu sehen war. Langsam ließ er den Wagen anrollen und fuhr dann in gemäßigtem Schneckentempo die Straße entlang – das hieß, bis zur nächsten Kreuzung, bis sie außer Sichtweite waren. Dann trat er das Gaspedal bis zum Anschlag durch.

Lilly kreischte, als der Wagen mit einem Hüpfer nach vorn schoss und sie unvermittelt tiefer in die Sitze gepresst wurde.

„Spinnst du?", brüllte Alahrian seinen Bruder an.

Morgan hörte nicht auf ihn. Mit atemberaubender Geschwindigkeit raste er durch die engen Straßen, innerhalb von Sekunden ließen sie – Stoppschilder und Ampeln überrennend – die Ortsgrenze hinter sich und fuhren auf die Bundestrasse auf. Lilly hätte es nicht für möglich gehalten, doch Morgan gab weiter Gas. Sie hatte keine Ahnung vom Autofahren, sie hatte kein Gespür für Geschwindigkeit, doch eines war sicher: Morgan fuhr schneller als hundert. Und er fuhr nicht nur schnell – er fuhr wie ein Geistesgestörter.

Schon nach wenigen Augenblicken bereute Lilly inständig, auf diesen Vorschlag eingegangen zu sein. Alahrian ebenfalls, wie es aussah.

„Hör auf mit dem Blödsinn!", schrie er mit vollem Stimmaufwand, doch Morgan schien ihn trotzdem nicht zu hören.

Und dann, als sie in halsbrecherischem Winkel um eine Kurve flogen, kreischte Alahrian plötzlich, durchdringend und mit einer Befehlsgewalt, die selbst Lilly zusammenzucken ließ: „STOPP!"

All seine unheimliche, übernatürliche Überzeugungskraft lag in diesem einen Wort. Lilly, der der Befehl gar nicht gegolten hatte, ertappte sich dabei, wie sie mit dem Fuß nach einer Bremse suchte, die gar nicht da war, Morgan drückte die seine voll durch.

Mit quietschenden Reifen kam der Wagen schlingernd zum Stehen. Mitten auf der Fahrbahn. Sie konnten von Glück sagen, dass auf der verschlafenen Landstraße um diese Uhrzeit kein Verkehr herrschte.

„Bist du jetzt völlig durchgeknallt?", brüllte Morgan wütend und drehte sich zornentbrannt zu seinem Bruder um.

„Ich nicht!", rief Alahrian aufgebracht, und violette Helligkeit brannte in seinen Augen. „Aber du anscheinend! Oder willst du uns alle umbringen?"

„Ach je." Morgan verzog spöttisch das Gesicht. „Wovor hast du Angst, *Liosch*? Dass dir bei einem Unfall dein hübsches Gesichtchen zerkratzt wird? Ein paar Tage und es ist verheilt!" Er schnaubte geringschätzig.

„Bei mir vielleicht!", brüllte Alahrian zurück. „Aber bei *ihr* nicht!"

„Oh!" Morgan riss die Augen auf und starrte Lilly verdutzt an. „Oh! Entschuldige!" Verlegen lächelnd zuckte er mit den Schultern. „Daran hatte ich nicht gedacht, sorry." Betreten kaute er auf seiner Unterlippe herum. „Weißt du, du hängst so oft mit uns rum, ich hatte schon ganz vergessen, dass du ein *Mensch* bist!"

Alahrian wurde vor Empörung kreideweiß im Gesicht und wollte eben erneut losschreien, doch Lilly sagte schnell: „Schon gut! Können wir jetzt weiterfahren?"

„Okay." Morgan gab wieder Gas, diesmal sehr dezent. In überraschend manierlichem Stil ging die Fahrt weiter. Fast hätte Lilly sich entspannen können, wäre da nicht das Gezanke der beiden Brüder gewesen. Sie setzten ihren Streit nämlich fort, lautlos diesmal und bloß in Gedanken, Lilly jedoch bekam trotzdem jedes Wort mit.

Funk nie wieder in meinem Kopf herum!, eiferte sich Morgan gerade. *Oder du kannst was erleben, Kleiner!*

Was soll ich denn machen?, giftete Alahrian zurück. *Du bist so was von verrückt, ehrlich!*

Seufzend lehnte sich Lilly gegen das Fenster und blickte ergeben hinaus. Sah ganz so aus, als würde dies hier eine lange, eine sehr, sehr lange Fahrt werden …

Fünf Minuten lang ertrug sie das lautlose Gekeife, dann drehte sie sich zu den beiden um.

Du bist wirklich bescheuert!, schimpfte Morgan eben.

Wenn hier jemand bescheuert ist, dann bist das ja wohl du, kam es prompt zurück.

„Genug jetzt!", rief Lilly ungehalten. „Ihr seid alle beide bescheuert!"

Morgan trat auf die Bremse, etwas gemäßigter diesmal, fuhr rechts ran und starrte sie, über den Fahrersitz hinweg aus großen Augen an. Zuerst dachte Lilly, sie wäre zu weit gegangen und hätte ihn ernsthaft beleidigt und sie wollte gerade zu einer Entschuldigung ansetzen, als Alahrian sagte: „Du kannst das *hören*?"

Alle beide schauten sie nun gespannt an, urplötzlich schienen sie wieder die Eintracht in Person zu sein.

„Ja, natürlich." Lilly blickte verblüfft von einem zum anderen. „Ich dachte, das wüsstet ihr!"

„Nein, das wussten wir nicht." Morgan verzog das Gesicht und sah fassungslos seinen Bruder an. „Du ... du kannst verstehen, wenn wir in Gedanken miteinander reden?", vergewisserte er sich ungläubig, ohne Lilly anzublicken. „Oh Mann!" Stöhnend lehnte er sich zurück.

„Ist doch egal", meinte Alahrian schnell. „Ich habe keine Geheimnisse vor ihr." Weich sah er Lilly an.

„Ja." Morgan schnaubte entrüstet. „*Du* vielleicht nicht!" Entgeistert drehte er sich erneut zu Lilly um. „Was kannst du noch?", fragte er, plötzlich aufs Äußerste beunruhigt. „Kannst du ... kannst du auch hören, was wir *denken*?" Misstrauisch sah er sie an. „Weißt du, was ich jetzt gerade denke?"

„Nein, natürlich nicht." Lilly schüttelte vehement den Kopf. Obwohl: Sie musste keine große Hellseherin sein, um es zu erraten. Er fragte sich, was er in ihrer Gegenwart seinem Bruder so alles erzählt hatte ... Und was davon lieber privat geblieben wäre.

„Umpf." Morgan atmete erleichtert auf.

„Das ist doch Blödsinn!", mischte sich Alahrian ein. „Du weißt, es hat nichts mit Telepathie zu tun."

„Sicher." Morgan zuckte fahrig mit den Schultern. „Aber ich *weiß* auch, dass sie uns unmöglich verstehen kann. Zumindest wusste ich das bis vor kurzem", fügte er schlecht gelaunt hinzu.

„Was soll das heißen?", hakte Lilly nach. „Es ist unmöglich?"

Alahrian sah sie mit einem merkwürdigen Ausdruck in den Augen an. „Wir können nicht die Gedanken von jemand anderem lesen", erklärte er. „Aber wir können unsere Gedanken in die eines anderen hineinprojizieren. Derjenige hört oder sieht dann nur, was wir ihm zeigen möchten. Es ist eine völlig übliche Art der Kommunikation für uns, schneller, praktischer und *privater* als laut zu sprechen."

Die Betonung lag auf privat, Lilly bemerkte es deutlich.

„Privater deshalb, weil wir unsere Gedanken ausschließlich an ein bestimmtes Gegenüber richten", fuhr Alahrian ungerührt fort. „Es ist so, wie wenn du einen verschlüsselten Funkspruch von einem Gerät zum anderen schickst. Nur an *ein* Gerät, nicht an alle anderen, die noch außen herum stehen."

„Und ich bin … eines von diesen Geräten, die außen herum stehen?", fragte Lilly skeptisch.

„Du scheinst ein Gerät mit Universalempfang zu sein", entgegnete Alahrian nüchtern.

„Ein *Abhör*gerät?" Lilly fühlte, wie die allgemein entgeisterte Stimmung nun auch auf sie übergriff.

Alahrian runzelte die Stirn. „Der Vergleich mit einem *Gerät* gefällt mir allmählich überhaupt nicht mehr", beschwerte er sich missbilligend.

Morgan schnaubte unwillig. „Menschen *können* unsere lautlosen Gespräche nicht mithören", knurrte er trotzig. „Das ist verrückt!"

„Das ist phantastisch!" Alahrian strahlte Lilly an. „Ich habe immer schon gewusst, dass du etwas ganz Besonderes bist." Er legte die Hand in ihre, sein Blick war warm und hell und stolz.

Morgan grummelte etwas Unverständliches, dann betätigte er schweigend den Blinker und setzte die Fahrt fort, ohne ein weiteres Wort von sich zu geben.

Alahrian hingegen schien völlig aus dem Häuschen. „Kannst du auch *antworten*?", fragte er aufgeregt. „Kannst du mir etwas mitteilen, ohne dabei zu reden?"

„Ja." Lilly lächelte ihn an. „Natürlich kann ich ..." Augenzwinkernd beugte sie sich zu ihm hinüber und hauchte einen zarten Kuss auf seine Wange.

„Hmmm." Alahrian seufzte glücklich. „Leider war es nicht das, was ich meinte."

„Ich weiß." Lilly streichelte gedankenverloren seine Hand. „Nein, ich glaube nicht", meinte sie dann. „Ich kann nicht antworten."

„Vielleicht können wir es dir beibringen", sinnierte Alahrian verträumt. „Ich würde so gerne deine Stimme direkt in meinem Kopf hören. Das wäre wunderbar!"

Morgan räusperte sich vernehmlich. „Wie wär's, wenn ihr mal mit dem Gesäusel aufhören würdet? Das ist ja widerlich!"

Lilly und Alahrian erröteten beide auf der Rückbank, verstummten abrupt und hielten sich nur noch leise an den Händen. Der Rest der Fahrt verlief weitestgehend ruhig. Keiner wagte mehr, etwas zu sagen – weder laut noch in Gedanken.

Das Konzert

Wegen der unvorhergesehenen Unterbrechungen kamen sie trotz Morgans anfänglichem Tempo zu spät in München an. Lilly hatte ursprünglich vorgehabt, ihre Mutter vor dem Konzert im Hotel zu treffen, doch an der Rezeption erwartete sie nur noch eine Nachricht, sie sei schon im Konzerthaus.

„Tut mir leid", murmelte Alahrian zerknirscht.

„Aber das ist doch nicht deine Schuld!" Lilly nahm seine Hand in die ihre. „Komm, lass uns auf unsere Zimmer gehen und uns umziehen. Vielleicht treffen wir sie noch in der Garderobe."

Mit dem Aufzug fuhren sie in den zweiten Stock des Hotels hinauf. Die Zimmer waren tatsächlich zwei Einzelzimmer, was Lilly peinlichst an die Schachtel in ihrer Handtasche erinnerte. Immerhin lagen sie einander direkt gegenüber, nur durch einen schmalen, von einem roten Läufer bedeckten Flur voneinander getrennt.

„Bis gleich, ja?", murmelte Lilly, ein wenig beklommen, als sie sich auf eben jenem Flur voneinander trennten.

Das Zimmer selbst war hell, geschmackvoll eingerichtet und geräumig. Es war ein recht nobles Hotel. Lilly nahm an, der Veranstalter zahlte die Unterkunft, wusste die vergoldeten Armaturen im marmorgefliesten Bad aber umso mehr zu schätzen, da sie ahnte, wie grässlich stählerne Wasserhähne für Alahrian sein mussten. Auf diese Art und Weise konnte er wenigstens ein Schaumbad nehmen, ohne sich irgendwo zu verbrennen. Ob er das wohl gerade machte? Ein Schaumbad nehmen?

Allein der Gedanke ließ sie schon wieder erröten. Was waren denn das plötzlich für dumme Überlegungen?

Zornig auf sich selbst stopfte sie ihren Koffer unausgepackt in den Schrank, trippelte selbst ins Bad, stellte sich aber nur schnell unter die Dusche. Für ein Schaumbad war eindeutig nicht genug Zeit, auch wenn eine riesige, mit verschiedensten Ölen, Badeperlen und Düften ausgestattete Wanne geradezu dazu einlud.

In ein weißes, hoteleigenes Handtuch gehüllt, kehrte sie ins Zimmer zurück, fischte ihre Kosmetiktasche und das Kleid aus dem Koffer und war gerade fertig geschminkt und frisiert, als es an der Tür klopfte. „Moment!", rief Lilly hastig, warf das Handtuch aufs Bett, schlüpfte eilig in ihre Klamotten und zerrte hektisch an dem Reißverschluss des dämlichen Abendkleides, der natürlich in eben jenem Moment klemmen musste, wo sie es am wenigsten gebrauchen konnte.

„Lilly?", fragte Alahrian draußen vor der Tür behutsam.

„Ich komme!" Ohne Schuhe, in einem nicht ganz verschlossenen Kleid, hüpfte Lilly zur Tür – und vergaß ihren eigenen, kompromittierenden Aufzug mit einem Schlag, als sie Alahrian erblickte.

Er sah atemberaubend aus in dem dunklen, eleganten Anzug. Das Haar, noch nass vom Waschen, das üblicherweise wild und ungezähmt über die Schläfen fiel, war diesmal ordentlich aus der Stirn gekämmt, ohne dabei die verräterischen Ohren frei zu lassen. Seine Augen strahlten, und obwohl er nicht leuchtete, wirkte er so übernatürlich schön wie selten zuvor.

Lilly trat rückwärts ins Zimmer zurück, um ihn einzulassen, und fingerte dabei nervös weiter an dem Reißverschluss herum.

„Soll ich dir helfen?", fragte er galant, und schon spürte sie seine warmen, weichen Finger auf ihrem Rücken.

Ein Schauder lief durch ihre Adern. Das hier war ja wie im Film!

Hitze durchströmte sie, als er ihr von hinten die Arme um die Hüften legte, ihren Hals küsste und tief den Duft ihrer Haare einsog. „Du bist so schön", wisperte er ihr ins Ohr. „So wunderschön."

Lächelnd drehte sie sich zu ihm um, streichelte mit der Hand zart über sein Gesicht und sah ihm lange in die Augen, verlor sich in seinem Blick, bis sie das Konzert fast vergaß. Nur widerwillig schlüpfte sie in ihre Schuhe, nahm die Handtasche und die Jacke und verließ, fest seine Hand haltend, das Hotel.

Und so, Hand in Hand, schlenderten sie die Straßen der langsam dunkler werdenden Stadt entlang, zu Fuß zum Konzertsaal strebend. Ein ganz normales Paar, an einem ganz normalen Freitagabend.

Na ja, fast ...

Unwillkürlich richtete Lilly den Blick zum Horizont. Hinter den dunklen Häuserfassaden ertrank die Sonne bereits in einem Meer aus Rosafarben. Die eine Hälfte des Himmels war schon nachtschwarz, durchbrochen von einzelnen, silbrig schimmernden Sternen.

„Ideale Bedingungen, um in ein Konzert zu gehen", bemerkte Alahrian, der ihrem Blick gefolgt war, fröhlich. „Keine Wolken zu sehen."

„Ein Konzert ist wohl besser als Kino?", erkundigte sich Lilly beiläufig. Letzteres hatte er bisher immer abgelehnt.

Alahrian lächelte milde. „Bei Konzerten gibt es in der Mitte eine Pause, in der man zusammen mit den Rauchern kurz nach draußen verschwinden kann, um Licht zu tanken", erklärte er unbekümmert.

„Zusammen mit den Rauchern, aha." Lilly lachte leise.

„Ja." Er nickte eifrig. „Das fällt überhaupt nicht auf, du wirst schon sehen!"

„Tja, schon hart, so ein Suchtproblem ..." Vergnügt blinzelte Lilly ihm zu und lauschte voll Wärme seinem melodiösen Glasglockenlachen. Er schien bemerkenswert unbeschwert und heiter heute Abend, all die Zwistigkeiten und Streitereien der letzten Tage waren vergessen.

Als sie sich dem Konzerthaus näherten jedoch, spürte Lilly seine wachsende Anspannung. Seine Miene hatte einen ernsten, leicht besorgten Ausdruck angenommen, die Hand, die fest in der Lillys lag, fühlte sich plötzlich eiskalt an. Seine Bewegungen waren fahrig, der Blick gehetzt.

„Was hast du?", fragte Lilly beunruhigt.

„Nichts." Ein schnelles Lächeln flitzte über seine Lippen. Und dann, weil er der schlechteste Lügner aller Zeiten war, fügte er kleinlaut hinzu: „Ich bin nur ein bisschen aufgeregt, das ist alles."

„Wegen des Konzerts?"

Er lachte nervös. „Wegen deiner Mutter natürlich!"

„Oh!" Daran hatte Lilly vor lauter Aufregung um das Auto und ihren Vater überhaupt gar nicht mehr gedacht. Für sie war es ein mehr oder weniger normaler Besuch bei einem Elternteil. Sie war daran gewöhnt, ihrer Mutter ständig auf irgendwelche Auftritte hinterher zu reisen, wenn sie sie sehen wollte. Für Alahrian aber war es ...

Es war *der* Antrittsbesuch bei der Mutter seiner Freundin.

„Du wirst sehen, das wird ganz harmlos", beruhigte sie ihn hastig. „Meinen Vater hast du ja schon kennengelernt und meine Mutter ... sie ist viel lockerer!"

„Ja, aber sie ist deine *Mutter*!" Er schien nicht überzeugt. „Das ist ... etwas ganz anderes. Was, wenn sie mich nicht ausstehen kann?"

Lilly blieb stehen, stellte sich auf die Zehenspitzen und küsste seine Wange. „Sie wird dich mögen", versicherte sie fest. „Ganz einfach, weil ich dich liebe und weil du mich glücklich machst und weil sie das sehen wird."

Er antwortete mit einem lächelnden Seufzen, einer Mischung aus Dankbarkeit und Zweifel, und lief stumm weiter die Straße entlang. Eine Zeitlang war er in Gedanken versunken. Als sie das Konzerthaus betraten und sich nach der Künstlergarderobe durchfragten jedoch, wurde er so hibbelig, dass er es nicht mehr verbergen konnte.

„Sehe ich einigermaßen ordentlich aus?", erkundigte er sich und blickte sich in dem schmalen, verwinkelten Korridor unter der Bühne verzweifelt nach einem Spiegel um. Unruhig zupfte er an seinen Manschetten herum.

„Du siehst perfekt aus."

„Leuchte ich?"

Lilly unterdrückte ein Grinsen. „Nein, du hast es im Griff."

„Warnst du mich, wenn ich aus Versehen zu leuchten anfange?"

Unwillkürlich fragte sie sich, wie er bei seinen unkontrollierten Gefühlswallungen so viele Jahrhunderte unentdeckt überstanden hatte. Laut versprach sie: „Aber natürlich."

„Hmmm ... Oh, ich glaube da vorne ist es! Dritte Tür rechts!" Anstatt sich in Bewegung zu setzen, blieb er jedoch mit einem nachdenklichen Gesichtsausdruck stehen. „Sag mal, hätten wir nicht Blumen oder so was mitbringen sollen?", bemerkte er unglücklich. Und bevor sie antworten konnte: „Mist, ja, wir hätten auf jeden Fall Blumen mitbringen sollen! So macht man das doch, nicht wahr?" Er wurde ein bisschen blass vor Besorgnis. „Komm!" Hektisch zerrte er sie ein paar Schritte den Gang zurück. „Lass uns rasch welche besorgen!"

Lilly verdrehte die Augen. „Alahrian, wo sollen wir denn jetzt noch Blumen her bekommen?"

Doch da grinste er plötzlich über das ganze Gesicht. „Willst du mich beleidigen?", fragte er in gespielter Entrüstung. Vor einem Terrakotta-Topf mit einer leicht welken, gelblich verfärbten Zimmerpflanze darin blieb er stehen. Einen unbedachten Moment lang glaubte Lilly schon, er wolle ihrer Mutter *dieses* Ungetüm mitbringen, doch dann streckte er die Hand aus, sah sich verschwörerisch nach allen Seiten hin um und legte die Fingerspitzen dann sanft auf die bröckelige Erde in dem überdimensionalen Blumenkübel. Es dauerte nicht lange, bis einige zarte, grüne Triebe empor sprossen, und nach wenigen Sekunden öffneten sich winzige, sternförmige Blüten.

Mit einem triumphalen Glitzern in den Augen präsentierte er ihr einen frisch gewachsenen Blumenstrauß. Eine seiner leichtesten Übungen, natürlich ... Lilly hätte es sich denken können. Voll Zärtlichkeit blickte sie ihn an. Das war immer das Schönste! Ihn so zu sehen, so zufrieden über seine eigenen Talente, ganz mit sich selbst im Reinen.

Sanft steckte er ihr eine der Blüten ins Haar, den Rest behielt er. „Was ist denn das für eine merkwürdige Sorte?", erkundigte sich Lilly, um ihn ein wenig zu necken. „Du bist wohl ein bisschen nervös, was?"

„Ich bin *sehr* nervös", gab er – wie immer unumwunden – zu. „Aber das hier", er hob den Strauß hoch, „ist nicht meine Schuld. Ich bin kein Zauberer, weißt du? Ich muss mit dem arbeiten, was schon in der Erde *ist.*"

Darauf wusste Lilly nichts mehr zu sagen, und so kamen sie schweigend vor der Garderobe ihrer Mutter an. „Bereit?", flüsterte Lilly Alahrian zu.

Er atmete tief durch. Sie konnte seinen Puls bis in die Fingerspitzen fühlen, laut jedoch sagte er: „Bereit."

Lilly klopfte, selbst ein wenig aufgeregt, an die Tür. Es dauerte nicht lange, bis geöffnet wurde, allerdings reagierte ihre Mutter völlig anders als erwartet: Mit einem freudigen Lächeln streckte sie den Kopf zur Tür heraus, schaute strahlend ihre Tochter an – und erstarrte, als ihr Blick auf Alahrian fiel. Ihre Augen weiteten sich. Ein halb unterdrücktes Keuchen entschlüpfte ihren Lippen, und dann warf sie die Tür schwungvoll wieder ins Schloss.

„Oh nein", stöhnte Alahrian entsetzt. „Das war schlimmer, als ich es mir in meinen kühnsten Alpträumen hätte vorstellen können! Sie *hasst* mich!"

„Unsinn!", gab Lilly energisch zurück. „Sie kennt dich überhaupt nicht!" Brüsk wandte sie sich der Tür zu. „Mama?" Sie wollte eben nachdrücklich noch einmal anklopfen, doch das war gar nicht nötig, denn die Tür öffnete sich von selbst.

Hektisch und fahrig erschien ihre Mutter erneut. „Tut mir leid!", rief sie schnell. „Ich dachte, ich hätte mein Handy in der Garderobe gehört. Aber es war falscher Alarm! Wie schön, dass ihr da seid!" Rasch umarmte sie ihre Tochter, ohne mit dem Reden aufzuhören. Sie redete wie ein Wasserfall, um genau zu sein, hastig und unaufhörlich.

Was war das denn?, überlegte Lilly stirnrunzelnd. Ein heftiger Anfall von Lampenfieber? Sie war ja schlimmer als Alahrian!

Apropos:

„Und du musst Lillys Freund sein, nicht wahr?" Mit einem Lächeln, das sonderbar übertrieben wirkte, wandte sie sich Alahrian zu. „Alahrian, nicht wahr? Ich freue mich sehr, dich endlich kennenzulernen! Lilly hat schon so viel von dir erzählt!"

„Danke", entgegnete Alahrian steif und überreichte höflich die Blumen. „Ich freue mich auch."

Lilly schluckte hart. Keiner von beiden wirkte, als würde er sich wirklich freuen. Ihre Mutter machte einen völlig überdrehten Eindruck, Alahrian sah aus, als würde er im nächsten Moment einfach weglaufen.

Aber Lilly war noch nicht bereit, so schnell aufzugeben. Sie waren eben beide nervös, das war doch normal, nicht wahr? Es würde sich gewiss legen, sobald sie einander besser kannten. Und dann, dann würden sie sich mögen, da war sie sicher. Jawohl, völlig sicher!, redete sie sich selbst ein.

Dennoch verliefen die nächsten fünf Minuten in der engen Künstlerkabine so verkrampft wie selten ein Gespräch zuvor. Selbst mit ihrem Vater war es entspannter gewesen, musste Lilly sich widerwillig eingestehen. Sie tauschten ein paar belanglose Floskeln aus, wobei Lilly den Großteil der Konversation bestritt. Alahrian und ihre Mutter starrten sich die meiste Zeit über einfach nur an wie die Schlange ihre Beute, nur dass kaum festzustellen war, *wer* die Schlange war – und wer die Beute. Die Stimmung war angespannt, ja, nahezu feindselig, der Blick ihrer Mutter ungewöhnlich durchdringend. Sie musterte Alahrian, als suche sie nach irgendetwas in seinem Gesicht, etwas, das sie vielleicht selbst nicht benennen konnte. Alahrian starrte unbehaglich zurück, und Lilly verstand nicht im Geringsten, was mit den beiden los war. Es *musste* eben die Aufregung sein!

Obwohl sie sich auf das Wiedersehen mit ihrer Mutter gefreut hatte, war Lilly erleichtert, als sie verkündete, sich allmählich auf den Auftritt vorbereiten zu müssen, und Alahrian dieses Angebot dankbar und mit der gewohnten diskreten Höflichkeit aufgriff. Lilly brauchte ihm nur zu folgen.

„Was um alles in der Welt ist da denn gerade passiert?", fragte Lilly verwirrt, keine zwei Sekunden, nachdem sie wieder auf den Korridor getreten waren.

Alahrian versteifte sich sichtlich. „Ich weiß nicht, was du meinst", behauptete er mit schlecht geschauspielerter Gelassenheit.

„Komm schon!" Lilly zog die Brauen hoch. „Du weißt, du kannst nicht lügen, also sag mir doch einfach, was los ist!"

Alahrians Miene war undurchdringlich. „Frag das lieber *sie*", gab er abweisend zurück. „Sie hat mich angeschaut, als wäre ich irgendein merkwürdiges Insekt, das aus Versehen durch ihr Fenster geflogen kam!"

„Unsinn!" Die Worte taten ihr weh. „Sie war nur neugierig. Und nervös ... Künstler sind eben so ... Wir hätten vielleicht warten sollen bis nach dem Konzert ..." Lilly konnte fühlen, wie ihr vor Enttäuschung fast die Tränen kommen wollten. Dass ihr Vater jeden möglichen Bewerber um sein Schneewittchen von vornherein unter die Mangel nehmen würde, hatte sie gewusst. Dass ihre Mutter und ihr Freund sich nicht verstanden, ja, sich auf Anhieb zu hassen schienen, das war einfach nur scheußlich.

„Bitte gib ihr noch eine Chance!", flehte sie und biss sich auf die Unterlippe, um ihre Gefühle nicht zu deutlich zu zeigen.

Alahrian spürte trotzdem, was in ihr vorging, denn er blieb plötzlich stehen, schloss sie in die Arme und flüsterte zart, weicher und wärmer als zuvor: „Natürlich. Ich tue alles, was dir wichtig ist." Gequält verzog er das Gesicht, als er sie losließ. „Ich wollte das hier wirklich richtig machen, ehrlich", jammerte er verzweifelt. „Sieht allerdings ganz so aus, als hätte ich es vermasselt."

„Aber nein!" Voller Reue nahm Lilly seine Hand, und es tat gut, sich ein bisschen an ihm festzuhalten. „Du bist wunderbar! Ihr braucht eben noch ein bisschen ... Zeit. Ihr werdet euch schon noch aneinander gewöhnen, ganz bestimmt."

Daran zu glauben nahm sie sich fest vor, und zwar für den Rest dieses Abends. Alahrian antwortete nicht und blickte einige Minuten lang mit starrer Miene und gedankenversunkenen Augen ins Leere. Als sie ins Foyer traten, in einen glitzernden, von elektrischen Kronleuchtern erhellten Saal, da taute er jedoch plötzlich auf und sah sich mit einem seltsam zufriedenen Ausdruck um. Es waren schon etliche Besucher anwesend. Das Konzert war ausverkauft, der Raum vollgestopft mit Damen in edlen Abendroben und Herren in dunklen Anzügen. Sektgläser klirrten, Gesprächsfetzen schwirrten durch die Luft, es herrschte eine entspannte, lockere Atmosphäre gepflegter, intellektueller Unterhaltung.

„Sollen wir schon hineingehen?", fragte Lilly leise, immer noch Alahrians Hand haltend.

Mit Hilfe der VIP-Tickets, die sie in ihrer Handtasche hatte, wurde ihnen zuvorkommend der Weg zu ihrer Loge gewiesen, und sie ließen sich nebeneinander auf den samtbesetzten, roten Biedermeiersesseln nieder. Das Konzert fand in einem sehr alten Theater statt. Ein gigantischer, kristallener Kronleuchter hing von der stuckbesetzten Decke, die offene Bühne wurde von einem schweren Brokatvorhang gesäumt.

Lilly beobachtete verwundert, wie Alahrian kurz die Augen schloss, tief einatmete, als wollte er die ganze Atmosphäre in sich aufsaugen, und dann versonnen lächelte. „Ich liebe das Theater", gestand er halblaut. „Es ist so wunderbar altmodisch. Alles in eurer Welt verändert sich rasend schnell, die Sitten, die Gebräuche, die Mode ..." Er lachte leise. „Aber hier scheint die Welt stillzustehen. Die Herren tragen dunkle Anzüge, die Damen Abendkleider ... Bisweilen spielt ihr noch immer dieselben Stücke wie vor zweihundert Jahren. Das Theater vergisst nicht. Es ist wie eine Reise in die Vergangenheit, ohne die Gegenwart zu verlassen."

„Vermisst du sie denn, die Vergangenheit?", fragte Lilly, die seltsame Melancholie in seinen Worten ergründend.

Da lächelte er sie an, sein Blick azurfarben wie der Himmel nach einem Gewitter. Zweifel und Argwohn waren ganz daraus verschwunden. „Nicht, wenn du in meiner Gegenwart bist", sagte er sanft.

Lilly lehnte den Kopf gegen seine Schulter und war froh über die alte Leichtigkeit, die zwischen ihnen zurückgekehrt war. Er schien sich wohlzufühlen. Die Anspannung war aus seinem Gesicht gewichen, neugierig blätterte er in dem Programmheft, das er irgendwo im Foyer stibitzt haben musste, und bemerkte versonnen: „Ich stelle mir vor, wie es sein wird, wenn *du* deine ersten Konzerte gibst. Gewiss werden die Säle überquellen und die Kritiker werden sich überschlagen vor Lob!"

Lilly lachte verlegen. „Dafür bin ich längst nicht gut genug", seufzte sie.

„Doch, das bist du!" Er zwinkerte vergnügt. „Und ich kann das besser beurteilen als du", wisperte er ihr ins Ohr. „Vergiss nicht, ich habe schon viele Künstler kommen und gehen sehen. Ich habe sogar Chopin gekannt."

„*Sie* ist besser, als ich je sein werde", beharrte Lilly. „Das wirst du gleich feststellen."

Tatsächlich wurde es dunkel um die Bühne. Der letzte Gongschlag verschallte, kurz darauf trat ihre Mutter an den schimmernden Flügel im Rampenlicht, im Abendkleid, nun wieder ganz sie selbst, Ruhe ausstrahlend und Sicherheit.

Lilly schloss die Augen, als die ersten Töne erklangen. Ihre Mutter spielen zu hören, gab ihr stets ein Gefühl von Wärme und Geborgenheit, egal an welchem Ort. Technik, Anschlag, Emotionalität, all das war etwas, das man messen und beurteilen konnte, etwas, das ihr ein Vorbild sein konnte und eine Lehre. Doch sie dachte nicht daran, wenn sie lauschte. Sie dachte an gar nichts mehr. Die Musik hüllte sie ein, sie ließ sich fallen, empor tragen und entführen davon.

Alahrian neben ihr schien jetzt ganz ruhig, sie musste ihn nicht einmal ansehen. Es genügte, ihn zu spüren, seine Hand in ihrer, seine Anwesenheit, seine Nähe zu fühlen. Es hätte ein vollkommenes, ein wunderschönes Erlebnis sein können, doch es währte nicht einmal eine Stunde lang. Kurz vor der Pause begann ihre Mutter plötzlich, ein unbekanntes Stück zu spielen, eine fremde Melodie, süß und geheimnisvoll, verspielt und doch ernst, heiter und voller Trauer. Die Musik brachte etwas in Lilly zum Klingen, weckte eine längst verloren geglaubte Erinnerung, die ihr jedoch wieder entschlüpfte, noch ehe sie sie fassen konnte. Fasziniert richtete sie sich auf, öffnete die Augen – und spürte plötzlich, wie Alahrians Hand sich um die ihre verkrampfte. Sein Gesicht war aschfahl geworden, selbst bei dem schwachen Licht in der Loge konnte sie es erkennen. Der Blick war leer, seine Züge ausdruckslos.

„Was hast du?", flüsterte sie besorgt. War es etwa doch zu dunkel hier drinnen?

Sie bekam keine Antwort. Stumm und reglos saß er neben ihr, zu einer Statue erstarrt, in der kaum mehr Leben zu sein schien. Erst als es zur Pause klingelte, sprang er auf, als hätte man ihm einen Stromschlag versetzt, und stürzte ohne ein einziges Wort hinaus.

Lilly blieb nichts anderes übrig, als ihm zu folgen, und er blieb erst stehen, als sie draußen vor der Tür angelangt waren. Vor dem Theater hatte sich bereits eine fröhlich schwatzende Menschentraube versammelt, die meisten mit Zigaretten in der Hand. *War es das?*, fragte sich Lilly hoffnungsvoll. Die Raucherpause, auf die er gewartet hatte?

Doch er sah nicht aus, als strebe er nach dem Licht. Er sah gehetzt aus, erschrocken. „Irgendetwas stimmt hier nicht", sagte er tonlos, die Lippen zusammengepresst. „Mit deiner Mutter stimmt etwas nicht. Sie hat ein Geheimnis."

„Was?!" Fassungslos starrte Lilly ihn an. „Wie kommst du denn darauf?"

Er blickte ins Leere, noch immer mit diesem sonderbar harten, undurchdringlichen Ausdruck im Gesicht. Lilly hatte ihn nie zuvor so gesehen. Fast machte es ihr Angst.

„Das letzte Stück", meinte er, scheinbar ohne Zusammenhang. „Das stand nicht im Programm, nicht wahr?"

Lilly zuckte mit den Schultern. „Keine Ahnung, schon möglich."

„Und es war ein Stück, das weder du noch sonst irgendjemand im Saal je gehört hat." Das war keine Frage. Es war eine Feststellung.

Lilly verstand nicht, worauf er hinauswollte. „Sie hat eben improvisiert!" Verwirrt schüttelte sie den Kopf. „So was soll schon mal vorkommen." Ein Hauch von Ärger schlich sich in ihre Stimme. Was hatte er denn heute bloß?

„Nein, das war nicht improvisiert!" Alahrian lachte schrill. „Jedenfalls nicht von *ihr*!" Und dann sagte er, scharf und schneidend: „Es war ein Stück aus *meiner* Welt."

„Wie bitte?" Einen Moment lang starrte Lilly ihn geschockt an, dann versuchte sie sich an einem milden Lächeln. „Aber das hat doch nichts zu bedeuten", flüsterte sie beruhigend. „Viele Künstler wurden über die Jahrhunderte hinweg von euch inspiriert, das hast du selbst gesagt. Sie hat es eben irgendwo aufgeschnappt."

Alahrian nickte abgehackt, doch sie konnte sehen, wie es hinter seiner Stirn arbeitete. Er war noch immer bleich, sein Blick unstet und leer, die Finger zu Fäusten verkrampft, ihre ausgestreckte Hand verweigernd. „Sie weiß irgendetwas", flüsterte er mit ferner, fremder Stimme. „Wie sie mich angesehen hat, vorhin! Das mit dem Handy, das war eine Lüge! Sie hat die Tür zugeschlagen, als sie *mich* gesehen hat, von einem Handy war überhaupt nichts zu hören!" Ein Zucken lief um seine Mundwinkel. „Sie *weiß* es ... Sie weiß, was ich bin."

„Unsinn!" Wäre es nicht so ernst gewesen, hätte Lilly gelacht. „Und selbst wenn", fügte sie hinzu, obwohl es schlichtweg absurd war. „Wäre das so schrecklich?"

Er reagierte gar nicht auf sie. Das war vielleicht das Schlimmste. Als sie ihn kennengelernt hatte, hatte sie oft das Gefühl gehabt, er sei wie hinter einer Glaswand eingeschlossen. Jetzt *war* er eine Wand, und sie war steinern und hoch und unüberwindlich. Lilly konnte nicht zu ihm durchdringen.

„Ich muss hier weg", sagte er plötzlich. „Jetzt gleich!"

Lilly starrte ihn an – und plötzlich wurde Zorn aus ihrer Verwirrung und ihrem Ärger. „Ist *das* deine Art von Vertrauen?", rief sie hitzig. „Wegzulaufen bei der geringsten Schwierigkeit?"

Keine Antwort. Er stand still und verschlossen und schweigend.

Die Hilflosigkeit, die sie empfand, während sie ihn anschaute – und er ihrem Blick auswich – war Öl auf der Glut ihres Zorns. „Ist es das, was mich erwartet?", fragte sie bitter. „Eines Tages aufzuwachen und festzustellen, dass du einfach verschwunden bist, nur weil dich jemand *schief angeschaut* hat?"

Er zuckte zusammen, sagte aber nichts. Plötzlich wünschte Lilly sich fast, er würde sie anschreien. Alles war besser als dieses Schweigen. „Du ... du bist ja schon völlig paranoid", warf sie ihm wütend vor, nur um ihn aus der Reserve zu locken.

Es funktionierte. Sein Kopf fuhr herum. Sie hatte Zorn erwartet, irgendeine Form von Rechtfertigung, aber stattdessen fand sie nur Schmerz – und Kälte. „Du hast keine Ahnung, wovon du redest", entgegnete er mit einer nüchternen Schärfe, die umso mehr wehtat, da sie seinem Wesen so überhaupt nicht entsprach. „Du weißt nicht, wie es ist, verfolgt zu werden, gejagt, eingesperrt ... Du weißt gar nichts!"

Lilly sog die Luft zwischen den Zähnen ein, ließ zwei Sekunden verstreichen und sagte dann mit erzwungener Ruhe, um ihn nicht noch mehr zu verletzen: „Alahrian ... Sie ist meine *Mutter*. Und nicht die Spanische Inquisition!"

In seinem Gesicht zuckte es. „Sie ist ein Mensch!", schleuderte er ihr heftig entgegen.

Lilly biss sich auf die Lippen, weil mit einem Mal Tränen in ihre Augen schossen, und er sollte sie nicht sehen. „Das bin ich auch", antwortete sie gekränkt.

„Das ist etwas anderes!" Seine Augen blitzten, aber wenigstens war die Kälte daraus verschwunden.

„Wieso?" Trotzig starrte sie ihn an.

„Weil ..." Sein Widerstand bröckelte. Sie sah es in seinem Blick, doch da war auch noch etwas anderes, etwas Flackerndes, Irrationales, das keinem ihrer Worte zugänglich war.

„Weil ich dir vertraue", sagte er endlich.

„Danach sieht es aber nicht aus." Lilly senkte traurig den Blick.

„Sie *weiß* etwas", beharrte er stur, ihren letzten Satz bewusst ignorierend. „Sie verbirgt etwas vor dir, glaub mir."

„Warum sagst so etwas?" Jetzt schossen ihr wirklich die Tränen in die Augen. „Das ... das ist doch verrückt! Sie ist meine Mutter, verdammt!"

Er schloss die Augen. Sie sah, wie er mit sich selbst kämpfte, wie er zögerte – wie er zweifelte. „Ich kann das nicht", flüsterte er endlich. „Es tut mir leid."

„Alahrian." Sie wollte nicht, dass es so zwischen ihnen war. Sie wollte ihn bei sich haben, sie wollte ihn lächeln sehen, sie wollte glücklich mit ihm sein. Unwillkürlich streckte sie die Hand nach ihm aus, und diesmal ließ er die Berührung zu, aber er erwiderte sie nicht. „Hör zu", begann sie hilflos. „Warum ... warum gehst du nicht zurück ins Hotel und ruhst dich dort ein bisschen aus? Es war ein anstrengender Tag, und ..."

„Ich bin weder müde noch krank noch verrückt", unterbrach er sie abweisend. „Ich ..." Aber dann fühlte er ihren Schmerz, die Angst, die ihr sein Misstrauen einflößte, und er schüttelte seufzend den Kopf.

„Also gut", lenkte er ein. „Ich ... warte dann auf meinem Zimmer auf dich."

„Okay." So hatte sich Lilly den Abend eindeutig nicht vorgestellt, doch sie wagte nicht, ihn zu drängen.

„Wird deine Mutter dich zum Hotel bringen?", erkundigte er sich.

Lilly nickte stumm, atmete aber innerlich auf. Zumindest war er immer noch besorgt um sie. Sein Benehmen hatte nichts mit ihr zu tun. Trotzdem tat es weh.

Ohne ein weiteres Wort drehte er sich um, doch plötzlich ertrug Lilly es nicht, ihn so gehen zu lassen. Eine grässliche, erstickende Furcht sprang ihr in die Kehle, und atemlos rief sie: „Alahrian?"

„Ja?"

„Du ... du wirst doch da sein, wenn ich zurückkomme, oder?" Angstvoll sah sie ihn an.

Er nickte leise. Dann wandte er sich ab – und verschwand mit schnellen Schritten in der Dunkelheit.

Neuland

Die Tränen kamen, sobald sie sich in die stille, abgedunkelte Loge geflüchtet hatte. Während der nächsten halben Stunde gab sie sich ganz ihrem Elend, ihrer Enttäuschung und ihrem Zorn hin. Was war nur los mit ihm? Wie konnte ein blödes Klavierstück ihn nur so außer Fassung bringen? Doch obwohl sie wütend auf ihn war, weil er ihre Erwartung eines perfekten Abends so gänzlich zerstört hatte, vermisste sie ihn doch schrecklich, während sie allein in der teuren, samtbesetzten Loge saß. Er sollte jetzt hier sein, hier neben ihr.

Warum nur hatte sie ihn weggeschickt? Wie hatte sie ihn gehen lassen können? Wieder fühlte sie sich hilflos, ja, nahezu verzweifelt. Seine Vergangenheit stand zwischen ihnen wie ein unter Strom gesetzter Stacheldrahtzaun, ja, das war es. Er hatte sich Mühe gegeben, ihr zu vertrauen, aber das Vertrauen reichte nicht über die Grenze ihres persönlichen, intimen Mikrokosmos hinaus. Er fürchtete sich vor den Menschen – vor allen Menschen. Würde er diese Furcht je überwinden können? Würde ihre Liebe stark genug sein, seine Wunden zu heilen?

Plötzlich fühlte sie sich dumm und unzulänglich, und ihr Zorn galt mehr sich selbst als ihm. Aber da war noch jemand anderes, auf den sie wütend war. Der Inquisitor ... der Bürgermeister ... Ob diese beiden überhaupt ahnten, was sie ihm angetan hatten? Was sie *ihr* antaten?

Wie hätte es wohl mit Alahrian sein können, hätte er nicht diese entsetzlichen Erfahrungen machen müssen? Wäre es dann einfach gewesen?

Aber nein, das durfte sie nicht denken. Sie liebte ihn doch! Sie liebte ihn so, wie er war, sie hätte ihn nicht anders haben wollen.

Unruhig biss sie sich auf die Lippen, drängte die Tränen fort und verwischte ihre Spuren, so gut, wie es in der Dunkelheit eben ging. Plötzlich konnte sie das Ende des Konzertes kaum mehr abwarten.

Doch auch danach konnte sie noch nicht ins Hotel zurück. Sie hatte ihrer Mutter versprochen, sie zu treffen, wenn der Auftritt vorbei war, um ein bisschen zu feiern. Dass Alahrian so plötzlich verschwunden war, war schwer genug zu erklären, sie konnte unmöglich auch einfach gehen.

Trotzdem dauerte es schier ewig, bis sich ihre Mutter von all den Gratulanten, Bewunderern und Mitarbeitern losgerissen hatte. Als sie endlich Zeit hatte, hatte Lilly eigentlich alle Lust auf ein schickes Essen oder ein gepflegtes Glas Sekt verloren. Trotzdem folgte sie der Mutter in ein Restaurant, dessen Name ihr nichts sagte, das aber ziemlich teuer aussah. Alahrian fühle sich nicht wohl, entschuldigte sie sein Fehlen, und das war noch nicht einmal eine Lüge. Reue packte sie jetzt. War sie zu hart zu ihm gewesen? Saß er nun wirklich im Hotel und wartete auf sie? Oder würde er fort sein, wenn sie zurückkam?

Vor lauter Angst brachte sie kaum einen Bissen herunter, und es war fast unerträglich, die plänkelnde Mutter-Tochter-Konversation bei Tisch aufrechtzuerhalten. Sie war sicher, ihre Mutter müsste längst etwas bemerkt haben, doch diese schien selbst ein wenig geistesabwesend, nachdenklich und versunken. Es war nicht so merkwürdig wie vorhin, doch immer noch deutlich. Und sie vermied es peinlichst, nach Alahrian zu fragen. Das war seltsam. Hätte sie nicht vor Neugier platzen müssen? Hätte sie nicht ein bisschen erstaunter sein müssen über sein Verschwinden?

Lilly war froh, als das Essen endlich beendet war und sie danach direkt mit dem Taxi ins Hotel fuhren. Ein flüchtiger Abschied, dann war sie allein in ihrem unpersönlichen, fremden Hotelzimmer. Nur einen Flur weit von Alahrian entfernt. Ihr Pulsschlag beschleunigte sich. Ob er noch da war? Schlief er vielleicht schon? Es war furchtbar spät geworden!

Hatte sie es vorhin kaum erwarten können, ins Hotel zu kommen, so zögerte sie den entscheidenden Moment nun auf nahezu sträfliche Weise hinaus. Anstatt einfach an seine Tür zu klopfen, blieb sie, wo sie war, lief ins Bad, stellte sich unter die heiße Dusche, zog ihr Nachthemd über, als wollte sie einfach ins Bett gehen – und kam sich mit einem Mal feige vor. Denn genau das war sie: Sie war zu feige, um sich mit Alahrian auszusprechen. Die Angst, er könne einfach verschwunden sein, war so groß, dass sie lieber gar nicht erst nachsehen mochte, wie ein Kind, das sich aus Furcht vor den Monstern, die sich dort verbergen mochten, nicht traute, unters Bett zu sehen.

Aber nun, da sie sich ihrer eigenen Dummheit bewusst geworden war, ertrug sie es auch nicht mehr, länger zu warten. Hastig, im Nachthemd und auf nackten Füßen, verließ sie das Zimmer, spähte schnell den Gang entlang, ob sie auch niemand sah, und huschte wie ein Geist über den milde beleuchteten Korridor. Sie wagte nicht anzuklopfen, aus Angst, keine Antwort zu bekommen, stattdessen griff sie einfach nach der Türklinke und drückte sie herab.

Die Tür war nicht verschlossen. Das konnte bedeuten, das Zimmer war leer.

Ihr Herz machte einen erschrockenen Hüpfer. Aber das Zimmer war nicht leer, sie fühlte es, und sie konnte es auch sehen. Unter der Tür quoll ein schwacher, kaum wahrnehmbarer Schimmer bläulichen Lichts hervor. Für einen Außenstehenden hätte es ausgesehen, als hätte jemand den Fernseher laufen lassen, Lilly aber wusste, was es war. Es war eine Barriere. Alahrian konnte den Zimmerschlüssel nicht anfassen, er war aus Stahl, und offenbar wollte er sich, um nicht weiter aufzufallen, so wenig verletzen wie möglich. Abzuschließen war auch gar nicht nötig, er kannte schließlich andere Methoden, eine Tür versperrt zu halten.

Während sie sehr leise und sehr behutsam die Tür einen winzigen Spalt breit öffnete, fürchtete sie fast, sie könne die Barriere nicht überwinden, fürchtete, er habe auch sie ausgeschlossen wie alle anderen Menschen.

Doch sie konnte ungehindert eintreten. Erleichtert atmete sie auf.

Drinnen war es fast dunkel, nur auf dem Nachttisch brannten zwei Kerzen, die er angezündet hatte, um während der Nacht bei Kräften zu bleiben. Ein Stich durchlief Lilly. In welch feindselige Umgebung hatte sie ihn da nur geschleppt? Plötzlich bereute sie all ihre Worte.

Angespannt, mit klopfendem Herzen, ließ sie den Blick durchs Zimmer schweifen, suchte eine Gestalt im matten Licht der Kerzen und fand sie. Er lag ausgestreckt im Bett, unter der Decke verborgen. Zuerst dachte sie, er schliefe, doch dann sah sie das milde Leuchten seiner Augen im Dunkeln, und er sagte leise: „Lilly ... Komm rein ... Bitte."

Seine Stimme war ganz klar, nicht so, als wäre er gerade erst geweckt worden. Er hatte gewartet, wie er es versprochen hatte.

Schnell drückte Lilly die Tür ins Schloss und trippelte auf Zehenspitzen – der Boden war kalt! – zum Bett. Zwei Meter davor blieb sie stehen, traute sich nicht näher heran. „Es tut mir so leid", platzte es aus ihr heraus wie ein Regenschauer. „Ich ... ich war so dumm ... Ich wollte nicht ..."

„Nein!" Er unterbrach sie sanft, aber bestimmt. „Nein, *ich* war dumm. Du hast Recht. Ich hätte niemandem misstrauen dürfen, den du liebst. Ich ... ich hätte dir diesen Abend nicht ruinieren dürfen. Ich ..." Er zögerte. „Ich habe dir versprochen, das Vertrauen zu lernen. Aber es ist ... es ist so schwer ..." Unglücklich zog er die Knie an den Körper und legte den Kopf darauf. Er sah kindlich aus, verletzlich.

„Es ist nicht deine Schuld", sagte Lilly ruhig. „Ich hätte dich nicht drängen dürfen."

„Bist du böse auf mich?"

„Nein." Schnell schüttelte sie den Kopf.

„Ist deine Mutter böse auf mich?"

„Nein." Sie lächelte flüchtig. „Sie denkt, du wärst einfach nur ein bisschen krank. So was kommt schon mal vor ... bei einem Menschen."

„Bei einem Menschen ..." Er wiederholte es nachdenklich und seltsam abwägend, als müsste er das Wort erst auf der Zunge kosten. „Denkst du, es wäre leichter, wenn ich ein Mensch wäre?"

Lilly schwieg betroffen, dann lachte sie plötzlich. „Nein", sagte sie ruhig. „Du bist menschlich genug."

„Wirklich?" Das schien ihn zu freuen. Er liebte nicht, was er war, *menschlich* war ein Kompliment für ihn. Das war traurig, trotzdem erwiderte Lilly, nur um ihn aufzuheitern:

„Ja. Eigentlich ... bist du fast wie ein Mensch ..."

Jetzt strahlte er. Die leicht gehobene Stimmung hatte ein mildes, katzenhaftes Glühen von türkisblauer Farbe in den Augen zur Folge, und Wellen von Gold liefen durch sein wirr in die Stirn fallendes Haar. Na ja, fast menschlich!

Lilly schlug die Arme um den Körper und fröstelte ein wenig. Es war empfindlich kalt im Zimmer.

„Bist *du* böse auf mich?", fragte sie leise.

„Nein." Er lächelte sanft. „Ich könnte niemals böse sein auf dich."

Lilly fühlte, wie eine große Anspannung von ihr abfiel. Mit ihm zu streiten war grässlich. Sie schauderte.

„Was hast du?", fragte er sie besorgt. „Du zitterst ja!"

„Nichts." Sie lächelte schief. „Mir ist nur kalt, das ist alles."

„Oh!" Bestürzt sah er sie an, zog die Decke von den eigenen Schultern und reichte sie ihr.

Instinktiv senkte Lilly verschämt den Blick, während sie sie entgegennahm, nur für den Fall, dass er die Angewohnheit haben sollte, nackt zu schlafen. Dann, einem Drang folgend, den sie selbst nicht verstand, hob sie ihn wieder – und kam sich reichlich albern vor. Er hatte *nicht* die Angewohnheit, nackt zu schlafen. Er lag sogar vollständig bekleidet im Bett, nicht in dem Anzug, den er vorhin getragen hatte, sondern in Jeans und Hemd – und barfuß. Er hatte wirklich Angst gehabt, wurde ihr plötzlich klar, und unvermittelt sah sie sich im Zimmer um. Sein Koffer stand verschlossen neben der Tür, die Jacke hing griffbereit über einem Stuhl. Die Wände schimmerten ebenso wie die Türschwelle und die Fensterrahmen, von einem Zauber getränkt, einem Schutzzauber, ganz ohne Zweifel.

Seine Magie hatte diesen Raum in eine Art Festung verwandelt. Er selbst war bereit, jederzeit zu fliehen, wie es aussah.

„Oh, Alahrian, es tut mir so leid!", rief Lilly, beschämt, weil sie nicht geahnt hatte, wie miserabel er sich in den letzten Stunden gefühlt haben musste.

Und plötzlich hielt sie es nicht mehr aus, so weit weg von ihm zu sein. Mit einem Satz war sie beim Bett und schlüpfte hinein, die Decke wie einen Umhang mit sich schleppend. Seine Arme umfingen sie. Mit derselben Erleichterung, die auch sie empfand, zog er sie an sich. Dankbar kuschelte sie sich an ihn, wickelte die Decke um sie beide und genoss die angenehme Wärme, die von seinem ganzen Körper abstrahlte. Lächelnd ließ er einen Strom von Licht unter seinen Fingern hervorgleiten, seine Hände glühten wie ein winziger Heizkörper, und fast augenblicklich hörte sie auf zu zittern. Trotzdem drängte sie sich noch ein bisschen enger an ihn heran, nur um seine Nähe zu spüren, ihn ganz bei sich zu haben. Seine Wärme tat so unendlich gut, die Kälte, die sie geschüttelt hatte, war nicht nur körperlich gewesen. Es tat weh, von ihm getrennt zu sein, weh, die Spannung zwischen ihnen zu ertragen. Wie ein Eiszapfen im Herzen war es, doch das Eis schmolz in seiner Nähe, alle Misstöne des Abends lösten sich in seinen Armen auf. Glücklich legte Lilly den Kopf auf seine Brust, lauschte wohlig seinen Atemzügen und dem rhythmischen Pochen seines Herzens. Dem rasend schnellen Pochen seines Herzens, um genau zu sein.

Unvermittelt richtete sie sich auf, um ihn besorgt anzusehen. „Was hast du?", fragte sie unruhig. „Geht's dir ... nicht gut?"

„Nein." Er öffnete die Augen mit einem leicht verträumten Seufzen. „Mir geht es mehr als gut." Er lächelte versonnen.

„Aber dein Puls rast, als hättest du Fieber!"

Da lachte er plötzlich, leise und glockenhell. „Komm her." Er streckte die Arme aus und zog sie wieder an sich. „Es ist alles in Ordnung", versicherte er ruhig, aber noch immer amüsiert. „Ich bin nur ... ein bisschen aufgeregt." Jetzt wurde das Lachen plötzlich verlegen.

„Warum?"

„Na ja ..." Er zögerte errötend. „Du und ich ... so nah zusammen ... unter der Decke ... Es ist das erste Mal ..." Seine Worte erstarben in der Luft.

Lilly fühlte, wie auch sie rot wurde. „Es ist nicht das erste Mal", entgegnete sie hastig, und nun raste auch ihr Herz. Sie dachte daran, wie sie ihn während des Fiebers gehalten hatte, fest in ihren Armen, aber das war ... irgendwie anders gewesen.

Er schien sich ebenfalls zu erinnern, obwohl *seine* Erinnerung verschwommen und bruchstückhaft sein musste. „Na gut", meinte er heiter. „Es ist das erste Mal, dass ich dabei bei Bewusstsein bin!

Lilly fühlte sein Gesicht in ihrem Haar, seine warmen, zärtlichen Hände über ihren Rücken streichen und legte wieder den Kopf auf seine Brust. Sie war müde, der Tag war lang gewesen, doch sie war viel zu aufgeregt, um in seiner Gegenwart schlafen zu können. Stattdessen legte sich eine wohlige Mattigkeit um ihren Körper, während ihre Gedanken – ganz wach und nahezu unter Strom – in unbekannte Gefilde drifteten. Da gab es noch etwas, das sie ihm sagen musste. Wenn er sie so hielt, eng umschlungen in seinen Armen, dann erinnerte sie sich unbehaglich daran. Aber sie traute sich nicht und so fragte sie etwas ganz Belangloses, nur um sich von ihrer Nervosität abzulenken:

„Alahrian?"

„Ja?" Seine Stimme war weich und süß.

„Musst du jede Nacht schlafen? Wie ein Mensch?"

Er lachte leise. „Ich schlafe jede Nacht", erklärte er sanft. „Aber ich muss nicht. Es ist einfach nur praktischer."

„Wieso?" Nun war sie wirklich neugierig.

„Nun ja ... Nachts ist es meistens dunkel. Ich kann nur wenig Licht aufnehmen. Wenn wir schlafen, dann verbrauchen wir weniger Energie ... es ist ... effizienter ..."

„Ach so." Nachdenklich kaute sie auf ihrer Unterlippe herum, die neue Information verarbeitend. Schmerzhaft wurde ihr bewusst, wie wenig sie im Grunde noch immer über ihn wusste. Vorhin hatte sie behauptet, er sei sehr menschlich, aber das war er nicht. Er fühlte und litt und liebte wie ein Mensch. Aber er war keiner. Es gab so vieles, was ihr fremd war. So viele ... unentdeckte Bereiche seines Daseins.

Doch umgekehrt galt das für ihn genauso. Auch sie war ein fremdes Wesen für ihn. Oder nicht? Wie viel wusste er wirklich über die Menschen? Wie viele Gebiete hatte *er* erforscht?

„Alahrian?", meinte sie leise, mit einer leicht zittrigen Stimme. „Ich muss dir etwas sagen ..."

Er wartete geduldig, bis sie so weit war weiterzureden.

„Ich ..." Wie sollte sie es nur formulieren? „Es ist ... ich meine, ich habe nie ... es ist das erste Mal." Mit flammenden Wangen hielt sie inne und hoffte, er würde verstehen.

„Ich weiß", sagte er sanft. „Für mich ist es auch das erste Mal."

Und sie redeten jetzt über ein anderes erstes Mal als vorher.

„Wirklich?", vergewisserte sich Lilly zweifelnd. „In all den Jahrhunderten ... Du hast nie ..."

„Ich habe dir gesagt, wir können nur einmal lieben", unterbrach er sie nachsichtig.

„Das ist ein Unterschied. Morgan hat auch jede Nacht eine andere Frau!"

Er verzog leicht das Gesicht. Lilly lächelte entschuldigend, als ihr klar wurde, welche Unterstellung ihr da unbeabsichtigt entschlüpft war.

Doch er war nicht böse. „Morgan sucht in Wahrheit etwas völlig anderes", entgegnete er milde. „Er weiß es nur noch nicht."

„Hmmm." Nachdenklich spielte Lilly mit einer seiner Haarsträhnen, die in der Dunkelheit schwach leuchtete. Sie fühlte sich seidig an und warm ... lebendig.

„Wir sind nicht so wir ihr", sagte er leise. „Ich meine ... biologisch ..."

„Was?" Erschreckt fuhr Lilly hoch. Was um alles in der Welt sollte das denn heißen?

Er lachte kurz auf. „Wir sind unsterblich", fuhr er fort. „Selbst in unserer Welt sind wir sehr langlebig."

Lilly atmete auf. Ach so! Das hatte er gemeint. Sie hatte etwas anderes befürchtet!

„Das heißt, wir sind ..." Jetzt wurde er verlegen, er versuchte, ihr etwas zu erklären, was ihm peinlich war. „Wir sind nicht so darauf angelegt, uns zu vermehren wie ihr", meinte er nüchtern, flüchtete sich in einen fast wissenschaftlichen Tonfall. „Weil es nicht so notwendig ist wie bei euch. Wir sind ... beständiger ... Und deshalb ..."

„Bedeutet das, du willst es gar nicht?", fragte Lilly bestürzt. Das war ein Gedanke, der ihr noch gar nicht gekommen war. Er hatte so viele menschliche Bedürfnisse!

Und menschlich war auch die Art und Weise, wie er plötzlich so heftig errötete, dass seine Wangen Feuer zu fangen schienen. „Doch", gestand er, ganz leise und ohne sie anzusehen. „Ich wünsche es mir sogar sehr. Aber nur mit dir. Ich wollte nie eine andere – und ich werde nie eine andere wollen."

Wow! Fast hatte Lilly ein schlechtes Gewissen. Da war sie nun mit dem einzigen Wesen dieser Welt zusammen, das völlig ehrlich war – und völlig treu war er auch noch. Seufzend kuschelte sie sich wieder an ihn. „Du hast nie gesagt, dass du es möchtest", bemerkte sie gedankenverloren. „Wir haben nie darüber gesprochen."

Ein Silberlachen folgte ihren Worten. „Lilly, ich habe vierhundert Jahre lang in einer Gesellschaft gelebt, in der man *nicht* darüber gesprochen hat", erklärte er amüsiert. „Sogar ihr sprecht erst seit einigen Jahrzehnten darüber."

„Aber wir reden ja jetzt darüber ..."

Er drehte sich auf die Seite, strich ihr mit dem Handrücken behutsam über die Wange. „Ich rede mit dir über alles, was du willst."

Aber Lilly wollte plötzlich gar nicht mehr reden. Langsam neigte sie den Kopf zu ihm hin und küsste seine weichen, warmen Lippen. Er erwiderte den Kuss voller Zärtlichkeit, doch nur einige Sekunden lang, dann hielt er inne.

Ernst schaute er sie an. „Wir müssen das heute Nacht nicht tun, nur weil alle Welt es von uns zu erwarten scheint", sagte er sanft. „Ich meine ... Du sollst dich zu nichts gedrängt fühlen. Ich ... ich kann warten ..." Ein Lächeln glitt über seine Lippen, die Augen blitzten. „Ich habe Zeit", bemerkte er heiter und ernster, nachdenklicher fügte er hinzu: „Ich will, dass es etwas Besonderes für dich wird."

Lilly erwiderte sein Lächeln, verlor sich in seinem Blick und spürte ihr Herz klopfen. „Es wird etwas Besonderes sein", flüsterte sie. „Weil es mit *dir* sein wird." Sie nahm seine Hand, schmiegte ihre Wange gegen seine langen, schlanken Finger. „Aber wir müssen es nicht heute Nacht tun", meinte sie, in verändertem Tonfall, und erinnerte sich plötzlich an etwas, das sie fast vergessen hätte.

Alahrian schien es nicht vergessen zu haben, denn er atmete übertrieben erleichtert auf und ließ sich theatralisch in den Kissen zurücksinken. „Da bin ich aber froh!", lachte er. „Dein Vater hätte mich umgebracht, hätte ich mein Versprechen gebrochen!"

Sie lachte ebenfalls, die verlegene Anspannung, die eben noch zwischen ihnen geherrscht hatte, löste sich. Mit einem Mal war alles wieder ganz leicht und heiter. „Du kannst nicht sterben", erinnerte sie ihn amüsiert.

„Ich bin aber trotzdem nicht versessen darauf, geviertelt zu werden!" Er lachte immer noch.

„Das würde ich niemals zulassen!", entgegnete Lilly mit gespieltem Schrecken. Einen Moment lang schwieg sie, dann fragte sie: „Du hast meinem Vater versprochen, mich dieses Wochenende nicht anzurühren?"

„Ja."

„Darf *ich* dich anrühren?"

„Sollen wir ihn anrufen? Und ihn fragen?" Seine Zähne blitzten weiß in der Dunkelheit, als er grinste. Übergangslos wurde er ernst und sah ihr, ein wenig fragend, in die Augen.

„Ich ... ich möchte dich nur ... besser kennenlernen ... mich ... an deine Nähe gewöhnen ..." Sie schaute ihn nicht an, während sie das sagte. Würde er es albern finden? Er war noch immer das fremde, unbekannte Wesen. Sie waren sich in so vielen Dingen ähnlich, so vieles war ihr vertraut … so vieles nicht …

Er lachte nicht, stumm und geduldig wartete er. Lilly fühlte sich ermutigt dadurch und streckte langsam die Hand nach ihm aus.

Sie begann mit einer Region, die sie bereits kannte. Behutsam zeichnete sie mit den Fingerspitzen die feinen Konturen seines Gesichtes nach, die goldenen, leicht schräg geschwungenen Brauen, die hohen, schmalen Wangenknochen … den sinnlichen Bogen seiner Lippen … die weiche Kurve unterhalb seines Kiefers, wo der Puls unter der perlmutternen Haut gegen ihre Berührung klopfte …

Langsam, sich leise voran tastend, glitt ihre Hand weiter, streichelte seine Kehle, fand die harten Erhebungen des Schlüsselbeins, zart wie die Knochen eines Vogels, und wanderte unter den Kragen seines Hemdes. Zögerlich, lautlos fragend begann sie, den obersten Knopf zu öffnen. Ihre Finger zitterten ein bisschen dabei. Der zweite Knopf wollte sich nicht lösen, bis Alahrian die Hand ausstreckte und ihr half.

„Nicht", bat Lilly leise. „Beweg dich nicht, sonst traue ich mich nicht mehr." Sie lachte verlegen.

Alahrian lehnte sich zurück, schloss die Augen und erstarrte zu völliger Reglosigkeit. Nur um seine Lippen spielte ein wohliges Lächeln. Seine Augen leuchteten, sie konnte es an dem bläulich glitzernden Schimmer erkennen, der selbst unter den geschlossenen Lidern hervorquoll.

Vorsichtig erkundend öffnete Lilly sein Hemd und streifte es ab. Sanft strich sie über seine Brust, fühlte seine weiche, glatte Haut, weiß wie frisch gefallener Schnee, warm wie von mildem Sonnenlicht geküsst. Die Stränge seiner Muskeln zeichneten sich im Schein der Kerzen deutlich unter seiner Haut ab. Sie waren anders als bei einem Menschen, schlanker, feiner, wie zart gewundenes Silberdrahtgewebe. Seine Rippen hoben und senkten sich unter ihrer Berührung, er amtete tief und schnell, sein Herz klopfte, doch er hielt ganz still, während Lillys Hand seine Brust streichelte und langsam tiefer wanderte.

Als sie mit den Fingerspitzen gegen die silberne Schnalle seines Gürtels stieß, zog sie sich schüchtern zurück, schmiegte den Kopf gegen seine Schulter, wo sein goldenes Haar behutsam ihre Wange kitzelte und ließ die Hand über seinem Herzen ruhen.

Und da glomm plötzlich ein Licht auf in seiner Brust, ein warmes, milchig weißes Leuchten, direkt unter dem Zentrum des Rippenbogens.

Erschrocken fuhr Lilly hoch.

Alahrian gab ein protestierendes Murren von sich wie ein schnurrendes Kätzchen, das man mit einem Mal vom Schoß herunternimmt, und öffnete erst dann die Augen.

„Alles in Ordnung?", fragte Lilly besorgt. „Was ist das?"

„Oh ... ich leuchte ..." Verlegen schaute er unter langen, pechschwarzen Wimpern zu ihr auf. „Tut mir leid!"

„Tut es weh?" Diese Art von Leuchten war anscheinend neu, auch für ihn.

„Im Gegenteil."

Lilly legte die Hand auf sein Herz. Das Leuchten pulsierte, sie spürte seine Hitze, spürte, wie es in ihren Fingerspitzen kribbelte. Als sie die Hand bewegte, folgte eine matt schimmernde Spur aus schimmernder Helligkeit der Berührung. Es war, als strebe das Licht in ihm ihr entgegen, fast als könnte sie nicht nur seinen Körper, sondern auch seine Seele berühren.

Da richtete er sich plötzlich auf. Seine Hand fing die ihre auf, alle Farben des Regenbogens glänzten in seinen Fingerspitzen, und als sich ihre Hände berührten, ließ er einen Hauch von Licht frei, und er versickerte mit einem warmen Prickeln unter ihrer Haut, breitete sich kribbelnd in ihren Adern aus wie süßer, sonnengetränkter Wein.

Er hatte sie schon einmal von seinem Licht kosten lassen, damals aber hatte sie es nicht gespürt. Jetzt fühlte sie es, fühlte, wie es sie von innen heraus erwärmte, in ihr brannte wie ein goldener Schatz.

Ein nie gekanntes Glücksgefühl überwältigte sie, sie fühlte sich matt und leicht und frei.

Lautlos lachend, der Puls im Rhythmus seines Herzschlags erzitternd, schmiegte sie sich an ihn, und so, erfüllt von seinem Licht, geborgen von seiner Wärme, glitt sie langsam und sanft in den Schlaf hinüber.

Familienbande

Ein Hauch gold-rosafarbenen Sonnenlichts streifte sein Gesicht, als Alahrian die Augen aufschlug. Er musste doch eingeschlafen sein. Die halbe Nacht lang hatte er Lilly in seinen Armen gehalten, hatte ihr entspanntes, träumendes Antlitz bewundert, sich jede Linie eingeprägt, als sähe er sie jedes Mal von Neuem. Zu schlafen, während sie hier bei ihm war, jede Sekunde ihrer wunderbaren Nähe ein unfassbares Geschenk, war ihm beinahe als Frevel erschienen. Am Ende hatte die Müdigkeit ihn dann doch fortgetragen, aber nun, da er zum ersten Mal das wonnige Gefühl erlebte, neben ihr aufzuwachen, bedauerte er es nicht.

Ich liebe dich, flüsterte er in ihre Gedanken hinein, lautlos, wispernd, um sie nicht zu wecken. *Ich liebe dich so sehr ...*

Ein Lächeln glitt über ihr schlafendes Gesicht. *Ich liebe dich auch ...*

Er erschrak ein bisschen, zuckte zusammen in vorsichtig freudigem, ungläubigem Erstaunen. Sie hatte nicht die Lippen bewegt, während sie das sagte. Ihre Stimme war direkt in seinem Kopf erklungen, süß, weich, melodiös ... Er hätte weinen können, so schön fühlte es sich an. Und sie war noch nicht einmal aufgewacht dabei! Ihre Augen waren noch immer geschlossen, doch jetzt, als spüre sie seine Erregung, seine Unruhe, flatterten ihre Lider. Sie bewegte sich schlaftrunken, kuschelte sich in seine Arme – und öffnete erst dann die Augen.

„Du kannst es also doch!", rief Alahrian, die Stimme brüchig vor Aufregung, und konnte nicht einmal abwarten, bis sie richtig wach war.

Lilly blinzelte benommen. „Ich kann was?", nuschelte sie, die Wange an seine Schulter geschmiegt.

„Du kannst antworten! Du kannst in meine Gedanken sprechen!" Wäre sie nicht in seinen Armen gelegen, er wäre aufgesprungen und jubelnd durch das Zimmer gehüpft.

„Wie?" Sie schien nicht zu verstehen. Verwirrt starrte sie ihn an. „Ich hatte einen Traum", flüsterte sie abwesend. Ein Lächeln umspielte ihre Lippen. „Einen schönen Traum. Du hast gesagt, du liebst mich ... Und dann ..." Plötzlich fuhr sie hoch, strich sich fahrig die wirren Haare aus dem Gesicht und schaute verblüfft zu ihm auf. „Das hast du *gehört*?"

„Ja." Wärme durchströmte ihn, goldene Lichtfünkchen kribbelten unter seinen Handflächen.

Lilly guckte konzentriert, an ihrer Unterlippe herumkauend.

Er lachte über ihre angespannte Miene und ahnte, was sie gerade versuchte.

„Es klappt wohl nicht, was?", fragte sie frustriert.

Nachsichtig schüttelte er den Kopf. „Du kannst es vielleicht nur im Schlaf!" Liebevoll strich er ihr das Haar zurück. „Wir üben es später, ja?"

„Später ..." Sie hielt kurz inne, dann bemerkte sie beiläufig: „Wie spät ist es denn?"

„Keine Ahnung." Wann würde sie sich wohl daran gewöhnen, ihm keine derartigen Fragen zu stellen?

Amüsiert beobachtete er, wie sie seine Armbanduhr, achtlos auf dem Nachttischchen liegend, umdrehte. „Oh!", murmelte sie, plötzlich in Aufregung. „Ich ... ich muss los! Ich hab meiner Mutter versprochen, sie zum Frühstück zu treffen!" Hoffnungsvoll sah sie ihn an. „Kommst du mit?"

Mit einem leisen Stich in der Brust registrierte er ihre Enttäuschung, als er behutsam den Kopf schüttelte.

„Du misstraust ihr immer noch, nicht wahr?" Sie seufzte leise.

Alahrian biss sich auf die Lippen. Die ehrliche Antwort auf diese Frage wäre ein klares *Ja* gewesen. Er konnte seine Gefühle eben nicht abstellen, egal, wie sehr er es auch wollen mochte. Manchmal jedoch, und das hatte er langsam begriffen, während er unter den Menschen lebte, da war eine Lüge, selbst wenn er sie verachtete, barmherziger als die Wahrheit. Und er wollte ihr nicht noch einmal wehtun.

„Nein", sagte er deshalb, und weil das falsche Wort ihm unangenehm in der Kehle kratzte, fügte er mit einem Lächeln hinzu: „Aber es würde doch auffallen, wenn ich nichts esse, oder?"

„Ja, du hast Recht." Sie küsste ihn auf die Stirn, unbekümmert und voller Leichtigkeit. „Aber nachher machen wir alle zusammen einen Spaziergang durch die Stadt, ja?" Ohne seine Antwort abzuwarten, sprang sie aus dem Bett.

Einen Moment lang blieb er reglos, betrachtete verträumt ihre zarte Gestalt in dem dünnen, weißen Nachthemdchen, dann stand er ebenfalls auf und schloss sie in die Arme. Sie schmiegte sich an ihn, doch nach einer Weile trat sie zurück und blickte zu ihm auf. „Es war schön, bei dir zu sein, heute Nacht", flüsterte sie leise. Und, mit einem Blitzen von Heiterkeit in den Augen, fügte sie hinzu: „Aber besser, ich gehe jetzt. Niemand soll einen falschen Eindruck von uns bekommen, nicht wahr?" Sie zwinkerte ihm zu und trippelte anmutig zur Tür.

„Warte!", bat er sie.

„Ja?"

Er zögerte. „Lilly, ich will dir nichts vorschreiben oder so", begann er unbehaglich. „Und dieses Nachthemd, das du da trägst, ist wirklich sehr hübsch, aber ..." Er fühlte, wie er rot wurde. „Würde es dir etwas ausmachen, wenn ich der Einzige bliebe, der dich darin sieht?"

„Oh." Mit einem Aufblitzen von Belustigung sah sie ihn an.

Wortlos reichte Alahrian ihr seine Jacke. Er wusste, was sie jetzt dachte. Bis in ihr Zimmer waren es höchstens zwei Meter, die Wahrscheinlichkeit, gesehen zu werden, war entsprechend gering. Trotzdem: Vierhundert Jahre gepflegter Anstandsregeln ließen sich nicht so einfach aus seinem Kopf verbannen!

Das schien sie zu wissen, denn sie nahm kommentarlos die Jacke an und demütigte ihn nicht, indem sie irgendeinen Witz über sein Zartgefühl riss. Lächelnd schlüpfte sie durch die Tür.

Alahrian blieb auf diese Art und Weise kaum mehr zu tun, als selbst im warmen Sonnenlicht, das glitzernd durch die Fenster hereinfiel, ein kleines Frühstück zu sich zu nehmen und sich dann müßig unter die Dusche zu stellen. Lilly hatte Recht gehabt, als sie ihm Misstrauen unterstellt hatte. Nach wie vor fühlte er sich an einem fremden Ort, umgeben von Menschen, nicht wohl – nicht *sicher*. Selbst jetzt, wo er, berauscht von ihrer Nähe, in eine Woge silbriger Heiterkeit gehüllt war, blieb er vorsichtig und auf der Hut. Dieses Gefühl ließ ihn schließlich auch nicht nur vollständig bekleidet, sondern auch von einem Schutzzauber verhüllt, der sein wahres Aussehen verbarg, aus dem Badezimmer treten.

Und um diese Vorsichtmaßnahme war er jetzt dankbar, als er die fremde Präsenz im Raum fühlte, noch ehe sein Blick die Gestalt erfasste.

„Wie ... wie sind Sie hier hereingekommen?", fragte er stammelnd.

Lillys Mutter lächelte beruhigend. „Durch die Tür", entgegnete sie freundlich. „Sie war offen."

Obwohl unbekümmert vorgetragen, ließ diese Antwort Alahrian bis ins Mark erzittern. Durch die Tür! Sie hatte all seine Barrieren einfach überwunden, ja, ohne es zu merken, wie es schien.

Seine Kehle war plötzlich staubtrocken. „Was wollen Sie?", erkundigte er sich, schroffer als vielleicht angemessen. „Und wo ist Lilly?"

„Ich habe sie unter einem Vorwand weggeschickt." Lillys Mutter trat einen Schritt näher, Alahrian wich um mindestens die doppelte

Distanz zurück. „Ich ... ich würde gern mit dir reden." Sie wirkte unsicher, ihr Blick aber hing fest an seiner Gestalt.

Alahrian schluckte hart, während sie ihn ansah. Irgendetwas an diesem Blick gefiel ihm nicht. Er war zu durchdringend, zu tief. Er konnte ihn wie eine Berührung auf der Haut fühlen, obwohl er so weit von der Frau entfernt stand, wie es nur möglich war in der Begrenzung des Zimmers.

Sein Herz hämmerte schwindelerregend schnell gegen die Rippen, er fühlte feinen Schweiß auf seiner Stirn brennen, doch er zwang sich dazu, dem seltsamen Blick standzuhalten. Lillys Mutter war eine auffallend schöne Frau, bemerkte er plötzlich. Klein, zart und schlank, wie Lilly selbst, mit demselben, seidig schwarzen Haar, nur dass es lockiger war und zu einem geflochtenen Zopf zusammengebunden. Ihr Teint war dunkler als Lillys, von Sonne bronziert, die Augen, die ihn jetzt auf so beunruhigende Weise anstarrten, schimmerten ebenfalls dunkler, südländischer. Sie erinnerten ihn an milde Sommerabende in Florenz, an das Plätschern antiker Brunnen in Rom, an weite, goldene Sandstrände.

Aber warum nur starrte sie ihn so an?

Sie ist ihre Mutter, versuchte er, sich selbst zu beruhigen. *Kein Feind, kein Inquisitor ...*

Er riss sich zusammen und sagte steif, unterkühlt: „Also gut. Reden wir." Einladend wies er mit der Hand auf die beiden Sessel neben dem Fernseher, die Frau jedoch blieb stehen, und auch er rührte sich nicht vom Fleck.

Ihr Blick folgte nicht seiner Geste, starr, wie festgeklebt hing er an ihm. „Was wollen Sie?", wiederholte er brüsk.

Sie trat wieder einen Schritt näher. Er wich weiter zurück, bis er das kalte, marmorne Fensterbrett im Rücken spürte.

„Ich habe etwas wie dich schon einmal gesehen", sagte sie leise, ihn unverwandt musternd.

„*Etwas?*" Seine Stimme war heiser, krächzend. Sein eigener Atem brannte wie Splitter von Glas in seiner Kehle, das Zimmer drehte sich um ihn, während er das Gefühl hatte, langsam zu ersticken.

„*Jemanden*", verbesserte sie sich hastig, und ein entschuldigendes Lächeln huschte über ihr schönes Gesicht. „Ich weiß, was du bist."

Was du bist ... Hohl hallten die Worte in seinem Kopf wider. Jetzt war ihm übel, schwarze Punkte tanzten wirr vor seinen Augen, schienen sich zu einem tiefen, dunklen Tunnel zu verdichten, in den er rasend schnell hineinzustürzen drohte. *Ich weiß, was du bist* ...

Und da waren sie wieder, die flammenden Bilder der Vergangenheit, fielen über ihm zusammen wie ein zu Asche verbranntes Kartenhaus. Aber diesmal konnte er sie nicht vertreiben, diesmal war der Alptraum aus seinem Bewusstsein empor geklettert, um ihm ins Gesicht zu springen und sich für immer an ihm festzukrallen. Der sengende Geruch von verbranntem Fleisch, die Schmerzen, das Feuer, die Schreie ...

Alahrian taumelte, hielt sich am Fensterbrett fest und überlegte einen irren, verzweifelten Moment lang, ob es wohl sehr viel Aufsehen erregen würde, wenn er einfach nach draußen sprang, um zu fliehen. Doch das Zimmer lag im dritten Stock, zu hoch selbst für ihn. Auch ein Unsterblicher kam nicht sehr weit mit zersplitterten Knochen. Und die Zimmertür selbst lag hinter der Frau, meilenweit entfernt. Er war gefangen. Gefangen in der Ausgeburt seiner eigenen Alpträume.

Und als er dies erkannte, da geschah etwas Seltsames. All seine Furcht, die tödliche Panik, die ihm eben noch die Atemluft aus der Brust gequetscht hatte, verschwand mit einem Schlag. *Ich bin nicht mehr wie damals*, dachte er wild. *Ich bin nicht mehr schwach!*

Er legte den Kopf schräg und betrachtete die Frau vor sich plötzlich mit völlig neuen Augen. Klein war sie ... und zart ... Er überragte sie um mehr als Haupteslänge.

Das war eine merkwürdige Feststellung, die ihn einen Moment so sehr verwirrte, dass er einen unsicheren Schritt vorwärts stolperte und langsam die Hände hob.

Mit dunkel geweiteten Augen wich sie vor ihm zurück.

Erstaunt, fast erschrocken, hielt Alahrian inne. Sie fürchtete sich vor ihm. Nein, schlimmer noch: Sie hatte *Angst* vor ihm.

Die ganze Zeit über hatte sie Angst gehabt, deshalb hatte sie ihn so angestarrt, deshalb hatte sie so seltsam reagiert gestern Abend. *Sie* fürchtete sich vor *ihm*.

Das war so absurd, dass er beinahe hysterisch aufgelacht hätte. Stattdessen zog er sich wieder zurück und ließ die Hände sinken. Rotes, flackerndes Licht pulsierte in seinen Fingerspitzen. Er hatte es nicht einmal gemerkt.

„Tut mir leid", flüsterte er bestürzt und sog die aggressive Helligkeit tief in sein Innerstes. Hatte er gerade ernsthaft darüber nachgedacht, Lillys *Mutter* anzugreifen? Verdammt! Er war ja nahe daran, den Verstand zu verlieren!

Zittrig lehnte er sich gegen die Wand neben dem Fenster. „Tut mir leid", flüsterte er noch einmal.

„Schon gut." Sie war noch immer vorsichtig, aber sie ging nicht. „Darf ich ... mich setzen?", fragte sie behutsam, als spräche sie mit einem Tier, das üblicherweise freundlich, nun aber zu Tode verwundet und daher unberechenbar war.

Alahrian nickte abgehackt und sah zu, wie sie sich trotz ihrer Anspannung anmutig in den Sessel gleiten ließ. Er selbst blieb an der Wand stehen, als hätte man ihn dort festgenagelt.

Einen Moment lang herrschte Schweigen, für das Alahrian dankbar war, weil es ihm Zeit gab, sich zu sammeln, dann sagte Lillys Mutter, scheinbar zusammenhanglos: „Ich war noch sehr jung, als ich Lillys Vater geheiratet habe, wusstest du das?"

Alahrian hatte es nicht gewusst. Er verstand auch nicht, was ihn das anging, sagte aber nichts.

Sie lächelte ein wenig fahrig, strich sich eine dunkle Locke aus der Stirn und fuhr dann fort: „Jung und gerade am Anfang meiner Karriere. Die Musik bedeutete mir alles. Mein Mann hat das nie verstehen können, ich hatte immer … immer das Gefühl, mich zwischen ihm und der Musik entscheiden zu müssen, verstehst du?"

Alahrian rührte sich nicht.

„Am Abend meines ersten Konzertes hatten wir einen Streit", erzählte sie weiter. „Er kam nicht zu meinem Auftritt und ich war … ich war enttäuscht, verletzt und … wütend."

In Erinnerungen versunken starrte sie ins Leere. Alahrian begriff nicht, worauf sie hinauswollte, aber er war außerstande, sie zu unterbrechen.

„Ein Mann kam zu mir in dieser Nacht", erklärte sie endlich, ihre Augen fern, die Stimme fast tonlos. „Es war, als hätte mein Spiel ihn angezogen, und er … er sprach zu mir, als habe er durch die Musik hindurch direkt in meine Seele geblickt. Er war … er war fast überirdisch schön, beinahe schmerzte es, ihn anzusehen." Ein Zucken lief über ihre Lippen. „Seine Haut war weiß wie frisch gefallener Schnee, er bewegte sich, als würde er schweben, als würden seine Füße die Erde kaum berühren. Er war …" Jetzt sah sie ihn an, und der Hauch eines Lächelns berührte ihr Gesicht. „Er war wie du", sagte sie heiser.

„Wie … ich." Alahrian fühlte, wie ihm schwindelig wurde. Unverwandt sah sie ihn an, und er wusste, ihr Blick ging direkt durch alle Zauber hindurch. Sie sah ihn so, wie er wirklich war, er konnte nichts dagegen tun, konnte sich nicht schützen vor diesen dunklen, viel zu tiefen Augen.

Leise trat sie an ihn heran, behutsam streckte sie die Hand aus, als wollte sie sein Gesicht berühren. Alahrian ahnte, was sie vorhatte. Mit einem gequälten, angstvollen „*Nicht! Bitte … nicht …*" drehte er den Kopf zur Seite, das goldene Haar fiel ihm in die Stirn und gab die spitzen, gewundenen Ohren frei.

Sie lächelte milde, als sie es sah. Ihr Blick war freundlich und warm, keine Spur von Hass, von Ablehnung war darin zu sehen, und doch fühlte er sich vor ihr so gedemütigt wie an dem Tag, an dem der wütende Mob ihn kreischend ins Gefängnis gezerrt hatte.

„Und dieser Mann ...", flüsterte er fragend, kaum fähig zu sprechen.

„Dieser Mann ist Lillys Vater."

Die Worte kamen ruhig, beinahe sanft, doch sie stürzten über ihn ein wie zu scharfkantigem Eis gefrorener Regen, der ihm blutig die Haut zerschnitt. Etwas lag in diesen Worten, etwas Gewaltiges, Unfassbares, etwas, das sein Verstand sich weigerte zu denken, weil es zu unglaublich, zu unmöglich war.

„Und Ihr ... Ihr *Ehe*mann?", fragte er betont, zwanghaft nach Belanglosigkeiten bohrend, nur um sich der einen Erkenntnis nicht stellen zu müssen. „Weiß er von Ihrer ... Ihrer *Affäre*?"

Diese Worte verletzten sie, er spürte es wohl, aber sie sagte nichts dazu. „Er weiß es", antwortete sie, noch immer ruhig. „Letzten Endes war das der Grund, aus dem wir uns getrennt haben."

„Und weiß er ... weiß er, dass er nicht Lillys Vater ist?" Diese Frage führte ihn gefährlich nah an den Abgrund heran, er spürte bereits sein dunkles Brausen, die gefährliche Verlockung, die von ihm ausging.

„Er ahnt es vielleicht", gab Lillys Mutter zu. „Aber es hat nie eine Rolle gespielt für ihn. Für ihn war sie immer *seine* Tochter – und wird es immer bleiben."

„Aber das ist sie nicht", flüsterte Alahrian, zwang sich, es auszusprechen, obwohl er fast daran erstickte. „Sie ist ... sie ist eine *Alfar*. Sie ist eine von uns."

Und da war er, der Abgrund. Tosend öffnete er sich, rasend schnell, und Alahrian rang keuchend nach Atem, taumelte, wie im Rausch – und sprang freudig hinein.

Eine von uns! Eine *Alfar*.

Hoffnung, das spürte er in diesem Moment, ist ein zweischneidiges Schwert.

Irgendwo in seinem Inneren jubelte und tanzte es. Sein Herz, schmerzhaft gegen die Brust hämmernd, schrie und kreischte vor

Glück. Das Blut in seinen Adern kochte, winzige Lichtkristalle jagten singend durch sein Innerstes.

Ein anderer Teil wollte – wagte nicht, es zu glauben. Dieser Teil wusste, die Hoffnung war gefährlich, böse, tückisch – sie würde ihn zerstören und in den Wahnsinn treiben, wenn er ihr allzu bereitwillig nachgab.

„Lilly ... weiß nichts davon?", fragte er brüchig. Eigentlich war es mehr eine Feststellung.

Heftig schüttelte die Mutter den Kopf. „Nein. Natürlich nicht."

„Sie haben es ihr verschwiegen? All die Zeit?" Fassungslos starrte er sie an. „Wie ... wie konnten Sie nur? Wie ... wie konnten Sie das nur tun?" Jetzt spürte er, wie seine ohnehin rissige Selbstbeherrschung vollends zusammenbrach. Am ganzen Körper begann er zu zittern, Licht pulsierte unter seiner Haut, aber er konnte es nicht aufhalten.

„Wie konnten Sie ihr das antun?", schrie er Lillys Mutter an. „Wie konnten Sie *mir* das antun?" Tränen würgten ihn plötzlich in der Kehle, bebend und anklagend starrte er die Frau vor sich aus flammenden Augen an. „Haben Sie eine ungefähre Ahnung, welche Angst ich um sie hatte? Wie oft ich mir vorgestellt habe, wie sie bleich und wunderschön in ihrem Grab liegt – in ein paar wenigen Jahren schon?"

Seine Stimme überschlug sich. Er redete wirres, irrationales Zeug und er wusste es, aber er war nicht in der Lage, sich zusammenzureißen.

Lilly war kein Mensch. Sie war eine *Alfar*. Zumindest ein Teil von ihr. Alahrian wusste kaum etwas über die Halblinge. Es gab zu wenige von ihnen, zu selten kam es zu einer Verbindung zwischen *Alfar* und Mensch. Gewiss waren sie nicht unsterblich, die Halblinge. Da sie nicht verbannt waren wie alle anderen, konnten sie getötet werden, in dieser Welt. Aber sie alterten auch nicht so schnell wie gewöhnliche Menschen.

Er hatte einige Jahrzehnte gewonnen, vielleicht sogar Jahrhunderte.

Und da war sie wieder, die Hoffnung, schnell und unbarmherzig schlug sie zu.

Ein Zittern schüttelte seinen Körper. Er wollte lachen und weinen zugleich, stattdessen brach er einfach zusammen, sank auf den bloßen Fußboden, schlug die Hände vors Gesicht und schluchzte lautlos.

Ein hauchfeiner Luftzug verriet ihm, dass die Frau sich bewegt hatte. In einer Art von Besorgnis ließ sie sich neben ihm in die Hocke sinken, und er schaute widerwillig auf. „Und ... und dieser Mann war wie ich?", fragte er heiser, nur um es noch einmal zu hören.

Lillys Mutter nickte. „Sein Haar war golden, in den Augen lag ein sonderbarer Glanz und ... und es schien weißes Feuer unter seiner Haut zu brennen ... Er leuchtete und schimmerte, wie ein Engel, und ..."

Alahrian starrte sie an, suchte ihren Blick, als könnte er sich daran festhalten. „Er ... er leuchtete?", wiederholte er ungläubig, während es sich in seinem Kopf bereits zu drehen begann. Leuchten ... Bisher hatte er automatisch angenommen, der Mann, von dem sie sprachen, sei ein *Döckalfar* gewesen. Alles, was sie ihm zuvor erzählt hatte, hätte auch auf jemanden wie Morgan zugetroffen: weiße Haut, federleichte Bewegungen, ein Äußeres, das den Sterblichen attraktiv erschien ...

Aber *das* ...

Das war endgültig zu viel für ihn. „Bei allen Göttern", flüsterte er zittrig. „Es ... es gibt also noch andere wie mich? Ich bin ..." Die Worte wollten ihm entgleiten, ihm war schwindelig vor Fassungslosigkeit. „Ich habe geglaubt, ich ... ich sei der letzte ..."

Seine Stimme zerbrach in einem Schluchzen. Bebend wandte er das Gesicht ab, fühlte, wie heiße Tränen über seine Wangen stürzten, und weinte haltlos, ohne sich darum zu kümmern, was er damit anrichtete. Natürlich begann es zu regnen, wild klopften die Tropfen gegen die Fensterscheiben. Aus den Augenwinkeln beobachtete er, wie Lillys Mutter nachdenklich die Rinnsale auf dem Glas verfolgte, dann legte sie ihm plötzlich die Hand auf die zuckenden Schultern.

„Ist ja gut", flüsterte sie sanft. „Ist ja gut ..."

Und obwohl Alahrian die Berührung der Sterblichen nicht liebte, tat ihm diese tröstende Geste sonderbar gut, fast genoss er den milden Druck ihrer Hand auf seinem Körper. Vielleicht wäre er ohne diese Berührung einfach auseinander gefallen.

Verwundert blickte er auf. Die dunklen Augen der Frau waren warm und voller Mitgefühl. Seltsam: Sie hatte ihren Mann betrogen und ihre Tochter jahrelang belogen, und doch konnte er sie weder ablehnen noch verurteilen. Sie war so merkwürdig sanft. Mit einer in Tränen aufgelösten Kreatur hatte sie Mitleid, obwohl sie genau wusste, dass dieses Wesen kein Mensch war. Keine Verachtung war in diesen Augen, kein Hass. Nur Wärme. Fast wünschte sich Alahrian, der nie eine Mutter gekannt hatte, er könne seinen Kopf in ihren Schoss legen und sich dort ein wenig ausruhen, doch stattdessen sagte er nur:

„Und Sie haben ihn nie wieder gesehen, diesen Mann?"

„Nein." Die Hand von seiner Schulter nehmend schüttelte sie den Kopf. „Nur in dieser einen Nacht. Am Morgen ging er fort, doch er sagte, ich hätte eine Tochter empfangen und ich solle sie *Rhiannon* nennen. Und er gab mir eine Kette für sie, und diese Kette trägt sie jeden Tag."

Ja, die Kette ... Alahrian unterdrückte ein Aufstöhnen. Er war so blind gewesen! Die Kette. Und dazu die Tatsache, dass Lilly sein wahres Ich sehen konnte, durch alle Zauber hindurch und das vom ersten Augenblick an. Aber da war noch viel mehr: Sein Licht versank unter ihrer Haut, sie konnte hören, wenn er in Gedanken mit Morgan sprach, sie konnte sogar *antworten*.

Wie hatte er je annehmen können, sie sei ein gewöhnlicher Mensch? Aber es war einfach so unfassbar! Selbst jetzt konnte er es nicht glauben!

Und da war noch etwas, was sie getan hatte, ein Hinweis, den er nicht hätte ignorieren dürfen: Als er sie das erste Mal geküsst hatte, da hatte sie ihn zum *Grauen* geführt. *Ich habe sie zu dir geschickt*, hatte der Graue ihm damals gesagt. Aber er hatte nicht begriffen, was das bedeutete.

Lillian *Rhiannon* ... Rhiannon ... Die keltische Göttin des Frühlings. Die Göttin, die die Dunkelheit des Winters beendete und Licht und Wärme brachte.

Sie war gekommen, um *seine* Dunkelheit zu beenden.

Der Graue hatte es von Anfang an gewusst.

Alahrian atmete tief und unregelmäßig. Schon wieder wollten ihm Tränen in die Augen springen, aber diesmal hielt er sie zurück.

„Wir müssen es ihr sagen", flüsterte er stattdessen. „Wir müssen Lilly die Wahrheit sagen."

„Nein!"

Die Frau, eben noch in sanfte Ruhe gekleidet wie in einen weichen Mantel, wurde mit einem Mal blass. „Nein, nein das geht nicht!", rief sie mit brüchiger Stimme. „Du darfst es ihr nicht sagen, bitte! Sie darf es nie erfahren!"

„Was?!" Ungläubig sprang Alahrian auf. „Sie soll nicht wissen, was sie *ist*? Wie lange glauben Sie, können Sie das noch vor ihr verheimlichen?"

Sie beginnt bereits, sich zu verändern, dachte er wild. *Sie entwickelt sich nicht wie ein normaler Mensch. Sie ist eine von uns ... Eine von uns ...*

„Bitte", flehte Lillys Mutter, regelrecht verzweifelt. „Willst du ihr das wirklich antun? Lilly liebt ihren Vater! Willst du ihr wirklich erzählen, dass er *nicht* ihr Vater ist?"

Alahrian versteifte sich. „Darüber hätten Sie vielleicht ein bisschen früher nachdenken sollen", sagte er hart.

Er sah, wie sein Gegenüber zusammenzuckte, seufzte und meinte dann, milder: „Es tut mir leid. Aber ich kann Lilly unmöglich anlügen."

Lillys Mutter blickte ins Leere, in ihrem Gesicht arbeitete es, als hätte sie einen harten Kampf auszustehen.

Alahrian schaute sie durchdringend an. „Wir *müssen* es ihr sagen", meinte er fest. „Und wenn Sie es nicht tun, dann tue *ich* es. Ich werde sie auf keinen Fall belügen!"

„*Wen* belügen?"

Alahrian und die Mutter drehten sich gleichzeitig um. Lilly stand unter der Tür, ihr Blick fragend zwischen ihnen beiden hin und her huschend. „Was ist hier los?", fragte sie verwirrt. „Worüber redet ihr?"

„Komm her." Behutsam streckte Alahrian die Hand nach ihr aus. „Setz dich. Deine Mutter hat dir etwas zu sagen."

Elfenblut

„Nein!" Fassungslos starrte Lilly von einem zum anderen, doch an keinem fand sie Halt. „Das ... das kann nicht sein ... Ich ... ich bin ..."

Ja, was eigentlich? Ein Mensch? Eine *Alfar*? Irgendeine Art von absurdem Mischwesen?

Ein Zittern durchlief ihren Körper, voller Angst schaute sie auf ihre Hände herab, als erwarte sie, irgendeine merkwürdige Veränderung daran zu erkennen. Aber natürlich waren es noch immer ihre eigenen Hände. Was auch immer sie war, sie war es immer schon gewesen ... Im Grunde hatte sich doch nichts geändert, oder?

Aber warum nur hatte sie dann das Gefühl, der Boden schwanke unter ihren Füßen, als bräche ihre ganze Welt um sie herum zusammen?

„Wie konntest du nur?", wandte sie sich schwindelig an ihre Mutter und spürte, wie ihre Fassungslosigkeit langsam in Zorn, Wut und Enttäuschung überging. „Wie hast du mich nur so belügen können?

All die Jahre ... Und du hast es nie für nötig gehalten, mir *das* zu sagen?"

Erschüttert zuckte ihre Mutter zusammen. „Lilly, ich ...", setzte sie unsicher an, doch Lilly war nicht in der Verfassung, sich Erklärungen anzuhören. „Du hast Papa betrogen!", schrie sie unbeherrscht. „Du ... du hast ..." Den Faden verlierend schüttelte sie den Kopf, als eine ganze Sturmflut sich widersprechender Gefühle über ihr einstürzte. „Wann hattest du vor, es mir zu sagen?", rief sie mit bebender Stimme. „Und wenn Alahrian nicht gekommen wäre, würde ich dann immer noch denken ... wäre ich dann immer noch ..."

Die Worte versagten. Hilflose Tränen quollen unter ihren Lidern hervor, und das machte sie nur noch wütender.

Ihre Mutter tat einen vorsichtigen Schritt auf sie zu, die Hände erhoben, als wollte sie sie tröstend in die Arme schließen. Lilly aber wich trotzig zurück.

„Lillian", sagte da Alahrian, der während der letzten Minuten erstaunlich still gewesen war. Jetzt klang seine Stimme sanft und weich, die Augen waren dunkel und warm, als er seltsam zwingend ihren Blick suchte. „Beruhige dich ... Alles wird gut ..."

Ruckartig fuhr ihr Kopf herum, funkelnd starrte sie ihn an. „Hast du es gewusst?", fragte sie anklagend, seine Zärtlichkeit in ihrem hilflosen Zorn erstickend. „Hast du davon gewusst, Alahrian?"

Sie bereute die scharfen Worte sofort, noch während sie zusah, wie sie ihm ins Herz schnitten.

„Nein", entgegnete er verwirrt, blass und voll von kindlich verletztem Erstaunen über die Ungeheuerlichkeit dieses Vorwurfs. „Nein, natürlich nicht!"

Lilly schwieg. Sie wusste, sie tat ihm weh, aber sie konnte ihm nichts geben in diesem Moment, gar nichts.

„Lilly." Wieder sprach er sie an, angstvoll diesmal. Er spürte die Mauer, die sich zwischen ihnen aufzubauen drohte und kletterte mit verzweifelter Kraft daran empor. „Lilly, mein Herz, ich weiß, das alles ist schwer für dich, aber ..." Seine Stimme zitterte, doch es war nicht dasselbe Zittern, das sie empfand. Seine Augen leuchteten. Durch dunklen Lapislazuli brach ein Schimmer von klarem, strahlendem Aquamarin hindurch. Er war angespannt, irritiert, durcheinander, aber hinter all diesem Gefühlswirbel begann sich bereits etwas anderes zu ordnen, ein jubelndes Entzücken, eine überwältigende Freude, deren schwindelerregenden Taumel Lilly in ihrem momentanen Zustand einfach nicht erfassen konnte.

Für sie war eine Welt zusammengestürzt. Für *ihn* baute sich gerade eine neue Welt auf.

Eine neue Welt ... *Ihre* Welt.

„Lilly, du bist eine von uns", sagte er sanft, all das, was sie gerade erst zu erahnen begann, in diese schlichten, klaren Worte pressend.

Aus brennenden Augen starrte sie ihn an. Die Hoffnung, die aus seinem Gesicht leuchtete, war beinahe noch schwerer zu ertragen als die verhaltenen Schuldgefühle ihrer Mutter. Und plötzlich hielt sie das alles einfach nicht mehr aus. „Nein!", schrie sie wild, unbeherrscht. „Ich bin ... ich bin ein *Mensch*!"

Er zuckte zurück, als habe sie ihn geschlagen. Lilly schluchzte verzweifelt auf, Tränen verschleierten ihren Blick, und mit einem erstickten Schrei rannte sie an ihm vorbei zur Tür und lief blindlings hinaus.

***

Einen Herzschlag lang starrte Alahrian ihr hinterher, dann wandte er sich instinktiv um, um ihr nachzulaufen, doch Lillys Mutter hielt ihn behutsam davon ab.

„Lass sie", meinte sie ruhig. „Sie braucht einen Moment für sich. Sie wird zurückkommen, wenn sie sich gesammelt hat."

Ruckartig fuhr Alahrian herum. „Wie können Sie da so sicher sein?", fragte er heftig.

Aber das war sie nicht. Er konnte es an ihrem aufgelösten Gesicht sehen, den flackernden Augen, der Verzweiflung, die um die geschwungenen Mundwinkel huschte. Die Ruhe war brüchig und äußerlich. Darunter sammelten sich Angst und Schuldgefühle. Tränen schimmerten in den dunklen Augen, mühsam zurückgehalten.

Nun war es an Alahrian, Mitgefühl zu zeigen. „Gewiss hat sie es nicht so gemeint", bemerkte er, ein wenig fahrig. „Sie ... sie wird Ihnen verzeihen, ganz bestimmt."

Aber würde sie das wirklich? Und würde sie akzeptieren können, was sie war?

Ich bin ein Mensch ... Wie sie ihn angesehen hatte, als sie das gesagt hatte! In einer bewussten Anstrengung vertrieb Alahrian das Bild aus seinem Kopf. Sie brauchte Zeit, nur ein wenig Zeit. Ihn selbst hatte die Nachricht schier umgehauen. Kein Wunder also, dass Lilly völlig durcheinander war. Wieder stieg der Impuls in ihm auf, ihr zu folgen, doch sie war fortgelaufen von ihm, nicht wahr? Das bedeutete, sie wollte niemanden sehen, wollte *ihn* nicht sehen.

Und obwohl er ihre Reaktion verstand, tat sie weh. Nach all der Nähe, die er gestern Nacht empfunden hatte, all der Nähe, die jetzt plötzlich möglich schien, war es fast unerträglich, von ihr getrennt zu sein. Leise, tropfenweise, sickerte mit einem Mal eine ganz neue Angst in sein Innerstes: Sie war eine *Alfar*, sie war von seinem Blut. Aber was, wenn das die Distanz zwischen ihnen nicht einriss, sondern sie im Gegenteil noch vergrößerte? Wenn sie ablehnte, was sie war, wenn sie nichts mit seiner Welt zu tun haben wollte?

Ich bin ein Mensch ...

Mit zusammengepressten Lippen ließ Alahrian sich gegen die Wand sinken. Hoffnung ist ein zweischneidiges Schwert. Und er fühlte beide Klingen in sich brennen.

„Hat sie den Stern empfangen?", fragte er unvermittelt, in eine sich unangenehm dehnende Stille hinein. Die Worte waren eigentlich überflüssig. Er kannte die Antwort, natürlich kannte er sie.

Wie erwartet schaute Lillys Mutter ihn auch nur verständnislos an. „Den *Stern*?", erkundigte sie sich verwirrt.

„Den Elfenstern", antwortete Alahrian, ruhiger jetzt, da er von etwas sprach, das ihm vertraut war. Schnell schob er den Ärmel seines

Hemdes zurück, ließ ein wenig Licht aus seinem Inneren empor strömen und zeigte ihr die feinen Linien, die sich daraufhin auf seinem Handgelenk bildeten, genau dort, wo der Puls unter der Haut klopfte: ein verschlungener, siebenzackiger Stern. Elfenstern.

„Solange wir Kinder sind", begann er zu erklären, „das heißt, etwa während der ersten fünfzehn, sechzehn Jahre unseres Lebens, sind wir euch Sterblichen gar nicht so unähnlich. Wir altern, wir verändern uns. Erst wenn wir den Stern empfangen haben, entfalten wir unsere volle Kraft. Weder Alter noch Krankheit können uns etwas anhaben." Er wartete kurz, doch Lillys Mutter hörte ihm stumm und aufmerksam zu.

„Es ist eine Art Ritual", fuhr er dann fort. „Mit einem silbernen Messer wird das Symbol in die Haut geritzt, ein Mitglied unseres Volkes öffnet seine eigenen Narben, dann werden die Wunden aneinander gepresst, bis sich das Blut vermischt. Jedes Individuum empfängt auf diese Art und Weise das Blut des gesamten Volkes. Wir sind mit der Gemeinschaft aller *Alfar* verbunden, die Erinnerung unserer ganzen Welt fließt durch unsere Adern. Wir kennen unsere Geschichte, unsere Legenden, unsere Mythen."

Lillys Mutter lächelte abwesend. „Das klingt sehr schön", flüsterte sie nachdenklich.

Er hätte ihr sagen können, dass auch ihr Volk eine ähnliche Verbundenheit kannte, dass auch die Menschen die Erfahrung aller in sich trugen, in Träumen, in Märchen und Geschichten. Auch sie besaßen ein kollektives Gedächtnis, sie hatten nur verlernt, darauf zurückzugreifen.

„Angenommen, sie würde diesen Stern empfangen", bemerkte Lillys Mutter, bevor er weitersprechen konnte, „was wird dann mit ihr geschehen?"

Alahrian blickte angestrengt ins Leere. „Ich weiß es nicht", gestand er endlich. Es würde sie nicht unsterblich machen. Aber vielleicht würde sie aufhören zu altern? Alterte sie nicht jetzt bereits langsamer als gewöhnlich? Alahrian, der kein Gefühl hatte für das Verstreichen der Zeit, hatte bei den Sterblichen nie auf derlei Dinge geachtet, doch sah Lilly nicht ein wenig jünger aus als die anderen Mädchen ihres Alters?

Prüfend blickte er ihrer Mutter ins Gesicht. Auch sie wirkte erstaunlich jung, mädchenhaft. Aber wer vermochte schon zu sagen, was die Begegnung mit einem der seinen bei ihr bewirkt hatte?

Erschöpft drückte er die Hand gegen die schmerzende Stirn. Fragen über Fragen! Fragen, auf die er keine Antworten fand ... Noch nicht.

Und Lilly? Wie durcheinander musste *sie* erst sein? Und wieder schnitt ihre Abwesenheit in all ihrer stählernen Schärfe in sein Herz. Es war fast eine Art körperlichen Unwohlseins, ihm *fehlte* etwas. Und das im doppelten Wortsinn.

Eine Zeitlang noch wartete er, schritt unruhig wie ein gefangener Tiger im Raum auf und ab, während Lillys Mutter mit blassem, ausdruckslosem Gesicht aus dem Fenster starrte, dann endlich hielt er es nicht mehr aus. Abrupt blieb er stehen, mitten im Zimmer.

„Ich gehe sie jetzt suchen", verkündete er entschlossen.

Lillys Mutter nickte stumm. „Sagst du ... mir Bescheid, wenn du sie gefunden hast?", bat sie kläglich.

„Wollen Sie nicht mitkommen?" Verwundert zog Alahrian die Brauen hoch.

Die Frau senkte den Blick. „Ich glaube nicht, dass sie mich jetzt sehen will", meinte sie traurig.

Alahrian schenkte ihr ein Lächeln voll Mitgefühl. „Ich werde mit ihr reden", versprach er. „Sie wird Ihnen nicht ewig böse sein."

Schwach erwiderte Lillys Mutter sein Lächeln. „Du liebst sie sehr, nicht wahr?", fragte sie plötzlich.

Alahrian nickte ernst.

„Und ich glaube, sie liebt dich auch." Jetzt wurde das Lächeln tiefer, erreichte auch die Augen.

Alahrian begegnete kurz ihrem Blick, dann meinte er schlicht: „Danke. Danke, dass Sie mir die Wahrheit gesagt haben."

Sie bedeutete ihm viel, diese Wahrheit, doch er vermochte ihr Ausmaß noch nicht einmal zu erahnen. So wusste er weiter nichts zu sagen. Schweigend, ohne ein Wort des Abschieds schlüpfte er durch die Zimmertür und machte sich auf die Suche nach Lilly.

Es dauerte lange, bis er sie gefunden hatte. Das Hotel war groß und unübersichtlich, und vielleicht hatte sie seine Mauern auch längst schon verlassen. In Gedanken rief er ein paarmal nach ihr, doch er erhielt keine Antwort, entweder weil sie nicht antworten konnte – oder weil sie es nicht *wollte*. Vielleicht hörte sie ihn auch nicht?

Alahrian klammerte sich an diese letzte Möglichkeit und durchkämmte weiter jeden Winkel des verfluchten Hotels, bis eine leise Form von Verzweiflung in ihm aufzusteigen drohte. Endlich entdeckte er sie, in der Tiefgarage, im Dunkeln, zwischen mehreren Tonnen Stahlblechs auf einer Betontreppe sitzend – an dem letzten Ort also, den *er* freiwillig aufgesucht hätte. Die Erkenntnis schmerzte mehr als alles andere.

Doch er vergaß all seine eigenen Befindlichkeiten in dem Moment, in dem er sie schluchzen hörte. Sie weinte. Allein saß sie auf der Treppe, das Gesicht in die Hände gestützt, und weinte. Alahrians Herz krampfte sich zusammen. Lautlos trat er an sie heran, und obwohl er sicher war, seine Füße verursachten nicht das mindeste Geräusch auf dem glatten Beton, spürte sie seine Anwesenheit und blickte zu ihm auf.

Alahrian blieb stehen, unsicher, ob sie ihn sehen wollte oder nicht.

Hast du es gewusst? ... Ich bin ein Mensch ...

Hohl hallten ihre Worte in seinem Kopf wider, ihre abweisenden, ihn ausschließenden Worte.

Ihr Blick aber suchte den seinen, zwischen Schleiern von Tränen schaute sie ihn an, hilflos, nach Halt suchend, zutiefst verstört.

„Wer bin ich, Alahrian?", fragte sie leise. „*Was* bin ich?" Ihr Blick irrte durch die dunklen Tiefen der Garage, blieb dann wieder an seiner Gestalt hängen. „Ich kann im Dunkeln sitzen, stundenlang, wenn ich will!", erklärte sie, vehement, fast wütend. „Ich kann Stahl berühren!" Als müsse sie ihm ausgerechnet *das* beweisen, strich ihre Hand über das Auto neben ihr, fest drückte sie mit den Fingerspitzen gegen das lackierte Metall, doch nichts passierte. Natürlich nicht.

Alahrian schauderte, schlängelte sich behutsam an eben jenem Auto vorbei und blieb, ihr direkt gegenüber, stehen.

„Mein ganzes Leben lang war ich ein Mensch!", rief Lilly aufgebracht. „Und jetzt? Was bin ich jetzt?"

„Du bist noch dieselbe wie vorher", entgegnete Alahrian ruhig. „Es hat sich nichts geändert."

„Warum fühle ich mich dann, als ob alles, was bisher war, nichts als eine Lüge ist?", fragte sie bitter. „Mein ganzes Leben .. meine Mutter .. mein Vater ... Wer *ist* mein Vater überhaupt?" Wieder sammelten sich Tränen in ihren Augen.

Alahrian blickte zu Boden. „Nicht alles war Lüge", sagte er leise.

Jetzt zuckte die Andeutung eines Lächelns über ihre zitternden Lippen. „Nein", meinte sie, sanfter nun, weicher. „Du bist der einzige Fixpunkt, die einzige Wahrheit." Und dann sprang sie auf und stürzte sich in seine Arme, weinte an seiner Schulter, bis er ihre heißen Tränen durch den dünnen Stoff seines Hemdes fühlen konnte.

„Halt mich fest", bat sie schluchzend. „Halt mich ganz fest!"

Und er hielt sie, und obwohl sie so traurig war, war er doch froh. „Ich dachte schon, ich hätte dich verloren", flüsterte er erleichtert, presste sie an sich und vergrub das Gesicht in ihrem Haar.

„Verloren?" Sie klang erstaunt, obwohl er es nicht mit Sicherheit sagen konnte. „Aber ..."

Sie sprach noch weiter, doch Alahrian hörte sie nicht mehr, denn in diesem Moment explodierte etwas in seinem Kopf und eine Stimme brüllte mit einer Kraft, die ihm schier den Schädel zu sprengen drohte:

ALAHRIAN!

Mit einem erstickten Schrei presste Alahrian die Hand gegen die Stirn. Lilly riss besorgt die Augen auf, während er in die Knie brach vor Schmerz, und dann jagte ein pechschwarzer Wagen schlingernd durch die engen Windungen der Tiefgarage direkt auf sie zu und kam mit quietschenden Reifen keine zehn Zentimeter vor ihnen zum Stehen.

„Morgan!", kreischte Alahrian aufgebracht, noch ehe der Bruder die Wagentür öffnete und gehetzt zu ihnen hinausblickte. „Bist du wahnsinnig? Ich dachte, mir platzt das Hirn!"

„Verdammt noch mal, *Liosch*!", brüllte Morgan zurück. „Was treibst du denn den ganzen Tag? Ich rufe dich seit Stunden, aber du hörst mich einfach nicht!"

„Ich musste mich auf andere Dinge konzentrieren." Übellaunig richtete Alahrian sich auf. „Was zum Teufel machst du überhaupt hier? Du bist zu früh!"

Morgan verzog entnervt das Gesicht. „Ihr müsst sofort nach Hause kommen", entgegnete er grimmig. „Es ist der Bürgermeister! Er ist vollkommen verrückt geworden!"

Verrückt

„Der Bürgermeister?", wiederholte Lilly, die bisher, in ihre eigenen Sorgen vertieft, dem Gezanke der Brüder nur widerwillig gefolgt war. „Was ist passiert?"

„Gestern Abend, nachdem ich euch hier abgeliefert hatte, da habe ich Anna-Maria getroffen und –"

„Du hast *was*?", unterbrach Alahrian ihn schrill.

„Nur zufällig", maulte Morgan. „Das wird ja wohl noch erlaubt sein!"

„Du bist …" Wütend starrte Alahrian seinen Bruder an, Lilly musste ihm die Hand auf die Schulter legen, damit er das pulsierende Glühen unter seinen Fingerspitzen zurückzog. Es waren *Menschen* in der Tiefgarage. Man konnte nie wissen.

„Halt die Klappe, darum geht es doch jetzt gar nicht!", schimpfte Morgan unwirsch. „Na ja, jedenfalls hat sie mir von den Plänen ihres Vaters erzählt, und zuerst konnte ich es kaum glauben, bis heute

Morgen ..."

„Welche Pläne?", fiel Alahrian ihm ins Wort. „Komm endlich zum Punkt!"

„Das würde ich vielleicht, wenn du die Freundlichkeit besäßest, mich endlich mal ausreden zu lassen!" Morgan schnaubte verächtlich, warf seinem Bruder einen bösen Blick zu und sagte dann, ernst und mit sorgenvoller Miene: „Es geht um das Einkaufszentrum. Er will es jetzt doch bauen lassen."

Alahrian zuckte zusammen, kaute einen Moment lang auf seiner Unterlippe herum und meinte dann: „Dass er etwas Derartiges vorhat, wussten wir bereits. Und deswegen kommst du extra hierher? Hätte das nicht bis morgen Zeit gehabt?"

„Du verstehst nicht." Morgans Stimme war trügerisch sanft. „Wir haben keine Zeit mehr. Er hat mit dem Bau bereits begonnen."

„Was?!" Alahrian riss die Augen auf und taumelte, schwindelig vor Schreck, zurück. „So schnell? Aber das ... das ist unmöglich!"

Morgan schüttelte den Kopf. „Der Plan bestand schon lange, und wir waren in letzter Zeit mit den Gedanken woanders, er hatte also genug Zeit, im Verborgenen daran zu arbeiten." Gespielt lässig zuckte er mit den Schultern. „Und heute Morgen sind die ersten Bagger in der Stadt angerückt."

Alahrian wurde bleich. „Er ist verrückt", stammelte er fassungslos. „Er ... er ist vollkommen verrückt ..."

Lilly, die bisher schweigend zugehört hatte, schaute verwirrt zwischen den beiden hin und her. „Könntet ihr mich aufklären, bitte?", fragte sie verständnislos. „Was ist so schlimm an diesem Einkaufszentrum?"

Vage erinnerte sie sich an die kleinen, puppenhausartigen Architekturmodelle im Foyer des Rathauses – und auch an den Streit Alahrians mit dem Bürgermeister, den sie damals mit angehört hatte. An dem Tag hatte sie noch nicht gewusst, was er war, und all die phantastischen Wunder, die sie seitdem erlebt hatte, hatten die Erinnerung verblassen lassen – nicht nur in *ihrem* Kopf, wie es schien.

„Du weißt doch von den Hohlen Hügeln, nicht wahr?", meinte Morgan, während Alahrian mit finsterem Gesicht und verstörtem Blick ins Leere starrte und kaum etwas um sich herum wahrzunehmen schien. Lilly nickte.

„Und von den Erloschenen, die dorthin verbannt wurden?"

„Ja."

„Und auch von Lilith?"

Lilly dachte an das Wesen mit den schwarzen Schwingen, das Alahrian ihr in seinen Erinnerungen gezeigt hatte, und schauderte unwillkürlich. „Ja."

„Ihr Gefängnis liegt direkt unter der Stadt", erklärte Morgan unheilvoll. „Und wenn jemand tief gräbt, zum Beispiel, wenn er ein Einkaufszentrum bauen will ..." Er hielt inne, Lilly starrte ihn erschrocken an, und endlich vollendete er den Satz: „Dann könnte es durchaus sein, dass er die Tore zu den Hohlen Hügeln beschädigt."

„Und das Monster freilässt." Erneut krabbelte ein eisiger Schauder über Lillys Rücken.

„Er ist verrückt!" Alahrian, leichenweiß im Gesicht, starrte hilfesuchend seinen Bruder an. „Morgan, warum tut er so etwas?"

„Wir müssen ihn aufhalten", entgegnete Morgan grimmig, anstelle einer direkten Antwort. Seine Miene war hart, in den schwarzen Augen funkelte es. Fast schien er sich auf die Konfrontation zu freuen.

Er ist ein Krieger, dachte Lilly beklommen.

„Okay", sagte Alahrian, immer noch bleich, doch mit derselben, eisigen Entschlossenheit in der Stimme wie sein Bruder.

Lilly musterte Alahrian nachdenklich. Sie war ihm als verstörend geheimnisvollem Mitschüler das erste Mal begegnet, hatte ihn kennengelernt als übernatürlich schönes, leuchtendes Engelswesen, sie kannte seine Dämonen und die Schrecken seiner Vergangenheit, die Alpträume und die Ängste. Aber sie hatte nie darüber nachgedacht, welche Kämpfe er wohl in all den Jahrhunderten seines Lebens durchgestanden hatte, wozu er fähig war, welch verborgene Macht in ihm wohnte. Als sie jetzt in seine Augen blickte, die fremd waren und härter als gewöhnlich, bekam sie eine vage Ahnung davon und erschrak ein wenig darüber.

Ohne ein weiteres Wort kletterte Alahrian auf den Rücksitz des protzigen Sportwagens, doch er öffnete von dort aus Lilly die Seitentür, und als er zu ihr emporblickte, da waren seine Augen wieder voll der alten Sanftmut, der Blick war fragend, voll Zweifel und von leiser Furcht erfüllt. „Kommst du mit?", bat er, fast lautlos.

Lilly zögerte eine winzige Sekunde lang. Ihr schien, dies sei eine Entscheidung, die weit über die konkrete Situation hinausging, eine Entscheidung, die kein Zurück mehr kannte. Es war eine Wahl zwischen ihrer eigenen Welt – und der seinen.

Aber hatte sie diese Wahl nicht schon längst getroffen?

„Klar komme ich mit", sagte sie leichthin, und mit derselben Entschlossenheit, die die beiden Brüder gezeigt hatten, stieg sie in den pechschwarzen Wagen.

Verlorenes Ich

Etwa zwanzig Minuten lang verlief die Fahrt in unbehaglichem Schweigen. Morgan preschte mit atemberaubendem Tempo die Auffahrt der Garage empor, jagte durch die Stadt und von dort auf die Autobahn, wo es, kontinuierlich auf der Überholspur, weiterging. Diesmal beschwerte sich niemand über seinen halsbrecherischen Fahrstil.

„Was ist überhaupt los mit euch?", erkundigte er sich nach einer Weile, die beiden auf dem Rücksitz durch den Spiegel hindurch beobachtend. „Was hattet ihr in der Tiefgarage zu suchen? Ich dachte, ihr macht Honeymoon!" Sein spezieller Blick galt Alahrian, der ihm widerwillig erklärte, was geschehen war, lautlos und in Gedanken. Und obwohl Lilly natürlich jedes Wort mitbekam, war sie trotzdem dankbar um diese Rücksichtnahme. Sie hatte keine Lust, darüber zu reden.

„Wow", machte Morgan, dem es an derlei Feingefühl mangelte, grinsend. „Daher also die ungewöhnlichen Fähigkeiten!" Ohne besonders auf die Fahrbahn zu achten, drehte er sich um und zwinkerte Lilly zu. „Dann also willkommen im Club", bemerkte er fröhlich.

„Halt den Mund und schau auf die Straße", schnauzte Alahrian ihn an, und der *Döckalfar* verfiel tatsächlich in Schweigen.

Lilly guckte aus dem Fenster, beobachtete, wie die monotone Autobahnlandschaft an ihr vorüberflog, und versuchte, nicht an das Gespräch von heute Morgen zu denken. Nicht an die Lüge, nicht an ihre Mutter – und an ihren *Vater* schon gar nicht. An ihre *Väter*. Verdammt! Ihr Vater würde immer ihr Vater bleiben, von welchem Wesen auch immer sie wirklich abstammte!

Oder?

Was, wenn er erfuhr, dass sie *nicht* seine Tochter war?

Lilly ballte die Hände zu Fäusten, drängte die Tränen in ihren Augen zurück und zwang sich, sich auf den Ausblick vor dem Fenster zu konzentrieren. Morgan hatte das Radio eingeschaltet, es lief irgendein Rocksong aus den Achtzigern. Sie hörte zu und dachte an den Bürgermeister, das Einkaufszentrum, die merkwürdige Geschichte, die vor ihnen lag.

Was sollte sie ihrem Vater sagen? Sollte sie es ihm überhaupt sagen? Und ihre Mutter? Würde sie ihrer Mutter je verzeihen können?

Die Fragen in ihrem Kopf ließen sich nicht abstellen.

Eine federleichte Berührung riss sie aus der Gedankenschleife heraus, sie wandte den Kopf und blickte in Alahrians unsichere, von Anspannung dunkle Augen. Er sagte nichts, aber sie spürte seine Besorgnis und seine Furcht, die nichts mit dem Bürgermeister zu tun hatten. Was hatte er vorhin gesagt, in der Tiefgarage? *Ich dachte schon, ich hätte dich verloren ...*

Sie schloss ihn aus, wies ihn zurück und sie wusste, es tat ihm weh. Aber sie musste das hier mit sich selbst ausmachen, musste das Chaos in ihrem Kopf erst allein ordnen. Jedes Mal, wenn sie ihn ansah, fragte sie sich, wie viel von seiner Art wohl in *ihr* stecken mochte, ungeahnt und verborgen. Wie viel *Alfar* war sie wirklich? Wie viel Mensch? Seine bloße Präsenz war eine Frage, die sie nicht beantworten konnte – und das machte sie ganz irre.

Aber das bedeutete nicht, dass sie ihn deshalb weniger liebte. Sie brauchte ihn, brauchte ihn jetzt vielleicht mehr denn je, doch sie konnte nicht mit ihm darüber reden – noch nicht.

Um ihm all das zu zeigen, griff sie nach seiner Hand, hielt sie fest und legte sanft den Kopf auf seine Schulter. Er schwieg noch immer, aber sie spürte, wie er sich einen Hauch weit entspannte.

Auf diese Weise verging die Fahrt: schnell, da sie mit Tempo 200 voranpreschten, und weitestgehend schweigend. Lilly war ein wenig überrascht, als Morgan sie nicht in der Villa oder an der besagten Baustelle absetzte, sondern zu Hause.

„Für dich ist es zu gefährlich", erklärte er, „Halbling hin oder her. Alahrian und ich müssen das alleine regeln."

Plötzlich von einer neuen Angst erfüllt, schaute Lilly Alahrian an. „Ihr werdet vorsichtig sein, nicht wahr?", meinte sie zaghaft. „Euch wird doch nichts passieren?"

Alahrian strich ihr mit dem Handrücken zärtlich über die Wange. „Wir sind unsterblich, schon vergessen?"

„Ich möchte trotzdem nicht, dass ihr verletzt werdet!"

Aber Morgan grinste nur. „Keine Sorge", versicherte er großspurig. „Ich passe schon auf deinen Liebsten auf."

Alahrian warf ihm einen giftigen Blick zu, bevor er aus dem Wagen stieg und Lilly von der anderen Seite her die Tür öffnete.

„Rufst du deine Mutter an?", bemerkte er, während sie die Auffahrt entlangliefen. „Sie wird sich gewiss Sorgen machen."

Lilly, die auf ihre Mutter noch immer wütend war, fühlte einen Stich im Inneren, versprach es aber. Alahrian schloss sie in die Arme. „Kommst du klar?", flüsterte er sanft, an ihre Wange geschmiegt.

Lilly nickte abgehackt.

„Es tut mir leid", sagte er leise, sich aus der Umarmung zurückziehend.

„Was tut dir leid?" Verwundert blickte sie ihn an.

Er lächelte traurig. „Ich ... habe das Gefühl, das hier ist irgendwie alles meine Schuld", gestand er hilflos. „Wenn ich nicht mit dir nach München gekommen wäre ..."

Hastig legte sie ihm die Hand über die Lippen. „*Schsch* ... Wenn du nicht mitgekommen wärst, dann wüsste ich die Wahrheit noch immer nicht", sagte sie schnell.

„Und wärst du dann nicht glücklicher?"

Lilly seufzte leise. „Alahrian, das hier hat nichts mit dir zu tun", meinte sie ernst. „Ich ... ich bin doch nicht böse auf dich oder so! Ich brauche nur ... ein wenig Zeit ... Zeit, um herausfinden, wer ich bin ... *was* ich bin."

In seinen Augen spiegelte sich die Weite des Himmels und des Ozeans, als er sie anblickte. „Du bist meine Sonne und mein Mond", sagte er ruhig. „Du bist der Anfang und das Ende. Du bist ..." Ein schmerzliches Lächeln zuckte über seine Lippen. „Ich liebe dich", endete er schlicht.

Lilly erwiderte warm sein Lächeln. „So einfach ist das?", fragte sie sanft.

Und da, zum ersten Mal, seit sie ihn kannte, konnte sie in seinen Augen sehen, wie alt er wirklich war, konnte die Weisheit vergangener Jahrhunderte durch sein jugendliches Antlitz hindurch in seinem Blick schimmern sehen. „Die wirklich großen Dinge, Lillian", sagte er ernst, „sind immer sehr einfach."

Sie umarmte ihn fest, dann meinte sie nur noch: „Pass auf dich auf, ja?"

Er nickte, aber er sah nicht sehr besorgt aus, jetzt nicht mehr. „Ich bin für dich da, wenn du mich brauchst, ja? Bis dahin: Bleib im Haus, geh nicht nach draußen, lass keine Fremden hinein. Und vor allem: Komm nicht zur Baustelle."

Lilly versprach all diese Dinge, dann hauchte sie einen Kuss auf seine Lippen und lief zum Haus. Das unbehagliche Gefühl, das sie schon im Auto beschlichen hatte, kehrte zurück, sobald sie den Schlüssel in die Tür gesteckt hatte. Im Flur fühlte sie sich wie eine Fremde, und dann, dann fuhr ihr ein kalter Schrecken durchs Herz, als die Stimme ihres Vaters vom Wohnzimmer aus fragte: „Schneewittchen?"

Überrascht trat er in den Korridor. Lilly konnte es kaum ertragen, ihn anzusehen, Tränen stürzten in ihre Augen und mit einem erstickten, kaum hörbaren „*Papa!*", warf sie sich in seine Arme und begann, haltlos zu schluchzen.

Sabotage

„Was hast du denn bloß?" Morgan beobachtete seinen Bruder aufmerksam, während dieser immer noch Lillys Haustür anstarrte, obwohl dort längst niemand mehr zu sehen war. „Machst du dir Sorgen wegen des Bürgermeisters?"

Alahrian schüttelte den Kopf. „Oder doch – auch", gab er zu. „Aber es ist mehr." Er schaute zu Boden. Blass und elend wirkte er, dabei hätte er doch eigentlich überglücklich sein müssen, oder nicht?

„Es fühlt sich an, als wäre dies das Ende", murmelte er endlich, und in seinem Gesicht zuckte schmerzvoll ein Muskel.

„Was redest du denn da?" Überrascht starrte Morgan ihn an. „Sie ist eine *Alfar*! Das ist erst der Anfang!"

„Und wenn ich sie verliere?" Jetzt blickte er auf, die Augen dunkel und von Schatten umrandet. „Sie ... sie ist so merkwürdig, seit sie es weiß! So ... so abweisend!"

„*Du* bist merkwürdig, *Liosch*." Morgan schüttelte den Kopf. „Du hast Jahrhunderte mit ihr vor dir, nicht bloß Jahrzehnte! Warum freust du dich nicht einfach?"

„Das ist es ja!" Verzweifelt hob Alahrian die Hände. „*Sie* freut sich nicht!"

„Und das wundert dich? Es kam ja nun schon etwas überraschend, sogar für uns, oder etwa nicht?"

Alahrian seufzte und ging zum Auto zurück. „Ach, was weißt du schon", murrte er unwillig, und damit schien das Gespräch für ihn beendet zu sein.

„Jedenfalls mehr als du", gab Morgan zurück, während er einstieg. „Ich bin als Sterblicher aufgewachsen, genau wie sie, schon vergessen?"

Alahrian riss die Augen auf, als sei ihm dies tatsächlich entfallen, was nicht der Fall sein konnte. Die *Liosalfar* vergaßen nie irgendetwas. Sie waren nur manchmal so zerstreut, dass sie eine Information nicht mit der anderen verbinden konnten.

Fast musste Morgan lächeln über das nachdenkliche Gesicht seines Bruders. „Ich weiß genau, wie sie sich jetzt fühlt", meinte er nüchtern. „Aber sie wird sich schon an den Gedanken gewöhnen, glaub mir. Sie braucht nur ein bisschen Zeit, das ist alles."

„Zeit ..." Unbehaglich ließ Alahrian das Wort auf der Zunge zergehen. „Wie viel Zeit?"

Morgan ächzte. „Sei kein Idiot, Alahrian! Sie liebt dich und sie braucht dich jetzt, und anstatt hier herum zu jammern, konzentrier dich lieber auf den Bürgermeister! Je schneller wir dieses Problem erledigt haben, desto eher kannst du dich wieder um Lilly kümmern!"

Das schien den Bruder zu überzeugen, denn anstatt des schmerzlich abwesenden Ausdrucks trat plötzlich ein harter Zug auf Alahrians Gesicht. Die Augen verdunkelten sich deutlich, wie Lapislazuli in Eis gegossen. „Ich verstehe das alles nicht", bemerkte er unwirsch. „Was will er nur mit diesem dämlichen Einkaufszentrum? Er kennt doch die Gefahr besser als wir alle!"

Morgan zuckte mit den Schultern und startete den Motor. Bis zur Baustelle waren es nur ein paar Meter, aber er fand, es mache einen deutlich cooleren, einschüchternden Eindruck, mit der *Lady* dort aufzukreuzen. „Keine Ahnung", meinte er gleichgültig. „Ich sagte doch: Er ist total verrückt. Den Sterblichen bekommt die Unsterblichkeit eben nicht!"

„Was sollen wir mit ihm anstellen?", erkundigte sich Alahrian, nahezu beiläufig.

Morgan fühlte ein Grinsen über sein Gesicht huschen. „Guck mal ins Handschuhfach!"

Scharf sog Alahrian die Luft ein, dann schaute er Morgan aus großen Augen an. „Morgan", bemerkte er entgeistert. „Ist das ... eine *Handgranate*?"

Morgan grinste noch breiter. „Schon möglich ..."

„Du ... du willst die Baustelle sprengen?" Alahrians Stimme klang schrill. „Dann können wir ja gleich selbst die Tore öffnen! Also manchmal bist du wirklich ..."

Morgan unterbrach ihn, bevor er zu den Beleidigungen kommen konnte. „Entspann dich", bemerkte er lässig. „Das Ding ist nur eine Attrappe." Lächelnd griff er ins Handschuhfach, holte die vermeintliche Handgranate heraus und zündete sich damit eine Zigarette an. „Nur ein Feuerzeug, siehst du?" Er blinzelte vergnügt.

Alahrian knurrte etwas Unverständliches, das aber nicht sehr freundlich klang.

„Ich meinte etwas anderes", erläuterte Morgan, wühlte noch einmal im Handschuhfach und warf seinem Bruder einen länglichen, in schwarzen Samt gewickelten Gegenstand zu.

„Was soll ich damit?", erkundigte sich Alahrian und zog mit spitzen Fingern den schönen, mit feinen Ziselierungen verzierten Dolch aus dem Stoff hervor.

Morgan ignorierte geflissentlich die mangelnde Begeisterung in Alahrians Tonfall und erklärte stolz: „Den hab ich extra für dich besorgt. Du kannst ihn anfassen. Er ist aus Titan. Keine Spur von Stahl!"

Alahrian runzelte skeptisch die Stirn. „Du weißt, wir können dem Bürgermeister nicht mit Waffengewalt begegnen", gab er zu bedenken.

Morgan seufzte theatralisch. „Ich weiß. Aber tu mir den Gefallen, trag die Waffe trotzdem, ja? Gib mir zumindest die Illusion, wir würden in einen echten Kampf ziehen!"

Alahrian stöhnte, steckte den Dolch aber trotzdem ein.

Morgan grinste zufrieden.

„Ich fasse es nicht", bemerkte sein Bruder kopfschüttelnd. „Das hier macht dir *Spaß*, was?"

Morgan zuckte schuldbewusst mit den Schultern. „Ein bisschen vielleicht", gestand er mit einem schrägen Seitenblick zu Alahrian hin.

Alahrian verdrehte entnervt die Augen.

„Ich bin eben ein Krieger!", verteidigte sich Morgan vehement. „Und auf Dauer sind diese hirnlosen *Fenririm* nun wirklich keine allzu spannenden Gegner!" Er schnaubte verächtlich.

„Du kannst den Bürgermeister nicht besiegen", antwortete Alahrian düster. „Er ist unsterblich – wie wir."

Morgan zwinkerte, nicht bereit, sich seine Laune verderben zu lassen. „Mit Silberkugeln haben wir es noch nicht probiert", bemerkte er lässig.

„Die sind für Werwölfe." Alahrian zuckte nicht einmal mit der Wimper, Morgan aber glaubte trotzdem einen Funken von Heiterkeit in seinen Augen aufblitzen zu sehen.

Versonnen malte Morgan sich aus, wie schön alles hätte sein können, wenn sie den Bürgermeister endlich loswerden könnten. Alahrian wäre gewiss ein wenig entspannter, müsste er seinem Erzfeind und der Ursache all seiner Traumata nicht beständig über den Weg laufen, und die Sache mit Anna-Maria ... *Dagegen* konnte er dann ja wohl auch nichts mehr sagen, oder? Sie wäre dann natürlich ohne Vater, aber wer weiß? Eine starke Schulter, an der sie sich anlehnen konnte, jemand, der ihr ein bisschen Ablenkung verschaffte, sie tröstete ... Morgan hätte es in der Öffentlichkeit niemals zugegeben, aber er *konnte* sehr sanft sein, verständnisvoll und fürsorglich. Zumindest, wenn es unbedingt sein musste.

„Wir sind gleich da." Alahrians finster geknurrte Worte rissen Morgan aus seinen Träumereien.

„Schön", entgegnete er lächelnd. „Wird auch Zeit, dass diesem verflixten Bürgermeister mal jemand so richtig den Hintern ..."

„Halt die Klappe!", unterbrach Alahrian ihn missmutig, doch mit einem Mal glitt auch über sein Gesicht ein Lächeln. „Morgan", meinte er ernst und blickte unter gesenkten Wimpern hindurch seinen Bruder an. „Es ist gut, in einem Moment wie diesem jemanden wie dich an seiner Seite zu haben."

Morgan ließ sich von dem plötzlichen Stimmungswandel seines Bruders nicht aus der Ruhe bringen. „Ja", murmelte er großzügig. „Ich weiß."

Vor ihnen tauchte jetzt die Baustelle auf. Selbst Morgan, der den Platz vor ein paar Stunden noch gesehen hatte, war überrascht, wie schnell alles gegangen war. Das Gelände war mittlerweile mit rotweiß geringeltem Plastikband abgesperrt, am rechten Rand erhoben sich einige Bauwagen, vor denen sich eine ganze Schar von Arbeitern tummelte. Im Hintergrund stand ein Kran, davor hob ein gewaltiger Bagger bereits Schaufeln von klumpiger Erde aus. Es war der Bagger, der Morgan am meisten Sorge bereitete. Was, wenn sie zu tief gruben? Was, wenn die riesigen Schaufeln mit den magischen Toren kollidierten? Waren die Maschinen der Sterblichen stark genug, um die Grenzen zu den Hohlen Hügeln einzureißen? Die Wahrheit war: Sie wussten es nicht. Aber das schien Risiko genug.

Mit der kribbelnden, adrenalintrunkenen Vorfreude, die ihn bei jedem Kampf erfasste, drückte Morgan noch einmal aufs Gaspedal der *Lady*, ließ den Wagen wie einen schwarzen Blitz nach vorn schnellen – und durchtrennte dabei wie aus Versehen eine der Absperrungen.

„*It's showtime*", bemerkte er grinsend, als die Aufmerksamkeit sämtlicher Bauarbeiter mit einem Schlag auf den schnittigen, superteuren Sportwagen gerichtet wurde, der da so unverschämt in verbotenes Gelände eingedrungen war.

Geschmeidig glitt Morgan aus dem Auto, spielerisch an seiner Zigarette ziehend, sein Bruder folgte ihm, langsamer, aber kaum weniger zielstrebig. Ein hartes, unerbittliches Funkeln spielte in Alahrians plötzlich eisblauen Augen, und Morgan registrierte es mit einer gewissen Befriedigung. Er wusste, Alahrian fürchtete den Bürgermeister faste ebenso sehr wie den Inquisitor. Er musste nahezu krank vor Angst sein, aber er zeigte es nicht. Seine Miene war starr und entschlossen wie die einer Marmorstatue, keine Spur von Zögern, keine Spur der üblichen Sanftmut.

Gut so, mein Freund, dachte Morgan stolz. *Du bist kein Opfer mehr. Du bist stark. Stärker vielleicht als du selbst ahnst.*

„Was wollen *Sie* denn hier?", schnauzte ein untersetzter Bauarbeiter und unterbrach damit seine Gedanken. „Hier ist Betreten verboten!"

Morgan grinste in sich hinein und widerstand gerade noch der Versuchung, sich erwartungsvoll die Hände zu reiben. „Nicht doch", erwiderte er zuckrig freundlich. „Nicht für uns."

„Wer sind Sie überhaupt?", fragte unwirsch der Mann und warf einen aggressiven Blick auf Morgans Sportwagen, der unschuldig zwischen zwei abgerissenen Enden rot-weißen Absperrbandes parkte.

Nur kein Neid, dachte Morgan amüsiert, laut sagte er: „Wir möchten den Bürgermeister sprechen."

„Der Bürgermeister ist nicht zu sprechen!" Der Tonfall des Arbeiters wurde noch eine Spur unfreundlicher, was Morgan zu noch mehr süffisanter Höflichkeit anstachelte.

„Aber gewiss doch", versicherte er mit einem liebenswürdigen Lächeln. „Für uns ist er sicher zu sprechen." Er tauschte einen Blick mit Alahrian und fügte dann noch hinzu: „Er erwartet uns bereits."

„Aber – " Abrupt unterbrach sich der Mann, als Alahrian, sehr ruhig und sehr sanft wiederholte: „Wir werden bereits erwartet." Seine Augen glühten, während er sprach, ein milder Nachdruck hallte in seiner Stimme wider.

„Sie werden bereits erwartet." Der Bauarbeiter nickte mechanisch.

„Genau." Morgan grinste triumphierend und stapfte über einen bröseligen Erdhügel hinweg, tiefer ins Baugelände hinein. Ihr Auftritt hatte bereits das gewünschte Aufsehen erregt. Mittlerweile hatten die meisten Männer in ihrer Arbeit innegehalten und starrten ganz unverhohlen die beiden Typen an, die da so frech mit einem schicken Luxusmobil mitten in verbotene Zonen vorgefahren waren.

„Du möchtest jetzt nach Hause", sagte Alahrian zu dem unfreundlichen Mann, der noch immer mit starrem Gesichtsausdruck vor ihm stand. „Geh! Komm heute nicht mehr wieder."

Seufzend beobachtete Morgan, wie der Kerl sich gehorsam umdrehte und ohne zu zögern davon marschierte. Nicht zum ersten Mal beneidete er seinen Bruder um dieses sehr praktische kleine Talent. Alahrian trat mit einem einzigen, federnden Schritt neben ihn und hinterließ keine Spuren im aufgewühlten Erdboden. „Ihr wollt *alle* nach Hause gehen!", rief er den Arbeitern zu, nicht laut, und doch deutlich vernehmbar für jedermann. „Dies ist kein guter Ort. Geht! Geht nach Hause!"

Morgan war nicht überrascht, als sich langsam, einer nach dem anderen, jeder einzelne Arbeiter von seinem Platz löste und in mechanischem Gehorsam die Baustelle verließ. Was ihn überraschte, ja, geradezu schockierte, war die vollkommene Selbstverständlichkeit, mit der Alahrian plötzlich seine Fähigkeiten einsetzte. Er hatte keine Sekunde lang gezögert, er schreckte nicht vor den Konsequenzen zurück, und vor allen Dingen: Er schien überhaupt keine moralischen Skrupel mehr zu haben. Die Sache mit Lillian musste ihm mehr zusetzen, als Morgan ahnte.

„Warte!", hielt Alahrian beiläufig einen der Männer an. „Wo ist der Bürgermeister?"

Immer noch unter Zwang hob der Mann die Hand und deutete auf einen der Bauwagen, bevor er, präzise wie eine Maschine, weitermarschierte, um dem Befehl des *Liosalfar* nachzukommen.

Alahrian folgte der Geste ohne zu zögern, doch er hatte den Weg noch nicht zur Hälfte zurückgelegt, als der Bürgermeister auch schon die Tür des Wagens aufriss und ihnen wutentbrannt entgegen gestürmt kam. Alahrian wich nicht zurück, wie Morgan sehr wohl bemerkte. Ruhig und gelassen blieb er stehen und erwartete seinen zweitschlimmsten Feind mit ausdruckslosem Gesicht und provozierend vor der Brust verschränkten Armen. Morgan stellte sich hoch aufgerichtet neben ihn und konnte das Lächeln, das um seine Lippen spielen wollte, nicht länger aufhalten. Sie waren eine Festung, sein Bruder und er, nichts und niemand konnte sie aufhalten. Ein Hauch von Adrenalin jagte durch seine Adern, kribbelnd breitete es sich unter der Haut aus.

„Was soll das?", brüllte der Bürgermeister, starrte zuerst die beiden *Alfar*, dann seine entschwindenden Arbeiter und endlich nur noch Alahrian an. „Was hast du mit ihnen angestellt, du kleiner Bastard?"

„Nichts", entgegnete Alahrian unbewegt. „Ich will nur nicht, dass jemand verletzt wird."

„Niemand *Unschuldiges*", fügte Morgan betont hinzu, denn er persönlich hatte große Lust, dem Bürgermeister einmal so richtig eins auf die Nase zu verpassen, und er war nicht sicher, ob er sich beherrschen konnte. Oder wollte.

„Was bezweckst du nur mit diesem lächerlichen Theater?", fragte Alahrian den Bürgermeister und wechselte dabei überraschend in ein vertrauliches Du, das in krassem Gegensatz zu seinem eisigen Tonfall stand. Mittlerweile hatten fast alle Arbeiter die Baustelle verlassen, er gab sich also keine Mühe mehr, irgendetwas zu verbergen. „Du weißt genau, was in der Tiefe verborgen liegt! Willst du es erneut heraufbeschwören? Willst du das wirklich riskieren?"

Der Bürgermeister funkelte ihn böse an. „Du kannst mir nicht drohen!", entgegnete er verächtlich. „Dieses Einkaufszentrum wird gebaut, ob es dir passt oder nicht!" Er wollte sich einfach abwenden und die beiden stehenlassen, aber Morgan vertrat ihm mit einer schnellen Geste den Weg. „Nicht so schnell, mein Freund", bemerkte er zynisch. „Du darfst hier nicht graben und das weißt du so gut wie wir alle, also warum das Ganze? Worum geht es dir wirklich?"

„Das geht dich überhaupt nichts an, Dämonenbrut!", keifte der Bürgermeister aufgebracht, versuchte, sich an Morgan vorbei zu zwängen, doch dieser hielt ihn mit einer mühelosen Geste an der Schulter fest.

„Wenn du die Tore beschädigst, dann entkommt, was nie entkommen darf!", rief Alahrian, nun mit einem Hauch von Verzweiflung – von Angst. „Das kannst du doch nicht wollen! Begreifst du denn nicht? Nichts und niemand wird dich vor *ihr* schützen können!"

Er vermied es, ihren Namen auszusprechen. An 363 Tagen im Jahr vermied er es sogar, an sie zu denken. Alahrian fürchtete das Wesen in der Tiefe, fürchtete es vielleicht sogar noch mehr als seine *menschlichen* Feinde. In den Augen des Bürgermeisters aber war keine Spur von Angst zu sehen.

Er ist wahnsinnig, dachte Morgan grimmig. *Er ist wirklich wahnsinnig!*

„Dieses Einkaufszentrum ist wichtig für die Stadt", bemerkte der Mann prompt. Seine Stimme hatte einen spielerisch leichten Ton angenommen. „Es kurbelt die Wirtschaft an, schafft Arbeitsplätze, ein angemessenes Freizeitangebot …"

Irre. Völlig irre!

Morgan schüttelte den Kopf.

„Verdammt noch mal hier geht es doch nicht um irgendwelche dämlichen Wahlkampfsprüche!", explodierte Alahrian, und seine Augen schienen Funken zu sprühen. Er hatte sich bemerkenswert schlecht unter Kontrolle, doch Morgan ließ ihn gewähren. Die Arbeiter waren alle gegangen, es gab keine Zeugen, die von Belang waren.

„Versteh doch!", rief Alahrian drängend, in einer gefährlichen Mischung aus Fassungslosigkeit, Furcht und Zorn. „Du kannst dieses Risiko nicht eingehen! Denk doch an deine Tochter! Willst du sie einer solchen Gefahr aussetzen?"

Der Bürgermeister zuckte zusammen. Etwas in seinen Augen erstarb und gefror zu Glas, kalt, eisig und unbarmherzig. „Sprich *du* mir nicht von meiner Tochter!", brüllte er unbeherrscht, das Gesicht zu einer Fratze nackter, irrer Wut verzerrt. Mit einem einzigen Satz stürzte er sich auf Alahrian, packte ihn am Kragen und wollte ihm einen Schlag versetzen, doch Morgan war schneller.

„Fass ihn nicht an!", zischte er scharf, riss den Bürgermeister grob zurück und schleuderte ihn mit aller Gewalt zu Boden. „Rühr ihn nie wieder an oder ich breche dir jeden einzelnen Knochen im Leib, bis du dir wünschst, du wärst sterblich wie jeder gewöhnliche Mensch!"

Besorgt tauschte er einen Blick mit Alahrian, doch der wirkte nicht eingeschüchtert, sondern lediglich wütend. Rotes Licht tanzte in seinen Fingerspitzen, die Augen waren violett verfärbt, und ein leichter Brandgeruch lag in der Luft.

„Deine Drohungen interessieren mich nicht!", entgegnete trotzig der Bürgermeister, während er sich unbeholfen vom Boden aufrappelte. „Ich kann nicht sterben! Glaubst du wirklich, ich hätte noch Angst vor einer jämmerlichen Kreatur wie dir? Oder deinem Bruder?" Böse sah er Alahrian an. „Die Kerker, die dich vor beinahe vierhundert Jahren gefangen hielten, existieren noch immer", bemerkte er mit einem seltsamen Funkeln in den Augen. „Und auch die Instrumente, die Eisenzangen und die spitzen Metalldornen." Ein hässliches Lächeln spielte um seine Lippen. Morgan holte schon zum Schlag aus, um es aus seinem Gesicht zu wischen, doch Alahrian hielt ihn mit einem einzigen Blick zurück.

„Ich habe keine Angst vor dir", sagte er kalt und unbewegt. Irgendwo in der Ferne war ein Donnergrollen zu hören, eine dunkle Wolke schob sich über die Sonne, und mit einem Mal fegte ein kühler, frostiger Wind über den Platz. „Ich fürchte dich nicht. Nicht mehr."

„Das solltest du aber." Flackernd bohrte sich der Blick des Bürgermeisters in den Alahrians, Wahnsinn lag darin und Hass.

Alahrian wich nicht zurück, er schlug nicht die Augen nieder.

„Dieses Einkaufszentrum wird gebaut", versicherte, beinahe sanft, der Bürgermeister. „Du kannst nichts dagegen tun. Wir *werden* bauen!"

„Ach ja?" Alahrian zog eine Braue hoch. Ein spürbares Knistern lag plötzlich in der Luft, die Wolke über der Sonne verdunkelte sich. „Und mit welchen Baugeräten, wenn ich fragen darf?"

Während der Bürgermeister noch verwirrt blinzelte, schaute Alahrian fragend zu seinem Bruder auf, und als dieser beinahe unmerklich nickte, da hob Alahrian in einer winzigen, kaum wahrnehmbaren Bewegung die Hand – und die Hölle brach los. Von einer Sekunde auf die nächste, ohne jede Vorwarnung, schlug ein gewaltiger, vielfach verästelter Blitz aus den Wolken über ihnen hervor, und krachte direkt in den riesigen Bagger auf der Baustelle. Die Explosion war ungeheuerlich. Selbst aus der Entfernung konnten sie die Hitze spüren, Flammen züngelten meterhoch empor, doch es waren sehr seltsame Flammen. Sie berührten keinen einzigen der Bäume rundherum, kein Gras, kein Blatt. Keine Erschütterung ließ die Erde erzittern, nicht einmal die Vögel in den Zweigen wurden aufgeschreckt. Der Bagger aber brannte innerhalb von Sekunden zu einer unförmigen Masse zerschmolzenen Metalls herab, bevor das Feuer genauso plötzlich erlosch, wie es ausgebrochen war.

„Oooops", machte Alahrian mit einem diabolischen Grinsen, wie es Morgan noch nie zuvor an ihm gesehen hatte. „Sabotage durch Elfenvorkommen", bemerkte er höhnisch. „Passiert in Island andauernd. Vielleicht solltest du einmal mit den dortigen Behörden sprechen."

Morgan lachte in sich hinein und beobachtete amüsiert den Bürgermeister, wie er vor Zorn und Verblüffung nach Luft schnappte. Er war kreideweiß geworden, die Augen loderten vor Wut. „Das wirst du bereuen!", schrie er zitternd Alahrian an. „Du verdammtes Feenbalg, das wirst du noch bitter bereuen!"

„Nicht während der nächsten fünf Minuten", versprach Morgan freundlich – und damit donnerte er dem Bürgermeister mit aller Kraft, die er aufbringen konnte, die Faust ins Gesicht und brachte dessen zeternde Drohungen damit endgültig zum Schweigen. Oder zumindest für eine Weile. Lautlos verdrehte der Mann die Augen, kippte schwer nach hinten und blieb bewusstlos liegen. Natürlich würde der verflixte Bastard schon bald putzmunter wieder aufwachen, doch der Schlag war befriedigend, äußerst befriedigend sogar.

Sich lässig die Hand ausschüttelnd sah Morgan seinen Bruder an. „Alles in Ordnung?", fragte er mit leiser Besorgnis.

Alahrian nickte nur grimmig.

Zweifelnd musterte Morgan ihn.

„Was ist?", erkundigte sich Alahrian unbehaglich. „Warum starrst du mich so an?"

„Um ehrlich zu sein", gab Morgan verlegen zu, „warte ich darauf, dass du mir ohnmächtig in die Arme sinkst. Bist du denn gar nicht erschöpft nach der Aktion eben?"

„Nein." Mit finsterer Miene wandte Alahrian sich von der Baustelle ab. „Ich habe Wichtigeres zu tun, als erschöpft zu sein." Und damit stapfte er ohne ein weiteres Wort zum Auto zurück.

Morgan schnippte seine Zigarette, die er noch immer in der Hand hielt, in die rauchenden Überreste des Baggers und folgte stirnrunzelnd seinem Bruder. Irgendetwas war seltsam an dessen Verhalten, an seiner ganzen Reaktion. Bemerkenswert skrupellos hatte er seine magischen Talente eingesetzt, hatte einem Dutzend Arbeiter ohne zu zögern seinen Willen aufgezwungen. Aber nicht nur das: Er hatte ein paar Tonnen Stahl mit einer einzigen Bewegung zum Schmelzen gebracht! Und er war noch nicht einmal erschöpft!

„Du bist stärker geworden", meinte er nüchtern und blickte den *Liosalfar* dabei durchdringend an.

„Schon möglich." Mit undurchdringlicher Miene lehnte Alahrian an der Wagentür, blass und reglos, doch noch immer ohne Anzeichen eines drohenden Zusammenbruchs.

„Deine Hände zittern", bemerkte Morgan angespannt.

Alahrian schaute auf seine Hände herab, unter denen noch immer rötlich schimmerndes Feuer glühte. „Ja." Ein Muskel zuckte in seinem Gesicht, der Blick war dunkel und leer. „Aber das ..." Plötzlich brach es aus ihm heraus. „Das ist nur, weil ich so wütend bin!", rief er unbeherrscht. „Dieser verdammte Mistkerl! Seit Jahrhunderten finde ich keine Ruhe vor ihm! Weißt du, was ich manchmal glaube, Morgan?" In seinem Blick flackerte es, die Dunkelheit riss auf und ließ den Schmerz frei, der darunter lag. „Ich glaube, Liliths Fluch hat auch mich getroffen! Der Inquisitor und der Bürgermeister werden niemals Frieden finden – aber ich auch nicht."

Verzweifelt ließ er die Hände sinken, lehnte sie gegen das schwarz lackierte Autodach, was Morgan einen kurzen Moment lang in jähe Hysterie versetzte, wenn er an das Schicksal des Baggers dachte. Doch das unheimliche Feuer war bereits erloschen.

„Ich hasse ihn", flüsterte Alahrian leidenschaftlich. „Ich hasse ihn so sehr!"

Morgan trat um den Wagen herum und wollte seinem Bruder tröstend die Hand auf die Schulter legen, doch Alahrian zuckte vor der Berührung zurück und wandte voll Scham das Gesicht ab.

„Schon gut", meinte Morgan sanft. „Es ist in Ordnung, so zu empfinden. Zorn, Hass, Wut … Du hast jedes Recht auf diese Gefühle."

Doch Alahrian biss sich nur auf die Lippen, hielt den Blick gesenkt und das Antlitz abgewandt, als müsste er einen schweren, inneren Kampf ausfechten. „Es ist nicht in Ordnung", sagte er endlich. „Hass und Zorn … Das ist der Weg in die Schatten, und das wissen wir beide. Und doch kann ich nicht vergessen, was er getan hat – oder noch tun wird."

Seufzend stieg er in den Wagen, und Morgan folgte seinem Beispiel nach kurzem Zögern. Alahrians Miene hatte sich verändert, als er die Autotür schloss. Sein Gesicht war immer noch blass und leer, doch die Dunkelheit war aus den Augen verschwunden. „Was denkst du, hat er vor?", fragte er leise.

Ratlos schüttelte Morgan den Kopf. „Ich habe keine Ahnung! Vielleicht geht es ihm wirklich nur um dieses dämliche Einkaufszentrum. Er ist verrückt, wahnsinnig. Er weiß nicht, was er tut!"

„Das glaube ich nicht." Sorgenvoll starrte Alahrian einen Moment lang ins Nichts. „Ist dir aufgefallen, dass er überhaupt gar keine Angst hatte?"

Morgan war es aufgefallen, aber er sagte nichts.

„Lilith hat ihn bestraft und verflucht, und doch zeigte er keine Furcht, als ich von ihr sprach. Dabei müsste er sie doch mehr fürchten als wir alle, oder etwa nicht?"

Morgan schaute ihn an und schüttelte erneut den Kopf. „Ich weiß es nicht", gab er zu. „Ich weiß es wirklich nicht."

Alahrian lehnte sich im Sitz zurück und zeigte endlich einen Hauch jener Erschöpfung, auf die Morgan schon so lange wartete. Es war fast eine Erleichterung, es zu sehen.

„Lass uns nach Hause fahren", meinte Alahrian müde. „Ich muss mich um Lilly kümmern. Das ist jetzt wichtiger als die Pläne dieses verdammten Wahnsinnigen."

Entscheidungen

Alles in Alahrian schrie danach, Lilly so schnell wie möglich zu sehen, trotzdem ließ er sich von Morgan in die Villa fahren und nicht zu ihr nach Hause. Sie brauchte Zeit. Zeit für sich, Zeit, um mit ihrem Vater zu reden, sich über all das klarzuwerden, was sie heute Morgen erfahren hatte. Wenn sie so weit war, dann würde sie zu ihm kommen, und dann würde er für sie da sein. Doch er durfte sie jetzt nicht bedrängen, so schwer es ihm fiel, sich ausgerechnet in einer Situation wie dieser von ihr fernzuhalten. Ja, es tat weh, sie nicht bei sich zu haben. Aber er musste jetzt an Lilly denken, nicht an sich selbst.

Er war noch immer wütend auf den Bürgermeister, seine Gedanken waren in Aufruhr und sein ganzer Körper schien unter Strom zu stehen. Es hielt ihn nicht lange in seinem Zimmer, er zog sich nur rasch um, dann stürmte er in die Bibliothek und begann, mehr oder weniger wahllos, Bücher in die Halle zu schleppen. Das war keine sehr sinnvolle Beschäftigung, aber eine, die ihm das Gefühl gab, wenigstens *etwas* zu tun.

Als er die dritte Ladung schwerer, in Leder gebundener Folianten die Treppe nach unten trug, wurde ihm schwindelig. Da war sie also, die Schwäche, auf die Morgan vorhin vergebens gewartet hatte. Mit hart hämmerndem Herzen, kaltem Schweiß auf der Stirn und schwarzen Punkten vor den Augen ließ er die Bücher auf eine Stufe sinken, schleppte sich selbst die übrigen hinunter und taumelte durch die Balkontür nach draußen. Auf der Terrasse brach er in die Knie, wandte das Gesicht gen Himmel wie zum Gebet und sog minutenlang so viel Helligkeit in sich auf, wie er nur konnte. Es dauerte nicht lange, bis die Schwäche verging. Er fühlte sich ausgeruht und von kribbelnder Energie erfüllt, als er in die Halle zurückkehrte. Hatte Morgan Recht mit seiner seltsamen Vermutung?, überlegte er. Hätte er nicht eigentlich viel erschöpfter sein müssen, dem totalen Zusammenbruch nahe? Aber er fühlte nichts dergleichen. Vorhin, auf der Baustelle, war er zornig gewesen, und der Zorn hatte ihm eine übernatürliche, zerstörerische Kraft verliehen. Jetzt war die Wut erloschen, doch ein wenig mildes Dämmerlicht hatte bereits ausgereicht, um seine verbrauchten Energien wiederherzustellen. Konnte es sein? War er tatsächlich stärker geworden?

Alahrian schüttelte den Kopf, drängte die Frage beiseite und wandte sich stattdessen den eben verlassenen Büchern zu.

„Was machst du da?", erkundigte sich neugierig der *Döckalfar*, der eben seinem Kellerreich entstiegen war.

„Ich versuche, alles über die Halblinge herauszufinden", erklärte Alahrian, mit fliegenden Fingern hektisch verschiedene Bücher durchblätternd.

„Darüber wirst du dort drinnen wohl kaum etwas finden." Morgan ließ sich auf der Lehne des Sofas nieder, da die Sitzfläche mit Büchern bedeckt war.

„Aber irgendetwas muss ich doch tun! Wie lange wird sie leben? Ist sie unsterblich, so wie wir?" Alahrian seufzte angstvoll. „Es gibt so viele Fragen!"

„Wenn sie den Stern empfangen hat, dann wird sie aufhören zu altern, genau wie wir auch", antwortete Morgan mit überraschender Sicherheit. „Weder Alter noch Krankheit können ihr dann noch etwas anhaben. Aber sie *kann* sterben – durch Waffengewalt, Mord ..." Seine Hand fuhr in einer unbestimmten Bewegung durch die Luft. „Sie wird nicht ganz so zerbrechlich sein wie die normalen Menschen, aber wenn die Klinge scharf genug ist ..." Wieder diese merkwürdige Handbewegung, die eine ganze Reihe von Grässlichkeiten zu beinhalten schien, die Alahrian sich lieber gar nicht erst vorstellen wollte.

„Woher weißt du das?", fragte er stattdessen.

„Ich habe mich informiert." Eine sonderbare Leere breitete sich auf Morgans Gesicht aus, Schmerz zuckte um die zusammengepressten Lippen. „Vor langer Zeit schon."

Verblüfft starrte Alahrian ihn an. „Du und Sarah", bemerkte er verwirrt und verzog schuldbewusst das Gesicht, als Morgan unter der Erwähnung des Namens zusammenzuckte. „Ihr hattet keine Kinder."

Die Leere auf dem Antlitz des anderen vertiefte sich, erreichte jetzt auch die Augen, überzog den Schmerz, der darunter lag, mit einem milden, kühlenden Schleier. „Wir hätten aber welche haben können", sagte er tonlos.

„Ich weiß." Alahrian legte ihm die Hand auf die Schulter und schwieg voll Mitgefühl. Lilly war nicht sterblich wie Sarah, jedenfalls nicht ganz so sterblich. Was mochte Morgan wohl empfinden, nun, da sie das beide wussten? Riss es die alten Wunden wieder auf?

Nein, dachte Alahrian traurig. Diese Wunde konnte nicht aufgerissen werden, denn sie war nie verheilt, würde niemals verheilen. Unschlüssig spielten seine Finger mit dem Buch in seiner Hand, von einer sonderbaren Furcht erfüllt. Lilly ... Sie konnte immer noch sterben. Auf eine gewisse Art und Weise war sie noch immer dem Tod verfallen.

„Sie muss das Blut bekommen", sagte Morgan plötzlich, fast so, als hätte er Alahrians Gedanken gelesen.

Alahrian nickte stumm. „Und was, wenn sie es nicht will?", fragte er dann, plötzlich von einer neuen Angst geschüttelt. „Was, wenn sie ein Mensch bleiben will?"

Morgan lachte leise. „Diese Wahl hat sie nicht, schon vergessen? Es ist nicht so, als würde das Blut sie verändern. Es bindet sie nur stärker an unser Volk, zu dem sie sowieso schon gehört. Ein Mensch, Alahrian, ist sie nie gewesen. Nicht wirklich."

Alahrian seufzte leise. Morgan hatte Recht, doch das änderte nichts an der Frage. Würde sie den Stern überhaupt tragen wollen? Würde sie noch stärker mit seinem Volk verbunden sein wollen, als sie es ohnehin sein musste? Wie würde sie sich entscheiden?

Morgan lächelte sanft. „Sie *wird* den Stern tragen", versprach er milde.

„Woher willst du das wissen?"

„Weil sie dich liebt, Alahrian. Und weil sie mit dir zusammen sein will. Für immer, wenn möglich."

Für immer ... Alahrian starrte auf seine Handgelenke herab, ließ den Stern aufleuchten, der auf beiden Seiten seine Pulsadern bedeckte. „Dann sollte ich vielleicht zu ihr gehen", meinte er leise. „Ihr das Zeichen schenken und mein Blut mit ihr tauschen."

Morgan schüttelte den Kopf und schaute ihn mit einer sonderbaren Bestürzung in den Augen an. „Das kannst du nicht", sagte er fest.

„Wieso nicht?" Alahrian blinzelte irritiert.

„Sie ist zur Hälfte ein Mensch. Ihr Blut enthält Eisen. Du kannst dein Blut nicht mit ihr tauschen. Denn was glaubst du, kleiner Bruder, würde das dann mit dir anrichten?"

Alahrian fühlte, wie er erbleichte. Trotzdem sagte er: „Das werde ich schon aushalten."

„Sei kein Narr! Ihr Blut wird sich wie Säure in deine Adern fressen. Und außerdem ..." Morgan zwinkerte, plötzlich ein wenig spöttisch, „würde dich diese Verbindung zu so etwas wie ihrem Bruder machen. Und du willst doch nicht ihr *Bruder* sein, oder?"

„Nein." Alahrian schüttelte den Kopf. „Nein, das will ich nicht." Flehend schaute er zu Morgan auf: „Machst du es? Bitte!"

Morgan grinste in seiner gewohnt lässig-überlegenen Art. „So viele Personen stehen ja wohl kaum zur Auswahl, oder?"

Alahrian wollte schon antworten, doch in diesem Moment klingelte es an der Haustür. Überrascht schaute er seinen Bruder an, dann sprang er auf. „Das muss Lilly sein!", rief er erregt, und weil kein anderer Sterblicher seine magischen Barrieren überwinden konnte, war er sich da so vollkommen sicher, dass er stürmisch in den Flur tanzte und ohne zu zögern schwungvoll die Haustür aufriss.

Das war ein Fehler. Denn es war nicht Lilly. Es war der Bürgermeister.

***

Den ganzen Nachmittag über hatten sie geredet, Lilly und der Mann, der ihr Leben lang ihr Vater gewesen war und es immer sein würde. Erst als es draußen bereits zu dämmern begann, ging Lilly auf ihr Zimmer, erschöpft und ausgelaugt von zu vielen Tränen, ernsten Gesprächen und Emotionen, die wirr in ihrem Inneren umherwirbelten. Am liebsten hätte sie sich einfach aufs Bett geworfen und mindestens drei Tage lang geschlafen, doch als sie nun ihr Zimmer betrat, fand sie dort keine Ruhe.

Alahrian!

Sie war hässlich zu ihm gewesen, abweisend. Sie hatte ihm wehgetan. Und sie hatte das Gefühl, ihn mit einem Problem allein gelassen zu haben, bei dem sie ihm zwar nicht helfen konnte, ihn aber trotzdem nicht hätte im Stich lassen dürfen. Während des gesamten Tages hatte sie nur an sich selbst gedacht.

Jetzt dämmerte eine leise, nagende Furcht in ihr auf. Ihm war doch nichts passiert, auf der Baustelle, oder? Angstvoll untersuchte sie ihr Handy. Keine Nachrichten, keine Anrufversuche. Hätte er sich nicht längst melden müssen? Oder hatte er sich vor ihr zurückgezogen, um ihr ein bisschen Zeit für sich selbst zu geben?

Diese Zeit brauchte sie, brauchte sie wirklich. Aber sie brauchte auch ihn, und das mehr als alles andere. Das Bedürfnis, seine Stimme zu hören, ihm nahe zu sein, wurde plötzlich übermächtig. Ihre Finger zitterten, als sie hastig, überstürzt, seine Nummer wählte. Es klingelte ein paar Mal, dann ging die Mailbox dran. Lilly legte auf, ohne eine Nachricht zu hinterlassen. Mit ihm zu telefonieren, war ohnehin nicht das, was sie wollte. Sie wollte ihn sehen, wollte ihn spüren, musste wissen, dass alles in Ordnung war mit ihm – mit ihnen beiden.

Und sie brauchte ein paar Antworten. Ihrem Vater hatte sie nur erzählen können, dass er nicht ihr richtiger Vater war, wer – oder besser *was* – der geheimnisvolle Unbekannte jener betrogenen Nacht vor siebzehn Jahren jedoch gewesen war, das hatte sie ihm nicht sagen können. Sie wusste es ja selbst nicht genau. Aber Alahrian, er konnte vielleicht einige Hinweise geben. Es war *seine* Welt, aus der der Unbekannte stammte. Lilly war jetzt Teil dieser Welt.

So schnappte sich Lilly rasch ihre Jacke und lief ins Wohnzimmer hinunter. Ihr Vater saß dort mit Lena auf der Couch, der Fernseher lief, doch der Ton war abgestellt und keiner von beiden verfolgte die flimmernden Bilder auf dem Bildschirm. Gedämpft hatten sie sich unterhalten, aber das Gespräch verstummte abrupt, als Lilly den Kopf zur Tür hereinstreckte. Es war nicht schwer zu erraten, worüber sie geredet hatten. Ihr Vater sah blass und mitgenommen aus, natürlich. Das alles hier musste ihm mindestens ebenso nahe gehen wie Lilly selbst.

„Papa, ich ... ich gehe noch kurz zu Alahrian, ja?", meinte sie zögernd. „Ich war vorhin nicht sehr nett zu ihm und ich ..." Sie verstummte. Sie musste ihn einfach sehen, brauchte seine Nähe, seinen Trost. Aber das konnte sie ihrem Vater ja wohl kaum sagen, oder?

Der jedoch nickte nur. Keine Vorhaltungen, keine strengen Ermahnungen diesmal. „Okay", entgegnete er schlicht. „Aber bleib nicht zu lange, ja?"

Lilly nickte beklommen. Plötzlich war sie erleichtert, das Haus verlassen zu können. Tief sog sie draußen die bereits kühl werdende Abendluft ein, blickte in den Himmel und lief mit schnellen Schritten die Straße entlang, bis sie zum Waldrand kam. Und dort, im Schatten der Bäume, nicht einmal allzu weit von der Villa entfernt, sagte plötzlich eine raue, trügerisch freundliche Stimme hinter ihr: „Guten Abend, Lillian."

Lilly drehte sich blitzschnell, erschrocken, herum – und blickte in den silbrig glänzenden Lauf einer direkt auf ihr Herz gerichteten Pistole.

***

„Was willst du hier?" Morgan hörte seine eigene Stimme scharf und frostig durch die Halle klirren, während er mit schnellen Schritten auf den Bürgermeister zutrat. „Du hast hier nichts zu suchen! Verschwinde!"

Alahrian stand noch immer starr vor Schreck – oder auch vor Wut – im Flur.

Der Bürgermeister lächelte spöttisch. „Aber, aber", bemerkte er nachsichtig. „Wer wird denn gleich so unfreundlich sein?" Unaufgefordert trat er ins Haus, durchquerte die Halle und ließ sich frech auf dem Sofa nieder. „Wir haben einiges zu besprechen", verkündete er im Tonfall belanglosen Plauderns.

„Ich – habe – dir – nichts – zu – sagen", entgegnete Alahrian, der endlich seine Sprach wiedergefunden hatte, kalt, jedes Wort wie einen Pfeil auf den Bürgermeister abschießend. „Raus hier!" Er zitterte vor Zorn, seine Augen flackerten, vor dem Haus drohte sich ein Sturm zusammenzubrauen.

Der Bürgermeister lächelte noch immer. „Ein bisschen netter, wenn ich bitten darf. Du könntest es sonst bereuen."

Alahrian schwieg, mühsam gegen seine Erregung ankämpfend. Weiß glühende Helligkeit pulsierte unter seiner Haut.

„Du hast meine Pläne durchkreuzt", erklärte, nun plötzlich in nahezu nüchternem Tonfall, der Bürgermeister. „Ich gebe zu, diese kleine Vorstellung heute Nachmittag war beeindruckend. Wenn auch nicht sehr klug, wie du gewiss einsehen wirst."

Alahrian presste die Kiefer aufeinander, wie um nicht zu explodieren. „Was willst du?", fragte er zwischen zusammengebissenen Zähnen hindurch.

Kalt und unbeeindruckt sah der Bürgermeister zu ihm auf. „Deine Hilfe", entgegnete er knapp.

Morgan verschluckte sich und erstickte fast an dem irren Lachen, das in ihm aufwallen wollte, Alahrian hingegen hatte sich überraschend gut in der Gewalt. „Du bist verrückt!", sagte er nur. „Verschwinde!"

„Nicht doch!" Der Bürgermeister schüttelte den Kopf, als spräche er zu einem trotzigen kleinen Kind. „Du kennst ja mein Angebot noch gar nicht."

„Deine Angebote interessieren mich nicht!"

„Das hier wird dich interessieren, glaub mir." Die Augen des Bürgermeisters begannen zu glitzern. Er hatte irgendetwas vor, etwas Teuflisches. Alahrian schien es genauso zu spüren wie Morgan, denn er schwieg, schaute nur angespannt den Mann an, der da wie eine fette Kröte im Zentrum seines einst so geschützten Zuhauses saß. Nichts hatte ihn aufhalten können, ungehindert war er in die Villa spaziert. Der Bürgermeister war gefährlicher, als sie alle geahnt hatten.

Sie beide spürten die Bedrohung, noch bevor der Mann weiterzusprechen begann. „Deine Hilfe soll nicht umsonst sein", bot er an, voll von tückischer Freundlichkeit. „Du tust genau, was ich dir sage, und im Gegenzug", jetzt spielte ein triumphierendes Lächeln um seine Lippen, „im Gegenzug verzichte ich darauf, deiner kleinen Freundin eine Kugel in den Kopf zu jagen."

Alahrian wurde leichenblass. Irgendetwas in seinen Augen zerbrach, und durch die Scherben hindurch spritzen Funken heißen, weißglühenden Hasses hindurch. „Wage es nicht!", schrie er mit einer Stimme kalt und schneidend wie Glas. „Wage es nicht, sie zu bedrohen, oder ich brenne deine ganze verfluchte Stadt nieder!" Flammen umspielten plötzlich seine Hand, wie ein brennendes Schwert hielt er die ausgestreckten Finger gegen den Bürgermeister gerichtet.

„Du hörst nicht zu", bemerkte der Bürgermeister, immer noch lächelnd und völlig unbeeindruckt. „Für deine kleinen Drohgebärden ist es ein bisschen zu spät. Lilly befindet sich bereits in meiner Gewalt. Und wenn du auch nur einen Mucks machst, der mir nicht gefällt, dann könnte das sehr unschön für deine Liebste ausgehen."

„Nein!" Alahrians gellender Schrei hallte wie ein Peitschenschlag durch die Luft. Zitternd wich er vor der lächelnden Gestalt auf dem Sofa zurück. Ein flackernder, hilfesuchender Blick kletterte zu Morgan hin, als könnte der ihn noch retten, doch Morgan konnte nur in stummem Schrecken den Kopf schütteln.

„Nein!", schrie Alahrian noch einmal. „Nein, das glaube ich dir nicht! Du lügst!"

„Ach wirklich?" Mit eisiger Miene zog der Bürgermeister einen winzigen, schimmernden Gegenstand unter seinem Jackett hervor. „Und was ist das hier?" Er hielt Alahrian den Gegenstand hin. Es war ein Kettenanhänger, eine kleine Perle aus geschliffenem Glas, in deren Zentrum ein winziger Funke glühte, ein Tropfen von Alahrians eigenem Licht, das er für Lilly dort eingeschlossen hatte.

Mit einem erstickten Schmerzenslaut wich Alahrian einen weiteren Schritt zurück. „Nein", flüsterte er fassungslos, und immer wieder: „Nein ..." Seine Lippen bebten, die Augen flackerten.

Vor dem Fenster peitschte ein Sturmwind glühende Regentropfen gegen das Glas.

„Gib sie mir!", brüllte da plötzlich Alahrian. „Gib mir die Kette zurück!"

Versonnen betrachtete der Bürgermeister die schimmernde Perle. Wie ein lebendiges Glühwürmchen pulsierte sie zwischen seinen Fingern.

„Gib sie mir!", kreischte Alahrian, so wild, als könnte er mit dem Besitz des Anhängers auch Lilly aus der Gewalt des Bürgermeisters befreien.

Und selbst Morgan wurde fast übel beim Anblick dieses Mannes, der zwischen seinen frevlerischen Fingern den gefangenen Lichtfunken hielt, als wollte er ihn zerquetschen. Es hatte etwas Obszönes an sich, als hätte er mit der Kette auch einen Teil von Lillys Persönlichkeit entweihen können.

„Gib sie mir!", forderte Alahrian noch einmal, und diesmal öffnete der Bürgermeister die Hand und warf die Kette auf den Boden, Alahrian zu Füßen.

Der *Liosalfar* schrie auf und stürzte sich auf den Bürgermeister, Morgan bückte sich rasch nach der Kette und hob sie auf.

„Ich bringe dich um!", brüllte Alahrian wie von Sinnen. „Wenn du ihr auch nur ein Haar krümmst, dann bringe ich dich um!" Licht zuckte unter seinen Fingerspitzen, Funken brannten sich in die Haut des Bürgermeisters. Aber natürlich konnte er ihn nicht ernsthaft verletzen.

„Alahrian!", rief Morgan scharf. „Hör auf damit!" Er hatte nicht damit gerechnet, doch tatsächlich ließ Alahrian von der verhassten Gestalt auf dem Sofa ab und wich zitternd, mit leichenblassem Antlitz zurück.

In einer affektierten Geste wischte sich der Bürgermeister die tanzenden Funken von seinem teuren Anzug. „Du solltest besser auf deinen Freund hören", bemerkte er sanft und zückte einen kleinen Apparat, der vielleicht ein Mobiltelefon war oder ein Mini-Funkgerät. „Deine Lilly ist sicher in den Kerkern untergebracht, deren Gastfreundschaft auch du schon genossen hast. Der Priester wacht über sie. Und er hört jedes Wort mit, das wir hier reden." Triumphierend schwenkte er den winzigen Apparat. „Und sollte er etwas hören, was ihm nicht gefällt, nun ..." Er lächelte böse. „Du weißt selbst, die Foltergeräte von damals sind noch außergewöhnlich gut erhalten."

Alahrians Augen weiteten sich, seine Wangen, ohnehin schon kreidebleich, verloren auch noch den letzten Rest von Farbe. Mit einem erstickten Keuchen brach er in die Knie. Aller Zorn war verloren, nur noch nackte, kalte Verzweiflung flackerte in seinen Augen.

„Was willst du?", fragte er tonlos, gebrochen.

„Ja, so gefällt mir das schon viel besser ..." Der Bürgermeister stand auf, einen Moment lang glaubte Morgan, er wolle Alahrian ins Gesicht treten, doch er verzichtete auf körperliche Gewalt, weidete sich stattdessen sichtlich an Alahrians Niederlage.

„Öffne die Tore", sagte er endlich, und ein Hauch von Leben durchzuckte die gedemütigte Gestalt auf dem Fußboden.

„Was?", keuchte Alahrian fassungslos.

„Die Tore zu den Hohlen Hügeln", erklärte der Bürgermeister kühl. „Öffne sie, und deiner Lilly wird kein Leid geschehen."

„Was?!" Alahrian stöhnte. „Aber das ... das kann ich nicht ... Ich ..."

„Du kannst!" Wie ein Schlag peitschten die Worte über Alahrian hinweg.

„Aber ..." Ein Zittern durchlief Alahrians Körper. „Warum?"

Jetzt flackerte etwas Irres, Unkontrolliertes in den Augen des Bürgermeisters auf. „Das Wesen", entgegnete er mit bebender Stimme. „Die Pfahlhexe ... Ich will, dass du sie befreist!"

„Nein!" Es war ein Schmerzensschrei, kein Wort. „Das ... das kann ich nicht! Bitte! Das kannst du nicht von mir verlangen!"

Die Miene des Bürgermeisters erstarrte zu einer leblosen Maske eisiger Grausamkeit. „Dann stirbt deine kleine Freundin noch heute Nacht."

„Nein!" Wimmernd krümmte sich Alahrian auf dem Fußboden zusammen, Morgan schauderte vor den Qualen, die seinen Bruder schüttelten.

„Das ist es, was du die ganze Zeit über vorhattest, nicht wahr?", wandte er sich ungläubig an den Bürgermeister. „Dieses Einkaufszentrum war nur ein Vorwand. Du *wolltest* die Tore zerstören, von Anfang an!"

Ungerührt zuckte der Bürgermeister mit den Schultern. „Schon möglich", gab er gelassen zu. „Aber es gibt einen viel einfacheren Weg, als sie zu zerstören, nicht wahr? Es genügt, sie zu öffnen. Ich brauche nur den Schlüssel ..." Mit einem bösartigen Funkeln blickte er auf Alahrian herab.

„Du bist ja wahnsinnig!", schrie Morgan unbeherrscht. „Was denkst du, wirst du dadurch erreichen? Lilith ist ein Monster, du weißt es selbst am besten! Warum willst du sie befreien? Warum ausgerechnet du?"

Und mit einem Mal verschwand aller Hohn, aller Spott aus dem Gesicht des Bürgermeisters. Von einem Augenblick auf den nächsten war sein Gesicht vollkommen ernst. Das überlegene Lächeln erlosch, stattdessen zuckte Schmerz um seine Lippen. „Der Fluch", flüsterte er tonlos. „Sie soll den Fluch von uns nehmen!"

„Den Fluch der Unsterblichkeit?", bemerkte Morgan mitleidlos. „Das geht vielleicht auch einfacher!" Nun seinerseits voll Hohn zog er ein Messer aus dem Gürtel und hielt es dem Bürgermeister hin. Natürlich wusste er selbst, dass das nichts nutzen würde.

Der Bürgermeister reagierte auch gar nicht. „Vierhundert Jahre!", schrie er stattdessen. „Jeder einzelne Mensch, der mir je etwas bedeutet hat, ist tot! Alle anderen werden sterben! Immer und immer wieder ... Meine Töchter, meine Frau ..." In einem Aufflammen von Entsetzen verstummte er.

„Ja", entgegnete Morgan unbewegt. „Das ist exakt, was *wir* erleben ... Jahrzehnt für Jahrzehnt ... Jahrhundert für Jahrhundert ..."

„Aber ich bin keiner von euch dämonischen Missgeburten!", kreischte der Bürgermeister, mit einem Mal wieder irre, flackernden Blicks und aschfahl im Gesicht. „Ich bin ein *Mensch*! Und alles, was ich will, ist wieder ein gewöhnlicher Mensch zu sein!"

„Und du denkst, Lilith wird dir das erfüllen?" Morgan lachte hart. „Glaubst du wirklich, sie wird den Fluch zurücknehmen?" Entschieden schüttelte er den Kopf. „Das wird sie nicht! Sie ist eine Naturgewalt, die Essenz des reinen Bösen, grausamer, als selbst du es dir vorstellen kannst. Bildest du dir wirklich ein, sie würde tun, was du von ihr verlangst? Ein lächerlicher, kleiner Mensch? Das ist absurd! Gar nichts wirst du erreichen, selbst wenn du sie entfesselst! Sie wird nur Tod und Verderben über deine ganze Welt bringen."

Aber der Bürgermeister schien die Worte gar nicht zu begreifen. „Das lass nur meine Sorge sein", antwortete er unberührt, und wieder spielte dieses wahnsinnige, verzerrte Lächeln um seine Lippen.

„Warum?", flüsterte da plötzlich Alahrian, der während der letzten Minuten schweigend, von namenloser Pein geschüttelt auf dem Fußboden verharrt hatte. „Warum jetzt? Warum nicht vor zehn Jahren, vor hundert – in fünfzig Jahren?"

Das Gesicht des Bürgermeisters erstarrte. „Deinetwegen", sagte er, sonderbar sanft, fast zärtlich. „Ich habe Entsetzliches durchgestanden seit jener Feuernacht vor so langer Zeit. Aber ich wusste, an jedem einzelnen Tag, welche Qualen auch immer ich erleiden mochte, deine waren schlimmer – ungleich schlimmer." Voller Verachtung und Hass blickte er auf Alahrian herab. „Jetzt hast du nach all der Zeit fast so etwas wie Erlösung gefunden in diesem Mädchen. Du bist glücklich … *Und du verdienst es nicht!*" Die letzten Worte peitschten wie Hiebe auf Alahrian herab.

Alahrian zuckte zusammen und krümmte sich.

„Ich will dich *leiden* sehen", bemerkte der Bürgermeister hart.

„Leiden?" Und plötzlich sprang Alahrian auf, glühend und funkelnd vor Hass. „Du hast mich in einen finsteren Kerker gesperrt, du hast mich foltern lassen, du hast mich bei lebendigem Leibe brennen lassen! *Was* – willst – du – noch?" Mit einem Mal zitterte seine Stimme, Tränen sprangen in seine Augen, der ganze Körper bebte in einem nur halb unterdrückten Aufschluchzen.

„Du hast meine Tochter getötet!", brüllte der Bürgermeister ihm entgegen.

„Ich habe sie nicht getötet! Sie hat sich selbst getötet!"

„Weil du sie verführt hast! Du hast sie verhext mit deiner unheiligen Magie! Dämon! Monster!"

„NEIN!" Von schierer Verzweiflung erschlagen, brach Alahrian erneut zusammen. Zitternd verbarg er das Gesicht in den Händen und schluchzte lautlos.

„Öffne die Tore", wiederholte der Bürgermeister seine Forderung, hart und unerbittlich. „Du hast Zeit bist morgen früh. Dann stirbt das Mädchen." Und damit drehte er sich um und rauschte ohne ein weiteres Wort davon.

Wütend schlug Morgan hinter ihm die Tür ins Schloss.

Racheengel

Die Szene in der Halle hatte sich verändert, als Morgan zurückkehrte. Alahrian lag jetzt nicht mehr auf den Knien am Boden. Er hatte sich aufgerichtet und stand mit dem Rücken zur Tür vor dem Fenster, von einem Strahlenkranz aus Licht umgeben, so blendend hell, dass es fast wehtat, ihn anzusehen.

„*Liosch*?", fragte Morgan behutsam und trat, vorsichtig, als liefe er über ein Minenfeld, einen Schritt näher.

Alahrian wandte sich um. Licht pulsierte unter seiner Haut, das bleiche Antlitz war zu einer statuenhaften Maske erstarrt, Blitze zuckten in den verdunkelten Augen. Jede Faser seines Körpers war gespannt, eine wilde, ungezügelte Energie durchdrang ihn und verlieh ihm eine ganz eigenartige, ungezähmte Schönheit. Nie zuvor hatte Morgan ihn so gesehen. Wie ein Engel sah er aus, umgeben von einem schmerzhaft hellen Glorienschein, und gleichzeitig erfüllt von einer finsteren, durch Hass und Schmerz genährten Verzweiflung. Ein dunkler, ein Racheengel.

Schweigend lief er an Morgan vorbei, und seine Bewegungen hinterließen glitzernde, brennende Funken in der Luft wie von einem fallenden Stern.

„Wo willst du hin?", fragte Morgan erschrocken.

Alahrian drehte sich nicht um. „Ich gehe und öffne die Tore." Seine Stimme war kalt wie Eis, nicht ein Hauch von Gefühl lag darin.

„Warte!" Entsetzt zuckte Morgan zusammen. „Das ... das kannst du nicht!"

Ein hohles Lachen folgte seinen Worten. „Ich habe diese Tore verschlossen", erklärte Alahrian frostig. „Wer, wenn nicht ich sollte sie wieder öffnen können?"

Das war es nicht, was Morgan gemeint hatte. Mit einem Satz folgte er seinem Bruder, hielt ihn grob an der Schulter zurück und ließ nicht los, obwohl es schmerzte, ihn zu berühren. Zu grell war das Licht, zu dicht unter der Haut. Alahrian war ein mit Feuer gefülltes Glasgefäß, die Helligkeit, die er verströmte, war nicht mehr der milde, goldene Schein oder das sanft bläuliche Schimmern, es war eine tödliche, hellweiße Glut, das Innere eines Vulkans.

„Warte, *bitte*!", flehte Morgan seinen Bruder an. „Ich verstehe deinen Zorn, doch du kannst Lilith nicht freilassen! Du weißt, was sie ist! Sie wird die ganze Welt in Finsternis stürzen! Ist es das, was du willst?"

Mit einem Ruck riss Alahrian sich los. „Ich *werde* die Tore öffnen", wiederholte er hart.

„Hör zu!" Morgan war der Verzweiflung nahe, es fühlte sich an, als stürze er sich kopfüber gegen eine undurchdringliche Betonwand. Er fand keinen Zugang zu dem Wesen, das vor ihm stand und das im Augenblick kaum mehr etwas gemein hatte mit dem Bruder, den er kannte. „Wir finden einen anderen Weg! Wir holen Lilly da raus! Irgendwie ... Nur bitte, Alahrian, beruhige dich. Komm zur Vernunft, ich flehe dich an!"

„Ich war noch nie so vernünftig wie jetzt!" Jedes einzelne seiner Worte war ein Splitter von Glas, der die Luft zerschnitt. „Ich werde Lilly nicht sterben lassen! Ich werde sie nicht der Gewalt dieses wahnsinnigen Folterknechts überlassen!"

Ein Hauch von Schmerz durchzuckte seine Augen, löschte für den Moment das grelle Funkeln, wurde jedoch sogleich überdeckt von einem neuen, aggressiv rötlichen Glimmen. Purpurn strahlte das Licht aus seinen Augen über die Wangen. Es sah aus wie Tränen aus Blut, die gefroren von Schmerz über sein fahl blasses Antlitz liefen.

„Alahrian, *bitte*!" Morgan fand keine Worte mehr, um ihn aufzuhalten. Stumm wandte Alahrian sich ab, durchquerte mit einem einzigen, fast schwebenden Satz die Halle und lief die Treppe hinunter, an Morgans Höhle vorbei und in die Tiefe, bis er in die dunklen, labyrinthartigen Korridore gelangte, die wie ein Spinnennetz die ganze Gegend unterkellerten, der Übergang in eine andere Welt.

Er schien keine Angst mehr zu haben vor der Dunkelheit, nicht einmal eine Fackel nahm er mit, sein eigenes Licht strahlte wie eine vom Himmel gestürzte Sonne von den Wänden ab. Morgan konnte nichts anderes tun, als ihm zu folgen, unablässig auf ihn einredend, ohne Gehör zu finden.

Alahrian zögerte nicht eine Sekunde lang. Schnell und mit traumwandlerischer Sicherheit lief er durch das Labyrinth, so schnell, dass Morgan Mühe hatte, mit ihm Schritt zu halten. Erst als sie das schwarze Eisentor unter dem Pfahl erreichten, blieb er stehen. Obwohl er von der gesamten Gewalt seiner Macht umstrahlt war, wirkte er plötzlich klein und verloren im Angesicht des gigantischen Tores. Langsam streckte er die Hände aus, als wollte er das Metall berühren, so wie er es jedes Jahr tat, an *Samhain* und an *Beltaine*, immer wieder, um es verschlossen zu halten, um die Schatten, die sich darin verbargen, fernzuhalten von der Welt der Sterblichen. Heute war er gekommen, um das genaue Gegenteil zu tun.

„Nicht!" Morgans Stimme klang rau und heiser vor Furcht. „Tu es nicht, bitte!"

Alahrian blickte zu ihm auf. Durch die Maske brennender Urgewalt schimmerte plötzlich wieder die alte Angst auf, die alte Unsicherheit. Er war ein Kind, das mit einem Kernreaktor spielte und sich mit einem Mal der Konsequenzen bewusst wurde. „Aber es ist Lillian!", wimmerte er, von einem verzweifelten Schluchzen geschüttelt.

„Er wird sie umbringen! Ich kann sie doch nicht einfach sterben lassen!"

„Und wenn du das Tor jetzt öffnest", entgegnete Morgan voll tiefer Trauer. „In was für einer Welt wird sie dann leben?"

„Aber sie wird *leben*!" Der Funke von Zweifel erlosch. Alahrian hob die Hände gegen das Tor.

„Alahrian!" Ein neues Entsetzen brandete in Morgan auf. Diesmal war sein Ruf durchdringend genug, um seinen Bruder innehalten zu lassen.

Augen, die Dunkelheit auszustrahlen schienen statt Licht, blickten fragend zu ihm auf.

„Sieh dich an!", rief Morgan erschüttert. „Sieh dir deine Hände an!"

Bevor Alahrian reagieren konnte, packte er sein Handgelenk, drehte es unsanft herum und hielt dem Bruder die eigenen schlank-weißen Finger vors Gesicht. Schatten pulsierten darin. Finsternis zuckte durch die Adern, dicht unter der Haut.

Es war eine Dunkelheit, die Alahrian nur zu vertraut sein musste. Eine Dunkelheit, die er schon einmal gekostet hatte, in einem anderen Verlies, an einem anderen Tag.

„Das Böse, Alahrian", sagte Morgan hart, während der Bruder noch mit einem Ausdruck von jähem Schrecken seine Hand anstarrte. „Das Böse ist eine *Entscheidung*."

Alahrian riss seine Hand los. „Und *ich* habe meine Entscheidung getroffen. Ich kann Lilly nicht diesem Monster überlassen!"

„Aber dem Monster hinter dem Tor?"

Alahrians Miene erstarrte. „Ich habe sie einmal besiegt", sagte er, kalt, doch mit einem Flackern von Furcht im Blick. „Ich kann es wieder tun."

„Nein!" Entschlossen stellte Morgan sich zwischen seinen Bruder und das Tor. „Ich kann nicht zulassen, dass du das tust! Stürze nicht die ganze Welt in Schatten, nur um eine einzige Sterbliche zu retten! Das darfst du nicht. Bitte!"

Das Licht unter Alahrians Haut flammte auf. „Aber es ist Lilly!", schrie er verzweifelt.

„Wir finden einen anderen Weg, um sie zu retten."

„Nein! Sie werden sie foltern! Sie werden sie töten!" Seine Stimme zitterte, kurz davor zu zersplittern, sein Leuchten jedoch brannte nur umso heller. Nur seine Augen blieben dunkel.

Morgan rührte sich nicht.

„Geh mir aus dem Weg", forderte Alahrian, den Blick wie eine Lanze in den Morgans gebohrt.

Morgan rührte sich nicht.

Alahrian hob die Hände. Weißes Feuer brannte unter seinen Fingerspitzen. „Du bist mein Bruder", sagte er traurig. „Und ich will dir nicht wehtun. Aber ich *werde* es tun, wenn du mich nicht vorbeilässt."

Morgan rührte sich nicht.

„Bitte." Alahrian ließ die Hände sinken. Tränen glänzten in seinen Augen.

Morgan schüttelte den Kopf, und obwohl es ihm das Herz brach, trat er nicht zur Seite.

„Und wenn es um Sarah ginge?", fragte Alahrian leise. „Was würdest du an meiner Stelle tun?"

Morgan biss sich auf die Lippen, bis er salziges Blut schmeckte. Endlich senkte er den Blick und gab stumm, die Augen fast geschlossen, den Weg frei.

Alahrian schenkte ihm einen langen Blick, dann trat er an das Tor heran, hob die Hände – und sprengte es mit einem einzigen, gewaltigen Schlag auf. Es war ähnlich wie vorhin auf der Baustelle, nur noch unglaublicher. Ein Blitz fuhr in das dunkle Metall, ein Zischen und Knacken ertönte, als schreie das Tor gepeinigt auf – und dann verdampften mehrere Tonnen Eisen in einer blendenden Explosion, als hätten sie nie existiert.

Die Hände schützend vors Gesicht geschlagen, taumelte Morgan mit einem erstickten Keuchen zurück, rang hustend nach Atem und lehnte sich, halb blind von gleißender Helligkeit, gegen den rauen Stein in seinem Rücken.

Alahrian wankte nicht einmal. Hoch aufgerichtet stand er da, die Hände noch immer erhoben, lautlos rief er nach dem Wesen hinter dem zertrümmerten Durchgang. Lautlos erschien es, trat aus den Schatten, als wäre es selbst einer, ganz Schwärze und Finsternis und grausame Schönheit. Lange hatte es dort gewartet, Jahrhunderte lang eingesperrt in der Tiefe, doch die Zeit hatte nichts von seiner Macht geraubt, nichts von seiner gewaltigen, atemberaubenden Anmut.

Morgan hatte sie schon einmal gesehen, die Königin der Erloschenen, die Herrin all seiner Alpträume, die Geliebte der Schatten. Doch das war vor langer Zeit gewesen. Die Erinnerung hatte seinen Blick getrübt, und als er sie jetzt ansah, da war es wie das erste Mal. Es war immer das erste Mal, nichts Vertrautes haftete diesem trügerisch schönen, nahezu sanften Gesicht an, keinen Halt fand der Blick in der tödlichen Grazie ihrer Züge, in der vernichtenden Tiefe ihrer Augen. Die schwarzen Schwingen hingen ihr wie ein seidiger Mantel über den Rücken, scharf wie Rasierklingen waren sie und tödlich wie Stahl, und doch schienen sie weich und sanft, fast mochte man die Hand ausstrecken, um die samtenen Federn zu streicheln, selbst wenn es einem die Haut blutig schnitt.

Irgendetwas in Morgan krümmte und wand sich bei ihrem Anblick, etwas in ihm wollte schreien, fortlaufen und fliehen. Ein anderer Teil wollte sich auf die Knie werfen und das Gesicht in den Staub zu ihren Füßen drücken, um ihr ewige Treue zu schwören, sein Leben in ihre Hände zu legen.

Er tat nichts von alledem. Starr, wie gelähmt, stand er da und konnte die Augen nicht abwenden von dem Wesen, auch wenn es eine Qual war, es anzusehen.

Doch Liliths Blick galt nicht ihm. Ruhig lag ihr Blick auf Alahrian, forschend, fast neugierig.

„So bist du am Ende doch zu mir gekommen", sagte sie milde. Ihre Stimme war weich, lieblich wie ein Sommerwind.

Alahrian hielt ihrem Blick stand und wich nicht zurück. „Ich brauche deine Hilfe", meinte er ruhig.

Am Rande seines erschütterten Bewusstseins spürte Morgan einen Hauch von Bewunderung in sich vorbeiziehen. Er war stark, sein Bruder. Morgan hatte es immer gewusst, all das hier war immer schon in ihm gewesen. Doch er hatte nicht geahnt, *wie* stark er war.

Das Wesen – Lilith – lachte leise. Es war ein Laut wie das Zusammenbrechen massiver Felswände, und doch so melodisch und klangvoll wie Harfenspiel. „Du hast mich fast vierhundert Jahre lang in einem Verlies eingesperrt", entgegnete sie amüsiert. „Nenn mir einen Grund, aus dem ich dir helfen sollte!"

Ihre Worte waren anklagend, der Ton, in dem sie sprach, nicht. Sie sprach mit Alahrian wie mit einem ihrer Kinder, das sich eine Dummheit erlaubt hatte. Vielleicht war dies exakt die Art und Weise, wie sie die Sache sah.

Vierhundert Jahre waren keine sehr große Zeitspanne für ein Wesen wie sie.

„Wenn du mir hilfst", sagte Alahrian, „dann lasse ich dich frei."

Wieder dieses seltsame Lachen. Sie entfaltete eine ihrer Schwingen, ein Luftzug fegte durch den Raum und brachte den Geruch von Feuer, Rauch und Zerstörung mit sich. „Ich bin bereits frei, wie du siehst."

Alahrians Blick war fest in den ihren gebohrt. „Bitte", meinte er schlicht. „Hilf mir." Seine Augen glühten, silbrige Lichtfäden tanzten zwischen ihm und ihr umher, füllten den leeren Raum mit einer Spannung, die nahezu unerträglich schien.

Das Wesen blinzelte, eine grotesk menschliche Geste. „Versuchst du gerade, mich zu zwingen?", fragte sie verblüfft. „Törichtes, kleines Kind!" Sie lachte schallend.

Aber es war Lilith, die am Ende den Blick senkte, nicht Alahrian.

Dann, plötzlich, taumelte er mit einem Aufschrei zurück, die Hand keuchend gegen die Stirn gepresst, das Gesicht verzerrt zu einer Maske glühender Pein. Wie eine Marionette, von unsichtbaren Fäden gehalten, knickte sein Körper ein. Langsam, gegen seinen Willen, sich mit übermenschlicher Kraft gegen ihre Gewalt wehrend, sank er vor dem Schattenwesen auf die Knie. Seine Hände zitterten, die Lippen bebten, blutleer war sein Gesicht, und kalter Schweiß stand auf seiner Stirn. Bleich vor Schmerz kniete er vor ihr, aber er senkte nicht den Blick, die Augen waren ungebrochen. Er war noch immer Herr seiner selbst.

Erschöpft sank er nach vorne, sich zittrig mit einer Hand abstützend, als sie ihn endlich losließ.

„Du bist mächtig geworden", bemerkte Lilith mit einer Art von absurdem Stolz. Ihr Blick ruhte jetzt fast zärtlich auf Alahrian. „Ich denke, ich werde tun, was du von mir verlangst." Lächelnd streckte sie die Hand nach ihm aus, streichelte seine Wange in einer merkwürdig liebevollen, nahezu mütterlichen Geste. Und dann hüllten ihre schwarzen Schwingen ihn ein, und im nächsten Moment waren sie beide verschwunden.

Im Kerker

„Ist dir kalt?"

Ohne eine Antwort abzuwarten, reichte der Inquisitor ihr eine Decke durch die schmalen Gitterstäbe, hinter denen er sie eingeschlossen hatte. Lillys Stolz hätte sie am liebsten abgelehnt, doch es war tatsächlich eisig hier unten, tief in den verborgenen Verliesen unter dem alten Rathaus. Eine Pistole in ihren Rücken gepresst, hatte der Bürgermeister sie hierher gebracht, dann war er verschwunden und hatte den Priester zu ihrer Bewachung zurückgelassen. Jetzt saß sie wie ein Hund im Käfig und starrte abwechselnd die Folterinstrumente an der Wand und ihren Kerkermeister an.

Ob Alahrian vor fast vierhundert Jahren in derselben Zelle gesessen hatte? Ob die eisernen Zangen, Dornen und Spieße noch immer die gleichen waren? Hatten die grässlichen Instrumente an der Wand einst *sein* Blut gekostet? Lilly schauderte bei dem Gedanken, und Tränen wollten ihr in die Augen schießen.

Der Priester folgte ihrem Blick und deutete ihn falsch. „Dir wird nichts geschehen", sagte er beruhigend. „Wir haben nicht vor, dir etwas anzutun. Wenn dein Freund sich kooperativ zeigt, dann wirst du innerhalb kürzester Zeit hier herauskommen, versprochen." Er lächelte aufmunternd. Hätte sie ihn nicht durch das Gitter einer Kerkerzelle betrachtet, hätte Lilly ihn für freundlich halten können. Hätte sie das blasse, weiche Gesicht nicht zur grausamen Fratze verzerrt in Alahrians Erinnerungen gesehen, hätte sie den Mann für harmlos, für vollkommen ungefährlich gehalten. Er hatte Schatten unter den Augen, die Wangen waren unrasiert, die Hände zitterten. Er schien nervöser zu sein als Lilly, mehr noch: Er hatte Angst.

Lilly selbst spürte beinahe keine Furcht. Das war seltsam, denn hätte sie nicht eigentlich völlig außer sich sein sollen? Sie war gekidnappt, entführt und eingesperrt worden, und das von zwei Männern, die Alahrian fast zu Tode gefoltert und dafür von einem unheimlichen Schattenwesen zur Unsterblichkeit verflucht worden waren. Sie hatte allen Grund, in Panik zu geraten. Und doch war sie fast unheimlich ruhig, vielleicht, weil die Angst zu groß, zu unermesslich war, um sie in ihrem vollen Ausmaß zu erfassen. Irgendwo in ihrem Unterbewusstsein lauerte sie, die Furcht, doch Sorgen machte sie sich nur um Alahrian. Er würde kommen. Er würde kommen, um sie zu retten, gewiss, doch was würde dann mit ihm geschehen?

„Was haben Sie mit ihm vor?", fragte sie laut den Inquisitor.

„Mit deinem Freund?" Der Mann zuckte mit den Schultern. „Nichts. Er soll uns nur einen kleinen Gefallen tun."

Lilly ballte die Hände zu Fäusten. Sie hatte keine Ahnung, welch finsteren Pläne diese beiden schmieden mochten, doch die hässlichen, eisernen Apparate an der Wand verhießen nichts Gutes. Sie hatten schon einmal Blut getrunken. Lillys Herz krampfte sich schmerzhaft zusammen.

„Du solltest dir wegen des Jungen vielleicht etwas weniger Gedanken machen", bemerkte der Inquisitor mit einem Hauch von Hohn in der Stimme. „Hast du eine ungefähre Ahnung, was er ist?"

Lilly richtete sich auf und funkelte den Mann böse an. „Mehr als Sie!", entgegnete sie patzig.

Der Priester ignorierte ihren Tonfall. „Nun, dann weißt du ja, dass ihm kaum etwas passieren kann."

„Haben Sie ihn deshalb foltern lassen?", fragte Lilly provozierend und spürte plötzlich eine heiße, lodernde Woge von Zorn in sich aufsteigen.

Mit einer gewissen Befriedigung registrierte sie, wie ihr Gegenüber zusammenzuckte. Das blasse Gesicht verlor noch mehr an Farbe. „Er ist ... anders", erklärte er unsicher. „Er ist kein Mensch!"

Lilly erkannte eine nur halb vernarbte Wunde, eine Schwachstelle, und bohrte sämtliche Stachel, die sie zur Verfügung hatte, instinktiv hinein. „Und weil er kein Mensch ist, ist es in Ordnung, ihm wehzutun?", bemerkte sie hart. „Nächstenliebe ... Mitleid ... Vergebung ... Dürfen *Sie* entscheiden, für wen diese Dinge gelten – und für wen nicht?"

Wieder zuckte der andere zusammen. „Es waren andere Zeiten damals", entgegnete er mit gesenktem Blick. „Er ist ... Seine Haut leuchtete im Dunkeln, er konnte über frisch gefallenen Schnee laufen, ohne Spuren darin zu hinterlassen, und seine Augen ..." Er schauderte. „Er sah wie ein Dämon aus und er verfügte über Kräfte, die ihm nur der Teufel verliehen haben konnte!"

„Er ist kein Dämon!", schrie Lilly wütend. „Er ist ..." *Er ist ein Engel*, hatte sie sagen wollen. Aber das hätte der Priester vielleicht missverstanden. Also fing sie mit Mühe den Blick des Mannes auf, zwang sich, ihn festzuhalten und meinte ernst: „Er ist etwas Gutes."

Ein schmerzliches Lächeln zuckte über die Lippen des Inquisitors. „Bist du dir da so sicher?", fragte er durchdringend.

„Natürlich!" Fast verzweifelt zog sich Lilly an den Gitterstäben hoch und sah den Mann weiterhin fest an.

Der jedoch starrte ins Leere. „Damals sagte man uns, Hexen und Zauberer sollst du nicht leben lassen", bemerkte er tonlos, mehr zu sich, als zu Lilly. „Ich war überzeugt, das Richtige zu tun."

„Und *das* hier?" Lilly rüttelte an den Gitterstäben. „Ist das das Richtige?"

Sie sah das Aufblitzen von Zweifel in den Augen des Priesters, sah die Unsicherheit, das Zögern. Und die *Schuld*. Sie brachte ihn fast um, die Schuld. Aus einem Instinkt heraus, alles auf eine Karte setzend, sagte Lilly: „Sie müssen nicht tun, was der Bürgermeister von Ihnen verlangt."

Überrascht, ja geradezu schockiert, blickte der Inquisitor auf.

Lilly hatte ins Blaue geschossen – und ins Schwarze getroffen. „Lassen Sie mich frei", meinte sie, fest, eindringlich und beschwörend. „Das ist vielleicht Ihre Chance, etwas von den Verbrechen von damals wiedergutzumachen."

Einen winzigen Moment lang blitzte ein sonderbarer Funken eines tiefen, inneren Kampfes in den Augen des Priesters auf, einen winzigen Moment lang schien die Waagschale sich langsam in Lillys Richtung zu neigen. Dann wich der Mann mit einem Aufschrei vor ihr zurück, bis an die Wand, als hätte sie ihn bedroht.

„Nein!", schrie er mit überschnappender Stimme. „Ich habe bezahlt, für das, was ich getan habe! Vierhundert Jahre lang! Vierhundert Jahre lang war ich ein unsterbliches Monster, ein *Ding* wider jede Natur! Es ist genug. Es muss endlich genug sein!" Mit einem Laut, der fast wie ein Schluchzen klang, sank er an der Wand herab. „Ich kann dich nicht gehen lassen. Nicht, ehe das hier vorbei ist."

„Aber –"

„Halt den Mund!", brüllte er sie an und fuhr auf, als hätte er einen Schlag erhalten. „Sei endlich still!"

Jede Spur von Freundlichkeit war aus seinem Gesicht gewichen, die Augen flackerten wild, die Lippen waren zu einer Maske verzerrt. Nun war es Lilly, die zurückwich. Aber es gab nichts, wohin sie hätte fliehen können. Hinter ihr war nur kalter, rauer Stein, vor ihr die undurchdringlichen Gitterstäbe.

Fast war sie erleichtert, als sich die Tür der dunklen Kammer öffnete, und der Bürgermeister eintrat. Auf das Antlitz des Inquisitors trat jetzt ein fragender Ausdruck.

Der Bürgermeister grinste breit. „Unser leuchtender Freund ist brav wie ein Lämmchen", versicherte er selbstzufrieden.

„Dann wird er es tun?" Nervosität schwankte in der Stimme des Priesters.

„Gewiss." Der Bürgermeister trat an Lillys Zelle heran und strich gedankenverloren über die Gitterstäbe. „Er will ja nicht, dass seiner Liebsten ein kleiner Unfall zustößt, nicht wahr?"

„Was haben Sie vor?", rief Lilly wütend. „Was soll dieser Unsinn?" Nicht zu fassen, dass Anna-Maria niemals gemerkt hatte, was für ein durchgedrehter Irrer ihr Vater war! Lilly hätte fast Mitleid für sie empfunden, wäre nicht ihre gesamte Sorge auf Alahrian gerichtet gewesen.

Frustriert starrte sie die Gitterstäbe an. Warum nur hatte sie keine dieser erstaunlichen *Liosalfar*-Fähigkeiten geerbt? Dann hätte sie mit einem Laserblitz das Eisen durchtrennt und hätte so vielleicht entkommen können. So war sie diesen beiden einer grausamen Vergangenheit entschlüpften Figuren hilflos ausgeliefert. Wenn sie nur gewusst hätte, was sie planten!

Der Bürgermeister jedoch ignorierte sie, als sei sie nur ein lästiges, in einem Glasgefäß eingesperrtes Insekt. Schulterzuckend wandte er sich ab, zerrte eine Pistole unter seinem Jackett hervor und warf sie achtlos auf einen länglichen, grob gezimmerten Tisch, der vielleicht früher einmal eine Streckbank gewesen war oder etwas ähnlich Perverses. Lilly drehte sich fast der Magen um, wenn sie an all die Grässlichkeiten dachte, die innerhalb dieser Mauern geschehen waren.

„Hoffentlich beeilt er sich", murrte der Bürgermeister und steckte sich ungeduldig eine Zigarette an. Seine freie Hand spielte mit der Pistole auf dem Tisch, während er rauchte.

Lilly beobachtete ihn angstvoll.

„Muss das mit der Waffe denn wirklich sein?", zischte halblaut der Priester. „Den Elfen können wir ohnehin nicht verletzen damit, und das Mädchen …"

Der Bürgermeister grinste wieder. „Wir können ihn nicht *töten* damit", präzisierte er genüsslich. „Aber verletzen sehr wohl! Sie ist mit Kugeln aus feinstem Edelstahl geladen." Ein nahezu begeisterter Ausdruck glitt über sein Gesicht. Fast zärtlich glitten seine Finger über die Waffe. „Mich würde interessieren, wie lange ihn das aufhält", sinnierte er träumerisch. „Wenn man ins Herz schießt … oder in die Luftröhre."

Lillys Finger krampften sich um die Gitterstäbe der Zellentür, bis sie glaubte, ihre Knochen müssten darunter zersplittern. Und plötzlich, da war sie sehr froh um die Anwesenheit dieser Stäbe, denn hätte es sie nicht gegeben, wäre der Weg frei gewesen, dann wäre sie nach vorn gesprungen und hätte dem Bürgermeister den Hals umgedreht, und es wäre ihr ganz egal gewesen, was dann mit ihr geschah.

So aber stand sie zitternd vor Zorn in ihrem Gefängnis und hoffte wider jede Vernunft, wider jeden Selbsterhaltungstrieb, Alahrian würde *nicht* kommen, um sie zu retten.

Aber natürlich kam er.

Ein ungeheures Krachen und Poltern ertönte plötzlich irgendwo über ihnen, ein Geräusch, als bröckelten in der Ferne Felsen auseinander – oder als spränge jemand eine Tür auf, um sich Zutritt zu einem Gebäude zu verschaffen.

Die Augen des Bürgermeisters begannen zu leuchten. „Er kommt!" Blitzschnell griff er nach der Waffe.

Und eine halbe Sekunde später erschien Alahrian in dem winzigen, unterirdischen Raum. Lillys Herz begann zu flattern, vor Freude, vor Sorge ... sein Anblick jedoch raubte ihr schier den Atem vor Schreck. Das Wesen, das da, hoch aufgerichtet, jeder Zoll von einer tödlichen Entschlossenheit erfüllt, den Raum betrat, schien kaum mehr etwas gemein zu haben mit dem Alahrian, den sie kannte. Weißes Feuer brannte unter seiner Haut, greller als sie es je gesehen hatte, so hell, dass es ihr die Tränen in die Augen trieb, auch nur in seine Richtung zu blicken. Und obwohl er in einem nie gekannten Leuchten erstrahlte, schien er gleichzeitig von Dunkelheit erfüllt. Schwärze umwogte ihn, stofflicher als nur die Abwesenheit von Licht, ein Mantel aus samtiger Finsternis, gewoben aus tiefster, mondleerer Nacht. Das Schlimmste aber waren die Augen. Sie waren nicht mehr blau, ja, nicht einmal mehr violett, wie sonst, wenn er wütend, war. Sie waren *schwarz*. Von einem lichtschluckenden, vernichtenden Schwarz, zwei endlos tiefe Abgründe, in weißglühende Lava gemeißelt.

„Nun?", wisperte der Inquisitor neben ihr. „Glaubst du immer noch, dass er *kein* Dämon ist?"

„Ja", erwiderte Lilly fest und zwang sich, den Blick auf Alahrian ruhen zu lassen, obwohl es in den Augen wehtat. „Ja, das glaube ich."

Wo Licht ist, da ist auch Schatten ...

In einer seltsam instinktiven – und völlig sinnlosen – Abwehrgeste hob der Bürgermeister die Pistole und richtete sie gegen Alahrian.

Etwas Silbriges flog durch die Luft, bohrte sich mit einem dumpfen Laut durch die Handfläche des Bürgermeisters und nagelte sie an die Wand. Polternd entglitt die Waffe seinen Fingern. Lilly glaubte zuerst, es sei ein Lichtblitz gewesen, doch es war ein langer, schlanker Dolch mit einem silberfarbenen Griff.

Der Bürgermeister kreischte auf, zerrte mit der unverletzten Hand die Klinge heraus und starrte Alahrian mit einem Ausdruck mörderischer Wut im Gesicht an.

Alahrian zuckte nicht einmal mit der Wimper. „Lass sie frei", forderte er mit einer Stimme, die wie Donnergrollen von den Wänden widerzuhallen schien, eiskalt, mitleidlos und tödlich.

Sein Blick suchte den Lillys, und als er sie ansah, kehrte ein Funken von goldener Wärme in seine pechschwarzen Augen zurück. Dann jedoch lachte der Bürgermeister schrill auf, und da war wieder nichts als Hass und Zorn und Schmerz.

„Wo ist das Wesen?", gab der Bürgermeister gelassen zurück und schüttelte seine blutige Hand aus. Lilly sah mit Grausen, wie die hässliche Wunde sich bereits zu schließen begann. „Hast du es mitgebracht?"

Alahrians Blick bohrte sich wie Splitter von Eis in den des Bürgermeisters. „Lass sie frei!", donnerte er noch einmal. Diesmal schwang sämtliche Gewalt seiner unheimlichen, magischen Autorität in seiner Stimme, geeignet, den Willen jedes gewöhnlichen Sterblichen wie dünnes Papier zu zerfetzen. Doch der Bürgermeister war kein gewöhnlicher Sterblicher.

„Zuerst erfüllst du deinen Teil der Abmachung", entgegnete er kühl. „Ich traue dir nicht, Dämonenbrut!"

„Das solltest du auch nicht!" Alahrian hob die Hand, deutete auf die Folterinstrumente an der Wand und schloss dann langsam, einen nach dem anderen, die Finger zur Faust. Die schweren, aus massivem Eisen geformten Geräte zerbröselten zu Staub wie trockene Brotkrumen in einer Kinderhand. „Aber du solltest mich auch nicht reizen", fuhr Alahrian fort, jede winzige Geste, jeder Atemzug eine eiskalte, eine tödliche Drohung.

„*Lass sie frei!*", wiederholte er zum dritten Mal.

Der Bürgermeister rührte sich nicht, der Inquisitor aber wandte sich mit seltsam abgehackten, mechanischen und doch sehr schnellen Bewegungen um, steckte den Schlüssel in die schwere Gittertür und öffnete sie.

Was hatte Alahrian einst gesagt? *Der Zwang funktioniert nur, wenn die Person ohnehin schon unsicher ist ...*

Lilly stürzte mit einem Satz nach vorne und wollte sich in Alahrians Arme werfen, doch der Bürgermeister hielt sie mit einem brutalen Stoß zurück. „Nicht so hastig, mein Fräulein!" In der abstoßenden Karikatur einer Umarmung hielt er sie fest und drückte ihr den silbrigen Dolch gegen die Kehle.

Alahrian schrie auf und wollte auf den Bürgermeister losgehen, erstarrte jedoch mitten in der Bewegung, als dieser den Druck der Klinge nur noch erhöhte. „Zurück!", kreischte er Alahrian an. „Rühr dich nicht oder ich schlitze der Kleinen den Hals auf! Und keine weiteren Tricks, ich warne dich!"

Mit einem Ausdruck irgendwo zwischen Qual und Zorn trat Alahrian zurück, tiefer in die Schatten hinein, die ihn umgaben.

„Kein Funke!", schrie der Bürgermeister. „Keine Bewegung!"

Alahrian rührte sich nicht. Das Leuchten unter seiner Haut flackerte auf – und zog sich zurück. „Okay", sagte er hastig, einen entsetzt besorgten Blick auf Lilly gerichtet, die wütend in den Armen des Bürgermeisters zappelte.

Ganz ruhig ..., flüsterte Alahrian in ihre Gedanken, weich und zärtlich, im krassen Gegensatz zu dem dunklen Wogen in seinen Augen. *Ich werde nicht zulassen, dass dir etwas geschieht ... Niemals.*

Der Bürgermeister fragte laut: „Wo ist die Hexe?"

Und dann, von einer Sekunde auf die nächste, nahmen die Schatten hinter Alahrian plötzlich Gestalt an. Lilly hörte, wie der Bürgermeister scharf die Luft einsog, wie der Inquisitor mit einem angstvollen Wimmern zurückwich – und hielt selbst den Atem an.

Das Wesen war das Schönste, was sie jemals gesehen hatte, und zugleich das Schrecklichste. Es war von der Anmut einer Libelle und von der zerschmetternden Gewalt einer Flutwelle, von der Macht eines Vulkans und der lieblichen Grazie eines Sommermorgens auf einer blühenden Lichtung. Schwarze, glänzende Schwingen erhoben sich über dem Rücken, nur halb entfaltet, und sie schienen Tod und Verderben mit sich zu bringen, aber auch ein Versprechen, eine singende, klingende Verlockung, süßer als Honigtau und so verheißungsvoll wie der Frühling.

Lilly hatte das Wesen, *Lilith*, in Alahrians Erinnerung gesehen, doch das war nichts im Vergleich zur Wirklichkeit. Sie konnte nicht aufhören, sie anzusehen. Ihr Herz zitterte und frohlockte bei ihrem Anblick, und doch hatte sie das Gefühl, etwas in ihrem Inneren wollte sich krümmen und winden vor Angst.

„Ich bin die Königin der Schatten", sagte das Wesen. „Die Göttin der Dunkelheit und die Herrin all deiner Alpträume. Und du, Menschenwurm, du wagst es, *mich* zu rufen?" Ein vernichtender Blick aus Augen, die wie zwei erloschene Sterne Finsternis ausstrahlten statt Licht, traf den Bürgermeister. „Niemand erteilt mir Befehle!"

Der Bürgermeister stöhnte wie von Schmerzen, sein Körper zitterte unkontrolliert, und doch sagte er: „Trotzdem bist du gekommen ..."

„Um seinetwillen!", donnerte das Wesen, und eine schwarze Schwinge, schneidend wie Glas, zärtlich wie Samt und Seide, streichelte behutsam Alahrians Schulter. „Nicht deinetwegen!"

Der Bürgermeister wich zurück, sein Griff, mit dem er Lilly eisern umklammert hielt, lockerte sich jedoch nicht.

„Lass sie los!", rief Alahrian finster. „Ich habe meinen Teil der Abmachung erfüllt, nun tu, was du versprochen hast!"

Das Wesen hinter ihm regte sich. Auch die zweite Schwinge ruhte jetzt auf seiner Schulter, es sah aus, als besäße er selbst Schattenflügel, und die merkwürdige Selbstverständlichkeit, mit der er die Berührung zuließ, schockierte Lilly einen Moment lang so sehr, dass sie sogar die Klinge an ihrem Hals vergaß. Was hatte dieses Monster nur mit ihm gemacht? Was hatte sie ihm angetan?

„Nein!", brüllte der Bürgermeister entschieden. Die silbrige Klinge löste sich nicht einen Millimeter von Lillys Kehle. „Erst soll der Dämon den Fluch zurücknehmen!"

„Was?" Überraschung klang in der seltsam melodiösen Stimme des Wesens, eine befremdlich menschliche Regung, die nicht so recht zu der alptraumhaften Erscheinung passen wollte. „Das ist es, was du willst? Deshalb hast du ihn gezwungen, mich zu befreien?"

„Ja!" Die Antwort war ein patziger Schrei, in dem ein Hauch von Verzweiflung mitschwang. „Vierhundert Jahre! Vierhundert Jahre musste ich mit ansehen, wie jeder Mensch, der mir etwas bedeutete, langsam zu Grunde ging! Ich bin ein Mensch! Ich will meine Menschlichkeit zurück!" Plötzlich zitterte die Hand, die den Doch hielt, so sehr, dass Lilly angstvoll die Lippen zusammenbiss. „Lass mich altern, mich verändern wie jeder gewöhnliche Mensch!", flehte der Bürgermeister. „Gib mir meine Sterblichkeit zurück!"

Das Wesen lachte. Es war ein Laut, der einen kalten Schauder über Lillys Rücken jagte. „Du verlangst Gnade von mir?", fragte Lilith hart. „Von mir, einem Wesen, das keine Gnade kennt!" Sie schüttelte den Kopf, ihre Schwingen peitschten die Luft, ohne Alahrian, der noch immer dicht vor ihr stand, auch nur zu streifen. „*Du* hattest keine Gnade für eines meiner Kinder!", donnerte Lilith, den Bürgermeister vernichtend anfunkelnd, während sich die Schwingen sanft und liebevoll auf Alahrian herabsenkten. „Auch du sollst niemals Gnade erfahren!"

„Dann stirbt das Mädchen!" Hart presste der Bürgermeister seine Waffe gegen Lillys Kehle.

„Nein!", schrie Alahrian entsetzt. „Nicht!" Es war der Bürgermeister, der Lillys Leben in der Hand hatte, Alahrians bittender, verzweifelter Blick jedoch galt dem Wesen, dessen Schatten ihn wie eine Umarmung einhüllten. „Bitte!", schluchzte er, und das Leuchten unter seiner Haut flackerte.

Lilith ignorierte ihn. „Selbst wenn ich den Fluch zurücknehmen *wollte*", wandte sie sich an den Bürgermeister, seltsam ruhig, fast nüchtern, „ich kann es nicht."

„Was?" Der Bürgermeister keuchte vor Entsetzen.

Das Wesen deutete in einer spielerischen Geste auf Alahrian. *„Er allein kann es."*

„Wie bitte?!" Alahrian erbleichte. „Aber ... aber das ist ..."

„Tu es!" Der Bürgermeister deutete mit der freien Hand auf Alahrian, als wollte er ihn damit aufspießen, während die andere noch immer Lilly umklammert hielt.

„Aber ..." Alahrians Augen flackerten. Die Maske von Stärke, Macht und Unbesiegbarkeit, die ihn bisher wie ein Glorienschein umweht hatte, bröckelte. Hilfesuchend blickte er das Wesen hinter sich an.

„Tu es!", forderte der Bürgermeister, und seine Stimme schien wie mit Messern in Alahrians Herz zu schneiden, denn dieser begann plötzlich zu zittern, der Ausdruck auf seinem Gesicht ein Echo der Qualen, die in seinem Inneren vorgehen mochten.

„Ich ... ich kann nicht!", stammelte er, völlig verstört. Sein fragender Blick glitt unsicher zwischen Lilly und dem Schattenwesen hin und her. „Bitte, ich ... ich habe keine Ahnung!"

„Heb den Fluch auf!", befahl der Bürgermeister unerbittlich. „Oder das Mädchen stirbt!"

„Nein!" In unermesslicher Pein schrie Alahrian auf.

Der Bürgermeister drehte die Klinge in seiner Hand um eine Winzigkeit. Das Messer schnitt in Lillys Haut, und sie konnte einen warmen Blutstropfen ihren Hals entlanggleiten fühlen.

Alahrian erbebte vor Entsetzen, das Licht unter seiner Haut pulsierte in einem irren Rhythmus, in den Augen toste flackernde Schwärze.

„Hör auf", wandte sich da plötzlich der Priester, der die ganze Zeit über kein einziges Wort gesagt hatte, an den Bürgermeister. „Du willst das Mädchen doch nicht wirklich töten! Sie ist ein *Mensch!*"

Der Bürgermeistert hörte nicht auf ihn. Höhnisch starrte er Alahrian an. „An deiner Stelle würde ich mich ein wenig beeilen", flötete er, trügerisch freundlich. „Meine Hand wird langsam müde." Sanft, grotesk zärtlich streichelte er mit der Klinge Lillys Hals.

Alahrian sah aus, als müsste er an Zorn, Angst und Hilflosigkeit ersticken. „Ich kann nicht!", brüllte er verzweifelt. Mit Tränen in den Augen, am ganzen Leib zitternd, drehte er sich zu Lilith um. „*Bitte!*", wimmerte er gequält. „Sag mir doch, was soll ich tun?"

Und im selben Moment stürzte sich der Inquisitor, in dem irrationalen Versuch, Lilly zu befreien, auf den Bürgermeister. Seine Kraft reichte nicht aus, um dessen stählernen Griff vollends zu lösen, doch für einen kurzen Augenblick war der Bürgermeister abgelenkt, und dieser Augenblick reichte Alahrian, um mit einem blitzschnellen Lichtstrahl Lillys Peiniger die Waffe aus der Hand zu schlagen.

Wütend kreischte der Bürgermeister auf, stieß in einer wilden Geste den Priester beiseite – und ließ dabei Lilly endgültig los. Mit einem Satz sprang Lilly vorwärts, war mit zwei Schritten in der Mitte des Raums und wollte sich in Alahrians Arme werfen – doch sie sollte ihn nie erreichen.

Mit einem zornigen, wahnsinnigen Schrei stürzte sich der Bürgermeister zu Boden, hob die Pistole auf, die da lag, und riss sie nach oben.

Der Priester zuckte instinktiv in seine Richtung, um ihn zurückzuhalten, Alahrian schoss einen weiteren Lichtblitz ab, doch sie reagierten beide zu spät.

Ein Schuss löste sich.

Und dann, plötzlich, ging alles ganz schnell. Lilly hörte Alahrian aufschreien, ein furchtbarer Pfeil aus grellweißer Helligkeit nagelte den Bürgermeister an die gegenüberliegende Wand – und vor ihren Augen war plötzlich ein seltsamer, nebelhafter Schleier, den sie kaum durchdringen konnte.

Sie sah, wie sich langsam, unendlich langsam, ein nasser, purpurner Fleck auf ihrer Brust ausbreitete, behutsam wie eine im Blühen begriffene Rose. Sie spürte, wie ihr Herz zu zittern begann, und wie die Atemluft allmählich ihren Lungen entglitt, aber sie fühlte keinen Schmerz. Es tat überhaupt nicht weh. Und das war seltsam. Hätte es nicht wehtun müssen?

Lilly presste die Hand gegen die Brust. Sie taumelte. Plötzlich war da eine merkwürdige Schwärze in ihren Gedanken, eine dunkle Mattigkeit, die sich rasend schnell ausbreitete. Mit einem Mal hatte sie nicht mehr die Kraft, auf eigenen Füßen zu stehen.

Alahrian fing sie auf, barg sie in seinen Armen, und dann war da sein Gesicht über ihr, sein wunderschönes, von Schmerz verzerrtes Gesicht, und sie sah es wie durch einen Tunnel hindurch, sein Gesicht und nur noch sein Gesicht. Tränen schimmerten in den kristallenen Augen und eine entsetzliche Qual, die ihr das Herz zerschnitten hätte, hätte es noch die Kraft gehabt zu schlagen.

„Nein …", flüsterte er, erstickt von Schmerzen, zitternd vor Verzweiflung. „Lilly, bitte, bleib bei mir … Verlass mich nicht! *Bitte*!"

Seine Traurigkeit tat so weh … viel mehr als die Kugel in ihrer Brust … Lilly wollte ihn in die Arme nehmen, wollte ihn trösten, ihm sagen, dass alles in Ordnung war. Aber die Schwärze in ihrem Inneren war stark, wie ein tosender Sog zerrte sie sie fort. Ihr ganzer Körper war taub und kein Wort kam über ihre Lippen.

Ich liebe dich …, dachte sie und schaute in vollendeter Glückseligkeit in das vollkommene Antlitz über ihr. *Ich liebe dich so sehr …*

„Nein", schluchzte er, und heiße Tränen fielen aus seinen Augen auf ihre kalten Wangen. Er hörte sie nicht. „Bitte … Lilly … Bitte … Geh nicht …"

Lilly wollte die Hand ausstrecken und seine Tränen trocknen, aber sie hatte nicht mehr die Kraft dazu. Die Dunkelheit breitete sich aus, eine warme, sanfte Dunkelheit, nicht Liliths vernichtende Schwärze. Alahrians Antlitz verschwamm vor ihren Augen. Sie fühlte seine Tränen, hörte seine Stimme ihren Namen rufen, dann ergab sie sich der weichen Hand der Dunkelheit, ließ sich sanft von ihr forttragen.

Das Letzte, was sie sah, war der explodierende Schmerz auf Alahrians zerrissenem Gesicht.

Dann nichts mehr.

Gar nichts mehr.

Dunkelheit

„Neeeeiiin!"

Alahrian hörte sich selbst schreien. Er sah, wie Lillys Blut über seine Finger lief, fühlte, wie es ihm die Haut verbrannte, während er verzweifelt die Hände gegen die schreckliche Wunde presste und trotzdem das Blut nicht aufhalten konnte, so viel Blut, so ungeheuer viel Blut ...

All das nahm er mit geradezu grausamer Klarheit wahr, und doch war sein gesamtes Bewusstsein in Dunkelheit gehüllt, als hätte die Kugel ihn selbst getroffen, als wäre es sein eigenes Leben, das dort in purpurnen Strömen aus einem bereits reglosen Körper entwich.

Etwas in Alahrian starb.

Und etwas Neues, Wildes, von Schmerzen Gepeitschtes erwachte.

„Nein!", schrie er immer und immer wieder, immer wieder jagte er glühende Lichtimpulse durch Lillys Körper, seine gesamte Magie, all die Kraft, die ihm zur Verfügung stand.

Aber ihre Augen öffneten sich nicht. Reglos lag sie in seinen Armen, schön wie eine gebrochene Rose, kein Atemzug entwich ihren Lippen, kein Herzschlag tanzte in ihrer Brust.

„Bitte!", rief er hilflos. „Bleib bei mir ... *Lilly* ... Tu mir das nicht an! *Ich liebe dich!*"

Mit all seiner Liebe versuchte er, sie festzuhalten, doch er konnte spüren, wie das Leben aus ihr herausfloss, ein goldener Strom, schnell und unaufhaltsam.

Alahrian konnte nichts dagegen tun. Er war einfach nicht stark genug.

Und plötzlich sprang er auf, drehte sich in einer blitzschnellen Bewegung um und blickte aus Augen, die blind waren von Tränen, zu Lilith auf. „Rette sie!", schrie er mit der Kraft reiner Verzweiflung. „Rette sie! BITTE!"

Die Königin der Schatten regte sich nicht.

Alahrian warf sich vor ihr auf die Knie, krallte die blutigen Hände in die samtweichen Schwingen, würgte an dem Schmerz, der ihn zu ersticken drohte, und schrie. „Ich flehe dich an, rette sie! Ich weiß, dass du es kannst! Bitte!"

Da glitt ein Lächeln über das marmorschöne Gesicht der dunklen Königin, eine kalte Hand streichelte sanft sein Gesicht, wischte die Tränen fort, die in heißen Strömen über seine Wangen rannen.

„Ich kann es", erwiderte sie milde. „Aber ich werde es nicht umsonst tun."

„Tu es!", kreischte Alahrian in höchster Not. „Ich gebe dir alles, was du willst!"

„Alles?"

„Alles!" Alahrian sprang auf, zitternd blickte er auf den bleichen, reglosen Körper zu seinen Füßen herab. „Sie stirbt!", wimmerte er voller Angst. „Bitte, hilf ihr!"

Dunkle Augen ruhten auf ihm, blickten prüfend direkt in sein Herz. „Du kennst den Preis", wisperte eine süße, melodische Stimme. „Bist du bereit, ihn zu zahlen, kleiner *Liosalfar*?"

„Ja!" Alahrian sank zu Boden, weinend zog er Lillys Körper in seine Arme, streichelte ihr blasses Gesicht, ließ Lichtfunken über ihre kalte Haut gleiten. „Sie stirbt!" Ein grausamer Schmerz zerriss sein Innerstes und zersplitterte die Stelle, an der sein Herz gewesen war, bevor Lillians aufgehört hatte zu schlagen. „Ich schaffe es nicht allein", schluchzte er erstickt. „Du musst sie retten ... Bitte! Ich tue alles ... ALLES! Aber *bitte*, rette sie!"

Und Lilith, die Königin der Schatten, beugte sich zu ihm herab und tat, was er von ihr verlangte.

Seelenspiegel

Warmes Sonnenlicht kitzelte ihr Gesicht, als Lilly die Augen aufschlug. Über ihr spannte sich eine gewaltige, von Rosen umrankte Glaskuppel, glitzernd wie ein vielfach geschliffener Diamant. Sie lag in Alahrians Schlafzimmer, in seinem Bett. Er selbst saß neben ihr, eine Hand hielt die ihre umfasst, in die andere hatte er das Gesicht vergraben. Goldenes Haar fiel über seine Stirn, die Augen waren geschlossen, Tränen quollen unter den gesenkten Lidern hervor. Blass und erschöpft sah er aus, um die Augen lagen violette Ringe, die Schatten aber waren verschwunden, das grellweiße Leuchten auch.

Lilly drückte seine Hand, um ihn zu trösten. Sofort blickte er auf, ein Ausdruck von fragendem Erstaunen streifte sein Antlitz, ein kurzer Moment zweifelnder Anspannung, die sich in einem Strahlen grenzenloser Erleichterung auflöste. „Lilly ...", flüsterte er, voll Hingabe, wie ein Gebet.

„Wie ... wie geht es dir?" Er wollte das Gesicht abwenden, um die Spuren der Tränen zu verbergen, sie aber hielt ihn fest, strich ihm mit zwei Fingern zart über die Wangen, zeichnete die glitzernden Linien darauf nach.

„Was hast du?", fragte sie behutsam. „Du siehst so traurig aus."

Ein Laut, fast wie ein ersticktes Lachen entglitt seinen Lippen. „Ich ... ich dachte, du *stirbst*!" Terror ließ seine Stimme erzittern, die Augen aber waren rein und himmelblau und ganz klar. Keine Schatten. Keine Dunkelheit.

Lilly lauschte in sich hinein. Ihre Gedanken bewegten sich zäh und träge, die Erinnerung tropfte langsam und splitterig in ihr Bewusstsein. Der Kerker ... das Wesen ... der Schuss ...

„Sollte ich das nicht?", fragte sie unsicher. „Sterben? Sollte ich nicht eigentlich tot sein?"

Mit einer Hand tastete sie unter der Decke nach der Wunde auf ihrer Brust, aber da war nichts. Ihre Haut war vollkommen glatt, und sie empfand keinen Schmerz, nicht einmal Schwäche. Im Gegenteil fühlte sie sich so ausgeruht und lebendig wie selten zuvor. Aber sie hatte doch *gespürt*, wie die Kugel in ihr Herz eingedrungen war! Mehr noch: Sie hatte den Tod gefühlt, die Dunkelheit ...

„Elfenheilkunst", wisperte Alahrian mit gesenktem Blick.

Lilly setzte sich auf. Die Decke glitt von ihrer Schulter, und sie bemerkte, dass ihre Kleider – ihre blutigen Kleider – verschwunden waren. Sie trug eines von Alahrians weißen, spinnwebzarten Seidenhemden. „Du ... du hast mich geheilt?", fragte sie verblüfft.

Er sah nicht auf, wich ihrem Blick weiterhin aus. „Ich habe nur ein bisschen dabei geholfen", gestand er leise. Ein Schatten huschte über sein Gesicht, ein Zucken von unbestimmtem Schmerz erschütterte seine Lippen.

Der Schmerz ließ Lilly erschaudern, aber sie fragte nicht weiter. Und es spielte auch keine Rolle. Sie war am Leben, er war bei ihr ... Gab es sonst irgendetwas, das zählte?

„Wie lange habe ich geschlafen?", erkundigte sie sich beiläufig.

„Eine Weile. Es ist Montag-Morgen."

Eine ungewöhnlich präzise Antwort. „Oh!", machte Lilly verblüfft. „Müssen wir nicht zur Schule?"

Er lachte leise, sanft und glockenhell. „Lilly, du wärst fast erschossen worden! Du musst nicht zur Schule. Und ich natürlich auch nicht."

Erschossen ... Es schien weit weg zu liegen, sonderbar irreal, wie ein Alptraum, wenn man an einem goldenen, allzu süßen Morgen erwachte. Lilly wollte nicht darüber nachdenken. „Mein Vater", murmelte sie stattdessen. „Ich muss ihn anrufen!"

„Das brauchst du nicht." Alahrian lächelte. Seine Hand spielte mit der ihren. „Ich habe schon mit ihm gesprochen. Er hat nichts dagegen, wenn du für heute bei mir bleibst."

„Weiß er, was geschehen ist?"

„Nein. Er denkt, du brauchst einfach nur etwas Zeit für dich. Ist das in Ordnung?" Angstvoll blickte er sie an.

„Natürlich." Lilly nickte schnell.

Da strahlte er plötzlich. „Dann haben wir einen ganzen Tag für uns!" Seine Stimme zitterte vor Freude. „Nur wir beide …" Er lächelte sie an, schön wie ein aufgehender Stern war sein Lächeln. „Du kannst sogar über Nacht bleiben." Eine zarte Röte glitt über seine Wangen. „Wenn du willst … Ich … ich schlafe dann nebenan, auf der Couch …"

Lilly hielt seine Hand und streichelte die zarten, dunklen Vertiefungen, die sich auf seiner Handfläche abzeichneten. Nicht die Linien, die ein Mensch hatte, sondern schöne, in sich gewundene Muster, die sich unter ihrer Berührung andauernd zu verändern schienen. Sie wollte nicht, dass er auf der Couch schlief. Laut, mit flammenden Wangen meinte sie: „Wie hast du *das* denn erreicht? Hast du ihn hypnotisiert?"

„Schon möglich …" Er zwinkerte vergnügt.

Lilly lehnte sich zurück und betrachtete ihn. Eine leichte, sonnige Heiterkeit umwehte seine Miene, erreichte jedoch nicht die Augen. In den Augen lag noch immer ein Echo von Schmerz, seine Schultern waren angespannt, die Hand, die sanft in der ihren ruhte, war kalt. Er machte sich wegen irgendetwas Sorgen, aber er wollte es nicht zugeben.

„Alahrian?", fragte sie leise. „Was ist mit dem Wesen geschehen? Und mit dem Priester? Dem Bürgermeister?"

Er lächelte beruhigend, aber es wirkte nicht ganz echt. „Sie sind fort", erklärte er tonlos. „Sie alle."

„Hast du … den Bürgermeister …" Sie zögerte, scheute instinktiv davor zurück, ihn noch tiefer zu verletzen, doch sie musste es wissen. „Hast du ihn getötet?"

„Nein." Sonderbar ruhig, als hätte er die Frage lange erwartet, schüttelte er den Kopf. „Aber wenn er sterben könnte, dann wäre er jetzt tot." Mehr sagte er nicht, und er sprach kalt und emotionslos. Lilly ahnte einen schwachen Abglanz der Schatten, als sie ihn in diesem Moment ansah, doch sie jagten ihr keine Angst ein. Fest hielt sie seine Hand. Er hätte den Bürgermeister getötet. Um sie zu retten, wäre er dazu in der Lage gewesen! Aus Liebe zu ihr hätte er einen Menschen umgebracht, und vielleicht hätte sie vor dieser Dunkelheit in ihm zurückschrecken müssen, doch sie tat es nicht. Alles, was sie fühlte, war ein tiefes Bedauern. Welche Qualen musste er in den letzten Stunden ausgestanden haben? Wie tief musste seine Furcht sein, sein Schmerz, seine innere Zerrissenheit?

„Mach dir keine Sorgen", flüsterte er sanft. „Alles ist gut … Du bist in Sicherheit. Niemand wird dir mehr etwas antun." Zärtlich strich er ihr durchs Haar, Lilly schloss die Augen, sog die Süße seiner Berührung tief in sich ein.

Als sie die Augen wieder öffnete, lächelte er und sah gleichzeitig so traurig aus, als hielte er bittere Tränen in seinen schönen Augen gefangen.

„Alles in Ordnung?", fragte Lilly leise, angstvoll.

„Ja." Sein Blick verlor sich im Leeren, sein Gesicht war angespannt. „Es … es ist nur … Ich … ich dachte, ich hätte dich verloren …" Da begannen seine Schultern plötzlich zu zittern, mit einem lautlosen Schluchzen vergrub er den Kopf in ihrem Schoss. Bestürzt legte Lilly die Hand auf seine Schläfe und streichelte sein goldenes Haar. Sie spürte, dass er weinte, obwohl er keinen Ton von sich gab und er das Gesicht in der Decke über ihren Schenkeln verborgen hatte, aber er beruhigte sich von selbst, und als er den Kopf hob, war sein Ausdruck wieder milde, heiter und voller Leichtigkeit.

„Dieser Tag gehört ganz uns", meinte er lächelnd, nahm ihre Hand und küsste sie. „Nur wir beide, niemand sonst!" Ein Strahlen glitt in seine Augen, weich goldenes Licht schimmerte unter seiner Haut. „Es ist der erste Tag deines neuen Lebens", flüsterte er aufgeregt. „Und ich möchte, dass es der schönste Tag wird, an den du dich erinnern kannst."

Lilly lachte leise, dann blickte sie ihn ernst an. „Der schönste Tag meines Lebens war der, an dem ich dir zum ersten Mal begegnet bin", sagte sie, glücklich, ihn bei sich zu haben, ihn einfach nur anzusehen.

„Dann soll heute der zweitschönste sein." Er blinzelte vergnügt, zog sie an sich und gleichzeitig mit einer spielerischen Bewegung aus dem Bett. „Also", bemerkte er munter. „Was möchtest du heute tun?"

Lilly glitt in seine Arme, lehnte den Kopf gegen seine Schulter und murmelte, trunken von seiner Nähe: „Gar nichts ... Ich will einfach nur bei dir sein ..."

Dann wurde ihr bewusst, dass sie nichts als ein Hemd trug, das ihr nicht gehörte, dass ihre Haare zerzaust waren und dass sie vermutlich ganz fürchterlich aussah. „Lass uns unseren Tag in fünf Minuten beginnen, ja?", schlug sie vor. „Ich glaube, ich brauche erst einmal eine Dusche."

„Hmmm ..." Er schien zu überlegen. „Fünf Minuten sind nicht lange, oder?" Er war sich nicht sicher, natürlich nicht. Großzügig meinte er dennoch: „Ich denke, ich kann fünf Minuten warten."

„Nicht länger, ich verspreche es!" Schnell verschwand Lilly in seinem schicken, mit vergoldeten Armaturen ausgestatten Badezimmer und stellte sich eilig unter die Dusche. Erst als sie, in nichts als Wasserdampf gehüllt, wieder hervorkam, fragte sie sich, was sie denn nun eigentlich anziehen sollte. Ihre Klamotten von gestern waren nicht nur ruiniert, sondern auch verschwunden, und sie hatte versäumt, etwas in der Villa zu lagern, denn bisher waren Übernachtungen nur ein verlockend süßer Wunschtraum gewesen. Dann aber sah sie das Kleid, das, ordentlich zusammengefaltet, auf einer Kommode lag, fast so, als hätte es dort auf sie gewartet. Es war ein sehr romantisches, mit Blumenstickereien versehenes Sommerkleid und es passte wie angegossen.

Barfuß, plötzlich dazu aufgelegt zu tanzen, hüpfte sie mit noch nassen Haaren ins Schlafzimmer zurück. Alahrian saß auf dem Bett und wartete. Sein Gesicht war seltsam leer, der Blick ins Nichts gerichtet. Er wirkte traurig, müde und verloren. Als sie hereinkam jedoch, da hellte sich seine Miene auf, lächelnd sprang er auf, und sie schlüpfte in seine Umarmung.

„Gefällt dir das Kleid?", fragte er vorsichtig. „Morgan hat es in meinem Auftrag heute Morgen besorgt. Ich dachte mir ... nun, ich dachte, du würdest vielleicht gerne etwas zum Anziehen haben, wenn du aufwachst ..." Aus irgendeinem Grund wurde er rot, während er das sagte. Lilly spürte aus reiner Solidarität auch in ihren Wangen eine leise Hitze, doch sie überspielte es, indem sie seine Hand nahm und sich spielerisch unter seinem Arm hindurch drehte.

„Es ist sehr schön", bemerkte sie, während sie lachend zusah, wie der weite, knielange Rock fächerartig um ihren Körper wehte. Wie bei einer Prinzessin!

„Er hat es nach *meinem* Geschmack ausgesucht, wie es aussieht." Alahrian beobachtete sie versonnen.

Lilly grinste leise. Ja, zum Glück ... Ansonsten hätte sie jetzt in irgendeinem knallroten, hautengen und nur bis zur Hüfte reichenden Fummel herumlaufen müssen, der überhaupt nicht zu ihr gepasst hätte. Morgan konnte also durchaus auch selbstlos sein!

„Wo ist dein Bruder eigentlich?", erkundigte sie sich beiläufig.

„Nicht zu Hause." Die Antwort war ausweichend, aber Lilly hakte nicht nach. „Wir haben die ganze Villa für uns." Alahrian lächelte schief.

„Perfekt!" Mit einem Mal unternehmungslustig nahm sie seine Hand und führte ihn in die Halle hinunter. Ein ganzer Tag, nur sie beide, ungestört ... Konnte je ein irdischer Morgen dem Paradies so nahe kommen?

Lilly drehte die Stereoanlage in der Halle an und legte eine von Alahrians alten Platten auf. *Ihr schönster Tag* ... Sie tanzten durch den Raum, bis sogar Alahrian völlig atemlos aufs Sofa sank. Er machte ihr Frühstück aus eben erst gewachsenen Früchten, genau wie nach ihrer ersten Nacht in der Villa. Sie spazierten durch den Garten, in dem beständiger Frühling herrschte, selbst wenn außerhalb bereits die Blätter fielen. Er flocht Rosen in ihr Haar, und sie versuchte, ganz still zu halten, während die Schmetterlinge, die *er* angelockt hatte, auf ihrer Hand die Flügel spreizten. Sie lagen nebeneinander im

Gras, beobachteten die Wolken, die über ihnen vorüberzogen, und lachten über die Bilder, die sie darin zu erkennen glaubten. Er las ihr seine liebsten Gedichte vor, seine Stimme weich und glockenhell. Sie brachte ihn zum Lachen, indem sie ihn zwang, ihre Lieblingsfernsehserie mit ihr anzusehen, und er schloss sie in die Arme und hielt sie ganz fest, während sie zusammen auf dem Sofa lagen. Sie ordnete seine Glasbausteinchen auf einem Spiegel an und ließ Regenbogenstücke für ihn über den Garten gleiten, bis hinter dem Horizont die Sonne zwischen den Bäumen verschwand. Der Abend kam zu früh an jenem Tag, viel zu früh.

Es wurde kühl draußen, ein leiser, würzig nach Erde und Regen duftender Wind ließ die Blätter erzittern. Arm in Arm schlenderten sie über die Veranda zurück ins Haus. Lilly spürte plötzlich ein besonderes Verlangen nach Musik, liebevoll glitten ihre Finger über den Flügel in der Halle. Sie wusste, Alahrian hatte es gern, wenn sie für ihn spielte, und *sie* hatte es gern, wenn er sich wie eine federleichte Galionsfigur auf dem Flügel ausstreckte, die Haare als goldener Fächer über dem schwarzen Lack ausgebreitet, das Ohr gegen das Holz gepresst, um mit geschlossenen Augen zu lauschen.

Als sie jedoch ein paar leise, fragende Töne erklingen ließ, hielt er sie sanft und behutsam davon ab. „Nicht", flüsterte er weich, sein Atem in ihrem Nacken kitzelnd. „Heute Abend will *ich* für dich spielen."

Verblüfft schaute Lilly ihn an, während er sich mit der ihm eigenen, unbewussten Grazie am Flügel niederließ. Sein Antlitz war plötzlich sonderbar ernst, fast feierlich. Sein Blick streifte die Tasten, als seien sie etwas Heiliges, und mit demselben Ausdruck sah er zu ihr auf.

„Das ist etwas Besonderes", erklärte er ihr ruhig. „Wir spielen gewöhnlich nicht. Nicht für andere."

Lilly war erstaunt. „Aber du hast doch schon ...", begann sie.

„Wir haben *zusammen* gespielt", unterbrach er sie milde. „Das ist nicht dasselbe." Ein Lächeln streifte seine Lippen, fremd und fern und rätselhaft. In diesem Moment wirkte er mehr wie die mystische Gestalt der Feenmärchen, die er war, als irgendwann sonst. „Weißt du, was mit den Sterblichen geschieht, die in mondlosen Nächten der Musik der Elfen lauschen?", fragte er, während seine Augen zu leuchten begannen wie in frisch gefallenes Sternenlicht getaucht. „Sie verfallen ihrem Zauber und werden in die Anderswelt hinüber gezogen. Und selbst wenn sie entkommen können, dann sind sie danach nie wieder dieselben. Ein Teil von ihnen bleibt immer zurück, in unserer Welt, gefangen von der Schönheit unserer Magie."

Lilly schauderte, aber sie hatte keine Angst. Da lachte Alahrian plötzlich, silbrig hell und melodiös. „So erzählen es die alten Sagen und Legenden", wisperte er. „Doch ein Hauch von Wahrheit steckt darin. Wenn wir spielen, dann lügen wir nicht. Unser ganzes Herz öffnet sich wie ein Tor in eine andere Welt. Ihr braucht dann nur hindurch zu schreiten und seid für immer mit uns verbunden – aber der Bann wirkt in beide Richtungen. Deshalb spielen wir nicht. Wir fürchten, einen Teil unserer selbst zu verlieren."

„Aber heute wirst du für mich spielen?", fragte Lilly und hatte das Gefühl, einem Pfad zu folgen, dessen Ende sie nicht kannte, Teil einer Zeremonie zu sein, deren Regeln ihr fremd waren. Es war kein unangenehmes Gefühl. Sie vertraute ihm.

Alahrian nickte, und seine Finger begannen, fast als schiene er es selbst nicht zu bemerken, über die Tasten zu streichen, fragend, testend, in Versuchung führend. „Wirst du mir lauschen, Lillian?", flüsterte er, seine Stimme ein Echo der Klänge unter seinen Fingern. „Willst du mir folgen?"

Lilly suchte seinen Blick und spürte plötzlich einen seltsamen Schmerz in der Brust, eine Sehnsucht, die sie sich nicht erklären konnte. „Ja", antwortete sie heiser. „Ja, das will ich."

Und dann begann er zu spielen. Es war eine sehr einfache Melodie, ähnlich der, die sie schon kannte. Zart und sanft erhoben sich die Töne in die Luft, malten Bilder in ihre Gedanken hinein, Bilder von erblühenden Rosen, von glitzernden Wasserfällen, von Regenbogen über taugetränkten Wiesen. Dann wurde sein Spiel intensiver und fremdartiger, seine Finger schienen dem Instrument Töne zu entlocken, die unmöglich darin sein konnten, Töne, die keiner ihr bekannten Harmonieregel entsprachen, die keinen Namen trugen ... Silbrig hell waren sie und dunkel wie der Ozean, tief wie das Meer und weit wie der Himmel. Lilly konnte spüren, wie sie die Luft tränkten, die sie atmete, konnte ihren Geschmack auf der Zunge ertasten und ihr leises, sanftes Vibrieren auf der Haut zittern fühlen. Sie erzählten von fernen Städten, von Wäldern, die so alt waren wie die Welt, von Sonnenstrahlen, die zärtlich die kühle, regenfeuchte Erde küssten.

Von Licht und von Dunkelheit wisperten sie, von Freude und Schmerz, von großem Glück und tiefer Trauer.

Dann veränderte sich sein Spiel erneut, die Bilder erstarben, sprachen jetzt zu tieferen, weniger greifbaren Regionen ihres Bewusstseins. Schnell huschten seine Finger über die Tasten, schienen sie kaum mehr zu berühren, ja, Lilly war nicht mehr sicher, ob die Melodie aus dem Flügel drang – oder vielmehr aus seinem Inneren. Sein Gesicht war blass und fern, sonderbar entrückt, fremd und reglos. Er hatte die Augen geschlossen, während er spielte.

Auch Lilly senkte jetzt die Lider. Eine rätselhafte Mattigkeit war plötzlich in ihren Gliedern, schwer sank sie auf den Fußboden herab, ihr Körper wie im Schlaf, während jede Faser ihres Geistes angespannt lauschte, jeden Ton gierig in sich aufsog. Und die Töne trugen sie davon, fort in ein fremdes Reich, schraubten sich empor, nahmen plötzlich einen scharfen, dissonanten Klang an. Dunkelheit lag darin und Schmerz, Wut und Zorn, eine Qual, für die es keinen Namen gab, Furcht und Leid ... eine zerbrochene Harmonie, eine zerfetzte Harfensaite, ein Körper, von Flammen umhüllt ... Es war die dunkle Seite seines Ichs, die er ihr zeigte: der Schatten, das grellweiße Licht, die von Finsternis erfüllten Augen. Lilly fühlte, wie Tränen in ihre Augen stiegen, als sie all sein Leid in sich aufnahm, fühlte, wie sie unter ihren Lidern brannten, ohne zu fließen. Jeder Muskel in ihrem Körper war angespannt, ihr Herz zerrte und sprang in ihrer Brust, jede Faser schrie danach zu weinen, doch keine Träne versprach Linderung. Die Dissonanz schien die Welt in Stücke reißen zu wollen, hüllte die Luft in Flammen und ließ die Fensterscheiben erzittern – und dann, langsam, wie eine sich schließende Wunde, löste sie sich auf.

Süße Erleichterung strömte durch Lillys Adern, ein Seufzen entrang sich ihren Lippen ... aber sein Spiel war noch nicht zu Ende. Von einem fernen Traum erzählte es jetzt, einer Sehnsucht, schmerzhaft schön und bitter süß, von einer verzweifelten Hoffnung, von Angst – und von Vertrauen. Zerbrechlich zart wurden die Klänge, wie ein schimmerndes Glasgewebe schwebten sie durch die Luft, aus Sternenlicht gesponnen, von Mondlicht getränkt.

Sie waren so schön, dass Lilly sie kaum ertragen konnte, und sie weckten eine Sehnsucht in ihr, die sich wie ein tiefer, unheilbarer Riss durch ihre Seele zog, fremd und doch merkwürdig vertraut.

Es war *seine* Geschichte, die er in Klänge, Töne und Melodien gewoben hatte, *ihre* Geschichte. Von Leid und Glück und Trauer sang sie – und von Liebe. Jede einzelne, zitternde Note sprach von seiner Liebe zu ihr, eine Liebe, viel größer und unermesslicher, als sie es je begreifen würde.

Lilly weinte, während sie zuhörte, und sie weinte noch immer, als das Lied längst verklungen war. Die Augen verschwommen von Tränen, öffnete sie die Lider und sah ihn an, suchte seine Augen, die traurig waren und hungrig und verzweifelt – und voll von Liebe. Seine Finger berührten die Tasten nicht mehr, still und reglos saß er da, doch Lilly glaubte sein Spiel noch immer zu hören, als hätten die Melodien bebende Abdrücke in der Luft hinterlassen, die jetzt in ihrem Herzen schwangen.

Minutenlang sah sie ihn einfach nur an, bis sie es nicht mehr ertrug, von ihm getrennt zu sein, und sei es nur durch den halben Schritt Distanz zwischen ihnen. Er erhob sich im selben Moment, in dem sie den Entschluss fasste, aufzustehen, wie ein Spiegelbild glitt er auf sie zu. Sie schlüpfte in seine Arme und sah zu ihm auf, und als ihre Blicke einander begegneten, da fühlte sie plötzlich, wie etwas in ihr zerriss. Nein, es war schon immer zerrissen gewesen, ihr Herz war eine blutende Wunde, unvollkommen und leer, eine schimmernde Kugel, die man in der Mitte gespalten hatte. Irgendwann, vor langer Zeit, war ein Teil von ihr zerbrochen, und dieser Teil – war *er*.

Sie konnte es in seinen Augen lesen, konnte durch seinen azurfarbenen Blick in seine Seele schauen. Und fand sich selbst darin. Einen winzigen Augenblick lang sah sie in seinen Augen nichts als ihr eigenes Gesicht, und dann sah sie nur noch ihn.

Weinend presste sie das Gesicht gegen seine Schulter, weil es plötzlich so wehtat, ihm *nicht* nahe zu sein, fühlte, wie sie im Ozean versank, eine verlorene Seele, allein, einsam und dazu verdammt, im luftleeren Raum zu ertrinken, wenn er sie nicht festhielt. Er aber hielt sie, ganz fest hielten seine Arme sie umschlungen, sie spürte seinen Herzschlag unter den Rippen, fühlte seinen Atem auf ihrer Haut.

Seine Umarmung linderte ein wenig den Schmerz, doch sie heilte nicht die Wunde. Das Verlangen, ihm noch näher zu sein, schrie in jeder Faser ihres Inneren. Es war mehr als nur ein Verlangen, es war ein *Bedürfnis*, ein Hunger, der sie töten würde, wenn sie ihm nicht nachgab.

Atemlos legte sie den Kopf in den Nacken, atemlos senkte er seine Lippen auf ihre herab. Sein Kuss war nicht behutsam und fragend wie sonst, er war von einer fast verzweifelten Leidenschaft, als würde es ihn das Leben kosten, sie *nicht* zu küssen. Er *brauchte* sie, brauchte sie ebenso wie sie ihn, er stand am Rande eines Abgrunds, und sie war das Einzige, was ihn davon abhielt zu fallen.

Seine Lippen auf den ihren brennend, strich sie ihm sanft über den Rücken, fühlte die Wärme seiner Haut unter dem Hemd, glühend heiß, wie von Fieber verzehrt. Aber es war kein Fieber. Er glühte wirklich, Licht pulsierte in jeder Faser seines Körpers, ein silbriger, von Goldfäden durchzogener Schimmer. Er verbarg es nicht. Die Tore seiner Seele waren geöffnet, es gab nichts mehr, was er vor ihr versteckte, er hielt nichts mehr zurück.

Und plötzlich begriff Lilly, was er eben getan hatte: Er hatte ihr ein Geschenk gemacht, hatte sich ihr ganz hingegeben, sein Innerstes in ihre Hand gelegt. Jetzt stand er vor ihr, verletzlicher und fragiler als je zuvor, nackt und ohne Schutz – und doch stärker als selbst letzte Nacht.

Ich liebe dich, wollte sie ihm sagen, doch die Worte waren leer und hohl. Worte bedeuteten nichts in diesem Augenblick. Stattdessen wollte sie ihm ein anderes Geschenk machen, und gleichzeitig wollte sie einfach nur bei ihm sein, wollte ihm *nahe* sein, näher als je zuvor.

Behutsam löste sie sich aus seiner Umarmung, ohne ihn ganz loszulassen, nahm seine Hand und führte ihn zur Treppe.

Ein Fragen erschien in seinen Augen, er zögerte einen winzigen Moment lang. „Bist du dir sicher?", meinte er sanft. Er wollte sie nicht drängen, wollte ihr Zeit geben, doch Lilly war sich noch nie so sicher gewesen wie in diesem Augenblick.

Sie nickte ernst und streckte wieder die Hand nach ihm aus. Er lächelte, die schönen Augen glänzten, und dann nahm er sie in die Arme und trug sie mühelos die Stufen empor bis in sein Schlafzimmer. Sanft und federleicht stellte er sie auf die Füße. Seine Lippen streiften die ihren, wanderten ihren Hals herab. Er atmete schnell und unregelmäßig, Licht pulsierte in seinem Inneren und um ihn herum, und seine Finger waren brennend heiß auf ihrer kühlen Haut. Wie in Trance streifte er die Träger ihres Kleides ab, während seine Lippen wieder die ihren suchten, seine Hände tasteten nach dem Reißverschluss an ihrem Rücken und zerrten ungeduldig daran.

Dann, plötzlich, hielt er inne, wich mit einem erschrockenen Keuchen zurück und schaute sie schuldbewusst an. „Tut mir leid", flüsterte er, beschämt, den Blick gesenkt. „Ich ... ich habe die Beherrschung verloren, ich sollte nicht ..."

Bestürzt starrte Lilly ihn an. „Nicht", meinte sie behutsam, strich sanft über seine Wange und zwang ihn, sie anzusehen. „Tu das nicht. Entschuldige dich nicht."

Zitternd stand sie vor ihm. Nun, da sie seine Wärme nicht mehr spürte, war ihr plötzlich eiskalt, obwohl das Zimmer beheizt war. Instinktiv trat er einen Schritt nach vorn und streckte die Hände nach ihr aus. Lilly lehnte sich an ihn, hielt sich an ihm fest. Das Bedürfnis nach seiner Nähe, nach *ihm*, war immer noch überwältigend, aber nicht mehr so wild und schmerzhaft.

Ernst sah sie ihm in die Augen, das goldene Haar aus seiner Stirn streichend. „Ich will das", wisperte sie, die Wange gegen seine Brust geschmiegt. „Ich will nur noch dir gehören. Ich will ein Teil von dir sein."

Da nahm er seine Hände in die ihren, fast so, als wollte er tanzen. Licht flackerte unter seinen Fingerspitzen, und in seinen Augen war kein Zögern, keine Furcht mehr. Sie spürte das Leuchten unter seiner Haut, fühlte, wie es die dünne Barriere zwischen ihren Körpern durchdrang, von seiner Hand in ihre glitt, zwischen ihren beiden Handflächen erzitterte und dann warm und sanft unter ihrer Haut versickerte. Prickelnd pulsierte es durch ihre Adern. Sie waren wie ein Blutkreislauf mit zwei Herzen, die in einem Rhythmus pochten. Lilly fühlte seinen Herzschlag in den Fingerspitzen, und er war ein Echo ihres eigenen, klopfenden, tanzenden Pulses.

Eingehüllt in goldenes Licht sah sie Alahrian an, seine Augen glänzten und strahlten. Er hielt ihre Hände umfasst und führte sie behutsam zum Bett. Atemlos trank Lilly von seinem Leuchten, Helligkeit durchdrang ihrer beider Körper, sie merkte kaum, wie sie in die Kissen sank, spürte die Berührung des Stoffes nicht. Denn da war nur noch *er*, seine leuchtenden Hände, in die ihren verschränkt, seine hungrigen Augen, seine Lippen, die nur millimeterweit über den ihren schwebten.

Und dann neigte er sich zu ihr herab, Lilly schloss die Augen und gab sich ganz seiner Umarmung hin.

Bei Sonnenaufgang

Lilly erwachte am nächsten Morgen mit einem warmen, leuchtenden Gefühl in ihrem Inneren. Instinktiv drehte sie sich zur Seite, um in Alahrians Arme zu gleiten, ihre Fingerspitzen tasteten nach seiner Hand – und fanden nur kühle, glatte Seide.

„Alahrian?" Irritiert schlug Lilly die Augen auf.

Er stand am Fenster, den Rücken zum Bett gewandt. Er war angezogen und er stand vollkommen reglos, sah starr wie eine Marmorstatue mit leerem Blick hinaus. Die Dunkelheit vor dem Fenster blutete bereits, ein Streifen Purpur erhob sich am Horizont, schnitt einen gleißenden Riss in das samtene Blauschwarz der Nacht.

„Hast du nicht gesagt, wir müssten erst mal nicht zur Schule?", meinte Lilly weich, noch ein wenig trunken von Schlaf und zu viel Licht und Glück der vergangenen Nacht. „Es gibt keinen Grund, so früh aufzustehen ..." Lächelnd streckte sie die Hände nach ihm aus, bis er sich langsam umdrehte.

Lilly wurde schlagartig hellwach, als sie sein Gesicht sah. Er war leichenblass, fast durchscheinend wirkte seine ohnehin schon schneeweiße Haut. Schatten lagen unter den Augen, die rot entzündet waren, als hätte er die ganze Nacht über gegen bittere Tränen gekämpft.

„Was ... was hast du?", fragte Lilly entsetzt. Er sah so traurig aus, dass ihr fast die Worte im Hals stecken blieben.

Ein Zucken glitt über sein versteinertes Antlitz. „Es tut mir leid", flüsterte er. Seine Stimme klang heiser und rau, er sah sie nicht an.

„Was?" Lilly hatte keine Ahnung, was er meinte, aber der Ausdruck in seinen Augen machte ihr Angst. Was war geschehen in den letzten Stunden, das sie nicht mitbekommen hatte? Ihre eigene Erinnerung war voll von Glanz, von Zärtlichkeit, von ...

Mit einem Aufkeimen verlegenen Schreckens warf Lilly einen kurzen, verstohlenen Blick auf das Bettlaken, auf dem sie lag. Oh nein!

Er dachte doch nicht etwa ... „Du hast mir nicht wehgetan", sagte sie hastig und schob, heftig errötend, mit dem Fuß die Decke über den dunklen Blutfleck auf dem seidenen Laken. „Das ist ..."

Unbehaglich hielt sie inne. Er hörte sie gar nicht. Stumm und ausdruckslos starrte er zu Boden. *Das* war es offenbar nicht, was er gemeint hatte.

Lilly wagte nicht, erleichtert zu sein.

„Ich *werde* dir aber wehtun", sagte er gequält. Aus brennenden Augen sah er sie an. „Es tut mir leid", flüsterte er erneut. „Du bist alles für mich, *alles* ... aber ..." Seine Worte versiegten, hilflos streckte er die Hand aus, strich ihr in einer zärtlichen, aber unendlich traurigen Geste über die Wange. „Vergib mir, wenn du kannst ... Irgendwann ..."

Seine Schultern bebten. Er ließ die Hand sinken.

Mit einem Mal von einer schrecklichen Angst erfüllt, sprang Lilly auf. „Alahrian, was redest du denn da?", schrie sie verwirrt. Tränen würgten sie in der Kehle. „Was ... was hast du denn nur?"

Statt einer Antwort schloss er sie bloß in die Arme, so fest, dass es beinahe schmerzte. Sie konnte ihn zittern fühlen, aber er sagte nichts, und Lilly war zu verstört, um weiter zu fragen.

Plötzlich zuckte Alahrian zusammen, ließ sie los und sah wieder zum Fenster, als habe er dort etwas gehört. Etwas, das ihn erschreckt hatte. Mildes, rosafarbenes Licht spielte um sein Gesicht und ließ es beinahe noch blasser wirken.

„Die Sonne geht auf", sagte er tonlos. Das war gewöhnlich etwas Gutes, etwas Über-lebensnotwendiges sogar. Heute jedoch sprach er es aus, als hätte er beinahe Angst davor.

Dann jedoch lächelte er plötzlich, ein schmerzliches, gezwungenes Lächeln, das seine Augen nicht erreichte. „Lass uns nach draußen gehen und zusammen den Sonnenaufgang ansehen, ja?", meinte er, in einem befremdlichen Anfall gespielter Heiterkeit.

Lilly rührte sich nicht. Er aber sah sie mit einem sonderbar bittenden, fast flehenden Ausdruck an, und so klaubte sie ihre Kleider vom Boden auf, nahm schließlich seine Hand und folgte ihm zuerst in die

Halle und dann in den Garten hinaus. Über den Bäumen stieg inzwischen ein feuerroter Glutball empor. Das Gras, die Blätter, die Blumen, alles wurde von weichem, goldenem Licht getränkt, der Tau unter ihren nackten Füßen glitzerte wie Diamantregen, und der frische Duft gerade erst erwachender Morgenkühle lag als feiner Balsam in der Luft.

Alahrian legte den Kopf in den Nacken und blickte in den Himmel empor, als sähe er dieses Schauspiel zum allerersten Mal. Lilly glaubte, Tränen in seinen Augen schimmern zu sehen, aber sie war sich nicht ganz sicher. Ihr Griff um seine Hand verstärkte sich. Die Angst, eben noch von Verwirrung betäubt, krallte sich plötzlich fest in ihr Herz. Unruhig blickte sie ihn an, und ein neuer Schrecken durchfuhr sie, als sie erkannte, dass sie sich getäuscht hatte.

Er betrachtete den Sonnenaufgang nicht wie zum ersten Mal. Er schaute in den Himmel hinauf, als fürchte er, ihn nie mehr wiederzusehen!

Und mit demselben Blick, einer schmerzvollen Verzweiflung, die ihn fast zu zerreißen schien, sah er jetzt *sie* an.

„Alahrian", flüsterte Lilly erstickt. „Was ..." Sie verstummte abrupt. In einer abgehackten Bewegung drehte Alahrian den Kopf zum Waldrand hin – und erbleichte.

Im Schatten der Bäume stand das Wesen, die schwarzen Schwingen angelegt, schöner als die Morgenröte und entsetzlicher als der letzte Tag.

„Nein!", wimmerte Alahrian angstvoll. „Du bist zu früh! Es ist noch nicht so weit!"

Lilith trat keinen Schritt näher. Ruhig und regungslos stand sie am Waldrand und wartete. „*Einen* Tag", meinte sie mit ihrer melodiösen, verstörend sanften Stimme. „Ich versprach dir einen einzigen Tag, damit du Abschied nehmen kannst. Es *ist* so weit."

Lilly starrte den schwarzen Engel am Waldrand an, dann Alahrian. Ihre Hände begannen zu zittern. „Alahrian!", rief sie in Panik. „Was hat das zu bedeuten?"

Er schloss sie in die Arme, wischte zärtlich eine Strähne ihres Haares aus der Stirn. Sein Blick war dunkel, aber sehr ruhig, als er den ihren suchte. „Sie ist gekommen, um mich zu holen", sagte er leise. „Du wirst mich heute zum letzten Mal sehen. Dies hier ..." Seine Stimme brach.

„Nein!", schrie Lilly fassungslos, wild starrte sie zwischen ihm und dem Wesen hin und her. „Das ... das ist nicht ... Das ist nicht *wahr*!"

„Es ist wahr." Tränen schimmerten jetzt in seinen Augen, aber er weinte nicht. „Ich muss dich jetzt verlassen, Lillian. Vergib mir, wenn du kannst."

„Nein!" Lilly schluchzte auf. Der Boden unter ihren Füßen schien zu schwanken. Um sie herum drehte sich alles. Sie wollte sich aus seiner Umarmung winden, aber er ließ sie nicht los. Zitternd brach sie in seinen Armen zusammen. „Warum?", flüsterte sie tränenerstickt. „Ich ... ich dachte, du liebst mich!"

„Ich liebe dich mehr als mein eigenes Leben", wisperte er sanft. Seine Hand strich ihr behutsam übers Haar, sein Atem kitzelte ihre Wange. „Und deshalb muss ich jetzt mir ihr gehen."

„Aber warum?" Keuchend riss sich Lilly von ihm fort, sank schluchzend ins Gras und schrie noch einmal, zitternd vor Verzweiflung: „Warum?"

Er ließ sich vor ihr in die Hocke sinken. Sein Gesicht schwebte leuchtend und schmerzhaft schön über ihr. Ein Lächeln umspielte seine Lippen, und diesmal war es echt, wenn auch von tiefer Trauer erfüllt. „Sie wollte *mein* Leben für deines", erklärte er milde und berührte tröstend ihre Wange. „Und ich fand, das sei ein geringer Preis ... ein allzu geringer Preis ..."

Sanft zog er sie hoch, schloss sie noch einmal in die Arme und küsste sie auf die Stirn. „Leb wohl, Lillian."

Und dann ging er.

Lilly schrie auf und wollte ihm hinterher stürzen, ihre Hand krallte sich in seine, aber da war plötzlich jemand hinter ihr, zog sie mit sanfter Gewalt von ihm und hielt sie fest. Es war Morgan. Lautlos war der *Döckalfar* herangetreten.

Alahrian blieb stehen und lächelte seinen Bruder dankbar an. *Gib gut auf sie Acht*, flüsterte er in seine Gedanken. *Versprich es mir*.

Morgan nickte stumm. Er war sehr blass, die Augen leer.

Ich danke dir für alles, wisperte Alahrian. *Wir mögen nicht dasselbe Blut teilen, aber du bist immer mein Bruder gewesen. Und du wirst es immer sein. Adieu, mein Freund.*

Schnell und ohne zu zögern drehte er sich um und schritt auf das Wesen am Waldrand zu. Hoch aufgerichtet ging er, er zitterte nicht. Stolz lag in seiner Haltung und eine Art von majestätischer Würde, die Lilly nie zuvor an ihm gesehen hatte.

„Alahrian, nein!", schrie sie verzweifelt. Wild kämpfte sie gegen Morgans Griff an, doch der *Döckalfar* hielt sie fest umklammert. Ein Schluchzen schüttelte sie, Tränen verschleierten ihre Sicht.

Das Wesen am Waldrand breitete die gewaltigen, schwarzen Schwingen aus. Alahrian trat auf die Königin der Schatten zu, ruhig und ohne Angst, ganz nahe, fast so, als wollte er sie umarmen. Dann jedoch wandte er sich noch einmal um.

Lilly sollte nie den Ausdruck in seinen Augen vergessen, als er sie dieses eine, letzte Mal ansah. Es war ein Ausdruck unsäglicher Qual, ein Schmerz, für den es keinen Namen gab.

Ich werde dich immer lieben, Lillian, flüsterte er in ihre Gedanken. *Immer ... und ewig ... vergiss das nicht ... Vergiss das niemals ...*

Das Wesen hob die Schwingen, Schatten wogten empor und streckten ihre rauchigen Finger nach Alahrian aus. Furcht blitzte in seinen Augen auf, sein Antlitz jedoch war gelassen und ruhig und würdevoll.

Lilly zuckte nach vorne, Morgans Hände glitten von ihren Schultern ab, und sie stürzte stolpernd ins Gras.

Alahrian lächelte ihr zu, traurig und tröstend zugleich, dann schloss er die Augen – und ließ sich in die Schatten fallen. Die schwarzen Schwingen fingen ihn auf, zärtlich umfassten sie ihn, hüllten ihn ein – und trugen ihn davon.

De profundis

Lilly konnte sich nicht erinnern, wie sie zurück ins Innere der Villa gelangt war, aber irgendwann fand sie sich auf dem Sofa wieder, das Gesicht in die Kissen gepresst, weinend, bis keine Tränen mehr kommen wollten. Doch selbst, als ihre Augen schon brannten und schmerzten, konnte sie nicht aufhören zu schluchzen, und als Morgan ihr endlich die Hand auf die Schulter legte und ihr Energie entzog, um sie auf diese Weise zu beruhigen, da sah sie Alahrians gequältes Gesicht vor sich, und schon nach Sekunden fuhr sie schreiend aus dem unnatürlichen Schlaf wieder hoch.

„Warum?", flüsterte sie, immer und immer wieder, in das tränengetränkte Kissen hinein. „Warum nur hat er das getan? Warum?"

Morgan strich ihr zaghaft über den Rücken, eine merkwürdig hilflose, freundschaftliche Geste. „Ein Leben für ein Leben", erklärte er behutsam. „So sind nun einmal die Regeln."

Lilly blickte auf, zum ersten Mal seit geraumer Zeit. „Soll das heißen, er hat es gewusst?", fragte sie ungläubig.

Morgan nickte ernst. „Natürlich wusste er es."

„Aber ..." Lilly dachte an ihren letzten gemeinsamen Tag – war es wirklich erst gestern gewesen? – an die Traurigkeit in seinem Blick, die sie nicht hatte deuten können, an die letzten Stunden, die vergangene Nacht ... Wieder füllten ihre Augen sich mit Tränen. „Warum ... warum hat er nichts gesagt?", fragte sie erstickt.

Morgan lächelte milde. „Er wollte, dass ihr noch *einen* unbeschwerten Tag miteinander habt. Dass du etwas Schönes hast, an das du dich erinnern kannst."

„*Alle* meine Erinnerungen an ihn sind schön." Die Tränen flossen jetzt ungehemmt, Lilly konnte sie nicht aufhalten. Alle Erinnerungen, bis auf eine ... Schwarze Schwingen, die sich wie ein Mantel aus Dunkelheit gewoben um ihn legten ... Schwarze Schwingen, die ihn fortrissen von ihr ...

Schluchzend presste sie das Gesicht erneut gegen das Kissen.

„Ist ja gut", meinte Morgan nach einer Weile. Ein rührender Versuch, sie zu trösten. „So beruhige dich doch ... Es ist ja nicht so, als wäre er *tot*. Er ist nur ... erloschen. Bestimmt geht es ihm gut, dort, wo sie ihn hingebracht hat."

„Nein", wimmerte Lilly, ohne aufzublicken. „Nein ... es geht ihm *nicht* gut ... Es ist dunkel, dort, wo er jetzt ist ... und kalt ... Er hat Angst, und es ist ... es ist so ... dunkel ..."

Morgan neben ihr zuckte überrascht zusammen. „Woher weißt du das so genau?"

Zögerlich richtete Lilly sich auf, blinzelte ihn durch den Tränenschleier hinweg an. „Keine Ahnung." Ihre Stimme klang flach, als spräche sie im Schlaf. „Ich weiß es eben ..."

Nachdenklich musterte Morgan sie. „Ihr seid stärker miteinander verbunden, als ich dachte", bemerkte er ernst. „Das ist gut. Das ist sogar sehr gut."

Lilly verstand nicht, was daran gut sein sollte, nun, da Alahrian unerreichbar fern war, aber sie war zu verängstigt, zu verwirrt, um nachzuhaken. „Was, wenn sie ihm wehtut?", fragte sie zittrig, ganz schwindelig vor Angst. „Was, wenn sie ihn tötet?"

Morgan aber schüttelte schnell und überzeugt den Kopf. „Das wird sie nicht", sagte er fest. „Das wird sie ganz gewiss nicht."

„Wie kannst du da so sicher sein?"

Morgan biss sich auf die Lippen und antwortete nur zögerlich. „Er ist viel zu wertvoll für sie", erklärte er endlich. „Der Letzte seiner Art. Der Einzige, der stark genug war, ihr all die Jahrhunderte über zu widerstehen. Sie *will* ihn, Lilly. Sie wollte ihn schon immer."

Da war etwas, was er ihr verschwieg, Lilly sah es in seinen Augen. „Sie will ihn?", wiederholte sie gedehnt. „Soll das heißen ..."

Sie brachte es nicht über sich, es auszusprechen. Aber es war ihr bereits im Kerker aufgefallen. Die sonderbar zärtliche Art, wie die schwarzen Schwingen ihn streiften, wie sanft sie mit ihm sprach, wie behutsam sie mit ihm umging, trotz all ihrer grausamen Gewalt.

Lilly wurde ganz übel bei dem Gedanken. „Denkst du, er ist wirklich erloschen?", fragte sie schnell.

Morgan wich ihrem Blick aus. Das war Antwort genug. Lilly folgte seinen Augen, die ziellos zum Fenster wanderten – und erstarrte, als sie sah, was dort draußen vor sich ging. Jeder einzelne Strauch, jeder Baum, jede Blüte, ja sogar jeder einzelne Grashalm war verdorrt. Aber das war nicht einmal das Schockierendste von allem. Der Garten war voller Tiere. In ganzen Scharen waren sie gekommen, Vögel, Insekten, Waldbewohner. Reglos saßen sie zusammen, dicht gedrängt, und sie alle sahen irgendwie ... Lilly konnte es nicht beschreiben. Sie hätte es nicht für möglich gehalten, einen solchen Ausdruck bei einem *Tier* zu erkennen, doch sie sahen aus wie eine zusammengewürfelte Menschenmenge nach einer großen Katastrophe, einem Erdbeben vielleicht oder einem Zugunglück: erstarrt, geschockt, verzweifelt ... Irgendetwas hatte hier Freund und Feind zusammengetrieben. Eine Katze saß unbewegt neben einem Vogel, ein Kaninchen neben einem Fuchs. Ein Unglück, das größer war als jeder Beute- oder Fluchttrieb, hielt sie zusammen, eine Trauer, die sie alle erschütterte. Unter dem verdorrten Apfelbaum saßen eine Taube und ein Habicht mit gesenkten Köpfen und schlaff herabhängenden Flügeln, vor der Veranda lag ein Wolf, winselnd im verbrannten Gras, auf dem Fensterbrett hatten sich einige Schmetterlinge versammelt, aneinandergeklammert, als wollten sie einander weinend in die Arme fallen.

„Mein Gott." Lilly schauderte, unfähig, den Blick von der befremdlichen Szenerie abzuwenden.

„Sie trauern um ihn", flüsterte Morgan ehrfürchtig. „Genau wie du."

Starr vor Entsetzen blickte Lilly nach draußen. Endlich stand sie auf, mit steifen, abgehackten Bewegungen wie eine Marionette mit verknoteten Fäden. Langsam trat sie zur Tür hin und öffnete sie schließlich. Die Tiere kamen nicht herein, aber sie liefen auch nicht weg. Lilly tat einen Schritt auf die Veranda. Der Wolf hob den Kopf, rührte sich aber nicht. Aus großen, dunklen Augen schaute er sie an, fast wie Wilbur, wenn er um Futter bettelte. Eine kalte, feuchte Schnauze stupste gegen ihre Hand. Es war ein Rehkitz auf staksigen Beinen, die Mutter stand nur wenige Meter entfernt.

Lilly ließ sich zu Boden sinken, niedergestreckt von etwas, das sie nicht in Worte fassen konnte. Das Kitz legte den Kopf in ihren Schoß, gedankenverloren glitten ihre Finger über seinen Kopf.

„Er war der Letzte", sagte Morgan hinter ihr, tonlos, blass im Gesicht, die Augen dunkel vor Schreck. „Er war tatsächlich der Letzte." Sein Blick jedoch war nicht auf die Tiere gerichtet, sondern in den Himmel.

Eine eiskalte Hand legte sich um Lillys Herz und drückte unbarmherzig zu. Etwas in ihr fragte sich hysterisch, warum sie es nicht sofort bemerkt hatte. Der Rest von ihr war einfach nur betäubt, fast gleichgültig, zu sehr von Schmerz und Entsetzen geschüttelt, um noch mehr davon zu empfinden. Seit dem Morgen, *seit Lilith ihn geholt hatte*, war es merklich dunkler geworden im Garten. Lilly war es zunächst nicht aufgefallen. Es hätte bloß eine Wolke sein können, ein Schleier über der Sonne. Aber da war keine Wolke. Die Sonne stand hoch am Himmel, stahlblau war er und ungetrübt. Und doch war es nicht richtig hell. Es schien, als habe die Sonne plötzlich weniger Kraft, oder als ... ja, als gäbe es schlichtweg weniger *Licht* auf der Welt.

Und genau das war es. Zitternd, ein sonderbares Brausen in den Ohren, als wollte sie ohnmächtig werden, blickte Lilly zu Morgan auf, das Rehkitz noch immer im Schoß. „Er ist erloschen", flüsterte sie schwach, fast lautlos. „Er ist wirklich erloschen."

***

Tiefer und tiefer führte Lilith ihn in die finsteren Gänge und dunklen Korridore unter der Erde. Längst hatte Alahrian jegliche Orientierung verloren, aber das war auch gleichgültig, er hatte ohnehin keine Ahnung, wohin sie ihn bringen würde. Nur eines wusste er: Dies hier war nicht mehr die Welt, die er kannte, Lillys Welt. Auch nicht seine eigene. Es war eine Zwischenwelt, das Schattenreich der Hohlen Hügel. Ein Kerker, ein Verlies ...

Einst hatte er selbst das Wesen hier eingesperrt, in diese Schattenwelt, hatte die Tore mit all seiner Magie verschlossen. Nun wurde ihm sein eigenes Gefängnis zum Verhängnis. Fast hatte es eine Art von absurder Gerechtigkeit an sich, und es war merkwürdig, dass er es so sah. In diesem Augenblick. An diesem schrecklichen Ort.

Die Dunkelheit hier unten war vollkommen. Kein Lichtstrahl, keine Fackel erhellte die endlosen Gänge. Blind stolperte Alahrian vorwärts, sich mit einer Hand an der Wand zu seiner Rechten entlangtastend. Im Laufe der Zeit hatte sie sich verändert, diese Wand. Mal fühlten seine Fingerspitzen rauen, eiskalten Stein, dann eine glatte Oberfläche wie Glas oder Marmor, manchmal schienen es Ziegel zu sein und manchmal so etwas wie Beton. Im Moment war es einfach nur grober, von Feuchtigkeit durchzogener Felsen. Mal liefen die Gänge aufwärts, mal abwärts. Sie waren über Treppen gelaufen, durch enge Tunnel gekrochen, und zweimal war seine tastende Hand ins Leere geglitten, weil sie sich durch eine gewaltige, in die Erde getriebene Halle zu bewegen schienen. Er hatte die Weite des Raums am Echo seiner Schritte erfassen können, doch sicher war er nicht. Er war sich über gar nichts mehr sicher. Denn eines hatten alle Orte hier unten gemeinsam: Sie waren dunkel, pechschwarz und ohne jeden Funken von Licht.

Längst spürte er, wie seine Kräfte zu versiegen begannen. Alles in seinem Kopf drehte sich, und obwohl es eiskalt hier unten war, war seine Haut von Schweiß bedeckt. *Lilly*, dachte er immer und immer wieder, während er sich dem Wesen hinterher durch die Dunkelheit kämpfte. Er tat es um ihretwillen, damit *sie* leben konnte. Und sie *würde* leben ...

Das ließ trotz seines Elends ein Lächeln über seine Lippen gleiten, und diese Gewissheit ließ ihn vorwärts taumeln, obwohl alles in ihm danach schrie, einfach aufzugeben. Sie würde leben, weil er hier unten war. Das hier war das Opfer, das er seiner Liebe bringen musste, und es war jeden Schmerz wert. Allzu lange war er schwach gewesen, zögernd und voller Furcht. Oft hatte er sich gefragt, ob er ihrer überhaupt würdig war. Jetzt war er es. Er hatte Stärke gezeigt und die Furcht überwunden.

Sie würde leben ...

Am Anfang würde sie gewiss traurig sein, vielleicht würde sie sogar immer ein wenig traurig sein, wenn sie an ihn dachte. Aber sie würde leben ... Das war das Einzige, was zählte.

Alahrian schloss die Augen, da er ohnehin nichts sehen konnte, stolperte über rauen Stein, durch Tunnel und Korridore, folgte den leichten, melodiösen Schritten des Wesens vor ihm und stellte sich vor, wie Lilly irgendwo über ihm, eine Welt entfernt, glücklich wurde. Sie würde die Schule fertig machen und Pianistin werden, man würde sie bewundern und feiern, und irgendwann würde sie ihn vielleicht vergessen und einen anderen finden und dann ...

Der Gedanke tat zu weh, um ihn zu Ende zu denken. Er wollte nicht, dass sie einen anderen fand. Er wollte ...

Er wollte einfach nur bei ihr sein.

Ein überwältigender Schmerz zuckte durch sein Innerstes und ließ ihn aufstöhnen. Er würde für immer hier unten gefangen sein und er würde sie nie, nie mehr wiedersehen. Das war quälender als die Dunkelheit. Und doch ... Sie würde leben.

Diese Tatsache würde seine Sonne sein, sein Mond und sein Licht in einer Welt, in der es nur Dunkelheit gab. Das Wissen, dass sie irgendwo, in einer anderen Welt, existierte. Dass sie lebte ... Seinetwegen ...

Lilly ... Ihr Name tanzte durch seine sich verwirrenden Gedanken wie ein Mantra, wie ein Leitseil, an dem er sich festhalten konnte. *Lilly ... Lilly ... Lilly ...*

Lautlos formten seine Lippen die Worte, immer wieder, zart wie ein Gebet, an einem Ort, an dem alle Gebete verstummen mussten.

Und dann versagten seine Kräfte. Die Schwärze um ihn herum griff nun nach seinem Inneren. Seine Hand, bereits blutig geschürft, krallte sich in den allzu harten Stein. Es dröhnte in seinem Kopf, ihm war übel, elend und schwindelig. Schmerzhaft hämmerte sein Herz gegen die Brust, rasend und stolpernd. Er konnte nicht mehr atmen, die Dunkelheit verklebte seine Lungen, hustend sank er zu Boden und hatte das Gefühl, die Finsternis drücke tonnenschwer auf seine Rippen, bis die Knochen brachen und sich tief in sein Fleisch bohrten.

Panisch rang er nach Luft, voller Angst starrte er in die Dunkelheit. Er hatte schreckliche Angst vor dem Wesen, das ihn führte, doch noch viel schlimmer war die Vorstellung, hier unten einfach liegen gelassen zu werden, allein und verloren in der Finsternis.

„Bitte ..."

Er konnte nicht sprechen. Qualvoll hustend krümmte er sich auf dem Stein zusammen – und plötzlich hielten ihn weiche Schwingen umfasst, hielten ihn fest, damit er nicht gegen den harten Felsen knallte. Eine kühle, sanfte Hand legte sich auf seine schweißbedeckte Stirn, eine andere auf seine Brust, dicht über dem Herzen.

Sofort konnte er freier atmen, die blutigen Schlieren, wirr vor seinen Augen tanzend, legten sich.

„Ruhig", wisperte eine weiche Stimme ihm ins Ohr. „Ganz ruhig, mein Prinz. Es wird dir bald besser gehen. Bald ..."

Danach musste er wohl das Bewusstsein verloren haben, denn als er wieder zu sich kam, hatte sich die Szenerie um ihn herum deutlich verändert. Er lag in Liliths Armen und er konnte endlich etwas erkennen. Es war eine Art Felsendom, eine Mischung aus einer gewaltigen, kreisrunden Halle und einer Höhle. Über ihren Köpfen verlief eine breite Galerie mit einem reichlich verzierten, in den Stein gehauenen Geländer. Dahinter waren dunkle Durchgänge zu sehen, Alahrian aber konnte nicht erkennen, wohin sie führten. Schlanke Säulen von nachtschwarzer Farbe trugen die Galerie, und an jeder einzelnen Säule brannte eine Fackel in einem silbernen Leuchter.

Das Fackellicht reichte aus, um ihn einigermaßen zu beleben, Lilith ließ ihn herabgleiten und stellte ihn wie eine Puppe auf den Fußboden.

„Willkommen, mein Prinz", bemerkte sie lächelnd.

Alahrian blickte sich unbehaglich um. Was war das hier nur für ein merkwürdiger Ort? Das Innere ihres Palastes? Ein weiterer Eingang zu einem weiteren Korridor?

„Gefällt dir, was du siehst?" Ihre Schwingen streiften ihn, während sie um ihn herumtrat. „Es ist deine neue Heimat, mein Prinz ..."

Alahrian riss den Blick von seiner Umgebung los, zwang sich, Lilith direkt in die Augen zu sehen, und versuchte, sich zu konzentrieren, das Brausen und Pochen in seinem Kopf zu ignorieren. „Prinz", wiederholte er verächtlich. „Warum nennst du mich so?" Scharf funkelte er sie an, obwohl er so schwach war, dass er sich kaum aufrecht halten konnte. „Willst du mich auch noch verhöhnen?"

Lilith lächelte milde. „Aber das ist es doch, was du bist", entgegnete sie, scheinbar verwundert. „Ein Prinz."

Alahrian lachte hart. „Das ist absurd!" Heftig schüttelte er den Kopf. Doch ihre Worte enthielten einen Kern Wahrheit, er wusste es wohl. Er stammte aus einem Königsgeschlecht der *Liosalfar*, königliches Blut floss durch seine Adern. Wäre sein Volk nicht verbannt worden, wären die *Liosalfar* nicht erloschen, dann wäre er tatsächlich als Prinz aufgewachsen. Doch das war etwas, was er nie in sich gesehen hatte.

„Es gibt kein Volk, über das ich herrschen könnte", meinte er bitter. Er war der Letzte gewesen, der Letzte seiner Art. Ein Hauch von Traurigkeit streifte sein Herz.

„Dein Volk ist hier", wisperte sie ihm ins Ohr. „Es wartet auf dich, schon seit Jahrhunderten." Sie bewegte die Hand, und plötzlich erschienen Gestalten auf der Galerie, hochgewachsene, schlanke Gestalten, in schimmernde Rüstungen gekleidet, mit Schwertern und Speeren bewaffnet. Ihre Gesichter waren von zierlichen Helmen bedeckt, über denen sich silberne Schwingen erhoben, nur die Augen waren zu erkennen. Dunkle, pechschwarze Augen ...

Alahrian schauderte. Ein aberwitziger Teil von ihm fragte sich, woraus die Rüstungen wohl gefertigt waren, denn die Erloschenen fürchteten sich beinahe noch mehr vor Eisen als die *Liosalfar*, da sie kein Licht hatten, um sich zu schützen. Doch der Gedanke verflüchtigte sich in der Furcht, die er mit einem Mal wieder empfand.

„Ich bin nicht geboren, um zu herrschen", sagte er matt und hielt Liliths Blick mit hocherhobenem Haupt stand, während ihm gleichzeitig die Knie zitterten vor Schwäche.

Wieder lächelte sie ihn an, sanft, nachsichtig, ja, beinahe zärtlich. „Das ist exakt, wozu du geboren bist", wisperte sie neben seiner Wange. Ein kühler Finger streifte behutsam seine Haut, strich über sein Gesicht, wischte das wirre Haar aus seiner Stirn.

„Nein", entgegnete Alahrian fest.

Lilith ignorierte ihn. Mit blitzenden Augen warf sie den Kopf in den Nacken und rief zu den Kriegern auf der Empore hinauf: „Unser verlorener Prinz ist heimgekehrt! Lasst uns seine Rückkehr feiern!"

Die Gestalten über ihnen verneigten sich. Alahrian spürte ein Zittern durch sein Innerstes laufen und wünschte sich plötzlich zurück in die dunklen, finsteren Gänge. Dort hätte er irgendwann das Bewusstsein verloren und wäre irgendwo zwischen Leben und Tod dahingedämmert bis in alle Ewigkeit. Ein grässliches Schicksal, und doch schien es ihm erstrebenswerter als das groteske Schauspiel, das sich ihm *hier* bot.

Die Krieger jedoch verschwanden hinter den nur halb erkennbaren Durchgängen, und Alahrian atmete innerlich auf. Beinahe war er froh, wieder mit Lilith allein zu sein, so angsteinflößend ihre Gesellschaft auch sein mochte.

„Lass uns anstoßen, mein Herz!", rief sie, und plötzlich, wie aus dem Nichts, erschien ein Bediensteter in schwarz-silberner Livree hinter einer der Säulen und bot ihr ein schimmerndes, aus Bergkristall geschliffenes Tablett dar.

Verstohlen musterte Alahrian den Dienstboten. Es war ein Junge, kaum älter als er selbst, mit schwarzem Haar und dunklen, lichtschluckenden Augen. Der Anblick berührte ihn seltsam. Einst war dieser Junge gewesen wie er, bevor er in die Schatten gestürzt war. Warum war sein Licht wohl erloschen? Hatten die Menschen ihn in ihren Folterkammern gequält und verbrannt, und hatte er aus Wut und Zorn und Rachedurst sein Licht verloren? Oder war er aus Liebe gefallen, so wie er selbst?

Ein Stich fuhr durch Alahrians Herz. Vielleicht hatte Lilith Recht: Die Gestalten auf der Galerie, der Junge … Sie *waren* von seinem Volk. Einst waren sie gewesen wie er. Mit einem Mal glomm fast so etwas wie Mitgefühl in seinem Inneren, dann aber nahm Lilith zwei kristallene Becher von dem Tablett, und es blieb nur noch Furcht zurück.

Mit einer Geste entließ sie den Jungen und streckte Alahrian einen der Becher hin. „Komm", flüsterte sie einladend. „Trink mit mir!"

Alahrian starrte wie paralysiert auf den Becher. Etwas Rotes glänzte darin, Wein vielleicht – oder Blut. Es waren seine zum Bersten gespannten Nerven, die ihn an Blut denken ließen. Er durfte nicht aus dem Becher trinken. Unter keinen Umständen durfte er irgendetwas annehmen, das sie ihm anbot. Dies hier war weder Lillys Welt noch seine. Wenn er von ihrem Becher trank, dann konnte er diesen Ort nie wieder verlassen, nie mehr. Dann war er ein Gefangener der Hohlen Hügel für alle Ewigkeit.

„Hältst du mich für so dumm?", fragte er zynisch und rührte sich nicht.

„Hältst du mich für so naiv?" Die schwarzen Augen in dem unerträglich schönen Gesicht blitzten auf. „Ein Leben für ein Leben, Alahrian ... Denkst du wirklich, ich bringe dich hierher, damit du bei der nächstbesten Gelegenheit vor mir fliehst? Ganz oder gar nicht, mein Prinz ..." Sie hielt ihm den Becher hin. „Trink!"

Alahrian rührte keinen Muskel. „Du kannst mich nicht zwingen", entgegnete er ruhig. „Es ist eine Entscheidung. Es muss freiwillig geschehen."

Ein Lächeln huschte über ihr Gesicht, diesmal jedoch war es nicht sanft. Es war ein dämonisches, ein teuflisches Lächeln. „Du hast deine Entscheidung längst getroffen", antwortete sie kalt. „Das Leben, das ich gab, mein Prinz, kann ich auch wieder nehmen! Trink!"

Lillian ... Alahrians Herz krampfte sich zusammen, bis er kaum mehr atmen konnte. Schnell griff er nach dem Becher. „Und was ist darin?", fragte er bitter und schwenkte abwesend den Inhalt in der Hand. Es sah aus wie Wein, aber natürlich konnte er nicht sicher sein, da er nie welchen getrunken hatte. „Ein langsam wirkendes, schleichendes Gift?" Er lachte humorlos, und plötzlich wünschte er sich fast, es wäre so, wünschte sich, Lilith hätte einen Weg gefunden, sein unsterbliches Leben zu beenden. Ein Leben für ein Leben ... Mit Freuden hätte er sein Leben hingegeben für Lilly, glücklich hätte er den Tod getauscht gegen ein Leben ohne sie.

„Das war es nie, was ich wollte." Samtweiche Schwingen berührten seine Schultern, während sie sprach. „Nie wollte ich dir schaden, mein Herz." Ihre Worte waren weich und schmeichelnd, ihr Gesicht war dicht neben dem seinen, ihr Atem streichelte fast seine Haut. „Keine Schmerzen, kein Leid ... das ist alles, was ich für dich will ..." Mit dem Zeigefinger strich sie ihm über die Stirn. Einen winzigen Moment lang blitzte ein Bild in seinen Gedanken auf, Lillys Bild. Es tat so weh, dass er fast in die Knie brach vor Schmerz.

„Du liebst sie, nicht wahr?", flüsterte das Wesen neben ihm. „Ja, sie tut weh, die Liebe ... Aber selbst diesen Schmerz kann ich dir nehmen."

Alahrian schloss die Augen. *Lilly ...*, riefen seine Gedanken. *Lillian ...*
„Kein Schmerz", wisperte das Wesen in sein Ohr. „Kein Leid."
Lilly ...

Alahrian öffnete die Augen und starrte auf den Becher in seiner Hand. Ein Leben für ein Leben ...

Er tat es für sie, für sie, nur für sie ... Sie würde leben ...

In einer ruckartigen Bewegung setzte er den Becher an die Lippen und leerte ihn in einem einzigen Zug.

Die Wirkung war unbeschreiblich. Schmerz rollte durch seine Adern, jagte durch sein Herz und explodierte in seinem Kopf. Jede einzelne Faser seines Körpers brannte, jeder einzelne Muskel schrie, die Knochen kreischten, das Blut kochte. Der Becher entglitt seinen Fingern und zerschellte klirrend am Boden, die Splitter schienen durch sein Innerstes zu jagen, als gefröre er langsam zu Eis.

Keuchend brach Alahrian in die Knie, schwarze Punkte wirbelten wie Schneeflocken aus Dunkelheit vor seinen Augen, Schwärze breitete sich in seinen Gedanken aus. „Du hast gesagt, du willst mir nicht wehtun", ächzte er kraftlos, den verschleierten Blick zu Lilith empor gerichtet. „Du hast gelogen."

Stöhnend presste er die Hand gegen die Schläfen, wand sich auf dem Boden und biss die Kiefer aufeinander, um nicht zu schreien.

„Ich habe nicht gelogen", flüsterte Lilith über ihm, und ihre Schwingen senkten sich über ihn wie eine Decke aus kühlender Dunkelheit. „Es ist der Rest von Licht in dir, der dir diese Schmerzen bereitet. Du musst dich den Schatten ergeben, damit du hier unten leuchten kannst. Entsage dem Licht, und du wirst frei sein."

Alahrian schloss die Augen, versuchte, einen letzten Rest von Kraft in sich zu finden, aber da war nichts. Da war nur Schmerz und Pein und Qual. Und Dunkelheit.

Lilly, dachte er unter Tränen, aber es war kein Bild mehr da, das ihn trösten konnte, kein Gedanke, an dem er sich festhalten konnte.

Lilly ...

Er flüsterte ihren Namen in seinem Inneren und dann ließ er sich in die Schatten fallen. Dunkelheit senkte sich über ihn, und die Dunkelheit löschte zuerst den Schmerz und endlich sein Bewusstsein aus.

Das Erwachen

Alahrian war nun schon seit über sechsunddreißig Stunden verschwunden, und Morgan war sicher, Lilly hatte weder gegessen noch geschlafen in dieser Zeit. Dabei hielt sie sich eigentlich recht gut, wenn man bedachte, welch Grauen in ihrem Inneren vorgehen musste. Heute Morgen hatte sie sogar einen Versuch unternommen, wieder zur Schule zu gehen, nur damit ihre Eltern nichts bemerkten. Allerdings hatte man sie schon nach der dritten Stunde nach Hause geschickt, weil sie dermaßen blass und elend aussah. Jetzt lag sie auf dem Sofa in der Halle und schlief, keinen natürlichen Schlaf, sondern einen, den Morgan erzwungen hatte. Vor der Veranda-Tür tummelten sich noch immer die Tiere – Füchse, Kaninchen, Igel und andere Waldbewohner –, nur das Kitz hatte Lilly nicht verlassen wollen und hatte sich zu ihren Füßen auf dem Sofa zusammengerollt. Es würde schwer sein, es wieder auszuwildern, das aber war jetzt gleichgültig.

Es war Lilly, um die sich Morgan Sorgen machte, nicht das Tier. Sie war vollkommen erschöpft – aber sie konnte nicht schlafen. Selbst jetzt, da er ihr so viel Lebensenergie entzogen hatte, dass sie eigentlich ins Koma hätte fallen müssen, schlief sie immer noch unruhig, warf den Kopf hin und her, flüsterte Worte, die er nicht verstehen konnte. Sie hatte Alpträume.

Hilflos ließ sich Morgan neben ihr in die Hocke sinken und überlegte ernsthaft, ob er sie nicht lieber wecken sollte. Aber sie brauchte den Schlaf so dringend! Und hatte er nicht Alahrian versprochen, auf sie achtzugeben?

Gequält stöhnte sie auf, die Augen unter den blassen Lidern bewegten sich, ihre Hand krallte sich in den Stoff des Sofas. Wie sie da so lag, von einer unbestimmten Angst geschüttelt, die sie selbst im Schlaf nicht verließ, erinnerte sie Morgan sogar ein wenig an Alahrian selbst. Genau so hatte sein Bruder ausgesehen, damals, als er ihn in Cornwall gefunden hatte.

Unwillkürlich streckte Morgan die Hand aus und weckte sie. Mit einem Schrei fuhr sie empor, keuchend rang sie nach Atem. Blicklos starrten ihre leeren Augen ins Nichts, nur ganz langsam klärte sich ihr Blick.

„Morgan." Seufzend ließ sie sich in die Kissen zurückfallen, nur allmählich in die Realität zurückfindend. „Ich habe ihn gesehen", flüsterte sie benommen. „Ich sehe ihn in meinen Träumen, aber auch, wenn ich wach bin. Ich kann seine Stimme hören, wie sie meinen Namen ruft ... Mein Gott ..." Zitternd presste sie die Hand gegen die Stirn.

„Schon gut." Es war ein lahmer Versuch, sie zu beruhigen. Unbehaglich starrte Morgan vor sich hin, während sich ihm vor Mitgefühl das Herz zusammenkrampfte. *Was hast du dir nur gedacht, kleiner Bruder?*

Es war ein nobles Opfer gewesen, tapfer und edel. Er war über sich selbst hinausgewachsen, in diesem Moment, hatte sich seinen finstersten Ängsten und dunkelsten Dämonen gestellt. Um seiner Liebe willen.

Aber zu welchem Preis? Er hatte die Liebe geopfert, um die Liebe zu retten. Nur hatte er dadurch wirklich etwas gewonnen? Er hatte nicht nur sich selbst ins Dunkel gestürzt, sondern auch Lillian.

Aber sie würde leben. Das war ein Geschenk, und kaum jemand konnte dieses Geschenk so tief zu würdigen wissen wie Morgan. Wäre es um Sarah gegangen, er hätte dasselbe getan. Nobler, tapferer kleiner Narr. Morgan wollten die Tränen in die Augen steigen, wenn er an ihn dachte, aber natürlich weinte er nicht. Es war so schon schwer genug.

„Es ist einfach so unfair!", rief Lilly neben ihm. Plötzlich schien sie nicht mehr traurig, sondern einfach nur wütend. „Sagtest du nicht, die Erloschenen seien aus Habgier, Hass und Rachsucht in die Schatten gefallen? Er aber, er ist aus Liebe gegangen, das ... das muss doch einen Unterschied machen, oder nicht?"

Morgan zuckte zusammen und blinzelte verblüfft. „Ja", entgegnete er betäubt. „Das ... *muss* einen Unterschied machen ..."

„Das ist nicht gerecht!" Lilly schien ihn kaum zu hören. Tränen glitzerten jetzt in ihren Augen, eine hilflose, von Verzweiflung genährte Wut. „Es ist einfach nicht fair!" In einer unkontrollierten Geste ließ sie die Hand schwer auf die Armlehne des Sofas fallen, Funken stoben auf und winzige, hellblaue Lichtblitze.

Lichtblitze?!

Mit einem nur halb unterdrückten Schrecklaut fuhr Morgan herum. „Was ... was um alles in der Welt war das?"

„Wie?" Blinzelnd starrte sie ihn an.

„Deine ... deine Hand!" Hastig, fast grob, packte er ihr Handgelenk und hielt ihr die eigenen Fingerspitzen vor Augen. Die Haut unter den langen, lackierten Nägeln glühte, schwach, aber deutlich vernehmbar.

„Aber ... Oh, mein Gott!" Lilly erbleichte. Zitternd starrte sie ihre eigene Hand an. Das Leuchten verblasste, aber es war ganz eindeutig da gewesen. Sie hatten es beide gesehen. „Aber ... aber das ist doch nicht möglich!" Fassungslos schwenkte Lilly ihre Hand, fragend zu Morgan aufblickend.

„Mach's nochmal!", forderte er sie auf, mit einem Mal sehr aufgeregt.

„Ich kann nicht!" Unsicher sah sie ihn an. „Ich ... ich weiß nicht, wie ..."

„Mach's nochmal!", wiederholte Morgan, drängender jetzt, aggressiver.

„Aber ..."

„*Tu es einfach!*" Er schrie sie jetzt an, setzte sie unter Druck, provozierte sie.

Ärgerlich funkelte sie ihn an. „Sag mal, was soll denn ..." Abrupt brach sie ab, als ein unwillkürlicher Schauer winziger, violetter Funken zwischen ihren Fingern auf die Couch herabregnete – und sie mit einem Schlag in Brand setzte.

Einen entsetzten Schrei auf den Lippen sprang sie auf. Morgan aber lachte triumphierend, das erste Lachen seit über sechsunddreißig Stunden. Immer noch grinsend holte er den Feuerlöscher – wenn man mit einem *Liosalfar* zusammen wohnte, dann hatte man immer einen griffbereit – und entleerte seinen Inhalt über dem rauchenden Sofa.

„Ich habe keinen Ahnung, was daran so komisch sein soll!", bemerkte Lilly finster und bewegte ungläubig die Finger vor den Augen, als könnte sie nicht glauben, dass es sich tatsächlich um ihre eigene Hand handelte.

Das Rehkitz, das sich während des Brandes ängstlich in eine Ecke geflüchtet hatte, stupste jetzt fragend gegen ihr Knie.

„*Seine* Magie", verkündete Morgan fröhlich. „Er hat dir sein Licht übertragen!"

Lilly schien kein Wort zu verstehen. Verwirrt starrte sie ihn an, nur langsam drangen seine Worte zu ihr durch. „Du meinst ..."

Morgan nickte eifrig. „Das hier", er deutete in einer unbestimmten Geste auf das verkohlte Sofa, „war *Alahrians* Lichtenergie."

Lilly überlegte skeptisch. „Bist du sicher?" Nachdenklich legte sie die Stirn in Falten. „Wenn mein Vater wirklich ein *Liosalfar* war, müsste ich solche Dinge dann nicht auch selbst können?"

Morgan zuckte gelassen die Achseln. „Konntest du es bisher?"

„Nein."

„Siehst du! *Körperlich* hast du dich ja nun nicht verändert, nur weil du jetzt weißt, was du bist." Heftig schüttelte er den Kopf. „Nein, das hier ist *Alahrians* Magie, ganz sicher." Der Gedanke bracht ihn schon wieder zum Lachen, so froh war er darüber. „Seine Macht war gewaltig, weißt du das? Aber auch völlig unkontrolliert. Ein kleiner Gefühlsausbruch und ..." Grinsend deutete er mit den Händen eine Explosion an. „Bei unserer ersten Begegnung hätte er um ein Haar unser Haus angezündet, hat er dir das je erzählt?" Wehmütig seufzte er. Er war schon etwas Besonderes gewesen, der kleine Leuchtkäfer. Morgan vermisste ihn, vermisste ihn wirklich.

Der Anblick der brennenden Couch machte ihn fast sentimental. „Du warst wütend, als du das hier getan hast", versuchte er, Lilly zu erklären, bevor der Schmerz zu schlimm werden konnte. „Du hattest deine Gefühle nicht unter Kontrolle. Genau wie er. Nein, kein Zweifel ... Es ist Alahrians Macht."

„Weil sie auf Gefühle reagiert?" Lilly schüttelte ungläubig den Kopf. „Hätte es dann nicht viel früher passieren müssen? Gleich, nachdem er gegangen war?"

Wieder zuckte Morgan mit den Schultern. „Bisher warst du nur traurig, vorhin warst du wütend. Trauer betäubt, sie ist kein guter Katalysator. Zorn schon."

Lilly nickte abgehackt. Morgan wusste, sie zweifelte nicht an seinen Worten, weil sie ihm nicht glaubte. Sie *wollte* ihm nicht glauben, wagte nicht, ihm zu glauben, weil die Konsequenzen einfach zu unfassbar waren.

„Aber wie?", meinte sie endlich. „Wie hat er es gemacht?"

Morgan wusste es nicht. „Was habt ihr getan, bevor er ging?"

Lilly errötete heftig und sagte nichts.

Morgan konnte ein verstehendes Lächeln nicht ganz von seinem Gesicht wischen. „Hast du mit ihm geschlafen?"

Die Art und Weise, wie er es offen aussprach, schien sie noch verlegener zu machen. Sie antwortete nicht, aber das war Antwort genug.

„Dabei muss er dir sein Licht übertragen haben", sagte Morgan ernst. „Du bist das vollkommene Gefäß dafür. Er liebt dich, er hat sich dir ganz geöffnet. Und ihr seid euch so nahe, er musste nur eine ganz winzige Distanz überwinden ..."

„Sei still!", unterbrach sie ihn, mit einem Mal nicht nur zornig, sondern verletzt. „Das ist etwas zwischen Alahrian und mir! Es geht dich nichts an!" Tränen schimmerten in ihren Augen, ihre Fingerspitzen leuchteten, aber es kamen keine Funken hervor.

„Natürlich", meinte Morgan schnell. „Verzeih."

Lilly sah ihn nicht an.

„Aber begreifst du denn nicht?", rief er heftig. „Begreifst du denn nicht, was das bedeutet?"

Widerwillig sah sie zu ihm auf, ihre Augen noch immer glänzend von unterdrückten Tränen. Plötzlich tat sie Morgan unendlich leid, und auch seine unbedachten Worte taten ihm leid. Er hatte an eine Erinnerung gerührt, die sie nicht teilen wollte, an einen Augenblick, der ganz ihr gehörte. Aber er hatte es wissen müssen. Alahrian war sein *Bruder*, verdammt!

„Es bedeutet, sein Licht ist nicht erloschen", sagte er fest. „Es brennt weiter. In dir."

Das hätte sie trösten müssen, doch zu seiner Bestürzung sank sie stattdessen zu Boden und weinte. „Ich will sein Licht nicht in mir tragen", schluchzte sie haltlos. „Ich will ihn bei mir haben. Ganz. Nicht nur einen Teil von ihm!"

„Und das wirst du." Entschlossen richtete Morgan sich auf.

Etwas in seiner Stimme ließ sie aufhorchen. „Was hast du vor?"

Ein grimmiges Lächeln stahl sich auf Morgans Lippen. „Ich gehe in die Hohlen Hügel und hole ihn da raus", entgegnete er wild. „Ich werde ihn befreien."

Das war es, was er die ganze Zeit schon hätte tun sollen, doch er war sich nicht sicher gewesen. Das Böse ist eine Entscheidung. Wenn Alahrian wirklich ganz und gar den Schatten verfallen war, wenn er ein Teil der Dunkelheit geworden war, dann gab es nichts und niemanden mehr, das ihn noch hätte retten können.

Aber er war nicht gefallen. Er hatte nie vorgehabt zu fallen. Seine Seele war immer noch Licht, immer noch rein. Er würde niemals vollends erlöschen.

Wie klug er war, sein kleiner, naiver Bruder! Wie tapfer, klug und unbeugsam! Versonnen lächelte Morgan in sich hinein, bis Lilly sagte: „Dann werde ich mit dir kommen."

„Nein!" Das Wort war heraus, noch ehe ihre Entscheidung überhaupt sein Bewusstsein erreicht hatte.

Ihre Augen blitzten. „Morgan, ich liebe ihn, und wenn du glaubst ..."

„Nein!"

„Wieso nicht?" Trotzig stemmte sie die Fäuste in die Hüften.

„Du bist immer noch ein Mensch! Sterblich. Fragil. Es ist viel zu gefährlich für dich."

„Das ist mir egal. Ich lasse ihn nicht im Stich." Das klang wild entschlossen, fest und unausweichlich.

Morgan seufzte lautlos – und dann streckte er die Hand aus und berührte flüchtig ihre Schulter, ganz vorsichtig wie ein Schmetterling, der sich auf ihr niederließ. Aber es reichte aus, um ihr innerhalb dieser winzigen Sekunde genügend Energie zu entziehen, um sie ohnmächtig in seine Arme sinken zu lassen. „Tut mir leid, Kleines", murmelte er, ein wenig schuldbewusst, während er sie nach oben in Alahrians Schlafzimmer trug. Aber wenn sein Bruder ihr wirklich sein Licht anvertraut hatte, dann durfte er sie unter keinen Umständen in die Dunkelheit schicken. Sie musste sicher sein. Davon abgesehen: Hatte er nicht Alahrian selbst versprochen, auf sie aufzupassen?

Und sie in die Höhle des Löwen zu schicken, das konnte ja wohl kaum sein, was Alahrian unter *aufpassen* verstehen würde!

Schneeweiße Leere

„Gestehe, Dämon!"
„Nein."
„Offenbare deine Verbrechen!"
„Ich kann nicht."

„*Gestehe!*
„*Neeein …*"
Grinsend, fratzenhaft, schwebte das Gesicht des Inquisitors über ihm. Brennend, sengend, vernichtend trieb sich das scharfe, glühende Eisen in sein Fleisch. Schmerzen rasten durch seinen Körper, glitzernde Tränen versanken zwischen den blutgetränkten Steinen der Kerkerzelle. Da war Dunkelheit, und da waren Flammen, Flammen, die gierig nach ihm griffen, an seinem Körper leckten, ihn zu ersticken drohten, und dann …

Alahrian erwachte mit einem gellenden Schrei auf den Lippen – und fand sich in einem fremden Bett mitten in einem fremden Zimmer wieder. Es war nicht die dunkle, grässliche Folterkammer, auch nicht die Kerkerzelle, sondern ein sehr großer, prachtvoll ausgestatteter Raum. Die Wände waren mit Ebenholz vertäfelt, kunstvolle, silberbeschlagene Schnitzereien wanden sich darüber, Blätter und Ranken und silbrig glänzende Blumenkelche. Über seinem Kopf spannte sich ein Betthimmel aus rotem Samt, mit Silberfäden durchwirkt, einzelne Rubine funkelten wie Sterne darin. Es gab keine Möbel, dafür aber eine große Anzahl von Leuchtern, in denen lange, schlanke Kerzen brannten. Die Fenster allerdings waren verhangen, schwere Brokatvorhänge ließen nicht den geringsten Blick nach draußen frei.

Benommen richtete Alahrian sich auf. Ihm war leicht schwindelig, und zwischen seinen Schläfen pochte ein unbestimmter Schmerz, ansonsten aber fühlte er sich überraschend gut. Keine Verletzungen, keine Brandwunden. Als er die Hand hob und sie prüfend betrachtete, da war die Haut glatt und rein und unversehrt.

Seufzend ließ er sich in den weichen Kissen zurücksinken und ließ den Blick unsicher durch den Raum gleiten. Gegenüber dem Bett, im Halbdunkel verborgen, erhob sich ein goldgefasster Spiegel, und auch das Gesicht hinter der schimmernden Glasfläche war unversehrt. Und trotzdem entlockte es Alahrian einen erstickten Schrei. Ein kalter Schauder glitt ihm über den Rücken, und plötzlich war ihm elend zumute.

Das Gesicht im Spiegel war *sein* Gesicht – und doch auch wieder nicht. Es war blass und weiß, die Linien vertraut, doch die Augen ... Die Augen waren leer. Früher waren sie blau gewesen, er erinnerte sich vage, als wären seine Gedanken mit zähem Sirup verklebt. Nun aber hatten sie die Farbe von frisch gefrorenem Eis und sie waren durchscheinend und ausdruckslos wie zwei geschliffene Glaskugeln. Einst war da ein Leuchten darin gewesen, ein inneres Feuer, jetzt war da ... *nichts* mehr.

Entsetzt fuhr sich Alahrian mit der Hand über die Stirn, strich sich fahrig das Haar aus dem Gesicht, doch auch das hatte sich verändert. Für gewöhnlich schimmerte es golden, von Sonnenlicht durchtränkt. Als er es jetzt durch die Finger gleiten ließ, war es weiß wie frisch gefallener Schnee. Nicht ergraut, wie bei den Menschen, wenn sie älter wurden, sondern rein weiß.

„Mein Gott, was geschieht mit mir?" Seine eigene Stimme klang fremd in seinen Ohren, der Klang schien von den Wänden widerzuhallen und ihn zu verhöhnen.

„Wo bin ich? Was bin ich?" Seine Hände begannen unkontrolliert zu zittern. Er wollte aufspringen, fort aus diesem seltsamen Zimmer, doch plötzlich lag eine große Mattigkeit in seinen Gliedern, und auch in seinem Kopf, er konnte sich nicht rühren, konnte keinen klaren Gedanken fassen.

„Ah, du bist wach", sagte da plötzlich eine weiche Stimme direkt neben ihm, obwohl sich keine Tür geöffnet, niemand hereingekommen war. „Wie schön!"

Alahrians Kopf zuckte herum. Das Wesen – Lilith – stand vor ihm, so schön, dass ihr Anblick kaum zu ertragen war, lächelnd und sanft.

„Aber du bist ja ganz verstört!" Anmutig ließ sie sich neben ihm auf die Bettkante gleiten, ihre Schwingen über dem Rücken herabfallend wie ein schwarzer, fedriger Mantel. „Ist ja gut", flüsterte sie tröstend. Eine schlanke, kühle Hand strich ihm beruhigend über die schmerzende Stirn. Die Berührung tat sonderbar gut. Widerstandslos sank er in die Kissen zurück, als sie ihn behutsam herabdrückte.

„Was ... was ist passiert?", flüsterte Alahrian heiser und suchte in seinem Gedächtnis vergebens nach einer klaren Erinnerung.

„Ich habe dich aus den Flammen gerettet, weißt du das nicht mehr, mein Herz?" Immer noch strichen ihre langen, weißen Finger über seine Schläfen, sein Haar, seine Stirn.

„Ja, ich weiß es ...", wisperte Alahrian mechanisch. Plötzlich waren da die Bilder, Bilder von Flammen, von Eisen, von Dunkelheit. Er wollte sie nicht sehen. Wimmernd rollte er sich unter der kühlen, beruhigenden Berührung des Wesens zusammen.

„Ist ja gut", schnurrte Lilith erneut. „Du bist hier sicher, kleiner Prinz. Niemand wird dir je wieder etwas antun."

Alahrian beruhigte sich, als habe sie die Furcht aus seinem Körper gesaugt wie ein Gift aus einer noch blutenden Wunde.

„Was ist mit mir geschehen?", fragte er, als sie spielerisch eine Strähne schneeweißen Haars um ihre ebenfalls schneeweißen Finger wickelte.

„Die Menschen haben dir sehr wehgetan", flüsterte Lilith, dicht über seinem Gesicht. „Sie sind sehr böse, die Menschen."

„Ja, sie sind böse", wiederholte Alahrian und fühlte, wie diese Erkenntnis von ihren Lippen direkt in sein Bewusstsein tropfte.

Etwas in ihm jedoch zuckte davor zurück wie vor einer allzu kalten, erschreckenden Berührung. „Aber nicht alle, nicht wahr?", fragte er verunsichert, und tief in seinem Inneren blitzte da plötzlich ein Bild auf, schwach und verwoben, wie durch einen dunklen Nebel hindurch. Aber es war zu fern, zu weit weg, um es richtig zu erkennen.

„Sie sind böse und sie haben dir sehr wehgetan", beharrte Lilith sanft, und das Bild entglitt ihm wie die Erinnerung an einen süßen Traum. „Aber ich werde dich beschützen, mein Herz. Du bist sicher. Sicher ..."

Die Worte waren melodisch und wiegend, sie hüllten ihn ein, wie ein Schlaflied so weich.

„Was ist mit mir geschehen?", wiederholte Alahrian seine Frage, durch den wogenden Nebel in seinem Bewusstsein hindurch. „Meine Augen ... meine Haare ..."

Lilith fuhr fort, ihm wie einem Kind durch die Locken zu streichen. „Du bist eine Zeitlang sehr krank gewesen", antwortete sie unbestimmt.

Alahrian schloss die Augen, versuchte, in seinen Körper hinein zu lauschen und hörte nichts. „Ich fühle mich nicht krank", meinte er verwirrt. „Ich fühle mich ... ich fühle mich *leer*."

Tatsächlich war Leere alles, was er empfand. Es war, als hätte er etwas verloren, von dem er nicht einmal wusste, was es war. Als hätte man sein Innerstes herausgekehrt, und sein Körper war nur noch eine hohle, leblose Hülle.

Es war ein schmerzliches Gefühl. Während er auf sie lauschte, schien ihn die Leere fast zu ersticken, als wären seine Lungen herausgerissen, sein Herz, sein Blut. Die Leere rauschte in seinem Kopf, ihm wurde ganz übel davon, und stöhnend presste er die Lider über die gläsernen Augen.

„Ich kann dir etwas geben, was die Leere füllen wird", sagte Lilith ernst.

Alahrian öffnete die Augen wieder und sah sie an. Plötzlich hielt sie einen Becher in der Hand, und Schatten sickerten wie Blutstropfen aus ihren Fingern direkt in das Gefäß, rauchige, dunkle, sonderbar stoffliche Schatten.

„Hier." Lächelnd hielt sie ihm den Becher hin. „Trink, mein Prinz."

Alahrian zögerte, während sich das Nichts in ihm auszubreiten schien wie ein klaffendes, schmerzendes Loch. „Was ist das?"

„Etwas, von dem es dir besser gehen wird. Etwas, das dich stark machen wird."

Alahrian griff nach dem Becher.

„Trink!", sagte sie sanft, und widerstandslos setzte er den Becher an.

Die Schatten glitten süß und kühl von seinen Lippen direkt in sein Blut, kribbelnd breiteten sie sich dort aus, schienen seine ausgetrockneten Adern mit neuem Leben zu füllen, wirbelten in sein Herz, ließen es tanzen und frohlocken. Kraft und Stärke erhoben sich in ihm und machten ihn seufzen vor Wohlbehagen.

„Mehr", flüsterte er, einem tiefen, hungrigen Verlangen folgend.

Sie füllte noch einen Becher für ihn. Diesmal war die Wirkung unbeschreiblich. Es war wie ein Rausch, der jede einzelne Faser seines Körpers erfasste. Jeder Teil von ihm frohlockte, alles in ihm nahm gierig die Schatten auf. Sie waren wie klares Quellwasser für den Verdurstenden, wie reinster Sauerstoff für den Ertrinkenden.

Macht durchströmte seine Adern, er fühlte sich frei und unbesiegbar, getragen von einem Teppich aus Schwärze, schwebend, taumelnd, tanzend. Er musste sich hinlegen, so überwältigend war das Gefühl. Vor seinen Augen drehte sich alles, aber es war keine Schwäche, die ihn schwindelig machte, es war ein Wogen und Brausen reinster Energie in jeder Ebene seines Bewusstseins.

„Mehr", wisperte er, heiser, kehlig vor Hunger.

Lilith lächelte. Achtlos warf sie den Becher fort, ließ ihn direkt aus ihren Händen trinken, streifte mit kühlen Fingern seine Lippen, und er sog gierig die Schatten in sich ein.

„Mehr", wiederholte er zitternd, und sie lachte, ein tiefes, glückliches Lachen, und ihre Schatten nährten ihn, die Dunkelheit tränkte ihn.

Matt und berauscht lag er in ihren Armen, stillte sein Verlangen, bis die grässliche, erstickende Leere nahezu überquoll von wirbelnder, zuckender Macht. Es schien ihn fast zu zerreißen, so stark war es, und doch fühlte es sich besser an als alles, von dem er je gekostet hatte.

Keuchend richtete er sich auf, und sein Blick fiel wieder in den Spiegel. Sein Haar war nicht mehr weiß, die Augen nicht mehr gläsern. Sie waren schwarz.

Alahrian betrachtete sein Gesicht im Spiegel, sein fremdes, verstörend schönes Gesicht – und lächelte.

Prinz der Finsternis

„Hier entlang!"

Einer der schwarz gekleideten Wächter, die ihn am Tor empfangen hatten, führte Morgan durch einen dunklen, nur von Fackeln erhellten Korridor. Er war ausnehmend höflich, nachdem Morgan ein halbes Dutzend seiner Kameraden durch eine einzige Berührung in tiefe Bewusstlosigkeit geschickt hatte. Die Wachtposten der Erloschenen mochten wie gefährliche Krieger aussehen, aber sie hatten keine Chance gegen einen *Döckalfar*, der ihnen mit einer bloß flüchtigen Berührung genug Lebensenergie entziehen konnte, um sie für immer ins Koma fallen zu lassen. Die *Liosalfar* waren keine Kämpfer, ihre Magie jedoch war stark, machtvoll und gefährlich. Sie waren den *Döckalfar* ebenbürtig genug, um im Kampf gegen sie eine ganze Welt in Brand zu stecken. Wenn sie dem Licht jedoch entsagten, dann blieben sie kaum stärker zurück als die Sterblichen, die sie so sehr hassten.

Und doch beschlich Morgan ein sonderbar beklemmendes, allzu dicht an Furcht angrenzendes Gefühl, während er dem höhlenartigen Durchgang folgte, tiefer in Liliths schwarzen Palast hinein. Er war nicht sicher, wie lange er durch die verworrenen Labyrinthe der Hohlen Hügel gewandert war, ehe er hierher gelangt war, ins Zentrum von Liliths Macht. Die Zeit verlief anders in den Hohlen Hügeln, mal schneller, mal langsamer, niemand vermochte es zu sagen. In jedem Fall war es schlichtweg zu leicht gewesen. Er hatte den Weg mit traumwandlerischer Sicherheit gefunden, niemand hatte ihn aufgehalten. Selbst in den Palast zu kommen, war einfach gewesen. Obwohl es einen Kampf gegeben hatte, hatte ihn niemand ernsthaft daran gehindert, einzutreten. Jetzt brachte man ihn sogar freiwillig zu Alahrian. Die Falle war so auffällig, dass sie ihm nahezu ins Gesicht schrie, aber was sollte er schon tun? Er hätte es niemals so weit geschafft, hätte Lilith nicht *gewollt*, dass er hierher kam, doch er hatte keine andere Wahl. Er musste Alahrian retten, egal um welchen Preis.

Er musste ihn zumindest *sehen*, musste wissen, ob es ihm gutging.

Der Wächter hielt vor einer massiven, mit goldenen Ranken geschmückten Tür, die ihrerseits von niemandem bewacht wurde. „Bitte", meinte er mit einer auffordernden Geste. „Hier ist es."

Und damit erstarrte er ohne ein weiteres Wort zu völliger Reglosigkeit, als hätte er sich augenblicklich in eine Statue verwandelt. Nur in den dunklen Augen war noch Leben, unruhiges, flackerndes, von Nervosität zeugendes Leben. Hätte Morgan es nicht besser gewusst, er hätte geglaubt, der Mann *fürchte* sich. Nicht vor ihm, sondern vor dem, was hinter der Tür lag.

Stirnrunzelnd betrachtete Morgan den prunkvollen, ja geradezu protzigen Durchgang. Nach einer Gefängniszelle sah es immerhin nicht aus. Was um alles in der Welt ging hier vor?

Er würde es nur erfahren, wenn er durch die Tür hindurchging, und da der Wächter keine Anstalten machte, auch nur in deren Nähe zu kommen, atmete Morgan einmal tief durch, legte eine Hand auf die Waffe an seiner Hüfte – und stieß mit der anderen die Tür auf.

Das Zimmer dahinter war dunkel und ganz in Schwarz, Silber und Rot gehalten. An den Wänden prangten kunstvoll geschnitzte Vertäfelungen aus feinstem Ebenholz, mit verschlungenen, silbernen Intarsien verziert. Zwar gab es schmale Fenster, doch sie waren von schweren, purpurnen Vorhängen bedeckt. Die einzige Lichtquelle kam von zwei Räucherschalen, in denen violette Flammen brannten. Es hätte Alahrian umbringen müssen, länger als zwei Stunden in diesem Raum zu verharren, dachte Morgan schaudernd. Und doch war dies eindeutig *sein* Zimmer, der Wächter hatte ihn nicht betrogen. Beklommen wandte er den Blick zu dem blutroten Kanapee im Zentrum des Zimmers hin, denn dort auf dem Sofa, halb ausgestreckt, die Augen ins Leere gerichtet, lag *er*.

Der Wächter hinter Morgan zog sich lautlos zurück, nun eindeutig angstvoll. Er fürchtete sich tatsächlich vor der Gestalt, die hier reglos auf dem Kanapee lag. Die Furcht war fast greifbar. Wieder lief ein eisiger Schauder über Morgans Rücken. Leise, ohne Worte zu finden, schloss er die Tür hinter sich und tat zögerlich einen Schritt tiefer in das Zimmer hinein.

Alahrian rührte nicht einen Muskel. Wären seine Augen nicht geöffnet gewesen, hätte Morgan geglaubt, er schliefe. Hätte er ihn nicht atmen gehört, hätte er geglaubt, er sei tot. Vorsichtig kam er noch einen Schritt näher, musterte mit zusammengepressten Lippen die Erscheinung, die einst sein Bruder gewesen war. Alahrian hatte sich drastisch verändert. Sein Haar war jetzt schwarz wie das Ebenholz an der Wand, die Augen von lichtschluckender Dunkelheit, ohne Iris, ohne Pupille, einfach nur schwarz. Unter seinen gesenkten Lidern lagen tiefe Schatten, als habe er seit Wochen nicht geschlafen. Die Haut war blass, das Gesicht sonderbar schärfer als zuvor, obwohl es rein äußerlich dasselbe Antlitz war. Doch die Reinheit, die kindliche Naivität und Freundlichkeit, die ihn sonst so sehr ausgezeichnet hatten, waren daraus verschwunden.

Wieder schauderte Morgan.

Zu Füßen des Kanapees lag zusammengerollt wie ein Kätzchen ein *Fenririm*, doch auch der rührte sich nicht, gab keinen Laut, ja, das Untier blinzelte noch nicht einmal. Eine von Alahrians Händen lag lässig auf dem Kopf des Monsters, wie um es zu streicheln, als handele es sich nicht um eine Ausgeburt der Hölle, sondern lediglich um ein Schoßhündchen. Morgan wurde beinahe übel bei dem grotesken Anblick. Alahrian selbst jedoch sah kaum weniger befremdlich aus.

Sogar die Kleider, die er trug, waren merkwürdig: schwarze, enganliegende Hosen aus weichem Wildleder, Stiefel aus demselben Material und ein blutrotes, weit geschnittenes Seidenhemd unter einem schwarzen, mit Silberfäden durchwirkten Wams. Morgan runzelte die Stirn. Diese Kleidung entsprach weder der aktuellen Mode noch Alahrians Geschmack. Er sah darin aus wie der Bösewicht aus einem alten Piratenfilm, und es hätte lächerlich gewirkt, wäre Alahrian selbst nicht von einer derart berückenden Schönheit gewesen. Denn schön war dieses fremde, düstere Gesicht. Trotz aller Veränderungen besaß es einen dunklen, finsteren Charme, dessen Attraktivität sich selbst Morgan nicht entziehen konnte.

Was um alles in der Welt hatten sie bloß mit Alahrian gemacht?

Sekunden verstrichen, in denen der Bruder Morgans Anwesenheit noch nicht einmal zur Kenntnis zu nehmen schien, und Morgan fürchtete schon, er sei vielleicht all seiner natürlichen Sinne beraubt, als Alahrian plötzlich sagte: „Was willst du von mir?"

Er blickte nicht auf, während er sprach. Er sah Morgan nicht an. Nur sein Gesichtsausdruck veränderte sich. Es sah aus, als erwache er aus tiefem, betäubendem Schlaf – und als bereite ihm dieser Prozess heftige Schmerzen. Unwillig, träge, richtete er sich auf, schaute Morgan nun doch an, blinzelte und fragte mit einer heiseren, rauen Stimme: „*Wer* bist du?"

Morgan zuckte entsetzt zusammen. „Das weißt du nicht?" Seine eigene Stimme klang schrill, während Alahrians Worten ein dunkler, fast gelangweilter Ton angehaftet hatte. „Du ... du kannst dich nicht erinnern?"

Alahrian blinzelte erneut, musterte ihn noch einmal, durchdringender, mit mehr Interesse jetzt. „Doch ..." Es klang verunsichert. Stöhnend presste er die Hand gegen die Stirn, als könnte er damit die Gedanken ordnen. „Ich erinnere mich", sagte er abwesend. „Ich habe dich in meinen Träumen gesehen ..."

Mit einem Mal von Leben durchzuckt, stützte er sich auf die Rückenlehne des Sofas auf, beugte sich zu Morgan hin und meinte gequält: „Ich habe viele Träume ... Sie alle sind dunkel und leer ... *Du* warst darin ... und ... und ein Mädchen ..." Schmerz umspielte seine Lippen, wieder presste er die Hand gegen die Stirn.

Behutsam blickte Morgan ihn an. „An das Mädchen erinnerst du dich?", fragte er vorsichtig.

Alahrian sank auf das Sofa zurück. „Nein", stöhnte er. Jetzt schien er wirklich Schmerzen zu haben. „Ich erinnere mich nicht ... Ich erinnere mich an gar nichts ..."

Ächzend presste er das Gesicht gegen die Kissen, ein Zucken durchlief seinen Körper, fast wie ein Schluchzen, doch seine Augen waren trocken und pechschwarz, als er wieder zu Morgan aufblickte. „Wer bist du?", fragte er noch einmal.

Morgan trat noch näher heran, so nahe, wie er es wagte mit dem *Fenririm* auf dem Fußboden. „Ich bin dein Freund", sagte er ruhig.

„Mein Freund?" Zweifel blitzten auf dem leeren, blassen Gesicht auf. „Das ist schön", sagte er dennoch. „Ich bin so allein hier. So ... so einsam ..."

Der *Fenririm* legte den Kopf auf die Pfoten und winselte leise. Morgan schluckte hart.

„Wie lange bist du schon hier?", fragte er leise seinen Bruder.

„Ich weiß nicht." Alahrian sprach langsam und rau, als bereite ihm das Sprechen Schmerzen. „Schon immer ... Nein!" Ruckartig richtete er sich auf. „Seit dem Feuer ... Ja, seitdem. Schon lange ... Ich erinnere mich nicht ..."

Seine Augen waren dunkel und verschleiert. Dann plötzlich sah er Morgan durchdringend an und fragte: „Du bist ein *Döckalfar*, nicht wahr?"

Morgan nickte stumm.

Ein flüchtiges Lächeln umspielte Alahrians Lippen. „*Sie* sagt, ihr seid unsere Feinde", bemerkte er versonnen. „Aber *du* bist nicht mein Feind, nicht wahr?"

Unschlüssig schüttelte Morgan den Kopf. Die Unterhaltung gab ihm zunehmend Rätsel auf. Auf vieles war er vorbereitet gewesen, aber das hier? Das hier hatte er schlichtweg nicht erwartet. Er war darauf gefasst gewesen, Alahrian in einem dunklen, von Stahl verschlossenen Kerker vorzufinden, an Ketten angeschmiedet, krank, schwach, gefoltert, gebrochen. Nichts davon war der Fall. Keine Ketten hielten ihn, das Gemach war mehr als prachtvoll und es war nicht verschlossen. Aber Alahrian ... Was um alles in der Welt war mit ihm geschehen?

„Ich bin nicht dein Feind", erklärte er schlicht.

Alahrian sank tiefer in die Kissen des Kanapees zurück und erstarrte wieder zur Reglosigkeit. Sein Gesicht war leer und gleichgültig, unruhig betrachtete Morgan ihn, bis der Bruder plötzlich fragte: „Weißt du, wer das Mädchen ist? Ich sehe sie in meinen Träumen, aber auch wenn ich wach bin, ihr Bild ist in all meinen Gedanken, hinter meinen Lidern, sobald ich die Augen schließe ..." Angstvoll, wie in einem Alptraum gefangen, warf er den Kopf zur Seite. „Es tut so weh", flüsterte er stöhnend. „Es quält mich ... Aber ich ... ich kann mich nicht erinnern ..."

Morgan nickte, bestürzt, doch äußerlich um Fassung bemüht. „Ja", sagte er ruhig. „Ich weiß, wer das Mädchen ist."

„Wirklich?" Einem Pfeil gleich schoss Alahrian in die Höhe, die Augen glühten wie zwei in Brand gesetzte Kohlestücke. „Erzähl mir von ihr, bitte!"

Morgan zögerte. Wenn er sich nicht erinnerte, war es dann wirklich klug, es ihm zu sagen?

„Das Mädchen!", drängte Alahrian. „Sag mir, wer sie ist!"

Der *Fenririm* unter dem Sofa erhob sich. Ein leises Knurren drang aus seiner Brust. Morgan wich einen Schritt zur Seite.

„Sprich!" Ungeduldig packte Alahrian ihn am Arm, Schatten glitten unter seinen Fingern hinweg, die Berührung durchfuhr Morgan wie ein Stromschlag. Instinktiv zuckte er zurück, Alahrian ließ ihn augenblicklich los und starrte erschrocken auf die schwelende Brandwunde auf Morgans Arm.

„Oh!" Bestürzung leuchtete in den dunklen Augen auf, er wurde blass. „Tut mir leid!", rief er hastig. „Das ... das wollte ich nicht! Verzeih."

„Schon gut." Verstohlen biss Morgan die Zähne aufeinander. Die Wunde war nicht schlimm, aber sie tat höllisch weh. Als hätte sich Säure in seine Haut hineingefressen.

„Tut mir leid", murmelte Alahrian erneut. „Ich ... da sind Kräfte in mir, die ich nicht kontrollieren kann, dunkle Mächte ..." Gequält verzog er das Gesicht. „Manchmal, da machen sie mir selbst Angst." Er schauderte sichtlich.

Nun, zumindest erklärte das das Verhalten des Wächters vorhin. Beklommen schaute Morgan auf seinen Arm herab. Es blutete nicht, aber es brannte und pochte wie verrückt.

Alahrian starrte blass und verstört ins Leere, halb aufgerichtet auf dem Kanapee. „*Sie* sagt, es spielt keine Rolle, ob ich jemandem wehtue", meinte er tonlos. „Aber ich glaube, das ist Unrecht. Man darf niemandem absichtlich wehtun, nicht wahr?" Besorgt richtete sich sein Blick nun auf Morgan, mit einem Mal sonderbar kindlich. „Es ist falsch, andere zu verletzen, oder etwa nicht?"

Morgan nickte, auf eine zweifelnde Art erleichtert. Lilith mochte ihm sein Gedächtnis geraubt haben, doch was immer sie getan hatte, den Kern seiner Persönlichkeit hatte sie nicht gebrochen. Er war verstört, durcheinander und verunsichert, aber im Wesentlichen war er immer noch er selbst. Er fand kein Vergnügen daran, Schmerzen zuzufügen. Vielleicht war es noch nicht zu spät, sein Herz noch nicht völlig in Dunkelheit getaucht.

Bekümmert tippte Alahrian mit den Fingerspitzen gegen Morgans Wunde, ganz vorsichtig jetzt und ohne ihn noch mehr zu verletzen. „Ich kann das wieder in Ordnung bringen", bemerkte er, mit einem Mal von Heiterkeit erfüllt.

Konzentriert kniff er die Augen zusammen, aber nichts geschah. Er bewegte die Finger. Sie waren ungewöhnlich kalt, nun da kein Licht mehr seine Haut von innen heraus zum Glühen brachte. Nichts passierte. Alahrians Gesicht verzerrte sich vor Anstrengung, doch was er früher mühelos zustande gebracht hätte, wollte ihm nun nicht gelingen: Die Wunde schloss sich nicht.

Frustriert ließ er sich zurücksinken. „Ich kann es nicht", stellte er voller Entsetzen fest. „Aber ich sollte es doch können, nicht wahr? Ich glaube, früher konnte ich es einmal." Wieder trat diese befremdliche Leere auf sein Gesicht, er schloss die Augen, als suche er etwas in seinen Gedanken – und fand es nicht. „Ich ... erinnere mich nicht ..." Das kam schleppend, mühsam wie unter Schmerzen.

„Schon gut." Die Bestürzung des anderen rührte Morgan und so legte er ihm behutsam die Hand auf die Schulter. „Es ist schon dabei zu verheilen, siehst du?" Aufmunternd streckte er ihm den Arm hin. Tatsächlich tat die Verletzung bereits viel weniger weh.

Alahrians Miene hellte sich auf. „Du bist tatsächlich mein Freund", stellte er fest, plötzlich, wie eine Eingebung. „Erzähl mir von dem Mädchen! Bitte."

Einladend deutete er mit einer langen, schneeweißen Hand auf das Kanapee. Morgan wollte sich setzten, doch der *Fenririm* hob plötzlich den Kopf und stieß ein dunkles, drohendes Knurren aus.

„Still!" Zornig drang Alahrians pechschwarzer Blick dem Tier in die Augen, winselnd zog das Monster den Schwanz ein und verkroch sich in eine Ecke.

Morgan beobachtete es mit wachsender Beunruhigung. Wie ein geprügelter Hund rollte sich der *Fenririm* auf dem Fußboden zusammen. Kaum zu glauben, dass eines eben jener Wesen Alahrian bei ihrer letzten Begegnung regelrecht das Fleisch von den Knochen gerissen hatte. Jetzt war das Monster gegen den *Alfar* nichts als ein armseliges, winselndes Haustier.

Was um alles in der Welt war mit Alahrian geschehen?

„Das Mädchen", drängte Alahrian, Verzweiflung im dunklen, umschatteten Blick. „Bitte!"

Morgan seufzte lautlos. Behutsam ließ er sich auf der Armlehne des Kanapees nieder, wobei er bewusst einen misstrauischen Abstand zwischen sich und dem Bruder einhielt, für den er sich selbst hasste. Es war *Alahrian*, verdammt! Sein kleiner, nerviger Mitbewohner, der Rosen mitten im Haus wachsen ließ und die Zimmer flutete, wenn er seine Gefühle nicht unter Kontrolle hatte. Und doch schauderte Morgan, wenn er ihn ansah. Beinahe fürchtete er sich vor ihm.

Da fiel ihm plötzlich etwas ein, etwas, das er fast schon vergessen hatte, ein kleiner Hoffnungsschimmer. Erregt griff er in die Taschen seiner Lederjacke, und tatsächlich: Sie war noch da: Lillys Kette mit dem Funken Sonnenlicht, den Alahrian für sie in einem winzigen Glasanhänger eingesperrt hatte. Morgan hatte sie eingesteckt, als der Bürgermeister sie zu Boden geworfen hatte und dann gar nicht mehr daran gedacht.

Jetzt aber konnte sie ihm vielleicht nützlich sein.

Schnell zog er den Anhänger heraus und zeigte ihn Alahrian. Die Wirkung überstieg alles, was er je hätte erwarten können, und zerschmetterte jede seiner Hoffnungen mit einem einzigen, grausamen Schlag.

Ein erstickter Schmerzensschrei zerriss die Luft. Zischend wich Alahrian vor dem Anhänger zurück wie der Teufel vorm Weihwasser, die Hände schützend vors Gesicht gehoben, die Augen hastig geschlossen.

„Nicht!", wimmerte er angstvoll, verkroch sich in die Sofakissen, als könnte er sich dort verstecken, und schlug zitternd die Arme um den Körper wie ein Kind, das sich panisch vor Furcht im Schrank verkriecht. „Nimm es weg!", ächzte er gequält. „Bitte, nimm es weg!"

Einen Moment lang war Morgan zu betäubt vor Schreck, um überhaupt reagieren zu können, dann legte er hastig die Hand um den leuchtenden Anhänger, ließ ihn wieder in die Tasche gleiten und verbarg damit sein Licht.

Alahrian seufzte erleichtert, richtete sich benommen auf und starrte Morgan aus großen, dunklen Augen an. „Warum hast du das gemacht?", fragte er heftig, nicht zornig im eigentlichen Sinne, sondern eher vorwurfsvoll, gekränkt, ja nahezu beleidigt. „Ich habe dich vorhin nicht mit Absicht verletzt, warum also tust du mir weh?" Entrüstet verschränkte er die Arme vor der Brust, die Lippen zu einem kindlichen Schmollen verzogen.

Um ein Haar hätte Morgan aufgelacht. Was immer aus Alahrian geworden war, *diese* Art von naiver Logik und kindlicher Empörung war so typisch für ihn, dass Morgan ganz schwindelig wurde vor Erleichterung. „Ich habe dir nicht mit Absicht wehgetan", erklärte er schnell. „Entschuldige bitte. Ich habe nicht gewusst, dass es dich verletzen würde."

Das war die Wahrheit. Eigentlich hatte er gehofft, Alahrian würde sein eigenes Licht erkennen, hatte gehofft, es würde ihn zu seinem alten Selbst zurückführen.

Zögernd kniff Alahrian die Augen zusammen, musterte Morgan einen Moment lang scharf und entspannte sich dann. „Also gut", bemerkte er versöhnlich. „Das Mädchen?"

Offenbar war er um keinen Preis bereit, das Thema fallen zu lassen, und das war vielleicht ein gutes Zeichen. „Das Mädchen ist jemand, den du einst sehr geliebt hast", antwortete er mit provozierender Offenheit.

„Was?" Alahrian riss die pechschwarzen Augen auf. „Und sie?", fragte er hastig. „Hat sie mich auch geliebt?"

Morgan nickte ernst und ließ seinen Bruder dabei nicht aus den Augen. „Sie liebt dich noch."

Alahrian starrte mit blassem Gesicht ins Leere, die Lippen zu einem dünnen, blutleeren Strich zusammengepresst. „Ich glaube dir nicht!", schrie er plötzlich, aufgebracht, mit flackerndem Blick.

Morgan rührte nicht einen Muskel.

Alahrian sprang auf. „Wenn ich sie geliebt habe, warum kann ich mich dann nicht an sie erinnern?", fragte er anklagend.

Ja, das allerdings wollte Morgan auch gern wissen. „Hör in dein Herz", sagte er laut. „Dann wirst du wissen, dass ich die Wahrheit spreche."

Verwirrung trat auf Alahrians scharfe, übernatürlich schöne Züge. „Ich höre nichts", entgegnete er tonlos, fast verzweifelt. „Ich kann mich nicht erinnern! Ich kann mich an gar nichts erinnern!"

Unruhig begann er, im Raum auf und ab zu gehen, die Hand gegen die Stirn gepresst. „Ist sie wie die Tochter des Bürgermeisters?", fragte er plötzlich und blieb mitten im Zimmer stehen.

Morgan antwortete nicht.

„Die Tochter des Bürgermeisters ließ mich aus Liebe foltern!", rief Alahrian hasserfüllt. „Sie ist schrecklich, die Liebe, grausam und schmerzhaft und leidbringend." Aus irren, flackernden Augen starrte er Morgan vorwurfsvoll an. „Ich glaube dir nicht!", schrie er böse.

„Das ist schlimm", entgegnete Morgan traurig. „Das ist sogar sehr schlimm." Irgendetwas stimmte hier nicht. *Die Tochter des Bürgermeisters ...* Und was hatte Alahrian vorhin gesagt? *Seit dem Feuer ...*

Aber hatte er nicht behauptet, sich an *gar nichts* erinnern zu können?

Ein furchtbarer Verdacht stieg in Morgan auf. „Alahrian", sagte er ernst und durchdringend. „Wie lange bist du schon hier?"

Mit aller Macht fing er den Blick des Bruders auf, zwang ihn, ihn anzusehen.

„Ich weiß nicht ..." Verwirrt runzelte Alahrian die Stirn. Ärgerlich fügte er hinzu: „Aber das sagte ich doch bereits!"

Morgan biss sich auf die Lippen, ohne den Blick von dem des anderen zu nehmen. „Welches Jahr haben wir?", fragte er hart.

„Sechzehnhundertneunundvierzig."

Das kam schnell und ohne zu zögern. Morgan erstarrte vor Entsetzen, als er begriff, was Lilith ihm wirklich angetan hatte. Sie hatte ihm seine Erinnerungen geraubt, aber nicht alle. Nur die glücklichen. An die Freundschaft mit Morgan, an die Zeit am französischen Königshof, an Lillian. An alles, was nach dem Feuer gekommen war!

Stattdessen machte sie ihn glauben, er wäre noch immer gefangen im Jahr 1649, dem Jahr des Feuers, dem Jahr, in dem er gefoltert, eingesperrt und nahezu zerstört worden war.

„Oh nein!" Schwach vor Schrecken ließ Morgan sich auf dem Kanapee zurücksinken.

In diesem Moment öffnete sich die Tür, und zwei bewaffnete Wachen traten ein.

Unwirsch fuhr Alahrian herum und funkelte die beiden Posten an. „Was ist denn?", fragte er barsch. „Seht ihr nicht, dass ich mich unterhalte?"

Einer der Männer verneigte sich so tief, dass er um ein Haar mit der Stirn gegen seine Fußspitzen gestoßen wäre. „Verzeiht, Hoheit", murmelte er verlegen. „Die Königin wünscht Euch zu sprechen."

„Die Königin?" Ein merkwürdiges Lächeln zuckte über Alahrians Gesicht. „Gut. Ich bin gleich so weit. Hinaus jetzt!" Ungeduldig scheuchte er die beiden Männer fort, mit einer Handbewegung, die eher dazu geeignet schien, sich lästiger Insekten zu entledigen. Dennoch verschwanden die beiden Wachen fast augenblicklich.

Stirnrunzelnd betrachtete Morgan Alahrian. Königin? *Hoheit*? Was hatte das zu bedeuten?

„Ich glaube, es wäre besser, wenn du jetzt gehst", sagte Alahrian, ein wenig bekümmert. „Sie wird gewiss gleich kommen."

Morgan erhob sich, zögerte aber, den Bruder zu verlassen. Auch Alahrian schien unschlüssig.

„Wirst du wiederkommen?", erkundigte er sich, weicher jetzt, behutsamer. „Ich bin so allein hier ... so einsam ..." Mit einem Mal wirkte er so verletzlich und fragil wie früher, trotz des schwarzen Funkelns in seinen Augen.

Morgan zwang sich zu einem Lächeln. „Ich bin nicht sicher, ob man mich lässt", entgegnete er bekümmert.

„Verstehe." Alahrian blickte zu Boden, auf seiner Unterlippe kauend. „Das leuchtende Ding von vorhin ... das Ding, das wehtut", meinte er nachdenklich. „Kann ich es noch einmal sehen?"

Morgan überlegte. Alahrians Blick aber war bittend, die Augen geweitet, und so zog er die Kette aus der Tasche hervor und zeigte sie ihm ein zweites Mal.

Wieder zuckte Alahrian vor Schmerz zurück, diesmal jedoch hatte er sich besser in der Gewalt. „Was ist es?", fragte er und musste den Blick senken, weil das Licht ihm die Tränen in die Augen trieb.

„Es hat dem Mädchen gehört", entgegnete Morgan in der Hoffnung, Alahrian würde sich vielleicht doch noch erinnern.

Dessen Blick jedoch blieb leer. „Kann ich ... kann ich es behalten?", fragte er dennoch.

Überrascht schloss Morgan die Faust um den Anhänger, bis sein Leuchten nicht mehr zu sehen war.

„Bitte!", flehte Alahrian.

„Okay." Vorsichtig ließ Morgan die Kette in seine Hand gleiten. Alahrian musste die Zähne zusammen beißen, so sehr schmerzte das Licht, aber er riss sich zusammen und steckte die Kette unter sein Wams, sorgsam darauf achtend, den Stoff seines Hemdes zwischen dem Anhänger und seiner Haut zu haben.

Plötzlich fuhr er zusammen und lauschte, den Kopf schräg gelegt. „Du musst gehen!", rief er hastig. *Sie kommt!"*

Morgan rührte sich nicht. „Komm mit mir", meinte er schnell. „Ich bin dein Freund, ich kann dich hier raus holen. Komm mit mir!"

Alahrian lächelte ein merkwürdig wehmütiges, melancholisches kleines Lächeln. Er schien eine Art lichten Moment zu haben, denn seine Augen waren ganz klar und rein, als er sagte: „Ich kann nicht. Zum ersten Mal in meinem Leben habe ich keine Angst mehr. Ich bin stark, ohne Furcht, ohne Schmerz. Ich bin glücklich, Morgan."

Morgan ... Irgendetwas in ihm konnte sich also doch an den Namen erinnern. „Glücklich?" Morgan schnaubte verächtlich. „So siehst du aber gar nicht aus! Du siehst aus wie eine Marionette unter Drogen!" Zorn wallte in ihm auf, doch bevor er ihm Luft machen konnte, erschien von einer Sekunde auf die nächste Lilith im Zimmer.

Sie benutzte nicht die Tür, sie kam nicht herein. Sie war einfach *da*, ein Gestalt gewordener Schatten.

„Willkommen in meinem Reich, junger *Döckalfar*", bemerkte sie lächelnd. „Welch interessante Abwechslung!"

Verblüfft starrte Morgan das Wesen mit den schwarzen Schwingen an. Er war zu überrascht, um Angst zu haben, zu verwirrt, um zu kämpfen. „Du wusstest, dass ich hier bin?" Es war mehr eine Feststellung als eine Frage.

„Natürlich." Sanft hoben sich die Schwingen wie zu einer Art Schulterzucken. „Du hättest nie den Weg hierher gefunden, hätte ich dich nicht gerufen."

Morgan suchte Alahrians Blick, dessen Augen jedoch waren wieder verschleiert, sein Antlitz dem Wesen zugewandt wie eine Blüte der Sonne. „Du manipulierst sein Gedächtnis und trotzdem lässt du zu, dass ausgerechnet ich mit ihm spreche?", vergewisserte er sich ungläubig. „Warum?"

Lächelnd streckte Lilith die Hand nach Alahrian aus, er glitt in ihre Arme wie ein folgsames Kind. Oder eine Puppe. „Er wird vergessen haben, dass du hier warst, noch ehe du diesen Raum verlassen hast", meinte sie ruhig. Zärtlich strichen ihre schlanken Finger über Alahrians nachtschwarzes Haar, seine Schläfen, seine Stirn.

Mit einem Ausdruck von Verwunderung, als erwache er aus einem tiefen Traum, blickte Alahrian auf und schaute blinzelnd Morgan an. „Wer bist du?", fragte er, flach und tonlos, wie in Trance.

„Siehst du", bemerkte Lilith leise. „Er hat es bereits vergessen."

„Du Teufel!" In hilfloser Wut trat Morgan einen Schritt auf das Wesen zu und griff mit einer Hand nach der Waffe, die er im Gürtel trug. Aber er kam nie dazu, sie zu ziehen. Alahrian, mit einem Mal angespannt wie ein Tiger vor dem Sprung, schoss vor, stellte sich schützend zwischen ihn und Lilith und hob drohend die Hände. Dunkelheit floss wie Sirup um seine weißen Finger, urplötzlich schien es eiskalt im Zimmer zu sein, und die violetten Flammen in den Räucherschalen verströmten nur noch Schatten statt Licht.

„Schon gut, mein Herz." Beruhigend legte Lilith ihre samtenen Schwingen auf Alahrians Schultern.

Die Dunkelheit zog sich zurück, die Luft erwärmte sich fühlbar. „Ruh dich jetzt aus, kleiner Prinz", flüsterte Lilith ihm ins Ohr. „Schlaf ... Schlaf."

Lautlos sank Alahrian in sich zusammen. Ihre Schwingen fingen ihn auf, trugen ihn zum Kanapee und betteten ihn behutsam darauf. Schaudernd beobachtete Morgan, wie Lilith zärtlich eine Decke über den reglosen Körper seines Bruders breitete und sich einen Moment lang ganz ihm widmete, nahezu absorbiert von dieser schlichten, grotesk fürsorglichen Geste.

Morgan hätte in diesem Augenblick fliehen können, er war sicher, sie hätte es nicht bemerkt. Vielleicht hätte er sie sogar angreifen können, aber er war außerstande, auch nur einen Muskel zu rühren.

„Komm", mit einer Handbewegung dirigierte Lilith ihn in einen Nebenraum.

Morgan zögerte, ihr zu folgen. „Damit du mich einsperren kannst? Mich zu deiner Marionette machen wie ihn?", fragte er zynisch.

Liliths Gesicht zeigte keine Regung. „Ich habe nicht die Absicht, dir zu schaden, *Döckalfar*", entgegnete sie ruhig. „Hätte ich das gewollt, wäre es längst geschehen."

Morgan nickte. Die Logik ihrer Worte war zwingend. Er war ihr bereits ausgeliefert, hatte sich freiwillig in ihre Hände begeben, er hatte gar keine andere Wahl, als ihr Glauben zu schenken.

Schnell trat er durch die Tür und folgte ihr ins Nebenzimmer. Es war kahl, fast dunkel und leer bis auf einen schlichten, steinernen Tisch und einige Stühle darum herum. Mit ruhigen, sonderbar anmutigen Bewegungen nahm Lilith eine Karaffe vom Tisch, füllte zwei Gläser und reichte eines davon Morgan.

Er musste sich beherrschen, um nicht schrill aufzulachen. „Nein danke", sagte er stattdessen, den Hohn in seiner Stimme nur mühsam zurückhaltend. „Ich bin nicht durstig."

Ein Lächeln zuckte um Liliths perfekt geschwungene Lippen. „Du bist ein Narr, junger *Döckalfar*", bemerkte sie melodiös. „Ein tapferer Narr, aber dennoch ein Narr."

Morgan ignorierte sowohl das Lob als auch die Beleidigung. „Was willst du von mir?", fragte er kühl. „Warum hast du zugelassen, dass ich mit Alahrian spreche, wo du dir doch solche Mühe gegeben hast, mich aus seinem Gedächtnis zu löschen?"

Das Wesen zuckte mit den Schultern. Eine bemerkenswert menschliche Geste für eine derart übermenschliche Kreatur. „Er war so niedergeschlagen in letzter Zeit", entgegnete sie in einem Ton echter Besorgnis. „So deprimiert."

„Ach. Und das wundert dich?" Böse funkelte Morgan sie an und fragte sich gleichzeitig, woher er den Mut zu solcher Provokation fand. Vielleicht, weil er tief in sich die Wahrheit spürte: Sie hatte nicht gelogen. Sie wollte ihm tatsächlich nicht schaden.

„Ich dachte, es würde ihn vielleicht aufheitern, jemanden zu treffen, der einst sein Freund gewesen ist", sinnierte Lilith, ohne ihn anzusehen. „Aber du hast ihn nur verwirrt!"

„Kein Wunder, nachdem du derart in seinem Kopf herumgestochert hast!" Allmählich wurde Morgan tatsächlich zornig. Diese ganze Situation war absurd!

„Ich will nur, dass er glücklich ist." Die Königin der Erloschenen lehnte sich gegen den Tisch, die Schwingen angelegt, den Kopf gesenkt. Sie hätte traurig ausgesehen, wäre sie nicht selbst jetzt von einem Hauch von Finsternis umgeben, einem Mantel aus Schatten und Dunkelheit.

„Das will ich auch", entgegnete Morgan, sehr ernst und sehr ruhig. „Und deshalb kann ich nicht ohne ihn gehen."

Lilith lachte leise. „Er hat seine Entscheidung getroffen", antwortete sie milde. „Selbst wenn ich es wollte, ich könnte ihn nicht zurückschicken. Es war seine eigene Wahl."

„Was? Eine Marionette zu sein? Eine bloße Hülle, die allmählich den Verstand verliert?" Wütend fuhr Morgan auf.

Lilith beobachtete belustigt seinen Zorn. „Du hast wirklich Mut", bemerkte sie anerkennend. „Mir in meinem eigenen Reich, dem Zentrum meiner Macht, derart unverfroren zu begegnen."

Stolz reckte Morgan den Kopf. „Mein Volk hat das deine schon einmal besiegt", entgegnete er kalt. „Wir können es wieder tun."

Unbewegt verzog die Königin die Lippen. „Ihr habt mein Volk der Schatten hier eingesperrt, in dieses Reich aus Dunkelheit", meinte sie bitter, mit einer flüchtigen Bewegung ihrer Schwingen, die sämtliche Hallen, Labyrinthe und Höhlen der Hohlen Hügel mit einzuschließen schien. „Doch niemals hättet ihr die Tore verschlossen halten können, hättet ihr nicht *seine* Magie zur Verfügung gehabt." Ein zärtlicher Blick ihrer lichtschluckenden Augen huschte zu der Tür hin, hinter der Alahrian schlief. „Ihr habt ihn dazu getrieben, sich gegen sein eigenes Volk zu wenden", sagte sie mit einem plötzlichen Aufflackern von Zorn. „Jetzt aber ist er heimgekehrt. Er ist gekommen, um seinen rechtmäßigen Platz einzunehmen. An meiner Seite."

„Was?" Atemlos vor Schreck starrte Morgan sie an, wich unwillkürlich einen Schritt vor ihr zurück. An ihrer Seite! Das war es also, was sie getan hatte! Sie hatte Alahrian zu ihrem Prinzen gemacht, einem schwarzen Prinz der Finsternis, Herrscher über Dunkelheit und Schatten.

„Bei allen Göttern!" In seinem Kopf schien sich plötzlich alles zu drehen, keuchend lehnte er sich gegen die Wand.

„Es ist seine Bestimmung", sagte Lilith ruhig. „Es ist schon immer seine Bestimmung gewesen."

„Nein!" Hart stieß Morgan sich von der Wand ab, legte den Kopf in den Nacken und funkelte das gefiederte Wesen aus brennenden Augen an. „So ist er nicht! Er ist voller Güte und Liebe und Reinheit! Er wird niemals zu einer Kreatur der Schatten werden!"

Ein Lächeln huschte über Liliths Gesicht. „Du liebst ihn sehr, nicht wahr?" Ihre Stimme war weich und sanft.

„Er ist mein Bruder!"

„Ja." Nachdenklich ließ sie sich in einen Sessel gleiten, anmutig wie ein fallendes Herbstblatt. „Ich könnte einen wie dich in meiner Armee gut gebrauchen", meinte sie plötzlich. „Du hast in vielen Kriegen der Menschen gekämpft, nicht wahr? In den Kreuzzügen, dem Dreißigjährigen Krieg, den Revolutionskriegen, dem Amerikanischen Bürgerkrieg. Sogar im Ersten Weltkrieg, wie man sagt."

Morgan nickte stumm. Worauf um alles in der Welt wollte sie hinaus?

„Du bist ein guter Kämpfer", fuhr sie fort. „Vorhin hast du sechs meiner Männer auf einen Schlag erledigt. Du bist stark, du bist der geborene Anführer."

Morgan schnaubte verächtlich. Ihre salbungsvollen Worte berührten ihn nicht.

„Schließ dich mir an!", sagte sie da. „Übernimm den Befehl über eine meiner Armeen, und ich verspreche dir, es wird nicht zu deinem Schaden sein!"

Morgan lachte kalt. „Ich bin ein *Döckalfar*", erklärte er stolz. „Niemals zuvor hat einer meines Volkes einem Erloschenen gedient, einem Schatten!" Geringschätzig verzog er das Gesicht.

„Du könntest *ihm* dienen", entgegnete sie weich. „Deinem Bruder."

Und einen winzigen Moment lang war Morgan versucht, es tatsächlich zu tun. Hier unten zu bleiben und ein Heerführer zu werden in Liliths Armee. Zu bleiben und zu warten, bis er eine Gelegenheit fand, Alahrian zu befreien und nach Hause zu bringen. Zurück ans Licht.

Aber dann schüttelte er den Kopf. Er konnte nicht hier unten bleiben und Lilly in ihrer Welt alleinlassen. Er hatte versprochen, auf sie aufzupassen. Und ein *Döckalfar* brach niemals sein Wort.

„Nein", sagte er ruhig.

„Dann geh!" Sie versuchte nicht, ihn zu überreden, sie hielt ihn nicht zurück. Ja, sie rührte sich noch nicht einmal von ihrem Platz weg.

„Du lässt mich laufen?" Ungläubig runzelte Morgan die Stirn. „Einfach so?"

Sie zuckte mit den Schultern. Wieder eine dieser seltsam menschlichen Gesten. „Dich zu töten vermag ich nicht, dich gefangen zu halten wäre eine Verschwendung", erklärte sie gleichgültig. „Ich sagte doch schon: Du bist nicht mein Feind."

„Dein Volk und meines sind Feinde gewesen von Anbeginn der Zeit!" Morgan konnte nicht fassen, was er da hörte.

„Aber wir sind es nicht mehr." Graziös erhob sich das Wesen gleich der Morgenröte am Horizont.

„Seit wann?"

Ein Blick, in dem sich die Jahrhunderte spiegelten wie Wolken in einem tiefen Ozean, hielt den seinen gefangen. „Seit wir einen gemeinsamen Feind haben", sagte sie kalt. „Und jetzt geh!"

Morgan rührte sich nicht.

„Geh!", donnerte das Wesen mit einer Stimme, gewaltig wie ein zusammenstürzender Berg, lieblich wie ein Sommerwind zwischen zarten Rosenblättern. „Geh!"

Und Morgan wandte sich um und verließ zuerst den unterirdischen Palast und dann diese ganze, finstere Welt. Niemand hielt ihn auf.

Regenbogenfarben

„Alahrian!" Lilly erwachte mit dem üblichen Flackern von Hoffnung in ihrem Herzen. Nur langsam kehrte sie in die Realität zurück, und mit dem letzten Rest von Schlaf verschwand auch das Bild – und der Schmerz kam.

Sie hatte ihn verloren. Er würde nie zurückkehren. Er war fort.

Sich auf die Lippen beißend, bis sie Blut schmeckte, drängte Lilly die Tränen fort und widmete sich stattdessen der Frage, wie sie überhaupt eingeschlafen war. Sie konnte sich nicht daran erinnern, die Augen geschlossen zu haben, und sie konnte sich noch weniger erinnern, nach oben in Alahrians Schlafzimmer gestiegen zu sein. Dennoch lag sie in seinem Bett, unter seinen Rosen, die jetzt welk waren und traurig die Köpfe hängen ließen.

Morgan ... Natürlich! Er war in die Hohlen Hügel gegangen, um Alahrian zu befreien. Ohne sie.

Mit einem Mal von einer elektrisierten Spannung erfüllt, sprang sie auf, ignorierte das Schwindelgefühl in ihrem Kopf und raste die Treppe in die Halle hinunter. Ein flüchtiger Blick auf die Uhr zeigte ihr, dass sie nicht lange geschlafen haben konnte, kaum eine halbe

Stunde. Vielleicht war er noch da! Und vielleicht, wenn er zurückkehrte ...

Sie wagte nicht, den Gedanken zu Ende zu denken. Hoffnung ist ein zweischneidiges Schwert. Sie durfte es sich nicht erlauben zu hoffen.

Dennoch durchströmte sie ein wildes Gefühl von Erleichterung, als sie tatsächlich den *Döckalfar* in der Halle stehen sah.

„Morgan!" Sie stolperte fast die Treppe runter, so eilig hatte sie es, ihn zu treffen. Vor lauter Aufregung vergaß sie sogar, ihm böse zu sein, weil er sie in unnatürlichen Schlaf versetzt hatte. „Ein Glück, du bist noch da! Wir müssen ..."

Abrupt hielt sie inne. Alahrians Bruder sah abgekämpft und erschöpft aus, violette Ringe lagen unter seinen Augen, als hätte er die letzten fünf Nächte durchgemacht. Ein Ärmel seiner schwarzen Lederjacke war aufgeschlitzt, das Hemd darunter zerknittert und schmutzig.

„Was ist passiert?" Verblüfft starrte Lilly ihn an.

Morgan lächelte schwach. „Ich bin nicht *noch* da", erklärte er betont. „Ich bin *wieder* da."

„Was?" Lilly verstand kein Wort. „Bist du nicht reingekommen? Waren die Tore verschlossen?"

Seufzend ließ sich Morgan auf eine Treppenstufe sinken. „Die Tore sind offen und der Weg in die Hohlen Hügel frei", meinte er müde. „Aber die Zeit verläuft dort anders. Manchmal langsamer – manchmal schneller. Aus *meiner* Sicht war ich lange fort. Wie lange war es für dich?"

Verwirrt schüttelte Lilly den Kopf. „Bloß eine halbe Stunde."

Morgan biss sich auf die Lippen. „Verdammt! Dann muss es sich für Alahrian anfühlen, als säße er schon seit Monaten dort unten fest!"

Ein Stich durchfuhr Lillys Herz. Einen Moment lang hörte es ganz auf zu schlagen. „Dann hast du ihn gesehen?" Jetzt raste der Puls in ihren Adern.

„Ja, ich habe ihn gesehen."

Aber er hatte ihn nicht mitgebracht. Das war offensichtlich. „Wie geht es ihm?", fragte Lilly schnell, bevor die Enttäuschung ihr den Atem nehmen konnte.

„Körperlich geht es ihm erstaunlich gut." Morgan wich ihrem Blick aus.

„Körperlich?"

Morgan zögerte mit der Antwort.

„Morgan, bitte!", drängte Lilly ungeduldig. „Was soll denn das bedeuten?"

„Nun ja, er ist ein wenig ... verwirrt." Unbehaglich kaute der *Döckalfar* auf seiner Unterlippe herum. „Er glaubt, er befände sich noch immer im Jahr 1649."

„Dem Jahr, in dem man ihn auf den Scheiterhaufen geschickt hat." Lilly fühlte, wie sie blass wurde.

Morgan nickte düster. „Lilith hat ihm seine Erinnerungen genommen. An alles, was danach kam."

Lilly schloss die Augen, um die Tränen aufzuhalten, die darin brannten. „Das heißt, er hat mich vergessen", sagte sie tonlos. „Er kennt mich nicht mehr."

Morgan berührte tröstend ihre Hand. „Nicht ganz", bemerkte er aufmunternd. „Er hat Träume. Sein Unterbewusstsein erinnert sich immer noch an dich."

Lilly öffnete die Augen, wandte das Gesicht ab und schwieg.

„Er liebt dich immer noch!" Erschöpft stand Morgan auf, blass und fahrig, doch mit von Überzeugung glänzenden Augen. „Sie mag seine Gedanken manipulieren können, seine Gefühle aber nicht! Seine Gefühle sind immer noch dieselben, er weiß es nur nicht. Noch nicht."

Lilly wischte sich mit der Hand über die brennenden Augen und warf einen unsicheren, instinktiven Blick zum Fenster hin, halb erwartend, dass es zu regnen anfangen würde. Aber natürlich passierte nichts dergleichen. „Warum tut sie das?", fragte sie hilflos. „Warum manipuliert sie ihn?"

Morgan lachte bitter. „Nun ja, es ist sehr viel leichter, jemanden zu kontrollieren, der völlig verängstigt und verstört ist, als jemanden, der die Kraft der Liebe in sich trägt. Und er war *sehr* verängstigt damals." Ruhelos begann er, im Raum auf und ab zu laufen. „Aber er liebt dich! Ich bin sicher, er liebt dich! Und das ist vielleicht der Schlüssel zu seiner Rettung. Im Augenblick ist es schwer, ihn zu befreien, da er selbst nicht gehen will. Aber irgendwann wird er aufwachen, und dann wird er sich vielleicht von selbst gegen Lilith wenden."

Lilly setzte sich auf die Treppe, lehnte den Kopf gegen die Wand und starrte blicklos vor sich hin. Er hatte sie vergessen. Vielleicht war es besser so, besser für ihn, und doch tat es weh. „Und was, wenn nicht?", meinte sie kläglich. „Was, wenn er die Erinnerung an seine ganze Welt, dich, mich, sein sterbliches Leben vollends verliert? Wenn er ein Teil der Schatten wird?"

Düster senkte Morgan den Blick. „Dann gibt es nichts und niemanden mehr, was ihn noch retten kann."

***

Erregt lief Morgan in der Halle hin und her und fand keine Ruhe, obwohl er nach dem endlosen Marsch durch die dunklen Labyrinthe der Hohlen Hügel fast zum Umfallen erschöpft war. Lilly war inzwischen nach Hause gegangen, um ihren Eltern die Lüge einer heilen Welt vorzugaukeln. Und was hätte sie auch sonst tun sollen? Erzählen, dass Alahrian, um ihr Leben zu retten, in die Schatten gefallen und dort von einem schwarzen Engel festgehalten wurde?

Offiziell hatte er einfach nur eine schwere Grippe. Morgan war sogar geistesgegenwärtig genug gewesen, in der Schule anzurufen und ihn krank zu melden. Wohin das noch führen mochte, wusste er allerdings selbst nicht. Sie lebten in einer Kleinstadt, und das in einer Zeit, in der Personen, die zumindest als Menschen *galten*, nicht einfach so verschwinden konnten, ohne dass jemand Fragen stellte. Irgendwann würde er ihn als vermisst melden müssen, und dann würde er als Opfer irgendeines verqueren Verbrechens in die Geschichte des Ortes eingehen. Vielleicht sogar in Zusammenhang mit dem Priester und dem Bürgermeister. Die waren seit dem Vorfall im Kerker ebenfalls spurlos verschwunden, geflohen vor Liliths Zorn – oder was auch immer.

Frustriert blieb Morgan vor der Veranda-Tür stehen und starrte blicklos nach draußen in den verwüsteten Garten. Noch immer hatten sich dort einige Tiere versammelt, eine groteske Trauergemeinschaft. Obwohl die Sonne schien, war es nicht richtig hell geworden, nicht so wie früher. Nicht so wie früher, als Alahrian die Welt der Sterblichen noch mit seinem Licht beschenkt hatte.

An den Kleinen zu denken, schmerzte überraschend heftig. Als *Döckalfar* war Morgan jemand, der sich in kühlen, abweisenden Gemäuern ebenso wohlfühlen konnte wie in einem lichtdurchfluteten Loft, und nur allzu oft waren ihm Alahrians Pflanzen, sein Frischluftfanatismus und seine unbelehrbare Blindheit allen praktischen Angelegenheiten des Lebens gegenüber gehörig auf die Nerven gegangen.

Jetzt würde er eine gelegentliche Überflutung seines Heims, eine ab und an brennende Couch, ja sogar die unberechenbaren Gefühlsausbrüche des *Liosalfar* mit Freuden in Kauf nehmen, würde er damit nur endlich seinen Bruder zurückbekommen. Seit Alahrian im Fieber gelegen hatte, wusste er, was der Bruder ihm bedeutete. Wie sehr er ihn vermissen würde, das begann er erst jetzt zu ahnen.

Er musste ihn zurückholen! Musste ihn einfach befreien, koste es, was es wolle!

Wieder fing er an, wie ein gefangener Tiger im Käfig hin und her zu laufen, die Gedanken rasend in seinem schmerzenden Kopf. Wenn er wenigstens wüsste, was Lilith vorhatte! Wirr tanzten Fetzen ihrer Worte zwischen seinen Schläfen umher. Wie sie Alahrian umsorgt hatte, als wäre er ein Kind, wie sie ihn selbst hatte laufen lassen, wie sie versucht hatte, ihn auf seine Seite zu ziehen ...

Warum nur?

Ich könnte einen wie dich in meiner Armee gut gebrauchen ...

Ihre Armee ... Sie hatte Krieger in ihrem Schattenreich versammelt, natürlich. Aber wozu? Wollte sie den alten Kampf zwischen *Lios- und Döckalfar* wieder aufleben lassen? Brauchte sie ihn deshalb als Heerführer? Damit er sein eigenes Volk verriet? Aber nein.

Wir sind keine Feinde mehr, hatte sie gesagt. Seit ...

Seit wir einen gemeinsamen Feind haben.

Mitten in der Bewegung blieb Morgan stehen, ganz betäubt vor Schreck, als es ihm wie Schuppen von den Augen fiel. Aber natürlich! Wie hatte er nur so dumm sein können?

Fast hysterisch suchte sein Blick das Bücherregal in der Halle ab, bis er an einem schmalen, ledernen Band hängen blieb. John Milton: *Paradise Lost*.

Better to reign in Hell, than serve in Heaven.

Mit diesen Worten hatte er selbst es Lilly erklärt. Da Lilith im Himmel nicht dienen wollte, hatte sie beschlossen, in der Hölle zu regieren. Das war es, was sie wollte, seit der Graue sie aus der Anderswelt verbannt hatte! Ihre Hölle war die Welt der Sterblichen, und um die Sterblichen zu schützen, hatte Alahrian selbst sie in die Hohlen Hügel gesperrt, und die *Döckalfar* hatten all ihre erloschenen Diener in jene Zwischenwelt verbannt. Jetzt waren die Tore geöffnet, Alahrians bannende Magie verklungen.

Sie hatte freie Bahn, sich diese Welt untertan zu machen, und es gab niemanden mehr, der sie ernsthaft daran hindern konnte. Im Gegenteil: Nach allem, was die Menschen den *Alfar* angetan hatten, hoffte sie sogar, Morgans Volk würde sich ihr anschließen.

Die Sterblichen waren der gemeinsame Feind, von dem sie gesprochen hatte.

Ächzend ließ Morgan sich zu Boden sinken, die Hand gegen die Stirn gepresst. Deswegen hatte sie auch Alahrians Gedächtnis manipuliert. Er erinnerte sich nur noch an den Hass, das Leid, den Schmerz, die er durch die Menschen erfahren hatte. Die Liebe, die ihm eine aus diesem Volk geschenkt hatte, war ihm entglitten. Er kannte nur noch Furcht und Zorn und vielleicht sogar Rache.

Ja, das war es, was sie wollte: Dass er Rache nahm an seinen Feinden. Und wenn das wirklich geschah, dann würde das Schicksal dieser Feinde fürchterlich sein. Alahrians Macht war gewaltig, größer als er selbst erfassen konnte, und sie wussten es beide.

Lilith hatte Alahrian nicht nur zu ihrem Nachfolger gemacht, sie hatte ihn in einen Engel verwandelt. In einen düsteren, von Hass und Zorn genährten Racheengel.

***

„Das würde er nie tun." Lilly war sofort in die Villa zurückgekehrt, nachdem sie Morgans Nachricht auf der Mailbox abgehört hatte. „So ist er nicht! Niemals würde er sich zu so etwas missbrauchen lassen, verwirrt oder nicht!"

„Er ist nicht mehr er selbst! Du hättest ihn mal sehen sollen!" Morgan mahlte mit den Kiefern. Das war eine Bemerkung, die er ihr hatte vorenthalten wollen, Lilly spürte es deutlich.

„Wir MÜSSEN ihn da rausholen!"

Lilly hatte Morgan selten so aufgelöst erlebt. Alle Coolness, die ihn sonst wie ein schützender Mantel umweht hatte, war dahin.

Woher sie ihre eigene, plötzliche Ruhe nahm, wusste sie selbst nicht. Vielleicht, weil es einfach nichts mehr gab, was sie noch schockieren konnte. Sie hatte Alahrian verloren, und das war das Schlimmste, was sie sich hätte vorstellen können. Alles Weitere ging schlichtweg über ihren Verstand. Sie hatte einfach nicht die Kraft, noch verzweifelter zu sein, als sie ohnehin schon war.

„Sagtest du nicht vorhin noch, das sei unmöglich?", erkundigte sie sich tonlos.

„Vielleicht habe ich mich geirrt." In Morgans Augen glomm ein irres Flackern auf. Sein Gesicht war blass, von Erschöpfung gezeichnet, doch vom Glorienschein seiner eigenen Idee durchdrungen. „Ich habe mich geirrt, als ich sagte, es gäbe niemanden mehr, der ihn noch retten kann. Einen gibt es aber noch."

„Und wer soll das sein?" Fast ärgerlich starrte sie ihn an.

„Der Graue."

„Der Graue?" Lilly schüttelte den Kopf, als zweifele sie an Morgans Verstand. Alahrian hatte ihr von dem Grauen erzählt. Er hatte ihr auch gesagt, dass er diese Welt schon vor langer Zeit verlassen hatte.

„Der Graue schert sich nicht um Alahrian oder irgendeinen von seinem Volk", erklärte sie verächtlich. „Alahrian hat mir erzählt, wie er in der Kerkerzelle nach ihm gerufen hat, wie er ihn angefleht hat, ihn zu retten. Er ist nicht gekommen. Zu keinem von euch, zu keiner Zeit!"

Morgans Gesicht verlor auch noch den letzten Rest von Farbe. „Wie kannst du so etwas sagen? Ausgerechnet du?", entgegnete er schockiert.

„Ausgerechnet ich?" Stirnrunzelnd winkte Lilly ab. Was hatte sie mit dem Grauen zu schaffen?

„Du hast ihn doch gesehen! Du warst mit Alahrian bei ihm, er hat es mir erzählt!" Verständnislos musterte er sie, dann hellte sich sein Gesicht auf. „Oh!", machte er bestürzt. „Du hast es vergessen, natürlich! Es war nur ein Traum, eine Vision, und du kannst dich an nichts erinnern."

Böse funkelte Lilly ihn an. „Wovon – zum – Teufel – sprichst – du?"

Morgan lächelte milde, ihre Gereiztheit prallte von ihm ab. „Als du Alahrian das erste Mal geküsst hast, da ist euch der Graue erschienen", erklärte er ruhig. „Aber du konntest dich hinterher an nichts erinnern. Alahrian schon. Er hat es mir gesagt."

Zweifelnd hielt Lilly inne. Sie war ohnmächtig geworden nach dem ersten Kuss, das stimmte. Aber sie hatte geglaubt, es sei einfach nur der überwältigende Zauber des Augenblicks gewesen. Ein Kuss war etwas sehr Magisches, zumal wenn man ein übernatürliches Wesen küsste.

„Wieso hätte Alahrian mir etwas derart Wichtiges verschweigen sollen?", fragte sie ungläubig.

„Keine Ahnung! Vielleicht hielt er es für richtig, was weiß ich!" Ungeduldig zuckte Morgan mit den Schultern. „Das spielt doch jetzt auch überhaupt gar keine Rolle!"

„Und was spielt eine Rolle, deiner Meinung nach?" Die ganze Idee erschien Lilly immer absurder.

„Du musst den Grauen rufen", entgegnete Morgan fest. „Alahrian hat gesagt, du seist es gewesen, die euch zu ihm geführt hat. Du musst es noch einmal tun! Jetzt!"

„Was?!" Hysterisch lachte sie auf. „Ich kann mich an den ganzen Vorfall doch gar nicht erinnern, und ich habe absolut keine Ahnung, wie ..."

Violette Funken sammelten sich in ihren Fingerspitzen, wütend schüttelte Lilly sie ab. Sie flogen als leuchtende Geschosse in die Küche, entluden sich über der Spüle und regneten glühend herab.

Morgan drehte beiläufig den Wasserhahn auf und löschte mit routinierten Bewegungen die tanzende Glut. Er schien Erfahrung in diesen Dingen zu haben, der Schaden entlockte ihm noch nicht einmal ein winziges Mienenspiel.

„Deine Magie ist stark", verkündete er stattdessen, nahezu triumphierend. „Es ist *Alahrians* Magie! Du kannst es. Du musst es können. Ruf den Grauen!"

Lilly seufzte hilflos. „Wenn du mir sagst, was ich tun soll." Resignierend schüttelte sie den Kopf.

„Was hast du damals getan?"

„So wie es aussieht, geschah es, als Alahrian und ich uns das erste Mal geküsst haben."

„Hmm ..." Morgan verzog das Gesicht, angestrengt überlegend. „Das ist ja nun kaum mehr möglich." Nachdenklich ließ er sich auf der Arbeitsplatte der Küche nieder, schwieg geschlagene zwei Minuten lang und platzte dann plötzlich heraus:

„Du musst *mich* küssen!"

„Spinnst du?" Entrüstet wich Lilly zwei Schritte vor ihm zurück. „Du hast sie wohl nicht mehr alle!"

„Na, na, na!" Beleidigt verzog Morgan die Lippen. „Wir wollen ja mal nicht persönlich werden, ja? Es gibt eine Menge Mädchen, die würden sonst was drum geben, mich küssen zu dürfen!" Stolz strich er sich das dichte, schwarze Haar aus der Stirn.

„Ja, ja ich weiß." Anna-Maria zum Beispiel. Lilly winkte ab. „Ich küsse Alahrian und sonst niemanden!", erklärte sie rigoros.

„Und wenn es das Einzige wäre, was ihn noch retten könnte?" Hart funkelte er sie an. Dann glitt er von der Arbeitsplatte herunter, lehnte sich lässig dagegen und spielte beiläufig mit dem breiten Lederarmband um sein Handgelenk, das den gezackten Elfenstern darunter verbarg.

Lilly kochte vor Zorn. Feuer umspielte ihre Fingerspitzen, doch diesmal ließ sie es nicht los, obwohl sie gute Lust hatte, es Morgan direkt in sein arrogantes, ausdrucksloses Gesicht zu schleudern. Allerdings: Er hatte immerhin den Anstand, nicht auch noch zu grinsen, wie er es sonst zweifelsohne getan hätte. Der Vorschlag war kein Witz gewesen. Er meinte es wirklich ernst.

Wenn ein Kuss Alahrian retten kann … Lilly biss sich auf die Lippen. Es hätte keine Bedeutung, dachte sie wild.

„Alahrian war bereit, um deinetwillen in die Schatten zu gehen", sagte Morgan kalt. „Kannst du nicht einmal dieses kleine Opfer für ihn bringen?"

Lilly schenkte ihm einen brennenden Blick. Das Bedürfnis, ihn zu schlagen, war beinahe übermächtig. Seit sie Alahrians Magie übernommen hatte, waren auch ihre Gefühle vollkommen durcheinander. Nicht nur, dass sie wegen seines Verschwindens völlig durch den Wind war, nein, sie schien auch alles intensiver zu empfinden, als wären ihre Gefühle hundertfach verstärkt. Aber diesmal beherrschte sie sich.

Stattdessen streckte sie die Hand aus, packte Morgan am Kragen, um ihn näher zu sich heranzuziehen, und presste ihre geschlossenen Lippen hart auf die seinen.

Nichts passierte.

Hastig ließ sie ihn los.

Morgan blinzelte verblüfft, der Hauch eines spöttischen Lächelns umwehte seine Miene, doch er erstarrte zur Ausdruckslosigkeit, als ihn Lillys vernichtender Blick traf.

„Kein Wort!", knurrte sie drohend.

„Schon gut, schon gut!" Abwehrend hob Morgan die Hände.

„Es hat nicht funktioniert", stellte Lilly nüchtern fest. „Vielleicht muss es ein Kuss aus Liebe sein."

„Es ist ein Kuss aus Liebe", meinte er ruhig. „Nur nicht zwischen uns beiden." Sein Blick war undurchdringlich. „Vielleicht müssen wir uns mehr Mühe geben."

Bevor Lilly reagieren konnte, neigte er sich zu ihr herab, hob mit zwei Fingern ihr Kinn an – und steckte ihr die Zunge in den Mund!

„Lass das!" Unsanft stieß sie ihn von sich, schlug ihm mit der Hand ins Gesicht und wich zwei weitere Schritte zurück.

Unbeeindruckt zuckte Morgan mit den Schultern. „Einen Versuch war's wert!" Grinsend rieb er sich die gerötete Wange. „Schätzchen, du hast einen ganz schönen Schlag drauf, das hat echt wehgetan."

„Ja, das sollte es auch!" Entrüstet stemmte Lilly die Fäuste in die Hüften.

Da packte Morgan plötzlich ihr Handgelenk, drehte es in einer schnellen Bewegung herum und starrte auf die blauen Adern, die sich dort deutlich unter der hellen Haut abhoben.

„Ich bin so ein Idiot!", ächzte er, offenbar von einer Art übersinnlichen Eingebung erfüllt.

„Das stimmt", entgegnete Lilly mitleidlos und versuchte, ihre Hand zu befreien.

Morgan reagierte nicht darauf. „Der Stern!", rief er, mit schon wieder erregt flackernden Augen. „Du musst den Stern empfangen!" Hastig riss er das Lederarmband von seinem eigenen Handgelenk und zeigte ihr das Symbol darauf: den siebenzackigen Stern, den auch Alahrian trug. Den alle *Alfar* trugen. Bei Alahrian war er leuchtend blau gewesen, bei Morgan schimmerte er silbern, wie ein aus Sternenlicht gewobenes Tattoo.

„Du bist eine von uns", erklärte er schnell, mit sich überschlagender Stimme. „Zumindest zur Hälfte. Du trägst Alahrians Licht in dir. Der Stern wird dich noch enger an sein Volk binden und damit an ihn. Wer weiß, wenn wir die Zeremonie vollführen, vielleicht kannst du dann Kontakt zu ihm aufnehmen? Vielleicht kannst *du* ihm die Kraft geben, Lilith zu widerstehen."

„O-okay ..." Ihre Stimme zitterte. Lilly schloss die Augen, um des Schwindelgefühls in ihrem Kopf Herr zu werden. Küsse, Sterne ... In ihren Gedanken drehte sich alles.

Alahrian ...

Es ist für Alahrian. Alles, was ihm hilft – was nur die Chance bringt, ihn zu retten, ist okay.

Ruckartig öffnete sie die Augen wieder. „Was muss ich tun?"

„Komm!" Er führte sie in die Halle zurück, zu dem Stern in deren Zentrum. „Knie nieder!", befahl er ernst, während er aus seinem Gürtel eine lange, leicht gebogene Klinge hervorzog. Lilly gehorchte zögerlich. Im Herzen des Symbols, direkt in der Mitte des Sterns, ließ sie sich auf die Knie herab und schaute unsicher zu Morgan auf.

„Was wird geschehen, wenn ich das Symbol empfangen habe?", fragte sie leise. „Werde ich mich verändern?"

„Nein." Morgan lächelte beruhigend. „Du bist eine von uns. Du warst es immer. Der Stern wird dich nur enger an unser Volk binden. Wie eine Initiation. Eine Taufe, wenn du so willst. Und du wirst unser Wissen erlangen. Es wird in deinem Blut sein, die Erinnerung unseres Volkes, unsere Weisheit, unsere Fähigkeiten."

Er streckte den Arm aus und zeigte ihr die Linien auf seinem Handgelenk. Sie schimmerten matt, aber nicht so hell wie bei Alahrian.

„Was bedeuten die Farben?", wollte Lilly wissen. „Alahrians war blau."

„Die Farbe ist bei jedem anders. Sie spiegelt unser Wesen wider, das, was wir sind. Alahrian war rein wie das Wasser einer eben erst entsprungenen Quelle. Ich bin unbeugsam, stark, ein Krieger – wie

Stahl." Er drehte die Hand, und Lilly konnte den metallischen Schimmer des Symbols erkennen.

„Dann wirst du mir dein Blut geben?", fragte sie heiser.

„Ja."

„Meine Mutter sagte, mein Vater sei leuchtend gewesen. Muss ich nicht das Blut eines *Liosalfar* empfangen?"

„Nein. Es spielt keine Rolle." Ernst sah er sie an, seine Augen waren hart, entschlossen, um seinen Mund jedoch lag ein weicher Zug. „Ich habe Alahrian versprochen, dir mein Blut zu geben", sagte er sanft. „Es wird dich stärker machen. Du wirst langsamer altern als jeder Sterbliche – vielleicht gar nicht. Aber du wirst immer noch du selbst sein." Jetzt lächelte er, und ein Funken seiner alten Heiterkeit kehrte in seine Augen zurück. „Ich werde eine Art Bruder für dich sein. Es wird dich zu meiner kleinen Schwester machen."

Unsicher erwiderte Lilly sein Lächeln. „Na, dann bin ich aber froh, dass wir uns geküsst haben, *bevor* wir zu Geschwistern wurden!"

Morgan lachte schallend. Unvermittelt jedoch wurde er wieder ernst. „Gib mir deine Hand!"

Lilly streckte ihm gehorsam den Arm hin. Morgan hob die Klinge. Sie schimmerte bedrohlich im schwachen Licht, das durch die Fenster hereinkam. „Stahl?", vergewisserte sie sich mit zitternder Stimme.

Er lächelte wieder. „Stahl kann uns nichts anhaben, dir und mir."

„Wird es wehtun?"

„Ja."

Lilly biss die Zähne zusammen. *Alahrian*, dachte sie wild. *Es ist um seinetwillen! Er hat sich das gewünscht, für mich, und ich werde tun, was er wollte. Alles ... Für ihn ... Nur für ihn.*

Morgan senkte die Klinge auf ihre Haut herab und ritzte mit schnellen, geschickten Bewegungen das sternförmige Muster in ihr Handgelenk. Blut strömte über ihre Haut, verwischte die Linien und tropfte leise zu Boden, um zwischen den einzelnen Mosaiksteinchen des Elfensterns zu versickern.

Lilly presste die Lippen aufeinander und gab keinen Laut von sich, obwohl der Schnitt brannte und pochte. Rasch, ohne zu zögern, wandte Morgan die Klinge gegen sein eigenes Handgelenk und zog mit der Schneide die Linien auf seiner Haut nach, bis sie blutig rot waren statt silbern. „Streck deine Hand aus!", forderte er gebieterisch.

Lilly tat es, und er hielt ihr Handgelenk fest und drückte die blutenden Wunden gegeneinander, ihre und seine. Sein Blut floss in ihre offenen, aufgerissenen Linien, ihr Blut floss in die seinen. Es tat weh, als drängten sich Tausende, glühende Funken in ihre Adern, als strömten plötzlich Glassplitter durch ihren Körper statt Blut. Lilly keuchte vor Schmerz, aber sie schrie nicht, sie rührte sich nicht und sie zog die Hand nicht zurück.

Unbarmherzig nahm Morgan ihren anderen Arm, tauchte die Klinge hinein, riss seine eigenen Wunden auf und presste sie gegen ihre.

Lilly schrie auf. Diesmal fühlte es sich an, als würde ihr bei lebendigem Leib das Fleisch von den Knochen gerissen. Jede einzelne Faser in ihr kreischte vor Pein, alles um sie herum drehte sich und wand sich. Und dann waren da die Bilder. Tausende, Abertausende Bilder, die als wirbelnder, erstickender Sog in ihrem Kopf aufbrandeten, eine reißende Strömung, die sie mit aller Gewalt hinabzureißen suchte, in eine dumpfe, flackernde Tiefe. Stimmen schrien in ihrem Kopf, die Stimmen all ihrer Vorfahren, es war ein Raunen und Wispern und Flüstern, das ihr nahezu den Schädel zu sprengen schien.

„Hör auf!", krächzte sie atemlos und versuchte, ihre Arme zurückzuziehen. Aber sie war wie mit Fesseln an Morgan gebunden. Sie konnte ihn nicht loslassen, obwohl sie mit aller Macht zerrte.

„Es ist schmerzhaft für dich, weil du zum Teil sterblich bist", zischte er beruhigend. „Aber es wird gleich vorüber gehen."

Lilly schrie erneut auf. Blutige Schlieren tanzten vor ihren Augen. Erinnerungsfetzen an Dinge, die sie nicht erlebt hatte, jagten durch ihr Unterbewusstsein, Gefühle, Gedanken, Träume und längst vergessene Verheißungen. Nichts davon war fassbar, nichts davon konnte sie in Worte kleiden. Es war wie ein wütender Tornado, brüllend und kreischend in ihrem Kopf.

Und dann war es plötzlich vorbei. Nach Atem ringend sank Lilly vornüber, schloss die Augen und wartete darauf, vor Erschöpfung einfach das Bewusstsein zu verlieren, doch nichts davon geschah. Sie fühlte ... gar nichts.

Nichts Ungewöhnliches jedenfalls.

„Ich ..." Verwirrt sah sie zu Morgan auf. Dessen Wunden begannen bereits, sich zu schließen. „Nichts hat sich verändert", bemerkte sie bestürzt.

„Das sagte ich dir doch!" Der *Döckalfar* lächelte milde.

„Aber ..." Lilly blinzelte ihre Benommenheit weg. „Du sagtest, ich würde Wissen erlangen, Fähigkeiten ..."

„Es ist nichts, von dem du jederzeit Gebrauch machen kannst. Es ist in dir, tief verborgen, es rauscht durch dein Blut. Kollektives Unbewusstes. Nicht anders als bei den Menschen. Aber es wird zu dir kommen, von Zeit zu Zeit, in Visionen, in Träumen, Meditationen. Du bist eine von uns, gebunden an unser Volk." Seine Augen waren sanft, als er die Hand ausstreckte, um ihr aufzuhelfen.

Taumelnd erhob sie sich und starrte neugierig auf die Schnitte über ihren Pulsadern herab. Würden sie blau sein wie Alahrians? Oder silbrig wie Morgans?

Die Wunden verheilten rasch, sie konnte dabei zusehen, wie sie sich schlossen. Das Blut hörte auf zu fließen, mit dem Ärmel ihrer Bluse wischte sie den Rest davon ab.

Die Linien darunter waren weder blau noch silbern. Sie schimmerten in allen Farben des Regenbogens, ein dünnes, glitzerndes Prisma, kristallen und facettiert wie ...

Ja, wie ...

Lilly hatte so etwas schon einmal gesehen, vor einiger Zeit, doch die Erinnerung kehrte nur langsam zurück.

„Willkommen", sagte eine samtweiche, glockenhelle Stimme hinter ihr. „Meine Tochter."

Lilly drehte sich um – und blickte in Augen, die in allen Farben des Spektrums glänzten, leuchtend wie ein Regenbogen.

Schattenträume

Alahrian träumte. Er lief über eine glänzende Frühlingswiese. Warmer Wind streifte sanft seine Haut, Schmetterlinge tanzten in seinem Haar, das Gras war weich und von Blüten getränkt, die in der Sonne leuchteten wie Tausende von Sternen am Nachthimmel. Ein silbriges Lachen, glücklich und glockenhell wehte durch die Luft, schnell wandte er sich um – und da stand *sie*. Ihr dunkles Haar war vom Wind zerzaust, der einen zarten Hauch von Rosé über ihre marmornen Wangen gezaubert hatte, ihre Augen strahlten, die Lippen lächelten nur um seinetwillen.

Alahrian spürte ein Lächeln auch in seinem Inneren. Behutsam streckte er die Arme aus, anmutig tänzelte sie ihm entgegen, und er zog sie an sich, spürte die Wärme ihres Körpers, atmete tief den blumigen Duft ihrer Haut.

„Ich liebe dich", flüsterte sie ihm ins Ohr. „Ich liebe dich so sehr."

Er wusste, es konnte nur ein Traum sein, und mit der Erkenntnis kam das Erwachen. Mit aller Macht wehrte er sich dagegen, versuchte, den Traum festzuhalten, krallte sich verzweifelt an dem Bild fest. Aber die Illusion zerbrach unter all seinen Anstrengungen. Mit einem krampfenden, erstickenden Schmerz in der Brust schlug er die Augen auf, blinzelte gegen die Dunkelheit in seinem Zimmer, drehte sich auf die Seite und vergrub das Gesicht in den seidenen Kissen. Lautlos begann er zu schluchzen, bis ihm eine sanfte Hand tröstend durchs Haar strich, und eine melodiöse Stimme fragte:

„Sind deine Träume so schwer, mein Herz?"

Mühsam drehte Alahrian den Kopf und blickte durch einen Schleier bitterer Tränen in Liliths vollkommenes Cherubsgesicht. „Ich weine nicht, weil ich geträumt habe", sagte er matt. „Ich weine, weil ich aufgewacht bin."

Seufzend schloss er die entzündeten Lider, rang mühsam nach Atem und lauschte auf das unregelmäßige Pochen seines Herzens, das in der Brust brannte und riss, als wollte es einfach auseinanderbrechen.

„Ist ja gut", wisperte Lilith beruhigend. Er konnte fühlen, wie sie ihm die Hand auf die Rippen legte. Selbst durch den Stoff seines Hemdes hindurch spürte er die Kühle ihrer Finger, und doch breitete sich unter der Berührung eine wohltuende Wärme in seinem Körper aus, strömte durch ihre Hand hindurch bis in seine Fingerspitzen.

„Danke." Alahrian öffnete die Augen.

„Geht es dir jetzt besser, kleiner Prinz?"

„Ja."

Sie reichte ihm einen Becher, angefüllt mit wabernder Dunkelheit. Er trank gierig davon, schmeckte zuckrige Süße auf seinen Lippen und fühlte betäubende Leere in seinem Kopf.

„Ich habe eine Überraschung für dich", verkündete Lilith lächelnd, als er fertig war. „Etwas, das dich aufheitern wird! Komm, zieh dich an!"

Nur wenig später hallte das rhythmische Klacken seiner schweren Stiefel von den Wänden wider, während sie ihn schnell durch die endlosen Korridore ihres Palastes führte, endlich durch die Halle, und dann eine schmale, gewundene Wendeltreppe empor. Er war ein wenig außer Atem, als sie ihr Ziel erreichten, einen leeren, niedrigen und vollständig runden Raum. Ein Turmzimmer. Wie überall hier drinnen waren die Fenster verhangen, doch es gab eine Tür gegenüber der Treppe, die auf eine Brüstung oder einen Balkon führen musste.

„Was ist das hier?" Fragend runzelte Alahrian die Stirn.

„Das wirst du gleich sehen, mein Herz." Lilith lächelte, beinahe ein wenig nervös, oder eher freudig erregt, wie jemand, der ein ganz erstaunliches Geheimnis nicht länger für sich behalten kann. „Komm!"

Mit einer raschen, graziösen Bewegung ihrer Schwingen öffnete sie die Tür. Alahrian erhaschte einen Blick auf eine Art grau verhangenen Himmel, und das war merkwürdig, denn befanden sie sich nicht eigentlich unter der Erde? Oder war es nur das steinerne Gewölbe über ihnen, von Lilith mit einer Illusion belegt, damit es wie der Himmel aussah?

Frische Luft strömte durch die Öffnung hindurch, sie roch nach Frühling und Wiesenblumen. Aber Alahrian war sich jetzt sicher. Er konnte die Maserung der Felsen im grauen Himmelsgespinst erkennen, wenn er die Augen zusammenkniff, und doch war es hell dort draußen, ein Wind schien zu wehen, und er konnte ein unbestimmtes, rätselhaftes Brausen vernehmen, das er sich nicht erklären konnte.

„Komm!" Lilith winkte ihn erneut heran.

Alahrian aber zögerte plötzlich. In all der Zeit, in der er nun schon hier war – wie lange war er schon hier? – in all der Zeit konnte er sich nicht erinnern, jemals nach draußen getreten zu sein. Nie hatte er den dunklen Palast verlassen, nie hatte er auch nur einen Vorhang beiseitegeschoben. Warum nicht? Er wusste es nicht. Er wusste nur, dass er keine Ahnung hatte, was außerhalb der Korridore und dunklen Zimmer des Palastes lag, und diese Erkenntnis machte ihm Angst.

Das Rauschen draußen wurde lauter. Waren es – Stimmen?

Lilith drehte sich zu ihm um und lächelte auffordernd. „Komm, fürchte dich nicht." Behutsam streckte sie eine ihrer Schwingen aus. Alahrian ließ sich von ihr umarmen, sodass ihm fedrige Dunkelheit wie ein Mantel folgte, als er neben ihr auf den schmalen, von einer steinernen Brüstung umgebenen Balkon trat.

Sie befanden sich auf dem höchsten Turm des Palastes, und doch war die Decke der unterirdischen Höhle noch zu weit entfernt, um mehr als nur wolkiges Grau zu erkennen. Und darunter lag ...

Er hatte sich nicht getäuscht. Was er gehört hatte, *waren* Stimmen gewesen. Tausende und Abertausende Stimmen. Unter ihm breitete sich ein gewaltiger, mit blankem Marmor gepflasterter Platz aus, ein

Exerzierplatz, um genau zu sein. Und er war bis zum Bersten angefüllt mit Soldaten. Unzählige, schwarz gewandete Krieger hatten sich dort versammelt, eine gigantische Masse an gepanzerten Leibern, von hier bis zum Horizont, wirbelnd wie ein Ameisenhaufen.

Mit einem erstickten Keuchen wich Alahrian zurück, noch ehe er vollends an die Brüstung getreten war. „Was ... was zum Teufel ist das?" Seine Stimme war rau, die Knie zitterten.

„Die Armee der Erloschenen." Lilith lächelte immer noch, ihre Augen glänzten vor Stolz, vor Begeisterung. „Sie ist wunderschön, nicht wahr? Stark und mächtig und unbeugsam."

Alahrian hörte sie kaum. „Deine ... deine Armee?" Das Murmeln der Masse unter ihm schwoll in seinem Kopf zu einem quälenden Crescendo an, das ihn schwindelig machte und elend.

„Nein, mein Prinz." Warm sah sie ihn an. „*Deine* Armee." Ein sanfter Stoß ihrer Schwingen schubste ihn hinaus auf den Balkon, er taumelte und stolperte, bis er fast gegen die Brüstung fiel, ihre Flügel jedoch hielten ihn, als hätte er selbst welche. Instinktiv richtete er sich auf, die Hände auf die Brüstung gestützt.

Und im selben Augenblick begannen Tausende Krieger unter ihm aus voller Kehle zu jubeln.

***

Lilly drehte sich um und blickte in schillernde Regenbogenaugen – und in eben jenem Moment wusste sie auch wieder, dass sie schon einmal in diese Augen geschaut hatte. Morgan neben ihr gab ein ersticktes Keuchen von sich, flüsterte „*Hoheit*" und ließ sich mit gesenktem Kopf auf ein Knie herab. Er zitterte nicht, wie Alahrian damals, aber er wagte auch nicht, die geflügelte Gestalt vor sich direkt anzusehen.

Lilly hingegen konnte die Augen nicht von dem Grauen wenden. Er sah genauso aus wie damals, als er Alahrian und ihr an dem Blütenstrand erschienen war, eine Schwinge war weiß, die andere schwarz. Ein Lächeln spielte um seine Lippen, er wirkte freundlich, gütig und nahezu menschlich.

„Ich bin froh, dich wiederzusehen, meine Tochter", sagte er sanft und streckte behutsam die Hände nach ihr aus.

Instinktiv ergriff Lilly sie, spürte die Wärme seiner schimmernden Haut, die merkwürdige Vertrautheit der Berührung. Die bereits halb vernarbten Schnitte über ihren Pulsadern glänzten und leuchteten, in allen Farben schillernd wie Fäden aus Regenbogen.

Wer bist du?, fragte sie tonlos den Grauen, und es war ihr nur halb bewusst, dass sie redete, ohne die Lippen zu bewegen. Fast merkte sie es kaum, so natürlich war es mit einem Mal.

Wieder lächelte ihr Gegenüber, und Lilly wusste die Antwort, noch bevor er sprach, las sie in seinen Augen, spürte sie in seiner Berührung – und auch in ihrem Inneren.

„Ich bin dein Vater, Lillian Rhiannon", sagte er leise.

Morgan ächzte verblüfft, Lilly aber hörte ihn kaum. Unverwandt blickte sie den Grauen an, ihren Vater, und seltsamerweise war sie weder überrascht noch verunsichert, als wäre die ungeheuerliche Neuigkeit nichts weiter als etwas völlig Selbstverständliches, etwas, das sie schon immer gewusst, schon immer geahnt hatte. Keiner von beiden sagte auch nur ein Wort, weder laut noch in Gedanken. Sie sahen einander an und jeder studierte das Gesicht des anderen, eine Art stummer Zwiesprache, fremd und doch vertraut.

Ich sah dich in meinen Träumen, wisperte der Graue lautlos. *In meiner Zukunft. Ich wusste nicht, wann du kommen würdest, doch als ich deine Mutter spielen hörte, da spürte ich, die Zeit war reif. Es war, als läge deine Seele in ihren Klängen, ein Echo meines Herzens und ihres. Ich bin sehr froh, dich endlich kennenzulernen, meine Tochter.*

Lilly fühlte sich selbst lächeln, aber sie sagte nichts. Worte schienen ihr so bedeutungslos in diesem Moment, tief in ihrem Inneren lagen sie verborgen wie am Grunde eines ruhigen Ozeans – doch sie erreichten nicht ihre Zunge. Trotzdem schien er sie zu verstehen, seine Augen verrieten es.

„Wer bin ich?", fragte sie endlich. „Was bin ich?"

Der Graue berührte mit der Fingerspitze den Stern an ihrem Handgelenk. „Das Blut unseres Volkes fließt in deinen Adern", meinte er sanft. „Das Blut *all unserer* Völker. Aber auch das der Menschen. Du bist die vollkommene Verknüpfung unserer Welten. Was nie getrennt hätte werden sollen, ist nun endlich wieder vereint. In dir."

Verwirrt schüttelte Lilly den Kopf. „Was bedeutet das?"

„Dass nun alles gut werden wird." Warm betrachtete er sie, ein milder Hauch von Liebe und Sanftmut streifte sie. Es war nahezu unmöglich, unter dem Blick dieser Augen etwas anderes zu empfinden als tiefen Frieden und vollendete Harmonie, und doch senkte Lilly den Blick, dachte an Alahrian und fühlte nichts als Schmerz und Zerrissenheit in sich.

„Du bist traurig", stellte der Graue bekümmert fest. „Warum?"

„Das musst du fragen?" Das kam von Morgan, der sich im Hintergrund lautlos erhoben hatte. Mit einem Mal wirkte er gar nicht mehr ehrfürchtig. „Alahrian ist in die Schatten gegangen", bemerkte er bitter. „Das Volk der *Liosalfar* ist buchstäblich ausgelöscht!"

Der Graue wandte sich zu ihm um, und obwohl in Morgans Blick eine Art verzweifelter Wut flackerte, blieben *seine* Augen unberührt ruhig. „Du hast Angst", entgegnete er sanft.

„Ich habe meinen Bruder verloren!" Jetzt wirkte Morgan tatsächlich zornig.

„Er ist nicht verloren." Leise schüttelte der Graue den Kopf.

„Dann wirst du ihn retten?" Lilly rief es aus, bevor es über Morgans Lippen kommen konnte. Hoffnung wallte in ihr auf, eine wilde, ungezähmte Hoffnung, die sie am ganzen Körper erzittern ließ.

„Nein", entgegnete der Graue milde.

„Wie bitte?" Morgan fuhr heftig zusammen, Lilly hatte das Gefühl, als schoss ihr unvermittelt ein Eiszapfen mitten ins Herz.

„Er muss nicht gerettet werden", fuhr der Graue fort, immer noch sanft, immer noch ruhig.

„Er befindet sich in Liliths Gewalt!", schrie Morgan unbeherrscht. „Hast du eine Ahnung, was sie vorhat? Sie will die Welt der Sterblichen erobern, sie will einen Krieg! Weißt du das?"

Ein Hauch von Trauer glitt über das ebenmäßige Gesicht des Grauen. „Das ist es, was sie schon immer wollte. Ja, ich weiß es."

„Und du willst nichts tun?" Morgans Stimme überschlug sich beinahe.

„Nein."

Eine der gewaltigen, samtigen Schwingen erhob sich, wie um den *Döckalfar* zu beschwichtigen, der aber schien es gar nicht zu bemerken.

„Dann kümmert dich das Schicksal der Sterblichen überhaupt nicht?"

Ein Ausdruck von Verwunderung schlich sich auf die Züge des Grauen. „Aber doch, natürlich."

Morgan hörte ihn gar nicht. „Wenn die Sterblichen dir schon gleichgültig sind, so rette doch wenigstens einen von uns! Alahrian ist von unserem Volk! Er ist der letzte *Liosalfar*! Sein Schicksal kann dir doch unmöglich egal sein!"

„Es ist mir nicht egal."

„Dann rette ihn!"

„Das ist nicht notwendig, das sagte ich doch bereits." Nachsichtig verzog der Graue die fein geschwungenen Lippen.

Morgan ballte die Hände zu Fäusten, seine Augen brannten, nie zuvor hatte Lilly ihn so aufgebracht gesehen. „Sie will ihn zu einer ihrer Marionetten machen!", schrie er verzweifelt. „Zu einem Werkzeug des Bösen! Und du ... du ..." Seine Stimme versagte.

„Bitte", flüsterte Lilly. „Du musst ihm helfen!" Flehend suchte ihr Blick die schillernden Regenbogenaugen, die ihr mit gleichbleibender Sanftmut begegneten, und doch fand sie keinen Zugang mehr zu ihnen. „Er ist in den Schatten gefangen", schluchzte sie, unfähig, ihre Tränen zurückzuhalten. „Bitte, du musst ihn befreien!"

Eine weiße Schwinge berührte zart ihr Gesicht, fing die Tränen auf und strich ihr tröstend über die Wange. „Der *Liosalfar* ist exakt dort, wo er immer sein sollte. Er wird seinen Weg finden."

Lilly antwortete nicht. Ihr Herz krampfte sich zusammen, die Tränen wollten nicht aufhören zu fließen.

„Er ist wie ein Spiegelbild deiner eigenen Seele", flüsterte der Graue ernst. „Dein Gefährte, ein Teil deiner selbst. Vertraust du ihm wirklich so wenig?"

Lilly hob den Kopf und begegnete fest seinem Blick. „Ich vertraue ihm", sagte sie ruhig.

„Warum glaubst du dann nicht an ihn?"

„Ist das alles, was du uns geben kannst?", fragte Morgan bitter. „Leere Worte?"

Der Graue lächelte traurig. „Du bist zornig", stellte er ohne jeden Ärger fest. „Und du hast Angst. Das ist in Ordnung, denn dein Zorn ist aus Liebe geboren – wie deine Furcht. Aber Angst und Wut dürfen nicht dein Herz vergiften, junger *Döckalfar*. Hab Vertrauen."

Und damit wandte er sich ab und ging.

„Du verschwindest?", kreischte Morgan entsetzt. „Du läufst weg – und tust GAR NICHTS?"

Der Graue drehte sich um, schaute ihn aus ernsten, friedvollen Augen an und schwieg.

„Warum bist du dann überhaupt gekommen?", fragte Lilly anklagend. Das Glück, die Harmonie, die sie eben noch empfunden hatte, waren zerplatzt. Stattdessen breitete sich der gallige Geschmack tiefer Enttäuschung auf ihrer Zunge aus. Hoffnung ist ein zweischneidiges Schwert. Wenn sie stirbt, bohrt sie sich tief ins Herz und lässt es blutend zurück.

Der Graue, ihr Vater, aber lächelte nur. „Ich wollte dich kennenlernen", entgegnete er, sonderbar menschlich. „Du hast mich gerufen, und ich bin gekommen. Und glaub mir, wir werden uns schon bald wiedersehen."

Mehr sagte er nicht. Er wandte sich um und ging, und diesmal blickte er nicht zurück. Er trat ins Sonnenlicht, das als verzerrtes Rechteck auf dem Boden lag wie eine verborgene Tür, und war verschwunden. Lilly blieb allein mit Morgan zurück.

Marionettenfäden

„Nein!" Mit einem Aufschrei wich Alahrian von der steinernen Brüstung zurück, der frenetische Jubel unter ihm brach deshalb allerdings keineswegs ab. „Nein, ich will das nicht!"

Lilith legte ihm eine Hand auf die Schulter, zärtlich glitt ihr Blick über die schwarze Masse sich über den ganzen Horizont erstreckender Krieger. „Dies hier ist *dein* Volk, Alahrian", sagte sie ernst. „Sie brauchen dich."

Wild sah er zu ihr auf, nur mit Mühe unterdrückte er den Impuls, die Hände über die Ohren zu schlagen und das triumphierende Geschrei dort unten einfach auszusperren. „Was hast du vor?", rief er entsetzt.

Lilith lächelte träumerisch, die schwarzen Augen ins Leere gerichtet. „Wir kamen in die Welt der Menschen, um sie in Besitz zu nehmen", erklärte sie, nahezu euphorisch. „Doch wir waren schwach. Die Menschen verfolgten uns, jagten uns, folterten uns. Seit Jahrhunderten warten wir in den dunklen Hallen dieser Zwischenwelt, jetzt endlich sind wir stark genug."

„Stark genug wofür?" Alahrians Kehle war trocken. Er war kaum fähig zu sprechen.

„Stark genug, um zurückzukehren." Ihre Augen leuchteten.

„In die Welt der Menschen? Du willst ihre Welt erobern?" Ungläubig starrte Alahrian sie an.

„Ich will mein Volk zurückführen an einen Ort, der seiner würdig ist", sagte sie mit einem kalten, entschlossenen Funkeln in den Augen.

„Und die Sterblichen?" Alahrian fühlte, wie ihm beinahe übel wurde vor Schreck. „Willst du sie alle umbringen?" Er lachte hysterisch.

„Aber natürlich nicht." Sie lächelte verzeihend. „Sie werden ihren Platz finden. *Hier*. In den Hohlen Hügeln."

„Was?" Alahrians Stimme klang schrill. „Aber sie werden hier nicht leben können! Sie ..."

„Sie haben uns gejagt wie *Tiere*", unterbrach sie ihn, kalt und schneidend wie Glas. „Uns in Käfige voll Eisen gesperrt, uns auf ihren Scheiterhaufen verbrannt! Sie haben das Leben nicht verdient, das sie führen. Sie zerstören ihre Welt, vergiften ihre Flüsse, holzen ihre Wälder ab und ersticken ihre Wiesen unter Eisen und Stahl. Sie sind Abschaum! Sie – "

„Nein!" Alahrian wollte es nicht hören, jede Faser seines Körpers sträubte sich dagegen. „Das ist nicht wahr! Sie sind nicht alle schlecht!"

„Sie haben dich gefoltert", entgegnete sie, jedes Wort betonend, eiskalt und unbarmherzig. „Sie haben Stacheln aus glühendem Eisen in dein Fleisch getrieben. Sie haben dich in ein Verlies gesperrt, deinen Körper verbrannt ..." Wild funkelten ihre Augen, mit jeder Silbe, die sie sprach, jagte sie Bilder durch seinen Kopf, Bilder von Flammen, von grausam schimmernden Folterinstrumenten, von Blut und Tod und Qual. Er sah den Bürgermeister vor sich und den Inquisitor, er hörte das Echo ihrer Stimmen in sein Herz schneiden, fühlte ihr höhnisches Lachen unter seiner Haut brennen.

„Hör auf!", schrie er mit überschnappender Stimme. „Hör auf, in meinem Kopf herumzustochern!" Stöhnend presste er die Hände gegen die Schläfen.

„Ruhig, mein Herz." Behutsam streichelten ihn die schwarzen, samtigen Schwingen. „Ich will nur, dass du endlich begreifst. Begreifst, dass dein Volk dich braucht."

Alahrian biss sich auf die Lippen und schwieg.

„Deine Magie ist stark", wisperte sie ihm ins Ohr. „Stärker vielleicht sogar als meine. Nur du kannst die Tore zwischen den Welten öffnen."

Alahrian wollte ihr nicht zuhören. „Die Tore sind geöffnet", antwortete er matt – und hielt gleich darauf verwundert inne. Woher wusste er das?

„Du brauchst mich nicht."

„Ich brauche dich. Dein Volk braucht dich, Alahrian!" Durchdringend blickte sie ihn an, ihre Augen bohrten sich direkt in sein Herz.

„Diese Leute dort unten", fast verächtlich wies Alahrian auf die schwarze Masse von Kriegern, „das ist nicht mein Volk! Mein Volk existiert nicht mehr."

„Dein Volk wartet auf dich seit Hunderten von Jahren", sagte sie hart. „Hör auf dein Herz! Sieh sie dir an!" Unsanft, nahezu brutal drehte sie ihn herum und zwang ihn, nach unten zu blicken, zu den Kriegern, die dort standen und ihm zujubelten. „Ihr Blut rauscht durch deine Adern! Ihre Erinnerungen, ihr Schmerz und ihr Leid …" Fest umklammerte sie seine Handgelenke, presste ihre Finger gegen den Stern über seinen Pulsadern, bis sie ihm schmerzhaft das Blut abdrückte.

„Dies hier ist deine Bestimmung!", schrie sie ihn an. „Du kannst dich ihr nicht entziehen!"

„NEIN!" Mit einem harten Ruck, der ihn mehr schmerzte als sie, riss er sich los. „Ich habe nichts zu tun mit deinem Krieg!"

Er hätte erwartet, dass sie jetzt zornig wurde, stattdessen lächelte sie nur. „Du bist verängstigt, kleiner Prinz", meinte sie ruhig. „Und verwirrt. Du brauchst Zeit. Aber du wirst schon begreifen, glaub mir." Zärtlich strich sie ihm über die Schläfe, doch Alahrian drehte den Kopf weg.

„Lass mich!", zischte er grob. „Lass mich einfach in Ruhe!"

Wütend wandte er sich ab, rannte die Stufen herab und fort, fort von ihr. Lilith folgte ihm nicht.

Seine Lungen pfiffen vor Anstrengung, das Herz raste, und er war in Schweiß gebadet, als er endlich in seinen Gemächern ankam. Taumelnd hielt er inne, sperrte die Tür hinter sich ab – und blieb unschlüssig stehen.

Wohin sollte er schon gehen? Es gab keinen Ort, an den er fliehen konnte.

Plötzlich hatte er das Gefühl, keine Luft mehr zu bekommen, als spüre er das Gewicht des massiven Felsens um ihn herum in jeder einzelnen Faser seines Körpers. Keuchend zerrte er an der silbernen Fibel seines Mantels, riss sie schließlich einfach ab und schleuderte das Kleidungsstück in eine Ecke.

Ein winziger, leuchtender Anhänger glitt unter seinem Hemd hervor und stach ihm mit seinem Licht unsanft in die Augen.

„Was ist das?" Verwirrt nahm Alahrian die Kette ab, umschloss sie mit den Fingern, fühlte, wie das schwache Sternenleuchten des Anhängers sich in seine Haut brannte. Es tat weh, sehr weh sogar, und doch zwang er sich, das Schmuckstück anzusehen, selbst wenn es ihm vor Schmerz die Tränen in die Augen trieb.

Vielleicht gab es doch einen Ort ...

Etwas in ihm antwortete auf das Glänzen des Anhängers, etwas regte sich in seinem Inneren. Er konnte es nicht erklären.

Das Mädchen ...

Alahrian wandte den Blick zum Spiegel, und einen winzigen Moment lang schien ihm, als sähe er *ihr* Gesicht darin statt seines eigenen.

Lillian ...

Der Name tauchte aus seinem Unterbewusstsein auf wie ein Stück Treibholz aus einem tiefen Ozean. Ungeschickt schob er den Anhänger zurück unter sein Hemd, kniete vor dem Spiegel nieder und tastete mit den Fingerspitzen über das glatte, kühle Glas. Nichts. Natürlich nicht. Es war nur ein Spiegel, nichts weiter.

Ich muss von hier fort, dachte er wild. *Die Königin will mich dazu benutzen, die Sterblichen anzugreifen.*

Und das durfte nicht geschehen, das durfte um keinen Preis geschehen. *Sie* war dort oben, das Mädchen, das ihn in seinen Träumen heimsuchte. Lillian. Er durfte nicht zulassen, dass ihr etwas geschah. Alles in ihm sträubte sich dagegen, er wusste nicht, warum.

Er musste fort. Die Königin beherrsche seine Gedanken, er ahnte es, wenn er es auch nicht bewusst wahrnahm. Wenn er noch einen einzigen Tag lang blieb, dann würde sie ihn zu ihrem Werkzeug machen, zu einer Marionette.

Hastig sprang er auf, stürzte atemlos zur Tür hin. Aber er öffnete sie nicht.

Er *konnte* nicht gehen. Er hatte es versprochen: ein Leben für ein Leben. Das Mädchen würde sterben, wenn er den Pakt nicht erfüllte.

Das Wissen war ganz plötzlich in ihm, er konnte sich nicht erklären, woher. Kalt und erstickend legte es sich um sein Herz. Er hatte sein Leben gegeben, um das Mädchen zu retten. Sein Leben gehörte jetzt Lilith. Er konnte nicht gehen.

Aber wenn er blieb, dann würde sie seine Magie benutzen, um die Welt der Sterblichen mit Feuer, Krieg und Tod zu überziehen.

„Gütiger Himmel." Die Worte zersplitterten fast auf seiner Zunge. „Was soll ich nur tun?"

Er spürte ein Pochen unter seinen Handgelenken, dort, wo die Königin den Stern berührt hatte. Es stach und schmerzte, als schrien die wirren, jubelnden Stimmen ihrer Krieger noch immer nach ihm, als jage ihr Ruf als grelles Zerren und Ziehen durch sein Inneres.

Ihr Blut rauscht durch deine Adern ...

Sie hatte die Wahrheit gesagt, er spürte es. Er war ein Teil der dunklen, wartenden Masse unter dem Turm. Ein Teil der Schatten. Als unzerreißbare Marionettenfäden zogen sie an ihm, riefen ihn, lockten ihn.

Lillian ...

Er dachte den Namen wie ein Gebet, aber er bekam keine Antwort. In seinem Kopf war alles still und leer. Aber er fühlte die Macht, die er besaß, fühlte die Dunkelheit in seinen Adern, seinem Herzen, seiner Seele. *Wenn ich es will, kann ich ihre ganze Welt verbrennen ...*

Angst krallte sich in seine Brust. Schweratmend brach er in die Knie, starrte voll Grauen sein eigenes, finsteres Spiegelbild an. Leichenweiß war sein Gesicht, die schwarzen Augen darin wie zwei tiefe, bodenlose Abgründe. Es war nicht immer so gewesen. Einst war er im Licht gewandelt, er erinnerte sich daran wie an einen allzu süßen Traum, und die Erkenntnis ließ kalte Wogen von Selbsthass durch seinen Körper jagen.

In Todesverachtung schlug er mit den Fäusten gegen das Spiegelbild, bis das Glas brach und in splitternden, silbrigen Scherben zu Boden regnete. Scharfe Kanten bohrten sich in seine Haut, Blut rann ihm über die Finger, aber das war ihm gleichgültig.

Nachdenklich schaute er auf die roten Linien herab, beobachtete versonnen, wie sie als gebrochene Fäden auf die schimmernden Spiegelsplitter tropften. *Marionettenfäden.*

Es ist in meinem Blut ...

Lächelnd nahm Alahrian eine der Scherben in die Hand, streckte den Arm aus und betrachtete die dünnen, schwärzlich verfärbten Adern, die sich unter dem Elfenstern bis zum Ellbogen ausbreiteten.

Ihr Blut rauscht durch deine Adern ...

Alahrian würde keine Marionette sein.

Entschlossen nahm er die Scherbe, schlitzte den Stern über seinen Pulsadern auf – und zog die Scherbe in einer langen, tiefen Linie bis zur Armbeuge hoch.

***

„Das kann ja wohl nicht wahr sein!" Seit mindestens einer halben Stunde lief Morgan in der Halle auf und ab, und allmählich machte dieses für ihn sehr untypische Benehmen selbst Lilly nervös.

Dabei fühlte auch sie die Enttäuschung, den bittern Geschmack einer verlorenen Hoffnung. Der Graue war gekommen – aber er würde ihnen nicht helfen.

„Das ist seine Politik seit Anbeginn der Zeiten!", rief Morgan wütend aus. „Er greift nie ein! Das einzige Mal, dass er wirklich etwas getan hat, war nach dem großen Krieg – und das endete in unserer Verbannung in diese Welt." Hilflos ballte er die Fäuste. „Seitdem – *nichts*! Gar nichts!" Verächtlich verzog er das Gesicht. „Verzeih, Lilly, er ist dein Vater, aber …"

„Er ist nicht mein Vater", unterbrach Lilly ihn und wusste im selben Moment, dass es eine Lüge war. Sie hatte es gespürt, das Band, die Liebe, die Vertrautheit. Der Graue war ein Wesen so fremd und geheimnisvoll, wie es selbst Alahrian nie für sie gewesen war, und doch glaubte sie, ihn zu kennen. Nachdenklich starrte sie auf ihre Handgelenke herab. Die Wunden waren bereits vernarbt, statt blutiger Schnitte schimmerten jetzt glänzende, perlmutterne Linien darauf, in allen Farben des Regenbogens.

„Vielleicht hat er ja Recht", meinte sie zaghaft. „Vielleicht müssen wir Vertrauen haben. Alahrian wird seinen Weg finden."

Aber sie glaubte selbst nicht, was sie da sagte. Sie hatte die Verzweiflung in Alahrians Gesicht gesehen, als er ging, hatte seine Angst gefühlt. Der zerrissene, verlorene Ausdruck in seinen Augen verfolgte sie in jedem ihrer Träume, selbst wenn sie wach war. Tief in ihrem Inneren war sein Licht verborgen, und jedes Mal, wenn sie seine Wärme fühlte, spürte sie die Kälte, in der Alahrian gefangen war, die Dunkelheit.

„Ich kann das nicht." Seufzend ließ Morgan sich neben ihr auf dem Sofa nieder. Er war erschöpft, mehr als ein Mensch es ertragen hätte, sein Gesicht war fast grau vor Müdigkeit.

Mit einem schmerzlichen Lächeln betrachtete Lilly ihn, fast so, als sähe sie ihn zum ersten Mal – vielleicht tat sie genau das. Sein Blut rollte jetzt in ihren Adern, band sie an das Volk der *Alfar*, aber auch an ihn. Früher, da war er ihr stets ein wenig unheimlich gewesen, manchmal sogar lästig mit seiner andauernden, arrogant-überlegenen Coolness. Jetzt sah sie die weichere Seite in seinen Augen, die Sorge und den Schmerz. Und eine tief verborgene Trauer, einen Verlust, der bitterer war und brennender, als sie es je hätte erahnen können.

„Ich weiß", flüsterte sie leise und legte ihm behutsam die Hand auf die Schulter.

„Ich kann ihn nicht im Stich lassen. Er ist mein Bruder."

„Ich weiß."

Sarah war der einzige Mensch gewesen, den Morgan je geliebt hatte – und er hatte sie für immer verloren. Alahrian war sein Bruder, und er konnte es nicht ertragen, auch ihn zu verlieren. Lilly wusste das, las es in seinen Augen, mit der neuen, noch unbekannten Klarheit, mit der sie ihn betrachten konnte, seit er ihr den Stern geschenkt hatte. Er hatte die Wahrheit gesagt: Sie waren nun wie Geschwister, und sie fragte sich, wie viel von ihrem eigenen Schmerz Morgan umgekehrt erspüren konnte.

„Ich muss ihn retten", meinte Morgan tonlos. „Ihn und diese Welt. Ich kann nicht anders, egal was der Graue gesagt hat."

Ruckartig erhob er sich, fischte sein Mobiltelefon aus der Tasche seiner Lederjacke und wählte mit zitternden Fingern eine ungewöhnlich lange Nummer.

„Was hast du vor?" Stirnrunzelnd starrte Lilly ihn an.

Morgan lächelte grimmig. „Was Lilith kann, das kann ich auch." Plötzlich trat ein harter, unbarmherziger Ausdruck auf seine Züge. „Ich rufe in Island an. Ich stelle eine Armee zusammen."

Lilith

Alahrian erwachte mit heftigen Kopfschmerzen und einem matten, elenden Gefühl im ganzen Körper. Allein die Augen aufzuschlagen, war eine Anstrengung, die fast über seine Kräfte ging, beinahe war er zu schwach, um zu atmen.

Trotzdem atmete er noch. Er lag in seinem Bett, seine Handgelenke waren dick mit einem weißen Verband umwickelt. Die Spiegelscherben glitzerten noch auf dem Fußboden, sein Blut war überall, tränkte den Teppich und den Stein darunter, dunkel und eingetrocknet.

Dennoch lebte er.

„Hast du wirklich geglaubt, es würde so einfach sein?", fragte Lilith neben ihm.

Mühsam drehte er den Kopf. Die Königin der Schatten sah merkwürdig blass aus, unter den Augen lagen violette Ringe, als hätte sie nächtelang nicht geschlafen, ihr langes, pechschwarzes Haar fiel lose über die Schultern herab, darunter die Schwingen, seltsam matt und glanzlos. „Hast du im Ernst geglaubt, du könntest dich *umbringen*?" Sie lachte hart.

Nein, das hatte Alahrian nicht geglaubt. Aber er hatte gehofft, seinen Körper vielleicht schlimm genug zerstören zu können, um nie wieder aufzuwachen.

„Wie konntest du so etwas nur tun?", schrie Lilith ihn an. Zornig sprang sie auf, ihre Bewegungen ungewöhnlich fahrig, abgehackt, so als hätte sie zu lange in derselben Position verharrt.

Als hätte sie tagelang an seinem Bett gesessen ...

Der Gedanke war befremdlich.

„Wie konntest du nur versuchen, dich selbst zu zerstören?" Ihre Stimme zitterte. „Habe ich dir nicht alles gegeben? Frieden, Ruhe, Macht? Du hättest die Welt beherrschen können!" Ihre Augen flackerten. Hätte er es nicht besser gewusst, er wäre sicher gewesen, Tränen darin schimmern zu sehen. Sie war enttäuscht. Es war völlig absurd und grotesk, aber sie war von seinem Verhalten tatsächlich enttäuscht.

„Nichts davon bedeutet mir etwas", flüsterte Alahrian schwach.

„Und deswegen willst du dich auslöschen?" Diesmal war es überdeutlich: Ihre Augen glänzten, Tränen sammelten sich darin.

„Ich habe mir Sorgen um dich gemacht", sagte sie anklagend. „Du warst fast drei Tage lang ohne Bewusstsein!"

Alahrian schloss die Augen, um den Impuls zu unterdrücken, sich zu entschuldigen. Sie sagte die Wahrheit, er spürte es instinktiv: Sie war tatsächlich besorgt um ihn gewesen. Um *ihn*, nicht um das hübsche kleine Spielzeug, zu dem sie ihn gemacht hatte.

Überrascht schaute er zu ihr auf. Ihr Gesicht verschwamm vor seinen Augen, die versilberten Schnitzereien an der Decke drehten sich in einem irren Tanz um ihn. Ihm wurde ganz übel davon, stolpernd hämmerte sein Herz gegen die Brust und in seinen Ohren rauschte es. Stöhnend senkte er die Lider. „Wieso fühle ich mich so dermaßen schlecht?", seufzte er heiser.

„Wundert dich das wirklich?" Lilith schnaubte verächtlich. „Du hast beinahe dein ganzes Blut verloren!" Wütend blickte sie zu dem eingetrockneten Fleck auf dem Fußboden hin.

Drei Tage, hatte sie gesagt. Mehr als genug Zeit, um den Fleck entfernen zu lassen. Aber sie hatte es nicht getan. Mit einem Wimpernschlag hätte sie dafür sorgen können, dass er sich besser fühlte. Aber sie tat es nicht.

Stattdessen wartete sie an seinem Bett, bis er sich von selbst erholte, was, da er wach sein und atmen und reden konnte, offensichtlich schon bald der Fall sein würde. Unsterblichkeit war keine Gabe. Es war ein Fluch.

Alahrian ließ die Lider sinken mit dem Gefühl, in einer langsam zuschnappenden Falle gefangen zu sein. Es gab keinen Ausweg mehr, keinen. Schwärze wirbelte selbst hinter seinen geschlossenen Augen, ihm war eiskalt, ein Zittern schüttelte ihn. *Ich komme hier nie wieder raus ...*

Er presste die Lider zusammen, bis er Sterne sah, seine Hände krallten sich in die Bettdecke, unter der er lag. Die Bewegung tat weh. Die halb verheilten Schnitte über seinen Pulsadern brannten wie Feuer. Doch selbst jetzt, in diesem elenden Zustand, mehr tot als lebendig, sah er *sie* vor sich. Das Mädchen. Wie ein Sonnenstrahl nach einem Gewitter tauchte ihr Bild zwischen den Wolken in seinem Bewusstsein auf. *Lillian.* Er wusste nichts über sie, nur diesen Namen, der balsamsüß durch seine Gedanken glitt. Es machte ihn fast wahnsinnig, nicht zu wissen, wer sie war. Sogar jetzt noch.

„Du hast gelogen", flüsterte er, ohne die Augen zu öffnen. Lilith würde ihn hören, da war er sicher. „Du hast gesagt, ich würde kein Leid mehr spüren. Keine Schmerzen mehr haben. Nie wieder."

Lilith lachte hart. „*Diesen* Schmerz hast du dir ja wohl selbst zuzuschreiben", entgegnete sie bitter.

„Das meine ich nicht." Er drehte den Kopf zur Seite, betrachtete die verschlungenen Ebenholzmuster an den Wänden, um das Bild auszublenden, das wie in seine Netzhäute eintätowiert hinter seinen Lidern wartete.

Lilith seufzte leise. Er spürte, wie der Zorn von ihr abfiel, spürte es, ohne sie ansehen zu müssen. „Es sind die Träume, nicht wahr?", meinte sie, sonderbar mitfühlend und erschreckend empathisch.

„Ja …" Alahrian stöhnte. Mühsam wandte er sich ihr zu. „Sie quälen mich, die Träume … Das Mädchen … ich sehe sie vor mir, Tag und Nacht, es gibt keine Sekunde, in der ich nicht an sie denken muss, ich …"

„Das Mädchen ist jetzt gleichgültig, mein Herz." Beruhigend strich sie ihm übers Haar, ihre kühlen Finger streiften sanft seine Stirn.

Alahrian fühlte, wie etwas in ihm auf ihre Stimme antwortete, Schatten breiteten sich in seinen Gedanken aus, milderten seine Unruhe, die Leere, den endlos schmerzenden Drang nach etwas längst Verlorenem.

„Hör auf!" Seine Schwäche vergessend richtete er sich auf und schlug mit einer blitzschnellen Bewegung ihre Hand zur Seite. „Hör auf, in meinem Kopf herumzustochern!"

Die Augen weit aufgerissen zog sie sich zurück. „Aber ich will doch nur, dass du glücklich bist …" Es klang beinahe verstört, verletzt.

Alahrian blinzelte sie an. Sie sagte die Wahrheit. Mit jeder Faser seiner selbst spürte er, dass sie die Wahrheit sagte. „Ich bin aber nicht glücklich", entgegnete er mit gesenktem Blick. „Bitte … Ich *muss* wissen, wer das Mädchen ist!"

„Also schön …" Ihr Blick suchte den seinen. „Wenn es das ist, was du willst."

„Ja." Eine kribbelnde Erregung, ein Hunger, der ihn fast erstickte, jagte durch seinen Körper. „Ja, das will ich!"

Ohne ein weiteres Wort berührte Lilith seine Stirn, ganz flüchtig nur – und der Schleier über seinem Bewusstsein hob sich. Von einer Sekunde auf die nächste war alles wieder da, seine ganze Erinnerung, beinahe vierhundert verlorene Jahre, auf einen Schlag.

Mit einem Aufschrei krümmte Alahrian sich zusammen, die Hände gegen die Schläfen gepresst. „Gütiger Himmel!" Einen Moment lang glaubte er, ihm müsse der Schädel zerspringen, zu stark war der Andrang der Bilder, der Gefühle und Wortfetzen. Wie er nach dem Feuer ziellos umhergeirrt war, seine erste Begegnung mit Morgan, die Königin, England, Italien … Sämtliche Stationen seines Lebens *nach* dem Feuer rasten mit gewaltiger Macht durch sein Bewusstsein. Und dann *sie*. Lillian. Die Bilder waren so klar, dass er kaum mehr glauben konnte, sie je vergessen zu haben, ja, allein der Gedanke trieb bittere Tränen in seine Augen. Lillian. Lillian … Lillian …

Er würde sie nie mehr wiedersehen. Nie mehr ihr weiches Haar berühren, nie mehr in ihre schönen Augen blicken, sie nie mehr in den Armen halten.

Alahrian presste fest die Kiefer aufeinander, um nicht zu schreien. Etwas in seiner Brust krampfte sich schmerzhaft zusammen, Splitter dieser inneren Verletzung fraßen sich durch seinen ganzen Körper bis in die Fingerspitzen hinein. Stöhnend schloss er die Augen.

„Siehst du", meinte Lilith sanft. „Das ist ein Schmerz, den ich dir ersparen wollte, mein Prinz."

Und auch das war die Wahrheit.

Alahrian öffnete die Augen und sah sie an, die Königin der Erloschenen, die Herrscherin der Schatten, den Alptraum seines Lebens. Zum ersten Mal, seit er hier unten gefangen war, sah er sie wirklich an. „Warum?", fragte er leise, und seine ganze Verwirrung lag in diesem einen Wort. „Ich habe dich in die Hohlen Hügel gesperrt. *Mein*

Zauber hielt die Tore all die Jahre über verschlossen. Du müsstest mich hassen. Aus tiefster Seele müsstest du mich hassen."

Er hatte *sie* gehasst, jedes Mal, wenn er an *Beltaine* in die Tiefen unter dem Pfahl herabgestiegen war, um ihrer wispernden Stimme in seinem Kopf zu widerstehen, jedes Mal, wenn sie an *Samhain* ihre dunklen Schatten nach ihm ausgestreckt hatte. Nun hatte er von ihren Schatten getrunken, und während er sie ansah, da hatte sie plötzlich all ihren Schrecken verloren. Sie war schön, wie sie da neben ihm saß, anmutig wie die Morgenröte, mächtig wie der Ozean. Doch sie wirkte auch zerbrechlich, auf eine merkwürdig berührende Art. Trauer lag in ihrem Marmorgesicht, und ein Abglanz von Schmerz, ein alter Schmerz, tief verborgen und nie verheilt.

„Ich hasse dich nicht", sagte sie ruhig. „Ich könnte dich niemals hassen."

„Warum?" Er konnte es einfach nicht begreifen. Sie war sein Feind. Seit sie ihm das erste Mal in der Kerkerzelle erschienen war, fürchtete er sie. Sein halbes Leben lang war er vor ihr geflohen, die den Rest davon hatte er sie bekämpft.

Nun saß sie an seinem Bett, sie hatte ihm alles genommen, seine Liebe, seine Freiheit, seine Welt, und doch schaute sie ihn an mit einem Blick voller Sorge, ihre Augen umschattet, weil sie drei Tage lang nicht von seiner Seite gewichen war, während er in tiefer Bewusstlosigkeit lag.

„Warum?", fragte er noch einmal, als sie nicht antwortete.

Lilith entfaltete ihre Schwingen, bis sie wie ein schwarzer Samtmantel über ihrem Rücken hingen. Es war eine seltsam schutzsuchende Geste. „Du erinnerst mich an jemanden", sagte sie leise.

„Wie bitte?" Alahrian richtete sich auf, obwohl ihm von der Bewegung schon wieder schwindelig wurde. Von allen möglichen Antworten war dies so ziemlich die letzte, die er erwartet hätte.

Ein wehmütiges Lächeln glitt über Liliths Lippen. Sie sah ihn nicht an, während sie weitersprach. „Einst hatte ich einen Sohn", meinte sie tonlos. „Er war ... er war ein bisschen so wie du ..." Zaghaft hob sie den Kopf, ihre Augen schimmerten, das Gesicht war blass und fern.

„Einen ... Sohn?" Alahrian brachte die Worte kaum über die Lippen.

„Er war wunderschön." In ihrem Gesicht zuckte es. Zögerlich streckte sie die Hand nach ihm aus. „Darf ich?"

Alahrian nickte abgehackt. Sie legte ihre Hand auf seine, und im selben Moment sah er es vor sich, das Kind, von dem sie sprach: Es war ein kleiner Junge mit goldenem Haar und himmelblauen Augen. Lachend rannte er über eine blühende Frühlingswiese und jagte flirrende Sonnenstrahlen, Schmetterlinge tanzten auf seinen Schultern, und winzige Pixies schwebten libellengleich über ihn hinweg.

Pixies?

„Oh!" Alahrian zog seine Hand weg. „Das war ... das war noch vor der Verbannung. Es war, als ... als ..."

„Als das Volk der *Liosalfar* noch in der Anderswelt lebte, ja." Lilith nickte traurig. Erneut fühlte Alahrian ihre kühlen Finger auf seiner Haut, wieder fiel er in ihre Erinnerung hinein.

***

Der Junge saß im Bett, die Fenster waren geöffnet, ein wenig mild-warme Luft drang von draußen herein, Grillen zirpten in der Ferne, Blätter rauschten im Rhythmus einer unhörbaren, lieblichen Melodie. Doch kein Mondlicht sickerte durch die Fenster, kein Stern erhellte die Finsternis. Es war eine der wenigen, vollkommen dunklen Nächte der Anderswelt. Sorgfältig entzündete Lilith eine Kerze nach der anderen, am Ende stellte sie ein winziges Öllämpchen unter einen gläsernen, in allen Regenbogenfarben schimmernden Schirm und platzierte das Ganze behutsam auf dem Nachttischchen neben dem Bett. Bunte Lichtreflexe fielen durch das Glas auf die Wände, die Decke, die seidenen Kissen, in die der Junge gebettet war.

„Du wirst doch Acht geben, dass das Nachtlicht nicht ausgeht, nicht wahr, Mama?" Aus großen, türkisfarbenen Augen blickte der Junge zu seiner Mutter auf.

„Aber natürlich, mein Herz." Zärtlich beugte sie sich zu dem Kind herab, drückte ihm einen beruhigenden Kuss auf die Stirn und deckte es zu. „Schlaf ruhig. Hab keine Angst."

Dem Jungen fielen seufzend die Augen zu, Regenbogensplitter tanzten um ihn herum, trösteten ihn, beschützten ihn vor der Dunkelheit. Lilith saß an seinem Bett und sorgte dafür, dass die Lampe nicht ausging, und so brannte das Licht die ganze Nacht über.

***

Alahrian vertrieb das Bild, blinzelnd und mit einem Gefühl der Beklommenheit im Herzen. Er selbst hatte kaum eine Erinnerung an seine Eltern. Doch wie oft hatte er sich gewünscht, jemanden zu haben, der das Licht am Erlöschen hinderte, jemanden, der dafür sorgte, dass es niemals dunkel wurde um ihn?

„Was ist aus dem Jungen geworden?", fragte er schnell.

„Er starb." Lilith wandte den Blick ab. „Er zog in den Krieg, als er kaum älter war, als du jetzt bist, und … und wurde getötet." Ihre Augen waren leer, die Stimme gesenkt. Wortlos berührte sie wieder seine Hand.

Es war ein anderes Bild, das er nun sah, fast wie ein Spiegelbild, und doch auch wieder nicht. Die Ähnlichkeit war erschreckend, für Lilith musste es eine Qual sein, für Alahrian selbst war es nahezu ein Schock, obwohl er darauf vorbereitet gewesen war:

Der Junge war nun älter, sein Gesicht hatte die kindliche Weichheit verloren, doch ohne die Schwelle zum Erwachsensein ganz überschritten zu haben. Er trug eine schimmernde, silbrige Rüstung, die in der Sonne glänzte wie aus Lichtfunken geschlagen. Mit einem Leuchten in den Augen bestieg er sein Pferd, zog sein Schwert und stieß es übermütig in die Luft.

Dann wechselte das Bild erneut, das eben noch strahlende Gesicht war nun blutüberströmt, eine Maske von Schmerz und Qual, die Augen verschleiert. Das Leben wich bereits aus ihnen, unaufhaltsam und unbarmherzig. Schwer sank der blutende Körper gegen die weißen Schwingen, die ihn hielten, die Augen brachen, und dann ...

Das Bild riss so abrupt ab, dass Alahrian nach Luft schnappte vor Schreck. Zur Reglosigkeit erstarrt saß Lilith neben ihm, die Augen halb geschlossen.

Betroffen starrte er die Bettdecke an. Der große Krieg also. Der Krieg zwischen *Lios-* und *Döckalfar*, der ihre ganze Welt beinahe vernichtet hätte, ein nicht enden wollender Kampf um die Vorherrschaft, den niemand gewinnen, nur verlieren konnte. Der Krieg, der am Ende beide Völker in die ewige Verdammnis geführt hatte.

„Die *Döckalfar* haben ihn getötet", flüsterte Alahrian, fast lautlos.

„Ja."

„Deshalb hast du es getan. Deshalb hast du das Gebot des Grauen missachtet." Es war keine Frage. Alahrian wusste es so sicher, als könnte er es mit Blut geschrieben auf ihrer Stirn lesen. „Er wollte den Krieg beenden, du nicht. Du wolltest ... *Rache*."

Genau wie jetzt. Er schauderte, als er daran dachte, an die Krieger, die irgendwo außerhalb auf sie warteten. Auf *ihn* warteten.

„NEIN!" Hitzig sprang sie auf, ihre Schwingen peitschten die Luft. „Ich wollte *Gerechtigkeit*! Und das will ich noch!" Ihre Augen loderten plötzlich, Schatten wogten um ihre Gestalt, und für einen Moment sah sie wieder wie das Monster aus, das ihn all die Jahrhunderte lang in seinen Träumen verfolgt hatte.

„Die *Döckalfar* sollten bezahlen für das, was sie deinem Sohn angetan haben", sagte Alahrian kalt und wich nicht vor ihr zurück. „Und die Menschen sollen bezahlen für das, was sie deinem Volk angetan haben!"

„*Unserem* Volk." Ihre in Dunkelheit brennenden Augen bohrten sich tief in seinen Blick.

„Und wohin soll das führen?" Alahrian schüttelte heftig den Kopf. „Rache hat dein Volk erst in die Welt der Sterblichen und dann in die Schatten gestürzt. Rache wird das Leid nicht rückgängig machen, das die Menschen uns angetan haben."

„Ach, was weißt du schon!" Zornig verzog Lilith das Gesicht. „Nichts weißt du, gar nichts!"

Alahrian biss sich auf die Lippen. „Rache hat deinen Sohn nicht wieder lebendig gemacht, nicht wahr?", fragte er leise. „Selbst wenn du jeden einzelnen *Döckalfar* getötet hättest, es hätte ihn dir doch nicht wieder zurückgebracht."

Der Zorn in ihrem Blick erstarrte, und etwas darin zerbrach, als sie ihn seltsam hilfesuchend anblickte.

„Ich bin nicht dein Sohn", sagte Alahrian unbarmherzig.

„Nein, das bist du nicht." Seufzend wandte sie sich ab. „Du könntest es aber sein!" Wie ein Pfeil schnellte ihr flammender Blick in seine Richtung. „Du und ich, wir sind vom selben Volk, vom selben Blut! Begreifst du denn nicht, was wir beide zusammen tun könnten! Wir könnten unser Volk zu seiner alten Größe zurückführen, wir könnten eine neue Welt erschaffen, wir –"

„Nein." Alahrian ließ sich in die Kissen zurücksinken. „Ich will das alles nicht." Er schloss die Augen, versank einen Moment lang in der Tiefe seiner eben erst zurückgewonnenen Erinnerungen, weidete sich an dem süßen Schmerz, den sie ihm bereiteten. „Alles, was ich will, ist mit Lillian zusammen zu sein."

„Aber das kannst du nicht!" Die Leidenschaft auf ihrem Gesicht erlosch, machte etwas seltsam Kaltem, Hartem Platz. „Ich habe dieses Mädchen um deinetwillen gerettet. Aber du kannst nicht mit ihr zusammen sein. Glaub mir, sie wird dich nur ins Unglück stürzen."

Alahrian lachte ohne jeden Hauch von Humor. „Warum sollte sie? Sie liebt mich."

Und das tat sie. Er wusste es mit einer plötzlichen, absoluten Gewissheit, die ihn ganz ausfüllte, tief in seinem Inneren leuchtete und ihn mit einer Wärme erfüllte, die selbst das elende Gefühl von Schwäche und Leere in seinen Adern mit einem Schlag zerstreute. *Sie liebt mich. Mag sein, dass ich ihrer Liebe nicht wert bin, aber sie liebt mich. Sie wird mich immer lieben ...*

„Du hast keine Ahnung, wer sie wirklich ist, nicht wahr?" Lilith ließ sich wieder zu ihm auf die Bettkante sinken, ihr Blick voll von einer irritierenden Art von Mitgefühl.

„Doch, natürlich." Fest sah er sie an. „Sie ist eine von uns. Ihr Vater war wie ich. Ein *Liosalfar*."

„Nein, das war er nicht." Liliths Antlitz verhärtete sich noch weiter, bis es nicht nur so schön war, als wäre es aus Marmor gemeißelt, sondern auch ebenso kalt. „Ihr Vater ist vieles, aber eines ist er ganz gewiss nicht: *wie du*."

„Was soll das heißen?" Alahrian blinzelte ärgerlich.

Lilith verzog das Gesicht. Eine Mischung aus Zorn und nur halb unterdrücktem Schmerz zuckte über ihre Lippen. „Ihr Vater ist das Wesen, das ihr *den Grauen* nennt", erklärte sie böse. „Sie ist seine Tochter."

„Was?!" Ungläubig starrte Alahrian sie an. „Aber das ... das kann nicht sein! Du lügst!"

Aber natürlich tat sie es nicht. Sie log so wenig wie all die Male zuvor, da sie miteinander gesprochen hatten.

Der Graue also. Alahrian war wie vor den Kopf geschlagen. Dabei machte es durchaus Sinn. War der Graue ihnen nicht erschienen, als sie einander das erste Mal geküsst hatten? Hatte nicht Lilly sich in seiner Welt, in seiner *Gegenwart* sofort wie zu Hause gefühlt, während Alahrian selbst zitternd auf die Knie gefallen war?

Der Gedanke versetzte ihm einen merkwürdigen Stich. Die Tochter des Grauen ... Damit stand sie so weit über ihm, wie es nur möglich war in der Ordnung der *Alfar*. Nicht, dass diese Ordnung seit der Verbannung noch irgendeine Rolle gespielt hätte. Es tat trotzdem weh. Er war ihrer nicht würdig. Er war es nie gewesen, und jetzt ...

Unwillkürlich wanderte sein Blick zum Spiegel, der als zerschmetterter Scherbenregen auf dem Fußboden lag, in einer dunklen Lache seines eigenen Blutes. Er konnte sein Gesicht nicht mehr erkennen in diesem Spiegel, und doch wusste er, was er sehen würde. Augen so schwarz wie zwei bodenlose Abgründe in einem Antlitz bleich wie der Tod. Einen Schatten. Er war zu einem Schatten geworden.

Lilith hatte Recht: Er konnte unmöglich mit Lilly zusammen sein. Selbst wenn er nicht hier gefangen gewesen wäre. Es war unmöglich.

„Sie wird dich verraten", sagte Lilith kalt in seine schweren, allzu bitteren Gedanken hinein. „Sie ist die Tochter des Grauen. Sie wird dich verraten, so wie *er mich* verraten hat."

„Er hat dich nicht verraten." Alahrian zwang sich, an Liliths Geschichte zu denken, nicht an seine eigene, zwang sich, die Verzweiflung zurückzudrängen in die tiefsten Winkel seines Bewusstseins, wo sie lauern würde, bis er allein war – und schwach genug, um sie nicht mehr beherrschen zu können. „Er wollte unserer Welt den Frieden schenken."

„Frieden?" Lilith lachte hart. „Er hat unser Volk in die Hölle verbannt! Und unseren Sohn –"

„*Unseren* Sohn?" Das Wort durchzuckte Alahrian wie ein plötzlicher Fieberkrampf. „Der Junge war ... *Gütiger Himmel!*" Er fühlte, wie alle Kraft aus ihm wich, wie ihm der Boden unter den Füßen entzogen wurde, obwohl er ausgestreckt im Bett lag. Ihm wurde schwindelig, und diesmal nicht vom Blutverlust.

„Du bist ... du ... du warst ... du warst seine Geliebte ..."

Er konnte die Bedeutung dessen, was er da selbst aussprach, kaum erfassen. Lilith hatte ihm da gerade etwas Ungeheures offenbart, vielleicht das tiefste Geheimnis ihrer Existenz – einen Moment lang aber konnte er, so absurd es auch war, nur an eines denken: Lilly hatte einen Bruder gehabt. Einen Bruder, der bereits gestorben war, als Lillys Welt noch jung war.

„Ich war viel mehr als das!", rief Lilith unwirsch. Zornig sprang sie von ihrem Platz auf. „Ich war seine Gefährtin, seine Königin, ein Teil von ihm!"

„Und doch hast du dich gegen ihn gewandt." Alahrian war mit einem Mal eiskalt. Fest krallte er die Hände in die Bettdecke, um ihr

Zittern zu verbergen. Welchen Schmerz musste der Graue erlitten haben!

„Ich wollte Gerechtigkeit für unseren Sohn!" Liliths Stimme war mehr ein Grollen als ein Sprechen. „Ich wollte, dass die *Döckalfar* bezahlen für das, was sie ihm angetan haben!"

„Er wollte den Krieg beenden. Den Krieg, der euren Sohn das Leben gekostet hat." War das nicht etwas Gutes? Etwas Edelmütiges? Und doch ... Tief in seinem Inneren begann er, auch Lilith zu verstehen.

„Er hat unser Volk in die Welt der Sterblichen verbannt! Er hat uns in die Tiefe gestürzt!"

„Auch die *Döckalfar* wurden verbannt."

„Die *Döckalfar* mussten nicht erleiden, was wir erlitten haben! Sie wurden nicht verfolgt, gejagt und gedemütigt!"

„Ja, das ist wahr." Alahrian senkte den Blick, versuchte, nicht an das Feuer zu denken, an das Eisen, den Schmerz. Stattdessen dachte er an Morgan, seinen Bruder. „Die *Döckalfar* sind den Menschen um so vieles ähnlicher, als wir es sind", sagte er leise und war sich nicht bewusst, dass er zum ersten Mal von einem *wir* sprach. „Sie kommen so viel besser in der sterblichen Welt zurecht als wir."

Deshalb war sein Volk in die Schatten gestürzt. Und vielleicht war das keine Strafe, sondern ein Geschenk. Hier unten, in den unendlichen Hallen und Felsenlabyrinthen der Hohlen Hügel, da hatten sie eine Welt gefunden, die ganz ihnen gehörte. Einen Ort, an dem sie sicher waren. Das war es, was Lilith getan hatte. Sie hatte sich in der Tiefe ein neues Reich erschaffen.

Aber sie hasste dieses Reich. Aus diesem Grund hatte sie ihn zu sich geholt. Er hatte die Tore verschlossen, er hatte sie wieder geöffnet. Er war der Schlüssel.

Schaudernd dachte Alahrian an die Krieger vor dem Palast, an *seine* Krieger.

Ich kann sie retten, ich kann sie befreien.

Der Gedanke war abstoßend und absurd, aber er brachte auch etwas in seinem Inneren zum Klingen.

„Der Graue hat unser Volk verlassen und verraten", sagte Lilith leise. Sie war aufgestanden, hatte sich dem Fenster zugewandt, als wollte sie nach draußen blicken, doch wie immer verschlossen dunkle Läden die Sicht. Ihre Schwingen berührten fast den Boden, glatt und samten hingen sie von ihrem Rücken herab.

„Er hat *mich* verlassen", sagte sie tonlos. „Und unseren Sohn ..." Ihre Stimme erstarb.

Anstatt ihren Sohn zu rächen, hatte er ein Kind mit einer Sterblichen gezeugt. Alahrian schloss die Augen, fühlte den Schmerz, der wie ein glühender Asche-Hauch von ihrer schmalen Gestalt aus zu ihm herüberwehte, spürte ihre Bitternis und ihre Einsamkeit. Vor ihm stand ein Wesen, das alles verloren hatte: ihren Sohn, ihren Gefährten, ihre Welt.

„Deshalb kannst du mit dem Mädchen nicht zusammen sein", flüsterte sie, beinahe sanft. „Sie wird dir genau dasselbe antun."

Alahrian öffnete mit einem Ruck die Lider. „Nein!" Er schrie es mit der ganzen Inbrunst seiner verletzten Gefühle, doch Tränen brannten plötzlich in seinen Augen. „Das würde sie niemals tun! Sie liebt mich! Sie wird mich immer lieben!"

„Ach ja?" Liliths Augen funkelten böse. „Und wo ist sie dann? Sie hat dich längst vergessen, glaub mir."

„Nein." Ein Messer brannte ihm mit einem Mal in der Kehle, raubte ihm den Atem und ließ ihn keuchend vornüber sinken. „Sie ... liebt mich ... ich weiß es ..."

„Die Liebe der Sterblichen ist so vergänglich wie ein Windhauch, mein Prinz." Ihre Worte erklangen direkt neben seinem Gesicht, sanft strichen ihre Finger über seine Wangen.

„Aber nicht die unsere." Stöhnend presste Alahrian die Hand gegen sein Herz, das in der Brust zu zersplittern drohte. Sein Blick jedoch war fest und durchdringend, als er sich in den Liliths bohrte, direkt in die dunklen, unergründlichen Obsidian-Augen hinein. „Du liebst ihn noch", sagte er, und seine Worte waren wie ein Pfeil, blind ins Blaue hinein geschossen, der mitten ins Schwarze traf. Mitten ins Herz.

„Ich liebe ihn beinahe genauso sehr wie ich ihn hasse", erklärte sie wild. Zorn, Schmerz und Bitterkeit zerrissen ihr schönes Gesicht.

„Und wenn er zurückkäme? Wenn er unserem Volk vergeben könnte?" Keuchend starrte Alahrian sie an, seine Hand in die ihre geklammert. „Irgendwann, wenn wir bezahlt haben für das, was wir taten, für den Stolz und den Hochmut, dann wird er wiederkehren und uns nach Hause holen. In unsere Welt. Und dann ..." Tränen erstickten seine Stimme, die Worte zerbrachen, denn er wusste, es war keine Hoffnung hinter ihnen, kein Glaube. Es waren nur leere Worte, fragiler als ein trockenes Herbstblatt im Wind.

„Das wird er nicht", sagte Lilith hart. „Jahrhunderte lang haben die *Liosalfar* ihn angefleht, während sie in den Kerkern lagen, auf den Scheiterhaufen brannten, gefoltert und gedemütigt von den Menschen. Aber er ist nicht gekommen."

Dunkelheit strömte aus ihrem Blick, umarmte ihn, umfing ihn.

„Auch *du* hast ihn gerufen, in den dunklen Verliesen, hast gehofft und gewartet, dass er kommen möge, um dich zu befreien."

„Ja." Heiß spürte er die Tränen über seine Wangen rinnen. „Ja."

„Aber er ist nicht gekommen."

„Nein."

„Nur ich bin gekommen."

„Ja." Matt ließ er sich in ihre Arme sinken, die schwarzen Schwingen umschlossen ihn.

„Und während du hier warst, in der Tiefe, da hast du das Mädchen in deinen Träumen gesehen, du hast dich gequält, sie gerufen – aber sie ist nicht gekommen."

„Nein." Seine Lider waren schwer. Zu Tode erschöpft schmiegte er das Gesicht gegen die samtweichen Schwingen.

„Du und ich, wir haben nichts mehr als uns selbst. Und einander."

„Ja." Seine Stimme war heiser und rau. Er wollte die Augen schließen und sich von ihren Schwingen in den Schlaf wiegen lassen wie ein Kind. Wie der Junge, der gestorben war.

„Ich habe ihn gesehen", flüsterte er stattdessen und dachte an die Krieger unter dem Turm. „Den Grauen. Ich habe ihn gesehen und er hat mit mir gesprochen."

„Was hat er dir gesagt?"

Alahrian richtete sich auf. „Er sagte, es gäbe etwas, das ich tun müsse, eine Aufgabe."

Fragend blickte sie ihn an, aber sie schwieg. Alahrian erwiderte ruhig ihren Blick, leise, fast tonlos sprach er: „Er sagte: *Führ sie zurück ins Licht*."

Verlassen

„Verdammt noch mal, Morgan, ruf mich zurück! BITTE!" Wütend warf Lilly das Handy auf den Küchentisch. Erst jetzt nahm sie wahr, dass das Plastikgehäuse an einer Seite geschmolzen war. Na toll! Unbehaglich blickte sie auf ihre Handflächen herab. Violette Helligkeit hatte sich unter der Haut angesammelt, wie so oft in letzter Zeit. Wie um alles in der Welt hatte Alahrian das nur ausgehalten? Diese Kräfte waren …

Sie waren sein Geschenk an sie.

Der Schmerz, den es hinterließ, allein seinen Namen zu denken, ernüchterte sie weit genug, um das Leuchten in den Händen verlöschen zu lassen. Seufzend ließ sie sich auf den Mosaikfußboden herabsinken. Seit zwei Wochen nun schon hatte sie es sich zur Gewohnheit werden lassen, sofort nach der Schule in die Villa zu stürmen, um atemlos nachzusehen, ob einer der Brüder zurückgekehrt war. Seit zwei Wochen war die Villa leer und verwaist. Auf *Alahrians* Rückkehr wagte sie noch nicht einmal mehr zu hoffen, aber wenigstens Morgan …

Vor zwei Wochen war er nach Island geflogen, um seine Armee zusammenzustellen. Seine Armee!. Allein das Wort war grotesk! Staatsoberhäupter besaßen Armeen, amerikanische Präsidenten, allenfalls noch irgendwelche finsteren Diktatoren.

Oder übernatürliche Krieger, die keine Menschen waren und bereits an den Kreuzzügen teilgenommen hatten ...

So grässlich es auch war, das schien der Plan zu sein: Sämtliche *Döckalfar* zusammenzurufen, um die Hohlen Hügel anzugreifen. Und Alahrian zu befreien. Morgan zufolge stellte das kein allzu großes Problem dar. Die *Döckalfar* waren den Erloschenen weit überlegen, mit einer einzigen Berührung konnten sie ihnen genug Energie entziehen, um sie tagelang in tiefe Bewusstlosigkeit zu schicken.

Das war es, was Morgan behauptete. *Lilly* krampften sich allein schon bei dem Gedanken, Morgan könne einen Krieg gegen Lilith beginnen, sämtliche Eingeweide in nacktem Horror zusammen. Einen Krieg. Um Alahrian. Das war es nicht, was der Graue – ihr Vater! – gewollt hatte, gewiss nicht. Der Graue aber war nicht hier. Der Graue weigerte sich, Alahrian zu helfen.

Wütend starrte Lilly ihre Handgelenke an. Die sternförmigen Narben über den Pulsadern waren längst verheilt, wenn man genau hinsah jedoch, konnte man noch immer einen leichten, regenbogenfarbenen Perlmuttschimmer über den feinen Linien erkennen.

Ich bin seine Tochter ... Und trotzdem ist er nicht hier.

Sie hatte es versucht. Auf jede nur erdenkliche Weise hatte sie versucht, mit dem Grauen Kontakt aufzunehmen. Aber er war nicht gekommen.

Lilly war allein. Das war vielleicht das Schlimmste. Alahrian hatte sie verlassen, um ihr Leben zu retten, und das war das Edelste, Tapferste und Gütigste, das je ein Wesen für sie hätte tun können, und dennoch: Er hatte sie *verlassen*. Er erinnerte sich noch nicht einmal mehr an sie. Und das schmerzte jeden Tag, jede Sekunde lang. Es gab keinen Augenblick in ihrem Leben, in dem sie ihn nicht vermisste, keinen einzigen Moment, in dem sie nicht an ihn denken musste. Es war, als hätte man sie in zwei Hälften gerissen, und eine Hälfte war weit fort, in der Tiefe, in der Dunkelheit.

Solange Morgan noch hier gewesen war, hatte sie wenigstens das Gefühl gehabt, irgendetwas tun zu können. Jetzt war auch ihr Blutsbruder verschwunden. In Island. Oder auch sonst irgendwo. Vielleicht nicht einmal mehr in dieser Welt. Alahrian war weg, Morgan war weg, und der Graue ließ sich nicht blicken.

Sie war allein. Vollkommen allein.

Hätte sie nicht die Narben an den Handgelenken gehabt und die unberechenbaren Lichtströme in ihrem Inneren, sie hätte glauben können, sich die geheimnisvolle Welt der *Alfar* nur eingebildet zu haben. Als wäre alles nur ein Traum gewesen.

Alahrian. Ein Traum aus Licht – und Schatten. Wenigstens würde es ihm gut gehen, dort unten. Das hoffte sie zumindest. Morgan hatte gesagt, Lilith würde ihm nicht wehtun. Dafür war er zu wertvoll. Was auch immer das bedeuten mochte.

Seufzend lehnte Lilly den Kopf gegen das Sofa. Fast sehnsüchtig glitt ihr Blick zur Kellertür der Villa und zur Treppe, die zuerst in Morgans Hightech-Höhle führte und dann tiefer in die Erde hinein, immer noch tiefer bis zu dem unterirdischen Felsenlabyrinth, das bis vor kurzem noch vor einer massiven Stahlwand geendet hatte. Jetzt war das Tor gesprengt. Der Weg in die Hohlen Hügel frei. Morgan war dort gewesen, und jeden Tag während der letzten zwei Wochen war die Versuchung stärker geworden, ebenfalls dort hinabzusteigen. Es schien so einfach, so verlockend. Alahrian war dort unten. Nur ein paar Gänge, nur eine Welt entfernt.

Lilly kannte freilich den Weg nicht. Sie hatte auch nicht die Macht, Alahrian zu befreien. Er hatte Lilith sein Leben geschenkt, sie würde ihn nicht herausgeben, nicht freiwillig. Lilly hatte keine Armee wie Morgan.

Das alles hätte sie jedoch nicht abgehalten. Nein, es war etwas anderes. Es war das Licht, das sie in sich trug. Sie durfte Alahrians Licht nicht in die Dunkelheit tragen, durfte nicht riskieren, dass es für immer erlosch.

Lilly hatte bereits versucht, es irgendwie loszuwerden, um es an einem sicheren Ort zu verwahren, hatte probiert, es in ein Glasgefäß zu sperren, so wie Alahrian selbst es getan hatte, als er ihr den Anhänger geschenkt hatte.

Das Ergebnis jedoch waren bloß in alle Richtungen explodierende, halb zerschmolzene Splitter gewesen. Man konnte eine übernatürliche Macht eben nicht einfach in ein Marmeladenglas füllen.

Also blieb ihr nichts anderes übrig als zu warten. Bis Morgan zurück kam oder Liliths Krieger die Welt der Sterblichen in Besitz nahmen – oder ihr der Himmel auf den Kopf fiel.

Lilly zuckte zusammen, als das leicht ramponierte Telefon auf dem Küchentisch zu schrillen begann. Morgan! Endlich!

Blitzschnell schoss sie empor und stürzte atemlos in die Küche. „Ja?"

Sie hatte in der Eile nicht aufs Display geschaut. Hätte sie es getan, wäre ihr der eiskalte Stich bitterer Enttäuschung vielleicht erspart geblieben. Es war nicht Morgan. Es war Lena, die wissen wollte, ob sie zum Essen nach Hause kommen würde.

„Ja, klar. Ich bin gleich da." Frustriert klappte Lilly das Handy zu. Nur um ihrer inneren Unruhe, ihrer Wut und ihrer Verzweiflung Luft zu machen, wählte sie gleich darauf erneut Morgans Nummer. Mailbox. Natürlich. Ärgerlich schob sie das Telefon in die Tasche.

Kaum eine halbe Stunde später saß sie zu Hause am Esstisch und rührte missmutig in einem Teller Spaghetti mit Tomatensauce herum, ohne mehr als eine Gabel voll davon wirklich zu sich zu nehmen.

„Machst du dir immer noch Sorgen wegen Alahrian?" Die Stimme ihres Vaters ließ sie heftig zusammenzucken.

„Was?"

„Wegen dieser Lungenentzündung." Ihr Vater machte ein aufmunterndes Gesicht. „An so etwas stirbt heutzutage keiner mehr, glaub mir. Und Alahrian ist jung, kräftig … Er wird bald wieder fit sein."

Lilly blinzelte, den Blick auf ihren Teller gerichtet. Lungenentzündung … klar. Das war die offizielle Version. Alahrians Grippe war in eine schlimme Lungenentzündung umgeschlagen, und Morgan war mit ihm zur Kur in die Schweiz gefahren. Das hatte Lilly in der Schule erfahren, ausgerechnet. In die Schweiz! Als wäre er irgendein tuberkulöser junger Adeliger aus dem neunzehnten Jahrhundert! Morgan jedoch war dreist genug gewesen, sogar noch ein perfekt gefälschtes Attest einer Schweizer Nobelklinik beizufügen. Das war das Letzte gewesen, was Lilly von ihm gehört hatte.

Lungenentzündung, pah! Schaudernd fragte sich Lilly, ob sie wohl auch auf Alahrians Beerdigung würde gehen müssen, wenn er nicht bald zurückkehrte …

Der Gedanke krampfte ihr den Magen zusammen. Sie ließ die Gabel endgültig sinken.

„Wenn du willst, kann ich ja mal in dieser Klinik anrufen", erbot sich großzügig ihr Vater, den die Geschichte bisher nicht im Geringsten misstrauisch gemacht hatte.

„Nein!" Hastig blickte Lilly auf, rettete sich in ein verlegenes Lächeln, obwohl ihr Herz plötzlich bis in die Kehle hämmerte, und meinte schnell: „Wir … wir schreiben uns E-Mails … Fast jeden Tag. Es … es geht ihm schon viel besser!"

Bevor irgendjemand am Tisch etwas erwidern konnte, stand sie auf und flüchtete geradezu in ihr Zimmer hinauf. E-Mails! Als hätte die Hölle, in der er gefangen war, Internetanschluss gehabt!

Sogar in Gedanken hatte sie versucht, ihn zu rufen, immer und immer wieder. Aber sie hatte nie eine Antwort bekommen. Entweder weil er sie nicht hören – oder nicht zu ihr durchdringen konnte. Vermutlich beides.

Den Tränen nahe ließ sich Lilly aufs Bett sinken. Alahrians blauer Kapuzenpulli lag dort neben dem Kopfkissen, sie hatte ihn hierher gebracht, und nachts, wenn der Schmerz am schlimmsten wurde, dann vergrub sie das Gesicht in dem weichen Stoff und weinte, bis sie einschlief. Ein Hauch von seinem Geruch klebte noch an dem Kleidungsstück. Es war ein schwer zu beschreibender, kaum wahrnehmbarer Geruch, ein Duft von Wäldern, von feuchtem Gras und Morgentau, von Wind und Meer und von in Zuckerwatte verpacktem Sonnenschein. Darüber lag ein sanfter Hauch irgendeines verboten teuren, französischen Aftershaves. Alahrian benutzte es, um seine menschliche Tarnung vollkommen zu machen, obwohl die *Alfar* sich eigentlich nicht rasieren mussten. Hätte irgendjemand hier geahnt, wie viel eine einzige Flasche davon kostete, hätte es die Verkleidung vom gewöhnlichen Landjungen auf der Stelle gesprengt, aber das war eben typisch Alahrian. Wahrscheinlich hatte ihm bloß der Flakon gefallen.

Lilly lächelte wehmütig, während sie gleichzeitig versuchte, die Tränen wegzublinzeln. *Alahrian* ... Sie schmiegte die Wange gegen den Pullover, atmete tief ein und schloss die Augen. *Alahrian* ...

Die Erinnerung an sein Lächeln blitzte in ihren Gedanken auf, als sie einschlief.

Die Erloschenen

Ziellos streifte Alahrian durch die schmalen Gassen und grob bepflasterten Straßenzüge der unterirdischen Stadt. Seit er in der Tiefe gefangen war, hatte er Liliths Palast nicht verlassen, und obwohl er es geahnt hatte, so war ihm doch nicht bewusst gewesen, wie groß diese verlassene Welt eigentlich war. Es war kalt hier draußen, eine Art frischer Wind streifte sein Gesicht. Das dämmerige Zwielicht sorgte zwar für ausreichend Helligkeit, aber kaum für Wärme. Fröstelnd zog Alahrian den schwarzen Samtumhang enger um die Schultern, hielt jedoch nicht inne, um zurückzukehren. Der *Fenririm*, der üblicherweise seine Gemächer bewachte, folgte ihm auf Schritt und Tritt. Zweifellos wusste Lilith, wo er war. Sie hatte Alahrian ihre Geschichte erzählt, aber sie traute ihm noch immer nicht. Zu Recht. Hätte Alahrian einen Ausweg gewusst, er wäre geflohen. Doch es gab keinen Ausweg. Er hatte es versprochen. Um Lilly zu retten. Er durfte sie nicht in Gefahr bringen.

Den Kopf gesenkt beschleunigte er seine Schritte. Trotz der Kälte waren erstaunlich viele Leute in den Straßen unterwegs, und alle schienen ihn anzustarren, unzählige Blicke folgten ihm. Es waren keine feindseligen Blicke, nichts Bedrohliches lag darin. Im Gegenteil: Wer ihm ins Gesicht schaute, der beugte daraufhin respektvoll das Haupt, Staunen, Unglauben und Bewunderung schimmerten in den schwarzen Augen, die die seinen kreuzten, Ehrfurcht erhellte die Gesichter, die ihn anstarrten. Getuschel erhob sich hinter ihm, Hände streckten sich ihm entgegen, einmal wurde er umringt und bestaunt wie ein seltenes, unbekanntes Tier, aber meist lächelten die Passanten ihm nur schüchtern entgegen.

Wie einem Herrscher, der sich unerkannt unters Volk gemischt hatte. Und genau das war es, was sie in ihm sahen. Ihren Prinzen, ihren Retter.

Mit Grauen dachte Alahrian an die Soldaten vor dem Turm, an Liliths Worte, und hastig schlug er die dunkle Kapuze über den Kopf, tief in die Stirn, steigerte sein Tempo, bis er fast durch die Straßen rannte.

Dann, unvermittelt, blieb er stehen.

Es ist das, wozu ich geboren wurde. Geboren, um über dieses Volk zu herrschen. Mein *Volk ...*

Er war ein Prinz der *Liosalfar*, eines Volkes, das nicht mehr existierte. Oder vielleicht doch noch existierte ...

Unsicher sah er sich um, betrachtete seine Umgebung mit neuen Augen. An einer Straßenecke spielten einige Kinder mit einem bunt bemalten Kreisel. Ein alter Mann sah müde aus dem Fenster. Eine Frau mit einem Korb voll Äpfel im einen und einem Baby im anderen Arm lief die Straße entlang. Einer der Äpfel rollte aus dem Korb über das Pflaster, direkt vor Alahrians Füße. Rasch bückte er sich, hob ihn auf und wollte ihn der Frau zurückgeben, doch da war sie bereits in einem Hauseingang verschwunden.

Nachdenklich starrte Alahrian auf die kleine, harte Frucht. Es gab Äpfel, die hier unten wuchsen, er hatte das nicht gewusst. Und es gab Bauern und Gärtner, die sich um die Apfelbäume kümmerten, und es gab Kinder, die die Früchte aßen.

Er selbst hatte sein ganzes Leben lang nie etwas anderes als reinen Zucker zu sich genommen. Aber hier unten gab es *Alfar*, die Äpfel aßen. Sie hatten sich mit dieser Welt arrangiert, sie rechneten nicht mehr damit, sie jemals wieder zu verlassen.

Sie waren Gefangene der Tiefe wie lebende Tote in einem Grab.

Und doch gab es Leben hier unten. Alahrian schloss die Finger um den Apfel. Es gab Leben, Pflanzen, die wuchsen, Kinder, die am Straßenrand spielten. In der Welt der Sterblichen hatte er schon sehr lange kein Kind der *Alfar* mehr gesehen.

Ein Pärchen schlenderte an ihm vorbei, Alahrian zog sich in eine Gasse zurück, um den beiden auszuweichen, doch er schaute ihnen lange nach. Ein junger Mann mit schwarzgelocktem Haar und eine Frau mit funkelnden, nachtfarbenen Augen. Als Alahrian ein Kind gewesen war, hatte man ihm die Erloschenen als Monster beschrieben, sein halbes Leben lang hatte er gegen sie gekämpft – und dagegen, so zu werden wie sie. Dennoch hielten sich diese beiden an den Händen und lächelten einander an, so wie *er* einst Lilly angelächelt hatte, so wie *er* einst ihre Hand gehalten hatte. Die Krieger unter dem Turm hatten ihn erschreckt, denn das war der Feind gewesen und der Alptraum seiner Kindheit.

Aber diese Leute hier, das waren keine Monster.

Ich kann sie retten, dachte er mit einer Art von wilder Verzweiflung, die seinen ganzen Körper durchzuckte wie ein Fieberkrampf. *Ich kann sie befreien.*

Mein Volk.

Hart hämmerte sein Herz gegen die Rippen, tosend jagte das Blut durch seine Adern. Alahrian schloss die Augen und fühlte die Schatten in seinem Inneren, die Dunkelheit. Aber da war auch die Erinnerung an das Licht. Noch immer trug er Licht bei sich, an einer Kette um seinen Hals. Lillys Kette.

Lillian ... Das Licht schmerzte ihn auf der Haut, fast so sehr wie der Gedanke an sie. *Lilly, was soll ich nur tun?*

Er würde sie nie wiedersehen. Niemals würde Lilith ihn gehen lassen. Es sei denn, er stellte sich an die Spitze ihrer Krieger und führte die Erloschenen an die Oberfläche zurück. Sein Volk. Zurück ins Licht.

Ruckartig öffnete er die Augen. Die Kinder spielten noch immer am Straßenrand, drehten sich lachend im Kreis. Ein kleiner Junge saß am Rand und hielt einen Hundewelpen im Schoß. Nein, kein Hundewelpe. Es war ein junger *Fenririm*. Ein *Fenririm* mit riesigen Knopfaugen, tapsigen Pfoten und weichem Fell.

Nichts war mehr so, wie es ihm früher erschienen war. Alahrians ganze Welt war auf den Kopf gestellt, ihm wurde regelrecht schwindelig davon.

Wie betäubt und ohne darüber nachzudenken, stolperte er einige Schritte vorwärts und schenkte den Kindern den Apfel. Ein kleines Mädchen mit langen schwarzen Zöpfen lächelte ihn an. Ihre Hand streckte sich ihm entgegen und hielt ihm etwas Winziges, Weißes hin. Es war eine einzelne, halb verwelkte Blüte.

Alahrian nahm sie mit einem Lächeln unter Tränen, dann lief er hastig fort.

Sie waren keine Monster. Sie waren wie er.

Was mochte ihnen widerfahren sein, dass sie in die Schatten gestürzt waren? Hatte man das kleine Mädchen eingesperrt, in ein finsteres Verlies, so wie einst ihn selbst? Hatte man der Frau mit dem Baby glühende Eisennadeln durch das verbrannte Fleisch getrieben? Waren die beiden Liebenden von eben einst zusammen auf dem Scheiterhaufen gestanden?

Und plötzlich ertrug Alahrian die Gegenwart all dieser Erloschenen nicht mehr. Mit einem erstickten Aufschrei lief er in eine Seitengasse, sank unter einem Hauseingang zusammen und weinte, das Gesicht gegen die kalte Wand gedrückt, die Finger in den Stein gekrallt. Die Kiefer presste er fest gegeneinander, um sein Schluchzen zu ersticken, die Tränen aber flossen heiß und in bitteren Strömen über seine Wangen.

Was soll ich tun? Was soll ich nur tun? Ich kann sie retten, sie alle – und auch mich selbst.

Führ sie zurück ins Licht.

Der Graue hatte es ihm gesagt. Sein eigenes Licht war erloschen, aber er trug immer noch etwas davon bei sich. *Ich kann es tun.*

Seine Tränen versiegten. Erschöpft öffnete er die Augen und rief in Gedanken so laut er konnte nach Lilith.

Kinder der Dunkelheit

Ein Himmel aus grauem Stein wölbte sich über dem Platz. Ein Himmel ohne Wolken, ohne Sonne, ohne Mond. Dennoch herrschte eine Art dämmriges Zwielicht, das die Gestalten unter dem Turm wie in silbrigen Nebel getaucht erscheinen ließ. Zwei Armeen standen einander gegenüber, unter dem Turm. Metall klirrte melodisch in der Stille. Dunkle Augen starrten durch schmale Sehschlitze schimmernder Helme hindurch. Schwerter glänzten in der Tiefe. Stiefel scharrten über nackten Fels.

Keine der Gestalten sprach auch nur ein Wort, keine rührte sich. Stumm und reglos standen sie einander gegenüber, in langgezogenen Reihen, hoch aufgerichtet wie die Säulen, die die gewaltige, steinerne Decke trugen. Aus der Ferne sahen sie einander beinahe ein wenig ähnlich, diese beiden Armeen, die Gesichter blass, die Augen groß und dunkel, leicht schräg stehend und von kühn geschwungenen Brauen gekrönt. Aus der Ferne sahen sie aus wie Brüder.

Dann ertönte von weither das Signal. Binnen Sekunden zerplatzte die gespannte Stille, die Reihen stürzten aufeinander zu, verkeilten sich, verkrallten sich, Blut floss, Schreie zerfetzten die Luft ...

***

Mit einem erstickten Keuchen fuhr Lilly aus dem Schlaf. Schweiß perlte auf ihrer Stirn, das Zimmer um sie herum drehte sich, und es dauerte einige hektische, zittrige Herzschläge lang, bis sie wieder vollends in die Wirklichkeit fand. Tief seufzend sank sie aufs Kissen zurück.

„Sei gegrüßt, meine Tochter", sagte eine weiche Stimme neben ihr.

Schon wieder schrie Lilly erschrocken auf, schoss ruckartig empor – und blickte in ein regenbogenfarbenes, schillerndes Augenpaar.

„Großer Gott!" Hysterisch zuckte Lilly zurück. „Was um alles in der Welt tust du hier?" Ihre Stimme klang schrill und lauter, als eigentlich beabsichtigt.

Überrascht, fast ein wenig gekränkt, blinzelte der Graue sie an. „Aber ... aber du hast mich doch gerufen. Du wolltest, dass ich zu dir komme ..."

Fassungslos starrte Lilly zurück. „Ja, vor zwei Wochen!", schrie sie unbeherrscht. „*Zwei* Wochen!" Sie war außerstande, sich zu beruhigen.

Der Graue lächelte milde. „Zeit hat keine Bedeutung für uns", entgegnete er sanft.

Seine Unerschütterlichkeit, die gleichbleibende, unverbindliche Freundlichkeit auf seinem ebenmäßigen Gesicht schürte Lillys Zorn nur noch. „Für dich vielleicht nicht", antwortete sie patzig. „Für mich schon."

Andererseits: *Alahrian* hatte fast vierhundert Jahre auf ihn gewartet. Was also hatte sie erwartet? Trotzdem widerstand sie dem Impuls, das Wesen, das ihr Vater war, weiterhin anzubrüllen, und blickte stattdessen angstvoll zur Tür. Ob Lena oder ihr Vater – ihr anderer Vater – ihr Geschrei bemerkt hatten? Was, wenn sie hereinkamen, um nach dem Rechten zu sehen?

„Keine Sorge", bemerkte der Graue ruhig. „Sie können dich nicht hören."

„Was?" Schon wieder in Panik richtete Lilly sich auf. „Was ... was hast du mit ihnen gemacht?"

Nun zuckte Bestürzung über das Cherubsgesicht des Grauen. „Nichts", erwiderte er verstört. „Sie sind spazieren gegangen, während du geschlafen hast. Unten, auf dem Küchentisch liegt ein Zettel für dich."

„Oh." Beschämt senkte Lilly den Blick. Hatte sie im Ernst geglaubt, der Graue würde ihrer Familie etwas antun? Er war ihr *Vater*, verdammt! Er mochte sie enttäuscht haben, aber er war nicht ihr Feind.

Das Wesen, das wie eine visionäre Engelserscheinung mitten in ihrem Zimmer stand, seufzte leise, ein Laut, der es mit einem Mal seltsam menschlich erscheinen ließ. „Du vertraust mir nicht", stellte der Graue fest. Es klang traurig, fast ein wenig anklagend.

Letzteres ließ einen neuerlichen Hauch von Zorn in Lilly aufwallen. „Wie könnte ich auch?", fragte sie böse. „Du hast meine Mutter verführt und dich dann siebzehn Jahre lang nicht blicken lassen!"

Es war das erste Mal, dass sie diesen Vorwurf aussprach, sogar das erste Mal, dass er ihr überhaupt in den Sinn kam. Aber er schmerzte dadurch nicht weniger. Ihr Vater war alles andere als ein Mensch, ja, in seiner eigenen Welt kam er einem Gott gleicher als einem Menschen in ihrer. Und doch, sie konnte ihn mit nichts als menschlichen Maßstäben messen.

Tatsächlich nickte er bloß, als habe er bereits mit ihrer Reaktion gerechnet, wenngleich es ein wehmütiges, unglaublich trauriges Nicken war. „Es war von entscheidender Bedeutung, dich als Sterbliche aufwachsen zu lassen", sagte er ernst. „Unter Sterblichen. Es ist wichtig, dass du ein *Mensch* bist, Lillian."

Das war eine Entschuldigung, aber nicht wirklich eine Erklärung. Schweigend schaute Lilly den Grauen an, doch anstatt seine rätselhaften Worte näher auszuführen, meinte er nur: „Aber du warst mir nie egal, wenn es das ist, was du glaubst. Etwas von mir war die ganze Zeit über bei dir."

Lilly blinzelte fragend, da lächelte er plötzlich und streckte sanft die Hand nach ihr aus. Wie von unsichtbaren Fäden gezogen rutschte ihre Kette, unter der Bluse hervor, der Anhänger schwach leuchtend, als wäre er plötzlich mit Sternenlicht gefüllt. Unwillkürlich legte Lilly die Hand um das glatte Metall, Wärme erwartend, doch es fühlte sich noch immer kühl an.

„Etwas von mir war die ganze Zeit über bei dir", wiederholte der Graue, und Lilly fühlte einen Strom von Zuneigung, Sorge und Anteilnahme durch ihr Innerstes gleiten, als er sie erneut anlächelte. Zorn und Enttäuschung lösten sich auf, fast war sie erleichtert. Er hatte sie also nicht im Stich gelassen. Es war ihm nicht egal gewesen, was mit ihr geschah.

Doch diese Erkenntnis zog nur *einen* Stachel aus ihrem Herzen. Aber es gab noch einen anderen, einen, der tiefer saß und weitaus schmerzhafter war.

„Warum hast du Alahrian nicht geholfen?", fragte sie bitter. „Warum befreist du ihn nicht?"

Die Augen des Grauen verdunkelten sich in einem Anflug von Kummer. Es sah aus, als flössen sämtliche Farben des Regenbogens ineinander, um zu einem matten Asphaltton zu gefrieren. „Alahrian muss seinen eigenen Weg finden", sagte er, ruhig, doch mit einem Unterton von Schmerz. „Das Böse ist eine *Entscheidung*, Lillian."

„Aber er hat sich nicht für das Böse entschieden!", rief Lilly aufgebracht. „Er hat sich für *mich* entschieden!"

Wieder so ein Lächeln, voller Sanftmut und Wärme, voll Verständnis und Weisheit. „Die Dunkelheit war schon in ihm, lange bevor er dich traf", erklärte er traurig. „Lilith kam nicht einfach so zu ihm, vergiss das nicht. Er hat sie gerufen, als er auf dem Scheiterhaufen stand. Und sie ist auch jetzt bei ihm, auch wenn er sich noch nicht entschieden hat."

Lilly dachte an den Traum, an die beiden Heere, die einander im Zwielicht gegenüber standen. „Ich habe etwas gesehen", erzählte sie zögernd, und noch bevor sie Worte finden konnte, um die schrecklichen Bilder zu beschreiben, nickte der Graue.

„Das ist, was geschehen wird, wenn er die *falsche* Entscheidung trifft", antwortete er, noch immer ruhig, doch mit einem Flackern in den Augen, das Lilly für Furcht gehalten hätte, hätte sie dem geflügelten Wesen, das älter war als Raum und Zeit, eine derartige Regung zugetraut.

„Wie können wir es verhindern?", fragte Lilly angstvoll.

„Gar nicht." Der Graue schüttelte den Kopf. „Er allein kann es verhindern."

„Aber Morgan ist schon unterwegs in die Hohlen Hügel!", rief Lilly verzweifelt. „Er hat eine Armee zusammengestellt! Die *Döckalfar* werden Liliths Leute angreifen, und dann ..." Dann würden sie Alahrian mit Gewalt befreien – oder einen Krieg auslösen.

„Willst du das wirklich zulassen?", fragte Lilly bitter. „Willst du wirklich zusehen, wie sie erneut gegeneinander kämpfen? Du hast sie verbannt, um den Krieg zu beenden, du hast sie hierher geschickt! Und jetzt willst du einfach *gar nichts* tun, während sie versuchen, einander zu vernichten und dabei die ganze Welt mit in den Abgrund reißen? Was ist mit den Sterblichen? Bedeuten sie dir denn gar nichts?"

„Es ist nicht die Wahl der Sterblichen", erwiderte der Graue halblaut. „Obwohl ihr Hass und ihre Grausamkeit die Erloschenen zu dem gemacht haben, was sie heute sind. Es ist Alahrian, Alahrian allein, der ihnen den Weg weisen wird."

„Dann lass uns zu ihm gehen", verlangte Lilly mit Tränen in den Augen.

Sie hatte nicht damit gerechnet, doch der Graue nickte stumm.

Von einer Sekunde auf die nächste war Lilly aus dem Bett und auf die Füße gesprungen. „Du willst das wirklich tun?", fragte sie überrascht. „Worauf warten wir dann noch?"

„Im Augenblick glaubt er, er habe keine Wahl", sagte der Graue leise, Lillys Ungeduld ignorierend.

„Dann beeilen wir uns!", rief Lilly drängend. Plötzlich jedoch zögerte sie. „Er hat mir sein Licht gegeben", erzählte sie unschlüssig. „Wird es verlöschen, wenn wir es in die Tiefe tragen?"

Da lächelte der Graue. Milde schüttelte er den Kopf. „Nein. Komm ruhig. Es ist nie verkehrt, ein wenig Licht in der Dunkelheit zu haben."

***

Alahrian konnte die Erloschenen unter dem Turm fühlen, selbst wenn er sie nicht sah, konnte ihre Erwartung spüren, ihre Anspannung, aber auch ihre Hoffnung.

Sie sind alle gekommen, alle Kinder der Dunkelheit.

Die Kiefer aufeinander gepresst, wie um gegen einen diffusen Schmerz anzukämpfen, lehnte er sich gegen die Wand des Turmzimmers, fühlte den kühlen, rauen Stein unter den Fingern, zwang sich, ruhig und gleichmäßig zu atmen und lauschte auf das hektische Schlagen seines eigenen Herzens.

Sie alle warten nur auf mich. Jahrhundertelang haben sie gewartet, dass einer kommt, um sie zu befreien. Stattdessen habe ich sie eingesperrt, habe die Tore verschlossen gehalten, sie ins Dunkel gedrängt.

Es war seine Schuld. Zum ersten Mal fühlte er es, fühlte nicht nur Verachtung für die Kreaturen der Finsternis, sondern Mitleid. Was er damals getan hatte, war vielleicht falsch gewesen.

Doch war es richtig, was er heute zu tun im Begriff war?

Er wusste es nicht.

Sie sind das, wozu die Menschen sie getrieben haben. Sie waren von Licht erfüllt und von Wärme, bis man sie gefoltert, geknechtet und gejagt hat. Es ist nicht ihre Schuld.

Hilfesuchend blickte er zu Lilith hin, die reglos wie eine Statue unter dem Durchgang zum Balkon stand.

War *sie* schuldig? Sie war die Gefährtin des Grauen gewesen. An seiner Seite hätte sie über das Volk der *Alfar* herrschen müssen, stattdessen herrschte sie nun über ein Volk der Schatten. War sie schuldig?

War er es?

Er hatte sich gegen sein eigenes Volk gewandt. Er hatte die Menschen zu schützen versucht, die seinesgleichen hassten, die *ihn* hassten.

Aber nicht alle Menschen waren schlecht. Er wusste es besser als jeder andere. Lillian. Sie war seine Sonne und sein Sternenhimmel gewesen. Doch in der Tiefe leuchteten keine Gestirne. Hier unten gab es nur Dunkelheit und Zwielicht. Wenn er sein Volk befreite, dann würde er auch sich selbst befreien können. Dann würden sie alle frei sein.

Alahrian spürte ein Lächeln über sein Gesicht zucken.

Führ sie zurück ins Licht.

Und das war es, was er tun würde.

Hoch aufgerichtet, die Schultern gestrafft, die Kapuze seines Mantels zurückgeschlagen, trat er auf den Balkon hinaus an die Brüstung. Dort unten hatten sie sich versammelt, nicht nur Liliths finstere Krieger wie beim ersten Mal, sondern alle, das gesamte Volk der Erloschenen, die Alten, die Kranken, die Kinder und die Frauen. Alle. Alle Kinder der Dunkelheit.

Und so sprach er sie an: „Kinder der Dunkelheit!", rief er über die Brüstung hinweg, und er wusste, obwohl seine Stimme nur ein Glockenklingen gegen den Wind war, jeder Einzelne dort unten konnte ihn hören. „Kinder der Dunkelheit! Ihr habt eure Welt verloren und eure Heimat. Ihr wurdet verfolgt, gejagt und gedemütigt. Lange habt ihr in der Tiefe gewartet, auf Rache, auf Gnade, auf Freiheit … Doch die Zeit der Finsternis hat ein Ende!" In einer wilden Geste riss er sich die Kette unter seinem Hemd vom Hals, barg den Anhänger in der Faust und stieß sie in die Luft. „Denn heute Nacht kehren wir zurück!", schrie er leidenschaftlich. „Heute Nacht kehren wir zurück ins Licht!"

Und damit öffnete er die Finger und ließ das Leuchten in seiner Hand frei. Die Helligkeit ließ ihn fast erblinden, das Licht brannte wie Feuer auf seiner Haut, und er wusste, jeder Einzelne dort unten zuckte nun schmerzlich zusammen. Aber keiner wich zurück. Stattdessen begannen sie zu jubeln, tosend brandete ihr Jubel zu ihm empor.

Und Alahrian lächelte.

Krieg der Schatten

Morgan fühlte ein dünnes Rinnsal von Blut über seine Stirn strömen, die Klinge in seiner Hand war von rostroten Flecken besudelt, sein Hemd zerfetzt, die Haut darunter zu einem schmerzhaften Teil auch. Und dabei hatte der Kampf noch nicht einmal wirklich begonnen. Es waren bisher nur Geplänkel gewesen, kleine Nadelstiche, um die Stärke des Gegners zu testen, das Spiel einer Katze mit der Maus, bevor sie sie fraß. Nur, dass noch längst nicht feststand, wer in diesem Spiel die Katze war – und wer die Maus.

Nein, das eigentliche Gefecht würde erst noch kommen.

Sich das Blut aus dem Gesicht wischend blickte Morgan sich um. Es war nicht leicht gewesen, ins Innere des Palastes zu gelangen, schwerer als beim ersten Mal. Am Ende jedoch war es ihm gelungen, und das hatte vermutlich nur einen einzigen Grund: Lilith *wollte* ihn sehen.

Nun gut. Entschlossen, die Hand fest um den Griff seiner Waffe geschmiegt, trat er bis ans Ende des Ganges und in die gigantische Haupthalle des Palastes hinein. Dort war es fast ebenso dunkel wie in den Korridoren. An den Säulen, die die runde Galerie über seinem Kopf trugen, steckten einige Fackeln. Sie erhellten den Platz, auf dem Morgan stand, nicht aber die Galerie. Dort oben, hinter der Brüstung verborgen, mochten Hunderte von Kriegern stehen, mit gespannten

Bögen und gezückten Klingen, eine tödliche, lautlose Falle. Vielleicht war dort aber auch niemand.

Morgan biss sich auf die Lippen und starrte mit zusammengekniffenen Augen ins Leere.

„Welch überraschender Besuch", flötete eine melodiöse Stimme direkt hinter ihm.

Angespannt zuckte Morgan zusammen und drehte sich blitzschnell herum. Es war Lilith. Sie hatte sich nicht verändert, seit er sie das letzte Mal gesehen hatte, natürlich nicht. Sie trug keine Waffe, keinen Schutz, brauchte derlei Dinge nicht. Stattdessen war sie in ein wallendes, pechschwarzes Samtkleid gehüllt, das ihre Schönheit betonte, aber auch ihre Düsternis. Wie ein Wasserfall stürzte das seidige, nachtschwarze Haar über ihre Schultern hinweg, ging fast nahtlos über in den fedrigen Umhang der dunklen Schwingen. Ja, sie war schön, schön wie eine Degenklinge – und ebenso tödlich.

„Und du hast alle deine Freunde mitgebracht", fuhr sie fort, im Plauderton, so als säßen sie zum Tee in ihrem Salon. „Wie nett."

Funkelnd starrte Morgan sie an, ignorierte ihre beißende Ironie und schwieg.

„Weshalb bist du gekommen?", fragte sie ihn, deutlich frostiger jetzt.

Morgan verzog das Gesicht. „Ich weiß nicht, wie die Kreaturen der Finsternis es handhaben, doch in *meinem* Volk ist es üblich zu verhandeln, bevor man aufeinander losgeht", erklärte er betont.

„Verhandeln?" Amüsiert zog Lilith eine ihrer geschwungenen, wie mit dem Kohlestift gezeichneten Brauen hoch. „Nun, das wird einfach sein: Ruf deine Leute zurück, und weder dir noch deinen Männern wird ein Leid geschehen. Ich führe keinen Krieg gegen deinesgleichen."

Ja, dachte Morgan bitter. Aber er kam ihr auch nicht ungelegen. Es war der alte Kampf, *Lios-* gegen *Döckalfar*. Lilith hatte vor, sich an den Sterblichen zu rächen, doch sie musste geahnt haben, dass die *Döckalfar* das niemals zulassen konnten. Auf diese Art und Weise schlug sie zwei Fliegen mit einer Klappe, hatte die Chance, sich zweier Gegner gleichzeitig zu entledigen.

Ich darf auf keinen Fall zulassen, dass sie die Hohlen Hügel verlassen. Niemals!

Fast H alt suchend verstärkte Morgan den Griff um die Klinge in seiner Hand. Laut sagte er: „Ich will nur meinen Bruder zurück. Sonst nichts."

Das war eine Lüge. Wenn er Alahrian nur retten konnte, indem er einen Krieg begann, dann *würde* er es tun. Doch es ging um weit mehr als nur um sie beide, das hatte er von Anfang an gewusst. Es ging um eine ganze Welt.

Lilith lächelte, ihre Augen blitzten. „Nun, vielleicht solltest du deine *Verhandlungen* dann mit ihm führen." Graziös deutete sie auf die kreisrunde Galerie über ihren Köpfen. Von einer Sekunde auf die nächste entzündeten sich dort plötzlich sämtliche Fackeln, und Morgan konnte die Gestalt erkennen, die dort oben stand.

Reglos wie eine Statue stand Alahrian dort, die Augen geschlossen, die Hände über der Brüstung ausgebreitet. Sein Körper war ganz in einen schwarzen, samtenen Umhang gehüllt, als hätte er dunkle Schwingen, wie Lilith, nur die Klinge an seiner Seite schimmerte matt silbrig. Alles andere war finster. Obwohl direkt hinter ihm Fackeln in schmiedeeisernen Leuchtern brannten, war kein Licht um ihn, nur Schatten. So als würde seine Gestalt jegliche Helligkeit absorbieren – oder als wiche das Licht vor der Dunkelheit in ihm zurück.

Morgan schauderte unwillkürlich. Alahrians Gesicht war blass und ausdruckslos. Es schien, als schliefe er, kein Muskel rührte sich. Nur ab und an zuckte er ein wenig zusammen, die Fingerspitzen bewegten sich über der Brüstung. Einmal keuchte er auf, wie von einem Schlag getroffen, wurde kreidebleich – und erstarrte Sekunden darauf wieder zu völliger Leblosigkeit. Von dem, was um ihn herum vorging, schien er nicht das Geringste wahrzunehmen.

„Was ... was ist das?", ächzte Morgan schockiert. „Was geschieht mit ihm?"

Lilith musterte ihn nachsichtig, als wäre er nichts als ein dummes, unwissendes Kind. „Er kontrolliert den Kampf vor dem Palast", erklärte sie bereitwillig. „Sein Geist ist verbunden mit jedem meiner Krieger. Und jedes Mal, wenn einer deiner Leute die Taschenspielertricks anwendet, die ihr *Döckalfar* so liebt, jedes Mal, wenn einer von euch meinen Männern die Lebenskraft raubt, füllt er die verlorene Energie mit seiner eigenen auf."

Scharf sog Morgan die Luft ein. Sein Blick flog entsetzt zu Alahrian empor. Leichenweiß war sein Gesicht, die Lippen blutleer, feiner Schweiß perlte auf seiner Stirn. „Und wie lange, denkst du, wird er diesen Irrsinn durchhalten?", schrie er Lilith an. „Willst du ihn *umbringen?*" Wild starrte er die geflügelte Hexe an, das Schwert in seiner Hand zuckte wie von selbst empor, Hass durchströmte ihn und erstickte einen Moment lang sogar sein Entsetzen.

„Wohl kaum." Lilith zuckte achtlos mit den Schultern. „Er kann nicht sterben, das weißt du sehr wohl."

Gequält blickte Morgan zwischen der Gestalt auf der Brüstung und dem Monster vor ihm hin und her. Wie groß mochte Alahrians Macht wirklich sein? Wie viele Angriffe würde er überstehen können, bevor ihn die Kraft verließ? Würde er je wieder aufwachen, wenn er all seine Energie verlor?

„Du verdammtes Miststück!", rief er verzweifelt, nur noch mit Mühe dem Impuls widerstehend, seine Klinge empor zu reißen und sie Lilith in die Brust zu stoßen. Aber das würde ohnehin nichts nützen! „Ich dachte, er bedeutet dir etwas!"

Die Worte ließen sie zusammenfahren, um eine Winzigkeit bloß, doch deutlich genug, um einen Hauch von Bestürzung in ihren Augen hervortreten zu lassen. Er *bedeutete* ihr etwas. „Nicht ich bin es, die ihm das antut", entgegnete sie kalt. „Deine Leute sind es."

Morgan ballte die Hände zu Fäusten, taumelte vor ihr zurück und kämpfte einen Moment lang gegen eine wirbelnde, wirre Schwärze in seinem Kopf an. Für einen Herzschlag musste er die Augen schließen, dann starrte er mit zusammengepressten Kiefern zu seinem Bruder hoch. Plötzlich kam ihm die unheimliche schwarze Gestalt seltsam zerbrechlich vor, das bleiche Gesicht wie Porzellan. Er mochte nicht mehr derselbe sein wie früher, aber er war immer noch Alahrian. Alahrian, der Rosen in seinem Schlafzimmer züchtete, der Glasperlen sammelte und fünf Minuten nicht von einer Woche unterscheiden konnte.

Morgan ballte die Hände zu Fäusten, dann rief er in Gedanken so laut er konnte nach seinen Befehlshabern. Die Fähigkeit, Energie in sich aufzusaugen, war die einzige Chance, die sie gegen die Erloschenen hatten, ihr einziger, wirklich gravierender Vorteil. Aber sie durften ihn nicht nutzen. Morgan konnte es nicht zulassen, konnte es einfach nicht. Es war Alahrian ... Alahrian ...

Wild sah er erneut zu seinem Bruder auf. *Lios, bitte! Hör mir zu, kleiner Bruder, komm schon!*

Seine Gedanken waren von Verzweiflung genährt, er hätte nicht damit gerechnet, dass die dunkle Gestalt ihn wahrnahm, doch tatsächlich schlug Alahrian mit einem deutlichen Ruck die Augen auf. Sie waren tiefschwarz. Nicht mehr so wie das letzte Mal, als sie einander gesehen hatten, sondern Finsternis ausströmend, eine erstickende, alles vernichtende Dunkelheit, in der kein Leben mehr zu sein schien.

Der Anblick trieb Morgan schier die Tränen in die Augen.

„Morgan." Die Stimme des Bruders war ruhig und ohne Überraschung. Wenigstens schien er seine Erinnerung zurück zu haben.

Morgan blinzelte, gegen die Verzweiflung in seinem Inneren ankämpfend. Als er aufsah, stand Alahrian vor ihm. Morgan hatte nicht gehört, wie er sich bewegt hatte, er konnte keine Treppe erkennen, die zur Galerie führte. Es war, als sei er wie ein Schatten herabgeschwebt, lautlos und schneller als ein Wimpernzucken.

Morgan schauderte erneut.

„Lass mein Volk gehen, Morgan", sagte Alahrian leise. Es war keine Forderung. Es war eine Bitte, fast ein Flehen. Seine Stimme klang zitternd und brüchig und erinnerte Morgan allzu schmerzhaft daran, wie Alahrian gewesen war, bevor er in die Schatten gestürzt war.

„Bitte. Lass sie gehen." Die schwarzen Augen suchten die seinen, Furcht lag darin und Verzweiflung, dieselbe Verzweiflung, die auch Morgan empfand.

„*Dein* Volk?", wiederholte Morgan betont.

„Ja." Er sprach fest und voller Überzeugung. „Das sind sie, Morgan. Mein Volk. Von meinem Blut."

Fassungslos wich Morgan einen Schritt vor ihm zurück. Er konnte kaum glauben, was er da hörte. „Du willst sie freilassen?", vergewisserte er sich hitzig. „Hast du schon vergessen, was sie sind? Sie wollen Rache, Alahrian, Rache an den Sterblichen! Sie werden nichts als Tod und Verderben bringen! Du weißt das besser als ich, du selbst hast die Tore verschlossen, um die Menschen zu retten! Was ... was um alles in der Welt redest du denn da bloß?" Ungläubig schüttelte er den Kopf.

„Sie sind nicht alle schlecht." Alahrians Blick ruhte noch immer auf dem seinen, sein Gesicht war blass und zerbrechlich, die Lippen zitterten ein wenig. „Mein Volk stirbt, Morgan! Ich kann nicht zulassen, dass sie ewig in der Tiefe begraben bleiben wie lebende Tote! Ich habe einen Fehler gemacht, ich hätte niemals ..."

„Nein!" Morgan unterbrach ihn mit einer heftigen Handbewegung. „Du hättest niemals hierher kommen dürfen! Lilith hat dich verhext, du weißt nicht, was du sagst! Denk doch, was du den Menschen damit antust!"

„Und was haben die Menschen *uns* angetan?" Alahrian schrie plötzlich, seine Augen flackerten, aber nicht vor Zorn, sondern vor Schmerz.

Natürlich, Morgan hätte es wissen müssen. Es war die alte Wunde. Sie war nie verheilt. Stattdessen hatte sie sich entzündet und vergiftete ihn jetzt. „Du hattest Freunde unter den Menschen", sagte er bitter. „Du hast unter ihnen gelebt. Du warst glücklich."

„Ich war ein Gejagter, ein Ausgestoßener, von ständiger Angst getrieben!" Jetzt brannten Alahrians Augen, Tränen glänzten darin, doch als sie über seine Wangen rannen, waren sie schwarz wie seine Pupillen, schwarz wie getrocknetes Blut.

„Und Lillian?", fragte Morgan hart.

Der Name ließ seinen Bruder zusammenzucken wie unter einem elektrischen Schlag. Doch er brauchte nur einen winzigen Moment, um sich wieder in der Gewalt zu haben. „Lillian ist nicht hier", entgegnete er bitter.

Da wünschte sich Morgan plötzlich mit aller Kraft, er hätte sie mitgenommen. Doch er hatte sie der Gefahr nicht aussetzen können. Hatte er nicht Alahrian selbst versprochen, für ihre Sicherheit zu sorgen?

Die Augen des Bruders durchbohrten ihn, sanft wie Seide, undurchdringlich wie Stahl. „Lass sie gehen, Morgan", flüsterte er. „Lass mein Volk frei."

Langsam und unendlich mühsam schüttelte Morgan den Kopf. „Ich kann nicht."

„Dann", entgegnete Alahrian mit einem Ausdruck von wachsendem Schmerz im Gesicht, „haben wir beide einander nichts mehr zu sagen." Und lautlos, bedächtig, doch ohne zu zögern, zog er die silbrige Klinge an seiner Seite aus der Scheide.

Morgan hob sein Schwert.

Im selben Moment explodierte über ihren Köpfen die Dunkelheit. Es war wie ein Gewitter mitten im Raum, wie ein gewaltiger Blitz, nur dass er nicht weiß war, sondern regenbogenfarben. Die Wirklichkeit begann für einen kurzen Augenblick lang zu erzittern, ein Tor öffnete sich, und dann sagte eine Stimme, weich und sanft und gewaltig zugleich:

„Habt ihr denn gar nichts gelernt?"

Die Feuerprobe

Der Graue führte Lilly nicht auf demselben Weg in die Hohlen Hügel, den Morgan genommen hatte. Sie liefen nicht durch die endlosen Labyrinthe und finsteren Korridore unter der Erde. Der Graue durchbrach die Wirklichkeit wie ein Taucher die Wasseroberfläche, schwindelnd stürzte Lilly durch die Welten und einen Moment lang hatte sie das Gefühl, blind und kopfüber mit der Achterbahn durch die Nacht zu brausen. Das Ganze dauerte jedoch nur Sekundenbruchteile, dann war es vorbei, Lilly riss die Augen auf und fand sich in einem gigantischen Felsendom wieder, einer riesigen, kreisrunden Halle aus Stein. Über ihr verblassten die Reste eines Regenbogens, und vor ihr stand ...

Alahrian!

Aber wie sehr hatte er sich verändert! Seine Augen, sein Haar, sein Gewand ... alles war schwarz, in Schatten gehüllt, aus Dunkelheit gewoben. Nur das Gesicht war leichenblass. Er trug eine silbrig schimmernde Klinge in der Hand, und diese Klinge war gegen Morgan gerichtet. Auch der *Döckalfar* hatte seine Waffe erhoben, Blut glänzte schaurig darauf, daneben stand Lilith in all ihrer grausigen Schönheit und schien die Szene mit einer Art von Belustigung zu betrachten.

Sie alle jedoch erstarrten wie zu Eis gefroren, als der Graue zu ihnen sprach:

„Habt ihr denn gar nichts gelernt?"

Drei erschrockene, von Entsetzen durchzuckte Augenpaare richteten sich schlagartig auf ihn. Lilly jedoch hatte nur Augen für Alahrian. Immer und immer wieder hatte sie sich vorgestellt, wie es sein würde, ihn wiederzusehen, hatte den Moment herbeigesehnt, sich damit gequält, sich alles im kleinsten Detail auszumalen. Doch niemals hätte sie geglaubt, dass es *so* kommen könnte!

Er warf ihr nur einen kurzen, nahezu schockierten Blick zu, dann wandte er sich dem Grauen zu. Schrecken lag in seinen pechschwarzen Augen, Bestürzung und Furcht, in seinem Gesicht jedoch rührte sich nicht ein Muskel. Er war starr wie eine Puppe, leblos und leer. Da war keine Wärme, keine Liebe, nichts. Es war, als sei er ein Fremder, als würden sie einander gar nicht kennen.

Tränen brannten in Lillys Augen, etwas wie ein glühender Eisennagel schien sich in ihr Herz zu bohren, ihre Hände begannen zu zittern, und dennoch streckte sie sie nach ihm aus, blickte ihn an, angstvoll, fast flehend.

Alahrian wich vor ihr zurück, als habe sie versucht, ihn zu schlagen.

Morgan hatte gesagt, er hätte seine Erinnerung verloren. Vor ihr jedoch stand niemand, der sich nicht erinnern konnte. Er erkannte sie sehr wohl, die Augen verrieten es. Und doch kam er nicht zu ihr, wich ihrem Blick aus, schaute sie nicht einmal an.

Es war fast mehr, als Lilly ertragen konnte. Wie durch einen dichten Nebel hindurch nahm sie die Szenerie wahr, spürte, wie sich die weiße Schwinge ihres Vaters einen kurzen Moment lang tröstend über ihre Schulter legte und hörte dann wie aus weiter Ferne wieder seine Stimme durch die Halle schallen:

„Habt ihr denn gar nichts gelernt?"

Diesmal klang es unendlich traurig.

Morgan senkte sein Schwert, er wirkte erschüttert, aber nicht annähernd so erstarrt wie Lilith und Alahrian.

„Willst du wirklich einen Krieg gegen deinen eigenen Bruder führen?", fragte der Graue ihn anklagend. „Jahrhundertelang hat dein Volk gegen das seine gekämpft, beinahe hättet ihr eure ganze Welt vernichtet dabei. Ihr beide aber, ihr wart Brüder, über ein ganzes Zeitalter des Hasses hinweg. Ihr habt überwunden, was nicht überwunden werden konnte, ihr habt den Hass besiegt." Schmerzlich blickte er auf die Waffe in Morgans Hand. „Und nun steht ihr einander gegenüber und richtet blanken Stahl gegeneinander!" Enttäuscht schüttelte er den Kopf. „Ist es wirklich das, was du willst, Morgan? Willst du den alten Streit erneut entfachen?"

Morgan funkelte ihn an, betroffen, aber auch zornig. „Wenn es der einzige Weg ist, ihn zu retten, dann ja." Es klang fest und unbeirrt.

„Er ist dein Bruder!"

„Und ich führe keinen Krieg gegen ihn." Hasserfüllt starrte Morgan die Königin der Schatten an. „Ich führe Krieg gegen *sie*."

Da richteten sich die regenbogenfarbenen Augen des Grauen auf Lilith, und Lilly beobachtete voll Staunen, wie sie sich mit Schmerz und Bedauern füllten. Kein Zorn war darin zu erkennen. Nur dieser Schmerz, den sie sich nicht erklären konnte.

Lilith jedoch blickte trotzig zurück, schweigend und ohne sich zu rühren.

Der Graue wandte sich an Alahrian, der fremd und fern wirkte, wie in seiner eigenen Welt gefangen, so als ginge ihn das alles hier überhaupt nichts an.

„Ist es das, wofür du dich entschieden hast?", fragte der Graue bitter. „Hass, Gewalt und Blutvergießen?"

Alahrians Augen verengten sich. Lilly hätte nicht mit einer Reaktion gerechnet, doch Alahrians Gesicht zuckte plötzlich vor Zorn. „Ich habe mich für mein *Volk* entschieden", sagte er kalt.

„Mit einer Waffe in der Hand?" Traurig musterte der Graue die schimmernde Klinge.

„*Führ sie zurück ins Licht*", erwiderte Alahrian leise, das Schwert noch immer erhoben. „Das war es, was du selbst gesagt hast. Das ist es, was ich tue." Ein Hauch von Verwirrung mischte sich in seinen Zorn, ein winziger Abglanz der alten, kindlichen Unsicherheit schlich sich auf sein bleiches Gesicht.

Der Graue schüttelte den Kopf, sanft und nachsichtig, aber auch voller Bitterkeit. „Aber nicht *so*", meinte er ruhig. „Gewalt und Rache, das ist nicht der richtige Weg, und das weißt du."

Einen Moment lang schien es, als blitzte ein Funken von Licht in Alahrians schwarzen Augen auf, dann jedoch verdunkelten sie sich wieder. „Der richtige Weg!", wiederholte er wütend, und seine Stimme klirrte vor Verachtung. „Du hast mein Volk im Stich gelassen! Du hast deine Gefährtin verlassen, hast zugelassen, das sie in die Schatten fiel!" Mit flackerndem Blick sah er zu Lilith hin. „Keinen von uns hast du gerettet, nicht einen Finger hast du gerührt! Und *du* willst mir erzählen, was richtig ist und was falsch?"

Er schrie jetzt fast, die Hand, die die Klinge hielt, zitterte. Aus brennenden Augen starrte er den Grauen an, dann fiel sein Blick auf Lilly, und derselbe Zorn lag in seinem Gesicht. Zorn und Enttäuschung und Bitterkeit.

Weil ich mit dem Grauen gekommen bin ...

Lilly erkannte es so deutlich, als wäre es auf Alahrians Stirn geschrieben. Er schaute sie an, als hätte sie ihn verraten.

Hitzig riss er sich die Kette vom Hals, die er selbst ihr einst geschenkt hatte, die Kette mit dem Lichtfunken darin, und warf sie zu Boden. Das Schwert aber, das bisher in seiner Hand geruht hatte, ließ er ebenfalls sinken. Dann wandte er sich ab und stapfte ohne ein weiteres Wort davon.

Lilly wollte ihm hinterher, wollte ihm nachlaufen, doch der Graue hielt sie sanft an der Schulter zurück.

„Was sollen wir tun?", rief Lilly verzweifelt. „Was sollen wir denn jetzt tun?"

Für zwei Sekunden verharrte der Graue fast ebenso starr wie Alahrian zuvor, dann nickte er, als habe er eine Entscheidung getroffen. „Wir gehen zurück", sagte er geheimnisvoll. „Zurück an den Ort, an dem alles begann."

Behutsam wie ein Windhauch berührte er Lillys Stirn, entfaltete seine Schwingen – und die Wirklichkeit zerbrach wie ein Kaleidoskop, das mit aller Macht zu Boden geschmettert wird. Ein bisschen fühlte es sich an wie damals, als Lilly in Alahrians Erinnerung getaucht war, denn es waren dieselben Bilder, die sie jetzt sah, nur ungleich realer. Sie sah nicht, was er gesehen hatte, sie *war* dort. Und doch auch wieder nicht. Von einer Sekunde auf die nächste befand sie sich nicht mehr in der steinernen Halle, sondern auf einer Lichtung im Wald. Ein Scheiterhaufen brannte in deren Zentrum, hoch loderten die Flammen in den dunklen Himmel empor. Gleichzeitig konnte sie die Halle noch immer erkennen, wie durch ein Hologramm hindurch schimmerte sie um die Lichtung herum in der Ferne, als wäre ein Teil der Wirklichkeit ausgeschnitten und in eine andere Ebene der Realität hinein gepflanzt worden.

Ein Scheiterhaufen brannte im Wald und gleichzeitig mitten in der steinernen Halle. Zuerst glaubte Lilly, es sei die Szenerie von 1649, doch sie konnte auch die Kapelle erkennen und den Engel aus Stein. Was sie da beobachtete, war keine Erinnerung. Es geschah wirklich. Hier und jetzt. Sie konnte die Hitze spüren, die von den lodernden Flammen ausging, konnte den beißenden Rauch in ihre Lungen schneiden fühlen, roch Holz und Öl und Ruß.

Alle anderen waren immer noch hier, der Graue, der wie ein schützender Schirm hinter ihr stand, die Schwingen ausgebreitet, Morgan, ja selbst Lilith, deren Gesicht noch immer ausdruckslos und leer war, die Augen funkelnd vor Hass.

Nur Alahrian war fort, verschwunden in den Tiefen von Liliths Palast, der wie ein Trugbild im Nebel durch die Wirklichkeit schimmerte.

„Hier hat es begonnen", sagte der Graue ruhig. „Hier wird es enden."

Hilflos blickte Lilly zu ihm empor. „Was bedeutet das?", fragte sie ängstlich. „Wo sind wir?"

„Wir sind an dem Ort, an dem Alahrian zum ersten Mal der Versuchung der Schatten nachgab", antwortete der Graue rätselhaft. Flammen spiegelten sich auf seinem Gesicht und ließen es seltsam fremd und unwirklich erscheinen. „Dies hier ist der Grund für die Dunkelheit in seinem Herzen. Dies ist die Wunde, die er in sich trägt."

Schaudernd starrte Lilly ins Feuer. Fast sah es harmlos aus, wie ein Sonnwendfeuer oder prasselnde Flammen im Kamin. Außer ihnen war niemand auf der Lichtung, kein tosender Mob, keine Folterknechte, kein Inquisitor. Doch es war, als könnte Lilly sie trotzdem spüren. Die Wut, die Gewalt, die Grausamkeit. In Alahrians Erinnerung zu lesen, was geschehen war, hatte sich schrecklich angefühlt, dies hier jedoch war ungleich schlimmer. In dem harmlosen Feuer auf der Lichtung schien alles verborgen, was Alahrian je gequält hatte. Die glühenden Eisenzangen, das Gefängnis, die Folterkammer, die Demütigung des Verhörs. All das konnte Lilly spüren, wenn sie in die Flammen sah.

Es war, als blickte sie direkt in die tiefsten Abgründe der Hölle hinein.

Und all das Grauen, all der Schrecken, der sich hier einst ereignet hatte, geschah jetzt noch einmal.

Zitternd wich Lilly vor dem Feuer zurück, und trotz der Hitze war ihr plötzlich eiskalt, eine erstickende, von Angst genährte Kälte, die ihr nahezu den Atem abschnürte.

„Du kannst seine Wunden heilen", sagte der Graue. „Versuche, den Schatten zu widerstehen, denen *er* erlegen ist – und du kannst ihn retten." Aus ernsten Augen blickte er auf Lilly herab. Lilly verstand kein Wort von dem, was er sagte. Bebend vor Furcht starrte sie die Flammen an – und dann begriff sie.

„Du ... du willst, dass ich ins Feuer gehe?", ächzte sie entsetzt. „Aber das ... das kannst du nicht verlangen ... das ... das ..."

„Ist deine Liebe stark genug?" Fest ruhten seine Augen auf den ihren.

Lillys Blick irrte von den Flammen zu ihrem Vater und wieder zurück. Sie wollte schreien, fortlaufen und sich weinend auf die Knie werfen ... doch sie tat nichts von alledem. „Ja", sagte sie laut. „Ja, sie ist stark genug."

Entschlossen wandte sie sich dem Feuer zu.

„Nein!", brüllte da eine von Schrecken geschüttelte Stimme aus der Ferne. „Nein, nicht!"

Lilly drehte sich um. Alahrian war auf der Brüstung der steinernen Galerie erschienen, die Augen weit aufgerissen und dunkel, das Gesicht von Grauen zerrissen und leichenblass. „Nein!" Mit einem Satz sprang er von der Brüstung, landete federleicht auf dem Waldboden, der sich gar nicht in derselben Welt befand, und fuhr ruckartig herum.

„Bitte nicht!", flehte er den Grauen an. „Nicht *sie*, bitte ... tu ihr das nicht an!" Auf seinem Gesicht flackerte es, wild spiegelten sich die Flammen darauf, tanzten in seinen Augen und auf seiner Haut.

„Dann geh du an ihrer Stelle", verlangte der Graue, ruhig und ohne jede Regung.

Alahrian zögerte nicht eine Sekunde lang. Den Grauen keines weiteren Blickes mehr würdigend, wandte er sich ab, den Flammen entgegen.

„Nein", wimmerte Lilly und blickte aus tränenverschleierten Augen ihren Vater an. Plötzlich schlug ihre Verzweiflung in Zorn um. „Wie kannst du nur?", schrie sie den Grauen an, warf sich ihm entgegen und schlug in hilfloser Wut mit den Fäusten gegen seine Brust. „Was ist das für ein grausames Spiel, das du spielst? Wie kannst du ihm so etwas antun? Schon wieder?"

Der Graue wehrte sich nicht. Sanft nahm er ihre Handgelenke und hielt sie fest. Lilly zitterte unter seinem Griff, Schluchzen schüttelte sie, die Augen waren blind von Tränen.

„Kein Spiel", wisperte der Graue sanft. „Um das Licht einer Kerze sehen zu können, musst du sie an einen dunklen Ort bringen, Lillian." Seine Stimme war weich und tröstlich und ruhig. „Und *er*, meine Tochter, kann sein eigenes Licht schon lange nicht mehr sehen."

Warm blickte er Alahrian an, und Lilly erkannte keinen Zorn in diesem Blick, keine Grausamkeit. Nur Liebe. Eine allumfassende, bedingungslose Liebe.

Lillys Wut zerrann, die Tränen aber flossen weiter.

„Hab Vertrauen", flüsterte der Graue. „Vertrau mir."

„Dann lass mich mit ihm gehen." Hastig riss sie sich los, rannte auf Alahrian zu und streckte ihm die Hand entgegen.

Voller Erstaunen blickte er sie an, die Augen dunkel, von Flammen umkränzt, die sich blutig rot auf seiner weißen Haut spiegelten. Die

Hitze war fast unerträglich, so nah am Feuer. Überall schien es zu sein, kein Scheiterhaufen mehr, sondern eine Wand aus Flammen, meterhoch und hungrig nach ihnen leckend.

„Komm", sagte Lilly, plötzlich ohne jede Angst. „Hab Vertrauen." Unbewusst wiederholte sie die Worte ihres Vaters, spürte dessen Blick auf sich ruhen und fühlte nichts als Frieden und Sanftmut in sich.

„Vertrau mir." Auffordernd hielt sie Alahrian die Hand hin.

Und er nahm sie. Er zitterte am ganzen Körper, trotz der mörderischen Hitze war seine Haut eiskalt, der Blick von Terror geschüttelt und starr. Aber er hielt ihre Hand, und langsam, unendlich mühsam und zögerlich trat er auf die Flammenwand zu.

Das Feuer schien sich ihm entgegenzustrecken wie eine tödliche Umarmung, wild flackerte es auf. Alahrian gab einen erstickten Schrei von sich und zuckte unwillkürlich zurück, Lilly aber hielt seine Hand fest umklammert, suchte seinen Blick und lächelte.

„Vertrau mir. Bitte ... vertrau mir." Sanft führte sie ihn der Flammenwand entgegen.

Alahrian zögerte noch einen winzigen Augenblick, seine Hand krampfte sich um Lillys Finger, die Lippen bebten – dann sank sein Blick in ihren, und schnell, ohne zurückzuweichen trat er in die Flammenwand hinein.

Im Herzen der Flamme

Die Hitze des Feuers war vernichtend, mörderisch. Flammen überall, Flammen, die nach seinen Händen leckten, seinem Gesicht, seinem Körper. Sie hüllten ihn ganz ein, rissen ihm den Atem von den Lippen, verbrannten ihn, zerrten ihm die Haut vom Leib. Der Schmerz war unbeschreiblich – und doch auch wieder nicht.

Es war, als litte ein anderer diese Qualen, als verbrenne nur ein Teil von ihm in den Flammen, während der andere ruhig und ohne Furcht an Lillys Seite durchs Feuer schritt. Er spürte ihre Hand in der seinen ruhen, ganz fest, sie ließ ihn nicht los. Sie hörte nicht auf, ihn anzusehen, ja, sie lächelte sogar, warm und sanft und weich. Sie hatte überhaupt keine Angst, sie schien keine Schmerzen zu kennen. Wie ein Engel schwebte sie durchs Feuer, und auf den Schwingen ihrer Liebe folgte er ihr. Es war ganz leicht. Er brauchte ihr nur zu vertrauen. Nichts würde geschehen, nichts konnte ihnen etwas anhaben.

Die Flammen schienen plötzlich weit weg zu sein. Er hörte ihr Brausen und Tosen in den Ohren, ihr grelles Licht blendete ihn, ihre Hitze verbrannte ihn – doch nichts davon schien ihn wirklich zu berühren.

Da wurde es mit einem Mal dunkel um ihn, Finsternis herrschte im Herzen des Feuers, Kälte. Alahrian lag wieder auf dem Boden der dunklen Folterkammer. Blut sickerte aus zahlreichen Wunden in den groben, rauen Stein, sein ganzer Körper schmerzte, Tränen rannen über seine fiebrigen Wangen.

Weiß schimmerte das Gesicht des Inquisitors über ihm, eine grausame Fratze, wild und von Hass verzerrt.

„Dann gibst du also zu, dich mit dem Bösen vereint zu haben?"
„Ja."
„Mit dem Teufel im Bunde zu sein?"
„Ja."
„Dich mit Dämonen verschworen zu haben?"
„Ja."

Alahrian krallte die Hände in den Boden, um nicht zu schreien, seine gemarterten Gelenke kreischten auf, die zersplitterten Knochen bohrten sich tief in sein Fleisch. Er schmiegte das Gesicht gegen den rauen Stein und spürte, wie seine Tränen die nackte Erde tränkten.

„Arme Seele", flüsterte der Gerichtsdiener dicht neben ihm. „Das Feuer wird ihn reinigen. Er wird Vergebung finden."

Freundlich waren diese Worte, sanft und voller Mitleid. Mühsam hob Alahrian den Kopf und blickte dem Gerichtsdiener in die Augen, nur dass diese nicht schwarz waren wie in seiner Erinnerung – sondern regenbogenfarben.

Da endlich begriff Alahrian. *Vergebung* … Vergebung war der Schlüssel. Er hatte es selbst ausgesprochen, aber er hatte seine eigenen Worte nicht verstanden.

„Ich weiß, was du bist", sagte der Inquisitor. „Du wirst niemals Vergebung finden."

Alahrian sah in seine hasserfüllten Augen, zum ersten Mal, seit er hier unten gefangen war, blickte er den Inquisitor wirklich an. „Dein Gott starb aus Mitgefühl, aus Liebe", entgegnete er hart. „Du kennst weder Liebe noch Mitgefühl. Doch sag mir, wie willst du einst Vergebung finden, wenn du selbst nicht vergeben kannst?"

Er hatte es nicht begriffen, damals. Liebe … Vergebung … Der Graue hatte es ihm gesagt und der Graue war selbst dort gewesen, die ganze Zeit über. Er hatte ihm den Weg gezeigt, Alahrian aber hatte die Dunkelheit gewählt, den Schmerz.

Er hatte es nicht begriffen. Aber jetzt, im Herzen des Feuers, umgeben von Flammen, an einem Ort dunkler als alle Orte, an denen er je gewesen war, begriff er es.

Die Flammen wichen zurück, erstarrten und sanken schließlich in sich zusammen. Alahrian stieg vom Scheiterhaufen, Lilly noch immer an seiner Seite. Und da waren sie, seine Folterknechte, standen am Rande der Lichtung in der Dunkelheit. Wie damals waren der Inquisitor und der Bürgermeister hierhergekommen, doch in ihren Augen standen weder Triumph noch Grausamkeit. Nur Furcht.

Alahrian ließ Lillys Hand los. Allein und schutzlos, ihnen ganz ausgeliefert, trat er auf die beiden zu. Er spürte keine Angst, nicht mehr, die Angst war im Feuer verbrannt, genau wie der Schmerz – wie der Zorn. Ruhig blickte er den beiden in die Augen. „Ich vergebe euch", flüsterte er sanft, und dann noch einmal, fester und lauter: „Ich vergebe euch."

Da senkten sich plötzlich gewaltige, fedrige Schwingen auf ihn herab, doch sie waren nicht samtig schwarz wie Liliths Schattenschwingen. Nur die eine war schwarz, die andere blendend weiß.

„So soll auch dir vergeben werden", sagte der Graue.

Alahrian blickte in regenbogenfarbene Augen, einen Moment lang stand er ganz still, dann neigte er den Kopf und sank langsam, lautlos auf ein Knie herab.

***

Alahrian fiel vor dem Grauen auf die Knie, doch es war keine Geste der Furcht, es war eine Geste der Demut. Er hatte den Weg zurück ins Licht gefunden, und als der Graue behutsam eine seiner Schwingen – die weiße – nach ihm ausstreckte, fielen die Schatten nach und nach von ihm ab, zogen sich zurück, erloschen unter der samtenen Helligkeit des Grauen. Voller Staunen beobachtete Lilly, wie Alahrians pechschwarzes Haar nach und nach ausbleichte, als wäre es mit Tinte gefüllt, die nun herausgesogen wurde. Ihr Staunen jedoch verwandelte sich in Entsetzen, als Alahrian keuchend vornüber kippte, das Gesicht schmerzverzerrt, die Hände in den Boden gekrallt. Ein Zittern durchlief seinen Körper, fest presste er die Kiefer aufeinander, um nicht zu schreien.

„Alahrian!" Mit einem einzigen Satz war Lilly bei ihm, aber diesmal hielt ihr Vater sie zurück.

„Nicht", bemerkte er ruhig. „Es ist nichts. Nur die Schatten, die aus seinem Körper weichen."

Alahrians Antlitz war bleich wie der Tod, jeder Muskel angespannt, Schwärze wogte unter seiner Haut, sammelte sich unter den Fingerspitzen und tropfte daraus hervor wie öliges Blut. Seine Stirn glänzte vor Schweiß, er atmete schnell und unregelmäßig, die Lippen bebten vor Anstrengung. Ganz weiß war jetzt sein Haar, wie Glasfasern, rein wie frisch gefallener Schnee.

Stöhnend sank er vollends zu Boden, das Gesicht zur Seite gedreht. Das Zittern jedoch verebbte, die Schatten waren verschwunden.

Lilly ließ sich neben ihn auf die Knie fallen und strich ihm behutsam über den Rücken. Er lächelte, als er es bemerkte, und als er sie ansah, waren seine Augen ganz hell, fast durchsichtig. Er war rein. Die Dunkelheit hatte ihn freigegeben, aber er war … *leer*.

„Was … was ist mit ihm?", fragte Lilly angstvoll den Grauen.

Alahrian war zu schwach, um aufzustehen, zu schwach, um zu sprechen, aber er drückte beruhigend ihre Hand. Er sah fürchterlich aus, aber er lächelte immer noch. Er war glücklich.

„Wie alle Wesen, die Magie in sich tragen, ist er wie ein leeres Gefäß", erklärte ihr der Graue. „Er kann Licht in sich halten – oder auch Dunkelheit. Je tiefer das Gefäß, desto mehr Macht kann er besitzen. Er verfügt über mehr Kapazitäten, als ich je bei einem *Alfar* gesehen habe. Aber er hat sein Licht aufgegeben, um dich zu retten. Und nun hat er auch der Dunkelheit entsagt. Er ist leer. Wie ein Neugeborenes."

Besorgt strich Lilly über Alahrians schneeweißes Haar. „Was können wir tun?", fragte sie angstvoll.

Der Graue lächelte milde. „Ich glaube, du hast etwas, was ihm gehört", bemerkte er, nahezu belustigt. „Gib es ihm zurück."

Sein Licht, natürlich. Er hatte es ja nie aufgegeben, nicht wirklich. Er hatte nur … – der Gedanke war befremdlich – … er hatte nur ein neues Gefäß dafür gesucht.

„Wie?", fragte Lilly leise. „Was soll ich tun?"

Der Graue zwinkerte. Nun wirkte er eindeutig amüsiert. „Ich denke, das weißt du bereits."

Diskret drehte er sich um – und Lilly beugte sich über Alahrian und küsste sanft seine Lippen. Fest hielt sie seine Hände, verschränkte ihre Finger mit den seinen. Die Augen geschlossen, ließ sie die Helligkeit in ihrem Inneren in seinen Körper fließen, hauchte mit ihrem Atem Energie zwischen seine Lippen, zwängte durch ihre Fingerspitzen Licht unter seine Haut.

Es dauerte lange, bis der Strom versiegte, und als nichts mehr davon in ihr war, da öffnete sie langsam die Augen, löste sich behutsam von ihm, doch ohne ihn vollends loszulassen. Seine Augen waren blau wie der Himmel an einem Sommermorgen, das Haar schimmerte golden.

Lilly lachte erleichtert auf, schloss ihn in die Arme und jubelte innerlich. Er war wieder wie früher, ihr Engel, ihre Lichtgestalt. Einen Moment lang gab es nur noch ihn, alles andere um sie herum versank in diffusem Nebel.

Sie schreckte erst auf, als der Graue hinter ihr sich vernehmlich räusperte. Alahrian sprang auf, Lilly noch immer an der Hand haltend. Errötend blickte Lilly ihren Vater an, dann sah sie sich um, zum ersten Mal seit sie aus dem Feuer getreten waren. Sie waren nicht mehr allein, ja, sie waren alles andere als allein.

Liliths Palast mit der steinernen Galerie schimmerte jetzt deutlicher durch die Lichtung hindurch, und die Brüstung war voll von Kriegern. Überall drängten sich Liliths Schattenkrieger, auf der Galerie, in den Korridoren hinter den Säulen, selbst am Waldrand waren einige zu sehen. Sie alle waren gekommen, die gefallenen Lichtelben, das gesamte Volk der Erloschenen beobachte aus dunklen, umschatteten Augen das Geschehen.

Alahrian ließ den Blick in die Runde schweifen. Für einen Herzschlag sah er Lilith an, die mit herabhängenden Schwingen unter einer Säule stand, dann suchte sein Blick den Grauen. „Was passiert jetzt mit ihnen?", fragte er leise.

Voller Angst dachte Lilly an Morgans *Döckalfar*, an die Waffen, an ihren Traum. Alahrian stand leuchtend und schön wie am ersten Tag vor ihr, und doch ... Es war noch nicht vorbei.

Der Graue aber lächelte nur. „Führ sie zurück ins Licht", sagte er ruhig.

Einen Moment lang blickte Alahrian fragend, dann nickte er, als habe er etwas begriffen, das allein zwischen ihm und dem Grauen vorgefallen war. In einer bewussten, genau bemessenen Geste drehte er sich herum und hob langsam die Hände. Licht spielte um seine Finger, schwoll zu einem glühenden, grellweißen Feuerball an, breitete sich wie eine Wolke aus silbrigen Glitzerfäden im Raum aus, wuchs immer weiter und weiter, immer heller und heller, bis Lilly es kaum mehr ertragen konnte, Alahrian anzusehen, so hell war er.

Dann ließ er das Licht los, und es regnete in goldenen Tropfen auf sein Volk herab, wusch die Schatten fort und drängte die Dunkelheit zurück. Lillys Augen tränten mittlerweile geblendet, sie konnte sie nicht mehr offen halten, blinzelnd wandte sie sich ab, doch selbst durch die geschlossenen Lider nahm sie den Glanz noch wahr, leuchtend und gleißend wie eine Sonne, mitten in den Fels gesperrt.

Als Lilly die Augen wieder öffnen konnte, waren die Lichtung, der Felsendom und die Krieger verschwunden. Stattdessen fand sie sich an einem weißen Strand wieder, ihre Füße bis zu den Knöcheln in winzigen Blütenblättern versinkend, das Meer azurfarben rauschend zu ihrer Rechten. Es war der Ort, an dem sie dem Grauen das erste Mal begegnet war. Einen Moment lang fühlte sie eine Woge heißen Glücksgefühls durch ihr Innerstes streifen, einen Moment lang ertrank sie schier in der Schönheit des wolkenlosen Himmels über ihr.

Ein Lidzucken später zersplitterte alle Wärme in ihr unter einem Schlag eiskalten, vernichtenden Entsetzens.

Alahrian lag auf dem Boden, die Augen geschlossen. Er rührte sich nicht, er atmete nicht.

Mit einem Aufschrei stürzte Lilly zu ihm hin, schloss ihn in die Arme und presste ihn fest an sich. Seine Haut war eiskalt. Sie spürte keinen Herzschlag unter den Handgelenken.

„NEIN!" Sie schrie fast ohne Bewusstsein, von einem Schrecken durchdrungen, der zu tief ging, um ihn ganz zu erfassen. „Bitte nicht ... bitte ..."

„Beruhige dich", wisperte die sanfte Stimme ihres Vaters hinter ihr. „Er ist immer noch unsterblich, schon vergessen?"

Ruckartig blickte Lilly zu ihm auf. „Sein Herz schlägt nicht!", kreischte sie hysterisch. „Er atmet nicht!"

„Er ist erschöpft." Behutsam ließ sich der Graue neben ihr nieder. „Er hat jedem Einzelnen seines Volkes einen Funken seines Lichtes übertragen. Tausende und Abertausende von Kerzen, durch *eine* Flamme genährt."

„Und *seine* Flamme? Wird sie deshalb erlöschen?" Lilly konnte kaum sprechen, so sehr zitterte ihre Stimme. Tränen würgten ihr in der Kehle, aber sie hatte zu große Angst, um zu weinen.

„Nein." Der Graue lächelte nachsichtig. „Ein bisschen davon ist noch übrig." Lächelnd hielt er ihr eine schmale, silbern glänzende Kette mit einem winzigen, gläsernen Anhänger hin. Die Kette, die Alahrian ihr geschenkt hatte. Die Kette mit einem Funken seines Lichtes darin.

Mit einem vorsichtigen, wagemutigen Hauch von Erleichterung nahm Lilly sie entgegen, schloss die Finger um den Anhänger und presste ihn gegen Alahrians schweigendes Herz. Einige grässliche, Kälteschauder durch ihr Innerstes jagende Sekunden lang geschah nichts, gar nichts. Endlich jedoch begannen Alahrians Lider zu flattern, er tat einen tiefen, keuchenden Atemzug, hustete – und richtete sich blinzelnd auf.

„Alahrian!" Fast ohnmächtig vor Erleichterung fiel Lilly ihm um den Hals.

„Lillian." Seine Augen strahlten, das Gesicht leuchtete. Instinktiv sog er die Helligkeit um sich herum auf wie ein ausgetrockneter Schwamm, sein Blick jedoch ruhte nur auf ihr.

„Verdammt", fluchte Lilly, lachend und weinend zugleich. „Du stirbst ziemlich oft für jemanden, der unsterblich ist!" Immer noch zittrig wischte sie sich die Tränen von den Wangen, schmiegte das Gesicht gegen seine Schulter.

„Oh!" Alahrian blickte beinahe ein wenig verlegen drein. „Kein Atem? Kein Puls?", erkundigte er sich errötend. „Ja, so etwas kann schon mal vorkommen ... Aber keine Sorge, ist mir schon öfters passiert."

Lilly verdrehte stöhnend die Augen. Während sie noch versuchte, sich von ihrem Schrecken zu erholen, fragte Alahrian: „Wo sind wir hier?"

Es war der Graue, der antwortete. „Ich dachte, es wäre gut, einen Moment lang ungestört zu sein", meinte er ernst. „Es gibt noch eine Entscheidung, die du treffen musst, junger *Liosalfar*."

„Eine Entscheidung?" Alahrian blickte unsicher.

„Lass uns ein Stück laufen, ja?" Der Graue deutete den weißen Strand entlang.

Alahrian tauschte einen Blick mit Lilly, dann nickte er und erhob sich, ein wenig wackelig auf den Beinen. Instinktiv wollte Lilly ihm folgen, ihr Vater jedoch schüttelte sanft den Kopf. Er wollte allein mit Alahrian sprechen. Lilly nickte stumm, doch sie blickte den beiden aufmerksam nach, während sie langsam nebeneinander das blütenweiße Ufer entlang spazierten.

***

Alahrian kaute auf seiner Unterlippe herum, schaute auf die unendliche Weite des Meeres hinaus und vermied es, das Wesen, das neben ihm schritt, anzusehen. Es gab so vieles, was er dem Grauen hätte sagen wollen, so viele Fragen. Doch er fand die richtigen Worte nicht, und so schwieg er, lief still neben ihm her, den endlosen Strand dieser merkwürdigen Zwischenwelt entlang, bis der Graue sagte:

„Es tut mir leid, mein Junge. Der Weg, den du gehen musstest, war vielleicht zu hart."

Unwillkürlich blieb Alahrian stehen.

„Der Weg jedoch, der noch vor dir liegt, wird kaum einfacher sein", meinte der Graue ernst.

„Der Weg ... der noch vor mir liegt?", wiederholte Alahrian stockend und fühlte einen jähen Anflug von Furcht in sich. Er war vom Licht in die Schatten gestürzt, er war durchs Feuer gegangen ... was mochte noch geschehen? Würde er denn niemals Frieden finden?

Beruhigend lächelte der Graue. „Es ist *deine* Entscheidung", bemerkte er sanft.

Alahrian schwieg und starrte aufs Meer hinaus, als könnte er dort die Antworten finden, die er suchte. Türkisfarben glitzerte das Wasser in der Sonne, der Himmel spannte sich in blendend reinem Blau darüber, küsste am Horizont den Ozean. Lilly hatte Recht gehabt. Es war wirklich wunderschön hier. Aber das hatte er damals nicht bemerkt. Damals war er von Bitterkeit und Angst erfüllt gewesen, jetzt aber fühlte er … er wusste es nicht. Er fürchtete sich, ja, und die Beklemmung, die das übermächtige Wesen neben ihm in seinem Inneren auslöste, war immer noch da, und doch … Instinktiv spürte er, dass der Graue ihm nichts Übles zuleide tun wollte. In seinem Herzen war Furcht – aber auch Zuversicht. Er war durchs Feuer gegangen, und die Flammen hatten ihn nicht berührt. Er hatte seinen Feinden vergeben und hatte selbst Vergebung gefunden. Die Wunde, die in ihm schwelte, tief verborgen und ewig blutend, konnte jetzt endlich heilen.

Der Graue neben ihm lachte plötzlich leise, und als Alahrian sich umdrehte, da bemerkte er, dass der Graue ihn eindringlich musterte.

„Lilith hatte Recht, mit dem, was sie über dich sagte", meinte er, einen sonderbaren Glanz in den schillernden Augen. „Du bist ihm wirklich sehr ähnlich, unserem Sohn. Ich habe das schon früher bemerkt."

Überrascht starrte Alahrian ihn an. „Dann ist es also wahr?", fragte er verblüfft.

Der Graue nickte ernst. „Ja. Es ist wahr."

„Lilith … sie war deine Gefährtin? Du … du hast sie geliebt?"

Ein Zucken huschte über die Lippen des Grauen, Schmerz flackerte in den Regenbogenaugen auf – und verschwand in den Tiefen dieses edlen, unendlich weisen, unendlich gütigen Antlitzes. „Ich liebe sie noch", sagte er leise. „Und ich werde sie immer lieben, ganz gleich, was sie getan hat."

Mit einem Mal wirkte das Oberhaupt aller *Alfar*, der König der Anderswelt, Herr über Licht und Schatten, sonderbar zerbrechlich, ja, fast menschlich. „Ich herrsche schon länger über unser Volk, als ich selbst erfassen kann", erzählte er mit fernem, abwesendem Ton. „Und ich habe viele Fehler gemacht, in all dieser Zeit. Ich konnte den Krieg zwischen *Lios-* und *Döckalfar* nicht aufhalten, ich musste mit ansehen, wie er um ein Haar unsere Welt zerstört hätte. Ich habe meinen Sohn sterben und meine Gefährtin in die Dunkelheit stürzen sehen. Ich habe versucht, unsere Welt zu retten und den Völkern der *Alfar* einen allzu hohen Preis dafür abverlangt. Ich habe getrennt, was nicht hätte getrennt werden dürfen, und eure Völker in die Welt der Menschen verbannt. Ihr solltet dort lernen, in Frieden miteinander zu leben – miteinander und mit dem Volk der Sterblichen. Doch die Aufgabe, die ich euch stellte, war vielleicht zu schwer, denn ihr habt nur noch mehr Leid erfahren." Er blickte ins Leere, Alahrian war sich nicht sicher, ob er seine Anwesenheit überhaupt noch wahrnahm. „Das Licht deines Volkes ist erloschen", meinte er bitter. „Und auch das konnte ich nicht verhindern."

Mit einem Mal blickte er Alahrian an, traurig und wehmütig, und von einer Schuld erfüllt, die Alahrians Herz schmerzhaft zusammenkrampfte. „Lilith und ich hätten Seite an Seite über unser Volk regieren und es zu Weisheit, Liebe und Glück führen sollen", sagte er leise. „Doch wir haben versagt."

Plötzlich ruhte sein Blick so intensiv auf Alahrian, dass der ihm kaum standhalten konnte, und doch schlug er die Augen nicht nieder.

„Es ist an der Zeit für eine neue Ordnung", sagte der Graue ruhig. „Eine neue Macht. Und vielleicht ... eine neue, bessere Welt."

Alahrian begriff nicht, worauf er hinauswollte, der Blick des Grauen schien ihn zu durchdringen, in ihm zu lesen wie in einem offenen Buch. „Ich ... ich verstehe nicht ...", stammelte er unsicher, obwohl ein Teil seines Bewusstseins die Bruchstücke dessen, was der Graue gesagt und getan hatte, längst zusammenzusetzen begann.

„Lilith hat es früher erkannt als ich", bemerkte der Graue lächelnd. „Du bist ein Prinz. Doch du bist nicht geboren, um über die *Liosalfar* zu herrschen. Nicht nur ..."

Alahrian starrte ihn an. „Du ... du meinst ... ich ... ich ..." Es war zu unglaublich, zu absurd, um es auszusprechen!

Der Graue lachte sanft, seine Augen aber waren ernst. „Ich habe dich auserwählt, mein Nachfolger zu sein", entgegnete er ruhig. „Das Oberhaupt aller *Alfar*."

Alahrian schnappte nach Luft und wusste einen Herzschlag lang nicht, ob er lachen, weglaufen oder einfach in Ohnmacht fallen sollte. Er tat nichts davon, stattdessen konzentrierte er sich für einige Sekunden auf nichts anderes als darauf, ruhig und regelmäßig durchzuatmen. Trotzdem zitterte seine Stimme, als er antwortete. „Ich ... ich kann das nicht ... ich bin doch nur ..."

„Nein." Der Graue unterbrach ihn mit einer milden Handbewegung. „Du warst niemals *nur*. Du trägst mehr Licht in dir als jeder andere deines Volkes. Die Menschen haben dich verfolgt, eingesperrt und gefoltert, du hast ihre Grausamkeit erlebt – und bist dennoch rein genug, ihnen zu vergeben. Du hast unter ihnen gelebt, du warst einer von ihnen. Und du hast einen der *Döckalfar* zu deinem Bruder gemacht. Eine Feindschaft, die Jahrtausende währte, hast du einfach überwunden – durch Freundschaft." Eindringlich musterte er ihn, legte ihm schließlich beide Hände auf die Schultern. „Du hast die Versuchung der Dunkelheit gespürt, bist um deiner Liebe willen in die Schatten gegangen und hast den Weg zurück ans Licht gefunden. Du hast in der Tiefe gelebt, hast gelernt, für dein Volk Verantwortung zu übernehmen, selbst wenn es ein gefallenes Volk ist. Du bist ein *Liosalfar*, doch du kennst die Erloschenen, die Sterblichen und selbst die *Döckalfar*. Alahrian, du bist geboren, um zu herrschen. Also herrsche!"

Alahrian war ganz schwindelig, das Rauschen der Wellen im Hintergrund brauste in seinem Kopf. „Ich kann nicht", flüsterte er schwach. Und doch: Etwas in ihm antwortete auf die Worte des Grauen, ein Echo, tief in seinem Inneren. *Ich kann das vielleicht wirklich tun ...,* wisperte eine Stimme in seinem Kopf. *Ich kann die Völker wieder vereinen.*

Aber er war nie in der Anderswelt gewesen. Er kannte nicht die *Pixies*, die *Boccanach*, die Seeleute, und all die anderen Wesen. All die Wesen, über die der Graue gebot. Er kannte nur die Welt der Sterblichen, die Verbannung.

„Ich kann nicht", sagte er laut. „Ich schaffe das nicht allein."

Die Hände des Grauen lagen noch immer auf seinen Schultern. Wärme strömte daraus hervor. Er lächelte. „Aber du bist nicht allein." Behutsam schüttelte er den Kopf. „Du wirst niemals mehr allein sein." Leise streckte er eine seiner Schwingen aus, und da stand, von Sonnenlicht umgeben, mitten in einem Meer aus winzigen, weißen Blüten ... *Lillian*.

***

Lilly hörte, wie ihr Vater nach ihr rief, lautlos und mitten in ihren Gedanken. Als sie sich den beiden näherte, sah Alahrian verwirrt und völlig durcheinander aus, der Graue aber lächelte, die Augen strahlend. Ohne danach fragen zu müssen, war das Wissen, was die beiden miteinander gesprochen hatten, in ihrem Kopf, und nun war es an ihr, verblüfft zu sein. Aus weit aufgerissenen Augen starrte sie Alahrian an. In einer seltsam unwillkürlichen Geste streckte der die Hand nach ihr aus, Lilly umschloss seine Finger, doch sie wagte nicht zu sprechen.

„*Sie* ist der Schlüssel", sagte der Graue zu Alahrian. „Sie ist meine Tochter, von meinem Blut. Ein Teil aller Völker der Anderswelt steckt in ihrem Inneren. Aber auch der Menschen." Mit einer Art von Stolz sah er Lilly an, eine seiner Schwingen streifte sanft ihre Wange. „Sie ist ein Kind beider Welten." Schimmernd richteten sich seine Augen auf Alahrian. „*Sie* wird dich leiten."

In Alahrians Gesicht arbeitete es. Sicherlich mehrere Minuten lang stand er völlig reglos, der Blick fern, ins Leere gerichtet. Endlich ließ er Lillys Hand los und sank vor dem Grauen auf die Knie, zum zweiten Mal an diesem Tag.

„Was soll ich tun?", fragte er leise.

„Vertraust du mir?"

„Ja." Alahrian senkte den Kopf.

„Dann gib mir deine Hand."

Alahrian tat es, und der siebenzackige Stern über seinen Pulsadern leuchtete auf, blau wie der Himmel und das Meer. Auch der Graue streckte die Hand aus, der Stern auf seinen Gelenken schimmerte in allen Farben des Regenbogens.

Lilly hielt vor Spannung den Atem an. Anders als Morgan brauchte der Graue keine Klinge, um Alahrians Narben zu öffnen. Ein winziger Lichtblitz genügte, und der Schnitt war so exakt wie mit dem Laserskalpell gezogen.

Alahrian schloss die Augen, als der Graue die Wunde gegen seine eigenen, mit einem Mal ebenfalls blutenden Handgelenke presste. Eine Woge von Licht stieg um sie herum auf, ein wirbelnder Feuerball in allen Farben des Regenbogens. Darunter jedoch waren Schatten verborgen, ein diffuser Nebel, denn auch das war der Graue. Erde, Wasser, Feuer, Luft ... Licht und Schatten ... all das pulsierte gleichzeitig durch Alahrians Adern, und Lilly beobachtete besorgt, wie sich sein Gesicht vor Schmerz verzerrte, wie sein Körper zu zittern begann, während die Macht des Grauen auf ihn überging.

Aber er wich nicht zurück, gab keinen Laut, und irgendwann, vielleicht schon nach Sekunden, vielleicht Stunden, Lilly wusste es nicht, denn Zeit hatte keine Bedeutung in der Welt, in der sie sich befand, – war es vorbei.

Alahrian erhob sich. Langsam, mit einer atemberaubenden Anmut und von einem milden, silbrigen Schimmer umgeben, drehte er sich um, die Augen noch immer geschlossen. Als er sie öffnete, um Lilly anzusehen, da waren sie nicht mehr blau wie der Himmel über ihnen. Sie waren regenbogenfarben.

Zwischen den Welten

Der Graue besaß die Fähigkeit, zwischen den Welten zu wandern wie von einem Zimmer ins nächste, und Lilly als seine Tochter hatte ebenfalls etwas von dieser Gabe in sich, auch wenn sie nie geahnt hatte, wie sie sie nutzen konnte. An Alahrians Seite jedoch und an der ihres Vaters schien es nur ein Wimpernzucken zu sein – und sie waren zurück in Liliths Palast, ganz so, als seien der Blütenstrand und das Meer nur ein Traum gewesen. Vielleicht war es genau so.

In der steinernen Halle, in deren Zentrum noch immer die Lichtung im Wald schimmerte, als hätte man zwei Realitäten ineinander geschoben, warteten die Erloschenen zusammen mit Morgans Kriegern, ja, selbst Lilith war noch immer dort. Niemand hatte sich gerührt, niemand hatte eine Waffe erhoben. In der Halle herrschte jetzt die goldene Helligkeit, die Alahrian dort verbreitet hatte. Einige von Liliths Kriegern hatten sich bereits verändert, hatten die Schatten abgestreift und waren von mildem Glanz umgeben, so wie Alahrian einst. Mit goldenem Haar und Augen in allen Blautönen, die man sich nur vorstellen konnte. Aber nicht alle. Manche Augen schimmerten immer noch schwarz.

Es war noch nicht vorbei.

„Was wird nun aus ihnen werden?", fragte Lilly leise.

Der Graue – ihr Vater, der jetzt nicht mehr *der Graue* war! – ließ einen tiefernsten Blick durch die Runde schweifen. Dann schaute er Alahrian an.

„Deine Aufgabe ist noch nicht vollendet", sagte er leise. „Führ sie zurück ins Licht. Bring sie nach Hause."

„Nach Hause?" Alahrian wiederholte das Wort, als fühlte es sich fremd und sperrig auf seiner Zunge an. „In ... die Welt der Sterblichen?"

„Nein." Lillys Vater lächelte. „Sie haben aus ihren Fehlern gelernt. Oder werden es noch tun – mit eurer Hilfe. Ich denke, es ist an der

Zeit, sie *wirklich* nach Hause zu bringen. Die Ära der Verbannung ist vorbei." Weit breitete er seine Schwingen aus. „Bring sie nach Hause, Alahrian. Führ sie zurück ins Licht!"

„Nach Hause ..." Alahrians Lippen bebten. Er hatte die Anderswelt nie gesehen, wie Lilly sehr wohl wusste, doch er hatte sich immer danach gesehnt, dorthin zurückzukehren. In die Welt, in die er gehörte. In *seine* Welt.

Ein kurzer Anflug von Panik überkam sie. Würde er jetzt fortgehen? Hatte sie ihn wiedergefunden, nur um ihn erneut zu verlieren?

Ihr Herz begann zu rasen, dann aber griff Alahrian schnell nach ihrer Hand und lächelte sie an. Nein. Er würde sie nicht verlassen. Nie wieder. Nie mehr. Seine Welt, das war jetzt auch ihre. Sie waren Kinder beider Welten, sie waren *grau*.

Alahrian blickte Lilly an, und Hand in Hand traten sie an die steinerne Brüstung. Wie eine Welle, die sich ins Meer zurückzieht, wich die Masse instinktiv vor ihnen zurück, um ihnen Platz zu machen, und obwohl die gigantische Halle schier aus den Nähten platzte, obwohl überall *Alfar* standen, in den Gängen, auf der Galerie und vor den Toren des Palastes, war kaum ein Laut zu hören.

„Öffne das Tor", flüsterte Lillys Vater hinter Alahrian. „Du hast jetzt die Macht dazu!"

Alahrian schloss die Augen. Lilly konnte seine Energie zwischen den Fingerspitzen fühlen, Wärme durchströmte sie. Er hatte die Macht, aber er hatte nicht das *Wissen*. Das Wissen war in *ihr*, verborgen in ihrem Blut, dem Blut ihres Vaters. Ein Bild formte sich in Lillys Kopf, durch Alahrians Magie geweckt, das Bild eines schimmernden, aus Gold geschmiedeten Tores, vielfach verzweigt und von Blumenranken und wildem Efeu verziert. Licht glänzte durch das Tor, noch war es geschlossen, doch Lilly stellte sich mit aller Macht vor, wie es sich öffnete, und als Alahrians Magie durch das Bild in ihrem Kopf strömte, da öffnete es sich wirklich, zuerst nur einen Spalt breit, dann immer weiter und weiter ...

Lilly riss die Augen auf. Mitten in der Halle, wo zuerst die Lichtung erschienen war, klaffte ein Spalt in der Wirklichkeit. Es sah aus wie das Tor in ihren Gedanken, nur ungleich gewaltiger. Und dahinter, schemenhaft wie eine Projektion in einer Wasserfläche, konnte Lilly die Anderswelt erkennen.

Tränen schossen ihr in die Augen, und beinahe musste sie den Blick abwenden, so schön war es dort. Saftig grüne Wiesen erstreckten sich bis zum Himmel, über den silbrige Wolken hinwegzogen. Wälder mit leuchtend goldenen Blättern glänzten in der Ferne. Winzige Feenwesen tanzten auf Blumen in allen Farben des Regenbogens. Quellen so klar wie Bergkristall sangen unter schattigen Bäumen glockenhelle Lieder, Nixen badeten darin.

Ein bisschen erinnerte es sie an Alahrians Garten, nur war es viel größer, viel vollkommener. Es war die Welt der Märchen und Legenden, ein in Wirklichkeit gepresster Traum.

Es war die Welt, aus der die *Alfar* gekommen waren. Und in die sie zurückkehren würden. Jetzt.

Als Erstes ging Lillys Vater. Er tauschte einen langen Blick mit ihr, einen Blick voller Liebe, mit einem Versprechen auf ein Wiedersehen, dann wandte er sich ab und trat auf Lilith zu. Schweigend streckte er ihr die Hand hin, die Königin der Schatten zuckte zurück, zögerte – und nahm sie. Seite an Seite schritten sie durch das Tor, verharrten einen winzigen Augenblick und verschwanden in den geheimnisvollen Tiefen der Anderswelt.

Tausende folgten ihnen. Gewaltige Ströme von *Alfar*, die Krieger, die Frauen, die Kinder. Das gesamte Volk der *Liosalfar*, der Erloschenen. Und auch die *Döckalfar* gingen, einer nach dem anderen.

Am Ende blieb nur noch Morgan zurück.

Lilly tauschte einen Blick mit Alahrian, dann bemerkte sie die beiden verlorenen Gestalten, die ein wenig abseits unter einer Säule standen. Lilly hatte sie beinahe vergessen, den Bürgermeister und den Inquisitor.

„Wir müssen auch gehen", sagte sie zu Alahrian. „Ihr Schicksal ist an deines gebunden. Sie können nicht sterben, solange du dich hier befindest, das war der Wortlaut von Liliths Fluch. Solange *du* in der Verbannung lebst, können auch sie nicht erlöst werden."

Alahrian nickte ernst, griff jedoch nur ein einziges Wort ihrer Rede auf. „*Wir*?", wiederholte er betont.

Lilly drückte seine Hand. „Ich gehe dorthin, wo du hingehst. Immer." Schalkhaft grinste sie ihn an. „Und außerdem wollte ich schon immer mal einer Nixe begegnen."

„Nun, das ließe sich vielleicht einrichten ..." Übergangslos wurde Alahrian wieder ernst. Sein Blick suchte den seines Bruders, fragend, auffordernd.

Morgan zuckte lässig mit den Schultern. „Ich war noch nie besonders scharf darauf, in die hehren Gefilde der Anderswelt zurückzukehren", bemerkte er leichthin. Und, mit einem Blick auf die beiden Gestalten unter der Säule fügte er ernster hinzu: „Außerdem habe ich hier noch etwas zu erledigen, wie es scheint."

Alahrian nickte, die Miene von Kummer umwölkt. Als er Lillys Hand nahm und sich dem Tor zuwandte jedoch, strahlte er. „Komm", sagte er glücklich. „Gehen wir nach Hause."

Nervös drückte Lilly seine Finger und trat neben ihm durch das Tor. Doch bevor sie die Grenze zur Anderswelt vollends überschritt, drehte sie sich noch einmal zur Halle herum. Der Bürgermeister sah mit einem tiefen, bittenden Blick zu Morgan auf, und Morgan, der lautlos töten konnte und ohne einen Hauch von Schmerz zu verursachen, legte ihm sanft die Hand auf die Schulter – und führte ihn fort.

Epilog 1

Seufzend schlug Lilly eine Seite des Mathebuches um – in dem wiederholten Versuch, den Stoff der letzten Wochen nachzuholen, während ein übermütiger Schwarm *Pixies* sie nach Kräften davon abzuhalten versuchte. Es war aber auch schwer, sich auf die Schule zu konzentrieren, während um sie herum Rosen, Lilien und wilder Flieder um die Wette blühten, Schmetterlinge über die Wiese tanzten, und ein strahlend blauer Himmel über ihrem Kopf zum Träumen einlud. Im Garten der Villa herrschte jetzt immer Frühling, ganz gleich, welche Jahreszeit außerhalb angebrochen war.

Träge streckte sie sich im Gras aus und scheuchte die *Pixies* mit einer Handbewegung von ihren Büchern fort. Ein glockenhelles Kichern erklang. Sie waren hübsche Geschöpfe, diese *Pixies*, kaum so groß wie ihre ausgestreckte Hand, mit schillernden Libellenflügeln und niedlichen, kleinen Gesichtchen. Leider waren sie auch ziemlich albern. Gerade ließen sie sich im Sturzflug in eine der Vogeltränken fallen und spritzten dabei kreischend die halbe Veranda nass. Ein etwas mürrischer kleiner Wichtel, der neuerdings im Steingarten hauste, beobachtete sie dabei misstrauisch.

In diesem Moment ertönte irgendwo über ihnen ein gewaltiger, grollender Schlag, als hätte sich ganz plötzlich in der Ferne ein tosendes Gewitter entladen. Lillys Blick flog nach oben. Etwa fünfzig Meter über dem Erdboden, mitten in der klaren, milden Sommerluft, öffnete sich mit einem Mal eine schimmernde, von sanftem Glanz umstrahlte Tür.

Lillys Herz machte einen erschrockenen Hüpfer. Mit einem einzigen Satz war sie auf den Füßen.

So selbstverständlich, als liefe er vom Wohnzimmer in die Küche, spazierte Alahrian aus der Tür, hielt einen Moment lang inne – und begann, einer grotesken Comicfigur gleich, erst in eben jenem Moment zu fallen, da er sich bewusst wurde, wo er sich befand. Glitzernd verblasste die Tür über ihm.

Lilly stieß einen entsetzten Schrei aus, während sie den Bruchteil einer Sekunde lang voll kaltem Schrecken beobachtete, wie Alahrian wie eine weiße Schneeflocke in die Tiefe stürzte. Erst etwa zwei Meter über dem Erdboden streckte er die Hände aus, erschuf einen leuchtenden Regenbogen mitten in der Luft und glitt daran herab wie an einer schimmernden, bunten Wasserrutsche. Federleicht und elegant kam er auf diese Weise am Boden an, wischte sich das zerzauste Haar aus dem Gesicht und lächelte Lilly, die ihn gelähmt vor Schreck anstarrte, verlegen zu.

„Ooops", machte er unbekümmert. „Das war knapp!" Grinsend schaute er in den Himmel, dorthin, wo die Tür in die Anderswelt verschwunden war. „Es ist wirklich sehr praktisch, wenn man Portale zwischen den Welten öffnen kann, wann immer man will. Allerdings –", er zuckte kleinlaut mit den Schultern, „ich fürchte, an meiner Koordination muss ich noch ein wenig arbeiten …"

„Alahrian!" Lilly fand langsam ihre Sprache wieder. „Du wärst gerade um ein Haar fünfzig Meter in die Tiefe gestürzt!"

Beruhigend nahm er sie in die Arme. „Halb so wild!"

„Die Verbannung ist aufgehoben", beharrte Lilly. „Du *kannst* sterben."

„Ja." Alahrian schien noch immer nicht über die Maßen bekümmert. „Wenn die Klinge scharf genug ist …"

„Oder der Fall *tief* genug …" Lilly schmiegte den Kopf gegen seine Schulter. „Warum benutzt du denn nicht deine Schwingen?"

Alahrian verzog das Gesicht. „Die Schwingen jucken!", erklärte er mit einem Ausdruck tiefster Empörung und schob Lilly behutsam ein wenig von sich.

Lilly nutzte die Gelegenheit, sich davon zu überzeugen, dass er auch wirklich noch heil war, und bemerkte erst jetzt das ungewöhnliche Outfit, in das er gehüllt war. Eine weiße, mit Silberfäden durchwirkte Tunika bedeckte den Großteil seines Körpers, darunter jedoch lugten deutlich erkennbar ein Paar ausgewaschene Jeans hervor. Natürlich war er barfuß, wie immer, und sah damit aus wie ein Blumenkind aus den 60ern.

Lilly verkniff sich ein amüsiertes Lächeln, während ihre Finger über den glatten Seidenstoff der Tunika strichen. In der Anderswelt gewebt, eindeutig. Kombiniert mit sehr irdischen Bluejeans. Besser hätte man Alahrians neues Leben – und das ihre – nicht ausdrücken können.

Alahrian selbst war indes immer noch mit der offenbar ungeliebten Frage nach seinen Flügeln beschäftigt. Umständlich schälte er sich aus seinem Oberteil und zeigte ihr, nahezu anklagend, seinen Rücken. Auf der rein weißen, schimmernden Haut waren zwei langgestreckte, V-förmig verlaufende Narben zu erkennen. Wenn er es wollte, so wusste Lilly, konnten aus diesen Narben blitzschnell zwei gewaltige, aus fließender Helligkeit bestehende Schwingen hervorbrechen. Ein Vorgang, der offensichtlich die eine oder andere Unannehmlichkeit mit sich brachte!

Am Rande der Narben war die Haut ein klein wenig gerötet. Lilly legte die Hand darauf, strich mit den Fingern darüber und konnte regelrecht dabei zusehen, wie die Rötung verschwand.

Alahrian schnurrte, zufrieden wie ein Kätzchen. „Danke!" Schwungvoll nahm er sie in die Arme und wirbelte sie in Richtung der Veranda-Tür. „Irgendwelche Neuigkeiten?", erkundigte er sich, auf die Zeitungen schielend, die auf einem der Gartenstühle lagen, ein wenig zerrupft von verspielten *Pixies*. „Besondere Vorkommnisse?"

Lilly wusste, worauf er anspielte. „Im Bodensee soll seit Neuestem eine Nixe hausen", berichtete sie sachlich. „Und in Berlin gab es angeblich einige Fälle von Einhorn-Sichtungen."

Das war der Nachteil einer offenen Verbindung zur Anderswelt. Die meisten Sterblichen hatten keine Ahnung, wie sie hinüber gelangen konnten, ja, sie ahnten nicht einmal, was sich jenseits ihrer eigenen Welt verbergen mochte. Für sie hatte sich nichts verändert. Für die Kreaturen der Anderswelt sah die Sache jedoch ganz anders aus.

„Sie sind eben neugierig", erklärte Alahrian nachsichtig. „Sie waren in ihrer Welt gefangen, ebenso wie wir in dieser. Es ist nur natürlich, dass sie sich hier ein wenig umsehen wollen. Und solange sie hier keinen Schaden anrichten ..." Schulterzuckend legte er eine der Zeitungen beiseite. „Irgendwann werden wir uns wohl besser um diese Touristen bemühen müssen", bemerkte er. „Vielleicht können wir sie dazu bringen, sich hier ein bisschen weniger auffällig zu benehmen."

Es hörte sich nicht so an, als mache er sich deswegen große Sorgen. Entspannt legte er Lilly den Arm um die Schultern.

„Irgendwann?", wiederholte Lilly neckend.

Er betrachtete sie mit blitzenden Augen. Die meiste Zeit über waren sie blau, wie immer, manchmal jedoch schimmerte die Macht des Grauen in Tausenden bunten Regenbogenfarben hindurch. Heute waren sie von klarem Aquamarin. „Ja, irgendwann ..." Langsam neigte er den Kopf zu ihr herab. „Aber nicht heute. Heute gehört uns. Nur uns allein." Lächelnd küsste er sie auf die Stirn.

„Übrigens: Haben wir noch Erdbeereis?", erkundigte er sich beiläufig, während er sie ins Haus führte.

„Ja, ich denke schon." Das war – von den Schwingen und den Augen abgesehen – auch so eine Veränderung, die er hatte durchmachen müssen. Die Verbannung war aufgehoben, er konnte sich frei zwischen den Welten bewegen. Das Nahrungsmittelverbot galt also nicht mehr, und mehr noch: Er hatte festgestellt, dass er sterbliche Nahrung nicht nur zu sich nehmen *konnte*, sondern auch benötigte. Dafür hatte er drei Wochen gebraucht. Drei Wochen, in denen sein Körper immer schwächer – und seine Laune immer übler wurde. Es war schließlich Lillys geduldige Überredungskunst, die ihn dazu gebracht hatte, es mit Essen zu versuchen, und *Erdbeereis* war damals das Nahrungsmittel seiner Wahl gewesen. Seither hatte er sich ab und an noch zu etwas Weißbrot mit Honig oder auch einem Schlückchen süßer Milch herablassen können, doch nach wie vor war seine Ernährung alles andere als abwechslungsreich.

Lilly war der Ansicht, es sei an der Zeit, etwas Neues auszuprobieren. „Warte einen Moment!", bat sie ihn. „Ich will dir etwas zeigen."

Mit vor Aufregung ein wenig klopfendem Herzen wandte sie sich dem blühenden Apfelbaum neben der Veranda zu. Behutsam streckte sie die Hand aus, strich sanft über einen der Zweige, schloss die Augen und konzentrierte sich. Etwa eine halbe Minute später fühlte sie, wie etwas Glattes, Rundes in ihre Hand fiel. Ein schöner, rot glänzender Apfel.

„Phantastisch!" Alahrian strahlte sie an. „Du hast geübt, nicht wahr?"

„Schon möglich." Lächelnd sah sie ihm direkt in die Augen, drehte den Apfel in den Händen und bot ihn schließlich Alahrian an. „Vertraust du mir?", fragte sie leise, während sie ihm den Apfel hinhielt.

„Ja." Seine Augen leuchteten und glühten. Ohne zu zögern nahm er ihr den Apfel aus der Hand – und biss hinein.

Epilog 2

König der *Döckalfar*! Und Alahrian als Oberhaupt der Anderswelt! Ja, sinnierte Morgan geistesabwesend, während er das Verdeck der *Black Lady* herunterließ und spürte, wie ihm der Fahrtwind tosend das Haar aus der Stirn blies. Die Welt hatte sich verändert in den letzten Monaten.

Übermütig lachend gab er Gas, brauste um die Kurven der holprigen Landstraße und drosselte erst seine halsbrecherische Geschwindigkeit, als er das Ortsschild der Stadt bereits hinter sich gelassen hatte. Aber es waren nicht die Verkehrsregeln, die ihn bremsen ließen.

Am Straßenrand, auf dem Bürgersteig kauernd, saß eine Gestalt. Eine vertraute Gestalt mit üppigem, blondem Haar und bemerkenswert langen Beinen. Anna-Maria trug noch immer Schwarz, obwohl der Tod ihres Vaters bereits Wochen zurücklag. Plötzlicher Herzinfarkt, lautete die offizielle Todesursache. Morgan wusste es besser. Der Priester war noch immer verschwunden, zwei rätselhafte Ereignisse, die die Stadtbewohner wohl noch lange beschäftigen würden. Und deren wahre Ursachen vermutlich niemals ans Licht kommen würden.

Einer plötzlichen Eingebung folgend, hielt Morgan den Wagen direkt neben Anna-Maria an. „Hi", rief er, über den Beifahrersitz hinweg.

„Oh ... hallo ..." Fast schüchtern sah sie zu ihm auf, nervös eine ihrer Haarsträhnen zurückstreichend.

Sie hatte sich verändert, fand Morgan. Ihr Gesicht war nicht mehr so stark geschminkt wie früher, weniger Pink, mehr Ernst in ihren Augen. Es stand ihr gut.

„Lust auf eine kleine Spritztour?", fragte er spontan.

Sie blickte überrascht. „Klar, warum nicht?" Ein Hauch der alten Unternehmungslust erhellte ihre Miene.

Morgan hielt ihr die Beifahrertür auf, fischte seine Sonnenbrille aus dem Handschuhfach und zwinkerte ihr zu, während sie sich anschnallte. Ein Lächeln glitt über ihr blasses Gesicht.

„Bereit?" Morgan ließ den Motor aufheulen.

„Bereit!"

Ein Lachen wallte in ihm auf, wild und ungezähmt, während er den Kopf zurückwarf und aufs Gaspedal trat.

SAGEN • LEGENDEN • MORD • MAGIE

Hubertus Hinse
Drudenherz
Das Erwachen der Magie
1. Auflage 2017, 272 Seiten,
Format 13,5 x 20,5 cm, Klappenbroschur
ISBN 978-3-86646-795-8
Preis: 14,90 EUR

Ein mystischer Fantasy-Thriller vor bayerischer Kulisse

Lautes Heulen zerreißt die nächtliche Stille im ländlichen Nittendorf und bringt Tod und Verwüstung über den alten Rosnerhof. Wer trachtet Jungbäuerin Franziska nach dem Leben? Und was führt ihre geheimnisvolle Freundin Rosalie im Schilde? Polizei und Ordnungsamt ermitteln und versuchen die Fäden zu entwirren. Doch das Wesen, das durch die Nacht streift, ist nicht von dieser Welt. Langsam und lautlos schreitet die dunkle Gestalt durch das Feld, dessen Ähren sich unterwürfig vor der Macht des Bösen verneigen. Seine glänzende Sichel verbrennt alles, was sie berührt. Der Bilmesschnitter, der alte Korndämon, ist gekommen.
Und wird zum Werkzeug der Rache ...

Die alten Sagen und Legenden – sie sind alle wahr!

Pfälzer Straße 11 | 93128 Regenstauf
Tel. 0 94 02 / 93 37-0 | Fax 0 94 02 / 93 37-24
E-Mail: info@gietl-verlag.de | www.gietl-verlag.de

Besuchen Sie uns auf Facebook: www.facebook.com/BattenbergGietlHeimat